三晋百部长篇小说文库

科学遴选 权威论证
高峰展示山西长篇小说创作实绩
久经考验 再度锤炼
全面囊括中国当代小说山西经典

彭图／著

野狐峪

山西出版传媒集团

北岳文艺出版社
BEIYUE LITERATURE & ART PUBLISHING HOUSE
·太原

图书在版编目(CIP)数据

野狐峪 / 彭图著. — 太原：北岳文艺出版社，2018.1
ISBN 978-7-5378-5520-4

Ⅰ.①野… Ⅱ.①彭… Ⅲ.①长篇小说—中国—当代 Ⅳ.①I247.5

中国版本图书馆CIP数据核字(2017)第323021号

书　　名	野狐峪
著　　者	彭　图
责任编辑	李向丽
装帧设计	张永文

出版发行　山西出版传媒集团·北岳文艺出版社
地　　址　山西省太原市并州南路57号
邮　　编　030012
电　　话　0351-5628696(发行部)
　　　　　0351-5628688(总编办)
传　　真　0351-5628680
网　　址　http://www.bywy.com
E-mail　　bywycbs@163.com
经 销 商　新华书店
印刷装订　山西万佳印业有限公司

开　　本　710mm×1000mm　1/16
字　　数　350千字
印　　张　25.25
版　　次　2018年1月第1版
印　　次　2021年1月山西第2次印刷
书　　号　ISBN 978-7-5378-5520-4
定　　价　68.00元

序：现代化进程中的山西文学

杜学文

从传统社会向现代社会的转化是人类发展进程中的重大课题。每一个国家、每一个民族都将面对，难以回避。个人，作为社会的组成细胞，也同样如此。这并不以我们自己的意志来转移。综观世界各国，在这种转化的进程中，都有了不同的选择，并表现出各异的特色。但总的来说，还是目前我们称之为"发达国家"的率先实现了现代化。其成功的转化有诸多原因，但从文化的角度来看，与其自然环境的特殊性、农耕文明的不发达，以及突出的个人奋斗精神、重利思想、实用主义等有极大的关系。而目前世界上的欠发达国家或发展中国家，则在向现代化转化的历史进程中，又表现出各自不同的特色。就中国而言，在其漫长的历史进程中，农耕文明得到了充分发展，并达到了最为繁荣的境界。现在的发达国家在转型早期的生存压力等表现得并不明显，从而一种自给自足、自得其乐的生活方式逐渐固化。向现代化转型的原生性动力并不强大。从某种意义来看，中国实际上进入了一种人类最美好的发展境界，那就是，依靠劳动来创造财富，与大自然和谐共处，有剩余的时间来体验人生的乐趣等等。中国从传统社会向现代社会的转化主要靠外部的强力推动。就是说，因为先发国家对财富、权力、欲望的强烈追求，在吸纳了东方文化,其中非常重要的是中国文化之后,骤然表现出突飞猛进的发展状态。其商业首先得到了快速的发展。特别是依靠对海外市场的分割,使过去形成的传统的世界市场在大航海时代变得更加活跃。同时,工业技术得到了快速的进步。人类的新发明成几何级数增长。新技术的出现使社会生产力得到了空前的解放,物质生产表现出前所未有的丰富。而与之相应的是社会制度的进一步变革。一种能够服务新的生产力发展的社会管理系统逐渐建立,并在血与火之中不断完善。在这样的变革转型中,东方古老的中国受到了西方先发国家的强烈冲击。传统的农耕文明与新发的工业文明之间出现了严重了错位,并引发了控制、占有与反控制、反占有的残酷斗争。中国从农耕文明的辉煌顶峰跌落,中国人开始睁开眼睛看世界,并反思自身文明存在的问题。在外力的冲击下,中国不自觉地开始了向现代化转化的历史进程。一代又一代的中国人筚路蓝缕、奉献牺牲,前赴后继、求索奋斗,就是要重新找到国家独立、发展、进步的正确道路,实现民族的复兴。在不同的历史时期,他们承担了不同的历史使命。不同的人们从自己所从事的事业中为这样一个艰难而宏伟的目标做出了自己的贡献。而中国的文学,同样没有疏离民族的历史追求,甚至在许多关键的历史时刻,承担了开启民智、传播思想、激发斗志、重塑文明的历史重任。在这样一个艰难的充满了探索的转型进程中,中国人民表现出了自己最大的智慧与韧性。一直到新中国的建立,才基本形成了主权统一、独立自主的现代国家形态,并以超人的勇气与奋斗精神、惊人的创造力与发展速度迈向现代化。在这样一个伟大的转化进程中,中国虽然经历了失败、屈辱、挫折,但终于创造了他人所没有的成就。而我们的文学,正是这一历史的亲历者、推动者、表现者。就山西文学来说,是中国文学的重要方阵,当然也是这一历史的组成部分。其努力与贡献非常突出。

首先是推动了现代汉语的大众化，为现代汉语从知识阶层走向普通民众，并使二者有机结合做出了积极的贡献。在中国追求现代化的进程中，经历了一个从"器"到"道"的转变。所谓"器"，就是中国人在最初以为是西方发达国家的技术、器物先进，因而倡导"洋务运动"，开办现代工厂，引进西方设施，等等。这些努力从历史发展的必然来看，当然是非常重要的。但是，事实很快证明，仅仅引进西方的先进技术并不能解决问题。之后发生了制度层面的改革，包括推翻清王朝，建立立宪政权，仿效欧美三权分立及选举制度等等。但是，这种形式上的制度变革没有使中国强大起来，反而使中国成了一盘散沙，四分五裂。于是，更多的人开始反思中国的文化。一方面，对中国传统文化中的落后部分进行批判；一方面引进国外的思想如无政府主义、新村主义，包括马克思主义等等。新文化运动成为当时风生水起的社会思潮。从今天来看，其对中国传统文化的批判有许多过激之言。但是如果我们回到具体的历史场景，就会感到这些批判背后所表露的急切心情及历史合理性。在新文化运动中，一个最为突出的问题，也是最为重要的成果就是把中国人使用了数千年的文言文转化为白话文。从文化发展传承的角度来说，以文言文为代表的中国书面语言具有其重要的历史价值、文化价值、文明意义。可以说，文言文的简洁、精炼、典雅，以及其表情达意的丰富性，是世界上任何语言都难以企及的。这也正是其生命力之所在。但是，从历史发展的现实来看，文言文也具有非常严重的局限性，难以适应现代社会的发展要求。首先是缺乏精确性。由于中国传统文化中思维追求整体感、人文感、艺术感，中国的语言缺少对事物的准确表述。这种特点虽然具有非常强烈的人文色彩，以及超越了具体现象的整体感，但是与现代工业技术发展中对事物精确性表达的要求有很大的距离。语言的背后体现的是思维方式。如果语言难以体现精确性要求，人们的思维同样将不能适应时代发展的要求。其次是书面语言与口头语言的分离。虽然任何语言都会表现出书面与口头的差别，也就是说，人们不可能把口头语言照搬为书面语言。但这种差别在汉语中表现得尤为突出。这就是作为书面语言的文言文与口头语言的"白话"之间的区别。这种区别使更多的普通民众与书面书写脱离，对开启民智、提升大众的文化素养产生了障碍。而现代化的实现并不仅仅是少数"文化人"的事，而是全民族的事。因此，语言的变革，使之更能够适应现代化的需要就成为一种时代的必然。20世纪的新文化运动，除了其在价值观方面的追求如"科学""民主"等之外，对语言的解放也是一种非常强烈的期待。一些有识之士率先放弃了对古代汉语的使用，积极采用白话文来构建现代汉语。这其中，出现了许多具有代表性的人物，如鲁迅、胡适等。今天我们仍然能够感受到鲁迅的语言中存留有古代汉语的元素。这是中国语文从古代汉语向现代汉语过渡的典型表现。而胡适等人则努力使自己的书面语言更加通俗化、口语化，也显示出某种过分倾向于白话的特点。另外一些具有欧美留学背景的人则企望借鉴外来语言对中国的语言进行改造，因而出现了许多非常欧化的表达方式。就中国现代汉语的成熟完善来说，这些努力都是非常珍贵的。但是，真正使新生的现代汉语从古代汉语中出走，并吸纳了民间语言的丰富、生动的特质，使之成为一种既有古代汉语的节制、典雅，又有民间口头语言的生动、活泼，从而使现代汉语能够成为一种具有完整的语法体系、鲜活的表现力，以及体现民族语言特色的"现代汉语"形态，则是以赵树理为代表的作家们做出了重要的不可忽略的贡献。

　　就赵树理个人的创作而言，其早期也是走欧美语法特色浓重的路线。但是当他发现这条路难以被普通民众接受后，其语言表达发生了转化，开始更加注重民族语言与现代性的融合。他的语言生根于中国古代汉语与民间语言的丰厚土壤。在保持语言典雅品格的同时，至少从这样两个方面进行了努力。一是更多地吸收了民间语言的表达方式，使普通民众能够走进这样的语言，使用这样的语言。也正因此，他的语言表现出非常鲜活、生动的状态，使语言的活力大大增强，表现力得到了拓展甚至突破。二是他的语言在规范性方面进行了重大的努力。一方面剔除了民间语言、方言中粗俗的、生僻的元素，使之更加典雅、庄重，另一方面，他保持并强化了以北方方言为主的结构形式，使之在语法形态方面更加完善严谨。所以，今天我们读赵树理的作品，其语言的流畅、生动、鲜活仍然非常突出。可以说，在中国现代汉语出现、发展、完善的进程中，赵树理做出了不可跨越的贡献。当然，这种贡献不可能是他一个人完成的，而是在特定历史条件下，由包括他在内的一大批作家共同努力，并在一代又一代作家的接力中实现的。赵树理丰富了现代汉语的表现力，并使这种获得新生的语言成为广大民众自己的语言。这后一方面的贡献更为重要。因为如果一种新生的语言难以得到民众的认可，其生命力是非常值得怀疑的。可以这样说，如果没有这些作家的努力，中国的现代汉语很可能成为一种"精英"的语言。也就是说，很可能成为一种少数有"文化"的知识分子的语言。这不仅将使语言的普及受到阻碍，也将因为得不到大众的认可而导致中国现代化的迟滞。

山西的作家受赵树理的影响甚深。除了创作理念、题材选择等方面外，在语言的运用上也同样如此。这也就是说，从赵树理以来的几代山西作家不仅坚持了赵树理的创作方向，也共同为中国现代汉语的进一步完善、发展做出了努力。尽管今天我们可以说，这些作家个人的成就不同，在语言表达方面风格各异，但是他们有一个共同的特点，即在坚持语言的民族化方面都进行了非常积极的实践。进入新时期，随着改革开放的不断深化，各种创作观念竞相显现。山西作家虽然与全国的创作相比更多地表现出固守的姿态。但是新的创作手法、元素等也在自觉不自觉地借鉴当中。其中就语言表达的追求而言，大体表现出两种特点。一种是仍然坚持语言表达的民族风格，并随着时代的发展变化使之更加丰富生动起来。他们的语言，不仅缘于题材选择的民间性、地域性，以及人物、故事的原生性，更缘于吸纳了民间语言的鲜活元素，在叙述、描写等诸多方面更多地体现了植根于本土的语言活力。另一种虽然也注重题材的地域性选择，但在语言表达中更多地呈现出一种开放的意识，比较侧重吸纳外来语言中的合理成分。如修辞的繁复，语句的长结构，象征意象的频繁使用等等。虽然这两种追求表现出各自不同的倾向，但他们随着时代的发展而推动现代汉语不断进步的努力是一致的。

需要我们重视的是，山西作家在自己的创作中表现了中国文化的原生态及其变化。这种原生态不是指文化最初形成的形态，而是指数千年来一直呈现出来的未经现代化浸染、改变的文化。从某种意义来看，它已经成为生活在这样的历史环境中每一个人不自觉的潜在意识，并支配着人们的思想与行为。文学的表达虽然是语言与形象的表达。但是隐藏在语言与形象背后的却是生成这种语言与形象的文化。如果一种文学性的描写没有隐晦地展示出某种文化及其价值观，我以为就是一种表面性的甚或肤浅的描写。山西作家在自己的创作中表现出一个非常突出的特点，即对自己生活的土地、家园有一种执着的关注。而就山西这一地域来说，其文化又具有某种典型性。这就是生根于黄土高原的农耕文化。在中国现代化的进程中，一个非常艰难的任务就是要改变这种文化，使之蜕变为一种新的文化：现代化。这一过程是非常艰难的，也是非常痛苦的。数千年的农耕劳作，已经形成了一种自足的完善的文明体系。但是，就在这种文明体系达到顶峰的时刻，我们突然发现她已经不能适应现代化的要求。于是，开始不自觉地改变自己。这一过程伴随着战争、灾难、屈辱、失去国土与家园等等。在经受这种外在考验的同时，还有我们内在的情感、思想、精神等诸多方面的考验。一方面，救亡与重生成为一种时代的必然使命。另一方面，精神与文化的重建、新生也面临着更大的挑战。就前者而言，山西作家的创作并不是真正的重点。而后者却是其在描写社会变革进步中隐藏的中心。山西是中国最早开始工业化、现代化建设的地区。但是我们很少能够看到山西作家所描写的这方面的作品。而曾经作为抗日战争敌后根据地中心的山西，实际上也没有太多的文学作品来表现。反倒是有许多作品在这样的社会背景下来描写当时的人们如何生活，并参与了这一影响世界文明进程的历史。可以说，这些作家们表面上看起来对社会变革更关心。但是一到拿起笔的时候，就情不自禁地流露出他们对于特定文化及其价值观的不自觉的关注。这实际上成就了他们，也局限了他们。如果就当代文学而言，最早的表达在于农民群体的觉醒。他们感受到了时代的变化，并参与、推动了这样的变化。比如小二黑，虽然具有了杀敌英雄的身份，但作家所要说的却是旧的文化观念，以及由此形成的生活方式对人性的伤害——当然是从爱情的角度切入的。作家的贡献不仅在于表现了时代变化中人性尊严的重新确立，更重要的是，作家生动地再现了这种旧的文化制约在人们劳动、生产、生活、情感，以及社会关系诸多方面的表现。也就是说，作家不是把一个关于追求自由恋爱、自主婚姻的故事作为一种孤立的现象展示出来，而是生动地表现了这种文化观念在旧的生活方式中的普遍性，以及其荒谬性。也就是表达了必须改变这种文化观念的必然要求。这当然是非常符合时代需要的，也是中国在现代化进程中必须跨越的。在山西作家的创作中，相当多地表现了劳动者——当然主要是农民，以及农民出身的、具有农耕文化背景的其他身份的人们对劳动的热爱，对土地的执着，对家庭的重视等等。从历史的层面来看，这些内容都构成了农耕文明的重要组成部分，也是这一文明能够发展、生长的原动力。但是从时代的要求来看，这种文化又成为那些最终必然要离开土地，不再是农民的人们内心世界与精神领域的时代痛苦。比如在改革开放之后，工业化的浪潮漫卷一切。在最具现代化特点的大型露天煤矿当工人的吴福却难以适应这种快节奏的标准化的生活方式。他无限怀恋地回到了自己的家乡。但是家乡已经不再是曾经的家乡，吴福也不再是过去的吴福。他身跨两界，无所归依，内心充满了痛苦。这是一种时代转换、文明更替的痛苦，是一种具有重大典型意义的内心再现。而在现代化程度日益加深的历史时期，农村也已不再是传统意义的农村。农民也不再是仅仅从事农业生产的农民。更大的市场与财富吸引了更多的农民，城市成为新的生活中心。虽然从某种意义来看，城市化可以作为现代化程度的一种标志。但是城市化也同时带来了传统文化的消失、传统生活方式的改变，以及传统人际关系的新建。老甘，这个仍然坚守在内心世界的"过去的农村"中的农民，痛苦地怀恋着昔日活色生香的农村及农村的生活。但是，过去的一切似乎已经义无反顾地过去了。他的农村已然不再。如果说这样的农村随着市场化程度的提高有新生的希望的话，也与过去的农村大不一样。老甘的痛苦同样是一种时代的痛苦，是我们在走向现代化进程中不可回避的痛苦。当然，山西的作家也描写了这种进程中人们的希望、新生，以及由此而来的快乐、自信。宋老大进城送公粮时那种发自内心的自豪感、主人感，那种终于直起了腰板的幸福感将永远感动我们。而在首都打工并学会说普通话的小雪也动人地透露出新一代农民美好的未来。

山西的作家们也企图从比较宏大的层面来揭示中国文化的品格，以及由此而反映出来的中国精神。这些描写不在意于对现实生活具体人事的再现，而是企图通过某种具象化的人事具有隐喻意味地表达作家对民族性的理解。他们营造的人物生活环境不太具体，而是具有某种概括性，超越了具体的、实指的时间、空间。其中人物的行为，以及由这种行为所表现出来的文化内涵、价值选择体现出一种超越了具象的恒久性。由此可以使我们领略一种民族的生存状态与价值操守。其中的一部分作品甚至具有进行人生意义、价值意义探求的哲学性努力。这时，作家关注的不再是现实生活中具体的人事，以及其中透露出的社会文化内涵，而是超越其上的价值追寻。在临危受命的戴夫人身上，作者赋予她民族人格最为优秀的内涵。她不仅具有一般人所可能具有的大局观，以及人性的智慧，而且作为生命个体，她具有了一种古人所言的"浩然之气"。她在漫长艰难的商旅途中，没有感受到生命的渺小，而是站在太行山顶吟诵前人的诗篇。她感受到的是生命的博大、伟岸，以及大自然的神奇、浩渺，是一种天人合一、物我两忘的至高境界。这不仅是她个体生命的壮美华章，也是民族文化中价值体系的完美内化。张马丁的遭遇则从另一种角度表现了不同文化短兵相接所引发的一系列事件，以一种宏阔的视野描写了文化境遇背后各异的价值体系之间的交锋、错位、融合。还有许多作品通过对具体人物生命境遇的描写，表现了具有历史意味的在潜意识中特定价值观支配下的民族精神世界。

读山西作家的作品，事实上也可以看到中国从农耕文明的顶峰跌落到重新崛起，实现现代化的历史进程。在当代文学中为数不多的抗日战争题材的作品中，我们可以看到以中国北方农民为主的人们如何从屈辱中觉醒、抗争，并取得了历史性意义的胜利。抗日战争的胜利，不仅仅是军事的胜利，而且是中华民族在经历了无数的失败、屈辱之后终于走向独立、自主，重新以一个文明民族的形象自立于世界民族之林的标志；也是中国在经历了种种探索，尝试了不同发展道路之后，终于表现出走向正确发展道路，迈出实质性转型步伐的标志。尽管一直以来我们都有这方面的创作，但是具有宏观性、历史深刻性的作品还不多。新中国的建立是中华民族终于在百余年的努力之后有了自己独立政权的大事，也是中国开始以超人预料的成就向现代化迈进的起点。山西的作家以自己敏锐的笔触描写了这一关键时刻中国普通人内心世界的喜悦、自豪，以及对未来的憧憬。还是在1949年10月1日，诗人高沐鸿就创作了诗歌《这是我们人民自己的胎生》，为新中国的建立而欢歌。之后的一系列文学作品生动地表现了站起来的普通民众内心世界的巨大变化，特别是其人格世界的变化。他们实实在在地感受到了新社会的进步，以及当家做主的自豪。他们不仅在经济上得到了解放，在政治上得到了翻身，而且在精神世界上发生了积极的蜕变。一个新的时代带来了新的发展与进步。也正是这些作品成就了这个新文学史上一个最具典型意义、产生重大影响的文学流派——"山药蛋派"。他们有共同的创作追求，有共同的题材选择，有以赵树理为代表的领军人物。这个流派出现的意义，不仅仅是属于文学的，更是属于中国文化的。他们在尊重并表现中国优秀传统文化价值观的前提下，呈现在这种价值体系影响下中国民众，主要是农民如何生活、生产、思考、发展。读这些作家的作品，不仅使我们能够了解到特定历史时期中国发生的事情，而且将使我们了解中国人是怎样的一种生活方式，中国人在新的历史时期发生了怎样的变化。在20世纪70年代末、80年代初，山西的作家们非常敏锐地感受到时代将要发生的巨变。这种感受不是源于理性的分析研究，而是源于他们对现实生活的关注与热爱，是他们从具体的生活中感受、发现了时代变革的动力。其中有他们对极"左"路线的批判，以及对中国变革发自内心世界的呼唤。这首先是已经成名的一批被称为"老作家"的人们走上了历史的舞台。而另一批将在中国文学园地表现出勃勃生机的作家以自己的敏锐发现了生活的变化。至20世纪80年代中期，以《当代》发表一组山西作家的作品为标志，文学"晋军崛起"成为中国文坛的一个重要事件，引起了广泛关注。这批作家一进入文坛即表现出不俗的活力，显得生龙活虎，风生水起。他们首先成为对极"左"路线的批判者。通过一系列生动的、充满生活意蕴的人物形象来揭示中国曾经走过的弯路，以及即将出现的变革。而后，出现了一系列呼唤改革的优秀作品。一些小说被改编为影视作品，在当时传媒欠发达的条件下产生了极大的轰动效应，甚至有万人空巷之叹。其中的朱克实、李向南、李高成等成为新的历史条件下拨乱反正、推进改革的典型人物。这些作品既是文学的，更是时代的、历史的。它们表达了中国人内心深处希望变革的期待，也呼唤着一个新的历史时期的到来！

中国的改革是中国从传统的农耕文明出走，迈向现代化的重大事件。随着改革开放的不断深化，中国表现出强劲的发展态势。同时，也遇到到了许多需要解决的问题。一方面是现代化程度的不断提高，另一方面是这一进程的艰难演进。一个时期，那种充满浪漫主义色彩的乐观情调被现实生活中的艰难前行所生发的复杂性代替。改革并非一帆风顺，充满了困惑、曲折，有许多困难需要智慧与勇气来克服。这一时期，山西的文学创作沿两条主线展开。一方面是直面现实，表现新的发展时期人民的智慧力量，及时代的进步，如农村改革，国企改革，全球化背景下的商业博弈，以及反腐倡廉、环境保护、民主选举、基层生活、重大事件等等。总的来说，山西文学表现出社会的艰难进步，这种进步首先是积极的、正义的、人民的力量战胜了消极的、不义的、损害人民利益的力量。同时也表现出了中国传统社会在时代的发展进步历程中逐渐变化：如传统农村的式微与新盛；农村人口向城镇的转移；土地的工业化、商业化等等；商品经济的蔓延，城镇化的发展；以及身处其间人们内心世界的彷徨、痛苦、选择；人对土地以及建立其上的生产生活方式的依恋；对改革进程中传统国有企业的情感等等。从这些作品中，我们可以观察、感受到中国正在发生的翻天覆地的变化。另一方面，许多作家企图从超越现实的具有形而上意味的层面来探求中国的民族精神。一些作品甚至具有了某种哲学性品味。他们可能借助于某一历史事件，或者设计一个与现实生活隔离的故事来表现自己理解的民族精神。这一类作品可能表面上与现实生活没有直接的关联，但是对我们认识民族文化、民族品格具有积极的意义。事实上这些作品为我们提供了一种思想文化资源，是对现实生活中剧烈变革引发人的价值观的迷茫进行的某种文化性指引。它不涉及现实问题，不为我们思考感受现实生活提供具体的形象。但是，为我们提供观照现实、解决现实问题的精神力量、价值选择和思想资源。这其中也有一个如何认识人生、如何认识民族、如何面对个人价值的问题。

总之，不论是对现实生活的直接表现，还是以隐晦的笔法对现实生活提供精神资源，都可以看到山西作家对社会生活、人生价值的一种积极的态度。他们试图以自己的描写来表达某种具有积极意义的思想内涵，为今天的人们提供精神力量，以推动中国社会的发展、进步，以及在历史蜕变中人的完善。这些努力也可以视为是在现代化进程中对民族精神的一种回顾与追寻。读山西作家的作品，可以使我们从一个侧面感受到中国走向现代化的历史进程。

山西作家在艺术创造上也进行了积极的努力。就山西文学的当代面貌来看，表现出一种从一元向多样的发展态势。当代山西文学受以赵树理为代表的"山药蛋派"影响甚重。一代一代的作家不仅受到这一流派作家关注现实生活、关注社会民生的创作理念的影响，而且在表现手法上也多承续这一流派。因此，直至改革开放前，山西文学基本呈现出一种"山药蛋派"式的一元状态。但是，进入改革开放的新时期后，这种局面开始发生变化。一些人更注重语言描写、心理表达等等。不同于

"山药蛋派"风格的作品开始大量出现。首先是题材选择表现得更加多样，其次是表现手法更加多样，再次是创作观念也呈现出多样化的格局。山西文学终于形成了从一元走向多样的创作态势。那些坚持以农村为主要创作题材的作家们也积极地吸纳了其他的表现手法，使农村生活的表现领域大大拓展。另一方面，山西也出现了典型的所谓"现代派"小说。心理结构、借鉴侦探小说手法的"悬念"结构、无情节结构、意象结构、寓言式结构等等次第登场，宏大叙事与个人化叙事并存一体。这些作品有的已经产生了比较大的影响。无论如何，他们都是山西作家对文学自身进步的积极探索。

从某种角度来看，山西文学似乎为我们呈现出了中国走向现代化的百年变迁史。这不仅表现在人们广为关注的小说创作之中，同时也更加丰富地表现在文学的其他领域，如诗歌、散文、戏剧，以及逐渐从散文文体中独立出来的报告文学及传记文学之中。当我们追寻这种变迁的历史时，不能割断由山西而表现出来的中国五千年文明史。山西是华夏文明的主要发祥地，从远古以来，这一文明代代相传，承续不绝，其中涌现出众多的仁人贤士。作为个人，他们有自己所处的具体的历史环境、成长条件，对人类文明的进步做出了自己的贡献。但是，作为一种文化现象，他们似乎勾勒出中国文明发展进程的历史脉络。在他们身上体现了中华文明的历史贡献、价值选择，以及思维模式。对他们进行研究，并用传记的方式表现出来，使今天的人们了解并感受他们所具有的闪光的人文价值，不仅对今天的改革发展具有积极的意义，对我们现代化进程中的文明重建同样具有非常重要的意义。这将首先使我们看到历史发展进程中文化的影响力，进而使我们能够进一步确立文化的自信心与自觉性。在这些如星光一般闪烁的先人身上，我们将体会到中华文化的魅力、价值和绵延不绝的生命力。承续山西文学的精神品格，创作出新的能够表现时代精神的优秀作品，是我们这一代人的使命。而对五千年文明发展进程中那些曾经做出突出贡献的英杰才俊进行文学式的描述，也将是我们传承民族精神的一种努力。因此，组织编辑出版山西文学"双百工程"，有着非常积极的现实意义。

这一"工程"包含两个序列三个方面的内容。一是"百部长篇小说"，其中一部分是已经发表出版并产生了较大影响的现当代小说。通过集中编辑出版，可以使我们比较全面地回顾审视山西文学某一方面的成就与贡献。另一部分是新创作的长篇小说。其目的是推动山西长篇小说的不断繁荣。把它们列入这一工程，即是对文学发展的新推动，也可以延续已有的成果，使人们看到山西文学创作的最新成就及更加生动的面貌。二是"百部山西历史文化名人传记"。山西的报告文学近些年来表现出非常活跃的态势。不仅参与创作的作家比较多，出现的作品比较多，而且产生的影响也比较大。其中一些作家应该说是中国报告文学领域的领军人物。同时山西也是华夏文明的重要发祥地，在五千年的文明发展历程中涌现出许许多多的对中华文化发展进步做出重大贡献的英杰先贤。以传记的方式把这些先人在中华文化发展进程中的贡献表现出来，有助于我们重新认识中华文明对人类的重大贡献，有助于我们进一步追寻中华文化的精神、操守、品格，并使我们从先人的风采中找到自己前行的楷模和动力，激励我们推动中国的改革发展进步。所以，这也就成为我们的一种责任。相信通过这一努力，既将促进山西文学的进一步繁荣，也将进一步增强我们的文化责任，重塑我们的文化形象，展示中华民族在漫长发展历程中表现出来的精神力量与智慧，为实现民族复兴的中国梦做出积极的贡献。

第一章

一

野狐峪是个独家村,村中只住着亢二恨不动一家子。其家族成员包括:老祖母胡银花、父亲亢根柱、母亲刘拉弟、傻子大恨不动、二恨不动以及妹妹亢草莓。另外还有他们家的两头驴、五口猪、一群羊、一窝鸡、一只叫豹子的大花狗。这样一个大家庭即便隔绝了人世,也是足够热闹的。

在这寂寞的深山里,早晨的第一声响总是由老祖母口中发出:

"根柱的,天又阴了,哎哟,我这胳膊……"

那时,屋里还是一片墨黑。对面翠峰山上林子里的露珠沉重地滴答着,林窠里的野雉紧闭着眼皮,东面露晓峰上则有了一线灰白的天色。爹似乎也早醒了,便爬起身,"嚓、嚓……"火镰在马牙石上打出一串串葵黄色的星星,接着,烟锅里就一闪一闪亮出红光。爹滞重地咳嗽着吐出一口浓痰后,母亲坐起来窸窸窣窣摸索着穿衣服。

"咕咕咕……"

公鸡直到这时才高声锐叫起来。嘹亮的报晓声在野狐峪山谷里久久回荡。于是,驴子响应,"咹儿咹儿……"打着响鼻;花狗豹子不甘寂寞,对着暗沉沉的天空汪汪乱吠一通。

"大恨、二恨、草莓、起……"爹在炕沿上唧唧唧磕掉第三锅烟时,开始叫三兄妹起床。

"天又阴了,哎哟……"

呼的一声,已经下地的母亲晃亮了火折子,点上锅台上的麻油灯,屋里立时红乎乎的亮。接着是门的开合声,母亲抱柴声、柴扔地上声,风匣啪嗒声,锅里的水开声……

大恨不动找不着衣服,嘴里嘟嘟哝哝;小草莓光着身子爬起来圪逗装懒不起的二恨不动。"嘻嘻、嘻嘻嘻……""起来!"二恨不动一挥手推开妹妹,揉着眼坐起来。

"草莓,快穿衣服,给你奶奶搓胳膊去!"

母亲下着命令,小草莓嘟起桃花骨朵一样的小嘴,慢慢腾腾穿着衣服。

院里响起桶担的声音,母鸡、公鸡咯咯咕咕,羊们咩咩叫着,爹咯吱咯吱将一担水担进窑门时,大恨不动的衣服终于找齐,第二道扣子扣到第三道扣眼里,前襟一块长一块短,裤带勒了半截衣服后襟。"嘻嘻、嘻嘻嘻……"小草莓一个劲儿地笑。"笑,嘻嘻!"大恨不动歪着嘴,流半拉涎水,挥拳吓唬妹妹,自己却被枕头绊了一跤。

"天又阴了……"

"奶奶,我给你搓胳膊。"小草莓躲着大哥,藏到奶奶身后。

"莓莓乖,乖,起开,傻子……"

傻子在奶奶叱骂下吸着鼻涕下了地,去完成他饮羊、饮驴的职责。

"吱啦、吱啦……"锅里冒上一团团白气,米下了锅,山药下了锅,黄的、绿的窝窝头摆了一荆篓。母亲又啪嗒啪嗒拉起风匣。

吃饭时,窗户上已露出灰白的曙色。透过模糊的玻璃已依稀可见对面的松林。外面,麻雀、喜鹊叽叽喳喳叫着。

"咱这光景,外面人他能常年四季吃咱这饭?"

爹鼓着腮帮子,三口五口便吃掉一个窝头,吸溜一口稠稠的山药和子饭,自得地说着。

爹经常说这样的话,鄙薄着外面的人,母亲便附和:"咱知足,咱万事不求人，自由自在……"

母亲、妹妹、大恨不动的窝头是掺了野菜的，但那菜窝头也很香甜，二恨不动倒常想吃一个菜窝头。

"吃黄的，你念书！"

爹见二恨不动手伸向绿的，用筷子拨拉一下他的手，母亲赶紧拿起一个黄的递上。

"吃黄的，俺娃念书……"

"念书！"老祖母翻一翻烂红眼圈里的白眼仁："念书，念官还是念秀才？念官念秀才也要吃饭，吃饭就得下苦。念书，你爷爷的老爷爷，念书，满门犯剿，念书……"

老祖母是一向反对二恨不动念书的。从那不停唠叨的没牙扁嘴里二恨不动知道了许多事情，许多关于这个家族的事情。据说二恨不动爷爷的老爷爷曾做过当时朝中的大官。而这位老爷爷的祖祖辈辈却都是宰猪、杀羊的屠户。这屠户世家慢慢发了家，到当官的那位老爷爷父亲手里时已经是开着大屠宰铺的财主了。老爷爷便开始念书。爷爷的老爷爷念书非常聪明，一考考了秀才，二考考了举人，最后中了状元。喜报帖子送到家里后，状元的爷爷大笑三声，接着便号啕大哭，说：赶快准备逃命吧，大祸就要临头了。众人问他原因，他唏嘘说：几辈子屠羊、宰猪，杀生害命，造孽太重，恶有恶报，不是不报，时辰不到，现在时辰到了。众人都以为他喜昏了脑袋，老糊涂了说鬼话，并不将他的言语放在心上。谁知道没过几年，状元公在答对皇上关于制定朝服的问话时，果然犯了满门犯剿的罪。他在回答皇上时，屁股上插了条驴尾巴，手里拿了两个驴蹄子，跪在地上说："皇上，我朝朝服如此最好。"皇上一看一听，龙颜大怒说："好哇！逆臣竟敢诬我朝为畜生，马上推出午门斩首，查抄其家，鸡犬不留。"可怜合族两百多口人丁被杀得尸横满街。状元家中一白头老仆用自己亲生儿子换了状元的小儿子，才保留了亢家一点血脉。后来直逃了两个月零三天才在这深山老林的野狐峪安下身来。状元的父亲在托付亢家唯一后代时流着泪对老仆说："切诫子孙后代一定行善积德，万不可再读书……"

"几朝年没影的事。"父亲总是生气地打断祖母的故事:"二的,快吃,下地,走!"

二恨不动伸出舌头,三下两下舔净碗里的粥,揪起书包,由爹抱上驴背,让爹赶着毛驴去送他上学。

二恨不动这年已经十虚岁,住在这深山里很少有去外面的机会。春天,副县长王必昌到翠峰乡检查工作,专门到野狐峪来了一趟。对亢根柱说:"根柱同志,要让孩子上学呀!你怎么还把孩子留在家里呀!这么大的孩子了,你让他也像你一样当一辈子睁眼瞎吗?国家要建设要人才,年轻人要过好日子,建设社会主义,进入共产主义。大人都在扫盲,都在进夜校,你却不让孩子上学,造罪呀!以后怎么向孩子交代……"王必昌的意思是让大恨不动也上,亢根柱却没有答应,他只让二的上。

父子俩走下门坡时,山间已是一片明亮。苍郁的露晓峰上霞光透过薄薄的阴云,在黑云边上镶上厚厚的金红。翠峰山山腰的灌木丛中飞起一只只小鸟,峰顶的松杉翠绿晶莹,河沟里野草叶上闪着亮亮的露珠,草窠里不时惊起一群扑噜噜的石鸡。

爹赶着驴嘚儿嘚儿下土坡,一边拔着路边的芦芽草喂驴,一边给二恨不动讲着过去的事:"那年日本人进山,王区长受了伤,爬到塔底沟时昏死过去,山林里一头豹子闻见血腥气出现在对面的山坡上,你爷爷一铳子轰走豹子,招来了日本人。爹把王区长背到水沟山洞里藏起来,日本人便把你爷爷吊在这棵核桃树上打。要不是前山惊下的一群狼顺沟跑过来,日本人顾了撵狼,你爷爷那次就给打死了……"

五七里的山路上驴蹄嘚儿嘚儿,路旁小溪里流着汩汩清水,就是这股水养育着他们家。爹常说这样的风水宝地竟没人来住。不来也好,不来,这里就是咱们的,山高皇帝远,谁也管不着。

当那轮红圆的朝日滚上露晓峰山头时,父子俩已来到岔口村村外了。岔口村有百十户人家,是山里一个较大的村庄。左右一里宽的缓坡上,高高低低的房屋掩映在白杨绿柳丛中,家家院里都有一树或几树白的杏花、红的桃花,村里村外最多的是枣树和核桃树。

学校在村外一座山神庙里,山神庙筑在半坡一个平台上,高高的石台阶,左右两根两丈多高的石旗杆,山门外一棵粗大的古槐,树荫笼罩了半个平台,木构的山门上挂着"岔口完小"的牌子。山门左右两个青石狮子,下部青苔斑斑,上部被孩子们爬上爬下磨得光洁溜滑。进了山门是一座牌坊式的二门,山门与二门之间一边是钟楼,一边是鼓楼,皆建得很有气势。院子里一座大殿和左右两大间配殿都做了教室。大殿左右各有一砖门洞,一边三间平房,过去住看庙的及住庙的和尚,现在做了办公室和教员室。学校五个教员,校长是个五十多岁的老头子,剃一个亮晶晶的光头,口里缺两颗门牙,说话嗞嗞嗞直漏气。两个教员戴眼镜,文质彬彬,衣服整洁。一个不戴眼镜的生得白白净净,说话细声细气,梳一个山里很少见的小分头。还有一个年轻女教员,人生得白净俊俏,嗓子脆脆灵灵的,还会压风琴。岔口完小的教员配备在翠峰乡可说是阵容最为齐楚了。

在离学校二三十步远的柳树下,爹停住驴:"二的,下,自己去吧!"

亢根柱对那学校生有一种敬畏之情,除第一天上学送二恨不动到学校外,每次都只送到这里。二恨不动便爬出篓子滚下驴背,用袖头擦一下鼻涕,提提裤子,蹦跳着跨过河沟,爬上石台阶。爹目送着他进了校门,才赶着驴往回走。

"老根柱,送儿子上学?"

遇到人,总这样问,爹就红了脸,不好意思地说:"娃小,山里狼豹多。"

下午放学时,爹早早赶着驴又在那棵大柳树下等着了。

爹便这样接送了两年多,无论风霜雨雪,天气好坏,爹都要接送。

可是有一天,二恨不动说什么也不用爹接送了。说爹再要接送他就不上学。爹发愁地连吸了三锅烟,终于答应了儿子的要求。二恨不动仿佛扔掉什么包袱似的,一个人蹦蹦跳跳走了。爹却一直悄悄跟着他,直到他上了高台阶,进了校门才返回。傍晚,二恨不动一出岔口村,也总在沟口遇到父亲。爹不是说割草就是说拾粪、砍柴。爹的这种暗暗跟踪,二恨不动早就发现了,也赌过气,但最后还是默许了。有次傍晚回家,一只灰狼跟着他走了半里路,若不是山上砍柴的爹发现撵走狼,二恨不动就怕真恨不动了。山里天气变化无常,一次下大雨,山洪暴发,爹沿着河沟赤脚赶来,将淋得落汤鸡似的二恨不动背上备用蓑衣苫着,父子俩跌跌滑滑回到家里时,都滚成了泥人。二恨不动其实也愿意让爹接送,只是面子上过不去,同学们老拿这取笑他,讥他是胆小鬼,永远长不大。二恨不动要做个男子汉,当然受不了别人的这些嘲弄。但那幽深的山谷,那出没无常的山虫野兽却又着实令小小年纪的他害怕。

他几次问爹,为什么不搬到岔口村去住?既然独门独户住在深山里不便,为什么不搬出去呢?爹总是岔开话题不做正面回答。

爹这种暧昧态度终于激怒了二恨不动。一天放学回家的路上,他遇到从坡上耕地下来的爹,父子俩默默走了一段,忽然看到一只红毛狐狸正在溪边喝水,落日照进溪水,映出一片灿烂的天宇,将那狐狸照耀得更加娇媚。那狐狸听到声音,抬头看看他们父子,并不逃跑,低下头继续从容喝水。二恨不动忽然说:"爹,你当我不知道我们为什么不搬出去吗?我知道,我早就知道,我奶奶是狐狸精……"

"你听谁说的?"爹立时变了脸色,一把抓住亢二恨不动的胳膊:"听谁说的?"

二恨不动从没见过爹对他如此发怒,当即哭了:"人家都这样说,同学们都这样说,岔口村的大人们也这样说……"

"孽障!"爹一把打在他头上,打得他眼冒金星,半天还晕晕乎乎。

"以后谁这样说,你就揍他。不揍,不是我的儿子!"

二

二恨不动哪里知道人生的艰难。野狐峪所以没人来,是因为这地方是只长树不长粮的石头山,亢家祖先避难到此,也正选中了这一点。隐居深山,刨荒种田,亢氏家族几代人为了生存,专挑旁人不要的石头山开荒,捡去石头,担来黄土,一块地最大的也不上一亩,最远的要跑七八里山路,辛辛苦苦好不容易有了一些自己的田土,搬出去靠什么生活呢?亢根柱拙于言辞,给他讲不清楚这些,而他偏又触到了亢氏家族的大忌,这就不能不给他些教训了。

然而,奶奶实在是个谜,爹既然不让提,他对奶奶便更生一种恐惧。他不敢去接近奶奶,不敢看她,即使给奶奶搓胳膊,眼睛也看着别处。奶奶便骂他不孝,说他念书念成书呆子了,迟早要赶上傻子哥哥。每当他拿起书做作业,奶奶便翻着红眼圈里的白眼仁瞪他:"念、念、念官还是念秀才,非把两只眼念瞎不可……"二恨不动于是更怕奶奶,夜里睡觉不敢挨她。而且常常梦里惊醒,看到一只白毛老狐狸从窗里、门里钻出去。岔口人说哥哥小时并不傻,就是看到白毛老狐狸才吓傻的。二恨不动真怕自己有一天也变得和哥哥一样傻。想着这样的心事,就更加留心,倒要查出奶奶的根底来,于是关于奶奶的传说便塞满了耳朵。

　　当年的翠峰山附近远非如今这副模样。那时,这里方圆百里是一片林海,草木繁茂,遍野青葱苍翠拱卫着翠峰山,山林里鸟兽毕集,奇花异草满坑满谷,是有名的风景胜地。传说翠峰山日照岩半壁里有一石洞,洞内住了一窝得道狐狸,这些狐狸朝拜日,夕拜月,摄取日月精华,又四处缠着附近村中青壮男女,采补人的精气。在狐狸的骚扰下,附近村庄的人无不纷纷搬迁。有一年,这里逃难来了一老一少,不听人们劝阻,直往山林深处走,便在野狐峪住了下来。官府听说以后,几次进山搜捕,终因山深林密,不能得手,便放火烧山,可怜百里林海烧得只剩下翠峰山主峰方圆十几里的林木。追捕者看着光秃秃一无所剩的白地,以为逃犯已被烧成灰土,没承想那一老一少却被日照岩洞里的狐狸救了去。周围的林木被烧光,深深隐蔽的日照岩便豁然敞露,狐狸精们失去修炼的屏障,怕拖延得道成仙的时日,便纷纷迁徙,只有其中一只白毛老狐恋着那逃犯少年,不肯迁走。那时,它已可以随意变化为人,于是在老仆的主持下与少年结了夫妻。那些迁走的狐狸临走和它约定:如她贪恋人世姻缘,他们便弃它不顾,让它永远不得成仙,但它若能和丈夫在日照岩附近栽树种灌,栽满十万之数,再造狐狸们的修炼之所,他们便来超度它。她丈夫恋着花容月貌的妻子,怕栽够十万之数后它会离他而去,便将砍来的树头朝下插在土里或故意弄断树苗的主根。这样一年年过去了,十万之数怎么也栽不够。只有柳树不然,顺栽倒插都能活,倒栽的柳树长起来弯弯曲曲,且有长条垂落于地,于是日照岩下长满倒栽柳,于是世间才有了垂杨柳。丈夫的行为终于被妻子发现,十万之数不够,自己得不到超度,到了老死的那一天,临终发下誓愿,要让丈夫的后代世世娶狐狸精为妻。

既有了这样的传说,附近村庄便没有人家与野狐峪亢氏家族攀亲,也没人搬到野狐峪来住。多少年来,野狐峪便只住亢氏一家,但这并不影响亢氏家族的传宗接代。到了一定时候,亢氏家族的男人总会意外地得到一个女人。这种来历不明的女人当然便是白毛老狐誓言中所说的狐女了。亢家的人对此讳莫如深,于是更少了与外界的接触。

老祖母胡银花便是个来历不明的女人,据说她是二恨不动的爷爷捡来的。爷爷四十五岁那年,一次采蘑菇归来,在塔底沟潭水边发现一个躺在那里昏死过去的女人,试了试鼻息,还活着,就把她背回家,对她百般救治照顾。女人醒来后,爷爷问她是哪里人氏,如何来到这里?她两眼茫然想了半天,说她什么也不知道。爷爷心里就有点害怕,但也没有办法。四十五岁的光棍,亢家还要传宗接代,总不能断了香火。问她愿不愿意留下来和他成亲,她点点头说愿意,爷爷便娶了她。那时的奶奶,柳叶眉、杏壳眼,唇红不用胭脂点,长腰细身瓜子脸,年纪比爷爷最少小了二十岁。爷爷得了这样一个妻子,自然心花怒放,然而在高兴之余,却也常常惴惴不安。收留一个来历不明的女人,且娶人家为妻,若是狐女也罢,即使鬼魅也总算一辈子不枉为男人,但若不是呢?如果是人家逃出来的妻妾,迟早总有漏风的时候,那时让人找来,岂不糟糕?于是便千方百计启发她,希望她能回想起自己的出身家世,也好了解底细,再做定夺。她也常常痴痴坐想,但一想得时间长了便头痛,一痛就是半月二十天,木木呆呆,白痴一样。一天,她忽然说,她想起来了,她叫胡银花,是口外一家大户人家的闺女,一天起了大火,一群骑马的强盗冒烟突火冲进来,见人就杀,她就跑了出来……可仅此而已,如果再想,便又头痛。爷爷一听那个“胡”字,心下立时豁然,知道在劫不免,倒也怡然自得,从此不再追问。

奶奶人既生得俊俏,又做得一手好针线,绣得好花,还略通医术,尤其于揣瘊和治眼疾更见神效,这就愈增加了她的神秘味道。当爷爷一次领她到镇上赶集,卖她绣的那些枕头、兜肚、袖头、裤边时,整个市集都轰动了,人们都争着一睹这深山老林中少妇的风采,更加那"知情者"添油加醋一说,愈益引动了人们的兴趣,弄得观者如堵,道路壅塞。爷爷哪曾见过这种阵仗,早慌得没了主张。奶奶却表现得落落大方,神情自若。有那地方恶少、街头无赖,不知厉害,想趁乱摸摸揣揣,瞅点便宜者,不是马上头晕,就是腿疼胳膊疼,奶奶那狐仙的名分便愈发坐实了。于是在奶奶年轻时候常有人翻山越岭来找她看病,也有人来求她缝衣、绣花。奶奶擅长的是揣痞、治眼疾,若有孩子腹内结了痞块或人患了眼疾,经奶奶看过,十有八九会好。奇怪的是,有些人并非得了这两种病,经奶奶看过,也有痊愈者,尤其那些疑神疑鬼、精神分裂,所谓跟了鬼魅者,只要来过,经奶奶说上几句后,马上就见神效。

人们的附会传说不免有夸大的地方,但有几点神秘之处却是亢家大大小小包括胡银花本人也说不清道不明的:她既然将自己家世出身忘得干干净净,怎么就没忘了缝衣刺绣的手艺?她又是从哪里学到了看病的本领?特别是她那说阴就阴,说晴就晴,对天气的预报和她那热衷于栽树的癖好就更使人想起这个家族的那些古老传说。

爷爷带着这些疑问离开了人世。父亲显然也对奶奶疑问深深。父亲知道这些比二恨不动晚得多。十几岁前他从没单独出过山,偶然跟父母到岔口或镇上去,也因有大人相随,外人不敢向他说这些东西。即使有打猎、采蘑菇、挖药材的进山,也只在他家门前路过,大不了进来讨口热汤喝,同样没机会向他灌输这些。可那些看病的人对母亲的敬畏,见到她的人对她注视时的奇怪眼光,以及人们偶尔透露出的只言片语,还是在他心中种下了神秘的种子。到他长大后,经常出外办事,从好事者口中听到这些传说,他也不大相信。因为他的老婆也是捡来的。

那年,亢根柱三十三岁,年迈的父亲到处托人给他说媳妇,可就是没人愿到野狐峪来。一次,到镇上赶集,他在饭店吃饭,有个逃荒女人要饭要到他跟前,他忽然就怦然心动,感到要有异乎寻常的事发生。痴痴盯住那女人看,总感有种似曾相识的感觉。店主和吃饭人中一些熟人见他神情异样,便怂恿他领那女人回家,并代他问那女人愿意不愿意?居然一说就准。他想起自己家族那些神秘传说,怕这女人也是来历不明,一再问女人的根底,女人说得清清楚楚。说老家是河南信阳刘家汇,家乡遭了洪水,全家只剩了她和母亲,一路讨饭来到山西找亲戚,亲戚没找着,前不久母亲又死了。这些话他问过镇上许多人,都说确有其事。他和女人亲自去看了那坟土未干的墓堆,这才领女人回家。妻子常常讲起自己的老家,讲起自己的过去,一讲就流泪。她说她有个妹妹,比她小三岁,生得好聪明,好漂亮,可是让洪水冲走了。他爱听妻子讲这些,讲这些他就有种实在感,觉得亢氏家族总算在他手里离开了那些可怕可厌的传说。逢年过节不用妻子吩咐,他总要备了香烛供品去给岳母上坟,人们问起,他答得很痛快,很荣耀。久而久之,引得人们发笑,一见他面就打趣:"又给丈母娘上坟去呀!"

这本是无可非议的事,可人们仍然说他老婆也是狐女。要不,为什么那女人没跟了别人偏就跟了他呢?河南,河南有没有个信阳县呢?中国又有没有个河南省呢?河南信阳又有没有个刘家汇呢?即使有,就不是她的编造吗?狐狸精前知五百年,后知一千年,什么不知道呢?又谁知那死去的老太婆是不是她娘?渐渐地,弄得他也糊涂起来。夜间,妻子睡熟时,他便常常到她屁股后去摸,看是否会摸出一条毛茸茸的狐狸尾巴来。

他从妻子身上实在发现不出一点怪异之处,她和他同床共枕,为他生儿育女,孝敬公婆,体贴丈夫,吃的是人饭,做的是人事,怎么会是狐狸精呢?可母亲就不然,那诸多怪异之处,不同别人说,他自己就感到不可理解。他至今仍记得母亲年轻时的照人光彩,那么俊俏漂亮的一个女子,举手投足都是大家风范,有时讲出的一些话令本地一些受人尊敬的读书人都瞠目结舌,却怎么会无缘无故跑到野狐峪来,嫁一个半老头子而且毫无去意?她一生不茹荤腥,并常常告诫子孙们多行善事,不可妄杀生灵。她对出身家世毫无记忆,可对亢氏家族的历史却了然于胸。他的爷爷、奶奶和父亲在世时倒也经常讲这些东西,但却都不如她讲得生动、连贯,好像祖辈那些事她都见过。可对于狐狸一说,她闭口不提。然而,每当十五前后,她经常站在院内,对着对面山顶松林梢上的圆月痴痴发呆,有时还要拜上几拜。

母亲这些怪异行为都使作为儿子的亢根柱大惑不解,但疑问又能向谁说去?母亲?妻子?儿女?他自己背上这样的包袱,他不能让这阴影一直笼罩着家庭,他想把这阴影除去,这才抱养了草莓,这才听上王副县长的话让二的上了学,谁知上学反使儿子更早知道了这秘密。外面人的嘴呀!

三

外面人嘴虽恶,会讲等等令人不安的故事出来,却改变不了二恨不动作为一个学生的好成绩。从上一年级以来,他就一直是班里的第一名,每年都将一两张奖状拿回家,爹爹作为荣耀将那奖状贴在窑洞正面墙上,花花绿绿一年年扩大着地盘。奶奶看了却总是摇头,认为状元公祖宗的灵魂附了二的的身,这个家要遭劫了。

奶奶人既老聩,胡话越来越多,谁也不把这当回事。只有二恨不动却每当奶奶说这些话时,他便有一种被道破心中隐秘一样的感觉。他知道自己对这个家的厌恶在随着那一张张奖状的增加而逐渐强烈,他知道自己终将与这个家有一次决裂,他看不惯这个家中的许多,许多他都看不惯。

二恨不动开始对家族的反叛是从改名字开始的。他不能接受奶奶给他起的这个既长且俗又拗的名字。别人的名字或一个字或两个字,三个字的也少见,而他的名字却是四个字,叫起来一长串。谁也嫌麻烦,不将他的名字叫全。家里人叫他二的,同学们叫他二恨或不动,光头老校长则更简便,叫他亢二。"恨不动"这意思也难懂,这是句土话,意为搬不动、摇不动、挪不动。有个同音字"摁"才是本字,是排斥的意思。取这名字是防不测,为长命的意思。亢家人丁不旺,生男多有夭折,取名便都取这方面意思,比如爷爷狗栓,父亲根柱。大恨不动保了命却是个傻子,生了二的,便仍叫恨不动,兼有混淆冥听的含义。两个人同名,勾魂鬼判若勾走一个,生死簿上销了名,剩下的一个便永远"摁"不动了。二恨不动哪明白奶奶这份苦心,他只感到这与众不同的名字屈辱了他,如奶奶的种种行为一样怪异。当时的舆论正在大张旗鼓宣传人民公社的"一大二公",二恨不动心有灵犀,于是便偷偷改名为"一公",准备在适当的时候公之于众,以取代那个烙着野狐峪深深印痕的"二恨不动"。

人既有了这样取义高远的名字，自然容不得家族的卑琐。在动员入社的干部到来之前（亢家在初级社、高级社时都因地处边鄙而未入社，一直单干），二恨不动已在家中闹了几次"革命"。他先是劝父亲将家中的铜瓢、铜勺、铜脸盆、铜秤盘、铜火锅等铜器一应交出，支援国家工业建设，接着便动员父亲入社，继而又要求父亲让已经九岁的妹妹草莓也去上学。儿子这一连串要求要挟一齐攻来，弄得亢根柱着实难以招架。

亢根柱深居野狐峪，隔绝了外面的世界，他只知道出力种地，交粮纳税，实实在在过他独家独户的生活，他哪里知道世事正在发生着重大的变化。由于他家仍是单干，儿子在学校承受着巨大的压力："单干户，穿的烂棉裤，吃的滚水泡甜苣……"每当有同学侮二恨不动，便大声喊着这顺口溜来羞辱他，于是一呼百应，声如雷霆。二恨不动往往在这种喊叫下灰溜溜如丧家之犬。他感到这是比任何咒骂都要恶毒的羞辱。他要逃出这羞辱，他不能永做单干户的儿子。

亢根柱不清楚儿子所受的那些羞辱，老祖母胡银花就更不能容忍二孙子的这些言行。

"念书念成书呆子了。念书，这个家非让他搅败不可；念书，满门犯剿……"

奶奶藏起铜瓢、铜勺子，一见二恨不动就恶狠狠骂。母亲惊慌失措，被儿子那些威胁吓坏了。儿子也不知从哪里听来的话，不入社要拉到镇上游街批斗，要关禁闭，要抄家。她便随了婆婆偷偷藏东西。草莓因父亲不答应上学，一个人偷偷哭泣，傻子大恨不动高兴了，嗷嗷叫着："入社、入社、入社了……"赶得羊们四散跑。

"念书、满门犯剿、败家……"

"娘，你安静点吧！"

亢根柱动了火，烟袋敲得炕沿哪哪响。

每日的黄昏便在这乱哄哄中过去，大家就都有点怕二恨不动下晚学回家。他一回来便绷着脸，扔下书包就问："爹，你想通了没有？你要不入，我一个人入去,我不能再当单干户的子女。我不能再和老落后、老顽固在一起……"或者,他又传回一些更加吓人的消息:国家要对单干户实行什么什么政策啦,要对单干户的家属进行怎样怎样的强制啦……

二恨不动新词一套又一套,亢根柱哪能斗过这小学三年级的学生。那些骂人的新词他从来没听过,那些政策什么的他从来不知道,不清楚这些东西究竟有多厉害,只是听着便觉心里发冷。为了证实儿子的话,他结结实实背了一百二十多斤一背干山柴专程跑到岔口村去问支书。支书看他将山柴放在院里,热情地将他接进家:

"老根柱,你来得正好,我正要去找你呢!"

根柱一听,满身热汗一时凝成冷霜,结结巴巴说:

"狗罕兄弟,支书,咱,咱可是正经良民百姓,公粮、余粮,咱,咱都交了的……"

"没说,没说。只是这次入社,我正要找你,上面精神,不能落一户。以前,你老哥离得远,我可以包庇你。而这次,"一大二公",不能落一户。管理区批评我,怎么搞的?野狐峪至今单干户,你这支书怎么当?强制性,不入也得入,所以我不能再替你包庇。入社好啊!共产主义,有福同享,电灯电话,楼上楼下,想吃白面到年下。不对了,共产主义天天吃白面。你老根柱吃过几顿白面?所以入社就是好啊!入社你就是社员,人民公社,全县就咱这里落后了,别处都成立,鞭炮噼里啪啦,而且我都参观过。参观知道吗?就是大家一齐去看。当然,是各社支书、社长去,管饭吃,大肉烩菜,蒸馍枕头大。他娘的,那蒸馍共产主义。所以,工作组马上来,我说来欢迎。党的领导,能不欢迎吗?不过,我说了,亢根柱没问题,好百姓,肯定入。我们岔口农业社,没问题,亢根柱同志是立过功的,救过王区长,现在是王副县长了。对了,你看我差点忘了,王副县长还专门让我捎话给你,让你入社。野狐峪也是中华人民共和国的一部分,亢根柱同志会觉悟,强制性,一户也不能留……"

狗罕支书毕竟是支书,会说话全管理区都有名。

从支书家出来,亢根柱不由对儿子产生一种敬畏感:到底念了书,了不起啊！儿子。

亢根柱虽已拿定入社的主意，工作组还是来做了一番思想动员工作。亢根柱受宠若惊，杀了一只羊、三只鸡招待工作组，并对工作组说了儿子对他的动员。

工作组批评他不该宰羊杀鸡招待他们，坚决和他们一起吃酸涝饭。对于二恨不动的行为他们大为惊异。工作组组长吴贺站在那贴了半墙的第一名奖状前不住称赞："好，好，想不到，想不到！亢根柱同志你要好好培养孩子啊！"

二恨不动下午学回来时，工作组正要走，吴贺在窑门前拦住二恨不动：

"小同学，下学了？你做得好啊！动员家里支援国家建设，动员入社，都走到工作组前面了。哈哈哈，你这义务宣传员。"

二恨不动脸儿红红，两眼激动得大放光彩。

"我得记住，你叫什么？亢二恨……"

"不，我叫亢一公，一大二公的一公！"

二恨不动受到表扬，头脑一热，勇气倍增，便将未公开的自己改的名字报了出来。

"一公，一大二公，好啊！好！这名字改得好，谁给改的？老师？"

"不，不是老师，是我自己。"

"好啊！改得好！"

吴贺也激动了，摸着二恨不动硬茬茬的头发说：

"好，过几年要考不上学校，你来找我，我要带工作队员就带你这样的队员。"

奶奶坐在窑洞炕上的角落里，一直瞪着白多黑少的红肿老眼仇视着外面。工作组刚走出院门，她忽然锐声喊道："恶啊！来了。"两串浑浊的老泪流进脸腮上纵横的皱纹里。

吴贺这次进野狐峪收获不小，不但那个叫亢一公亢二恨不动的小学生给他留下了深刻印象，当他看到沟里乱石堆中满沟满坡由亢氏家族几代人栽种的杨树、桃树、杏树时，他更大大发了一番感慨：植树造林，绿化祖国，这是年轻的共和国成立后提出的第一个响亮号召。但在他所见所闻中这一号召还并未被人们广泛重视起来，想不到在这里他竟发现了这样一个典型，这个大学中文系毕业不久的年轻干部思维敏捷，对于政策，对于新生事物的把握要比那些工农干部准确得多，也迅速得多。当时，他对亢根柱着实嘉勉了几句，并决定向县里反映，树一面植树造林的红旗。

"老根柱，你们家为咱县绿化河山立了功啊！"他想到当这面红旗在全县、全省乃至全国引起反响，亢根柱或许会成为一个李顺达式的农民模范时，他激动地握住亢根柱锉子一样的手直摇晃。亢根柱受宠若惊，讷讷着不知该说什么。然而，更让吴贺激动不已的是他在这里见到了一件闻所未闻、见所未见的奇事，如果不是他亲眼看见，打死他也不会相信世界上竟会有如此荒唐之事。

当吴贺由亢根柱领着在沟里转了一圈，看了亢家的一块块土地，看了亢家栽种的树木，沿着山溪水正要往外走时，只见傻子大恨不动扛着一只山羊正向他们走来，远远就喊："爹，老黑羝死了，死了，老黑羝……"亢根柱看了眼吴贺紧跑几步走过去接下儿子肩上的山羊，翻翻眼皮说："死了，这羊死了。""爹，埋了吧！"大恨不动麻利地提着山羊的两条后腿，将羊搭上肩膀，请爹示下。亢根柱抬起眼皮看一眼跟上来的吴贺，点点头。吴贺忙问："怎么死的？""老死的。"亢根柱淡淡地说。"七岁了，老黑羝七岁。"傻子咧着嘴流出半拉涎水，卖弄地向吴贺说。"七岁？你羊群里有七岁的羊？""有啊！还有八岁的呢，小耳朵八岁。"傻子吸溜一下涎水抢着回答。吴贺吃惊地张大了嘴巴，问亢根柱："你家有多少羊？""五十二只，现在五十一只了。"大恨不动又抢着回答。亢根柱瞪一眼儿子沉声说："你甚也知道，快埋羊去。""为什么埋呢？又不是病死的，不能吃吗？""哪能吃，肉老了，咬不动。大的，还不快埋羊去。"大恨不动扛着羊去了。吴贺动了好奇心，非跟去看不可。在一面坡地里，吴贺发现了七座羊坟。他亲手帮大恨不动埋了羊，热得衬衫都湿透了。亢根柱急得头上豆大汗珠直往下滚，让工作组同志帮他埋羊，他比自己受一天苦都累，但他又阻止不了吴贺。

以后的岁月里，吴贺多次回想起这次荒唐的事件，他不知道该怎样评价这憨厚朴实的山民。说他愚昧落后吧，他一家几代人默默地绿化了一条山沟，栽下几万株树木；报他为劳动模范吧，这等行为哪能够得上劳动模范？"严重的问题在于教育农民。"吴贺对这句话理解得更深更透了。"走集体化道路，这就是结论。"在人民公社的成立大会上讲起这件事，吴贺仍然激动不已："一个单干户，养了羊，自己吃不了，就让它老死，然后埋掉，而许多人家却在过年过节时也吃不上羊肉，如果走集体化道路会有这样的事情吗？同志们，只有社会主义可以救中国，只有人民公社才是农民过上幸福生活的金光大道。"吴贺的发言引起了轰雷般的掌声，他自己也为自己这临场发挥的精彩即兴演说十分得意。他当时的认识只能如此，二十多年后，当他又一次来到野狐峪，又一次见到埋羊的奇事仍在继续时，他想到的已不是这些，首先进入他脑中的是这样一个概念——"商品意识"，他也曾像当年那样情绪激动地讲演，而且所对的听众已是全县而不仅仅一个翠峰公社。那时，他的认识也只能是那样。

在人民公社成立大会上，吴贺还讲了那个三年级学生动员家长入社的动人事迹："人民公社是深入人心的，我们的小学生都走到我们前面了，我们有了这样的革命事业接班人，我们还有什么办不成的事情呢？"至于亢根柱一家几代人在深山里植树不止的话题，在那次大会上吴贺不知是出于谨慎，还是感到不合时宜而只字未提。由于只字未提，倒使吴贺免除了不少尴尬。因为不久，野狐峪便成了另一番景象，他如果激动地表扬了亢根柱，那么，在以后的日子里他会很难堪，也会很难受。

无论如何，野狐峪这个鲜为人知的深山独家村一下子出了名，三年级学生亢一公的名字也在人们口头挂了很长一段时间。

四

两头驴入了社，圈进岔口村集体饲养棚。五十只羊入了社，赶进岔口村大羊群。大恨不动给社里放了羊，草莓也上了学。犁耧耢耙交了公，仓里粮食也全归了食堂。社员亢根柱和社员刘拉弟每天都要到岔口村去听队里的统一分配，统一劳动。一日三餐吃食堂，家里便只剩了老祖母胡银花，昔日生气勃勃的野狐峪一下子变得冷冷清清，也不知道自己到底活了多少年纪的胡银花耐不住这怕人的凄清寂寞，每天飘散着满头银发，拄一根榆树拐杖走下门坡，走进沟里，在野狐峪的沟沟岔岔转悠。她到这里至少有六十多年了，六十多年来，她先是和婆婆公公，后是和儿子儿媳在这条沟里刨荒种地、养羊喂猪。每年春秋两季，清明、重阳前后都要栽树，种桃种杏，插杨插柳，栽松栽柏，凡是无主的空地都要栽种，一辈辈人就这样活下来。也遇过兵，也遭过匪，也让人砍过他们栽种的树，霸过他们开出的地。水灾、洪水、旱灾也经了几次，但这条当年荒凉的山沟毕竟被他们改变了样子。别人霸了他们的地，他们再开；别人砍了他们的树，他们再栽；别人抢了他们的粮，他们再种再收。抱着与世无争的态度，他们一次次往深山深处迁。他们从来没有大的奢望，一家人吃饱穿暖就行。至于地里的东西，人来拿就让他拿走，世上的东西都是世人的，他们从不把这沟里自己世代所创造的东西视为己有。有人来砍了树，抬不动，根柱的爹还帮他扶上肩，送他走出沟口。这里也曾有人搬来住过，但都因缺乏他们家那份吃苦、那份忍耐，住不上几年就走了。人到这世上就是吃苦来了，吃不得苦枉为人。

老人一棵棵摸着自家人栽种的树株，望着那郁郁葱葱的树冠，树叶间洒下的斑斑阳光刺灼着她的眼，不断地有泪水流出，她的心颤颤的，闪闪烁烁、恍恍惚惚。岁月在这里本来是沉寂了的，特别是近年来，兵荒马乱没有了，地主恶霸没有了，外头人到野狐峪的就更少。开多少荒地也没人管，种多少树也没人霸，粮一年比一年打得多，羊也一年比一年喂得多，日子过得正兴头。可是忽然就要入社，就要全拉走、全赶完，连人也拉走了。这都因为出了那忤逆的二东西。这二东西从小就鬼眉花眼的，根柱的偏还送他上学。老祖宗有言，不让后代再念书，违了老祖宗，报应可不就来了。报应，那状元公老祖宗的魂灵又回来了，几世修行积德还是还不了老祖宗宰猪杀羊造的那些孽。回来了，又回来了，报应。一个人活得年纪太大了什么也要经见，老了，太老了。要再小十年，就不会让他，不会让。她用拐棍狠狠戳着地皮说："不会让！"

去年多刨了二亩地，今年收成空前好，可是粮食都被岔口村的车拉走了,都让岔口村的驴骡驮走了。收又不好好收,谷茬留得半尺高,玉茭秆也不割,这叫什么收割?

走出沟里的树林,老人累了,一屁股坐在一块半亩大小的玉茭地地堰上。忽然看到地里金黄金黄一穗玉茭棒子。老人爬过去,接着又发现了一穗。老人忽然兴奋起来:收,这也叫收割?她或站,或爬,一株株玉茭摸索着,一垄垄地过着,工夫不大就捡了二三十穗。枯黄的玉茭叶刮着她的脸,刮着她干枯的手臂,她全不顾,脑后的发髻散了,白发披在肩上,和汗水、泪水混在一起。

老人每天的饭都是根柱两口子从食堂打回来在家里热了给她吃的。根柱每天中午都要来回往返十几里给老人送饭。老人心疼儿子,坚决阻止儿子中午回来。于是只好头天中午打第二天中午的饭,让老人自己热着吃。当初交粮时,老人硬霸着偷偷藏了几瓮,不知怎么就叫鬼精的二恨不动发现了,硬逼着爹把剩下的粮都交了,说不交就报告管委会。老人虽还有存粮,也再不敢往出拿,便只好等着每天的嗟来之食。如今老人发现了这意外的收获,焉能不高兴。年年防灾,夜夜防盗,家无三年粮,必定受凄惶。食堂初办,白面、肉菜、炸糕、大米,变着法儿吃,家里人都高兴,认为没必要藏粮,唯有老祖母不信食堂会永远办下去。一村人吃一锅饭,没有不散的筵席,亲兄弟还要分家呢。紧紧巴巴过日子,一遭荒年都饿得眼发蓝,这样大吃二喝,众人的老子没人亲,不吃出窟窿那才怪。老人一看见那空了的粮仓就心里发慌,别人再有也是别人的,自家没有自家愁。等到米山面山吃倒的那一天,怕你们哭皇天也没泪了。还是这深山老林好,你们荒天荒地收了没事了,我捡了这粮至少也能吃半月十天。造孽呀!金黄金黄的粮食呢!就这样抛撒,就这样抛撒,米山面山也非吃倒不可。存粮吧,存粮吧,不存你们都要受害呢。

老人越捡越兴奋,越捡越想捡,忘记了饥饿,忘记了疲劳,忘记了时间。日头缓缓地从深秋五彩斑斓的翠峰山顶划了个半圆落下去,钻进地底,她也没发觉。

这天,亢根柱在场上加班打粮,吃过晚饭便又到了场上,刘拉弟带着一儿一女从食堂给老祖母带了晚饭和早饭回来。自从入社后,刘拉弟仿佛变了个人,这集体生活又新鲜又刺激,男男女女一块劳动,有说有笑,自己不用操任何心,不用做饭,食堂的伙食又好,她明显胖了,脸上红润润的,露着笑容,私下里她常和丈夫说:"日子要一直这样过下去,倒比一家一户在沟里好得多。"根柱虽然常常迷惘,感到飘飘忽忽的,不像一家一户那样踏实,但也觉不出集体有什么不好,便含含糊糊应道:"走着瞧吧,现在还看不出什么。"他常常担心着他的驴,他的入了社的犁耧农具,但慢慢地,他这份心也淡了。反正你也不能时时看着它们,庄户人讲实际,大势所趋,扭不回来的你强阻也没用,走着瞧吧!

母子三人说说笑笑走回家里时,太阳已经落山,西山顶上一片火红的晚霞将房屋染得一片光明。傍晚的山中静静的,静得寂寞,树上不时无声地飘落一片两片红的黄的树叶,鸡们懒了啄食,咯咕着围在窝边,圈里的猪懒懒地躺着,一切的安谧静寂中只不见了老祖母,往常此时,她正一个人坐在窑洞前看西边的落日,望着家人的归来。

不见老人家的面,刘拉弟心中一紧,几步冲进院门,只见窑门紧闭,黑铁的大锁暗然垂落在门环上。

"你奶奶呢?"

她说着抖颤着双手打开门锁,窑里一片黑暗,定了定神才看清灶上冷冷清清,中午的饭原封不动摆在锅盖上,老人连午饭也没吃。

"二的,你奶奶哪去了?"

二恨不动和草莓这时也已进了窑。

"二的,快,找你奶奶去。"

二恨不动也看清了那冷冷寂寂的锅灶和上面的冷饭,心里也有点发慌。这时,草莓却已在院里"奶奶""奶奶"叫喊起来,声音在静静的山谷中回响,却听不到一点人的回声。母子三人脸色都变了。奶奶会到哪里去呢?二恨不动的眼光不由扫向高高的日照岩上那个石洞。洞旁一棵酸枣树,上面似有一只金花鼠正捧食上面红珊瑚般的酸枣。草莓仍在叫,那声音仿佛一缕缕全被吸进酸枣树后面的那黑洞内。二恨不动身子一激灵,打个寒战,回头望母亲,她也正朝那黑洞望,母子俩眼光一碰,脸上都极惶惑地露出惧色。

"二的,到,到沟里去找,你奶奶可能在地里。"

刘拉弟躲开儿子的目光,说着话就往沟里跑。

老祖母听到孙女的喊声,忽然才发现天已暗了下来,她想回答,可喉咙里又干又黏,嘶哑着喊不出声,这时才感到浑身酸疼,没了一点力气,使劲咽口唾沫,润润嗓子,好容易才勉强应出一声。

母子三人循声走进玉茭地时,首先进入他们眼中的是那几堆黄灿灿的玉茭棒子。忽然,一只火红的狐狸一窜,玉茭地里便出现了老祖母披散着白发的头。二恨不动和母亲同时惊叫一声,不由后退一步靠在了一起。小草莓诧异地望他们一眼,嘴里喊着"奶奶",向奶奶那里扑了过去。

当小草莓扶着颤巍巍的老祖母走出玉茭地时,刘拉弟才醒过神来,她上前一步扶婆母走下地埂,嘴里抱怨地说:"娘,你这是干什么? 让人担惊受怕的。"

"玉茭,你看我捡了多少玉茭!"老祖母忽然又兴奋起来,两眼灼灼回头望着那几堆金灿灿的劳动成果,面上漾着得意的笑容:"造孽呀,有这样收割的吗? 造孽,好几块玉茭地,我都捡了,造孽……"

"你也不说吃饭,娘,晌午饭你也没吃,谁用你……"刘拉弟此时也被那一堆堆收获点燃了兴奋,回头对二恨不动说:"二的,回去取箩头,咱们捎上点。"

"往哪捎?"

二恨不动冷冷地说。他也盯着那一堆堆玉茭。

"往家里呀,你奶奶捡的,快去。"

刘拉弟并未思考儿子问话的含义,依然命令着儿子。

"不,这玉茭不能往家里拿。"

四年级学生亢二恨不动决然地说:"这是公社的玉茭,应该往场里拿。"

"不能往家里,往场里?"刘拉弟一时没转过弯来,茫然望着儿子:"咱家地里长的,你奶奶捡的,往场里?"

"往场里拿？我辛辛苦苦一天，往场里拿？"老祖母忽然来了力气，推开儿媳和孙女，两只混浊的老眼喷着愤怒的火星瞪着孙子，声音斩钉截铁："往场里，你再说一遍？我家的地，他们糟蹋，不好好收割，扔在地里，我辛辛苦苦，一天，往场里？造孽……"

二恨不动被奶奶的愤怒逼得退了一步，避开奶奶愤怒的目光，但仍很坚决地说：

"不论谁捡的，这是公社的粮食，就应该交到场里。"

"场里，公社的，你这小没头鬼，反了你，我辛辛苦苦一天，你不让往家里拿。根柱媳妇，你给我取口袋去，我看谁敢把我捡的玉茭拿到场里？真是有天没世界了，造孽。根柱媳妇，听见没有？拿口袋去。"老人一屁股坐在地上，瞪着孙子："你个小没头鬼，养大你了，你翅膀硬了，公社的，场里，你过来，你个小没头鬼……"

二恨不动看着披头散发的奶奶愤怒的样子，一步步后退着。

作为家庭主妇的刘拉弟此时左右为难，地是自家种的，入了社成了社里的，社里收割了庄稼，丢了的粮食该是谁的呢？小时候在河南老家，每逢夏秋收割，她和妹妹都要出去捡粮食，财主家地里也去，旁人家地里也去，本村人地里也去，外村人地里也去，捡了都是自己的，没人说过长短，可是现在她弄不清了。儿子说老祖母捡的粮食是社里的，这或许也对。大家连人都是社里的，都在公共食堂吃饭，捡了粮似乎也应该交社里，可是如果不捡呢？岔口村路上金黄的玉茭，谷穗被车轮碾，被人踩，地里遗弃的粮食没人理，羊吃、鸟吃、老鼠吃，变土、变粪，那该算谁的？这个理她实在参不透。她看看儿子，望望婆婆，叹口气对婆婆说：

"娘，天马上黑了，你一天没吃饭，咱们先回家，往年，多少粮食十天半月地里堆，慢慢往回拿吧，咱这沟里，又丢不了……"

老祖母听儿媳这么说，心想也对，丢又一下丢不了，老的老，小的小，要往回拿那些粮食也够费事。回家拿来家具天也黑了，身上又累，肚里又饿，便瞪了孙子一眼，让儿媳扶她站起来，一家人踩着暮色回家去。

二恨不动一个人落在后面，姗姗走着，心里在拿主意。奶奶捡粮食的事,他一定要报告社里,让社里将这些玉茭拉回去。工作队的夸奖、广播喇叭的宣传和老师的表扬鼓励激发着勃勃向上的少年。至于奶奶会怎样,他管不了那许多。毕竟,他还是个少年。

五

就在老祖母独自一人在自家归了集体的地里捡粮的第三天下午,野狐峪来了四个穿着打扮都极讲究的人,老祖母胡银花躲在庄稼地里看得清楚。这四人中一个是在他家吃过饭,夸奖过他二孙子的那个工作人。他是四个人中最年轻的,另三个都在中年以上,其中一个白胡白鬓的老者架一副金丝眼镜,头戴鸭舌帽,穿一件银灰风衣,手里拄着根黑漆发亮的文明棍。另外两个身上背一些棍棍叉叉,手里拿着小小的锤子。老祖母第一眼看到他们,立即吓得噤了声,浑身哆嗦着尿了一裤子,她心里呜咽一声:"日本人。"她拖着湿淋淋的裤子伏在地上一动也不敢动了:怎么日本人还没走? 根柱的不是说日本人早就打走了吗? 看来他们都在哄我。我一看那姓吴的就不是个正经东西,原来他是汉奸,是日本人的翻译官。我说那天他叽里咕噜夸奖二孙子,这些人可是狼心狗肺什么也能做出来。他莫不是让二孙子也去当小汉奸吧? 这不行,他爷爷怎么死的? 若不是让日本人打了那一次,打坏了腿,他会死吗? 国仇家恨,国仇家恨呀! 他要敢当汉奸,我就掐死他、掐死他……念书,都是念书念坏了。不念书,能招灾惹祸吗? 把我的"刮金板"收了不说,还要让我的孙子去当汉奸,恶啊,报应来了……

老人混混沌沌的思绪里清晰地映出当年的画面:人,扶老携幼,拖儿带女的人;背着行李衣物、金银细软的人;认识不认识、有影没影的人都拥进了野狐峪。窑洞里住满了,院子里住满了,日照岩下凡能遮点风避点雨的地方都住满了,寂寞的山沟一下子成了热闹的街市。逃反的人们在山里支起锅灶,儿啼女哭,仓皇度日,时时准备拔腿再跑。亢家的两口大锅每日三餐都是一大锅粥或和子饭,做完一次又一次。逃反的人有的带点粮,有的没粮便给钱,给衣物。胡银花和丈夫变眉变脸不要人们的东西。家里的存粮,囤里的存粮没多久就吃完了。吃完就煮野菜,煮树叶,胆大的男人便偷偷回去背粮。整整乱乎了一个多月,人们才逐渐离去。好心的人们并没忘记在危难时搭救他们、救济他们的亢家人。许多人回去后又送来粮食,但更多的人却一去不回头了。那年冬天和第二年春天是野狐峪亢家最艰难的时候,那一年也是亢家人最担惊受怕的一年。来送粮的人不断送来消息,说日本人在山外是何等凶残。县城里一次就用机枪扫了两千多人,炸弹炸死的还不说,有的村子被屠了村,女人们老的、小的一个个被强奸,强奸后用刺刀捅进阴户,挑开肚皮,有的孕妇肚里还怀着孩子,剖开肚皮后,日本人将孩子挑在刀尖上……那一年的冬天和第二年春天,胡银花和婆婆脸上一直涂着锅底黑,穿着男人的衣服,戴着男人的帽子,时时心惊胆战准备逃反。

几年太太平平没见过日本人,只以为没事了,想不到日本人走了四五年后的一个春天,一队日本人进了野狐峪。那一次就是一个戴鸭舌帽的家伙和几个穿绸缎的家伙引来的。说是搜什么八路游击队,横眉霸眼进了沟,一枪打死了院里护院的大黄狗,进家又打盆子又打缸,后来便将根柱爹吊在核桃树上用麻绳、皮鞭、棍棒往死里打。幸亏胡银花婆媳预先藏在日照岩上的狐狸洞里,要不,那次还能活命吗? 她还能活到今天吗?

都说日本人走了,怎么还没走? 又来了? 这次来了,看来更没好事,得赶快回去带儿媳和孙女上日照岩,日本人可是连老太婆也不放过的,听说会用东西将老太婆的下部打肿了强奸,妈呀! 快死的人了,早知道有此一劫,还不如早死了好……

老人想到即将会受到的凌辱,身子抖成了一摊泥,但一想到要救儿媳和孙女出火坑,身上立即神奇地来了力气,她看到那四个人走远后,立即爬起来拖着湿漉漉的裤子扭动着小脚很快地跑回她家院子。

媳妇没有回来,孙女也没有回来,时间还是半前晌,老人心急如焚,从这个窑洞出去,从那个窑洞进去,收拾着可收拾的东西,掩藏着可掩藏的器物,猛然想起应该到岔口村去找儿媳和孙女,接应他们逃反,顺便向岔口村的人报个信儿。刚走出院子,忽然想,说不定岔口村已被日本人占了。那么儿媳和孙女……想到此,老人眼前一黑,在街门外的土坡上软软地倒下了。

老人是被进山的那四个人救醒的,当他们扶她回到窑里时,儿媳也收工回来了,孙女也下了学。老人睁开昏蒙的双眼看着安然无恙的儿媳和孙女,看着围在炕边的一个认识的和三个陌生人关切的目光,喉咙里咕噜了几句什么扭开了头。

在儿媳扶着她喂水喝时,她让儿媳低下头,扒着儿媳妇耳朵悄悄问:"他们没糟踏你?"

刘拉弟瞟一眼站在地上的四个人,脸立时烧得发烫,说:"娘,你老糊涂了,说些甚话,是他们把你救回来的,你在门口昏倒了。"吴贺探出身来对老人说:"大娘,你没事吧?"老人白了他一眼,没回答他,却问儿媳:"日本人没来?""什么日本人?"刘拉弟吃惊地问。"他们不是日本人的汉奸?"老人看着地下四个人问儿媳。儿媳又一次脸红了:"娘,你这是怎么了? 日本人早被打走了,哪来的日本人?"

一直在地上观察着老人的白发长者这时似乎悟到了什么,忍俊不禁,不由哈哈笑起来,其余人经他一笑也立刻明白了,不由都笑起来。

吴贺擦着笑出的眼泪,心中一动,对老人说:"大娘,你看你住在这深山沟里,连日本人被打走也不知道。日本人被打走十几年了,现在咱们中国是人民的天下,一个日本人也没有了。大娘,住在这里多不方便,你们家还是搬到岔口村去吧!"

"搬?"老人立刻坐了起来!"为什么搬? 我们住得好好的,为甚搬? 我不搬,要搬,除非等我死了。"

吴贺脸红了红,还想劝说老人,戴鸭舌帽的银发老者拉了拉吴贺衣袖说:"小吴,让老人家休息休息,我们也该走了。"

一行人走出院子,一下坡便憋不住哈哈哈大笑起来,吴贺不免又向他们介绍一番关于亢家几辈人种树和羊坟的故事,以及最近听说有关这个家族与狐狸的姻缘之事,引得三个外乡人慨叹不已。

十多天后,一队队采矿炼铁的农民拉着、扛着各种工具开进了野狐峪。野狐峪又一次热闹起来。

这次热闹比"七七事变"日本人打进来那次持续的时间还长。野狐峪遭到了空前的劫难。成千的人开进山沟，凿山开石，架炉炼铁，一车车炸药拉进来，将山坡炸得土石横飞，树折草散，禽兽远遁。山上东一个坑西一个洞，一片狼藉。乱飞乱倒的山石土块堵塞了溪流，乱行乱走的人踩踏得亢家一块块田地成了荒滩。一座座土高炉在沟里建起来，烟焰冲天，一棵棵大树被放倒，枝叶凌乱。炼铁没有焦炭，便用木炭，翠峰山国有林场的树没人敢动，于是沟里的树遭了殃，可惜亢家几代人栽种了多少年的树遇上了灭顶之灾。最初还只砍杨柳树，后来竟连桃杏、核桃树也难逃厄运。白天人来车往，尘嚣冲天；晚上烟火处处，红光映亮了整个山谷。

等到二恨不动又拿回一张奖状戴回一朵大红花后，亢家的人才知道野狐峪这次劫难又是这二东西给带来的。二恨不动的奖状上写着"发现矿苗小英雄"，是公社发的。公社领导赏罚分明，并不以二恨不动年幼便埋没了他的功劳。

当时全国都在炼钢铁，"钢铁元帅升账"。翠峰公社自然不甘落后，先是收回各家各户的废钢烂铁，多余的农具、灶具等一应与钢铁沾边的东西重新进行冶炼。由于数量有限，放不了"卫星"，公社领导受了几次批评后，便派人在自己地域里找铁矿，并在群众中进行了广泛宣传。岔口小学的老师也向小学生进行了找矿和大炼钢铁的教育。一天，亢二恨不动交给老师一块黑石头，说他听奶奶讲，野狐峪山上有铁石头，不知这铁石头是不是铁矿石。老师听到这消息，大喜过望，立刻将矿石送到公社，公社领导又送到县里，县里有认得铁矿石的，断定那黑石头就是铁矿石。于是才请来省里的专家进行勘探。那到过野狐峪穿风衣戴金丝边眼镜的老者便是一位很有声望的地质专家。吴贺带他们勘探后，专家的结论是有矿石，但储量很少，品位不高且很分散，没有多大的开采价值，倒是意外地发现了这里是铝矾土的富矿。当时，公社领导也不知道铝矾土为何物，反正上面让炼钢铁，就炼钢铁，只要有矿就行，不管他贫矿还是富矿，品位高低又有甚关系，只要能炼出铁来，放一个"大卫星"就行了。于是马上风行雷动，组织人马开进野狐峪。在开进野狐峪大炼钢铁那天，公社召开誓师会，会上表彰了亢二恨不动和他的老师。

老祖母胡银花虽认不出奖状上的字，但一听说人们进山炼钢铁又是孙子招来的，口里咕噜了一句什么，马上就昏迷不醒了。

翠峰公社钢铁元帅升账升也升得快，下马也下得快，折腾了半年多，没炼出几块成型的铁锭，到第二年春天农忙季节到来后，上面的风声似乎也小了，各地的小高炉纷纷停火，县委书记亲自来野狐峪视察过一回后，野狐峪热热闹闹的采矿炼铁没几天便偃旗息鼓，人马纷纷撤退，就像当年逃反来住的人们一样，潮水般涌来，又潮水般退去了。只留下满沟满坡的狼藉，只留下遍地一片劫后的疮痍。

六

腊八前后，一场少见的冬雪悄悄地来到野狐峪。山里的雪下得分外寂寞，大片大片的雪花无声飘落，山、树、沟壑、坡塬都隐没了，全罩在一片混混沌沌的灰白之中。没有人声，没有鸟声，连狼的嗥叫也听不到了，只有那承受不了积雪重压的树枝时而传来一声声闷闷的咔嚓断裂声。

炭盆里的木炭发出虚弱的红光，亢根柱披一件破皮袄默默坐在火盆前的小凳子上吸烟，烟锅里一明一灭映出他脸上的憔悴与消瘦。刘拉弟坐在炕上就着油灯缝补大儿的棉裤，不时呵一呵受冻的手。老祖母窝在炕头上静静地躺着，她已经两个多月不省人事了，每天就这样静静地躺着，连胳膊痛也不说了。大恨不动拉着长长的鼾声睡得正香，小草莓在奶奶身边不时咂巴着嘴在梦中很香甜地吃着什么。二恨不动显然仍未睡着，轻轻地翻着身，窸窸窣窣披着被子。

"你睡吧，累了一天，早点歇着吧，又不用喂牲灵了，老坐个啥！"刘拉弟补完一条裤腿，咬断针脚，在头发上篦一篦针，对丈夫说。

"哎！"亢根柱长长叹息一声，啷啷啷在鞋底上磕掉烟灰，忧心忡忡地说："咱娘这病！"边说边站起身拉开屋门去了院里。

刘拉弟望着丈夫出去，回头看看若一堆破棉絮般堆在炕头的婆婆，也长长叹口气，放下手中的棉裤将女儿一条露在被外的胳膊放回被窝。灯光映着她消瘦菜色的脸，映出她内心的茫然和疲惫来。刚入社时她脸上那红润和焕发的容光，如今已找不出一丝痕迹，生活的变化实在太快了。

丈夫开门进来，带进一股清冷的寒气，他跺跺脚，搓搓手，掸去身上披挂的雪花，一边脱鞋上炕一边说：

"狗日的，好大的雪。"

刘拉弟补完最后一针，将棉裤搭在大儿子被窝上，"噗"一口吹灭油灯，摸索着脱了衣服，钻进被子。

"咱娘这病，怕是不好！"她悄悄地在丈夫耳边说，发出的是一声发自丹田的沉重叹息。

这时，炕头上那堆灰蒙蒙的棉被轻轻动了起来，刚刚蒙蒙眬眬睡着的二恨不动忽然看到一只白毛狐狸向自己扑来。他十分清醒地感觉到那绵软的爪子先蹭上自己的头顶，然后顺着面庞向下走去，那爪子抓到什么地方，什么地方便麻木，他使劲呐喊，使劲挣扎，可嘴里喊不出，身子也动不了。

"二的睡魇住了，你推推他。"

借助父亲的力量，二恨不动从睡魇中挣扎出来，身上一片冷湿，他不敢睁眼，拉起被头蒙住头，身上起了一身鸡皮疙瘩。

"二的，梦见什么了？"

"唔、唔！"

"睡吧，小孩子能梦见什么。"

炕头那堆灰蒙蒙的棉被又动了一下。

老祖母胡银花忽然感到胳膊又针刺般地痛了起来，一直混混沌沌的大脑此时朗若白昼般清醒过来，胳膊的疼痛使她轻轻哼出了声。

"娘，你醒了？"

根柱激动地爬起身，声音里掩抑不住的惊喜。

"柱的，下雪了吧！"

声音竟是朗朗的。

"下雪了，娘，好大的雪，下了一天了，怕今黑夜不会停。你饿不？让莓她娘给你做点饭，你，快点灯。"

"罢了，我不饿，睡吧，睡吧，哎！我这胳膊……"

"娘,我还是起来给你……"

"不用,不用,睡吧!下雪了,我这胳膊……"

母亲又喊开胳膊疼,这说明她的病好起来了。根柱夫妇放了心,不一会儿便先后响起鼾声。

老祖母却不能入睡,她睡的时间太长了。两个多月来,她一直这么昏昏沉沉睡着。儿子媳妇每天喂她饭,她有时清醒一阵,有时迷迷糊糊,不辨白天黑夜。她想她是不行了,该到阎王爷那里去找她的死鬼老汉去了。她在这两个月的时间里确实也见到了她的死鬼老汉,还有她的公公、婆婆、婆婆的婆婆,和他们相聚过。他们都还是当年的样子,一点没变,而她见他们时却远不是如今这样的老迈,她也恢复到当年她年轻时的样子,一个给这寂寞的深山孤村带来欢乐、带来生气、讨人喜欢的"傻媳妇"。这真是奇怪,难不成到了那面人都要变回年轻时的样子吗? 要真那样,死了倒比活着强,要真那样,她便不用这么强挣着又活过来,又回到这病病痛痛的阳世来。唉! 看起来这罪还没受够,还得继续受下去。她实在放心不下这面,世事变得这样出人意料,灾祸要来了。灾祸来了根柱两口子是扛不住的,她不放心他们,不放心这个家。她不能让这家族在她手里断了烟火,她还得活下去,还得活几年帮他们度过灾祸。儿子和媳妇太老实了,他们不知道灾祸就在眼前,他们不知道怎样应付灾祸,他们不知道这家里就有一颗灾星在! 这唯一能续亢家烟火的二孙子她实在不放心,她得调教他,她不能让亢家败在他手里。

想到二孙子,老人的胳膊更加刺痛了,脑子里又出现了一刹那昏茫,她不由轻轻呻吟起来。

老祖母清清楚楚记得那梦,她和死鬼老汉在日照岩下栽树,忽然在草棵里发现了一只小狗崽,老汉抱起那狗崽看了看,扔在地上说:尖嘴乍耳是只狐崽,那狐崽被摔痛了,吱吱叫着哀乞地望着她。她动了恻隐之心,弯腰抱起它来,它却对她龇着尖利的碎牙:"哪里是狐崽,是只狼崽。"她叫死鬼老汉过来看,老汉刚说了句:"狼崽,摔死它!"那狼崽忽然就无缘无故不见了。就在那天夜里,根柱家生下了二的。老祖母活得年岁大,怪梦做过不少,那些怪梦在脑子里贮存久了,总使她误认为那就是实实在在发生过的事。有一次她向根柱两口子说起来,坚持说她和他爹确实捡过一只狼崽,那狼崽忽然就不见了。媳妇反驳说:"娘,你老糊涂了,二的生下来他爷都死了好几年了。"老祖母细细一想,可不。但有时,她却仍记得确实有过那么一回事。

无论有没有过那回事,真也好,梦也好,二的是狼崽托生这一点却是确切无疑的。狼崽子,这狼崽子无疑是来败这个家的。所以,老祖母从小就不喜欢二孙子。

傻的为什么不是二的,而是大的呢?

老祖母常盯着二的这么想。

二的太精明了,从小就会看人的眼色行事,伶牙俐齿,哄得你团团转。每天傍晚,奶奶一哼,他就凑过来给奶奶搓胳膊,小手绵绵的,搓得你心里舒服。小小年纪就懂得为大人分忧,抱柴、取鸡蛋、打扫院子、喂羊……五六岁就数得清家里的羊、鸡,是个勤快孩子,是个聪明孩子,是个孝顺孩子。根柱夫妇对二儿子偏爱有加,老祖母一段时期也忘了他是狼崽子托生,有了好吃的,自己省下总想偷偷多给他些。

坏就坏在根柱要送他上学。上学?上学干什么?念官还是念秀才?山里人有一身好苦能把光景过好就行了,上学干什么?识了字还不是和他那状元老祖宗一样,满门犯剿。就使不说得那么严重,人念书也不会有多少好处,念了书心就野了,手就懒了。岔口村张思悟念了一辈子书,耕地还揣着本书抽空看,老婆娃娃跟上他吃豆渣、吃野菜,腰里勒着根烂草绳,夏天穿着破夹袄,念书有什么用?

这不,念书念出怪来了,回家对奶奶横眉霸眼,先是要往岔口搬,后是逼着家里入社。自家的粮食被人收割走,扔在地里的粮食老奶奶爬天扑地捡回来,他报告了社里,全拉走了。儿子说社里给她记了十分工,工分是什么?画几个道道,能顶吃还是能顶穿?不是说食堂好吗?怎么办着办着停了?怎么白面肉菜吃了几顿不吃了?亲兄弟还要分家,全村人硬往一块凑,不挨饿那才叫日了怪。好呀!这些天你们再不说食堂好了吧!饿得你们眼蓝了,每天醋糟粗糠,醋糟粗糠有多少?吃完了看你们吃什么?你二的不是日能吗?你怎么也喊饿呀?你怎么屙不出来也哭呢?我只说我老了,没用了,都入了社,一家人欢天喜地给岔口村受去,让我这老不死的孤鬼似的看门。我没用了,我也不累你们,我死了算了。不能啊!我这罪还没受够呢,你们还得靠我,这灾祸没我,你们度不过去。

老祖母想着渐渐兴奋起来,两只老眼放着光,洞穿着雪夜的昏蒙,一遍遍盘算着领导这家族走出灾祸的计划。她知道儿子儿媳这些天为缺粮的事正一筹莫展,她知道这家族已到了危难的关头,她知道他们现在需要她。这些给她那老衰病弱的体内注入了强大的活力,在两个多月的昏睡之后她奇迹般地复活了。而且在往后的日子里,她仍然活得那样硬朗,果然以她老衰的肢体支撑了这个家,使一家人安全地度过了那些灾荒的年头。

在人这种独一无二的生物身上,维系着人生命的很大成分是人的精神,人的生、老、病、死莫不与人的精神有着至关重要的关系。只要精神不倒,精气神不散,人就可以战胜疾病,战胜死亡。老祖母胡银花的病是在入社后的寂寞中得的。在一种感到自己老朽无用的悲哀中,她的精气神渐渐从身体中散去。当她捡的粮食被拉走后,她一下子垮了。就在她弥留于生死之际的那些日子,也正是食堂景况一日不如一日的时候,那一线关心家族生死存亡的游丝一直牵系着她的灵魂。她虽一直处于昏睡状态,但她的第六感却隐隐地对家族所发生的许多事情都能感触到:他们的语言、他们的行动,甚至他们的心理都振动着她那根游丝,输入了她的大脑,输入了她的记忆。她在昏蒙中密切关注着这一切,当那迟到的冬雪的一朵朵雪花飘满山野之际,她听到了二孙子因吃了醋糟拉不下去的哭声;听到了儿子儿媳因雪封山门,家中断粮而相对叹息恐慌的时候,她那本已飘散的灵魂又随着雪花的轻轻飘落聚了回来。她要重现她的价值,她还不能离去。

第二天一早,她坐了起来,喝了一碗玉米糁子稀饭,吃了一个糠菜团子,在根柱踏着尺把厚的雪送两个孩子上学去后,她下了地,拉着儿媳在空了的驴圈里,挖开驴槽下的土刨出一瓮子发了霉的玉茭来。儿媳看傻了眼,她不知道婆婆什么时候埋了这一瓮子粮食。而后婆婆又引她到柴房的一口破柜里拿出一袋谷子来。她问婆婆什么时候藏的这些东西？婆婆瞪了她一眼说："年年防灾，夜夜防盗，你连这也不懂？"

刘拉弟高兴得有点糊涂，一个劲点头，一整天念叨着那句话："年年防灾，夜夜防盗。年年防灾，夜夜防盗……"

掀起柴房里散乱的谷草，下面堆着一大堆散着清香味的榆树叶和晒干的甜苣菜，刘拉弟又是一惊一喜。婆婆每年都要让家里人捋榆叶、挖苦菜，除当时吃了新鲜的，她都晒干了，刘拉弟虽知道这些东西被婆婆收拾起来了，但平时并不在意，所以真正遇到了灾荒时，她反没想起找这些东西来。

"年年防灾，夜夜防盗……"

"家无三年粮，饿得哭断肠，你以为我会让他们全拿去？日照岩还有，连遭三年灾，饿不死咱们。"老人面放红光，眼射异彩，得意之色形于颜表，将个儿媳刘拉弟愧得更矮小了。

"不要对根柱和二的说。"老祖母忽然变了脸色，正言疾色吩咐儿媳："男人是扒子，女人是匣子，该藏的要藏，要学会藏。"

这天的语文课上，闪着亮晶晶脑门缺门牙的老校长讲了一个故事。说很古的时候，人一到六十岁就要被活埋。有一个孝子不忍活埋自己的母亲，于是预先挖了个墓，石头砌了墓顶，从外看是一个荒墓，里边却能住人。他将他的老母安置在里边对人说已经活埋，他却每天夜里都去送饭，这样过了一段日子。有一年外国进贡来一个庞大的动物，让皇帝认是个什么东西。皇帝认不出来，贴了招贤榜让全国人去认，谁也认不出来，眼看国家就要蒙受奇耻大辱，儿子在送饭时顺便与老母亲说起这件事来。老母亲听了儿子对那动物的描述，说你去认吧，预先在袖子里装一只猫，到时在那东西前把猫放出来，如果那东西害怕，就一定是只大老鼠。儿子听了母亲的话，揭了招贤榜，果然认出那是只大老鼠。皇帝赏他金银财宝，他不要；皇帝封他当官，他不当。皇帝问他有什么要求，他跪着求皇帝赦了他的欺君之罪后，要求皇帝以后不要再活埋老人。接着他讲了原因，皇帝听后，认为老人还是有用的，于是下令废除了活埋老人的法律。

二根不动听了后不但没如其他同学一样受感动，却感到这法律废除得太可惜了。老人有什么用呢？不能劳动吃闲饭，还不如活埋了好。从奶奶得病后，家里的好吃的全让她吃了，无论他兄妹们怎样眼馋，爹和娘都不让他们吃一口。他哪里知道，如果没有奶奶，他们一家怕是连这个冬天都活不出去呢。

有了那种忤逆的想法，二恨不动感到他更加害怕奶奶了。回家后吃着半个多月来没吃过的玉茭面掺菜窝头，竟连霉味都没吃出来。吃饭时，爹和娘一个劲为奶奶的康复念叨，高兴得眉飞色舞，他连头也不敢抬，更不敢看奶奶的眼睛，心里志志忑忑，总认为奶奶已猜透了他的鬼心计。

"狼崽子呀！"

老奶奶心里沉重地叹息着。

七

秋天的翠峰山是一片五彩斑斓的世界，山顶的红松依然苍翠，鲜嫩的绿色让秋风吹得更显深沉、凝重；落叶松的针叶染上了灰色；山野的桦树、橡树叶子金黄、火红。山脚下灌木林的树叶逐渐稀疏，露出一树树橘黄的沙棘，珊瑚般的酸枣。沙棘一簇簇黄珍株般攒聚在一起，让人望着便觉齿酸。酸枣生长在黄土厚的地方，阳光下闪出点点红光。秋假里，小草莓每天都要去打酸枣，她听奶奶的话，在这饥饿的年头，什么吃的东西都是能救人活命的，大恨不动仍为社里放羊，他已是十七岁的小伙子了，虽然傻，饭量却比家里任何人都大。每天母亲给他带干粮时，他总嫌少，瞅空就往干粮袋里多塞一个。母亲刘拉弟看着日渐瘦下去的大儿子，叹着气实在不忍心夺下儿子偷去的干粮，只好自己吃饭时少吃点。二恨不动从一放假就每天参加队里的劳动，收割庄稼特别卖力，岔口村人都夸二恨不动是个好孩子。只有老祖母仍然对二孙子成见甚深，她不知道这孩子究竟别住了哪根筋。春天，在她的策划下，亢根柱和妻子每天天不亮就到野狐峪深沟里去刨荒，吃过饭再出工参加岔口村队里安排的营生。赶早摸黑，顶风冒雨刨了两三亩荒地，种了粮，种了菜，收割时却犯了大难，唯恐让这吃里爬外的二东西发现，只好在地里收割地里打，往家里收拾时，还得千方百计瞒过这鬼精似的二东西。这种偷偷摸摸的活动无疑加重了根柱两口子的负担，老祖母看着日渐消瘦、劳碌不堪的儿子儿媳，心里着实难受，她真不知该怎样对付这难缠的二孙子了。

秋假就要结束时，一天傍晚，二恨不动满脸红光在全家人面前亮出了一张硬纸片。

"爹、娘、奶奶，我考上县城的初中了，咱们岔口学校就考了我一个，咱们公社共三个，分数数我高……"

几年来，他第一次这样亲切地喊奶奶，老祖母身子抖了一下，心里忽然不知是股什么滋味。初中，初中是什么呢？是秀才吗？秀才离状元不远了，罪孽呀！她心里这样想，却没说出口，二孙子一声"奶奶"叫得她心里暖暖的。在孙子这样高兴的笑脸下，她不能给孙子泼冷水。

经过那场大病后，老祖母胡银花的身体愈发好了，那双糊着的两只老眼不时闪出炯炯的年轻光芒。她对家里人宣布，她已开始忆起了她的出身，她要把它完全想清楚。那场大病终于打通了那道隔断她通向从前的厚厚壁障，如阳光穿透山岩，在深而黑暗的记忆隧道里，光明越来越多，她再也不用摸索前进，她之所以还踽踽而行，因为她想看清楚那里的所有角落。她在这种探察中感到战栗的惊喜。在这种时候，她是能容忍一切的。

瘦骨嶙峋的亢根柱拿过儿子那张神圣的硬纸片，用那双粗糙的大手摩娑着，咧开大嘴笑出两粒晶莹的泪珠。儿子，争气的儿子呀，野狐峪也出初中生了。

刘拉弟高兴地取过两个掺菜黄窝头递到二儿子手里："二的，你好好吃，考那学校可受大苦了。"二恨不动第一次没有接受娘的优待，把滚烫的有着母亲指印的窝头还一个给娘，懂事地说："娘，我吃一个已经够多了，你比我们谁都受得苦多，可你总是吃得最少。娘，我今天一定要让你吃一个。"

"对，二的说得对，你今天一定吃一个。"

亢根柱望着满脸菜色的妻子劝着。

小草莓小脸笑成一朵花，手托着脸望着二哥望出了神。在这家里，她年纪最小，但大概最数她能理解二哥此刻的心情，小草莓也是二年级学生了。

花狗豹子汪汪叫着，激动地在地上转着圈子来凑热闹。在这个家里，它是吃得最肥的一个。人们在受饿，但野狐峪的山林里要吃肥一条狗，那还不是件轻而易举的事。

没过两天，这个家族短暂的高兴气氛就被悲凄愁苦所代替了。随着开学的日子一天天逼近，这种无可奈何的悲凄愁苦就愈益浓重。

二恨不动阴沉着脸用镰刀一下一下狠狠地砍着院子里的泥土。花狗豹子想讨好这性格暴戾的小主人，伸出粉红色的舌头去舔他的衣服，被他一镰把打得吱吱叫着瘸了一条腿。

根柱的抱着旱烟袋一锅一锅吸烟，使窑洞里满是小兰花辛辣的烟气。

老祖母的胳膊又疼了，小草莓嘟着嘴为老祖母搓胳膊。老祖母不时地说一句："罪孽呀！罪孽！"给这浓重的悲愁更添了几分森然的阴郁。

暮色笼罩了野狐峪，凄凄的山风吹落着一片又一片早枯的树叶。

"愁，也总不能不吃饭吧！二的，快回来吃饭，吃饱了肚皮好想办法。"

母亲迈着蹒跚的脚步走出窑洞去拉儿子，儿子一甩胳膊，把母亲摔个趔趄，这担负着六口人吃饭的刘拉弟委实是太瘦弱了。

亢根柱打听得扎实，儿子去上县城的中学，一开学最少得三四十元钱。学费、书费、伙食费、买笔、买纸、买抄本这都要钱，脸盆、手巾、胰子、牙刷、牙膏这也是一个中学生所必备的。除此之外，儿子去县城上中学，总不能穿那身千补万纳的山里人衣裳吧！铺盖、被褥、床单，家里哪有啊！全家人盖的那几床被子哪里能拿出去。要一起算下来，少说也得六七十元。六七十元，我的老天爷，亢根柱活这么大年纪也没一次花过这么多钱。山里人有了吃喝就一切都有了，谁去攒钱？谁去存钱？而且钱又从哪里来呢？羊入了社，猪被食堂吃了，剩下一头猪吃不上食骨头都快露出来了，野草野菜能让它活到年底就不错了。以前收割完庄禾闲下来还可上山打些野物去换几个钱，自从入了社，就是冬天也日日得到岔口去出勤。农业社的营生咋就这样多？自家种地时，种那么多，一个月左右也就打完了，农业社的粮食分不下几颗，收打却总要到下雪以后才能完，早知道儿子上中学要这样多钱，哪如……

亢根柱第一次为儿子的上学感到后悔了。但事已至此,儿子好容易考上中学,又是那样要死要活想念,总不能阻孩子的前程啊! 可不阻又该如何? 哪里来那么多钱呢?

"罪孽呀! 罪孽,报应……"

老祖母不再说念官还是念秀才了,二孙子已经考上初中,就该是秀才了,已经念成秀才,离状元就不远了。她感到这是天意,天意是不可阻挡的。报应、报应,老祖宗状元公的灵魂袭了孙子的体,多少年行善积德,与世无争的功德都阻挡不住天意。罪孽呀,报应。

在对儿子上学的支持上,母亲刘拉弟的态度最为坚决。这来自河南省信阳县的女人毕竟见过更多的世面。入社以后,她那被封闭萎缩了的思想大有放开的趋势,若不是这一年多饥饿的折磨,她还真有投入农业社去当妇女队长、妇联主任的可能呢。能生一个好儿子,这是母亲的骄傲,她就是割上肉去卖也愿意供儿子上学。她还有个隐隐的心愿,当儿子走出野狐峪这山沟时,或许有机会去河南老家走一遭,说不定还会有死里逃生残存的娘家人存在呢。这心愿她已抱了很久了。可是这钱,这钱,到哪里去给儿子弄呢?

当夜的黑色遮严了野狐峪,孩子们和老祖母都睡下后,夫妻俩仍在愁眉苦脸想办法。

"要不你去找社里,咱们挣了工分,还有大的放羊补助……"

"嗨! 你咋不早说,真是。"根柱的拍一下大腿,唦唦唦磕掉烟灰,立马就要去找支书:"不是说依靠集体吗? 二的是全校第一……"

"不行,明天吧,你看都甚时候了,人家也睡觉,明天吧!"

第二日天没亮,根柱的就背了一背干山柴来到支书家。支书还在搂着老婆睡觉,看门狗汪汪叫得好凶。

"你看你,又背柴,快进,快进。"

支书老婆披散着头发,衣服扣子没扣上,奔拉着衣襟来开门,身上一股被窝里的气味。

支书披件衣裳坐在炕头上,抠着脚趾头,两只精明的小眼打量着这大早起的客人。

"根柱,快来,快来,有什么事吗?"

"支书,狗罕兄弟。"

根柱不知该怎样开口,为了钱,他从没求过人,住在野狐峪,他还能为什么事求人呢。他脸憋得通红,装了锅烟蹲在地上,手抖着怎么也打不着火镰。支书老婆赶忙划了根火柴给他点着烟。他感激地望了望支书老婆,慌忙又低下头。

"根柱、根柱同志,有什么事就提,这谁和谁,你说吧!"

"支书、狗罕兄弟,二的、我家那二的,考上了县中学。"

根柱咧嘴憨憨地一笑。

"好,好,我这知道,清楚知道,岔口村光荣,公社第一名,争光为你,为全社。二的好材料,好材料。"

"他要去上学。"

"上学,当然要上,能不上? 全社光荣,要上。"

"要钱,七八十块钱,哪里给他找钱去。"

根柱痛苦地低下了头,支书眨眨眼,长长叹口气。

"钱,是要钱,这钱,你说这钱,嗨,社里。昨夜老栓娃饿死了,饿死了,还有些人浮肿。这集体财产雄厚不够,根柱同志,想想办法,我想想办法,你也想,要上……"

根柱讨了实信,感激地站起来,给支书挑了三担水,才返回野狐峪去吃早饭。

太阳还没出山,潮湿的山间空气给根柱兴奋的脸上罩了一层水雾。

下午收工后,他揣着支书给借来的八块钱感激涕零告别了支书,垂头丧气回了家,晚上忽然牙疼起来,抱着肿胀的脸咝咝了半夜。第二天又因为头晕在场上碾场时被牲口缰绳拉倒,几乎让碌碡从身上滚过去。

"这学不上了吧!"

回来的路上,他忽然冒出了这么一个念头。身上软沓沓好不容易挣扎着回了家,一进门躺在炕上就再也不想动了。

"报应,报应……"

老祖母唠叨着,忽然擦着身下了炕,颤巍巍走了出去。

这里,一家人忙成了一团。母亲刘拉弟不知该给丈夫熬点什么草药喝,小草莓坐在爹身边抹眼泪。二恨不动默默看着爹,半天决然说:

"爹,我不去上学了。"

"你,不去上了?"

亢根柱猛然感到身上一松,便想坐起来,然而,身子是那样沉重。

"你,你要上。"

他感到自己这声音那样有气无力。

二恨不动再也忍不住,哇一声哭出来向窑门外跑去,几乎撞在正进门的奶奶身上。

"二的,你回来。"

奶奶喊了一声,二恨不动没听见,爬到院里碾盘上,抽抽咽咽哭个不停。

"根柱家的,把二的叫回来,天不会塌,报应呀!"

老祖母坐在炕上,枯瘦的手里攥着个布包。

"根柱的,坐起来,你是男人,这点事,坐起来。"

草莓扶爹靠被垛坐了,刘拉弟也把哭哭啼啼的儿子拉回来了。

"二的,你真就那样想上学?"

二恨不动望着奶奶忽然精神起来,点点头又摇摇头,用袖头揩去滚出来的眼泪鼻涕。

"根柱的,你两口想让二的上学?"

"娘,你拿主意吧,我们听你的。"

刘拉弟望着婆婆的神态,心里像吃了定心丸,眼盯着婆婆手中的布包,知道那就是让这家庭走出绝望之谷的希望。她代丈夫回答了婆婆的问话。

二恨不动心里也倏然升起希望之光,他不敢直视奶奶,眼皮下的目光却紧盯着奶奶手中的布包。

"我拿主意就不上。我当初就不让上,到如今不上也得上,天意,这是天意,我早说过,天意。报应啊!拿去吧,够上了。报应。"

老祖母说着话,一抖手中的布包,叮叮叮,十几枚银圆和一些零散的花花绿绿的钞票散在炕席上。

八

到公社信用社兑钱的路上,亢根柱喜气洋洋,人仿佛一下子年轻了许多。他心情愉悦,浑身轻松,一改往日木讷、不喜言谈的脾性,见人就笑眯眯点头打招呼。

"……我娘不是狐,不是,她家是姓胡。她想起来了,她老家是内蒙古阿拉善,阿拉善海力营,还是大户人家呢……"每逢遇到熟络点的,他总要向人这样讲述一番:"过几天,送二的上了中学,我就到内蒙古去,她家说不定还有人,几十口人的大家,一定还有人……"

听他讲述的人最初只是"嗯嗯""啊啊"应付他,后来看他认真着急的样子,便有意逗他:

"好啊,好啊!老根柱,这可是喜事呀!你是说你娘想起来了,她家不姓胡,是狐,噢,对,对,不是狐,是姓胡,是姓胡,那么她就还有狐哥哥、狐妹妹、狐侄儿、狐侄女、狐姨姨、狐姑姑、狐表亲、狐本家,你是准备到内蒙古去找这些狐亲戚呀!那好,那好……"

老根柱好一阵才弄清对方是在戏弄他,脸立时赧红,急赤白脸分辩道:"你看你,说些甚话。我对天发誓,我娘真想起来了,她病了一场,想起老家的事来了,在内蒙古阿拉善旗海力营胡家是大户人家,有名有誉,我老爷叫……"

"好了,好了,老根柱,你娘是不是又做了场怪梦?"

"是呀!你怎么知道的?我娘病了两个多月,她梦见……"

对方立刻哈哈大笑,说:

"怎么样?我说是做梦吧!你娘做梦,你也做梦……"

"不是,不是,是真的。"

无论老根柱怎样着急,对方已不愿再听了。

也有那善意的,听了老根柱的叙述后,笑着对他说:"老根柱,好事呀!那你就赶快去找吧,说不定你那舅舅、姨姨、表兄、表弟找了你们多少年了呢。"话是这样说，眼中却分明透着疑惑，老根柱能看出来。

最后一个听老根柱讲这故事的是公社信用社的老李，当时在老李屋里的还有个公社的年轻干事叫田月吉。老李戴着老花眼镜仔细鉴定着银圆，将那堆花花绿绿的票子推回给亢根柱："老根柱，你怎么还保存这些东西？这东西是一堆废纸了，哪能兑钱。你呀，拿回去就赶紧把它处理了，保留这东西可要犯法呢。你没听说吗？有的地方在地主富农家里搜出这东西，就要开他的斗争会，说这是想变天的证据呢。"

田月吉一听这话，立即眼中放光，凑了过去，拿起那一张张各不相同的钞票问老李。老李便告诉他哪张是伪满纸币，哪张是金圆券，哪张是边区票子。这些都是当年胡银花为人看病，人们给她的医药费。野狐峪没有多少用钱处，胡银花便把它攒了起来。

田月吉手里拿着那些票子，一张张仔细看，对那票子上的头像看得尤其仔细。当他似乎看出些门道后，忽然抬头问亢根柱：

"你家什么成分？"

"中农。"

亢根柱身子一颤，感到有股寒流从脚底直蹿脑门。

"小田，你好警惕呀！他家可是功臣人家，老根柱父子救过王县长的命，咱公社谁不知道？"

老李斜睨了田月吉一眼，嘴角露出一丝嘲讽。田月吉脸红了，讪讪地放下那些票子，退到刚才的地方去了。

"老李，我娘忆起她的老家来了，在内蒙古，阿拉善旗海力营，我姥爷家是那地方的大户人家……"

老李一边做事一边静静听着亢根柱的讲述，不时斜眼睨一下对面坐着的田月吉。

"老根柱，我劝你还是不要去那阿拉善了。"他听完亢根柱的叙述后，平静地对他说："你娘已经九十多岁的人，你那舅舅姨姨们也七十多了吧，七十多的人活着的有几个，再说，你找到又有什么意义呢？……"

田月吉一直注意地听着两个人的对话，这时，听到院里有人喊小田，快快然应了一句,异样地看了亢根柱一眼走了出去。

老李将兑好的人民币送给亢根柱,站起身附在亢根柱耳边低低说:

"老根柱,听你说的,你姥娘家八成是地主,还是个大地主呢。这年头,攀个地主亲戚,可有你好受的,别人躲还躲不及呢,你倒要去找。再说,你也得为娃们着想,二的要上初中,入个团呀、党呀,这可是大讲究。"

老李一席话将亢根柱那喜气洋洋的心情泼冷了一半。怎么会这样呢?明明是双喜临门,可偏又搅缠到了一起。此时的亢根柱心情极其矛盾,多少年来,关于狐狸的传说梦魇般沉重地压在他心头,僻居野狐峪连个亲戚都没有来往,这种孤凄寂寞是需要何等的耐力去熬啊。所以,当母亲清晰地讲着外祖母家的一切时,他真恨不得立刻就赶到内蒙古阿拉善去,去认那里的亲戚,去将那里的亲戚领回来。他是深信母亲讲得那一切的,即使别人如何以怀疑的目光看他,都动摇不了他对母亲所讲的丝毫。倒使他更急切地想去内蒙古,立刻将外祖父家的人领回来。然而,这怎么就会和儿子的前途扯上呢?要说儿子的前途,首先是栽根立后,儿子上了学,就能改变门风,娶个好媳妇,什么比娶媳妇还更重要呢?

亢根柱想得昏头昏脑,当他到镇上买了儿子上学应准备的一切物件,回到家将这些向母亲说时,胡银花立刻生了气:

"怎么?地主?是呀!你姥姥家是有很多地,是财主人家,财主人家怎么了?你不想去认?你不去认我去。我也能回了阿拉善。"

老人说着果真就要走,亢根柱着了急,夫妻俩好说歹说劝住了老人。亢根柱答应送儿子到县城上了学,顺便去内蒙古探访阿拉善。

胡银花老人这几天处于极度的亢奋之中,她庆幸自己在有生之年终于想起了自己的出身,想起了过去的一切。她感谢那场几乎要了她老命的大病,正是那场大病打通了被堵塞已久的回忆。在那缠绵的病中,她的梦一个连着一个,而那些不断演进的梦中,总是有一团火光在脑际出现。于是她看到那火光中一个个奔走的人影、倒塌的房屋、闪闪的刀光。可那火烧过后却是一片黑暗,于是别的梦又从黑暗中出现,而这些梦又总是被那场大火烧成一片黑暗。当那梦中的火光反反复复出现过多次后,她终于越来越清晰地能辨清那火光中的人影了。那众多人影中出现最多的是两个俊俏的少女,她听到人们叫那两个少女金花和银花。奇怪的是那金花和银花也姓胡。怎么会这样呢?她怎么也叫胡银花呢?于是她看到自己成了那个胡银花。她不清楚自己藏到什么地方去了,那时她就成了那个胡银花,那个胡银花也成了她。在火光中她到处奔跑,后面是一群拿着明晃晃马刀的强盗,他们一边追一边叫:别跑,我们大哥要你做他的压寨夫人,别跑……眼看那些人就要追上来了,忽然有一匹马从她身边奔过,她被提起来放上马背,救她的是个面目英俊的青年。她已吓破了胆、浑身打摆子似的抖。那青年一边安慰她一边狠命打马。可后面的喊声还是越来越近,她听到那青年呼呼的喘气声。忽然一声凄厉的叫声,那青年猛打了马一鞭便掉下了马背,这时她仿佛看到身后刀光一闪……梦在这时醒了,她脑中一片黑暗。

后来这梦又回来了,但每每到那地方脑子里便是一团黑暗。

以后的梦又回到那火光以前,在一所大宅院里,那叫金花和银花的少女年纪更小了,还有几个面目不清的小男孩,两个女孩带着几个小男孩在园子里荡秋千,忽然从墙上跳进几个蒙面大汉,不由分说抱了两个男孩就走,正在秋千上的胡银花大叫一声,手一松……梦在这时又醒了,黑暗重新封闭了一切。

以后,她又梦到的银花就更小了,大概十来岁吧,一个留着漂亮胡子的男人把她放到马背上,让她抓好缰绳,然后猛抽那马一鞭,她只感到耳边呼呼生风,那马先在草地上跑,后来就腾空飞起,越飞越高,她一低头看到下面的云彩,手中缰绳一松,梦又醒了。

当火光再次回来时,那梦跳过救她的青年被刀砍坠马的那一段。她看到一条大河,浊浪翻滚,在一个羊皮筏子上,她呆呆地望着那赤裸着上身的划船汉子,惊惧地抓着船帮,一个浪头打来,羊皮筏子在河心滴溜溜转着,那汉子两眼闪光盯着她,狞笑着向她逼来,她惊叫一声,梦又醒了……

那些断续的梦境是在她病愈后用了半年多时间才逐渐连接起来的,病愈后她仍然做着那些梦,醒来后她便努力回忆、分析、连缀。她要搞清楚那梦中的一切,而那梦中的一切终于让她搞清了。在二孙子接到入学通知书那天,一切在她心中已经朗若白昼。那时胡银花忽然想起一件事:就在胡家发生灭门之灾的前一年,她的弟弟出走了。出走的原因是他要去京城上洋学堂,奶奶坚决反对,奶奶那时说的那些话正与她反对二孙子上学的话相仿,她正在想到底是她在重复她奶奶的话,还是她将自己的话硬安到她奶奶身上时,根柱的垂头丧气回来了,一回来说了句"这学不上了吧"。这一句话忽然就如一把钥匙一样将那最后的一扇门一下子打开了,于是前后的一切都豁然贯通。她的记忆就在那里定格,将她九十多岁的人生串成了一线,记事以来的一切纷至沓来,一张张面孔逐渐清晰。在那众多面孔中最清晰的是一张白发皱面的老人的脸。那是她的奶奶,老奶奶是个吃斋念佛的农家女子,她总在诉说着她的爷爷造了孽,在当地包揽词讼,逼得好多人家家破人亡,他爷爷本人被仇家所杀,仇家仍不放过他们家的后人:恶有恶报,善有善报,不是不报,时辰不到。为了赎回丈夫的罪愆,她劝儿孙积德行善,然而,土匪并不因她的积德行善放过他们家。"他逼得老子一门家破人亡,老子也非让你们家家破人亡不行。"她记起在黄河上那滴溜转的羊皮筏子上不堪回首的一幕,那等着她的强盗头子狰恶的面孔。他粗暴地撕碎她的衣服,赤裸着向她扑来……就从那一刻她失去了记忆。她怎么也想不起她是怎样掉进黄河又怎样被人救起的。她只记得那个强盗头子如影随形一样一直追她,她只是跑,朝荒僻小路、朝深山密林一直跑。

海力营确曾有过一家姓胡的大财主,高墙大院,良田千顷,骡马牛羊成群,光护院的就有十多个人。当地的古稀老人至今仍记得胡家当年的威势。然而,令亢根柱失望的是在海力营他没找到胡家的一个后人。对他所说的那场劫难,老人们也所知甚少,只是说一场大火后胡家大院就不复存在了。

从内蒙古返回的路上,亢根柱神情沮丧,心烦意乱,对于母亲的出身又一次怀疑起来。得道的狐狸前知一千年,后知五百年,焉知这段故事不是母亲的杜撰?他彻底认了命,从此对母亲的出身讳莫如深。

九

　　内蒙古之行对亢根柱来说是一次失败、是浪费、是后悔,是对母亲出身的更大困惑和更深怀疑。然而,不管他抱了怎样的心思,他首先感到的是对母亲难以交账。当他极其谨慎地向母亲讲述他的寻访结果时,母亲表现得非常平静,她没有抱怨他办事不力,也没有为没找到一个亲人感到失望。她静静地听完儿子的述说,似乎如释重负,轻轻叹了口气说:"这也好,这也好,一了百了,冤冤相报,何时是了。"此后,直到她离开这个世界再没提有关娘家的事。

　　此时的老祖母胡银花一门心思全放到对野狐峪的振兴上面。二根不动上学走后,全家都松了一口气,大家再不必偷偷摸摸收打粮食,该割的割,该打的打,该晒的晒,一切都从容自如,祥和的气氛又回到了野狐峪。

　　不久,上面的政策也开始有了缓解,说是要"调整、巩固、充实、提高""三级所有,队为基础"。于是大社变成了小社,小社又改成了大队,大队下面又分了小队,小队下面又分了小组。开始允许开小块荒地,允许留自留地,允许包产到户。岔口村山高皇帝远,狗罕支书自己是个农民,有着切身的利害关系,对于这一新政策贯彻得就更为彻底。由于野狐峪土地分散偏远,集体耕种极不方便。狗罕支书从实际出发,特准野狐峪搞包产到户的独家经营。将亢根柱入社时的两头驴及其农具又退还了亢家,这实际上等于又让亢家搞开了单干。亢根柱对此感激涕零,虽然他一定要交相当于全大队十分之一的包产粮,所打粮食大部分都交了队里,但余下的毕竟比集体时要多得多。包产后的第一年,他全家除一年用度外,尚节余了十余石粮食。老祖母胡银花看着往日被刮空的仓房又堆上了大堆粮食,高兴得几天守在仓房的窑洞里不愿离开,新粮喷发出来的香味令她陶醉。

　　粮食有了富余,便不愁饲料,猪又养起来,羊也有了增加,鸡们又成了群,亢家的日子重新滋润起来,野狐峪又恢复了日出而作,日落而息,安宁平静的生活。

　　然而,这样的局面并没能维持多长时间,那早已为亢根柱忘却的内蒙古之行,正悄悄在暗地里发酵、膨胀为不断袭向野狐峪的灾难。正所谓"家贼难防",这灾难的导火索又由野狐峪的骄子亢一公亢二恨不动点燃了。

事情是由二恨不动的入团引起的。二恨不动此时已正式更名为亢一公。亢一公同学在县中学是一名品学兼优的学生。他学习成绩优秀,积极要求进步,一入学便被班主任任命为副班长,由于他在平时严以律己,举凡学校的各种活动都积极参加,肯做别人所不愿干或看不起的诸如打扫宿舍、倒尿桶、倒垃圾、擦黑板之类的事情,为人又带着山里人的质朴,在正式选举班干部时便以绝对多数票当选了班长。初一的后半学期他便递了入团申请书,那时的共青团在年青人心中是神圣的,尤其在中学校,对团员的要求极其严格,一个学生能在初中时入团确实是一份难得的殊荣。

学校团委对团员入团的审查是很细致的,团委委员分别包班,配合班主任做入团积极分子的工作,内查外调,对家庭成分、直系亲属和社会关系的要求一丝不苟。如发现写了申请的积极分子所讲情况和调查材料不符,一般是不批团员的。亢二恨不动亢一公同学那个班那年共准备发展三个团员,亢一公在这三个中是排在第一位的。内查外调的结果是那两个同学顺利通过了,当时就发了志愿书,亢一公却不明不白被搁置起来。这是在对他进行考验,考验他对团的忠诚程度。

在极度的惶恐中,亢一公度日如年,绞尽脑汁思索自己言行中不符合团组织要求的地方,在一个星期的时间内,他找了介绍人三次,认真检讨了自己所想来的错误缺点,介绍人每次都很认真地听取他的汇报,每次都给他讲一番道理,启发他想一想自己以外的地方,比如他的家庭、他的亲属、他的社会关系。家庭情况他详细交代了,甚至连人们说他奶奶是狐狸精以及他对奶奶的恐惧和他做的那些白毛老狐的梦也交代了。社会关系他却实在无从交代,奶奶和母亲的家世都是个谜,从来没有来往,这使他实在交代不出什么。星期天,他郁闷地到黄河边去散步,一眼看到对面的内蒙古,他忽然想起父亲送他上学时说过,他要去内蒙古走一遭,去寻访奶奶娘家人的下落,到底寻访得怎样,却从来没有听父亲和家里人说过。是不是这里面有问题呢?想到此,他再无心散步,拦了一辆到翠峰公社的车立即返回野狐峪。在地里找到父亲后,他详细地打听了父亲的寻访结果,家也没回便向学校赶,赶到公路时,已是黄昏时分,过往车辆很少,他只好沿着公路徒步返城。走出四五十里地后终于拦住一辆夜行车,赶到学校已是子夜两点多钟,第二天早上,他仍按时起床,一瘸一拐跑完早操。

亢一公亢二恨不动同学不仅向介绍人和班主任细致入微地汇报了父亲的内蒙古寻亲之行以及奶奶所说的梦境中所有细节,而且还就野狐峪名为包产实为单干的现象谈了自己的认识,他为自己的父亲热衷于走回头路感到十分痛心,他说他决心说服父母重新回到集体的怀抱,请团组织和班主任考验他。

学校团委书记是北京师范大学毕业自愿支援山区的大城市人,政治嗅觉特别灵敏,亢一公入团介绍人汇报的关于野狐峪"包产单干"的问题引起了她的高度重视。她亲自找亢一公谈话,详细了解野狐峪的情况,认为这个发现太重要了。于是她鼓励亢一公写信向岔口"四清"工作队反映这个问题。

岔口村"四清"工作队中有一个成员就是公社干事田月吉,田月吉一到岔口就曾提出过野狐峪的问题,他谈的主要是那些金圆券等伪币问题,由于了解到亢根柱一家的具体情况,这问题未被引起重视。几个月过去了,岔口的"四清"还处于发动阶段,未找到突破口,工作队也很着急。田月吉接到亢一公的反映信后,大喜过望,马上拿着信向队长汇报,认为应该狠挖一下野狐峪的问题。工作队长是个老干部,处事稳重,说野狐峪的问题可以作为一个问题来抓,但包产到户是上面的精神,亢根柱一家交款纳粮皆按规定,似乎谈不上走资本主义道路的问题,倒是胡银花的出身应该好好查一查,看事情应该联系起来,全面分析。如果胡银花娘家确是大地主,那么在野狐峪的问题上下点辛苦也是值得的。他将这个任务交给了田月吉,自己并不抱多大希望。他掌握着分寸,认为"四清"的问题关键是在干部,是"四清"与"四不清"的矛盾,是党内外矛盾的交叉,重点应该解决好干部和群众的关系。

队长有队长的想法,田月吉却有田月吉的认识,他凭自己的政治嗅觉直接感到队长在抓阶级斗争问题上表现了右倾,不抓阶级斗争怎么能揭开

"四清"的盖子呢？所以对野狐峪的问题他表现出极大的热情。接受任务后，马上就动身到内蒙古去外调。

亢根柱的内蒙古之行失败了，他没找着一个亲人，田月吉的内蒙古之行却胜利了，他取回了完全有利于抓阶级斗争的证明材料：第一，胡家是海力营乃至阿拉善都少有的大地主；第二，胡银花的祖父和父亲逼得许多贫下中农家破人亡，走投无路的贫下中农被迫组成农民武装，对胡家进行暴力反抗；第三，胡银花那个出走的弟弟后来上了军校，当了国民党军官，曾于抗战胜利后带队伍回阿拉善"剿匪"，对贫下中农的反抗进行血腥镇压，这人后来下落不明，据许多人说是去了台湾；第四，胡银花的出逃是阶级斗争的继续，她在野狐峪装神弄鬼，利用迷信活动拉拢地主阶级力量。她保留金圆券及伪币与在台湾的弟弟遥相呼应，企图恢复地主阶级失去的天堂。合作化运动中她反对入社，入社后她又私捡公家的粮食，鼓励儿子私开小块荒地，顽固地对抗社会主义集体经济。这些都证明阶级斗争是何等激烈与复杂。由此，田月吉建议：一、给胡银花戴地主分子帽子；二、复议野狐峪亢家的成分，至少应划为富农；三、取消野狐峪的包产协议，将野狐峪的一切土地树木收归集体，让亢根柱一家回生产队劳动，接受贫下中农监督改造。开胡银花的斗争大会，造成阶级斗争的声势，斗垮野狐峪的地主资产阶级势力，揭开野狐峪和岔口村阶级斗争的盖子。顺藤摸瓜，挖出岔口大队支持走资本主义道路的"四不清"干部。

对于田月吉的分析和建议，队长没有立即采纳，他一贯主张实事求是，严格按政策办事，他认为给胡银花戴地主分子帽子是不合适的，出嫁从夫，她的成分不应该跟娘家，此其一；第二，亢家的成分是否要复议，也大可斟酌，因为亢家并无雇工，也无轻微剥削。至于包产协议取不取消那应该是运动后期的事。胡银花应不应该斗争呢？这问题他拿不定了，按说联系起来看问题，胡银花收藏伪币，装神弄鬼，又有弟弟在台湾，似乎斗争一下也没什么大不了。他思前想后，仔细斟酌后，决定对野狐峪问题继续调查落实，作为一个问题来抓，不宜一起进行，马上定性。但胡银花的斗争会却一定要开，在阶级斗争问题上他不敢马虎，反右倾时，他就是在这上面几乎栽了跟斗。当自己的主意决定后,还是"左"一点好,"左"比右要保险得多。

这里已经紧锣密鼓准备开斗争会了,野狐峪那面还毫无所知。正是春夏之交,一家人晚睡早起,中午也不回家,忙着地里的营生。最近一个月来,老祖母胡银花的胳膊忽然不疼了,只是感到浑身乏力,精神恍惚,大白天坐在炕上也做梦,一闭上眼睛就看见死鬼老汉和死去多年的婆婆公公。他们似乎一直就在她身边,他们如她一样关心着野狐峪的命运,他们和她讨论该种多少亩谷子,多少亩糜子,他们和她估计着粮食收成的好坏。他们也讨论到她的二孙子,在对二孙子的看法上,他们与她意见相左,他们认为亢氏家族要振兴,还就得二孙子这样的人,不怕坏只怕赖,不怕歪只怕孬,不管他对野狐峪怎样,他终归是野狐峪亢家的子孙后代,走到哪里,他也丢不开这个"亢"字。他们告诉她,二孙子虽有几次劫难,二孙子也会给野狐峪带来几次劫难,但二孙子最终还是要回到野狐峪的。"你可以归位了,你不必老担着心思,放心不下,一切都是天意,天意不可违,这你应该清楚……"

斗争胡银花的大会定在"五一"节那天召开,标语写好了,会标准备妥当了,口号也已拟就,参会的左右村庄也通知到了,一切皆已准备就绪,工作队长感到应该预先向本人及其家属打声招呼,田月吉虽大不以为然,还是和民兵连长去了野狐峪,到现在,他还没有见过这个斗争对象的面,他倒要看一看这个大地主的"千金"是副什么模样。

这天早饭时,胡银花喝了一小碗豆面糊糊吃了一个荷包鸡蛋,精神异常的好。儿子们下地走后,她靠着被垛眯缝着双眼养神,准备在太阳出来后到院里去坐一会,晒晒阳光。就在这时,鼻子里忽然嗅到一股异样的香味,接着就见七八个穿着轻若烟罗般衣服的美丽女子飘然落在堂屋,她们轻轻地不履尘泥围着她左绕三匝右绕三匝后,微笑着肃然靠壁站成两行,眼睛都望着她。"你们是来叫我走的?"胡银花平静地问?她们点点头。"我知道,这几天我就知道我该走了,是时候了。"她精神焕发,下炕洗濯一番,梳好头上稀疏的白发,换好簇新的衣服鞋袜,盘腿坐在炕上,闭起了双眼。

田月吉和民兵连长走进静寂的野狐峪,只见石岩高耸,清溪蜿流,阳光洒在沟里的杨柳树叶上,使那树叶更鲜嫩得可人。山坡上不时响起一阵扑扑噜噜石鸡惊飞的声音,沟里时而窜过一只野兔或狐狸。半坡上亢家的院子被阳光涂得一片光亮,宛若画中之物。没有人声,没有人影,那份宁谧让人心颤。田月吉有一阵时间忘记了自己所来的使命,想在这地方安安静静生活倒也蛮有趣味的。正这样想时,一阵狂怒的狗吠从篱笆墙的院中传出,抬头只见窑洞的土崖顶上一只红毛狐狸一步三回头地望着院中,姗姗地向后走去,倏然消失了影踪。田月吉想起人们传说的狐狸精故事,心中一凛,头皮便有些发乍。亢家的柴门虚掩着,花狗豹子狂怒地叫着把住柴门,民兵连长连连吆喝,那狗只是不理,瞪着眼,身子后蹲,那样子只要门外人前进一步,它就会扑将上来。"狗拴奶奶,狗拴奶奶……"民兵连长挥手挡着狗的进攻高声呐喊,窑洞内毫无声息。

等到在附近放羊的大恨不动闻声赶来,引他们走进窑洞时,老祖母胡银花口中已经没了气息。

"她已经预先知道了!"

民兵连长看着田月吉说完这句话,脸色变得灰白,腿微微抖着,张皇地四处张望。"白毛老狐。"他叫了一声,赶紧夺门而出,也不管身后的田月吉,跌跌撞撞跑出柴门,跑下门坡,跑出好远,才喘着气立定身子。

第二章

一

　　三年后的金秋来临了,这是一个丰收的年头,这一年少有的风调雨顺,镇上到岔口村的坡墚沟谷里,到处是沉甸甸的丰收,金黄的莜麦摇着饱满的铃穗,谷子弯下沉重的头,豌豆、绿豆、虹豆的豆荚鼓得要爆,拳头大的山药撑破地皮露出紫色、黄色的嫩皮。山坡上是一群群山羊、绵羊,山里人褪尽了面上的菜色,姑娘们的脸蛋又红扑扑若树上的苹果了。山歌又在山里响起来:

　　　　对坝坝的圪墚墚上那是一个谁?
　　　　那就是我那要命的二小妹妹。
　　　　妹在你那圪墚墚上哥在我那沟,
　　　　说不上那话呀你就摆一摆你那手。
　　　　……

　　初中毕业生亢一公亢二恨不动同志此时正背着行李,挺胸抬头大步流星走在坡底的公路上。他已是个十八岁的小伙子,瘦长的身材,精干利索,留一个当时流行的偏分头。上身一件粗布白衬衣，下摆束在裤腰里，胸脯上一枚团徽闪闪发光。下身一件学生蓝裤子，背上背着打得方方正正的行李，手里提着一个装有脸盆、牙具等的线网络。那样子有几分像复员转业的年轻士兵，又有点像机关里出来的下乡干部。这份打扮在这山区是极不多见的，立刻便引起坡墕上割豌豆、谷地里摘绿豆荚的姑娘媳妇们的注意。单个的便多情地直了腰盯着他看，成伙的便指着他嘻嘻哈哈议论。亢二恨不动亢一公同志感受到了这些目光，他几分心跳几分得意，走得更加精神勃勃。

亢一公毕业了，这个在班里老考前三名的学生出乎老师同学们的意料，没有报考中专和高中，坚决要求回到他的家乡去，决心像当时著名的邢燕子、董加耕一样在农村的广阔天地里去锻炼，去改变家乡的落后面貌，当无产阶级革命事业的红色接班人。亢一公同学的选择受到学校团委的高度赞扬。校长虽然认为这样一个高才生不走升学的道路实在有点可惜，但迫于当时的形势，还是同意了校团委在毕业生中开展向亢一公同学学习的活动。在亢一公带动下，学校又有十余名成绩不错的毕业生放弃了升学，选择了改变家乡落后面貌的道路。县中学的这些活动引起县委书记王必昌的高度重视。学校开毕业典礼大会那天，王必昌和团县委书记吴贺亲自去学校讲了话，并分别和这十余名立志回乡的毕业生一一握手。亢一公亢二恨不动见到父亲经常提起的当年的王区长，心情激动，想说些什么却说不出来。吴贺握着亢一公的手忽然想起公社化时那个三年级的小学生，拍着亢二恨不动的肩膀说："好、好，亢一公同学，有志气，回去好好干，到时我去看你。"

亢二恨不动亢一公同学怀着激动的心情告别了母校，当他踏上公共汽车离开县城时，忽然有点怅然若失，心里涌上一种复杂的情绪，是留恋、是悲伤、是失落，其中还有点把握不定的后悔。当他发现自己这些思想苗头后，马上意识到这是一种资产阶级情调，于是立刻在内心对自己进行批判，为自己打气，壮胆。下了公共汽车，他整理一下自己的思绪，放眼四野，打起精神，挺胸抬头走向自己大有作为的未来。

在岔口大队的大队办公室里，亢一公同志见到了正在一手抠脚趾，一手赶苍蝇的狗罕支书。这肮脏的窑洞里飞翔着二百多只自由自在的苍蝇，灰乎乎的墙皮上密密麻麻布满蝇屎。凸凹不平的泥地放了一张八仙桌，八仙桌周围是几条歪歪斜斜的条凳，黑乎乎的桌子上堆着一堆杂乱无章的报纸和文件。狗罕支书正坐在桌子后的条凳上抠他的脚趾，舒服地咧着嘴，厚嘴唇上一大粒半透明的涎水。他的背后墙上是一面落满灰尘和苍蝇的锦旗，上面是"生产自救先进支部"几个发黄发灰的白字。

听到竹帘落下的声音，狗罕支书抬了抬眼皮，慌忙站起来，胖脸上堆满了笑，两只眼便眯成一条缝：

"同志，你们来了？从哪里来？公社？县里？快坐，快坐。"

说着用手抹了抹凳子，便去拿放在身后的暖水瓶。

"支书，狗罕叔，你不认识我了？我是亢、亢二、亢根柱的二儿子。"

"啊！二恨、中学生"。狗罕支书手中的暖瓶悬着，心却落了下去，"中学生，长如此这般大了，真认不出，认不出，我还以为是'四清'工作同志呢，你这是，也参加？"

岔口村已搞过一次"四清"，狗罕支书温水洗澡本来过了关，可上面来了新精神，说第一次的"四清"不彻底，不算。岔口村必须二次"四清"，使狗罕支书心神不安的是这第二次"四清"目标明确，对象是党内走资本主义道路的当权派。狗罕支书文化虽然不深，对这句话理解却极为准确，他认为这句话可分为三部分来理解：一是党内，二是走资本主义道路，三是当权派。他自认没走多少资本主义，但党内，当权派这两点却无论如何逃不脱。既然是党内当权派，那么是否走资本主义道路就不是自己能决定了的。由谁决定呢？当然是工作队，另外还有群众。因为群众是真正的英雄，而工作队是发动群众的。狗罕支书自己则往往是幼稚可笑的。就比如刚结束了的那第一次"四清"，或者说"四清"的那第一个阶段，那次的工作队里有个公社的干事叫田月吉，他认为岔口村的土改划成分有问题，说野狐峪的胡银花老人是地主分子，还保存着伪满钞票和金圆券，是想复辟资本主义的证据，而且说亢根柱家的成分应重新划，于是他发动群众，内查外调,果然就拿回了胡银花娘家是口外大地主的证据;她上中学的二孙子也写回信揭发她(想至此,狗罕支书异样地看一眼眼前站着的亢二恨不动)。在这件事上,狗罕支书就表现得幼稚可笑,几乎使温水洗澡变成开水烫毛,如果不是他及时转弯,一顶包庇"地富反坏"的帽子是稳稳给他安上了。所以狗罕支书一听说二次"四清"的工作队要来,便十分惴惴不安,他已经派人去接工作队,自己也巴巴地到村口看了几次。所以他一看亢二恨不动这一套行头打扮便把他认为是"四清"工作队的。

"狗罕叔,支书,我毕业了,自愿回咱们村,改变……不,锻炼。参加队里的生产劳动,现在来向你报到。"

二恨不动根本不知道狗罕支书在琢磨什么,急急地表明自己的决心。狗罕支书彻底放了心,他口里"嗯嗯"应着,将暖瓶放回原处,又坐回板凳上,跷起腿,一边抠脚趾一边说:"好,好,回来好,咱们需要,缺你这样的知识分子,知识学生,好好干,你还没回家吧?"

听到支书下逐客令,亢一公着急地说:

"支书,狗罕叔,我,你先给我安排了工作我再回。我明天就来上(班),就来参加队里的生产劳动。"

狗罕支书并不着急,缓缓地说:

"好,好,积极性好,咱们分了队,由队里安排。这几年变化大,包产到户,你家远,浪费,不方便,你家分三队,帮你爹,是好劳力。"

"不,支书,狗罕叔,我要回大队,你给我安排……"

"回大队?"狗罕支书抬起头,重新打量着眼前这年轻人,半晌摇摇头说:"大队,没法安排,都种地,你先回,等我研究……"

"我又不是要当什么,狗罕叔,我只是想回大队劳动,比如,科研组……"

"科研组? 没有。你先回,我和大家研究,快晌午了,我还有事。"

狗罕支书眼瞅着帘外,挥挥手,顺手赶走旋绕在头顶的苍蝇。

"好吧! 那我什么时候来? 明天?"

"好,好,明天。"

支书目送着年轻人走下坡,摇摇头,正准备再坐回桌子后面,忽然想起

什么,冲出帘子外向亢一公大喊起来:

"回来,你回来,二恨,回来!"

他这些时正为一件事发愁,上面让成立文化室,他想在工作队来以前就办起,正没个合适人选。这二恨是中学毕业生,不正好吗?他拍着脑袋嗨嗨嗨笑起来。这他娘,瞌睡来了个好枕头,愁肠几天的事,天上掉下个大馒头来。

可是二恨当时并没有返回来,他在坡下遇上了妹妹亢草莓。草莓和父亲母亲正在地里割豌豆,爹忽然肚疼起来,她急忙跑到岔口来找医生。一听爹肚疼得厉害,亢一公着了急,不知是没听到支书的喊声还是听到了顾不上再返回来。毕竟父亲的病重要,兄妹俩请上医生便匆匆忙忙赶回野狐峪去了。

回到野狐峪日照岩下那块豌豆地里,却见父亲和母亲已经又在收割豌豆了。实际上父亲也不是什么大病,他收割中间热了,便到地头端起饭罐里早上的半罐冷稀饭咕咚咕咚一气灌了下去,却不知这冷稀饭和冷水不同,越是燥热越是喝不得。肚子里冷热一接,便打开了架,村里人们叫发霍乱,发起来疼得人打滚,但只要放一放十指,将瘀集的黑血放出去,不大一会就会好的。农村地里劳动的人常犯这种病。当时医生见病人已好,留下几片阿司匹灵便返回去了。可是这一耽误不要紧,亢一公同志的文化室主任的职务却被耽搁掉了。

亢根柱夫妇见二儿子这么英俊潇洒、干净漂亮地回来,当时高兴地合不拢嘴,立刻就要打发草莓陪二哥回家去。二恨不动要和他们一起割豌豆,他们死活不让。二恨不动拗不过父母,正要回,却一眼看见日照岩下老祖母的坟墓,那坟堆上新土还未变熟,几根瘦瘦弱弱的小草在阳光下微微摇曳。二恨不动望着那坟堆心里油然涌起一股悲怆的味儿来。他怔了怔随即向那坟墓走过去,默默地站了一会儿,从网兜里取出早上坐车时吃剩下的一个油旋饼撕碎了放在奶奶坟前供石上。

老祖母胡银花是去年冬天去世的。老人活了九十三岁的高龄,终于还是离开了这个世界。老人去得很平静,很安详。她是老死的,真正生命的油尽灯枯,她死后全身只剩下了一把骨头和皮,一共也就四五十斤重,放在棺材里轻若无物,岔口村来抬棺材的人心里直嘀咕,怕抬着抬着忽然从棺材里跑出那只传说中的白毛老狐狸,然而没有。葬礼自始至终什么怪异现象也没有发生。这种没有什么怪异现象发生的现象本身倒成了一种怪异。于是人们便传说那埋下去的乃是一只空棺,那叫胡银花的老人早在某一天就忽然仙化为一股轻烟飘走了。有人曾经看见过七月十五的晚上,明亮的月光下一道烟气从野狐峪亢家那窑洞中飘出,上面端坐着一位美若天仙的女人,那不正是年轻的胡银花吗?

这种传说二恨不动没有听到,即使听到他也不会相信了。中学生在学校受着唯物主义教育,已经在重新认识这个世界,他是不相信世界上有什么鬼神存在的,在视野一天天扩大,知识一天天丰富后,少年时听到的那些关于奶奶的传说便一概被他斥为无稽之谈,他为自己少年时对奶奶的那种恐惧与仇恨感到内疚与羞愧。此时,他站在奶奶墓前,想起奶奶对他的种种慈爱,想起在家庭的几次危难关头都是奶奶出力解救,而现在,他却再也见不到奶奶了。想起在这个世界上从此将再没有奶奶的声音,再看不到奶奶的容颜,一种对生命恐惧的领悟一下袭上心头,他悲从中来,趴在奶奶坟上号啕大哭。奶奶走了,消失了,从此将不再斥骂、不再抚爱他,解他的危难。奶奶,你如能不死,我将每天任你斥骂而毫无怨言,奶奶,你到哪里去了呢?他下意识地仰望红日映照下的日照岩,希望从那里看到一只白毛老狐狸,他的目光在草棵林木间搜索,然而,没有,什么都没有,只有朗朗的白昼,只有白昼下分明的一切,奶奶消逝了,永远消逝了。

二

当秋日清晨的第一抹朝霞映红日照岩的时候,亢二恨不动亢一公同志从睡梦中睡来了。他睁开双眼,看看已发白的窗户纸,耳边便听到了鸡的咕咕咯咯声和麻雀、喜鹊们的叫声,慌忙坐起来穿衣叠被。

从去年暑假开始,他就一个人独居一屋了。亢家的窑洞一溜五间,东西边沿各一孔单窑,一孔放粮食,一孔放杂物,中间三间为一套,门开在中间一孔窑洞,进门后在中间部位左右各有一门通向两边的窑洞,中间一孔是穿堂客厅,两旁两孔是卧室。为节省柴炭全家人住在东侧的大窑里。西侧一孔当年做过亢根柱夫妇的新房,爷爷去世后,就再不烧两条炕,和奶奶住到了一起。有时,夏天为凉快,也分开,一般是两个孙子和奶奶住一屋,亢根柱夫妻和女儿住一屋。去年暑假,二恨不动回来后,自己动手打扫了西屋,住在里边,寒假回来也坚持不和父母同住。父母对二儿子总退让三分,况且孩子也大了,又上了学,爱干净,便让他独自住了一屋。

二恨不动穿衣停当,到东窑去打洗脸刷牙水时,才发现全家人不知什么时候早离家下了地。锅盖上仍冒着热气,母亲为给他留饭,灶里塞了许多干柴棒,噼噼啪啪燃着。二恨不动心里生出几分歉疚,便在心中责备自己不该起得太迟,以后一定和家人一齐起床,接受农村生活的艰苦锻炼,克服自己身上小资产阶级知识分子的坏毛病。这是二十世纪六十年代青年学生们的一种共识,他们将自己身上一切不好的东西统统归结为小资产阶级思想。其实,他们连小资产阶级是什么都不清楚。他们甚至认为满身污垢、满嘴脏话、两脚牛屎才算劳动人民本色,把爱清洁、爱美皆视为小资产阶级情调。一些追求进步的学生为了显示自己的非小资产阶级故意将新衣服洗了又洗,搓了又搓,让其显出旧布颜色,有的则在新衣服上补补丁以示艰苦朴素。他用自己从学校带回的毛巾、脸盆洗脸、刷牙,当他做着这一切的时候,他思想中便闪过这样的想法,这样做是否是丢掉了劳动人民的本色? 是否是一种小资产阶级生活方式呢? 这一点困惑在他的日记和他以后的讲用中都多次提到过。

洗漱完毕,吃过早饭,亢二恨不动亢一公同志穿起那件草绿色仿军装上衣兴冲冲到岔口大队去。这时太阳刚刚出山,阳光映照在翠峰山的林木上,映照在野狐峪的山坡沟壑里,溪水一片清亮,空气中飘荡着林木所散发的清香,一切都显得生机勃勃,使亢一公亢二恨不动同志对未来充满了信心。

在我们提到的那间大队办公室里,狗罕支书接见了新社员亢一公同志,告诉他大队准备成立文化室,由民兵连长吴拉子兼任文化室主任,亢一公协助吴拉子工作。这个决定是昨天晚上的干部会上做出的。狗罕支书本来想让新回乡的初中生担任主任,其他干部提出了异议,认为不能让野狐峪的一个外姓旁人进入大队干部行列。这小子有文化又是团员,让他当了干部,你狗罕支书小心点,几年后看不把你撂一边去。讨论研究结果决定不给亢一公任何职务,由他协助吴拉子。吴拉子是个复员军人,文化并不高,公社马上要检查文化室成立情况,没有人协助怕不好交差。

"就这样定了,你干一天记一天出勤,到年底我给你争取补贴工。"

狗罕支书总觉吴拉子兼文化室主任对二恨有点亏。二恨倒不计较这些,他很爽快地说:"我不要补贴,按劳取酬,我干一天挣一天的工分就行了。"至于当不当文化室主任,他原本就没去想,他甚至对大队给他安排这样一份能发挥自己所长的工作还充满了感激之情。

亢一公迈开了自己走向社会生活的第一步,整个秋天,他每天都早早起床,担水、扫院,尽力帮父母干点活,然后就到岔口去,出黑板报刷标语,组织青年学雷锋做好事。

大队院里紧挨大队办公室腾出一孔旧窑做文化室,亢一公用白灰将文化室粉刷一新,顺便把大队办公室、会计室也粉刷一遍,又借来喷雾器杀灭了那里的苍蝇。这一行动不仅使狗罕支书、会计等对这年轻人刮目相看,没过半个月,整个岔口村的男女老少都知道了野狐峪亢家出了个人才。看街头标语上那字,比当年的光头老师还写得好。更让人惊异的是,这小伙子居然卖了自家的粮食给文化室买了一百多本书。还每天给村里的两个孤寡老人担水、磨面,扛着自己家的粮食接济这两位孤寡老人。这行动让村里人不解而且困惑,说这小子傻吧,他是这里唯一上过县城中学的初中生,说这小子不傻吧,他尽干些傻事。这狐狸的后代要干什么?要行善积德,得道成仙吗?

文化室马上就吸引了村里的年轻人,每天晚上,姑娘、小伙子们吃过饭,丢下饭碗就来了。二恨不动虽然离得远,但比谁都来得早,他有时干脆带了干粮,下午不回野狐峪。年轻人们带着竹笛、二胡来这里听亢一公同志教他们识简谱、唱歌曲。

担任文化室主任的吴拉子也是个热心人,他用部队那一套训练民兵和青年,动不动军法从事,倒使那些不愿或不敢来的青年也有了借口。在欧洲的村镇上一般都有游乐场,为年轻人聚会提供场所与机会。中国在二十世纪六十年代出现的文化室,其旨在加强年轻人的政治思想教育,实际却起到了与游乐场相同的目的,还是很受年轻人欢迎的。文化室初办时,家长们是反对的,怕年轻人在那里搞恋爱乱了风化,正因为有政治教育在头里,家长们才敢怒不敢言。有了以上因素,所以岔口村文化室在初办时是很热闹的。

吴拉子乐理上不行,却有一副天生的好嗓子,唱当地流行的"二人台"味道十足:

> 阳婆婆上来呀,丈二二高,
> 二小妹子我起来,起来我就叫嫂嫂,
> 嫂嫂嫂嫂你快快起,
> 咱们二人,
> 咱们二人相跟上就去把菜挑,
> ……

唱完一段《姑嫂挑菜》,再来一段《小寡妇上坟》:

> 灯瓜瓜点灯半炕炕明,
> 一床床那被褥半床床空,
> 十七十八俺到你家,
> 二十岁上,我就,我就守了那个寡,
> ……

沙嗓子中带着铜音,有如一副面锣,唱得如醉如痴,姑娘小伙子们十分爱听,便也跟着唱。二恨不动感到味道不好,又不好直言阻止,好在吴拉子是有家室的人,媳妇看得紧,常常不让他来。吴拉子不来,二恨不动便教大家唱革命歌曲,讲革命故事,念报纸,学理论。他要用无产阶级革命思想占领文化室,男女青年对这些却兴趣不高。每当他在那里严肃认真给大家念书念报时,便是男女青年私下活动的好机会,男的在女的腿上摸一把,女的在男的背上擂一拳,掩着嘴嘻嘻笑:"妹妹吃我的海红红,我咬妹妹的嘴唇唇……""咱二人相好一搭搭,至死也不说那拉倒的话……"文化室活动一散,二恨不动一个人回野狐峪。青年男女们则在回家路上谈情说爱,拥抱接吻,私订终身,有的更钻高粱地、钻沙柳丛做一对野鸳鸯。这些二恨不动不是不知,却也无能为力,他更不知道这已给他暗伏了危险的火种。

秋天是短暂的,地里的庄稼刚收割完,第一场冬雪就铺天盖地下了起来。二恨不动一早起来帮爹打扫完院里的雪,吃了点早饭便又要去岔口,爹说:"还去吗?下雪。"二恨不动边往外走边说:"得去,几家孤寡老人还没担下水,这天气,更得去。"爹默默目送儿子走出院门,又追出来:"二的,带根棍子,路滑。"这倒提醒了二恨不动,他返回来拿了张锹,又匆匆走了。爹望着儿子消失在雪雾中的背影,叹口气。他不知道儿子着了什么魔,是学校教育得好?还是老祖母胡银花附了孙子的体?学校毕业以来,儿子变得陌生,仿佛换了个人。他这是怎么了?亢根柱想着儿子,思想像那雪雾一样迷茫。

岔口村挑水要到河沟里去挑,从村中到河沟要爬一段很陡的坡,雨雪天走这坡得特别小心。经常有人挑水在这坡上滑倒,轻的擦破皮,摔破水桶;重的滚下沟底,摔断骨头。大队几次想修这条路,却因工分摊派问题商量不妥放过了。这天,二恨不动挑着水动了修这路的念头。给军烈属孤寡老人挑完水,他找到吴拉子,商量动员青年修挑水路,义务为村里办好事。吴拉子十分赞成,说:"对,修,义务修。青年民兵是干什么的?你野狐峪的还这么热心,我看他岔口村人怎么说。"

青年们在吴、亢二人领头下,经过半个月时间的义务劳动,把一段又陡又窄的坡路修得平缓而宽展,上面还铺了层炉渣,岔口村人都说年轻人给村里办了件大好事。

春节时,文化室排演的文艺节目派上了用场,他们一家家给军烈属拜年,演节目。正月十五专门在戏台上演了两夜,轰动了左邻右舍的村庄,有十五六里左右村庄的人也来看岔口村文化室的文化节目。看过后,附近村庄纷纷来写戏,请二恨不动他们到自己村去演出,整整忙了一个正月。

二恨不动默默的奉献精神感动了岔口村的大队干部,春天在成立突击队时,一致同意让二恨不动担任了青年突击队队长。

突击队一成立,便投入了县社公路干线的修筑。在公路修筑工地上,亢一公的名字传得很响。他的突击队能文能武,任务完成得既快又好,还抽时间给其他工队演节目,帮过路汽车司机们做好事,为了方便司机们喝水和给汽车加水,亢二恨不动从自己家扛来瓮子,隔二三里放一个,里面贮满清水。在公路正式通车后,二恨不动又带着突击队义务挖了十多个公路女厕所,三五里一个,用土坯、碎砖和树枝遮挡起来,以方便过路妇女。在抗旱救灾、排洪抢险中,岔口村的青年突击队处处都走在别的村前面。

这时,第二批"四清"工作队进村了。这支由地区干部和县干部组成的工作队一进村就注意上了亢一公,将他作为岔口村的革命事业接班人来培养,亢一公正式完成了他由亢二恨不动到亢一公的过渡,又一次站在人生的十字路口。

三

在我们的亢一公同志坚定不移地在他认定的道路上大踏步前进的时候,他那一点也不可爱的野狐峪却在小农经济的封闭落后状态中越走越倒退了。自打儿子回来后,亢根柱夫妇便日日在提心吊胆中生活。儿子说了,分出来让他们家包产这只是暂时的,暂时的困难过去以后终究还是要合到一起的。他劝父母留足自家的口粮外将多余的粮食全部交回队里去。"地是队里的,多打的粮应交队里。"亢根柱反驳道:"可这是队里允许了的,其他人家也一样。"儿子一时语塞,还是坚持说:"即使这样,我们也要先想到集体。"所以当儿子一口袋一口袋背上自家的粮食给孤寡老人送,卖了粮食给文化室买书、买乐器,他们都不敢加以阻拦。老祖母胡银花去世后,亢根柱夫妇失去了主心骨,他们面对儿子的行为,不知该如何是好。

好在儿子并不每天都守在家里,自从文化室春节演节目他就搬到文化室去住了。有时吃饭回来,有时吃饭也不回来。这给了夫妇俩机会,他们像老祖母那样开始瞒着儿女们藏粮。两个儿子都到了结婚年龄了,没粮怎么行?亢根柱还偷偷到镇上粮食市场卖了几回粮,卖下钱或买了布匹、衣料,或给妻子藏了起来。"狼崽子呀!"想到让人不省心的二儿子,亢根柱也这样想了。他感到他的认识越来越接近母亲,死去的母亲是聪明的,母亲的话不是越来越被证实了吗?生下儿子为别人生下了,全家人忙得昏天黑地,他娘几次因劳碌而晕倒,他却一点家里的事也不管,还要让他把打的粮也交到队里,这样吃里爬外的儿子不是成心要毁掉这个家吗?夫妻俩偷偷打,偷偷藏,连小女儿和大儿子也瞒着。"年年防灾,夜夜防盗",老母亲的话是正确的。没粮吃就要死人,他们被饿怕了。他们更怕这个念了书变得不通情理的儿子,老根柱在后悔让儿子上学了。不上学哪会有这事?唉!

"给他成亲吧!草莓也快十八岁了。"过罢春节正月初五,当大儿子和草莓都去了岔口村看文化室的文艺节目时,刘拉弟先提出了这个问题。

"草莓是给大恨的。"

亢根柱困惑地望着老伴,他们本来准备等草莓满了十八岁谈这事的,早了,领不来结婚证。

"大恨,你看大恨配吗?草莓花一样的闺女,强扭的瓜不甜,让草莓恨咱们一辈子。"

"倒也是,可总也该先考虑大的吧。大恨傻,也并不是傻得什么也不懂,小子这几年心也开了,尽瞅着看女人。"

"大恨还是搁一搁,给他问询着,看哪村有那般配的傻闺女给他找一个,咱多给人些粮食。"刘拉弟态度很坚定:"草莓就给二的,她对她二哥怎么样,还看不出来吗?她愿意。"

"就怕二的不同意,小子和一般人不一样,得先问他。"

正月二儿子忙得没回家,二月,父亲到岔口找到二儿子,专门向他谈起这件事,话一出口,就被儿子堵了回来:

"爹,你糊涂了,草莓是我妹妹,我怎么能娶我妹妹。"

"可是草莓愿意,你也知道,她是抱来的,抱来就是做媳妇的。"

"你们征求过她的意见了？"

"没有，但我和你妈都看出来了，她喜欢你……"

"爹，"二恨不动红着脸生气地说："请你们以后千万不要再提这事，尤其不能对草莓提，都什么年代了，还父母包办，奶媳妇，这太不像话了。"他一抬头看到父亲脸色不对，缓和了语气说："爹，我还小，娶媳妇的事以后再说。"

"不，你清楚，二的，咱们家和别人家不一样，谁愿……"

"怎么不一样！"二恨不动脸色变得蜡黄："爹，我们首先不能看低自己，我家和别人家怎么不一样？我就非娶个外边的让他们看看。"

"唉！"老根柱长叹一声："由你吧，草莓还小，过两年也行，这是我和你娘的心愿，你们早结婚，我们早放心，这二年，咱们粮食还有点……"

话至此，老根柱发现说漏了嘴，站起身要走，二恨不动一边送爹一边盯着问：

"爹，你们是不是把粮食藏起来了？今年咋打那么点？还不如去年。"

"藏？往哪儿藏？今年夏天雨长，庄禾尽长了秆子了；秋天颗子上面时雨少，看去长得旺，多打不下，不信你问你哥和草莓。"

老根柱只好对儿子撒谎了，他今年果然照儿子吩咐，交了队里粮后，就光够口粮了，其他都实行了"坚壁清野"。二恨不动虽感到奇怪，却不认为父母藏了粮，他只希望父母能如他一样，爱社如家，先集体后个人，大公无私，做新时代的新农民。

送走父亲后，二恨不动的心久久不能平静，他并不是个冷血的人，他也感觉到妹妹亢草莓对他确有特殊感情。妹妹从小崇拜他，听他的话，每当奶奶骂他时，妹妹就做奶奶的鬼脸，替二哥辩护。妹妹上学后，兄妹俩一齐走，一齐回，他处处护着妹妹，妹妹也依赖他。他上中学后，每逢星期天，妹妹就一直站在门外等他，一见他回来，脸就像绽开的鲜花，缠着他问长问短，叽叽喳喳围着他转。他毕业回来后，有一天傍晚妹妹过他那面给他烧炕，展铺盖，进门后发现他正在屋里，立刻红了脸，显得极不自然。他的心一动，发现妹妹长大了，苗条、俊俏、亭亭玉立。他第一次发现妹妹竟是那样一个漂亮姑娘。那天晚上,他梦到拥抱、亲吻了小草莓,遗了一大摊精。从此见到妹妹,总有点不自然,所以当草莓缠着他要参加文化室的活动时,他便找种种借口不让她参加,主要理由说她还小。另外说他在队里,家里离不开她……

草莓从小就知道自己要当奶媳妇,她也认定了,也愿意。这就更使二恨不动为难,他不得不认真考虑这件事。关键是她愿意,她已倾心于他,他如果拒绝,那草莓会该多伤心。还有更可怕的,如果他拒绝,而糊涂的父母竟要她给傻子哥哥做媳妇,那又该怎么办呢?不行,得坚决制止这件事。而要制止这件事就必须首先让草莓明白,她不是奶媳妇,她是他妹妹,她是自由的,她可以去自由恋爱,去找自己心爱的男人。二恨不动开始后悔不该让草莓参加文化室。他怎么也不敢承认,其实他之所以不让草莓参加文化室活动,潜意识深处正是没把草莓当亲妹妹,正是对她还留有一份另外的感情。

四

感情这东西太复杂了,所以我们有时宁愿谈理性不愿谈感情。理性是明晰的,无论怎样千头万绪总可以梳理清楚,而感情却永远是模糊的。它没有始也没有终,它没有经也没有纬;它有时朗若白昼,白昼后面却是沉沉暗夜;它有时条理清晰,清晰的条理上却沾满了糨糊。谁也说不清感情是什么东西,感情永远是一本糊涂账。就比如现在,我们的主人公亢二恨不动亢一公同志就陷入了这本永远也理不清的糊涂账中。他在理性上坚决反对与奶妹妹结合,在感情上却又保留了那么一份特殊的感情。他保留了那一份感情,又并不珍视那份感情。当时的事实是亢二恨不动亢一公同志正在恋爱中,他恋爱的对象是他的一个初中同学,那同学的芳名叫祁月珍。

我们之所以到现在才让这个祁月珍同志出现,因为在前面我们实在没有余暇提到她。亢一公同志一直深陷于他的事业之中,使我们抽不出一点闲空来论及他感情方面的事。

祁月珍是县里一个中层干部的幼女,这女孩子不但生得漂亮,且因所处环境不同,如一般年轻人评论女孩子所常用的一个词来说,她还有一种不同于农村女孩子的气质和风度。除此之外，这女孩子也十分聪明。在亢一公他们班上，她的学习成绩总是和亢一公不相上下，而且是学校文艺宣传队的骨干之一。

一个女孩子具备了以上三条优势，无疑便会成为众多男孩子的追求的对象——当然这些男孩子们需有资格参加追求。从野狐峪走出的亢一公，在诸方面条件上，都离祁月珍差远了，再加他在野狐峪那个环境中养成的极端自尊又极其自卑的心理，亢一公亢二恨不动根本就没敢动过追求祁月珍的念头。与其吃不上那葡萄，倒不如趁早就绕过葡萄架。所以亢一公爱祁月珍只是心里偷偷爱，看祁月珍的眼光也是偷偷地充满了戒备，倘若对方稍有什么，马上便如刺猬一样耸起满身的针刺，让你知道他是不容丝毫的轻蔑和侮辱的。偏巧祁月珍对那些同条件的追求者们一个也看不上眼，对野狐峪的亢一公亢二恨不动反大加青睐。她主动和他接近，主动找他谈话，讨论和交流思想，希望他能放松戒备。但亢一公始终认为他和她相差太远，永远也不可能结合到一起，躲躲闪闪总是不接她抛来的彩球。亢一公并不拒绝和祁月珍接近，他愿意看到她，愿意听她说话，愿意看他和她在一起时别人嫉妒的目光。只要她并不轻视他，心里有他，这就够了。抱了这种心思，他反显得落落大方，谈吐也不再拘谨。直到毕业，两个始终没捅破那层纸。

在关于升学就业问题上她几次问他将何去何从？他都说还在考虑。一次晚饭后，她又向他问起这个问题，并说她希望他能升学："我知道你能考上，如果上了高中，经济有困难，我帮助你，我希望高中咱们还能在一个班。如果考大学，你报哪个学校我也报哪个……"她红着脸说着低下了头，希望得到他肯定的答复。在那一刻，他忽然拿定了正踌躇不决的主意，说：我已考虑成熟，我决定放弃升学，回农村去。大学是需要人考的，但农村更需要人。

亢一公在祁月珍劝他升学时拿定了回乡的主意，从某种意义上讲，他是以这个决心表示和这可望而不可即的女孩子的决绝。在思想的深处，却是那女孩子一句在经济上可以帮助你的话，大大刺伤了他极为敏感的自尊心。他的回乡很大程度是因为家庭贫穷。奶奶那一次馈赠已极大地刺伤了他,他每一次回家都张不开要钱的口,他不忍看父母那哭一般的笑容。奶奶死后那个春节,他听到父母一次谈话,父亲说:"可也时间不长了,要再念下去,真没办法了。"母亲长长叹了口气说:"也不知念到底能念成个什么? 其实这山里头念成个什么又能怎样。"听到这些话,二恨不动鼻子里酸溜溜的直想哭。他一直以为父母很支持他念书,谁知他们心里竟是这样想。一个穷人家的孩子,你本来就不该生得太聪明,聪明不是你的错,聪明却往往给你带来烦恼。二恨不动从那时起就动了回乡的念头。他相信自己的聪明才智,即使不上大学,也不会只是个野狐峪的山民,他不会久居人下的。

祁月珍一片苦心、一片爱心他不是不懂,他也知道她说在经济上可以帮他没有丝毫轻侮他的意思,他偏受不了。她希望他升学,他偏选择回乡,既然我得不到你,我还不如趁早躲开。他是这样想,祁月珍反倒更加对他欣赏,认为他就是与众不同。或许出于人类本能的一种征服欲,越是得不到的愈珍贵,愈要想方设法得到。在亢二恨不动回野狐峪不久,便收到祁月珍一封信。这封信情意绵绵,说她在学校同学中只和他谈得来,只有和他在一起时才感到愉快,感到充实。说自从毕业后,她在梦中好几次梦到他。信中还附了一首诗,诗的最后两句说:"愿乘风破万里浪,比翼双飞共翱翔。"接到信,二恨不动连着看了五六次,激动得一连半个多月夜夜失眠。每当睡不着时便翻出这封信来细细玩味,偷偷吻着信后的署名,拿出他们的毕业照,盯着祁月珍的留影一看就是半小时。他斟酌着字句给祁月珍写了一封回信,回信密密麻麻写了四大页。在信中他谈了他回乡后的情况,谈了他的近期想法和长久打算。在信的结尾处他表示:"虽然我们选择了不同的道路,但我们的目标是一致的;虽然我们不能朝夕相处,但我们的心是相通的。我相信有一天我们会重逢。那时,我们都将因我们各自对人民的突出贡献而受到人们的尊重。放心吧,我将因有你会更加努力,我将因有你会更加忘我地投入我们共同为之奋斗的事业。"从此两人书信往还,频频不断。

祁月珍却等不及功成名就之后再相逢,五月的一个艳阳天,她独自一人到岔口村找亢一公同学来了。那时候她已经是县中学高一年级即将进入高二年级的高中学生了。从县城坐公共汽车出来,到岔口村附近时,却正碰上那段公路正在重修。

这一天,亢二恨不动亢一公同志正带着他的青年突击队在重修的公路工地上打夯,本地叫打石硪。石硪是一块重二百余斤的青石,底部錾成水平,上面绑一根一丈有余的木棍,十个或八个后生抬起来,砸下去,以夯实地基。亢一公是这十个人中喊号子的,当石硪砸下时,大家展起身,略作休息,攒足力气,喊号子的这时便扬起嗓子唱道:

"哎嗨哟,小小石硪有二百斤呀!"

喊号子的一唱完,大家弯腰抬起石硪唱道"杭杭的嗨呀,哪杭的嗨呀。"将石硪举过头顶,砸下去。喊号子的再唱:"再抬起那石硪狠狠地砸呀!"大家便又"杭杭得嗨呀,哪杭的嗨呀",举起石硪砸下去。就这样每唱一句砸一下,一方面统一号令,一方面提调精神。喊号子的必须反应灵敏,肚子里有词,顺口便能唱出来。唱词还必须不断变换内容,倘若一个内容唱久了,大家便少气无力。这时旁边人便喊:"来荤的,来荤的。"于是喊号子的便哥哥呀、妹妹呀,打伙计呀、亲嘴嘴呀……来一段荤的。荤的一唱,抬硪的陡然来了精神,石硪砸下去便会又沉重又有力。

这一年多来,二恨不动亢一公同志决心与工农相结合,改造自己的小资产阶级思想,已经耳濡目染接受了这方面的东西,所以,当被人提醒该来荤的了,他便对提醒他的人唱:

你老婆打你因为甚呀?
杭杭的嗨呀,哪杭的嗨呀!
你家菜不香扑野食呀!
杭杭的嗨呀,那杭的嗨呀!
桃花、杏花、洋槐花呀!
杭杭的嗨呀,哪杭的嗨呀!

你采花三夜不回家呀！
……

这时，喊号子的二恨不动一眼看到下边坑坑洼洼便道上停下来的公共汽车上下来个姑娘，正向他们走来，便转口唱道：

漂亮的姑娘来看你呀！
杭杭的嗨呀！那杭儿嗨呀！
抬起石碌小心打了腿呀！
杭杭的嗨呀，哪杭的嗨呀！
姑娘她……

二恨不动展起腰刚唱出"姑娘她"三个字，突然卡了壳，他怎么也没想到迎面走来的会是祁月珍，浑身顿时腾起一团火，又惊讶，又高兴，又难堪。众人见状，目光一齐向祁月珍聚焦。祁月珍被这十几双野性的目光盯得慌了神，脚步也走不稳了。亢二恨不动醒过神来，对身旁一个后生说了句："你来喊，我有事。"几步跳下路基便向祁月珍跑去。祁月珍认清对面来的便是她要找的人，激动地喊了句："亢一公。"心里冲动着想拥抱对方，到了近前，却丧失了勇气，两人只是伸出手握了握。

"月珍，你怎么来了？"

"我，今天星期，来，来看看你。"

祁月珍红着脸，两只大眼勇敢地直视着亢一公。亢一公低声说："月珍，咱们到那面去。"手指指着坡下一片树林，同时尴尬地回头望一眼他的队员们。那里的打碌声却不依不饶送了过来：

哎嗨哟，打碌的弟兄们没打了腿呀！
杭杭得嗨呀！那杭儿的嗨呀！
你可要小心那妹妹打你的嘴呀。

杭杭得嗨呀，那杭儿的嗨呀！

一拉手就拉到那崖头底呀！

杭杭的嗨呀，那杭的嗨呀！

一对鸳鸯就钻了水呀！

……

　　唱碛声紧紧跟着他们二人，亢一公心里毛躁，恨不能塞住祁月珍的耳朵，让她一点也听不到这卑俗的调侃。偷眼看祁月珍，祁月珍倒神色自如。祁月珍感受到他的慌乱，笑着说："你怎么啦？着急得像逃难。"亢一公只好放慢脚步，掩饰说："劳动中为了提精神，都这样取笑，你别介意。"祁月珍故作不解地说："介意什么？他们唱得好听，又不是骂我。"顿了顿又说："一公，我现在更理解你为什么要回来了，这劳动场面真让人心情激动呀。"亢一公舔舔嘴唇，他感到口干舌燥，和一个姑娘这样近距离散步他还是第一次。祁月珍身上那淡淡的香气，那年轻女子特有的青春气息熏得他头脑晕晕乎乎。他知道，现在只有说话能把他从窘境中解救出来，能让他镇定自己。他没话找话地说："是啊，农村确实是个大熔炉，我现在才更深切地体会到奥斯特洛夫斯基那句名言——人最宝贵的东西是生命，生命对每个人只有一次。人的一生应当这样度过，当回首往事的时候，他不因虚度年华而悔恨，也不因碌碌无为而羞愧。在临死的时候，他能够这样说……"这时，祁月珍插了进来，两人一齐朗诵般地说："我的全部精力都已献给了世界上最美丽的事业——为人类的解放而斗争。"两人动情地朗诵完，四只手不觉又握到了一起。祁月珍抬起头，期待地望着亢一公的眼睛，动情地叫了一声"一公"，满脸飞红。亢一公身子一颤，口里却说："月珍，我深深感到，党和人民给予我的太多，而我们对人民的贡献太少。我一定不辜负党和人民对我们这一代的期望。在农村这个广阔天地里，我一定要努力改造自己，使自己成为雷锋、焦裕禄那样的人。"

　　祁月珍失望地低下了头，他想了一路的无数热烈语言像放了气的轮胎一样变得那样干瘪、可怜，她来时那热扑扑的情绪也降了温。她听着亢一公滔滔的表白,不知道该说些什么好了。亢一公感觉到祁月珍神情的复杂,及时住了口,问祁月珍这次来能待多长时间?祁月珍说她想到野狐峪去看一看,赶下午的班车回。亢一公听了,表情极不自然,抬头望望天上的太阳,脚轻轻踢着地下的土,踌躇着说:野狐峪离这里还有十来里山路,走回去,返出来,也没什么看头……而且,我,是队长,领工的,擅自走了……

祁月珍见他为难,自己心情也很复杂,便说:"既然如此,那你就回你的工地去吧!"两人一言不吭回到便道,恰有一辆回城的卡车路过,祁月珍向那卡车一招手,那卡车便吱一个急刹车停了下来。那时汽车极少,公路上跑的最多的是卡车,卡车司机们最愿意拉的人就是姑娘媳妇,所以人们称漂亮姑娘媳妇叫"汽车站",意思是汽车一见她们就站住了。

亢一公怅怅地望着祁月珍坐进卡车驾驶室,希望她回头和自己告别,卡车却没等他举起手早颠簸着绝尘而去。

祁月珍离开后,有三个星期没给亢一公来信,客观上是马上就要期中考试,主观上的原因就连她自己也说不清了。

五

草莓病了,几天来浑身软软的提不起一点精神。五黄六月,正是农家最忙的时候,全家人起早睡晚,连点喘气的工夫都没有。她强忍耐着,坚持和父母哥哥一起薅谷锄苗,不想让父母知道她身子不舒服。

这天早上起床时,她感到头昏昏沉沉,手脚酸软,实在想多睡一会儿,甚至好好睡上一天,最后还是强挣扎着起来穿衣服,这时候娘已经在做饭,爹也担回两担水来了。

看到女儿慢慢腾腾穿衣服的样子,亢根柱催促道:"莓莓,都什么时候了,还这样不慌不忙,十七八岁的人了,还等你娘做好饭端到你嘴边吃?"爹的话说得并不重,平常也这样说,草莓今天却受不了。爹的话没完,她的眼泪早涌出眼眶,抑制不住地流下来,身子颤抖着,胳膊怎么也伸不进袖子筒里。亢根柱没好气地说:"怎么,说你两句就哭了,真是越大越娇……"刘拉弟发觉了女儿的异样,打断亢根柱的话说:"你这是怎么了?大清早的,和孩子撒什么气,莓莓是那种娇气懒惰的闺女吗?你就不为孩子想想,十七八的闺女了,哪天不是受得昏天黑地……"母亲的话越发使草莓难受,她使劲往袖筒里伸胳膊,一用力,那件穿酥的花布衫扯了一个口子,她索性将衫子揉成一团伏在被子上呜呜咽咽哭起来。亢根柱跺了下脚,重重叹口气叮零当啷提着桶担走出窑洞。刘拉弟放脱风箱,站起来摸摸女儿额头,感到有点烫手,柔声说:"莓莓,你病了?病了就不要起了,好好睡上一天。"草莓哭过一阵儿,心里舒服了许多,抽咽着对母亲说:"没,娘,我没病。"强打精神穿好衣服,叠起被褥,打扫了炕,下地帮母亲料理早饭。吃早饭时,她勉强喝了碗稀饭,窝头怎么也吃咽不下去。亢根柱这时也看出女儿确实病了,心里歉疚,便说:"莓莓,你有病,今天就不要到地里了,家里能做甚做些甚吧。"草莓笑一笑说:"爹,我没事,这几天正忙,我哪能在家。"强撑着到了地里,一到地里就天旋地转眼前一黑,人和锄头一起倒了下去。

亢一公亢二恨不动听到妹妹得病的消息已是午后的事。草莓那样好的身体,怎么会晕倒在地里呢?他顾不得多想,安顿好工地上的劳动便匆匆赶回野狐峪。

草莓吃过药在二哥住的西窑里躺着,她说那东屋子里的酸菜味呛人。赤脚医生来过了,说是中了暑,给她行了顿针灸,配了副草药,留下几片阿司匹林,让她好好休息休息。吃过药,精神果然就好了许多,刚蒙蒙眬眬睡着,听到院里狗叫,听到窑门响,接着就听到有人进了屋。睁眼看到是二哥,又慌忙闭上眼,心扑通扑通直跳。

亢二恨不动轻轻走到炕边,看了一会草莓的脸色,便伸手到她额头上摸,草莓心跳更快,感到二哥摸在额头的手心有一股奇异的电流,缓缓传遍全身,身上舒服极了。她这时已睡意全消,强忍着不敢睁开眼睛,多么希望那只放在额头的手再抚摸抚摸她身子的其他地方,可是那只手却离开了。就听二哥重重叹了口气,在她身边坐下了。她感觉到他在掏烟打火,草莓鼻子里就闻到一股纸烟的香味,大概被烟呛了喉咙,要咳嗽又不敢大声。草莓实在忍不住,微微动了动身子。二恨不动听到了,回过头,轻轻叫道:"莓莓,莓莓。"草莓故意不应。二恨不动站起身在地上转了个圈子轻轻说:"莓莓,你睡吧,二哥黑夜再回来看你。"说着就要走,草莓着了急,睁开眼叫了声"二哥"。二恨不动几步走到炕边，俯下身子问："莓莓，你醒了？不要紧吧？"草莓嗯了一声，说："二哥，你那样忙，回来干甚？"二恨不动听出妹妹口气里有埋怨，心中一动，说："草莓，二哥忙，一听说你病了，晕倒在地里，把我吓坏了。""没什么，医生说是中了暑。二哥，你要忙，就到工地去吧，我现在好多了。""真好多了？"二恨不动惊喜地问，长长吐了口气。

草莓感觉到二哥对自己发自内心的关怀，嗯了一声说："真好多了，原来身子沉得要命，现在轻松多了。二哥，天这么热，我给你起来倒口水喝。""不，不要起来，我要喝自己倒，你好好休息，大概这些天累坏了。"二恨不动按住妹妹说："莓莓，那我走了，你歇着吧。"刚站起身，草莓忽然红着脸叫了声："二哥。"二恨不动站住，望着草莓的眼睛，草莓微侧过头，避开二恨不动的眼光问道："听说有个很漂亮的姑娘来看你，那是谁？"二恨不动黩然悟出妹妹生病的原因，怔怔站着，一时不知该如何回答。只见草莓正闪着睫毛紧张地盯着他。他定定神笑一笑，很随便地说："是我一个初中同学，她路过工地，顺便来看看。""人家都说是专门来看你的，说她……""莓莓，别听人们胡说，我们是一般同学关系，人家是城市人，爸爸当局长，怎么会……"下面的话他感到难以措辞，转口说："莓莓，你放心休息，别胡思乱想。我走了。"

这次真走了，心里却越想越不对劲，这是怎么搞的，为什么要那样回答呢？为什么不老老实承认祁月珍是来看自己，让草莓死了心，还说什么你放心。这不是害草莓吗？想到此，心里又是一惊，莫非父亲已经向草莓说了让他们结婚的事了吗？糊涂啊！爹，你怎么能这样？亢二恨不动感到有必要和妹妹专门谈一谈这件事了。现在她病着，他也太忙，一定抽个空，一定得向她讲明白，让她自己去恋爱一个。

不说二恨不动怎么想，听了二哥的解释，草莓却像吃了个定心丸，虽仍对那来看二哥的漂亮姑娘不无忧虑，心头浓重的阴云却消散了。

工作组进村后，经过扎根串连，访贫问苦，依靠四清积极分子，没用多长时间便揭开了岔口村阶级斗争的盖子。狗罕支书因多吃多占、贪污腐化、乱搞男女关系和鼓励单干等种种问题被撤销了支部书记，开除出党，工作组已整理材料上报,准备给他戴坏分子帽子。民兵连长吴拉子本来有希望接替狗罕支书,但代理支书还没半个月就有人写检举信揭发他有男女关系作风问题,不再受到重用。

亢一公亢二恨不动同志在"四清"运动中旗帜鲜明、立场坚定、敢打敢冲,是工作组主要依靠的积极分子。他最突出的贡献便是揭发了狗罕支书鼓励单干、瞒产私分等路线斗争问题。这个问题本来没被工作组放在心上,但就在亢一公同志提出野狐峪的单干问题不久,上级来了文件,对于"三自一包"开始否定。工作组由此看出亢一公同志高度的路线斗争觉悟,岔口村的斗争立刻升了级,提高到两条路线斗争的高度。狗罕支书在本来已交代完问题准备退赔处理时,忽然升了温。工作组暂时代理了村政权,亢一公还是青年突击队队长,但已俨然是岔口村主要领导干部。因为其他干部或多或少都有"四不清"问题,只有他清清白白,一张白纸好写最新最美的文字,好画最新最美的图画。

狗罕支书的问题是在野狐峪亢根柱家被搜查出二十多石存粮后定了性的。

六月一个炎热的上午,亢根柱和妻子、大儿子、小女儿正在薅最后一亩地的谷子。这一年种的谷子较多,雨也赶得及时,薅着薅着就迟了。谷苗、野草混在地里疯长,谷苗根子已扎得很深,薅起来十分艰苦。本来劳动是有分工的,薅谷是女人们的事,亢根柱和大儿忙着锄地。眼看谷子就要荒了,只好全家动员,突击薅谷,一家四口从凌晨四点多天蒙蒙亮就进沟,一直干到上午十点多。毒毒的六月日头晒得全家人头昏眼花。薅谷又是个极苦的营生,女人能坐在地上,还少受点苦,男人却是蹲着薅,腿酸、腰疼、脚乏,那罪是够得受的。农民们形容六月里最苦的营生是"女人坐月子,男人薅谷子"。大恨不动吃不得苦,薅一会便躺到地头土埂上睡倒休息一会,直到父亲吼喊才嘟囔着:"要往死受人,今天腰要断了……"慢慢蹭回地里。

上午十点多光景,刘拉弟薅着谷感到胸前有什么蠕蠕动,伸手到破夹腰里一摸,登时吓得大叫:"蛇、蛇!"坐在那里动弹不得,恐惧使嗓子都变了音。大恨不动一听有蛇,马上来了精神,跳起来蹦到母亲身边问:"在哪儿？在哪儿，我咋看不见。"母亲指着身上声音微弱地说："腰子里，腰子里，快，我要被咬死了。"大恨不动嬉笑着将手探进母亲怀里，一把抓出一条一尺多长油绿的小菜花蛇。提起尾巴满地乱跑。这傻子不怕五毒，蛇、蝎子他经常抓来玩，二三尺长的大蛇他也敢耍，揪住尾巴使劲抖一阵，把鞋帮让蛇咬住，使劲一拉，拉掉蛇牙，然后盘在手腕上、脖子上，或者从旱烟锅里用草棍挖一点黑黏的烟油，喂到蛇嘴里，看中毒的蛇扭曲着死去。

亢根柱赶到妻子的身边，看到大恨不动抓出的是条无毒蛇，放了心，对妻子说："没事，没事，是菜花蛇，你怎么让它窜到身上了？"

亢草莓吓黄了脸，赶紧站起来解衣服、抖裤子。大恨不动一眼看到奶妹妹撩起内衣露出白白的肚皮，忘了耍蛇，痴痴看着，愣怔一会儿，傻脑袋里突然冒出主意，扔掉手里的蛇，跑过来便要伸手到草莓怀里去摸，嘴里嘻嘻笑着说："莓莓，大哥给你抓蛇。"草莓看出大恨不动不怀好意，躲闪着喊爹。亢根柱吼了一声"大恨"！大恨才悻悻然住了手，嘴里说："我是给她抓蛇。"嘟囔着又去找他扔掉的蛇。

经了这场虚惊，全家人又累又饿，实在没力气干活了，这时就听家里传来花狗豹子狂怒的叫声，同时听到有人在喊："根柱，根柱的，老根柱。"根柱抬头看看天上的太阳，无可奈何下令说："回吧，剩下的下午再薅。"

一家人迤逦走到自己家院的崖下，只见门坡上已站了四五个人，其中两个还背着枪。四个人是岔口村的民兵，另一个三十多岁模样的干部却不认识。亢根柱近来很少到岔口去，四清工作队进村开群众会，他去过一两次，去了便蹲在角落里吸烟打瞌睡，也没认住个人。看着这伙闯入野狐峪的人，亢根柱脊背上蹿了股冷气，他本能地意识到这伙人来意不善，心想不知二小子又在捣什么鬼，这东西总搅得这个家不得安宁。

根柱将一伙人让进家。工作同志握了握他树皮一样粗糙的手说："根柱同志，你生了个好儿子，一公这年轻人是个好样的。"根柱吸着旱烟，"嗯嗯"应着，心说："有甚话你就快说吧，绕这个弯干甚？"他倒没什么可怕的，自己一家人安安分分，一不通匪，二不犯法，交粮纳税从不拖欠……

这交粮两个字在脑子里一出现，他忽然想起二小子那天说的怀疑家里藏粮的话来,浑身一阵颤抖,莫非他们是为粮来的? 想到这里,他再不能镇定,从嘴里取下烟袋,哆嗦着嘴唇说:"同志,你们找我有甚事?"工作同志笑着说:"根柱同志,你不要慌,也没什么事,我只问问你,你前年和去年打了多少粮?"根柱的心一紧,感到眼前发黑,手中烟袋掉下了地,身子也跟着软软倒了下去,他太累了。工作同志察言观色,心中有了数,他扶住老根柱瘦棱棱的身子连问:"根柱同志,你怎么了? 你怎么了?""他累坏了。"一直留神着这边动静的刘拉弟忙舀了半瓢水过来。老根柱喝下冷水,恢复了精神,重新在小板凳上坐好,又装上烟,手哆嗦着打火镰取火。

工作同志叹了口气,打量起这烟熏火燎的窑洞来。窑洞的泥皮有几处已经脱落,露出干燥的黄土,墙灰乎乎的,布满蛛网,地面是坑坑洼洼的泥地,靠墙放着两列瓦盆、瓦瓮以及斧头、镰刀、锄刃等杂物。后墙一个纸糊的神龛,一年年贴上去的梅红纸对联叠成厚厚一摞,卷了起来,龛中黄纸上写着"供奉亢氏列代祖宗之神位"几个墨字。纸与字都已十分陈旧,那还是亢根柱爷爷活着时请人写的。神龛旁边一张较新的黄纸上写着"供奉先父母亢狗栓胡银花之神位",却是亢草莓的手笔。神龛上方是一张毛主席像,下面是一张断了一条腿用石头支着的方桌。方桌上堆满了乱七八糟的东西,桌子下是一个用木板盖着的地窖。桌子两旁一面一口大瓮,瓮盖是两片青石板,上面又摞了米面瓦瓮。被这些东西包围了的家显得很狭窄。亢根柱本想让工作同志进二恨的西屋,那屋干净得多。工作同志不进,揪了个小凳便坐,他也只好在穿堂里陪着。

"根柱同志,你不要害怕,包产是政策和大队都允许了的,你多打了粮不交,错误也不在你。你已经把大队规定交的都交了,这就很好。我们的关键是要对走资本主义路线的四不清干部斗争,这你应该支持。再说,我们的国家还很穷,好多贫下中农社员同志还吃不饱肚子,而且,我们还要支援世界革命,这就要求我们发扬爱国家、爱集体的共产主义风格,把多打的粮交出来,我们希望……"

工作同志是很会做工作的,他滔滔不绝,国内国际、个人集体、政策政治,反复论证,互相配合,要攻下亢根柱这座顽固的"土围子"。亢根柱只针对他的目的说了两句话，一句是"多劳多得"，一句是"我没有多打下粮食"。工作同志见此人确实难以说服，便向民兵同志使个眼色，于是院里鸡飞狗吠乱成一片。二十多分钟后，民兵们把工作同志叫了出去，亢根柱一家也跟了出来。只见藏粮的几个地方都已被发现，柴草掀在一边，驴槽也掀在一边，仓房的瓮子一一打开。工作同志看过后，和善地对亢根柱说："根柱同志，我们本来不准备这样干的，既然你不说，我们只好采取行动。看来亢一公同志反映得不错，你确实隐瞒了产量，私藏了粮食……"

"我没隐瞒，每亩应交多少我都交了，那是大队定死的，有合同。我也没私藏，我五个人的口粮，两头驴的饲料，三口猪的吃的，明年的种子，还有，要是明年没收成，后年遭了灾，我不能不准备，我一家省吃俭用……"

老根柱平时讷于言词，在着急时倒说得点水不漏，毫无准备也毫无废话，这使工作同志大为惊异。他扫视着那些颗粒饱满的藏粮，口气仍很和善地说："根柱同志，我们不强迫你，你愿交多少就交多少，就按你刚才所说全除过，比起岔口大队人均口粮标准你还是超出好几倍，大致估一下，最少也有十几石……"老根柱打断他说："他们受的什么苦，我们一家人受的什么苦？你可以问问去，这是大队和狗罕支书允许了的，我交的粮按人均超了他们多少了，这也是全岔口村都知道的。去年，公社还表扬我售粮多。"亢根柱同志坚决维护着自己的利益，寸步不让。工作同志仍很和善地说："这些我们都清楚，可是你不知道，他们让你包产是犯了错误的。'三自一包'是错误的，这是路线斗争。你家亢一公同志是个好同志，路线斗争觉悟高。你这做父亲的应向他好好学习。好吧，今天就这样，我还是那句话，交不交采取自愿，交多少也采取自愿，我们走了，你认真考虑一下。"

说完，带着他的四个人两条枪扬长离开野狐峪。亢根柱一家一反常规，没有拉他们留下来吃饭，连句留的话也没说。

搜粮的人一走，亢根柱再也支撑不住，扑通一声跌倒在地，人事不省，一家人手忙脚乱好容易才把他扶回家。

身子如石头一样硬的亢根柱病倒了，一病就是半月多，那块没薅完的谷子，他无论如何不让老婆孩子去薅："荒了吧，荒了还不知荒谁家，好的还保不住呢……"说着流下了眼泪。他痛苦地呻吟着,要求老婆尽拣好的吃,驴也少喂草多喂料,猪、羊、鸡都喂好粮食:"吃吧,都好好吃,这里省着,那里等着,好活一天算一天吧。"

他们也没能好活几天,过了一个星期左右,亢一公亢二恨不动同志亲自带着人赶了大队的骡马车来到野狐峪来拉粮。随来的有大队新任会计、保管。他们拨拉着算盘,按岔口村平均口粮给亢根柱一家(不包括亢一公亢二恨不动同志)留了口粮,其余都拉走了,牲口也牵回了岔口村大队饲养院。

临走,亢一公告诉父母兄妹,以后仍然到岔口村去听队长安排出勤,野狐峪的土地从今天开始又归回大队,由生产队集体经营。

亢根柱始终背对着儿子躺着,一句话也没说,儿子问起他的病情,他也一声没吭。亢一公同志工作紧张,安顿完出勤的事还要去指挥粮车离开,叫了几声父亲,见父亲不理,扭过头去看,只见老汉紧闭双眼,枕头上湿了一大片。泪水仍冲开眼皮汩汩流下来,只是硬着心不理儿子。亢一公同志为父亲的顽固不化痛心疾首,最后跺跺脚说:"爹,你也不用恨我,这件事是你们做得不对,我也是为你们好,为咱全家好。"

说完就去指挥大车回岔口。当他要走出院墙的柴门时,一直没说话的母亲刘拉弟追出来喊着他的名字说:

"二的,这里已没有你的口粮,你工作忙,以后就不要回来了,我有大恨和草莓,记住,娘没生过你这个儿子。"

草莓跑出来,拉住母亲,叫了声"娘",哇的一声哭起来,掩面跑回家去。大恨不动站在窑门口,狠狠踢了一脚嗅着他的花狗豹子,扑通一声坐在沿台上,眼中也流出了泪水。

亢二恨不动亢一公同志想不到一向温柔慈爱的母亲竟会说出这样绝情的话来,愣怔在柴门口,半天缓不过神来,年轻的脸上失却了血色,灰败如墙皮。娘,你怎么能这样?你怎么会这样?娘,我什么地方做错了?娘,我怎么对不起你老人家了?你到底为什么这样?为什么?为什么?望着母亲缓缓走回窑洞的愤怒背影,耳边忽然传来一声悠长而凄厉的狐鸣。亢二恨不动亢一公同志打个寒噤，只见一只白毛老狐正沿着日照岩的山岩一步一回头瞪视着他。

六

亢一公亢二恨不动同志已经写了三封入党申请书，工作队还没有叫他谈话。他心里惴惴地、翻来覆去地找自己身上的缺点错误，又写了第四份，准备找机会交给工作队。

下午收工后，和青年突击队一直劳动的工作队队员小郭对他说："一公，你不要着急走，咱们慢慢走着聊聊。"亢一公心头一喜，猜想小郭可能要和他谈入党的事，心扑通扑通跳，手揣着口袋里的入党申请书放慢了步了。

两人肩挨肩慢慢走着，与嘻嘻哈哈追逐打闹的男女青年突击队员们拉开了距离。夕阳钻山，烧红半天云霞，将两人的脊背映得红彤彤的。望着晚霞红光中跳跃着渐渐远去的年轻人，小郭开了口：

"一公，你这几天好像有心事？"

"没，没有！"

亢一公红着脸矢口否认。小郭笑笑说：

"有的，我看出来了。一个人和家庭决裂是需要勇气的，父母亲情谁能没有呢？你敢于这样做，是很可贵的。放放心心干你的，只要问心无愧，家里迟早是会理解你的。"

亢一公垂下头，半晌无语，想起那次到家里拉粮父母对他的态度，感到十分委屈。继而又想，小郭为什么要和他谈这些呢？莫不是看出他有温情主义，斗争性不坚决吧？于是抬起头，望着小郭的眼睛，坚决地对小郭表态说：

"老郭，请你放心，也请组织放心，这点考验我能经受得住。"

小郭点点头说："那就好，思想上不要有什么负担。不过，家里人的工作还得慢慢做，不要太绝情了。他们毕竟是你的父母，思想觉悟不是一下就能提高的。你是不是很长时间没有回家了？"

亢一公回答说："是，这些天太忙，一直没顾上回去。"

"抽时间还是回去看看，安慰安慰老人们，和言语顺耐心给他们讲讲道理,他们慢慢会想通的。"

亢一公亢二恨不动同志见小郭同志一直不提自己入党的事,心里发急,手在裤袋里攥着那第四份入党申请书,口里连连应着说一定抽时间回家看看,心却想着该怎样将申请书交给小郭同志。小郭感觉到他心不在焉,问道:"你还有什么心事?"亢一公亢二恨不动同志吭吭哧哧半天,终于掏出那份已经被汗浸湿的申请书,递到小郭手里说:"老郭,这是我的第四份入党申请书,我知道自己离一个共产党员的标准还差得很远,请工作队和组织继续考验我帮助我。"

小郭边走边看着他的申请,看完后,折好,揣进上衣兜里笑着对他说:"一公,别着急,整建党是运动后期的事。现在你们村阶级斗争的盖子刚揭开,斗争很复杂,工作队还没来得及考虑这方面的问题。不过,你不用担心,岔口村不发展谁都会发展你的。"听了小郭同志的话,亢一公虽不免有点遗憾,一颗悬着的心总算放下了。对小郭说:"老郭,你可一定得好好帮助我。"小郭笑着说:"放心,我会帮你的。工作队都会帮助你,运动完了后,我们一走,这村子还全靠你们呢。"

两人默默走着,晚风轻轻,山野间散发着草水清爽的气息。小郭身处美丽的山野景色之间,触景生情,不由轻轻哼起电影《我们村里的年轻人》插曲:"杏花村里看杏花,儿女正当好年华……"哼了两句,扭头对亢一公说:"一公,好好干吧,广阔天地,大有作为,你会干出一番事业的。"说得亢一公亢二恨不动同志心里热乎乎的,也直想放开嗓子唱上一曲。

晚上,文化室活动结束后,亢一公打扫了屋子,正坐在灯下记日记,小郭敲开门,笑嘻嘻走了进来,对亢一公说:"一公,告诉你个好消息。我们刚刚开完会,鉴于岔口村的特殊情况,工作队决定向工作团汇报,破格发展几个党员。第一个提到的就是你,我把你那份申请交给队长了,队长很高兴,不住夸奖你。"听了小郭的话,亢一公激动得合钢笔时,手都发抖了。脸上像喝了二斤红高粱酒,不住说:"老郭,全凭你,全凭你。"小郭被他说得有些不好意思,拿起他桌上摊开的书,只见一本是《毛泽东著作选读(甲种本)》,一本是《论共产党员的修养》,随手翻开,只见上面画满了红杠杠、蓝杠杠。

小郭放下书，看着桌子上合上的日记本问道："你每天记日记？"亢一公红着脸说："是，瞎记，也就些心得体会。"小郭眼中放光连连说："好，好。"勉励亢一公要活学活用，学用结合，一定把日记坚持记下去。

两人闲谈了一阵，小郭要走了，临走前郑重地对亢一公说："一公，农村工作是复杂的，做好工作光有良好的愿望是不行的，一定要注意工作方法，善于团结所有应该团结的人，包括那些反对过自己，并被历史证明是犯了错的人。'政策和策略是党的生命'，这句话得好好体会，你说呢？"亢一公心悦诚服地点着头说："是，是，有工作队在，我会学到怎样工作的，我不会忘记你的话。"

打着手电把小郭送到工作队住的地方，晃着手电往回走，亢一公亢二恨不动同志有一种晕晕乎乎的感觉。就要入党了，自己祈盼已久的愿望即将实现，还有什么比这更高兴的事呢。他决定回去后立即给祁月珍写信，把这好消息告诉她。走下坡道转过墙角，走近外号"绵香瓜"的寡妇香香家的街门旁时，忽然听到门里隐隐传出女人的声音："……嗯，不，我不让你走。你就不能再多待一会儿吗？"接着是男声："不行，一刻也不能待了，工作队这些天好像怀疑上我了。我今天来，就是告诉你，这些天我不能来了。你赶快回去吧，小心着了凉。""嗯！嗯！不，你再亲我一下……"接着便听到女人幸福的哼哼声。

还没有过男女调情经验的亢一公亢二恨不动同志听得脸热心跳，血脉偾张，傻愣愣待在墙角，动不得身，移不得步，于脸热心跳中听出那男声是接替狗拴支书主持工作的副支书兼民兵连长吴拉子同志的声音，心里更是乱糟糟的，想，早听说他爱这一口，自己还不信。现在该怎么办呢？墙角离街门顶多三五步远，窄窄的小巷里是他回文化室的必经之路，继续走下去必然会和吴拉子碰个对面，返回去吧，吴拉子的家就在上面，还是个躲不开。正拿着主意，不知该上该下，街门吱一声，门内闪出一个黑影来，门缝里夹了一着脸，说声："拉哥你慢走。"门关上了。亢一公要退来不及，呆站着让人怀疑偷听，急切间将手电打在地面，低着头大步向下走去。街门已经关上，断了拉哥退回去的路，吴拉子也只好硬着头皮向上走，两人擦身而过时,吴拉子看清是亢一公,犹豫着想和他说话,亢一公却佯作未觉,大步走下去了。

三天后,亢一公填了入党志愿书,就在这一天晚上,工作队找代理支书吴拉子谈话,说群众反映他搞破鞋,影响十分恶劣,让他停职反省。

吴拉子一停职,岔口村没问题的大队干部只剩了青年突击队队长亢一公亢二不动同志,工作队鼓励他大胆拿起大队的全盘工作,放心大胆好好干。告诉他有工作队撑腰,希望他不要辜负工作队期望,一定干出些成绩来。

新官上任三把火,亢一公第一把火首先烧向资本主义的“三自一包”,带着人重新丈量岔口村所有的自留地,多出来的一律收回,并按平均产量扣除几年来多收的粮食;第二把火整顿岔口村的出勤,早、午、晚钟声一响,必须按时出工,大喇叭里每天批评表扬;第三把火拟定了治理规划,要大规模改山造田。与此同时,协助工作队大抓村里的阶级斗争,差不多每天晚上都要开会。

亢一公亢二恨不动同志终于如愿以偿地开始实现他改变家乡面貌的理想了,那一段日子的全身心投入使他再无暇去想感情方面的事,祁月珍连来了几封信都没顾上回。野狐峪的家人们更无暇顾及,他们却跟上他遭了罪,每天天不亮就得起床吃饭,以便在出工钟声响前按时来到岔口村大槐树下听从队长安排,晚上则在岔口村开完会后,才能回野狐峪。

就在负责大队全盘工作期间,亢一公亢二恨不动同志仍没忘记为那些孤寡老人、军烈属做好事,每天照常担水扫地,嘘寒问暖。

亢一公亢二恨不动同志虽然主持了岔口村大队全盘工作,但毕竟还不是正式党员,不能主持支部工作。吴拉子经过一段反省后,工作队认为他表现尚好,又是你情我愿的生活作风问题,便恢复了他的代理支书职务,让他和亢一公同志协力搞好大队工作。吴拉子口头答应一定和亢一公全心全意搞好合作,全力支持亢一公的工作,但心里却一直对亢一公存着芥蒂。

两人和平共处了相当一段时间后,在工作队集体回地区培训那几天,有天晚上开完会,大家往外走时,吴拉子叫住亢一公,说和他有事商量。亢一公留下来,等他商量,他却坐在原来的地方一直不动,阴沉着脸卷烟,手哆嗦着把绿色的烟末撒了一地。亢一公见气氛不对,小心翼翼问道:"老吴,什么事?""什么事?别装你娘洋蒜,你自己做的事,你还不知道是什么事?"吴拉子气哼哼地说,头也没抬。亢一公心中敲着小鼓,心知那次碰上吴拉子,吴拉子以为是他报告了工作队。但自己心中无愧,便以尽量随便的口气说:"吴支书,到底什么事,我装什么洋蒜了?我们说话可得对自己负责呀。""负责,负你娘个屁责!"吴拉子卷不成烟,索性连纸带烟扔在地上,站起身瞪着亢一公:"姓亢的,老子哪里对不起你,你在工作队面前告老子。""告你,我什么时候告你了?告了你什么?老吴,请你冷静点。""哼哼!"吴拉子暴躁得鼻子里冒烟,拳头攥得咯吧响,一步步向亢一公逼来:"你还装?!"眼看那青筋突暴的拳头就要提起,却听到崖上有人喊亢一公。"小郭!"两人对看一眼,同时吃惊。工作队不是说培训一星期吗,小郭怎么回来了?一听是小郭叫亢一公,吴拉子气馁了,在亢一公答应过"就来后",吴拉子头凑近亢一公脸前,压低声音对亢一公说:"姓亢的,咱走着瞧,山不转水转,你亲老子工作队不会在岔口村待一辈子。你个野狐峪外来户,哼哼!"愤愤瞪了亢一公一眼,抢在亢一公前面,转身走了。

小郭在崖上看到大队会议室先走出吴拉子,后走出亢一公。等亢一公走到他面前时,随便问,你和吴拉子研究工作?亢一公"嗯"了一声,鼻子发酸,眼泪直想冲出眼眶,只要小郭再问一句,恐怕就泪流满面了。幸好那是个没有月亮的夜,小郭又因连夜赶回取材料,有事要向亢一公核实,事情紧急,才没继续问下去。

七

七月初,由县委宣传部部长吴贺和县供销社主任祁文瑞带队的毛泽东思想巡回演讲团来到了岔口村。当时,正是全国性的讲用活动大倡之时,每一个县、每一个单位、每一个公社都在发掘当地能说会道活学活用的人才,组成演讲团到各地去讲用,去交流,以推动人民群众自上而下、自下而上、不留死角地活学活用。县演讲团的活学活用积极分子主要出在县供销社,县社在讲用上先行一步,他们在主任祁文瑞发动组织下行动早、抓得紧,积极分子多,事迹也先进。之所以到岔口这边远山村来,正是扫死角的意思,所以县委特地派宣传部长亲自带队。

这一天,岔口村全大队除了一些实在抽不出的劳力外,绝大部分男女老幼都来听讲用。亢一公带着他的青年突击队坐在会场最前面,由他们带动全体听众喊口号,向讲用分子学习、致敬,渲染气氛。县社的售货员同志散落在全县城镇乡村,借三尺柜台宣传毛泽东思想,为人民服务,大做好人好事。确实不乏先进分子、先进事迹,售货员又练得一张好嘴巴,讲起来理论联系实际,背一段语录,讲一段事,头头是道。

讲用这件新鲜事前所未有,使岔口村的山民们大开眼界,听得津津有味。

祁文瑞的几张王牌打出去以后,下面的就压不住阵了。山民们听过几个,新鲜味一过,发现讲用原来就是讲这些,便叽叽喳喳纷纷议论起来:"这些事也值得往出讲? 我们亢一公比他们强多了。""让亢一公上去讲一讲保证盖了他们。"

驻岔口"四清"工作组的成员们也越听越不是味。他们一边听一边心里为自己工作的失误大为叹惋:为什么早没想到这一招呢? 现现成成放着一个活学活用积极分子却没有重视、没有有效利用起来,这真是不可饶恕的失策。

从讲用一开始,工作队的小郭心里就嘀咕开了,工作队培训时,他们汇报过亢一公的事迹,受到工作团的重视,中途还让他专门回来找亢一公核实过,却原来讲用的就是这些东西。他想起那天在亢一公那里看到他学毛著、记日记的情形,想起他在村里做的那些好人好事,想起他和家庭决裂受委屈等等先进事迹,他坐不住了。心想,如果让亢一公上去讲,保证不会比供销社这些人差。工作队如果推出这样一个讲用人才,那也是工作队的一大成绩,是不是可以让亢一公上去亮一亮相呢? 想到这里,他拉了拉坐在旁边的副队长衣袖,扒在他耳边悄悄说,有个重要情况,请你出来走一下。两人悄悄离开主席台,边走边嘀咕着向厕所方向走去,副队长听了小郭的话很感兴趣,犹豫着说:第一,事前没准备,仓促上阵,如果亢一公讲砸了怎么办;第二,人家县里的讲用团来讲用,插进咱们的人去,合适不合适呢。小郭说亢一公没问题,和队长商量一下,让他去和吴部长说一下准成。两人正在厕所里拉开裤子嘀咕,工作队长也来了,他见两个下属一齐离开主席台,走了这么长时间不回来,以为他们背着他搞什么名堂,便也借上厕所离开会场找了来,板着面孔听了他们的汇报,正中下怀,说,吴贺倒好说,这点面子他得给。只怕亢一公从来没讲过丢丑。小郭一再保证没问题,怂恿队长快去找吴贺,队长皱着眉头沉吟半晌说:好,就这样定了。小郭,你通知亢一公;老张,你先去台上继续听。三个人都走开,连点面子都不给人家,成什么话。我瞅个空子和吴贺说吧。

三个人回到台上,坐了一会儿后,队长悄悄和挨着坐的吴贺说有件要紧事,让他到大队办公室一下。两人一下主席台,队长便对吴贺说,我这里有个比他们都好的讲用人才,你得支持我,让他今天也插进去上台讲一讲,保证不比上面讲的那些人差。

两人到办公室后,队长向吴贺大略讲了亢一公同志的等等生动事迹,要求给亢一公一个机会。

吴贺公社化时期便是驻岔口的工作组员,对野狐峪那个积极动员家长入社的三年级小学生亢一公,对那个大炼钢铁发现矿苗的小英雄,对那个放弃升学、立志回乡改变家乡面貌的初中学生记忆犹新,听到亢一公又做出这样多的成绩,自然高兴,马上便拍板定案。说当然可以让亢一公上,怎么不可以呢?讲用的目的是为了推动工作,有本地的先进分子那就更好了。这时小郭已经叫回亢一公。吴贺和他寒暄几句后,问他学过哪几篇领袖著作?亢一公谦虚地笑笑说:"我学得很肤浅,刚刚把《毛泽东著作选题(甲种本)》通读了第四遍。"问他能背几篇,他仍不好意思地笑笑说:"也没几篇,也就二十几篇吧。《关于正确处理人民内部矛盾》一篇还背得不太熟。"吴贺听得脸放红光,打断他的汇报说:"好,上,现在就上。"他为这意外的收获兴奋得忘乎所以,带着亢一公走出来,等正讲用的一个供销社同志话音一落,便迫不及待冲上主席台,用手势制止了正要走上台的下一个讲用者,手按桌面向听众们说:

"同志们，我们太官僚了，我们这里就有一位活学活用的杰出典型，而我们却不知道，我们太官僚，太官僚了呀！现在我们要打破原来的计划，先让我们本地的典型讲用。他，大家都认识的，大家也都知道他的许多先进事迹，但大家却未必知道他这些行动来自什么地方？水有源头树有根，他所以能做出那么多先进事迹，正是他活学活用的结果，这就是伟大的战无不胜的毛泽东思想的巨大威力。好，我不多说了，还是让事实说话吧，现在就请亢一公同志给大家背诵《关于正确处理人民内部矛盾》。你们可以翻开书，随便挑出一段让他背……"

虽然亢一公说过这一篇他还不太熟，但吴贺认为这是亢一公的谦虚，他从他背第一段的流利程度已相信他全文也都背熟了。

宣传部长的武断决定使县供销社的讲用分子们面面相觑，他们都怀疑地看着这并不十分出众的年轻人，充满了妒忌；祁文瑞更是大为光火，又不便发作，心中冷笑着首先起来发难。他翻开书选了一段自认很难背的，提示一句后让亢一公背，亢一公略一思索后很流利地背了下来。祁文瑞又挑了一段最容易为人所忽略的，也没难住亢一公。其他人在纷纷提问过三四段后，知道遇上了对手，便不再让他背，要求他讲一下他的先进事迹，好让他们学习。

这一下却让亢一公作了难，讲什么呢？又怎么联系呢？他可从来没想过这个问题。事情做了就过去了，村里人都知道的，再讲不是自吹自擂吗，那还称什么无名英雄？他望着乡亲们，望着他的青年突击队员们，讷讷地脸上流出了汗。祁文瑞和他的部下看到他这情形，无不心中窃喜，脸上露出幸灾乐祸。这时，宣传部长吴贺大声对亢一公说：

"讲吧，就从你遵照伟大领袖号召放弃升学，立志回农村改造家乡落后面貌讲起。"

亢一公听到了那些窃窃私语，也看到了那些幸灾乐祸的目光，他反而不慌了。箭在弦上，不讲也得讲，心想讲就讲，反正做的事大部分社员都知道，讲了也不是我吹牛。在宣传部长提示下，他便从放弃升学时的思想斗争讲起。当讲到一个女同学和他对升学就业的讨论时，坐在台上的祁文瑞逐渐变了脸色。他想起女儿似乎经常讲到她的一个同学,有一次谈起这同学放弃升学来还大大感叹了一番,充满敬佩,莫非月珍讲的就是这小子?

亢一公的讲用越讲越顺溜,有了县社同志讲用的样板,他在讲每一件事时都背一段语录,以示源头所出和树根所在。当他讲到带民兵回野狐峪拉走父母私藏的粮食,母亲追着他说从此不认他这个儿子时,不自禁地淌下了眼泪。

亢一公的讲用获得了意外的成功,吴贺认为奇货可居,也出于提携他的意思,在讲用结束后,让他参加了讲用团,当天便把他带走了。

从此,亢一公开始了他为期近一年的巡回讲用,从本县讲到外县,从县里讲到地区,从地区到跨地区,在讲用过程中,他不断做好事,充实着自己的讲用内容。

亢一公一下子出了大名,广播里广播他的事迹,广播他的讲用稿,省报以整版篇幅报道了他的先进事迹,报纸、杂志也先后对他做了报道。在县里,他更是成了家喻户晓的人物。"远学雷锋,近学亢一公",他成了县里的活雷锋,被树为全县、全区学雷锋标兵。那个小小的野狐峪、偏远的岔口村已经留不住他,他由岔口村的革命事业接班人一跃而为全县的革命事业接班人,县委书记王必昌对他十分器重,亲自接见了他,和他进行了亲切而热情的交谈,鼓励他不要辜负党对他寄予的重大期望,一定要不断努力,做出更加辉煌的成绩。最后将培养亢一公的任务交给了吴贺,吩咐他必要时可将亢一公借调回县里。熟悉一段工作后,给他压担子,培养一个周明山式的可靠的革命事业接班人。

吴贺对县委书记的指示心领神会,知道如果培养出这样一个人,对县委书记,对他本人的政治前途都有着不可估量的意义,自然尽心竭力,准备第一步让亢一公出席地区和省的劳模会,如果这一步成功,亢一公能当上出席全国的劳模,那么书记交给的这个任务,便可说圆满完成了。

春节后,地区召开一年一度的区、县、社三级干部会,会上本应对上一年度全区劳模进行表彰,但由于形势的瞬息万变,劳模的标准也有了新的变化,老劳模已不适应新形势,所以,三干会是如期召开了,却没能按惯例表彰劳模。会议要求各系统、各单位、各公社、各县认真推选劳模,争取拿出全省级、全国级的"重型炸弹",有"原子弹"更好。劳模会准备六月份召开,以便给下面以充分的准备时间。这一推不要紧,各系统、各单位立即开展了一场劳模争夺战。

亢一公是从农村出来的活学活用典型,军分区政委在地区听过他讲用,这时,便指示武装部为亢一公整理劳模材料,让他以民兵身份参加劳模会。政委是深知抓住这个典型的重要性的,他已树立了一个女民兵典型,在全省打得很响。树那个女民兵典型时,他是分区政治部主任,他的升任政委是和那个女民兵典型的树立有着很大关系的,所以,这次他瞄上了亢一公,务必要把他拿到手。他怕其他系统也来争夺,专门向县委书记打了招呼。告诉王必昌,亢一公以民兵身份出席劳模会,请他支持。这一招呼反倒提醒了王必昌,他放下电话,立即指示县委办公室的笔杆子们马上行动,以县委发现、支持、培养亢一公的角度为亢一公整理劳模材料,确定亢一公以农民身份出席劳模大会。团县委受团地委指示要亢一公以共青团员身份参加劳模会,都按各自的侧重整理了材料。这时,亢一公已借调到县里工作,吴贺正积极活动为他解决户口问题,准备让他进入正式国家干部行列。县委书记让亢一公以农民身份参加劳模大会,解决户口的工作只好暂缓进行。

武装部费了九牛二虎之力准备好亢一公的劳模材料,开会前几天才知道县委办公室也报上去一份,亢一公将以农民而不是民兵身份出席代表会。军分区政委听了武装部长电话汇报后,沉默半晌说:"好,好吧,既然县委这样定了,就让他以农民身份出席吧。"嘴上说得轻松,心里却像是打了一个不松不紧的死结。当后来在"文化大革命"中,军队接管地方政权,他当上地区一把手时,在牵涉到亢一公和王必昌的问题时,他都保持了沉默,下面怎么干就让他们怎么干去,他只听汇报,不做指示。

这次劳模争夺给亢一公种下了三条祸根;第一,他失去了转正机会;第二,他得罪了武装部;第三,他惹恼了祁文瑞。

祁文瑞是县城北关人,祖上都是做小买卖的,到祖父手里时已积攒了相当的银钱。祖父在城里买了房子,开了店铺,买卖做得十分兴隆。后来日本鬼子火烧县城,祁家房屋被烧得片瓦无存,祁家只好又搬回北关。幸好这一烧,祁家由富户变成了贫民,祁文瑞才得以清清白白进了革命队伍。祁文瑞从小性格乖戾,很有主意。七八岁时,邻家的猫爬过墙来吃了他一只心爱的小雀,他用鼠药药死那只猫,剁成七八块,把肚肠喂了邻家的狗,狗吐出来的东西又药死了邻家的鸡。他父亲知道了这事的始末,气坏了,打他骂他他都不服,吓唬着抱他到井口要往井里扔他,问他以后敢不敢再干这种伤天害理的事。祁文瑞身悬井口,毫无惧色,反掰着父亲的手说:"撒手呀,你撒手呀!……"唬得他父亲赶紧牢牢抱着他离开水井。因日本兵惊吓而卧病在床的老祖父听到始末,对孙子的胆略心计大为叹服,说兴祁家者必此儿也,坚持让祁文瑞上了学,说穷死饿死也必须让这个孙子念成书。

六月中旬,县里二十多个劳模由祁文瑞带队来到地区招待所。祁文瑞由于培养了一批活学活用积极分子,已经升任财贸系统负责人,他本人也是这次受表彰的劳模之一。一路上,他对亢一公十分冷淡,正眼也不去看他。

在县里,祁文瑞在工作中以能紧跟形势而著称。每一次运动到来之前,他都能洞察形势做出符合运动要求的举措;每一次运动结束以后,他都能提升一级。这次,他看上了活学活用这步棋,心里有着更大的期望,谁知半路杀出个亢一公来,搅了他的棋局,将他精心培养的尖子压得黯然失色。如果不是出了这个亢一公,这次县里的第一劳模毫无疑问会是祁文瑞,如果祁文瑞当上县里的第一劳模,那就毫无疑问会出席省劳模大会甚至全国劳模大会。有了这个亢一公,这一切对祁文瑞便都成了未知数。而亢一公本人却大受县委书记青睐,被定为县里的革命事业接班人。那时报纸已经报道过几个这样的接班人当了县委书记的事,有的平步青云当得更大。这使祁文瑞十分窝火,老子们苦熬苦挣半辈子还没熬到个县级干部,这小子倒冷手抓了个热馒头。

有了这种心理,他怎么看亢一公怎么不顺眼。后来听说女儿对这个同学竟大有好感。有一次星期天还专程到岔口村去看过亢一公，他心里就更来气。亢一公借调到县里后，他们来往就更频繁了。为了制止女儿和亢一公来往，他找机会将女儿狠狠教训了一顿，说："你知道他是个什么东西？为了他自己出名，他竟不惜出卖他的父母，连他母亲都宣布不认他这个儿子。他什么卑鄙事做不出来，你以后再和他来往，我放不过你。"祁月珍是他的掌上明珠，他很少对她这样发火。女儿被他骂得哭了一顿。

祁月珍当时正徘徊在感情的十字路口，她爱亢一公，亢一公却从来没给过她一个明确的表示，总是装聋作哑。那次她放下一个女孩子的矜持专程去看望他，他只和她待了一个多小时，一句亲热的话都没说，便让她孤零零上了汽车。这大大刺伤了她的自尊心，她想忘掉他，从此不再和他来往，却总抹不去他的影子。就在她的感情徘徊的时候，亢一公返回母校讲用，成了学校的骄傲。人人都在谈论他，有些高二高三的女同学甚至公开给亢一公写情书，向他求爱。这使祁月珍更加惶惑，她不知道在这种情况下，她该对他采取什么态度。她是个自尊心极强的女孩子，父亲在她这种心情下揭露她心中的隐秘，粗暴干涉她的感情，教训她，威胁她，而且把亢一公贬得一文不值，还威胁她，她当然不吃这一套。父女俩大吵一顿，她仍气愤难平，一气之下跑去找亢一公，质问亢一公对她到底持什么态度？坦率地对亢一公说："一公，我爱你，只要你也如我爱你一样爱我，无论你是当个国王还是沦为乞丐，我都一样爱你……"她想亢一公听了她的表白后一定会激动地起来拥抱她、吻她，她已准备接受这一切。想不到亢一公在听完热情洋溢的表白后，却只是握着她的手很冷静地对她说："月珍，我也爱你，我爱你的心一点也不比你差，可我认为我们现在还不是谈情说爱的时候，特别是你，现在正上高中，更不应该分心。当你考上大学的那一天，如果你还爱我，我一定会把我的心捧到你面前，让你看看它到底是红是黑。从我来说，我现在还是个农民，如果我在事业上一事无成，我也不能拖累你，不能让你到野狐峪那个穷山沟里去受罪。另外，许多事你还不清楚，你不清楚野狐峪……月珍，我相信，我们的理想都会实现的，让我们藏起这份感情，还是以同学和朋友来往更合适。"祁月珍一颗火热的心被他当头泼了一瓢凉水，当时有些伤心,但冷静下来一想,便感到亢一公似乎说得更对,他比自己成熟得多,老练得多,在她面前,自己还是个幼稚可笑的小姑娘。后来想起自己对亢一公那些表白来,脸就发烫,对于亢一公,她反而更加崇拜,更加钟情了。

对于女儿不听自己的话继续去找亢一公,祁文瑞有所风闻,听后十分恼火,但那时亢一公正炙手可热,他压一压心头火气,心想,也好,就让人们有这样一个印象吧。你亢一公成不了气候,到时候,我让你吃不了兜着走。收拾了你,你还不知是谁给你使的绊子呢。所以,从那次以后,他再没干涉过女儿。当时,"文化大革命"已经开始,祁文瑞凭他敏锐的政治嗅觉知道中国将有一场大的变化,在这场变动中,一些人要上去,一些人要下来,他不愿把事情做得没有回旋余地。如果亢一公上去了,他对女儿和亢一公就睁一只眼,闭一只眼;如果那小子栽了跟斗,那可不要怪我祁文瑞落井下石,雪上加霜。同时,知女莫如父,他也清楚自己的女儿,她决不会甘于平庸,一旦考上大学,如果亢一公不成气候,她不会跟他的。

地区所在地玉城的"文化大革命"已经开展得如火如荼,地委行署领导不敢怠慢,劳模会特别邀请了地区一些学校的红卫兵小将列席参加。红卫兵们却不买地委行署领导们的账,在会上大发传单,鼓动劳模们造反。一些激进的劳模便以县为单位在会议期间成立了毛泽东思想宣传队,戴上了红袖章。祁文瑞一向对新生事物敏感,这次当然不甘落后,想着该如何利用这次时机,做出些惊人的举措来。

晚饭后,参会的劳模们三三两两到街上漫步游逛,祁文瑞独自一人却来到地委大院看大字报。每次到玉城,祁文瑞有事没事都要到这里走上一遭,在院里或院外望着高高的地委行署大楼,久久留连。那时,他心中总是产生这样的念头:我一定要到这地方来,我一定会到这地方来的。他感到自己每到这地方一次,回去后工作上便会有一次新的突破。慢慢地,他在这里上上下下结识了不少人,他就更有理由来这里了。这几天,他已抽时间分别拜会了几个认识的领导和朋友,从他们那里对当前的形势和运动的发展前景有了明晰的了解。他的思路基本形成,他要借带队之机,先把这些劳模笼络住，就在这里成立个组织，一回县里便先声夺人。一切都考虑成熟了，只是在组织叫什么名字上还没有最后拿定主意。

祁文瑞在行署大院优哉游哉地看大字报，亢一公却正心急火燎地到处找他。他们县的劳模看到别的县劳模都戴上了红袖章，十分眼热，便推举亢一公为代表，找祁文瑞商量买袖章的事。祁文瑞从行署大院刚一回来，亢一公便找来了。若是别人来，祁文瑞会做得很得体，可偏偏来找他的是亢一公，祁文瑞的气就上来了，心想这小子又要出风头，和我商量也不商量便问我来要钱，于是冷冷地说："要买，散会以后回县买，这次开会没这方面开支。"亢一公碰了钉子，心有不甘，反问道："宣传毛泽东思想，成立宣传队没开支，那干什么有开支？"祁文瑞一听这小子居然敢这样顶撞他，肝火腾一下冲上脑门，他一拍桌子指着亢一公说："怎么？你想给我扣帽子？老子干革命时，你还不知道在什么地方转筋呢！你给我出去，这里没你说话的权利。"亢一公想不到祁文瑞会因为他的几句反问如此发火，一下愣住了，红着脸说："祁主任，我是代表大家来找你，你这什么态度？""什么态度，就这态度。怎么了？奶毛还没褪尽，就想教训老子。你不就有那么点想压倒别人的成绩吗，翘什么尾巴！"听话听音，即使生在野狐峪，宅心仁厚的亢一公也终于听出了祁文瑞对他成见的原因。想想他是县里领导，这次出来的带队人，而且是祁月珍同学的父亲，便尽量克制住自己的情绪，心平气和地说："祁主任，你对我有什么意见，尽管批评，我都虚心接受。刚才确实是我说话生硬，是我不对。但买袖章是宣传毛泽东思想的大事情，又是全体参会代表的要求，所以请你……"亢一公这样一说，祁文瑞也冷静下来，坐下来喝了口茶水，慢条斯理地说："成立组织买袖章是好事，我当然支持，但咱们带的钱只是大家的往返路费，买了袖章回家路费就不够了。你既然代表大家来，那你就给咱拿个主意，该怎么办呢？"他以为亢一公做不了大家的主，想把这个球踢回去，让亢一公知难而退，但亢一公却说："既然这样，袖章的事我们就自己想办法凑钱买，钱就自己出了。"顿一顿，忽然又问道："那你参加不参加？用不用给你……"这一问大出祁文瑞意料之外，弄得他一时不知该怎么回答，沉着脸踌躇片刻，模棱两可说："好吧，那你们就自己买吧!"

亢一公走后,祁文瑞越想越不对劲,到隔壁将财贸系统参会的两个劳模叫到自己房间,拿出二十元钱说:"你们不是想戴红袖章吗?咱们出来时没多带钱,只够路费。我出去借了几个,明天你们俩吃过早饭,给咱上街去买袖章。拣最好的买,买回来明天中午吃饭时发。"两人拿了钱走时,祁文瑞又叫住他们,吩咐说:"买袖章的事不要和任何人说,明天给大家一个意外惊喜。暴露了秘密,我可饶不了你们!"

祁文瑞不给钱,亢一公便自己垫钱在第二天上午开会休息时出去买了袖章,发袖章也是在中午吃饭时。劳模们先后接到两个袖章都莫名其妙。亢一公接到财贸系统劳模给他的袖章,才知道自己被祁文瑞耍了。偏巧他在买袖章时没将祁文瑞的司机计算在内,少买了一个。他因生祁文瑞的气,便将袖章给了司机而没给祁文瑞。结果就传出话来说,亢一公在劳模会期间,利用买袖章和祁文瑞分庭抗礼,收买人心,另搞一套。

劳模会结束后,"文化革命"的形势已发展到令人惊讶的程度,各单位都在贴大字报、批当权派。县委为了统一领导"文化大革命",成立了"文化革命"领导小组,由县委书记王必昌任组长,宣传部长吴贺任副组长,亢一公和祁文瑞都是领导组成员,亢一公正式进了县级领导层,住进了县委大院。

这种局面连半个月也没有维持下来,斗争便升级了。县中学红卫兵因为县委文教宣传部长吴贺不支持他们打倒校长的革命造反行动,首先造了宣传部长吴贺的反,让他戴纸糊头游街。接着以王必昌保护吴贺为由,斗争矛头直指王必昌。

仅仅几个月时间,临河县便来了个"天翻地覆慨而慷",县委、县政府以及下面所有单位的头头们一个个倒台、被斗,群众组织纷纷成立。最后形成了以亢一公为代表的革字派和以祁文瑞为首的红字派。革字派誓死保卫革命领导干部王必昌,红字派坚决打倒修正主义分子走资派王必昌。两派旗帜鲜明,水火不容,展开了"轰轰烈烈"的"殊死"搏斗。

双方文斗、武斗混战半年之久,形势对革字派越来越不利,革字派的保皇战士们识时务者为俊杰,纷纷倒戈投降,革字派土崩瓦解。革命委员会成立后,革字派司令因战斗误伤人命被关进监狱,副司令投到了红字派一边,政委亢一公成了孤家寡人。他们誓死保卫的走资派王必昌被逮捕关进了本县监狱,逮捕时的罪名是顽固推行资产阶级反动路线,挑动群众斗群众。

县革命委员会由武装部政委任核心小组组长,选举祁文瑞为革委会主任。新成立的革命委员会刚成立便宣布解散各派组织,归口归单位抓革命促生产,各组织所占县委房子限期立即腾出。革字派组织头头之一亢一公被取消预备党员资格,勒令其立即滚出县委大院,回原单位翠峰公社岔口村接受当地贫下中农人民群众的监督改造。

八

三月的山区春寒料峭。

早晨,坐落在黄河边上的县城笼罩在一团迷茫浓雾之中。高高低低的青灰色房屋屋顶上都落了一层白色的寒霜,白色的浓雾与白色的寒霜融为一体,分不清哪是房屋哪是街道。早起的人家亮起了灯烛,窗户上透出一圈圈晕黄,一层层从沟底向山腰延伸上去,雾中望去蒙蒙胧胧仿佛仙山琼阁,沟底两面的大街上沿沟栽种的杨柳树枝吸了雾气,凝成一树树白色的树挂,又恰似玉树临风,你在这样的雾中早晨走进这座山城,还以为是什么神仙洞府呢。

浓雾遮蔽了这小县城的简陋与肮脏,给它塑造出一派虚假的风姿,倘若太阳一出,驱散雾气,露出它的本来面目,你就会看到这座大集镇般的县城毫无多少可爱之处。

这里本是旧县城外的北关,旧城筑在山顶,居高临下,易守难攻,是古代一个重镇,如今却失去了它的效用,居民与政府机关为图方便,纷纷搬下沟来,房屋依山而建,凌乱无序,街道狭窄不平。石板、泥土路上到处是猪狗粪便,若是雨雪天气,污水横流,人下脚更是艰难。烈日晴空时,街上尘土飞扬,人在街上走过一回,衣服便会变了颜色。然而对于本地人来说,这里毕竟是全县政治、经济、文化的中心,是个令人企慕的处所。边远山区的村民们来上一回县城，回去后便有几天也说不完的话题。亢一公是见过世面的人，讲用时省城、地区都去过，但他对家乡的小县城却仍充满浓厚的感情。在这里，他上过三年初中，留下了永生难忘的美好记忆；在这里，他成为全县的风云人物，在人们仰之弥高的县委大院里度过一年多的时光。他在这里施展过自己的聪明才智，构筑过自己的人生梦幻。而现在，他就要被逐出这个令他魂牵梦萦的地方，他心中那团浓得化不开的雾比街上的雾气更加阴冷。

昨天祁文瑞派人通知他，今天必须腾出房子："你们告诉他，他是个农民，他无权住这里的房子。现在都归口了，他的口在岔口村，在野狐峪，他必须尽快回到那里去。他要不去，你们就找几个人把他的铺盖扔出去，赶他走。"亢一公是祁文瑞的眼中钉，一天不离开他便一天不得安宁。老实说，这也对他够客气了，若不是怕女儿和他反目成仇，成天和他过不去，依他原来的意思便要派两个公安人员将他押送回去，让他在村里永远抬不起头来。他强压下心头的火气没有这样做，因为他想到了更厉害的招数：在亢一公离开前，他给岔口村大队和翠峰公社去了一份公函，告知当地政府亢一公是投机派、野心家，反动组织的坏头头。让他们对他实行严厉的监督改造。

对于离开县城，从县委书记王必昌被逮捕的那天起，亢一公就有了思想准备，但当这一天真正来到时，他仍然感到突然，感到难以言说的痛苦。晚上，他辗转反侧，难以成眠。他决定不向任何人告别，一大早就悄悄离开。一个人落到这步田地，还有什么必要去向人告别呢？谁会同情你？谁会留恋你呢？即或有人同情你，留恋你，你倒更不应该向他们去告别，增加他们的痛苦是小事，谁知以后将会给他们带来多少不必要的麻烦。祁文瑞，他现在才领略到这个人的厉害。他现在才知道，从他认识他那天起，他就在为他安排陷阱；从他认识他那天起，他就在仇恨他了。他涉世未深，实在不是他的对手，他太单纯了，他太麻痹了，当他发现他在拿自己当对头，当他发现他在一步步把他逼下悬崖时，已经为时太晚。他这时才深切领悟到奶奶那一句话的深刻含义："害人之心不可有，防人之心不可无"，他失败就失败在毫无防备上,这是个沉痛的教训。

从祁文瑞他想到了祁月珍,在两派尖锐对立的日子里,祁月珍仍不避嫌疑常常来看他,这是不是祁文瑞仇恨他的主要原因呢?是的。他现在想通了,祁文瑞根本就不把他这个从野狐峪深山沟出来的农民放在眼里,他鄙视他,他仇恨他,他奈何不了自己的女儿,便将一切仇恨都集中到他身上。他的目的便是加大他和她之间的距离,使他清楚,他根本不应对他女儿存非分之想,即使女儿愿意嫁他,他也决不允许。这一点他在和祁月珍初次来往时就很清楚,他是个农民,他们之间差别太大了,他本来就没对她存非分之想,是她一次次向他进攻,是她主动要追求他,他又有什么错呢?这时,一个念头锥子般扎在他心头,刺得他无比清醒,接着便是钻心般的痛苦:我为什么对她那样君子呢?我为什么不占有她呢?我为什么不在她身上得到报复祁文瑞的快感呢?这念头一出现,便毒蛇般缠上了他,他决定第二天到祁文瑞家去找祁月珍告别。我要对着他的面拥抱她,吻她,抚摸她,轻薄她。你祁文瑞气吧,气得你眼睛发红,气得你呼呼喘气,气得你浑身颤抖。这个念头是如此强烈地诱惑着他,他开始想象如何在他们全家都在的时间把祁月珍叫到院子里,如何向她倾吐爱话,如何猝不及防吻她,紧紧拥抱她,摸她的胸脯,摸她的大腿,如何看着祁文瑞夫妇气得暴跳如雷……他被自己的想象燃烧得发狂,睡意逃得影踪全无,索性穿好上衣拥着被子坐起来,一支支抽着昨天下午买回的劣质卷烟。每抽完一支便望一望窗户纸,盼望着天明,盼望着天亮后好去实行他的计划。

当窗户纸刚刚发出灰白颜色时,他便急急忙忙起床,捆好了行李,带上房门走了。

县委大门还关着,他犹豫再三,不忍去打扰看门的老汉,老汉对他一直不错,昨天他从街上买烟回来,老汉还亲切招呼他,让他进门房去暖和暖和。

"悄悄走吧",悄悄走不要让他看见,况且时间也太早。想到这里,他又返回自己住的那间屋子,坐下来继续抽烟,继续完善着他的报复计划。

尢一公背着行李走到大门口时,门房的挂钟当当当正敲六点。望着老门房伛偻着背开了大门，吭吭吭咳嗽着退回传达室，他从隐身的角落里走出来，紧走几步跨出大门。

在门口，亢一公整理一下穿在外面的黄棉军大衣，正一正头上的栽绒棉军帽，挺了挺胸膛，然后扭回头盯着那刷成血红颜色的县委大门看了几秒钟，这才大踏步向前走去。

堂堂皇皇被吉普车接进来，却丧家狗似的悄悄溜出去，有什么比这更让人难堪呢？不，亢一公失败也得失败得像回事。他被人逼走了，但他走得气派，走得有骨气，他没向任何人求过情，他不会从此销声匿迹，他还会回来的。

亢一公心中升起一股悲凉的豪气。

早晨的街头冷冷清清，一缕缕雾气从头顶飘过，雾气中偶尔传出一两声滞重的门响声、闷闷的人的咳嗽声。冰冷的雾气打在脸上、身上，一会儿衣服表面便湿漉漉的了。

仿佛一场黄粱美梦，梦中他飞黄腾达，乘风扶摇，走上云端，梦醒后却发现自己仍在肮脏的地面上。三年前，他离开县城时，那是何等荣耀，同学们来送行，老师们来送行，一张张亲切的笑脸，一句句火热的叮咛。而如今他却走得如此凄凉。没有亲人，没有朋友，没有人向他说一句告别的话，亢一公啊亢一公，你就是那个坐在讲台上令多少人羡慕佩服的亢一公吗？你就是那个曾领导过全县最大革命组织、踏一脚让县城地皮都颤的亢一公吗？世事啊，你也太捉弄人了。

亢一公现在的心境有点变化，原先他怕碰上人，现在倒真想碰上一个熟人，哪怕随便打声招呼，也可让他心中好受点，然而，没有，冷冷清清的街道上只有紧闭的大门，只有聚集的浓雾。这种孤独寂寞又加浓了他想报复的欲望，透过浓雾，他狠狠盯着祁文瑞家所在的方向。

祁文瑞家在汽车站前面不远的山坡上，到祁文瑞家路过汽车站，尽管班车出发的时间还有一个多小时，街上已有人向车站走了。这里没有铁路，运人运物全靠汽车，所以运输公司是县里人数最多的单位，王必昌书记重视当地的交通运输，政策向运输企业倾斜，受到运输企业人们的赞扬和拥护。亢一公的革字派组织无形中便以运输公司的干部职工为中坚力量。在王必昌书记被抓，革字派组织的人纷纷倒戈时，运输公司的司机们坚持到最后一刻。亢一公一眼看到雾气中巍然矗立的公共汽车站的高房子，心头一振，就感到一股无形的力量注入体内。他亢一公并不孤立，他还有同志，还有朋友，他还会回来的。三十年河东，三十年河西，我毕竟比你祁文瑞小了二十多岁，咱们走着瞧。然而，此刻亢一公又极不愿意碰上运输公司的人，他怕他们阻拦他、鄙视他，他们一直不同意解散组织，一再要求他住到运输公司来坚持和祁文瑞斗争到底。面对他们，他总感到心虚，感到自己对不起他们，审时度势，他认为自己并没有错，但就是说服不了他们。

为了不碰上运输公司的人，他拉下帽子，竖起大衣的领子，沿着路边急速向前走去，走过汽车站临街的候车厅时他也没抬头。

"一公。"

刚越过候车厅大门，身后有人喊了一声，亢一公一愣之后，脚步迈得更快了。

"一公。"

这次声音更大了，他已隐约听出叫他的是谁，这次他的脚迈不动了，仿佛被施了定身法，他的胸中一片茫然，浑身血脉偾张，心狂跳不已。就听身后有人急急奔下候车厅的台阶。

"一公，你要到哪里去？"

祁月珍头上围着大红毛围巾，身穿一件窄窄的棉军大衣，喘着气站在亢一公对面，围巾边沿、刘海上、睫毛上凝着白绒绒的薄霜，目光悲伤、忧郁。她为自己父亲逼走亢一公感到羞愧，目光避开亢一公的眼睛。

一声"你到哪里去"问得亢一公不知该如何回答，他反问道："你在这里干什么？"分明是明知故问，他努力掩饰着内心的矛盾。

"听人说你今早要走，我怕见不上你，来这里等你。"

祁月珍低头看着自己穿着白网鞋的脚，说到最后一句，才抬起头，眼光发亮，脸上微微一红：

"你怎么不进车站,要到哪里去呢?"

"我……"

亢一公此刻心乱如麻,他不知道该如何回答祁月珍的问话。从他听到祁月珍那第一声喊叫时,他那报复的计划就开始动摇,他听出好像是祁月珍的声音,但他不敢相信是祁月珍在叫他。当祁月珍第二声喊叫出,他确定不疑是祁月珍在叫他时,他那筹划了半夜的报复计划立刻彻底坍塌了。现在祁月珍站在他面前,他的心头像是被猛击了一锤:他怎么能想出那样卑劣的主意呢?他怎么能践踏她对他的一片爱心呢?即使她并不爱他,即使她和他素不相识,他又怎么能想出拿她去报复她父亲的卑鄙主意呢?亢一公啊亢一公,你竟是这样一个人,你竟会有这样肮脏的灵魂,你还有点人味吗?他心中深深自责着,羞愧地不敢去直视祁月珍,侧转头吞吞吐吐地说:

"我,想去你家,向你告别。"

是撒谎却也是实情。虽然讲的人心中有鬼,隐约其词,但听的人却大受感动。

"一公。"祁月珍动情地叫着亢一公的名字,迈前一步,微喘着急急向亢一公说:"我知道你恨我爸爸,是我爸他在耍阴谋诡计害你,我替他感到羞愧。但他是他,我是我,不管他怎样对你,我还是那句话:"在天愿为比翼鸟,在地愿为连理枝"。你就是当了乞丐,我爱你的心也一直不变。只要你愿意,我跟你回野狐峪去,我们马上就结婚。"

祁月珍多日来压抑在心中的情愫终于一吐为快,眼中闪闪发光,脸上飞起两朵红霞,期望地望着亢一公。亢一公不由也抬起头,望着近在咫尺的祁月珍。他仿佛第一次发现祁月珍是这样漂亮,这样鲜艳。漂亮鲜艳得让人心醉神迷。他看得呆了,手下意识地拉起祁月珍那双摆弄着围巾的绵软小手,紧紧攥着,呼吸变得粗重。在他和祁文瑞的对立公开化后,在他意识到祁文瑞因他和祁月珍的关系而仇恨他时,他便有意疏远祁月珍,他冷静地克制着自己,他要在悲剧还没有上演之时就结束它。他相信自己的自制力,他也一次次经受住了考验。但现在,面对如此漂亮鲜艳的祁月珍,晚上那些本已隐退的令他战栗不已的想象又一一凝集回来,他感到一阵不可抑止的冲动,一把将祁月珍拉进怀里,张开双臂抱住了她,便低头去吻她的嘴唇。亢一公这突如其来的举动让祁月珍惊慌失措,她不知该顺从他还是反抗他,还没等她从迷惘中清醒过来,当两人的双唇相触的一刹那间,亢一公已放开了她,慌乱地后退一步,喃喃地说:"不,不……"他已经清醒,一股犯罪感涌上脑际,心中愧悔万分。"我这是干什么? 我还要实施我那可耻的报复计划吗? 不,不行,什么时候都行,但是今天不行,此时不行,我今天吻她便是亵渎她的感情,便是在实现自己的卑鄙……"

他心中这样想,祁月珍却误会了他的意思,望着他惊惧慌乱的眼神,望着他苍白的脸色,想起他刚才粗暴地拥抱自己,又推开自己遽尔之间急速变化的举动,一股凉意袭上心头,鼻子发酸,两行泪珠夺眶而出:

"一公,你,恨我?"

亢一公此时已镇定下来,思维恢复了正常,他知道祁月珍想到别处去了。掏出手绢,走过去犹豫一下,抬起手为祁月珍擦去脸上的泪水说:

"不,月珍,你怎么会这样想呢? 在我这样的时候,你还对我这样好,我怎么会恨你。是我对不起你,辜负了你对我的爱。我……(他想将自己昨晚的计划对祁月珍和盘托出,却无论如何说不出口)我永远忘不了今天,忘不了你对我的爱,我要混不出个样子来,我就对不住你。"

他又一次握住祁月珍的手,柔声对祁月珍说:

"月珍,你回去吧,不要送了,让你爸爸发现我们在一起,对你不好。至于我,我决不会辜负你的一片深情,回到村里后,我会给你写信的。"

祁月珍心中的疑虑冰释了,流了两行泪,心中无比畅快,她深情地望着亢一公的眼睛说:

"一公,你今后怎么办呢?"

"不知道。"顿了顿又自慰地说:"我本来就是个农民,我本来就是从野狐峪出来的。从那里出来,又回到那里去,我什么也没有丢失……"

开车时间到了,祁月珍使劲握了一下他的手。直到车开出好远,她还在那里站着。

望着祁月珍那一团火红的围巾在雾气中渐渐淡去,亢一公将头仰在汽车椅座上疲惫地闭上了眼睛,一夜未眠,身子又酸又困。公共汽车在雾气中缓缓行驶,正是极好的睡觉机会,他的脑袋却昏昏沉沉怎么也不肯休息,往事乱云一般从记忆深处丝丝缕缕飘浮上来,凝成沉重的雨云,低垂阴湿,压得他透不过气来。

九

祁月珍刚刚走上自家的门坡,就看到父亲黑着脸,满脸严霜堵在门口。

"你干什么去了?"

祁文瑞尽量克制着自己,想说得温和点,但那声音一出口还是又冷又硬。祁月珍抬起睫毛扫一眼父亲,没有言声,照直向门里走去。

"月珍,我问你呢,你大清早干什么去了?"

祁文瑞侧转身,给女儿让开路,提高声音问。祁月珍仍不出声,快步走进院门,向自己的屋子走去。祁文瑞跟在女儿后面进了院,只听"叭"一声门响,院里便只剩了他孤零零一个。

望着女儿那紧紧闭上的屋门,他摇摇头,轻轻叹了口气。对这个任性的爱女他实在没有办法,她从小就很有主意,只要她认为自己是对的,你越严厉,她越不吃你那一套。祁文瑞知道自己今天在急怒攻心下,又用错了方法,在追悔中火气已消散了一大半。

这全怪自己的疏忽,昨晚临睡前,他一边洗脚一边向妻子谈着他怎样向亢一公下了最后通牒,限他今天必须离开县城。当时,他分明听到女儿的房门响,却仍滔滔地谈下去,由于对亢一公的愤怒,他的声音很响,那样谨慎的他,竟会忘了"隔墙有耳"这句老话,忘了他最应防备的就是自己的女儿。睡下以后,他总觉得今天有件什么事情没有办妥当,却怎么也想不起来。在妻子求爱的骚扰下,他更不能集中思绪。由于斗争的激烈,他已好多天没和妻子亲热,在妻子挑逗下,他感受到了前所未有的酣畅淋漓,过后昏昏沉沉一觉便睡到天明。早晨醒来,头脑无比清晰,他忽然意识到昨晚未想通的那件没办妥当的事是什么了。急急匆匆穿好衣服,一出房门便看到开着的街门,心里一动,立刻奔向女儿的房间,门虚掩着,一推便开,只见女儿床上被子叠得方方正正，人却不见了。他脑子一炸，胸口一股怒火腾地燃烧起来："这鬼女子，果然去找他了……"他心里狠狠骂着，恨不能马上把女儿抓回来抽她两个耳光。

那股怒火烧着他冲出屋门，冲出院门，冲下门坡。在那迷迷茫茫扑面而来的清冷雾气中，他犹豫了，倘若真碰上他们在一起，他该怎么办？他们是同学，女儿给同学送行，他能拿他们怎么样？在对待亢一公的问题上，女儿对他本来就成见深深，那样做不更增加了女儿对他的不满吗？倘使女儿任性起来，当面给他难堪，那又怎么下台？他思之再三，悻悻地从街上退了回来。但于心却又实在不甘，就这样在院子里转来转去，越想越痛恨亢一公，恨不能将亢一公碎尸万段。亢一公，你等着，你要敢打我女儿的主意，敢对她有何不轨，我叫你求生不能，求死不得。他从院子里转到门口，又从门口转到院里，脑子里一遍遍盘算着对付亢一公的主意。女儿终于回来了，他悬着的心放下一半，板起脸准备狠狠教训女儿一顿，不料教训的话还没出口便碰了个软钉子，女儿居然不理他的问话，他真想拉住她给她点颜色，转念一想，却认为这正是自己所希望的结果。女儿生气，那么，自己就没必要再生气。她生气，说明他们的会面是不愉快的，或者说她竟没有能见上他。这两个判断不管哪个正确，对他祁文瑞来说都是好事。倘若他们见了面，她受他一顿气那倒更好。他的目的就是要激怒亢一公，让他恨他的同时，转而也恨月珍，那么，他俩就会越走越远。

祁文瑞一厢情愿这样想着，心中的怒火逐渐被对女儿的爱心所取代。这爱心使他隐隐感到有点对不起女儿，她毕竟已不是个什么也不懂的小姑娘，他怎么可以对她那样粗暴呢？我该和颜悦色问她才对，我这样对待她，怎么能探出她的真话来呢？倘若他们还只是普普通通的关系，我这样做不是把她向他那里推吗？她会想，我为什么这样怕他们来往呢？要让她看出我不遗余力驱逐亢一公是出于保护她的私心，那么，我在她心中的形象就会打折扣，年轻人最讨厌的莫过于别人干涉他们的感情，在这上面只能疏而不能堵，一着走错会满盘皆输的。想到这里，祁文瑞不再犹豫，轻轻推开女儿的房门走进去。

祁月珍大衣没脱，仰面躺在炕上，头枕被子，把围巾团成一团扔在一边，大睁双眼望着房顶出神，两滴亮晶晶的泪珠凝在眼角。

"珍珍，你怎么了？大清早跑出去，一回来就对爸爸撒气。"

祁文瑞先入为主，温和地望着女儿。祁月珍瞪他一眼，翻转身，伏在被子上抽抽咽咽哭起来。爱女一哭，祁文瑞的心颤了一下，又向炕边走近一步说：

"珍珍，不要哭。你有什么话和爸爸说，今天是爸爸不好，爸爸刚才不该对你那样粗暴。"

祁月珍哭得更厉害了，肩膀起伏着。祁文瑞宠爱女儿，女儿一哭他就心乱如麻，他在地上默默站了一会儿，心想，不如干脆挑明了，也好结束父女间这场冷战。便说：

"珍珍，不要哭，你告诉爸爸，你是不是送亢一公去了？其实你去送送亢一公也是应该的，你们毕竟是要好的同学。我只是担心你，这样大冷的天，怕你出去会冻着。"

尽管祁月珍听出父亲的话言不由衷，但话已至此，她不能再不理父亲了。她坐起身，泪眼婆娑直视着祁文瑞：

"爸爸，你说心里话，是不是你使手段逼亢一公离开的？"

祁文瑞苦笑一声，在炕沿上坐下来，对女儿说：

"珍珍，你这就错了，爸爸是那种使阴谋诡计的人吗？我知道在让亢一公离开这件事上你对爸爸有成见，你误会爸爸了。归口、归单位抓革命促生产是中央文件精神，亢一公还是农民，这你又不是不清楚，在城里归口他该归到哪个单位去呢？他当然只有回农村。这是核心小组的意见，爸爸一个人哪能做了主。"

"那为什么还要给他定投机派、野心家呢？"

"珍珍，这些事你还是少管吧，这是县核心小组的集体意见，这是政治。王必昌是反革命走资派，他死保王必昌，顽固不化，没给他定得更重也是对他照顾了。"

"那还要给他定什么？反革命吗？"

"反革命又怎么不能定？在会上就有人要定他反革命，主张以坏头头把他抓起来，是我们几个主要领导力争，念他年轻，过去还是学毛著标兵、是劳模，这才放他一马。你以为他还是以前的亢一公吗？他已经变了，卷进政治漩涡，争权夺利，企图以死保王必昌捞取政治稻草，这还不是投机吗，还不是野心家吗？"

"反正你们胜了，你们想怎么说就怎么说。"

"珍珍，你错了。这话可不是随便说的。"祁文瑞严肃地望着女儿："你对爸爸这样说，爸爸可以原谅你的糊涂观念，在别人面前，你可不能这样推出嘴来就算话。咱们县这一年多的严酷斗争，决不能说是谁胜了，哪派胜了，要说胜了，是毛主席的革命路线取得了胜利。珍珍，你也是红卫兵，从革命的大风大浪中闯出来的，咱们县的路线斗争你是经历过的，爸爸哪一次不是按中央'文革'的指示办的？别人不理解爸爸，你难道不理解爸爸？从学毛著运动开展以来，哪一次斗争的关键时刻，爸爸不是站在毛主席的无产阶级革命路线一边呢？我不否认亢一公的成绩，他确实在学毛著运动中做过一点好事，做出过一定贡献，可是后来呢？在他被王必昌封为临河县无产阶级革命事业的接班人后，他还是原来的亢一公吗？就凭他蛊惑群众喊的那句'谁反对亢一公就是反对毛主席'的口号，要放到其他地方，也足够打他个现行反革命了。老实说，我们已经对他够宽大了……珍珍，你也是红卫兵，从革命的大风大浪中走过来的。你好好想想，我想你会想清楚的……"

祁文瑞说到这里，感到自己该说的都已说完，要彻底改变女儿的态度是需要一个过程的。又劝说祁月珍几句后，退了出去。

在祁文瑞滔滔不绝为自己的辩解中，祁月珍正为一个想法而陷入极度的苦恼。她既驳不倒父亲，又感到父亲在亢一公问题的处理上似乎不单纯是政治问题。那么是什么问题呢？她早就有一种感觉，父亲对亢一公的仇视，除了政治的因素外，似乎和自己也大有关系。以前，每逢自己这样想时，她马上便否定了自己，父亲不会是那样狭隘的人。不要说父亲并不知道她对亢一公的真实感情，即使知道了，她相信父亲也会公私分明，不会因女儿的感情用政治手段去加害一公。但近来,她这种看法逐渐改变了,特别是父亲对亢一公的处理问题上,她感到,正是因为她,父亲才对亢一公雪上加霜,不但赶亢一公回村,还要给他安上几条罪名,那么,倒是自己害了亢一公了。所谓"我不杀伯仁,伯仁因我而死",如果真是这样,那简直太可怕了。想到这里,祁月珍不寒而栗。她不敢继续往深想,可又不能不想。她开始清楚了为什么自己那样热烈地追求亢一公,而亢一公却总是对自己不冷不热,若即若离。他不是不爱她,而是不敢爱她,他早就想到这一点了,他对她的父亲看得比她清楚得多,但他还是不能幸免,还是因为她而害了他。

祁月珍想到此处,真如万箭穿心,泪珠又如珍珠般一串串淌了下来。她开始对人们成天挂在嘴上的坚定不移怀疑起来。什么是坚定不移呢?坚定不移就应该是对自己所持有的理想信念一如既往地奉行下去,坚定不移就是不可改变。一个人应该有坚定不移的信念,在这信念指导下决定自己的行动,但对于一个并没有信念的人来说,他怎么能够做到坚定不移呢?父亲有没有信念呢?如果有,那也不是他成天挂在嘴上的那些信念,而是他一切从个人利益出发,一切为自己着想的信念。从他这信念出发,他当然不会坚定不移。他嘴里说的坚定不移只是他挡在自己面前的一块盾牌,只是他手里的一件武器。他打着这样的招牌,拿着这样的武器将自己伪装起来,将自己背地里那些见不得人的东西合法化。所以,他既有明的一手,又有暗的一手。王必昌书记在时,他对王必昌唯命是从,嘴上成天王书记长王书记短,在对王书记的奉迎中达到自己的目的。运动初期他还是保王必昌的,后来看到风向变了,他马上带头造反,将王必昌贬得一无是处。他自己说认识人总得有个过程,但他这过程完全不是从自己固有的认识,固有的信念出发,而是跟着形势的发展而转变。他像一条变色龙一样,他的一切行动都是随着周围环境与形势发展而变的。他有了这一手,他就有了更多取胜的机会。因为他是胜利者,所以他是正确的。而真正的坚定不移者,倒往往处于错误的不正确的位置。这就是政治吗?学校造反派对老校长批判时,其中一条罪状就是他曾引用过一个大学教授的一句话:"什么是政治？政治就是翻手为云,覆手为雨"。她在读一本伟人的传记时读到这样一段话,说是为了革命,他可以和昨天的敌人握手言和,也可以和昨天的朋友反目成仇。当时她怎么也不能理解,认为是对那伟人的诬蔑。现在,她清楚了,这就是政治。亢一公的失败就失败在他不懂政治,就在于他不懂翻手为云,覆手为雨;他不懂化敌为友和反目成仇。所以父亲是政治家而他不是。在政治上他太单纯太幼稚,他明知王必昌必倒无疑,他仍然做他的保皇派,他做到了坚定不移,他却被扣上了野心家、投机派的帽子。而真正的野心家、投机派倒成了坚定不移的代表。这就是祁月珍所面对的现实,这现实使她迷惘,让她困惑。她虽读了不少理论书,但她感到自己还像亢一公一样幼稚,一样单纯。不过有一点她是清醒的,那就是在爱情上。在爱情上她是坚定不移的,她也一定要做到坚定不移,不管亢一公今后如何,她对他的爱是始终如一、坚定不移的。

祁月珍沉溺在自己的思绪里,父亲是在什么时候离开的,她竟一点也没发觉。

第三章

一

亢一公背着背包跳下公共汽车,揉一揉惺忪的双眼,脑子里迷迷糊糊,残梦还没有完全清醒。一路的颠簸中,他终于打了一会盹,刚刚入梦,却就下车了。若不是司机、助手都和他熟识,喊醒他的话,他会睡过头的。

春寒中的山野空寂而广漠。草木还未发芽,裸露的坡梁沟谷中只有黄色的耕地与褐色的荒地,枯草败叶被风旋在低洼处,发着乌黑的颜色,光秃秃的树枝上积满冬天的灰尘,渴望雨水来浇洗。地里还没有劳作的农人,空中偶尔飞过几只觅食的鸟雀,那叫声也显得少气无力。

亢一公脑子里也是一片空寂而广漠,一个曾经荣耀一时的人如此狼狈地归来,他不知道他将如何面对未来的生活。

一年多了,他很少回来,也不知村里变得怎样了?青年突击队的伙伴们知道他在县里的情况吗?村里人能理解他吗?想着村里那一张张熟悉的面孔,他的心渐渐有了暖气:我能在村里站起来,我还要在村里站起来。祁文瑞,我不会输的。

亢一公心情忐忑走进岔口村,只见村街上显眼处新贴了不少标语,走近一看,不由大吃一惊。上面内容竟都与他有关,有的写着"打倒投机

104

分子亢一公",有的写着"打倒大野心家小爬虫亢一公""亢一公必须向岔口人民低头认罪""亢一公必须老老实实接受贫下中农的监督改造""亢一公……"亢一公三个字都打了红叉,写得七颠八倒。

怎么会这样呢?这显然是把我当阶级敌人看待了,我是阶级敌人吗?他的心彻底凉了,一路上还想着如何积极投身队里的生产劳动,想着在岔口村重新站起来,而岔口村竟是这样来接待他的。

这时,村中已经有人发现了他,人们看到他便掉头而去,仿佛他是毒蛇猛兽,仿佛他是带着病毒的麻风病人。有小孩子早叫喊着跑去报信:"亢一公回来了,亢一公回来了。"

亢一公回来了,他马上清楚了自己所面临的现实,他必须面对这个现实,至于以后怎么样,那就很难判断了,他现在已没有退避的余地,只有硬着头皮迎上去。

在当年的大队办公室,在当年的狗窠支书坐过的那条板凳上现在坐着吴拉子。大队办公室还是当年那烟熏火燎的样子,地面依然凹凸不平,桌凳比过去更破烂,所不同的是,吴拉子并没有抠脚趾的习惯,他也不抽烟袋,手上夹一支自卷喇叭筒,穿着也比狗窠支书齐整。地上的凳子摆开来,坐着村中四五个干部,都是亢一公熟悉的,亢一公走进去正欲和他们打招呼,吴拉子说话了:

"亢一公,你终于回来了。"

他把"终于"二字说得特别重,便将终于这两个字的意思都表达出来了。

亢一公面对阴沉着脸怒视他的吴拉子不知该说什么好,他当然不能说:"是的,我终于回来了。"他只有一声不吭站着,静候吴拉子的下文。

"你知道你是什么人吗?"吴拉子沉默一会儿后终于有了下文:"县上通知说你是被管制对象,被管制对象就是阶级敌人。今后在大队,你必须老老实实接受群众的监督改造。只许你规规矩矩,不许你乱说乱动。现在你先回野狐峪,下午全村召开批斗你的群众大会,你先好好准备一下。老老实实交代你在岔口村所犯的滔天罪行。"

"我?在岔口村所犯的滔天罪行?"亢一公脑子里一片混沌,他想不起

105

他曾在岔口村犯过什么罪行,而且这罪行还滔天。

"你怎么?你还认识不了你的罪行?你在工作组面前告密、诬陷别人,你在岔口村批人斗人,制造白色恐怖,你无中生有、造谣中伤,你搞极'左'路线,收回自留地,搞得岔口村人没吃的、鬼没供的,你以为你是什么东西?一笔一笔账我们都给你留着,你回去好好想想,自己交代彻底,坦白认识好,少受些皮肉之苦,否则……"

吴拉子一拍桌子,震得桌子上的灰尘飞了起来,他的脸被灰尘蒙得模模糊糊。

"好了,你走吧,下午两点,准时到会,顺便通知你全家一齐来。"

亢一公茫无所措走出办公室。办公室外围着好多人,见他出来,都默默地退开,让出一条路,白光光的太阳刺激着他的眼球,逼得他流出泪水来,面前的一切都变得迷迷离离,在他眼前出现了一个破碎的世界。

我犯下了滔天罪行,我对岔口村犯下了滔天罪行。亢一公反复咀嚼着这两句话,对这现存的世界开始怀疑起来。他想起他在岔口村所做的那一件件好事:冬天,给军烈属孤寡老人挑水一次次滑倒,裤子冻得像生铁,走起路来还嚓嚓响。为修那条挑水的大坡,他手背上绽开一道道血口子,洗手时钻心地疼。夏天,带着青年突击队防洪,他跳进被洪水冲开的决口,用自己的身体阻挡洪水。修公路时,他给司机和过路人解决水的问题。他用自己的钱给文化室买书买乐器,他拿自己家里的粮食接济孤寡老人,他给学校修理桌凳,想方设法改善学校的学习条件……他想起做这些事时,那一张张微笑着看他的脸,那一声声发自内心地对他的赞扬。这些就是他的罪行吗?他忽然有种奇怪的感觉,仿佛这世界上还有过一个亢一公,那一个亢一公专为人做好事,那个亢一公受到人们的一致赞扬。而他,是另一个亢一公,一个专干坏事、犯下了滔天罪行的亢一公,这个亢一公是个野心家、投机派、是个阶级异己分子,一个阶级敌人。这个亢一公向工作队告密、诬陷好人,在岔口村批人斗人,制造白色恐怖;这个亢一公执行极"左"路线,让岔口村人饿肚子……

在他分辨这两个亢一公的时候,蓦地,一幕情景闯入他的脑际,他想起他和工作组重新丈量岔口村人的自留地时，他感到身前身后，村里地里总是有一股仇恨的眼光射向他，可他始终没找到那一股眼光的出发地。那时他认为是一种错觉，现在他清楚了，那不是错觉。他想起他在发现岔口村每家的自留地都比应分的多一半到三分之一时，他是那样喜形于色，那样兴奋莫名，以为自己立了功，又做了一件好事。他那样做是做好事吗？他想起在他主持的斗争狗罕支书的会上，当他愤怒批判揭发狗罕支书瞒产私分、鼓励单干、破坏集体经济的罪行时，父亲向他投来的那股幽怨、不满的眼光，人们那木然的毫无表情的面孔，老人们背后的窃窃议论，他悚然心惊。他那样做做对了吗？他那是做好事吗？他第一次向自己发出了这样的诘问，他隐隐约约感到自己似乎有些地方确实做得不够妥当，到底什么地方不够妥当，他也说不清。他记得那年他代理了一段大队长，在查出岔口人多占的自留地后，他按他们多占出的产量扣了他们的口粮，有几户人口少的，那年便没分到口粮。夺人口中之食，他得罪了岔口村人，他开始理解岔口村人对他的仇恨了。

岔口村人对他仇恨，那么父母呢？他夺他们口中粮食更多，他对他们的伤害更大，他们不仇恨他吗？站在岔口村村外通野狐峪的沟口，他犹豫了，不知该何去何从。他想起小时候上学时父亲一次次在此等他接他的情景来。想起父亲，亢一公的鼻子一阵发酸。批斗狗罕支书后，为了证明狗罕支书的罪行，他向工作队密报了他们家三年来实行包产余下好多粮食，他父母把粮全藏起来了，他告诉了工作队他家藏粮的地方，工作队带人去搜，粮食搜出后，父亲便病倒了。当他带着两辆胶皮大车去家里拉粮时，躺在炕上的父亲面也没有朝他转过来，对他的问候充耳不闻，自始至终没和他说一句话。当他和拉粮的人走出院子时，母亲追到门口，对他说：“你不是这家里的人，我没生过你这个儿子，你以后再也不要回这个家来。”那时，他认为父母愚昧、顽固，慢慢会想通的。现在，他对这一点怀疑了，岔口人认为他有罪，仇恨他，父母就不仇恨他了吗？三年来，自从住到大队以后，他就很少回野狐峪，他厌恶野狐峪，而现在他却必须回到那里去，他能回野狐峪吗？野狐峪会接纳他吗？

他坐在沟口岩石上默默抽了一支烟，拿着主意，一支烟抽完了，主意还没有拿定，再去取第二支时，烟盒空了。他将烟盒捏瘪，抬头看看已将近午的太阳，叹口气，站起来。他别无选择，他只有回野狐峪。无论如何，他毕竟是野狐峪的儿子。当无路可走时，他只有回到这里，回到父母身边，不管他是孝子也好，是逆子也好，是狼崽子也好。

野狐峪院子的柴门紧闭，上着锁，窑洞的门也都锁着，院子里空无一人。透过篱笆墙，只见几只鸡在院子里刨土啄食。看来父母去岔口村劳动还没有回来。这时，他心头又袭上一股不安，父母本可以不去岔口村劳动的，这一点也算是他的"恩赐"。他让他们离开野狐峪的土地是做对了呢？还是做错了？狗罕支书让他们包产，为的是就近种地，父母兄妹可以不必每天跑那么远到岔口村的地里去。他坚决让他们参加集体生产劳动，是怕他们走上单干，丧失集体观念。他们谁做得对呢？他走的那年，野狐峪的土地减产三分之一，而父母还得到岔口村去领粮。这几年他们是怎么过的呢？这些问题一袭入脑际，他不由一阵惶惑，他不知他将怎样面对父母，他不知他们将对他采取怎样的态度。他又习惯性地去摸烟，手在口袋里掏了个空，他才想起烟已抽完。茫然望着那熟悉的窑洞，那熟悉的院子，他心里涌上一股暖流，同时那不安惶惑愈益浓重。柴门上的锁是可以捏开的，但他伸了几次手都中途停住了，他没权利捏开那锁，他得等父母回来，父母允许了他回，他才能回，他可从来没有这样把父母的话当回事呀。他忽然想起奶奶，若奶奶活着，柴门便不会上锁，窑门也不会上锁，他就可以照直走进院里，走进窑洞，而奶奶被他气死了。以前，他从不承认这一点，只要谁这样说，他便感到委屈，感到气愤。而现在，当那一幕幕往事在心头闪过时，他不敢断然否定那一事实了。是的，你是有罪的，你罪恶滔天。

他烦躁地在门口转了几个来回，感到又累又乏，又饥又渴，背上的背包似有千斤沉重。他独自苦笑一声，他竟忘了解背包了。

亢一公向沟里沟外望了望，没有人影，只好沮丧地解下背包，放在门前那块石板上。奶奶活着时，成天坐在这石板上，看翠峰山的林木，看过往的进山人。他小时候也常随了奶奶在这里坐，给奶奶搓胳膊，听奶奶讲他们亢家的旧事,听这沟里的传说和故事。现在回想起来,那是一段多么温馨、无忧、快乐的日子啊。野狐峪,那童年时代美丽的野狐峪。他坐在背包上,回想着过去的生活,背靠着柴门的门柱竟迷迷糊糊睡着了。

刚睡着,忽然听到有了脚步声,他一阵惊喜,想看看是谁回来了。可眼睛怎么也睁不开,只听一个声音说:"这不是二的吗?怎么在这里睡着了?也不怕着了凉。二的。"

是母亲的声音。他想答应母亲,可喉咙里怎么也发不出声音来。眼睛还是睁不开,他瞌睡得太厉害了。就听另一个声音冷冷地说:"什么二的,这是那个亢一公,那个气死他奶奶、害得咱们全家不得安生的亢一公,让他睡去吧!死了他才好。"是父亲的声音。他猛然睁开眼,只见父亲站在门里,正往进拉母亲。"快进来,别理这狼崽子。""不,爹,我不是狼崽子,我不是亢一公,我是二的,你们的二儿子二恨不动。爹、娘,我是亢二恨不动呀!""谁是你娘,我没生过你这个儿子,你走吧,你永远也不要进这个家。"温和慈爱的母亲变了脸,疾言厉色地说。"别理他,进来。"门闭上了,爹和娘向窑洞走去。"爹、娘,你们放我进去,我对不起你们,我错了,我害了你们。爹、娘,你们放我进去吧!我已经没有去的地方,我已经无路可走了。爹、娘……"柴门忽然开了,花狗豹子呲着白利利的牙咆哮着向他扑来。"豹子,是我,是我。"他躲避着,跳开去,花狗又扑上来。"豹子,是我,你这畜生,你连我也不认了。""汪汪,我咬的就是你,你才是畜生,你这六亲不认的畜生,汪汪,汪汪汪。"花狗豹子忽然口吐人言。他大吃一惊,往后退着,拾起地下一块石头向花狗打去。花狗豹子跳着一躲,变成一只白毛老狐向他脸上抓来。他躲过白毛老狐这一抓,拔腿要跑时,只见那白毛老狐就地一滚,变成了白发苍苍的奶奶:"你这狼崽子,我打死你,狼崽子……"奶奶咬着牙龈瘪着嘴挥起手中拐杖向他后脑狠命砸下来……"奶奶……"他大叫一声,举手去护后脑时,后脑已挨了狠命的一击。

亢一公后脑碰在门柱上,霍然醒来,惶惶然睁眼看时,只见母亲扛着锹,正一步步向门坡上走来。他揉揉眼,努力让思维从梦中醒来,呆呆地望着母亲。瘦小的刘拉弟头上罩块褐色头巾,头巾下飘出几缕花白的头发,她面容憔悴，补丁摞满的衣裤上落满灰土，头巾上一根枯黄的草叶紧紧黏在耳朵上方。她低下头爬坡，并没发现柴门旁的亢一公。亢一公低垂着头叫了声：

"娘。"

刘拉弟吓了一跳，往后一退，几乎摔倒。当她定睛看清面前的人时，脸色变了几变，眼睛闪了几闪，终于露出了凄苦的笑容：

"你回来了？怎么不进家呢？"

"娘。"

亢一公亢二恨不动鼻子一酸，眼泪抑制不住滚了出来。

"难过什么，回来就好，快回吧。"

母亲平静地说着，把手中的锹递给儿子，捏开柴门上的锁子。

二

美丽的野狐峪的又一个春天来到了。当山溪的背阴处融尽最后一块残冰的时候，溪岸阳坡潮湿的黑土中已露出星星点点的绿草嫩芽。只几天工夫，那绿色就很显眼地撒满了地面。山林中的候鸟回来了，在被春雨洗去尘灰的树林里婉转鸣叫。油松的针叶由暗绿变得鲜嫩，新叶很快便布满枝头。落叶松的针叶满树绿色，桦树、橡树、各种灌木的叶子也都先后长了出来。次第争开的山桃花，山杏花在万绿丛中一树树火红、粉白。田埂上，坡墚上的蒲公英、甜苣菜以及各种无名小草的黄的、红的、蓝的、紫的各色小花朵将地面点缀得色彩斑斓。蜜蜂出现了，蝴蝶出现了，各种草虫也在草丛中将幼小的身体蹦得到处都是。野兔、狐狸、松鼠等小动物褪去冬毛，油光可鉴地在树丛中、溪水边、崖畔上瞪着亮闪闪的眼睛，警惕着过往行人，当发现有人想伤害它们时，便箭一般窜进丛林，林中的野雉闪着漂亮的尾羽，在树林里，山坡上划着彩虹时隐时现，石鸡、鹌鹑一群群在山坡上觅食……所有生物在这个季节里都充满活力，争着来分享这大好春光。

每天吃过早饭，亢氏一家便由母亲刘拉弟锁好柴门，然后相随着到岔口村去上工。他们很准时，赶到岔口村小学校高台阶下时，正是队长分派工作的时候。

一家人在路上很少说话,父亲亢根柱总是走在前面,母亲刘拉弟断后,跟在父亲后面的是二根不动亢一公,二的后头是草莓,草莓往往与二哥并行,大根不动拖拖拉拉什么时候也不慌不忙,一会儿捡石头打鸟、打兔子,一会儿发现小溪里的青蛙,便要去逮。母亲催他时,他便说"我要屙了",或者"我要尿了"。害得母亲等他。队里打混工,劳动强度比在野狐峪自家地里干小得多,也不用天不亮就起床。生来不会磨洋工的亢根柱慢慢也习惯了队里的劳动,耕地耙地时牲灵走得慢慢的他也不去挥鞭子赶驴骡。你悠我也悠,你慢我也慢,大家地头休息一坐一个钟头,你总不能显露自己一个人干吧?他坐着不耐烦,便割些猪草,拣点柴火,回家时背上一捆。刘拉弟苦最重,地里回来还要备办一家人的一日三餐,缝洗衣服,喂猪喂鸡。草莓十八岁了,能帮母亲做些家务。有时队里闲了,刘拉弟也能休息十天半月,她总不愿在家歇着,一方面多挣些工分,另一方面在家里实在闷得慌。女人比男人更耐不得寂寞,所以从心理上,她倒宁愿在队里干活。

对于亢氏一家来说,参加岔口村的集体生产劳动还是有好处的。从封闭的孤家独院走出,使他们对世界有了更多了解,集体劳动中的相互交谈和接触使他们由寂寞所产生的苦闷得到释放。在长久相处中,岔口村的人对他们的了解加深了,关于野狐峪亢氏家族与狐狸的传说逐渐少有人提起。相互隔膜所形成的神秘被打破后,岔口村人对亢家人有了新的认识。亢根柱的淳朴厚道,刘拉弟的温顺贤淑,大根不动的憨痴可爱,都使人对亢家人产生好感。亢草莓是个活泼漂亮的姑娘,浑身散发着山溪水的清淳。岔口村一帮姑娘,小伙子大多是她小学时的同学,她更愿意离开野狐峪的独家生活,而人们对她的好感也更多,村里几个小伙子已经开始追求她,打她的主意了。

如果不是亢一公的突然归来,他们本可以安宁平静地生活下去。虽然集体劳动口粮所分有限,但他们劳力多,没有吃闲饭的,糠菜搅和半饥不饱的生活也可维持下去。亢根柱还准备在野狐峪沟深处再刨些荒地,偷偷种些山药、萝卜之类救急的东西。然而亢一公回来了,他一回来便给这家庭笼上了不祥的阴影,本来有些欢乐气氛的家庭一下子陷入了不安和恐惧之中。首先是亢根柱荒地不敢再刨,儿子虽然处在难中,他对儿子还是充满警惕,往日的几次事件记忆犹新,他不敢轻妄动。其次,形势也紧得怕人。

那天的批斗会全家人都去参加了,不但他们家,全岔口村的及邻近四五个村子的男女老幼都被公社命令来参加,公社革委会主任亲自主持会议。

亢一公站在主席台下的长条凳上,被民兵按下头,腰弯成九十度向人民群众低头认罪。他的两边站着四五个村子的所有"地富反坏"四类分子陪斗。

听着那一声声"打倒亢一公""亢一公不投降就叫他彻底灭亡"的口号,听着那一个个指名道姓的发言,亢根柱的心抖索着皱成个干核桃。人活脸面树活皮,老实巴结的山里人哪见过这阵仗。他和老婆躲在会场角落里,抱着杆旱烟袋,头扎在两膝间,全身弯进个大虾模样,仿佛站在台上被批斗的不是儿子而是他亢根柱本人。那一句句批判钻进他的耳朵,好像一条条鞭子血淋淋地打着他。他并不完全能听懂人们那些批判的名词,但正由于听不懂更感到可怕。所说的那些事实他能听懂,批判中也有人提到他,说他单干,走资本主义,说他私藏粮食,而这些都是儿子支持他干的。批判中还提到了母亲胡银花和他死去多年的老父亲,说母亲一辈子装神弄鬼,哄骗人们钱财;说老父亲那时救王必昌王区长就已经和走资派王必昌穿一条连裆裤了。批判愈发深入,竟深入到他的亢家老祖宗那里去。说他家祖宗就是封建皇帝的忠实走狗,而他家逃到此地就是要利用鬼狐等封建迷信毒害这里的老百姓,为封建地主阶级的亡灵招魂,复辟他们已经失去的天堂……亢根柱越听越糊涂,越糊涂越害怕,最后在人们一脚踢倒儿子所站的板凳,儿子惨呼一声栽在凳底时,亢根柱的精神也彻底崩溃。他的心、他的精神再也承受不了,闷哼一声,整个人便口吐白沫倒在了地上。

比起亢根柱来,刘拉弟要坚强得多,她一边纳着鞋底,一边听人们的批判发言。她虽然没发现出这批判的荒唐,但她却听出儿子没犯多少罪。儿子既没偷也没抢。他只不过保县委书记,他只不过在村里干过一些得罪人的事。至于硬把单干、藏粮也和儿子拉扯到一起,那完全是人们的颠倒黑白,信口胡说。这些事他们信口胡说,那么其他事他们也一定是信口胡说。既然他们都是胡说,那么儿子就是清白的、冤枉的。她从自己这种推理中感到世事的不可理论。以前他们不是为这些事一再表扬儿子,让儿子到处讲用吗?现在怎么又都变成儿子的罪呢?她得出的结论是:舌头没脊梁,由着人说。而儿子所以受到这样的对待,完全是报应,是儿子该遭的劫难,在劫的难逃,她想起婆婆胡银花经常说的一些话,越想越感到婆婆的神秘与超常,她对孙子的事早料到了——报应。就在儿子惨呼着摔下板凳,丈夫也倒在她身边的那一刻,她分明看到一只白毛老狐在眼前一晃而过,接着就听到喇叭里"吱"的一声怪叫,主席台上那个立着的麦克风无缘无故倒了,人们手忙脚乱修了半天,喇叭里还是传不出一点声音。

当批斗会结束,亢一公疲惫不堪走出会场时,他的脑子里异常清晰。他从来没想到这个世界竟会是如此荒谬,如此的没有是非,如此的不可理喻,往事历历在目,都变成一张张揉皱扭曲的图画。在那些图画中,他自己所处的位置是那样渺小、那样可笑,他看到自己那张变形的脸,那个变形的身体,想到自己的单纯幼稚,他心中一阵阵难耐的羞愧。你把人世看得太简单了,你把社会看得太简单了,你连自己还保护不了,你还谈什么社会,你只是一只没有头脑的工蜂,你以为你酿出的蜜别人都会认为甜,你却没有辨别那些有毒的花的能力,你在那里怨天尤人,其实一切都是你咎由自取。你自以为一切正确,人们都该听你的,你自以为了不起,这里谁也比不上你,其实你根本就是一个可怜虫。

在人们的批判中,亢一公一件件事情地审查自己的过去,他那信念的根基开始动摇了。他不再单纯以正确和错误来看这个世界。他眼中不再是那黑白分明的两种颜色,他看到了假,也看到了恶,他开始以一个"健全人"的目光来衡量是非,他在走向成熟。

短短一个月内,亢一公被批斗了七八回,有时在本村,有时在外村;有在本公社,也有在相邻的外公社。每天早上出工时,全家人都心惊肉跳,不知到岔口后,等待亢一公的又是什么。

然而,批斗的次数越多,恐惧和不安反倒越小了。每件事情只要成了习惯,人们的神经就会麻木。批来斗去就那么回事,有时难免受些皮肉受苦,挺一挺也就过去了。

这一个多月是亢一公对家庭、对野狐峪感情不断加深的一段时间,他从未像现在这样感到父母兄妹对他的亲情,他从未像现在这样感到野狐峪的可爱,他曾厌恶过这个家,也曾厌恶过这个地方。他曾严重伤害过这个家里的人,他曾时时刻刻想逃离这个地方,现在当他经受着心理和身体双重折磨的时候,当他又将不安的阴影笼罩在他们头上的时候,他们没有责备他的过去,没有视他为不祥之物,他们一如既往地关心他,为他分担不该他承担的不幸。他们安慰他,希望他重新振作起来。

每次挨完批斗,父亲和妹妹不论天时多晚都守候在岔口村外接他回家,母亲和哥哥倚门而望,他什么时候回家,他们什么时候吃饭。他们仍然把最好的饭菜留给他,仿佛他是这家里的功臣。他们竭尽自己的能力帮助他,保护他,尤其令亢一公感动的是,每一次不论在什么地方批斗他,傻子哥哥大恨不动都要跟了去,他虽不敢到台上去救弟弟,但他仍然表现出了一个哥哥的气概,当人们喊"亢一公低头认罪"时,他便喊:"不低头。"当人们喊"打倒亢一公"时,他便喊;"打不倒。"他晃动着长胳膊,在场子外围走来走去,旁若无人,往往将批斗会的严肃冲击得滑稽可笑。

亢一公从亲人们身上汲取着生的希望和力量,他开始把自己的生命和这个家庭的每一个人的生存融在了一起。他开始关心这个家,为工分、为粮食、为房子而操心。他将过去倾注于社会的热情倾注于这个家庭。他帮助父亲作务自留地、修整院子、打固篱笆,并在院内外开辟了几个菜畦,种莲豆、种南瓜、栽西红柿,而这一切在以前全是他所深恶痛绝的资本主义。

树欲静而风不止。亢一公根本没想到,祁文瑞并没有就此把他忘掉。一个更大的灾难正在一步步向他逼近。

三

祁文瑞这几天心情特别好。革委会成立后,各项工作都已转入正规,县属各单位及各公社的夺权工作在他亲自布置指挥下都已顺利进行完毕,县以下各单位各级革命委员会仅仅用了一个月时间就全部组建起来了。

114

如今，他全县大权在握，准备好好干一番事业，他相信自己能力不比王必昌差，他会比王必昌将这个县治理得更好。

祁文瑞不是个庸才，他知道在当前形势下，最主要的是在路线上不能错，大是大非问题必须紧跟形势走，但在具体事情上则必须有所创新，干出些政绩，既使上级满意，又让老百姓看出他的能力。在各级领导班子都安顿好后，县革委立即连发几个文件，第一个文件要求各级领导班子整顿纪律提高工作效率；第二个文件是关于进一步抓革命促生产的；第三个文件号召县级各机关进行一个月义务劳动，大搞县城的清洁卫生。县里乱了将近一年，他是靠乱夺权，登上全县权力宝座的，他要巩固自己所得到的一切，首先必须制止乱。从老百姓来说，谁都愿意安居乐业，谁都不愿意继续乱下去。机关整顿纪律，整顿工作作风，首先治住干部，干部稳住了，把他们赶上工作岗位，不让他们到处乱窜，他们自然乱不起来。任何一届政府你其他搞得怎样，最主要的政绩仍是搞好生产。祁文瑞在这方面宁愿走得靠右点。他知道中央也需要工厂的机器尽快转起来，农村的粮食尽量多打点。所以他甘愿冒这个险，让县财政首先保证干部、工人工资。在文件上明确规定：干部、工人如不上班，一律不发工资，缺一天勤扣一天工资；无故不上班一年累计超过三个月以上者开除公职；农民流窜在外者扣除口粮。文件下发后，他亲自督促检查，拿几个人开了刀，该扣的扣，该罚的罚。县里的秩序稳定下来了，机关单位、工矿企业、商店、学校都转入了正常。

清理县城的卫生是他受了女儿的启发干起来的。一个风雨交加的夜晚，女儿从学校回来，抱怨道路难走，抱怨县城太脏，说："爸爸，你就不能改变一下咱们城里这种样子，那街道连农村也不如。"祁文瑞心有灵犀想到这正是最容易显示政绩的一个机会。生产搞上去搞不上去是个慢工，需要时间、资金，需要各方面的措施，而且天灾人祸各方面因素也太多。但要县城改变一下面貌，这可是花钱少见效快、政绩明显的一件好事。他第二天马上召开会议，下达文件，召集有关单位负责人划分地段。并给公路部门下达任务，向上面要钱，在县境内的公路干线上铺设沥青，给城建部门拨款，加宽县城街道路面，合理规划县城街道。

经过两个多月的义务劳动，县城面貌大为改观，墙壁上的大字报遗迹清除了，一律刷了石灰，该写标语的地方都写上了整齐的标语，贴大字报规定了专门地段。过去肮脏的街道现在变得干净整洁。各单位办公室、宿舍也打扫得窗明几净，出现了县城多少年来没有的景象。

祁文瑞的几项工作果然都收到了预期的效果，整顿机关干部纪律和工作作风的事受到地区表扬；抓革命促生产的事迹上了省报头版；县城清理卫生完毕后没几天，恰巧省里几个领导下来视察，对过去印象颇不好的县城改观大为赞赏。祁文瑞趁机汇报了准备在公路干线铺设沥青的打算，省委领导当即拍板表态，答应回省城后立即责成有关部门拨款。

多少年后，当人们提起祁文瑞来，对他的这几件事仍赞不绝口："看人家祁文瑞那时，街道多干净。""县城这条街，还是祁文瑞那时加宽的呢。""咱县是最早有了柏油路的，这是人家祁文瑞的功劳。"

一个当政者，无论他的出发点是什么，只要他为人民办过点好事，人们是不会忘记他的。

祁文瑞的新官上任三把火为他五年县革委主任和县委书记的职位打下了良好的基础，这些都是后话了。

祁文瑞心情愉快的另一个原因是在全县一派大好形势下，他的家庭内部也达到了安定团结，喜事连连。首先是五年前在学校验上飞行员的儿子回来探家，带回了未婚妻，这个未来的儿媳言谈举止一派城里人风度，落落大方，惹人喜爱。接着是县医院当护士长的妻子被选进医院革委会并担任了副主任。在学校复课后，爱女祁月珍也安下心来回学校上学了。为了收服女儿，祁文瑞在县中学安排领导班子时走了步险棋，他力排众议，解放了不久前被打倒在地又踏上一只脚的老校长，并让他主持学校工作。这决定虽遭到学生和干部中一些反对派的激烈反对，但却得到了广大老百姓的支持。老校长德高望重，桃李满全县。祁文瑞力主让老校长复出，为他自己争到一个好名誉，也使一直和自己闹别扭的女儿回到了自己身边。

在学校，祁月珍一直是老校长的"保皇派"，老校长被打倒后，她意志消沉，再不涉足当时的革命造反活动，连她爸爸的行动也不支持，甚至风言风语。这一个多月来,她亲眼看到父亲的政绩,听到人们对她父亲的赞扬,因亢一公而对爸爸所起的反感逐渐淡漠了。特别是父亲居然冒风险解放了老校长并给他安排工作,这更使祁月珍认为父亲确实是干革命的。她对父亲一些不光明的手段也理解并原谅了。祁月珍从善良的愿望出发,她其实只看到她父亲怎么做,根本就不知道她父亲为什么这样做。祁文瑞敢于冒天下之大不韪解放老校长,其实是外在压力下迫不得已的一种做法。老校长是王必昌的好朋友,这一点他清清楚楚,就为这一点他也不愿解放老校长,更何况"文化革命"是首先从学校发难的,和学生造反派唱对台戏无疑是引火烧身。但他不能不冒这个险,因为当时在省里执行支"左"任务的一个师政委给他来了封信,让他考虑解放老校长,那师政委是老校长的一个学生,属于当时部队内部得势的一派。想不到歪打正着,使他又走对了一步棋。而且在他以后的政治生涯中,这一步棋起了很大的作用,几个关键时刻,老校长的学生们都感恩他这一举动,着实帮了他不少忙。

祁月珍是想安心读书的,她是个心高气傲的女孩子,从小读书就一心要考上大学,出人头地,可上到高二,"文化大革命"来了,她糊里糊涂被卷进那场革命。在革命中,她从不盲从别人,她有自己的思考,按自己的想法办,在学校她是保皇派。她认为学校领导也好,教师也好,都成天对学生进行革命教育,怎么会是反革命呢?别人批斗校长、教师,她也没有参加。在革命大辩论中,她自认为实事求是,为师长主持公道,然而到后来,却是她错了,造反派对了。校长被定为"三反"分子,教师也有好几个被开除回家,大部分被批斗,没有大字报的绝对没有一个。这实在不能让她理解,不能理解,又不能不承认现实,她对自己的判断怀疑了。后来,革命闹到社会上,大部分学生跟着父亲造王必昌的反,一部分学生跟着亢一公保王必昌。她谁也没去跟,回来以后,她感到自己成熟了,她认为最主要的是自己必须有认识这社会、这人生的能力,自己对这些尚认识不了,怎么能去随便反对谁或者保护谁呢?她一头扎进对哲学和政治经济学的研究之中,读《资本论》、读《国家与革命》、读《法兰西内战》,书读了不少,蓝杠杠、红杠杠在书上画了不少,笔记也摘抄了不少,但她反而感到越来越迷惘,理论和现实怎么也揉不到一起去。为此,她给亢一公去了五六封信想和他探讨一下这个问题,却没收到他一个字的回信。正在她处于不知所措的痛苦之中时,学校恢复正常,复课了。对复课她求之不得,所以尽管学校仍有人在捣乱,造反派学生们又要重新造反,她却能坐在教室里安心读书。学校成立三结合领导班子后,祁月珍被任命为高二年级的连长。她一方面要学习,一方面又要做高二年级两个班的学生工作,带大家学文件,与造反派学生谈话,做思想工作,协助老师们维持正常教学,成天忙得团团转,这多少减轻了她迷惘的痛苦和对亢一公的思念。

六月的一天下午,她忽然收到亢一公一封来信,她内心的激动是可以想象的。从亢一公走后,她再没听到他的消息。当她寄给亢一公的那些信石沉大海之后,她心急如焚,于是便起了各种各样的想法:是不是因为父亲的关系他还在犹豫,不敢给自己回信呢?是不是他心中本来就没有自己的位置,自己一厢情愿呢?是不是他在村中另有所爱,不愿搭理自己呢?关于亢一公和他奶妹妹亢草莓的事她听亢一公讲过,那时亢一公认为要自己和草莓结合,那简直太荒唐,"我永远不会的,即使打光棍我也不会承认这种婚姻"。那时,他说得斩钉截铁。但那时他正在春风得意之时,他当然不会承认,现在他地位变了,他已沦到底层。成天与他漂亮的奶妹妹处在一起,加上父亲和他的敌对关系,他是不是会意志消沉,选择了他不愿选择的婚姻呢?在这种感情的熬煎中,她几次想动身去野狐峪再跑一趟,终因学校的恢复正常没有成行。现在的来信,他会说些什么呢?他是个自尊心很强的人,他一定在家乡重新站稳了脚跟,有了很好的发展,所以才来信的。

抱着这样的良好愿望,祁月珍忘了下午还要去参加校领导召集的会议,一个人跑到操场的角落里去读信。自从停课参加"文化大革命"后,操场无人管理,已经蒿草满地,今天下午的会议其实正与整修操场、对学生进行军训有关。

祁月珍在一丛一人高的蒿草背后找块干净地方坐下来,两手托腮,默默想了会儿信中内容后才如拆一封重大机密信件一样拆开亢一公的来信。

一张粗糙的信纸,上面了了十余行字,没有称呼,没有署名:

请你不要再来信，我已被迫流浪，我不愿做罗密欧，你也最好别当朱丽叶。

山高水长，此恨无期。你有一个"好"父亲，我有一个坏命运，我们的相爱是一场误会。你还是安心读书考大学吧。祝你幸运，你一定会幸运的。至于我，说不定哪天会客死异乡或者被你父亲投进监牢，好运气是与我无缘的。

最后说一句，我只收到你一封信，是五月二十九日的，根本不是六封。

六月二十日逃亡途中

祁月珍看完信，吃惊得手足冰凉，只觉眼前一阵发黑，半天才醒过神来。那张粗糙的信纸从她手中掉到地上，她盯着那张信纸，连去捡起来的力气也没有了。

她在那里痴痴坐了将近一个钟头，脑子里空空荡荡，什么也没想，什么也想不起来，直到整修操场的学生老师们吵吵嚷嚷来到这里，她才勉强拾起信纸，昏昏沉沉站起来。

第二天，祁月珍没有来学校，直到晚饭后祁文瑞派人来找，老校长才知道祁月珍同学失踪了。

四

借着夜色掩护，亢一公匆匆逃离了野狐峪，刚刚沿小路攀到日照岩顶上，只见岔口村通野狐峪的沟里几道手电光闪了几闪。山风一吹，一股寒意从背脊蹿上来，浑身的汗水一片冰凉，身子不住颤抖，这一阵跑跑得身上一点力气都没有了，他喘着气双手交叉抱在胸前坐了下来。

这是个没有月亮的夜晚，天上星星闪闪灼灼，从日照岩顶望去，星空恰如一块缀满黄色宝石的黑幕，将整个大地笼在它的遮蔽之下。山坡上的岔口村隐隐还有几眼窑洞亮着灯光。星空下的翠峰山主峰如一个威风凛凛的黑衣武士，静静蹲坐在那里。高高耸立的露晓峰恰如他手中一把锐利尖峭的长剑,那密密麻麻的树木便是他身上的铠甲了,它看上去那样令人森然,那样威严,但它却保护不了它怀抱里一个小小的生灵。手电光顺沟闪烁着很快便逼近了野狐峪那所孤零零的院子,小狗黑豹惊惧地狂吠起来,接着便传来叫门声与斥骂声。

一切都证实了,一切都确切无疑,看来公安局是非抓他不可了。亢一公不敢再迟疑,迅速站起来,向山后的公路方向放足奔跑。

几个月来,亢一公在岔口村的处境已大有好转。批斗会开过十来次后,村人们已渐生反感。一个年轻娃娃做了点错事老批他干什么?这娃娃毕竟还做过好事呀,当年你们那样抬举他,把他捧上天。如今你们又这样作践他,把他踩进泥水,那是他一个人的错吗?他还不是跟上政策走。跟上政策走,你们不是也犯错吗?在对批斗的反感中,大多数村民在怜悯弱者的心理下又想起亢一公当年为村里办的那些好事来。特别是那些孤寡老人和军烈属受过亢一公好处的,更感到不应该这样对待野狐峪这好心的年轻人。自他走后,他们的水得自己挑,没粮吃也不会有人像亢一公那样拿自家的粮送给他们。亢一公回来后,又悄悄开始做好事,他们的水瓮又不用自己挑就满了,院子不用自己扫就干净了。虽然批判时吴拉子说这是阶级敌人亢一公收买人心,想阻止,但在人们的反对中没阻止成。亢一公以自己的辛勤和汗水又赢得村民们的悄悄赞扬,春天过后,农活也一天紧似一天,批斗会越发开不起来。吴拉子、狗罕前支书等直接受过亢一公害的人气也出得差不多了,上面不催,他们也不想再劳心费神去召开批斗会。

亢一公为人热心,队里劳动主动拣重活干,不偷尖,不取懒,队长有什么不好安排的营生,只要一下命令,不但他一个,他全家都会无条件去接受。队长和小队干部对这家人都有好感。前些时,老会计结账时,忙得不可开交,想让亢一公帮忙,去和队长商量,问用亢一公怕不怕?队长说?怕球甚,他又不是戴帽分子,好好一个好后生,有什么不敢用?和会计结完账,队长找到他说:二恨,现在五黄六月正锄地,天这么热,你在外面朋友多,见的世面宽,能不能到平川或外县给咱换些小米回来?咱队里还有三千多斤储备粮,咱动上一千。社员们这么热的天,没稀粥喝,容易上火。我看你就给咱跑一趟吧。说是商量,实际带有下命令的味道,亢一公已经十分感激了。队长这么信任他,他还有什么说的,当即动身出去联系。第二天便捎回话来,从邻县平川种谷地区换下一千多斤小米。他们的胶轮大车进村时已是晚上十点多,队长在村口等着,把他叫到僻静处扒在他耳朵上说:"二恨,快跑吧,翠峰山北沟林场丢了的树冤到你头上了,公安局正抓你。今后晌我正在大队,公安局来一警察说你一回来就报告公社,黑夜就要去抓你。好汉不吃眼前亏,你快快跑吧。队长给他塞了三十块钱,并给他准备了几张小队的外出揽工证明,让他到内蒙古左旗去找他的一个表弟,那表弟在那里做木工。"

亢一公哪会想到突然之间祸从天降,待要不信,队长又说得千真万确。他不敢多想,沿山路跑回野狐峪,叫开门和父亲大致说了一下事情经过,亢根柱吓傻了,张大嘴半天才说:"好,好,你快跑吧,家里事不用操心,树案破了我给你写信。"亢一公让父亲守在街门口,自己匆匆收拾了几件衣服以及牙刷、手巾等物,背了个黄挎包便逃出了家门。

他弄不清厄运为什么总是降到他头上。翠峰山五六天前丢了七十多棵树,这事与他风马牛不相及,怎么会冤到他头上呢?他偷树干什么?他有胆量去偷树?还是他家能藏住树?看来这事又是有人作梗。他立即想到祁文瑞。

在他出发换小米那天,他去大队送账簿,正好邮递员进了大队,他想等着看报,就在翻检报纸时无意间发现了祁月珍寄给他的一封信。信上劈头第一句话便责备他:说这已经是她寄给他的第六封信,如果他仍然一句话也不回她,她发誓以后再也不给他写信了。亢一公莫名其妙,他何曾收到过她一封信?他还正为她不来信心中有气呢。他也并不是没给她写过信,而且不止一封,不过那些信他始终没往出寄,他有他的顾虑。最初他怕信寄出去后落到祁文瑞手里,或被祁文瑞看到他仍继续和祁月珍来往,给自己和月珍惹来不必要的麻烦。他想等收到祁月珍信后以一个妥当些的方法再往出寄,后来这个想法更坚定了,他不想向祁月珍诉苦,不想让祁月珍知道他当时的悲惨处境,他想等自己在村中站住脚后再让她知道他这几个月是怎么走过来的。虽然不往出寄,信却一封封写,他其实是把写信作为一种对内心苦闷的倾诉方式。在这种倾诉中,他已完成了向祁月珍的交流,这个交流一旦完成,信寄出去不寄出去都一样了。这是一种潜意识行为,他要报复祁月珍不给她来信,他又谴责自己的不主动给祁月珍去信,这两方面得到了平衡。在这种平衡中,他潜意识地便认为已完成了两人的对话与交流。当然这种情况只能出现在亢一公当时那种处境下。

带着祁月珍那封信,亢一公心情沉重地去联系小米,一路上构筑着给祁月珍的信,想不到回来便遇上了被追捕。临行前收捡东西时,他还翻捡了一下写给祁月珍的信,他惊异地发现,他给祁月珍写的信也是六封。

当亢一公逃过黄河,进入内蒙古境内,准备给祁月珍写回信时,才发现写好的那六封信在离家时由于心慌意乱,竟忘了带了。

五

这两天祁文瑞和妻子急坏了,女儿无缘无故忽然失踪,他们不知道发生了什么意外的事情。月珍是个懂事的姑娘,她出门总要告家里一声,有时学校迟回来,还要让同学捎话,这次怎么不声不响就不见了呢?莫不是碰上坏人或被祁文瑞的仇人暗害了吧?是不是被人绑了票呢?祁文瑞立即通知了公安局,打电话给各公社派出所,撒开人马到处找祁月珍的下落。第一天晚上他们通宵未眠,第二天上班后夫妻俩一直无心工作,仍在打电话四处查询。

祁文瑞曾经想到过女儿可能是去找亢一公了,但他又有点不相信。因为女儿寄给亢一公的所有信件都经过吴拉子又经过公社书记原封不动退回他手里。一个星期以前,他亲自指示以偷树嫌疑拘捕亢一公,不想被这小子预先得到消息逃走了,他的人马如今仍在追捕他。从野狐峪亢家搜出的亢一公给祁月珍的六封信也都交到了他手里。从两个人的信上判断,这几个月来,他们都互相不知道对方情况,互相都在猜疑、责备对方。祁月珍怎么会去找亢一公呢?而且这几天女儿情绪很稳定,一直投身在学校的工作中,每天回来乐呵呵的,没见有什么异常神色,可见她并不知道亢一公逃跑的消息。虽然如此,他还是派专人去野狐峪查询,中午就接到翠峰公社打来的电话,说祁月珍确实去过野狐峪,他这才放了心。他最担心的是亢一公到县城找到女儿,或约了女儿私奔,现在这一点也可放心了。女儿既去野狐峪,就说明她不知道亢一公已经出逃,她是盲目去的。

知道了女儿的去向,他不着急了,却越想越生气。女儿对亢一公怎么会如此痴情呢?亢一公什么地方值得她如此不管不顾?莫非真如人们所说,野狐峪是个狐狸窟,女儿让这个狐狸精的后代用狐媚术迷了心窍了吗?他翻出截堵查抄回的两人信件,一封封读,越看火越大。亢一公啊亢一公,我非让你小子蹲几年牢房不可,你就是逃到天涯海角我也要把你抓回来。你想得到我女儿,那算你瞎了眼,昏了心。

有一点祁文瑞没有想到,祁月珍的到野狐峪并非为了亢一公,倒恰恰是为了他。她要去弄清事情的真相:亢一公为什么收不到她的信?他回村后到底遭遇了些什么?他又为了什么被迫出逃呢?

祁月珍下了公共汽车,径直来到岔口大队。对于亢一公收不到她的信,她希望与父亲无关,心中却隐隐觉得这事与父亲有关。一路上她已想好应对办法。在大队见到支书吴拉子后,他告给吴拉子说她是县革委主任祁文瑞的大女儿叫祁云珍:"我妹妹祁月珍和你们这里的亢一公是初中同班同学,他们经常书信往来,我爸爸怀疑他们在搞对象,非常生气。我妹妹又听说亢一公最近畏罪潜逃,不知为了什么原因。我受父亲和妹妹的委托来调查有关亢一公的情况。他回村后表现如何?你们是如何对他监督改造的?他又为了什么事潜逃,请你能详细给我讲一讲。"

吴拉子一听来的是县革委主任的大女儿,受宠若惊,忙喊人来给祁月珍在村中最富有最干净的人家派了饭,亲自陪祁月珍到这家,让这家人打开一向安排上级贵重来人住的房间。他就在那房间里拘谨地坐在小凳子上向祁月珍汇报。他向祁月珍讲了亢氏家族的历史,加油添醋渲染了有关狐狸精和这个家族的关系。接着他讲了亢一公如何利用做好事获得老百姓的好感,来收买人心……

祁月珍听着皱起眉头说:"这些以前的事你就不要讲了,你主要讲讲他回来这几个月的情况。""是,是。"吴拉子连连点着头:"这个我们完全是不折不扣按县里和公社指示办的。祁主任指示我们决不能对亢一公这个阶级敌人手软,要不断开他的批斗会,我们一直没有对他手软……""你怎么知道是祁主任指示? 你见过我爸爸吗?"祁月珍说了这句话有点后悔,怕吴拉子对她产生怀疑,吴拉子却想到另外的地方去了,他红着脸说:"祁主任当主任后我没见过,公社书记田月吉对我说是祁主任的指示。祁主任的指示我们当然照办。"

他又对如何组织历次批斗会渲染一番。祁月珍听着只感到身上冷飕飕的,当她再听到翠峰山林场被人偷了树,县里指示要抓亢一公时,她更感到事情的可怕。她打断吴拉子的话说:"你们凭什么怀疑是他偷的树呢?""这点我们原来也没考虑到,县公安局的同志问我们亢一公是不是还继续和运输公司来往时,我们才想到的。树是汽车拉走的,轮子印现现的,咱们村里只有他亢一公和运输公司的人熟,不是他是谁呢?""你们有证据吗?""我们没有,可公安局会有的,公安局会随便冤枉人吗? 而且他亢一公临走还做了另一件案,他怂恿队长用战备粮换小米分给社员,投机倒把,擅自动用战备粮,这是罪加一等,光这一点也该把他抓起来。"

祁月珍寒心透骨,虽是六月天气,她身上却一阵阵冷汗直冒。但愿不如所料,却真的竟如所料。这一切都与父亲有关,是他一手策划,一手指挥的,他已经将亢一公赶回村里了,他仍不放过他,仍在一步步逼他,一步步迫害他,他这是为什么呢? 为什么呢? 这么自问着,她不由打了个冷战。还不是为自己。想到此,祁月珍又一次万箭穿心:"是我害了他,是我害了他,我就是罪魁祸首。他心里清楚这一切,所以他不让我再给他写信,所以他说我们的相爱是一场误会。"祁月珍痴痴地发起呆来,吴拉子又说了些什么,她一句也没听进耳朵,直到房东女人来叫她吃饭,她才醒过神来。

"祁同志,那我走了,有什么要问的,我下午再和你谈。"

吴拉子站起来告别,祁月珍猛然想起那几封亢一公没收到的信,便说:

"吴支书,我还有件事,我妹妹说她给亢一公写过几封信,既然亢一公是这样一个坏人,信不能留在他手里,你能不能跟我到他家里去一趟,把那些信拿回来?"

124

吴拉子心中动了一下,反问道:

"这事祁主任没对你说?"

"说什么?"祁月珍一听吴拉子的问话,心中已经雪亮,她强自镇定着,笑一笑说:"我爸爸没对我说什么呀!这是我妹妹的事,她说她给亢一公寄了好几封信,亢一公都没回过她信,她对这事很生气,吩咐我说如果亢一公确实是个坏人,她一辈子再不和他来往,以前的信都要收回去,你……"

祁月珍盯着吴拉子,等待他的回话,吴拉子听祁月珍说得在理,父亲私扣了女儿的信,当然不愿让人知道,他略一踌躇说:

"不过,这事我告诉你,你可不要告诉你妹妹。公社指示凡是从县城给亢一公的信都让我们扣下,转交公社。公社说怕亢一公仍和县里的阶级敌人来往,破坏'文化大革命',所以我们都扣下交到公社了,一共大概有八九封。公社又都交回县里了,有一次我开会顺便把信交给公社田主任,对他说这私扣信件怕有些不妥,田主任说是祁主任亲自指示的,扣下的信必须送回他手里……"

祁月珍眼前又是一阵发黑,她怕自己会倒下去,慌忙坐回炕上。

"祁同志,你怎么了?"

吴拉子赶紧过来扶她,祁月珍勉强笑笑说:"没什么,天气热,我有点累,你回吧。"

吴拉子却不立即走,讨好地问:

"祁同志,还有什么指示?下午……"

"下午我就回城,你走吧!"

"好!祁同志,那你先吃饭,下午我派人送你,祁主任面前……"

祁月珍忽然感到这人怎么这么讨厌。她本想应付他几句,一抬头看到他那张谄媚的脸,不由一阵恶心,压抑在胸中的怒气一下子涌了上来,她强往下压一压,冷冷地说:

"吴支书,你干得不错,迫害一个无辜的人,私扣别人信件,公报私仇,你是个好干部。可是你知道我是谁吗?我就是被你扣了信件的祁月珍,私扣别人信件是犯法的,你知道吗?"

吴拉子一听,脸上立刻冒出豆粒大的汗珠。闹半天让这小女子给耍了。他脸色灰白,结结巴巴为自己辩解道:

"这,这都是公社让干的,是,是县里,是祁主任……"

"你们都不是好东西,你赶快给我滚,我不愿看到你,你快走。"

祁月珍指指门,激动得浑身发抖。

吴拉子看到祁月珍这副发怒的样子,又是害怕又是后悔,用手抹着脸上的汗水,退了出去。走出门外,他忽然回头说:

"你要恨,就恨你爸爸吧,这都是他让干的。"

说过这句话,他一下子气壮起来,心说:"和老子有什么相干? 你对老子发什么火? 县革委主任的姑娘又怎么? 你还能把老子开除到中央,下放到工厂去?"

房东女人察言观色已清楚了祁月珍和亢一公的关系。吃饭中着实夸奖了亢一公一顿,说这后生命苦,可怜,尽为人们办好事,好心没好报,好人没好命。接着又为吴拉子辩护,说拉子这人其实也不错,心直口快,也为老百姓办事,只是在亢一公这事上不该咬住不放:"他们也没什么仇,就那年他当代支书,有人告他搞破鞋,他怀疑是一公那后生干的,他和狗罕又是本家,替狗罕出气……"祁月珍又从另一个侧面对亢一公有了些了解。这就更使她感到父亲的手段未免太狠也太卑鄙了。她实在不愿自己所尊敬的父亲是这个样子,越是不愿就越是伤心。女房东的饭做得很香,她却难以下咽。下午,她强打精神到野狐峪走了一遭。野狐峪家里只亢草莓一个在。她这天身子不适,请了假没去出工。祁月珍没暴露自己身份,也没说自己名字,只说自己是亢一公的初中同学,顺路来他家看看。亢草莓对她有所戒备,一直很客气,客气中显出冷淡和敌视。祁月珍问什么她都不直接回答,或说不知道,或绕着弯避过去。祁月珍其实也只是来看看,略坐一阵便离开了。亢草莓送她到柴门口,她刚出柴门,草莓便将门关上了。

六

祁月珍站在门坡上,久久打量着这简朴孤独的农家院落。此时,正是桃杏熟时,院里一株大杏树,绿叶如盖,笼罩着半个院子,绿叶中是琥珀色的杏子。篱墙边三四株桃树,都有碗口粗细,上面硕果累累,红红的桃子在夏日的阳光下是那样诱人。篱墙外崖坡上朝沟里斜长着十几株枣树,青绿的枣子与树叶混在一起,还看不分明。篱墙外的空地上亢一公栽种的南瓜、莲豆长得十分茂盛。南瓜开着金黄色的花,瓜蔓上吊着一个个拳头大的红、黄、灰各色南瓜。豆蔓爬满篱墙,莲豆荚一串一串,紫色的豆花开得十分娇艳。祁月珍看着眼前这一切,怎么也和今天所听到的那些东西调和不起来。

祁月珍回到家里已是她离家出走后的第二天下午,公共汽车走到离县城十几里的地方时她下了车,到她一个初中女同学家住了一夜,她不愿直接回家,她怕自己一回家就和父亲冲突起来,她想冷静一下,让疲惫不堪的精神稍稍松懈松懈,想一想该如何面对自己的父亲。

祁文瑞回家后见院门已开,紧走几步赶回院里,叫了声"珍珍"没人应声,却看到女儿竹帘内的门虚掩着,一颗悬着的心彻底放了下来,他定了定神,不慌不忙走进女儿房间。祁月珍头蒙在被子里在炕上躺着。

"珍珍,你这两天到哪里去了,怎么走也不打一声招呼?让我和你妈急得要死。现在你回来就好了。好好休息一下,我让人告诉老校长去。"

说罢,转身欲走。

"爸爸。"祁月珍叫了声猛然掀开被子坐起来:"你饶了亢一公吧!"她抬起头,望着父亲的眼睛,目光中有愤怒,有厌恶,也有乞求。

祁文瑞皱皱眉头,躲开女儿直射过来的目光,说:

"月珍,你这是什么话,你回来,爸爸还没问你到哪里去,你怎么一进门就说这话,我对亢一公怎么了?他和我又有什么关系?"

"有的,爸爸,你不用骗我,我什么都知道了。以后,我保证不再和他来往,只是请你放过他,不要往死里逼他了。"

"你知道什么?我又怎么往死里逼他了?珍珍,你别听别人的胡说八道。有些话我本不愿对你说,既然你这样认为,我也不能不说了。是的,亢一公回村前,县里是和他们公社打过招呼,让监督他劳动改造,帮他重新做人,这算是往死里逼他吗?他回去后,公社和村里怎样对待他,他的表现如何,我哪有精力去管这些。半月前,翠峰山林场丢了树,公安局下去侦察后找我们汇报,说怀疑是亢一公和运输公司的人干的,我一再吩咐他们要重证据,没有证据不准抓人。谁知公安局还没找他调查,他就逃走了。现在还在破案过程中,如果树案与他无关,那就没他的事,他跑什么?如果树案真与他有关,那是他犯了罪,爸爸要放过他,法律也不会放过他。这些事我只听公安局汇报,我又怎么往死里逼他了?"

"那么信呢?我写给亢一公的信,你为什么让人扣下呢?私扣别人信件,爸爸,你该知道是什么行为吧?难道你对你的女儿都不放心?""爸爸,我真想不到你会这样做。"

祁月珍痛苦地别转脸,牙齿咬着嘴唇,努力不让涌上眼睛的泪水流出来。

祁文瑞不动声色,走前几步,在女儿身旁坐下来,叹口气说:

"珍珍,这件事爸爸承认做得有些过分,爸爸对不起你,你要怨就怨爸爸吧!不过,爸爸也有爸爸的苦衷。咱们现在还是非常时期,县里斗争这样激烈,对立派到处暗中串连,妄图颠覆新生的革命委员会。他们和地区、省里的一些反动组织密切往来,这些事你是知道的。四月份还不是有人贴大字炮轰我们几个,要赶我们下台吗?在这种非常时期,我们不得不采取非常手段。县里确实下过指示,像对亢一公这样的组织头头的信件要检查,以防止他们互相串连,继续对人民犯罪,这也是对他们的一种保护。翠峰公社查到了你寄给亢一公的信,问我怎么处理?我让他们交回来。珍珍,在这个问题上,爸爸确实有私心,关于你恋爱的事,爸爸当然不该干涉,但你要和亢一公搞恋爱,爸爸心里无论如何通不过。不要说你还在上学,你还是个高中学生,根本不应该去谈恋爱。你自己清楚,这是学校纪律所不允许的,即使学校允许,爸爸也不允许。爸爸是要你上大学,为爸爸妈妈争光,你是个有志气的孩子,你想想,你现在就搞恋爱,怎么能安心学习呢?过去一段时间,学校停课,停到什么时候,谁心里也没底,你和亢一公来往,爸爸也听到一些风言风语,但我干涉你了吗?现在学校复了课,你还不安心学习,继续这样搞,爸真为你担心。不要说和亢一公,即使是你和别人，信碰到我手里，我也要考虑考虑该不该放出去。至于亢一公，爸爸向你明确表态，不但现在不同意你和他来往，你就是大学毕了业，有了工作，我也不会同意。这是爸爸的态度，你也不用企图说服我，不但我，你妈也不会同意，我们放过亢一公的人品行为不说，即使为你今后的生活考虑，我们也坚决不允许你有这样的选择。我们能让自己的女儿嫁到野狐峪那穷山沟去活受罪吗？在这件事上，爸爸希望你好好想一想，爸爸扣留你的信件，明天就还给你，但我希望你考虑爸爸的话，还是好好用功读书。在学校期间不要分心去搞恋爱，干其他。"

祁文瑞不愠不怒，不回避也不隐瞒，一番话圆得天衣无缝。祁月珍总感到父亲这番话有什么不对劲的地方，却又一下说不出。父女俩沉默了几分钟，祁文瑞抽出一支"凤凰"烟，放在鼻子下闻了闻，然后才取出火柴点燃，呼出一口香喷喷的烟雾后，他慢慢说：

"月珍，你有什么说的，你尽管说，爸爸工作忙，总顾不上关心你，其实你也不是小孩子了。爸爸应该和你公平对话，应该尊重你的意见，咱们是应该好好谈一谈了。上次你提出应该在全城搞一次清洁，就点醒了爸爸，帮了爸爸的大忙。爸爸当这县里的主要领导，总想为县里办些好事，不想让老百姓骂咱们。光想了这些事，对你们实在想得太少。昨天你忽然不回来，我和你妈妈一夜都没睡着，我想了很多，好多地方，爸爸实在对不起你，只要你理解，爸爸就心满意足了。"

"那你能放过亢一公吗？"

祁文瑞微微一笑，宽宏地说：

"爸爸不是说了吗？只要树案一破，证明与他无关，我保证不让公社追究他外逃的责任。他是个农民，全县七八万农民，我哪能一个个管过来呢？他安安心心当他的社员，我有什么放不过他的。"

"那以后还对他监督改造吗？"

"这个，其实又没戴帽子，监督改造只是怕他仍然和坏组织来往，县里局势稳定后，也就没这回事了。"

"可是他们村批斗了他十多次，据说也是县里指示的。"

"县里只是强调阶级斗争,并没有针对具体人。对他,在他回去前,县里是和公社打过招呼,让他们对他严格监督,也是为了他不和那些坏头头来往,并没有指示他们批斗。"

"爸爸,不管怎么说,我总感到你对亢一公太过分了。如果你要与我公平对话的话,那么,我劝爸爸一句:得饶人处且饶人,不要太赶尽杀绝了。不论对亢一公,还是对其他人。"

祁文瑞听了,不由笑出声来,说:

"好!好!珍珍,好个得饶人处且饶人,爸爸一定听你的。"

第二天,祁月珍又早早上学了。从此变得郁郁寡欢,对学生工作再没以前那样的热情。除复习功课外,又一次扎进马列哲学著作中去了。

七

亢一公到内蒙古转眼已经三个多月,每天跟着队长的表弟冯守义跑东家做木匠活。冯守义四十多岁,已经是五个孩子的父亲。家里人口多,挣工分养不了家,便凭着自己的木匠手艺跑口外挣钱,在这里已经干了四五年。他和队里订有合同,每月交队里三十元钱买三十个工分。队里一工三四毛钱,他在这里干日工每天能挣三四块,做包工加班干就挣得更多。这几年光景扑闹得不错,家里去年新盖了五间窑洞,孩子们该上学的也都上了学,村里虽有人眼红,也只能眼红而已。他原来带的徒弟是现在的村革委主任,队长是他亲弟弟。除了这些靠山不说,他每年交队里三百多块钱,队里还靠这些钱支应日常用度。所以有人提意见说他长期外流,他那弟弟队长便在社员会上对社员们说:"你们谁想外流都可以,只要每月交回三十元买工钱来,你要干什么去都行。再加冯守义在村里人缘好,有人借钱或请他帮忙他从不拒绝,他已经干了四五年,走村串户,跑遍了大半个土默川,人很熟,说起山西冯师傅来,没一个不知道的。"

亢一公逃出来后,很顺利地便找到了冯守义。虽然路上担惊受怕吃了不少苦,总算没遇凶险。那些天,冯守义带徒弟刚回县工程公司招了工,正缺帮手。亢一公又是表兄介绍出来,自不用说该照顾。第二天,亢一公便跟着冯师傅当了徒弟。

亢一公没跟冯师傅说他的事,冯师傅也不问他,队长开的证明上写着亢二,冯师傅便叫他亢二,本地人于是知道山西冯师傅又带了个新徒弟叫亢二。

那几天,冯师傅正在一个大队盖库房。有一天干完活,晚上睡下后,冯师傅问亢二有什么要求,亢二回答说有碗饭吃就行了。冯师傅再没说什么。库房盖起后,队里给了工钱,冯师傅点完票子,递给亢二五十元,说:"这是你的工钱,你给队里寄回买工钱后,剩下的买身劳动布衣服,干木工活费衣裳,也快秋天了,该准备准备。"徒弟亢二留下买工钱,其余还冯师傅说:"冯师傅,我知道当匠人的规矩,徒弟三年不挣工钱,我够买工钱就行了。你能带我,我已感激不尽,我哪能挣那么多。"冯守义笑一笑接过钱说:"也好,你既有这份心,我也不勉强。"第二天,冯守义托人买回一身劳动布工装,一双胶鞋,晚上交到亢一公手里说:"你既拜我为师,师傅送你一身衣裳,你穿穿看合适不合适。"亢二捧着衣裳,眼中热泪长流。这一夜,他详细向冯师傅讲了自己的遭遇。冯师傅默默听完他的叙述说:"你还年轻,这人活一辈子什么事也难免遇上。常言道:害人之心不可有,防人之心不可无,人无论做什么事也总要问得过良心,只要行得正,做得正,有事也会化为无事。我说句不知深浅的话,不知道你爱听不爱听,有些事你确实做得不对。其实,从你第一天来,我就知道你是谁,岔口村姓亢的就你野狐峪一家,你又是咱县的大名人,报纸上也登了的,你那些事有好多你不说我也知道。我说你有些事做得不对,就比如你对待你奶奶、你爹那些事,你就做得大错特错。人总要在社会上活,一个人连爹娘都那样对待,谁还敢和你打交道。再比如你对狗罕支书做的那些事,也是你的不对。老狗罕是个好人,他当支书,村里跟上他沾光不少。要不是老狗罕顶住上面政策包产分地,岔口村不知要饿死多少人,你们那样对他,实在太不应该了。你说你冤枉,老狗罕才冤枉呢。为了浑村人,自己戴了顶坏分子帽子,以后村里谁还敢替老百姓办事。我说这政策是政策,老百姓是老百姓,老百姓首先得活,老百姓都饿死了,政策还有什么用?共产党的政策是让老百姓过好日子,能让老百姓过好日子的政策才是好政策,不让老百姓过好日子的政策就是坏政策。心里有了这杆秤,那才能当干部,你说是不是呢? 你是念书人,你慢慢就能解开这个理……"

亢一公没想到这个平日沉默寡言只知干活的木匠师傅竟会讲出这么一番道理来。这道理若是让两年前的亢二亢一公听到,那一定不会有他的好果子吃。你一个外流人员,居然敢批评党的政策,说党的政策有好有坏,党的政策怎么会有坏的呢? 今天的亢一公毕竟经过了一些人生的曲折,他虽认为冯师傅的话味道不对,作为人家的徒弟,也不能硬往不对的地方去想了,不能往不对的地方去想,便往对的地方去想,他感到冯师傅的话还是有一定道理的。

冯师傅不是个哲学家,他平时只对他的木工活说话,偶尔说些人生道理也全是从具体的事出发。在给东家干活时,有时他用起材料来很浪费,有时又很仔细,亢二不懂,他便教导他:做匠人,瞧主人,东家有材料,要得是好,你就得挑好材料,做得让他满意;东家比较穷,材料短缺,你就得为他节省,能用的都给他用上,做一条长板凳最好能省出一条小板凳的材料来。算工钱时,你还得少算他块儿八毛。咱们走东家,一凭手艺,二凭信用,三凭人缘,你不讲究这些,你就干不长。在给集体和私人干活时,他也是两种态度,给私人干活,他三天的营生两天完,集体的营生十天的活能拖半个月他决不十三天完。给私人干活,他从不休息,东家递过烟来让他息一歇,他笑一笑叼着烟继续干;给集体干活,他一看见过来人,不论干部社员,他都要扔给对方一根烟,展起腰和人告诉几句,或干脆坐下来休息,即使做包工也是这样。和私人算工钱,东家给多少,拿多少,宁少要不多要;和集体算工钱,他算得很细致,能多要多少就多要多少。徒弟亢二对他这样做很有看法,嘴上不说,表情却掩饰不住。冯师傅看在眼里,抽空对他说:咱们出来,主要打交道的是私人,公家的买卖十年九不遇,遇上,咱就要挣他个差不多。给私人做,三天五天的活,多磨一天能磨几块钱? 公家的活都是大宗活,一干最少十天半月,磨一磨就是几十块。你迟干完也没人说你赖,你早干完也没人说你好,干完一回说不定哪年哪月才有活干,你多挣了也不会得罪下谁。给公家干活你必须随和,见个人你就得赔笑脸、打招呼,你陪他说话休息,他觉得你这人好,就会给你宣传,大家都觉得你人好,你问他多要些工钱他就乐意给你。你像给私人干活一样见了谁也顾不上说话,人家会认为你眼高不通情理。你紧赶慢干把活做完也落不下个好。你听说过看人下菜碟这句话吧,做匠人就必须学会看人下菜碟,有钱人吃饭,讲究的是排场,你给人家上大烩菜、大碗面是寒碜人家,你就得给他来点新鲜玩意。吃鸡,你不要给他上整鸡,你给他上鸡大腿、鸡翅膀、鸡爪子、鸡舌头,一条大腿算他三只鸡的钱,他很高兴。受苦人吃饭,讲究实惠,你给他稠稠捞上两碗面,把给有钱人煮鸡的鸡汤浇上,只算他面钱不算他鸡汤钱,他吃得又香又饱,花钱又少,他也高兴。你说你不看人下菜碟行吗。不过话说回来,手艺人凭得还是手艺,不论给私人干活还是给公家干,咱手艺上决不含糊,做营生总得首先得过自己的良心,质量上砸了一次锅,可是一辈子也挽不回来的损失。

现实就是磨炼人的学校,在生活面前你必须接受生活的哲学。亢二六一公同志清楚地知道,不管对师傅那一套心理上接受不接受,行动上必须接受,否则便没钱挣、没饭吃。人生在世,首先必须活下去。生存乃人生第一要义的道理,只有你的生存受到威胁时,你才会深切理解它。

炎热的夏季便在这一日日的锯刨与木材的摩擦声中过去了。木匠的徒弟亢二现在已能熟练地使用锯锛刨凿各类工具,能在冯师傅指挥下做些简单的家具。冯师傅对这徒弟的心灵手巧、勤学好问大加赞赏:"亢二,用不了一年,你就能出师了。做手艺全凭自己琢磨,师傅引进门,修行在自身,这东西你越琢磨才越感到那里边学问大着呢。"冯师傅喜欢上了这个徒弟,他在诱导他把全副心思放在工匠手艺的钻研上。这期间,冯师傅回过两次家,每次都专门到野狐峪跑一趟,送下亢二挣的钱和给家里买的东西,打听树案的消息。亢二给家里买了一个闹钟,给家里人每人买了件衣裳,野狐峪太苦了,他开始想念那里,想念那里的亲人。冯师傅临走前,他忽然想起队长,便给队长买了两条烟、两瓶酒让冯师傅捎回去。冯师傅对他这一行动颇为赞赏:知恩不报非君子,这小子总算懂点人情世理了。第一次回去,冯师傅带回口信,说风声仍很紧,暂时还不宜行动。第二次带来草莓一封信,说警察去过家里好几次,劝他安心在外,千万不要回去自投罗网。队长也让表弟转告亢二,买工的事已扣了他家工分款,每天买一个工,买了工将来就合理合法,只要树案一破,他会站出来替他说话的。

亢一公清楚自己的处境,祁文瑞决不会放过他,树案没破前他随时都有吃冤枉官司的可能,与其在监牢里受折磨,哪如在内蒙古自由自在当他的木匠徒弟亢二。他现在也确实钻进了木工手艺里去了。他从书店买回几本木工书和几本家具图案,有空就翻书看图案,和冯师傅研究木工手艺。冯守义文化不高,手艺是祖传的,但他并不保守,两个人很能谈得来。他有二十多年木匠经验,对书上一些新工艺一看就通,一通就想试着干。他对亢二说:"我咋以前就没想到买书呢?还是你这念书人的脑子灵,看来咱们得动员东家试试咱们的新工艺了。"从此,每到一家,他便劝说东家接受他的新工艺。"做套新家具吧,现在流行这样式,不然可惜了这些材料。"在乡村,新东西要实行是比较难的,但也有例外,有的庄户人家就说:"庄户人家不用问,人家干甚咱干甚。"

秋收后天气渐渐凉了,有一天晚上冯师傅对徒弟说:"亢二,看来咱们得转移了,以前一到冬天,没了营生,我就回老家,今年咱试试到城里去,给那些挣公家钱的做营生,那里冬天有暖气,城里人也爱那些新玩意。"

秋末冬初的时候,师徒二人背着木匠家具进了城。

"同志,做家具吗?新式旧式都行,手艺保您满意。"

师徒俩推开人家的宿舍门,脸上堆满笑容。

"同志,修小房子、修旧家具、做新家具吗?"

亢二现在已不能讲什么阶级斗争观念,他眼中只有雇主,只要人家雇用他们,他们就感激不尽了。

三四天过去了,还是找不到一家雇主,冯师傅有些沉不住气了。虽说住旅馆大通铺,一夜才要八毛钱,可这样白耗下去怎么能贴行钱。他几次想对亢二说:再要找不到,我明天就回。怕小伙子伤心,忍了忍没说出口。一回旅店便唉声叹气,愁眉苦脸,又不想让亢二察觉出他有退坡思想,心里可真难受。

第四天上午又是一上午白跑，师徒俩都丧失了信心，大半个城跑遍了，也没找下雇主。中午两人在一小饭馆要了几碗面，都吃不到心上。亢二看着冯守义愁苦的样子说："冯师傅，再找不到，你明天就回家吧！我孤身一人好说，给人家打煤球、扫楼道也能挣口饭吃。"冯守义长叹一声说："谈何容易呢，你这里无亲无友，谁敢用你。我看你也回吧，本乡地面总也好待些。"亢二摇摇头说："不行，树案不破，我是无论如何不回的，祁文瑞不会放过我，我宁在这里讨吃，也不回去吃那冤枉官司。"

师徒二人无计可施，吃完饭推开店门，正准备再找个宿舍区去，却见对面停下一辆大卡车，车上赫然印着"临河县运输公司"几个字。司机已下车，正向饭店走来。他乡遇故人本是高兴事，亢二师徒却像见鬼一样，赶紧顺墙就溜。

"一公，你别溜，我早看见你了。"

外号大头李的司机几步赶过来堵在亢二师徒面前。

"他妈的，在这地方好容易遇到个老乡，你还不认我，走，进去陪老兄喝几杯。"

不由分说，便把师徒二人拦回店。

"狗日的祁文瑞，真不是个玩溜子，把咱革字派的人一个个挨住整，如今又这规章那制度恢复'管、卡、压'那一套，迟早还得把那小子炮轰掉。一公，你也太窝囊，他让你回村你就回？那是个陷阱，明明挖好了让你跳，你就跳下去了？你要当初留在咱公司，有咱们工人老大哥弟兄们保护你，你还用受这洋罪？说不定早二次革命成功，将老小子炮轰掉了。革字派倒就倒在你们几个头头手里，投降的投降，叛变的叛变，逃跑的逃跑。唉！喝酒、喝酒，他妈的，想起来真窝囊；革命、革命，革了一顿革尿到自己头上了。你就这么像个鬼似的东躲西藏呀？"

大头李是个爽快人，三杯酒下肚，脸红成关公，一个人要了四五个菜，非要亢二师徒重吃一顿不可。

"还不知道你们那尿势，吃过了，吃过什么了？八分钱一碗面，一人喝上两三碗，是不是？人活着怎么能和自己过不去？喝，喝，好，这才像个样子。"

和这样的人在一起,他一下子能把你的戒惧和不好意思扫个一干二净。

亢二师徒向大头李讲起他们的困境,亢二说:"要不让冯师傅搭你的车回去吧,我一个人找点其他活干。"冯师傅忙摆手说:"这不行,这不行,我要回也总得安顿好你。不安顿好你,我怎么能走得放心。"

大头李挠挠头喝了一盅酒,猛然一拍桌子说:"有了,这里外贸公司我有几个熟人,我让他们给你找找活儿干。做手艺没熟人介绍,人家不会相信你们的。"

还果然应了大头李的话,大头李一介绍,外贸公司正巧有一家准备为儿子结婚的要打家具,便雇了他们。冯师傅为打开局面,露一下手艺,讲好只要管饭,钱随便给。

这头开得不错,一套捷克式新家具是两人下了辛苦精心做出的,式样既新鲜,做工也精细,一下闯出了牌子。主人并没亏待他们,按日工给他们算了钱,并积极介绍雇主,冯师傅坚持退了一半钱,与这一个雇主认了朋友。到腊月的时候,他们已经做了五六套家具,钱也比在乡村时赚得还多。

过了腊八,打完最后一套家具,冯师傅不能不回了。

初九那天,天下着雪,亢二送冯师傅到车站,临上车,冯师傅握着亢二的手对他说:

"亢二,无论发生什么情况,你一定坚持住,过了正月十五我就会来的。出门人谨记这一点:一不可赌,二不可嫖,一旦坏了名声,丢人破财不说,以后要站住脚可就难了。"

八

亢二站在公路上一直望着公共汽车在风雪中消失了踪影,才慢慢往旅店返,身上已落了一层积雪。雪越飘越大,绵绵密密将整个世界都搅成一片灰白,亢一公的脑子里现在也是一片混沌。冯师傅走了,回家去和家人团聚去了。他挣了钱,给家人都置办了衣物,买好了过春节的东西,他要去和家人乐乐呵呵过春节,他正活在人生的幸运之路上。而自己却有家难归,要在这异乡的小旅馆中孤苦伶仃地等待,等待什么呢? 上天会给他安排个怎样的结局呢? 前途迷茫,犹如这混沌的雪雾,他一点也看不清自己的未来,看不清未来的道路。

孑然一身回到冰冷的旅馆,旅馆内家徒四壁,连个活物都没有。他抖一抖身上的积雪,捅捅炉子,在炉子旁坐了下来。这一个月怎么过去呢? 就这样无所事事地等待吗? 他感到一阵揪心的痛。他开始想家了,想他那野狐峪的家了。以前,每当冯师傅回家剩下他一个人时,他总要涌起一阵思乡的情愫。但那时有活干,有东家可以拉话,心里还好受些,现在既无活可干,只有无所事事待着,他的思乡之情越来越强烈。他想起父亲,想起母亲,想起妹妹,想起哥哥大恨不动。他想起哥哥在他受批斗时对他的那些徒劳的保护,忽然对哥哥起了一阵刻骨铭心的骨肉思念之情。哥哥从小什么都让着他,但如果有人欺负他时,傻子哥哥会不管不顾冲上去保护他,拿石头打那些欺负他的孩子们。那时,他受着保护,不仅不感激哥哥,还为自己有个傻子哥哥感到羞愧。现在想来,哥哥是多么可亲可爱。而现在,他连哥哥的这些保护也得不着了。他想起出逃时,全家人惊慌失措的样子,那种骨肉亲情在他心中激起汹涌的波澜。他们现在怎样了呢? 他们一定在为他担惊受怕,忧心如焚,他不回去,他们这个年怎么能过得欢欢乐乐呢? 他又想起祁月珍,想起祁月珍对他那不顾一切的爱,然而祁月珍的面容马上便被祁文瑞那张不冷不热永远摸不透深浅的脸所代替。祁文瑞,我和你有什么仇? 你要如此苦苦相逼,逼得我有家不能归? 一阵莫名的烦躁涌上心头,他再也坐不住了,站起身,推开房门,又将自己投身到风雪之中去。

昏头昏脑在风雪中走着,不觉又走到那天和运输公司司机头大李喝酒的小饭店,一个人要了点饭菜,要了壶酒,自斟自饮一番。他本不胜酒力,再加心情不好,一壶酒入肚,便天旋地转地醉了,一个人跌跌撞撞好容易才找到旅馆,回到房间,倒头便睡,醒来时已半夜时分。此时,雪停了,风却更加紧峭。风声在屋外呜呜怪叫着,找着缝隙,钻进屋里来,使屋里更加寒冷。亢一公酒醒了,揪了张被子盖在身上,脑子里明晃晃再也睡不着。他忽然想,如果自己冻死在这屋子里有谁会知道呢?我得回去,回家去,回野狐峪去,就这样躲着,什么时候是个了结呢?偷树的事我什么都不知道,我为什么要怕他祁文瑞呢?莫非他真能把这件事冤到我头上?不行,我得回,死也回家去死,不能再这样孤魂野鬼般待下去了。

凭着一股冲动,第二天一早,他结算了房钱,收拾好行李,踏着没脚深的积雪来到汽车站,到汽车站一问,才知道因路上雪厚,今天的班车不发了。亢一公颓丧地坐在车站冰冷的条凳上失去了主张,怎么办呢?已经和旅馆结算,再回去,让旅馆的人怎么看呢?不回去,又有什么办法,莫非在这里蹲一夜?

他看看车站内,只见四面条凳上三三两两有十多个旅客愁眉苦脸在那里坐着闲聊,中间一个汽油桶做的大炉子,炉子里闪着红红的温暖,六七个人或蹲或站围着炉子取暖。这时,车站门开了,从门外进来三个人,那三个人年纪都在二十三四岁,一个个穿着棉大衣,戴着皮帽子,呼呼喝喝走到炉子边蹲下来。其中一个拿出三块扑克牌,地下摆块白手巾,便在手巾上玩开了那三张扑克牌。嘴里念叨着:看好了,看好了,押住红的有钱,押住黑的输。红的有钱,黑的输。这是红的,这是黑的,押住红的有钱黑的输。快押,快押,押住发财……跟进来的那两个掏出十块的票子便呼叫着往上押。玩扑克的将那三张扑克在手里倒来倒去:看好,看好,看好再押,红的有钱黑的输,眼快不如手快,手快更要眼快,押吧、押吧、有钱快押……于是听到有人赢了,有人输了。亢一公闲着无事,引动好奇心,便凑过去看,看着看着看出点门道。每次自己认为是红的,翻过来果然是红的,他奇怪人们为什么就看不出来。心里有些发痒,便想试一试。他将一张一元的票子悄悄掏出来攥在手心,第一次看中后,没敢押;第二次手伸出来,又缩了回去。这两次他都看中了。第三次实在忍不住,看中后将那一元钱押上去,牌翻起来,果然是红牌。他赢了三元钱,第二次又押又赢了三元。人们便跟着他押。这次,他一下押了三元,有三四个人跟着押,大约有十多元钱的样子,亢一公看得准准的,然而牌翻起来,他傻了眼,明明看到是红的,怎么变成黑的呢?牌又放下去了,他这次没敢押,眼睛却盯着那张红牌。别人似乎也看清了，又有几个人押上去，翻起来后却依然是黑的。亢一公怀疑那牌上有鬼，这时人们也叫起来，说牌上有鬼，玩牌的把牌交给人们检查，亢一公也拿过来看了一番，没发现牌上有什么问题，便再看，再押，这次他又赢了三块。押着押着入了迷，不知不觉又从兜里掏了几块钱。当他摸到最后一张十元票子时，不由惊出一身冷汗。身上的六十元只剩这一张了，这可怎么办？他耳边忽然响起冯师傅临走时一再叮咛他的话："出门人，一不可赌，二不可嫖……"他正在这样想着时，就听有人呐喊起来：联防队来了，联防队来了，快跑……只见那三个玩牌的赶紧收拾起地上的手巾、扑克和钱，一阵风似的跑出车站候车室，转眼间便没了踪影。

身上只剩下十元钱，怎么办呢？亢一公失魂落魄走到刚才自己坐的地方坐下，茫茫然感到不大对劲，盯着身旁思索一阵，猛然跳起来喊道：

"铺盖，我的铺盖哪里去了？我的行李……"

他大声嘶喊着，眼睛在车站内迅速搜索，头上、身上，汗水直往外冒。

人们冷漠地、惊讶地望着他。

"铺盖，我的铺盖哪里去了？你们看见了吗？啊！你们看见了吗……"

他一个个人拉住问，他真希望是有人和他开玩笑，藏起了他的行李。他在条凳下、角落里找，弄得满身尘土。他又跑到候车室门外去找，他冲进站务室去找，拉住站务员问。

"你的行李交代我们了吗？我们是专门为你看行李的吗？真是！"

站务员甩开他的手，瞪了他一眼。

他从站务室冲出来，又去问站房里稀稀拉拉的闲人，一个老头对他说：

"小伙子，你赌上了瘾，在这里哪里找你的行李，人家要偷，早拿走了。你出门在外，不看看刚才那是几个什么人？赶快到派出所报案去吧！"

"派出所？"

亢一公打了个寒战，惊惧地看看四周，一头闯了出去。

九

那年冬天，中国发生了一件整整影响一代人甚至几代人命运的大事，这就是几千万知识青年到山区、到农村插队落户。从初一到高三，从十五六岁到二十左右的所谓老三届学生都被动员去接受再教育。

当这消息传到临河县革命委员会主任祁文瑞耳中时,他按捺不住兴奋,连说几声:"好、好,中央就是英明,还是中央英明。"县革委会主任同志之所以发出如此的惊喜和感慨,因为他此时正为县中学的学生们伤透了脑筋。刚刚把他们安顿复课还不到两个月,他们就又开始造反了。高中招了回生,被他们砸了考场。学校又分裂出一个红联司来,占到学校学生总数的一半以上,在学校实行反夺权,要打倒老校长、炮轰祁文瑞,而且在社会上到处串联,煽风点火,安顿好的全县秩序又进入混乱状态。对这些学生真是没办法,军宣队进了校他们也不怕,说军宣队要支持反动路线就坚决把军宣队轰出学校。一年多了,祁文瑞让这些学生搞得六神不安。现在好了,中央下了命令,看你们再折腾。

祁文瑞立即大张旗鼓开始了行动,召开会议,下发文件,张贴标语,拟定措施,展开宣传攻势,自己亲自到处讲话,动员学生以及学生家长积极报名。

在这次行动中,女儿祁月珍帮了祁文瑞的大忙。复课以来的一年多,学校没有安安静静上过几个月课。造反派学生的头头们从学校开始实行大联合、老校长复出后,就开始四下串连,骚动开了。六月初他们重新树起革命造反大旗,抵制复课闹革命,杀出了学校临时革委会,建起红联司组织,提出"打倒老校长""炮轰县革委""揪出祁文瑞"的口号,与省城造反派、地区造反派遥相呼应。到第二年春夏之交开始了反夺权,一度掌握了学校宣传工具和学校公章,宣布夺权成功,并几次冲击县革委、查抄黑材料、围攻军宣队。祁月珍对这些造反派同学有反感的一面,也有理解同情的一面,更有困惑不解的一面。在这种矛盾心情下,她毅然决定,既不向"杨"也不向"潘",拒绝参加任何组织,也不参与任何活动,成了名副其实的逍遥派。父亲对她这种做法大为赞赏。因为女儿的超脱态度正是对身任县革委主任的父亲的一种帮助。学生们摸不清祁文瑞在县中学问题上的态度,祁文瑞对付起两派学生便游刃有余。祁文瑞逐渐发现,在许多关键场合,女儿总是以自己的行动默默配合他,支持他,使他省却了许多不必要的麻烦。现在,中央关于知识青年上山下乡的口号刚一发出,他还在到处游说做着动员工作,女儿就在县中学第一个递上了申请,并将申请抄成大字报贴在学校校门口的墙上,以示自己坚定的决心。女儿这一行动比祁文瑞做十场动员还要有力量。县革委主任的女儿都这样做了,其他人还有什么说的?当然也有人认为这是祁文瑞的策略,是祁文瑞指使女儿这样干的。指使也好,策略也罢,总之祁文瑞是站在了前面,是拿出了高姿态,你不能对他有所指责。

别人对自己的行动如何评价,祁月珍无心去管,她也根本没有去配合和支持父亲的动机。恰恰相反,她做出这一行动正是针对父亲的,是对祁文瑞施加压力,迫他同意自己下去当农民,她哪里知道自己这一行动却正是父亲求之不得的。前些时,在听到让知识青年上山下乡的风声后,祁文瑞夫妇曾有过一场争执,妻子要求丈夫在中央文件未下之前赶快给女儿找一单位,那么文件下达后,女儿就可名正言顺避开这一运动。祁文瑞想等一等,看看风向再说,他怕自己一步算错,满盘皆输。妻子见说服不了他,便自己找到劳动局为女儿要了个招工指标,当她将招工指标送到女儿手中时,女儿坚决不填,第二天便递上了上山下乡的申请,并张贴出去,弄得满城皆知。母女俩为这事吵了一场,祁文瑞以和事佬姿态为妻子和女儿调解,他表示坚决支持女儿的行动,背后却对妻子说:女儿既已向社会表明态度,我们就不能阻拦,女儿明明是为了支持父母工作,提高父母威望。"只要我们在台上,什么时候让她回来那还不是方便的,你现在着什么急。在全县这盘棋上,我们该牺牲就得牺牲。"以后的事实证明,祁文瑞这步棋又让女儿走对了。不但当时全县知识青年上山下乡工作因祁月珍的带头而十分顺利,而且三年后,当大学开始招收工农兵学员时,祁月珍因其卓越的表现顺利地被推荐上了大学。

这些都是祁月珍当时没有料到的。那时,她的动机很简单:她一心想离开这个让她感到不安和烦躁的家庭。学校的造反派反对老校长,反对祁文瑞,尽管她表现得很超脱,但她毕竟是祁文瑞的女儿,又怎么能逃脱同学们对她的指指点点和不信任呢?对于父亲的所作所为,她已经越来越有自己的看法。尤其在父亲对待亢一公的问题上，她对父亲的成见越来越深。树案拖了一年多了，虽然仍未破，但对亢一公的怀疑却基本可以排除了。当时，公安局已查出了蛛丝马迹，与亢一公毫无关系。但对亢一公的通缉却一直没有解除。为这事，她追问过父亲几次，父亲推说是公安局的事，他不便过问。她自己到公安局去问，公检法负责人告诉她：亢一公另外还有罪行，那就是他用储备粮换小米，而且长期外流。所以，对他的通缉不但不能放松，还要加强。有些话祁月珍对父亲可以无所顾忌地谈，但对别人，她不能让人说她凭借父亲力量去干涉政事。亢一公这些不利的消息使她彻底灰了心。她不想在这多事的小城待下去，企望换一种环境可以更深地了解社会，体验人生。

十一月初，三百多名北京插队知识青年来到临河县，祁月珍与另一名本县女知青随同十余名北京知青来到翠峰公社冯家窑。她是申请到岔口村的，祁文瑞知道她的心事，所以翠峰公社定点时，便没定岔口村。

祁文瑞一块心病终于去了，县中学在放寒假时匆匆忙忙给学生全部发放了毕业证，管你学生愿不愿意，回乡的回乡，插队的插队，全部打发出去。学生们一离开学校，便成了一粒粒散沙，再也聚不拢了。

第四章

一

　　腊月的野狐峪一派安宁祥和的气氛,全家都在为亢二庆幸,他两次托冯师傅带回二百多元钱来,还给家里每人买了件衣服,捎回一些过年的东西。一家人从冯师傅口中知道他在内蒙古生活得很好,都十分高兴。妹妹亢草莓更是激动得几个晚上没睡着觉,痴痴思念着被追捕逃亡的二哥。腊月二十三冯师傅送下二哥捎回的钱和东西后,她听到了父母在悄悄议论,说等树案一破,洗雪了二哥的冤枉后,等二哥回来,就要为他们办婚事了。娘的态度很坚决,她说:“娃娃们都大了,还是趁早办了好,只要办了,也就拴住二的的心了。”爹似乎有点犹豫,说这也得和二的商量,看他那样子,心事好像不大在草莓身上。娘马上反驳爹说:“也不见得,他从小就对草莓好,你看这次,专门多给草莓买一件衬衣,还有一块红纱巾。草莓多好的姑娘,把岔口村姑娘打扁捏圆也没个比草莓好的,他还会看上谁?”爹长叹一声说:“他的心要真在草莓身上,那就好了,可听说他和那仇人的闺女好上已经好多年了,那闺女还两次来岔口找过他,听说还来过咱野狐峪。我是怕他闹也闹不成,被那闺女耽搁了。那闺女如今就在冯家窑插队,我去看过,闺女倒是正气闺女,可咱能攀上人家吗?人家老子是县革委主任,又是二的的仇人,他怎么会让闺女跟二的呢?保不准二的受害还是跟上这闺女受的呢。闺女要找二的,他爹不愿意,这才冤咱二的,无非也就是不让他们找成吧,怕就怕二的执迷不悟。"娘就说:"那就更要赶快为他和草莓办了,咱们这头一办,那闺女也死了心,他爹就不会再害二的了。"爹沉默一会儿说:"对,我咋就没想到这一点,是得办,还得赶快办。要不,过年后让冯师傅捎个话叫二的回来,咱们先悄悄办了,给他们圆了房,再让二的走吧。到时候,咱就放出风去,说二的已结了婚,让那仇人死了心。"娘也沉默一会儿说:"还是不要让二的回来,二的现在回来,被他们抓了怎么办?除婚事不成,倒把人贴进去了。我看不如过了年让草莓跟冯师傅到内蒙古走一遭,就让冯师傅做媒人。在那里问间房子,让他们圆了房,住上一段再让草莓回来,要怀上个一男半女,不怕他们不信。到时候你专门到冯家窑告诉那女的,说咱家二的已和草莓成亲,让她死了心。对她说:你既和二的好,你就回去告诉你爹,不要再害我家二的了……"

草莓听到爹娘这些话,一夜睡不着觉。她翻来覆去,一会儿眼前春光明媚,鸟语花香;一会儿风狂雨骤,冰雪满天。温煦的阳光刚刚照暖她的心,翻卷的黑云又使她惶惑万千。她努力驱散迷雾,自己安慰自己,认为前景灿烂,好心的草莓姑娘是会有一个美好的未来的。但她分明对此信心不足,分明感到通向幸福的路上布满荆棘,障碍重重。一个生在野狐峪这闭塞山沟里的姑娘,一个虽然念了六年书却仍接触不到文明世界的姑娘,一个对世界本无多少要求、也不可能对世界有更多要求的姑娘,她只求安安稳稳生活,日出而作,日入而息,生儿育女,能求温饱也就够了。唯一希望就是能找个可心如意的丈夫,相亲相爱,白头偕老。当她青春的胴体逐渐成熟,当她光滑的乳房一天天隆起,当她春汛每一次来潮的时候,她朦胧的性意识开始在体内骚动,她渴望与异性接触,渴望她所喜欢的男人搂抱、亲吻她,给她抚爱。她喜欢闻男人身上那粗犷的汗味,她喜欢听人们说男女之间的隐事,她喜欢看婚娶迎嫁的热闹。她在心中一次次想象着自己的洞房花烛夜,想象着与男人第一次接触时的情形。这些构成了 她整个生活的幻梦——美丽五彩的幻梦。亢草莓的选择是有限的,她知道自己作为这个家里的奶媳妇只能在两个哥哥中任选一个,她自然选中了她的二哥。尽管二哥明确表示过让她自找对象,要把她当亲妹妹一样嫁出去。但她情有独钟,在她眼中没一个男子能引起她的兴趣,没一个能让她的青春骚动不安,只有二哥,只有二哥才让她激动,才让她日思夜想。在二哥面前,其他男子都黯然失色,她连正眼也不想看他们,对他们的纠缠讨好,她一概冷眼相对。然而她分明感到自己是站在悬崖边上的,对于二哥怎么想,二哥到底爱她有几分,她是全无把握的。二哥给她买回衬衫,买回纱巾,买回外衣衣料,她高兴得不知如何是好。她悄悄拿着纱巾在镜子前面围上,解下,照了又照。穿上那件有花点的衬衣,围上那块红纱巾,她简直变了个人,她为自己竟是这样漂亮、这样娇媚而陶醉。她的脸儿红红的,眼睛像盈盈的秋水,她多么希望二哥能在她身后忽然出现,能看到她那漂亮的娇容啊。

然而偏偏就有那么个祁月珍跑出来追二哥,那个祁月珍她见过,是个漂亮姑娘。要说漂亮,草莓也不比她差多少。但有一点草莓却一点自信也没有了,那就是祁月珍所表现出来的那种气质,那种城里人的优雅,那种读书人的书卷气,那种文文静静却又婷婷婷的样子。祁月珍所表现出的这些让草莓一见就感到自己的土气,感到自己的俗气。自己只是田野上一朵蒲公英、一枝野蔷薇,而祁月珍却是一朵牡丹、一朵大月季。她要是一个男子,她也会选择祁月珍的。想到这里,眼前一片灰暗,她伤心欲绝,然而在绝望处,她又看到了希望之神在向她招手。祁月珍毕竟是二哥仇人的女儿,他们是不可能的,永远不可能的。二哥似乎也对她并不是那么有信心,而且她的父亲把二哥害得那样惨,害得二哥有家难归。狐狸精,二哥千万不让她缠上才好。二哥要不是遇上她该多好呀,那还会有现在的情况吗?还会让草莓这样忧心吗? 全怪二哥念了书,念书有什么好? 要不念书,野狐峪不是安安静静吗? 要不是二哥念了书,他会离开野狐峪吗? 他会遇到这么多灾难吗? 念书,全是念书念坏了。草莓不由想起奶奶常说的话:"念书,满门犯剿,罪孽啊……"

就在这样的胡思乱想中,亢草莓每天大半夜大半夜失眠着度过了春节前那些飘散着油腥和肉腥气味的日子。尽管春节前后的油味和肉味是那样稀薄,但那诱人的香味还是在凛冽干燥的空气中让人感到了生活的滋润,艰难人生的连环套又将卸下一环,新春的到来总是给人以希望。

野狐峪的春节是在欢乐中度过的,全家人多少年来第一次都换上新衣,他们不会忘记这是他们的二恨不动给他们捎回来的。除夕的守岁中,他们的话题都离不开二的。大家也谈到了老祖母胡银花,她也一定会高兴的。二的终于对野狐峪的家有了感情,他开始关心大家,开始把他的爱心向家人倾注了。他们盼望那树案能尽快破,使他们的二的早日洗雪冤枉和家人团聚;他们希望二的能跟上冯师傅学成木匠手艺,不断挣回大把的钱来,改变野狐峪的土窑土院;他们祝福二的在内蒙古能过上一个好年,过年后春暖花开能早日回到家乡来。

吃的东西比起单干时是清苦了许多,那些年过年都要宰两只羊一头猪,今年也杀了一只自留羊,卖猪后割回几斤返还肉。初一的饺子是杂面的,但也尽葱尽肉,吃到嘴里满口噙香。为破晦气,亢根柱还专门买回几挂鞭炮、十多个二踢脚大麻炮。傻子大恨不动放炮时像孩子一样高兴地哇哇叫,草莓脸上也满是笑容,她期盼的日子就要到了。爹说过了,初五他就到冯家窑去,一方面给冯师傅拜年,感谢他救了二的;一方面打听他什么时候到内蒙古去,和他商量是不是能让草莓去看一看她二哥。爹公开提出了这个问题,看来已确定了让她和二哥结婚,草莓听得脸热心跳,高兴得合不上嘴。她故作糊涂地问爹:"爹,我一个人去看二哥吗?"爹笑着说:"当然是你一个人。队里不好请假,不然爹陪你去。不过,有你冯大叔,爹和你娘都放心,只要你们……"爹还要说下去,却被娘打断了,赶着草莓下地去拾掇了。

草莓便一日日计算着日子,初二、初三、初四、初五终于过去了。爹一早起来,吃过饭便穿着新衣,挎着柳条篮子去冯家窑了。柳条篮里放了十几个全家人舍不得吃的花馍馍,一只做好的野兔,两只褪干净的石鸡。礼物是太菲薄了,但总是点心意。野狐峪在外面亲戚很少,从来少在正月去看望任何人。他们已经把冯师傅当作他们的一个亲戚了。

傍晚,爹回来了,柳条篮子里挎回大半蓝白馍馍来,脸红扑扑嘴里喷着酒气,走路有点摇摇晃晃:"拜什(结拜)留我吃午饭,贵贱不让我走,把我的衣裳几乎扯破。我想也没办法，人家的心意咱不能过于违拗，只好就留下了。这正月出门……""那怎么拿人家这么多馍馍？""人家回的，说大正月，认了我这拜什了，硬填在篮子里，一直给我拿到村口。"娘听了，不再说什么，拿出两个白馍给大恨不动一个，草莓一个。大恨不动欢喜地接过来，三口两口就下了肚，眼瞅着篮子还要吃。草莓接了馍却没吃，她等着爹报告冯师傅动身到内蒙古的时间。爹却总不说，草莓着了急问道："爹，冯师傅几时走呀？"爹看一眼大恨不动向娘使眼色。大恨不动却发了话："不用看我，想让草莓给二的做媳妇就给吧，我不和他争，我傻，你们给我娶个傻媳妇就行了。"说着竟流下了眼泪。扑通一声躺在炕上，呜呜咽咽哭起来。

　　大恨不动说出这一番话，立时让全家都愣怔了。谁说他傻，他心里什么都清楚呢。刘拉弟抹着大恨不动流出的眼泪说："大的，你不用伤心，娘知道你心里难过，娘和你爹早给你打问上媳妇了。崖子村有个闺女，二十岁了，年前娘就托人去说了。既然你也知道爹和娘要把草莓给二的，娘也不瞒你了，过些天就让草莓到内蒙古和二的成亲去。"大恨不动听说已经给他说了媳妇，立刻不哭了，坐起来，脸上挂着泪花露出笑容说："娘，你不哄我？真给我说媳妇了？"娘点点头说："娘什么时候哄过你，现在就单等人家回话，二的和草莓花不了多少钱，咱们攒点钱也就为你娶媳妇，二的还捎回话来说让给你攒钱娶媳妇呢。"大恨不动这次嘻开嘴笑了，说："我也知道草莓好，我不好，二的和草莓都好，给我娶个傻的就行了。"说着对了草莓呵呵笑，草莓羞红了脸，把自己的馍塞给大哥，跳下炕就要走，却被娘喊住了。娘说："草莓，你不要走，虽说你是给你二哥的奶媳妇，但这事也总得你同意。我和你爹也早知道你和你二哥好，可和他说了几回，他总说不能把你当奶媳妇，要你自找。我们也得和他说，我猜他的意思大概也怕你不愿意，强扭的瓜不甜，总要你同意了这事才好说。今天，咱们就决定这件事，你要同意，过些天就和冯师傅到内蒙古去，咱们也不动天动地了，你二哥还在难中，你们先圆了房，咱们再补办吧。"娘说完，眼瞅着草莓，草莓扭捏着说："那也得二哥同意才行。""对，冯师傅也是这样说。"到这时，不善言谈的尢根柱才有了插话的机会："我和他说了，他说这是好事，他见过草莓，直夸草莓好,说要不是有咱二的和草莓这奶亲,他真想让草莓做他家的媳妇呢。"
"爹!"草莓着急地打断爹的话,娇嗔地剜了爹一眼。亢根柱嗨嗨嗨一笑说:
"看我说到哪里去了,草莓着急了。冯师傅说,他愿意当这个媒人,他一定
会说服二的的,但他认为现在就带草莓去有点不合适。他的意思是他先上
去,和二的说通了,再回来接草莓。""通什么,这次是咱们做主了,二的又不
是不通情理,他不和草莓成亲,那狐狸精的老子就会一直害咱二的,你和冯
师傅说这了没?""那还能不说?冯师傅说,二的有主意,咱不和他商量通,
草莓上去,他要犟起来,让草莓怎么受得了?"根柱慈爱地望一眼草莓,草莓
已变了脸色,她抑制着心中的难受说:"娘,我看还是依冯师傅吧!先和二
哥商量商量。"

家里便依了冯师傅的意见等二恨不动的表态。

日子悠悠地过去,冯师傅终于走了,冯师傅终于又回来探家了。但冯
师傅带回来的消息却既不是大家所希望的,又不是大家所不希望的。因
为冯师傅根本就没见上亢一公,只听说他在车站丢了行李,找了几天没找
着便不知去向了。冯师傅托人多方打听,却还没得到有关亢一公的丝毫
消息。

"二的,你到哪里去了?你在哪里呢?"

野狐峪一度晴朗祥和的天空又罩上了阴云,欢乐随风而逝,多雨的春
天把人的心淋得湿淋淋的。可怜的草莓茶饭不思,日渐消瘦下去了。

二

此时的亢一公却正在离野狐峪一百多里一个叫杨家洼的村子里,沉溺
于一个野性女人的野性温柔之中。

腊月丢失行李后,他昏头昏脑到处乱窜,如一只无头苍蝇般在老主顾
家东一天西一天乞食,希望他们能帮他找些营生。当时正是腊月,家家忙
着过年,哪里还有活儿做。一些老主顾听了他的遭遇,对他产生怜悯,资助
了他一些路费,让他回家。车通后,他乘上公共汽车决心回去,过了黄河,
在三交镇转车时,碰到临河县一个熟人,熟人告诉他,腊月,临河的形势越
发紧张了,春节期间要对外流人员来一次整顿,劝他千万不可自投罗网。

听到这消息,亢一公泥塑木雕般呆了半天,再想问问详细情况,熟人已上了车。此时他身上只剩下三四元钱,刚够回家的路费和饭钱。

亢一公在车站上转来转去拿主意,然而,他能有什么主意呢?身在异乡,举目无亲,车站上一张熟悉的面孔也没有。过往乘客匆匆来去,有谁管他?百无聊赖中他又看到一伙赌博的人,这些人在玩另一种赌博,在地上画一"十"字,"十"字的四个叉写了一二三四,人们在那一二三四上押钱。一个人拿四颗石子或四根刻了一二三四刻痕的木棍,或一或二或三或四攥在拳头里伸出去让人猜,叫掏宝。其余人拿钱往十字上的一二三四上押,叫押宝。这种赌法叫圪都宝(圪都即拳头),这种赌法最宜群赌,一个掏,众人押,有多少人押都行,而且赌具简单,最适宜野外赌博。在当时,麻将、纸牌、宝盒等赌具在民间已很少,农村人赌博大抵都是这种"圪都宝"。

亢一公上过一回当,被弄得狼狈不堪,对赌博望而却步,见那些人在那里赌,躲得远远的,挨也不敢挨近。

三交镇是三县交界之地,又是公路交通的三岔路口,是陕、蒙入晋车辆必经之地。来往车辆多,来往人也杂,在当时是外流人员集散地。那些外流人员、赌博分子在这三不管地方取得了相对安全与自由,这里的赌博便更加猖獗。他们大白天车站赌,并非真赌,而是为吸引赌徒,在看似游戏的小赌中,他们已私下约好晚上大赌的地点。你要走近去便可听到他们悄悄说:"晚上,杨家洼"或"晚上,刘圪都""……"治安人员一来,负责警戒的一声咳嗽,他们用脚一擦地上的十字,吐一口痰,捉几只蚂蚁在上面,便一哄而散,走不及便看蚂蚁在痰上挣扎。治安人员一走,他们又聚拢来,十字一画便重新开始。

亢一公在车站内外出出进进,转来转去,拿不定主意该何去何从?

这天已是腊月二十二,镇上人家都在磨豆腐、生豆芽、碾糕面、糊窗户、打扫屋子,置办年货,贫穷时代的年味儿虽然稀薄,反倒因一年的积攒用在此时,更显出过年的不同往常来。

亢一公站在车站房屋下,脸上毫无血色,冬日午后的阳光懒洋洋照着裸露的原野上一片片残雪和干冷的黄土地,心也如那黄一块白一块的黄土地一样千疮百孔。那里没有飞鸟，没有野物，只有孤寂与凄冷，不时还有北风吹过，扬起迷迷茫茫的雪花。

这个世界真就没一块能容我亢一公生存的土地了吗？我为什么这样倒霉？倒霉的事为什么都找到我身上来？在这世界上，我的生命到底有何意义？我活着到底为了谁呢？为毛主席的无产阶级革命路线吗？毛主席他老人家哪里知道有我亢一公这样一个虫蚁一样的人呢？而且革命路线到底是什么？他也糊涂了。造反，夺权，造来造去，夺来夺去，权却到了祁文瑞这样的人手里，到了吴拉子这样的人手里。他们现在是革命路线的正确代表，我倒成了被追捕的逃犯。我要革命路线，革命路线却不要我了。我活着是为父母、为大家吗？他们又哪里需要我？我所带给他们的只有灾难，只有恐惧。没有我，他们活得更好。别人为妻子儿女活着，为爱情活着，我的妻子儿女在哪里？我爱他们，我能给她们带来幸福吗？她们爱我，只能给她们带来灾难和不幸。不，我不能爱。在这个世界上，我是一颗灾星，谁要沾上我，谁就倒霉。人活到这分上，活着有什么意思呢？

亢一公心中掠过一道寒冷的阴影，那个带着大镰刀的黑衣神第一次来光顾他，打算把他的生命收割，他想，结束自己吧，只要自己生命一完结，一切灾难不是便都过去了吗？

这念头一出现，那穿白衣服拖着长舌头的无常鬼便摇着扇子来了："死了好，死了好，死了没有寒冷，没有饥饿，没有恐惧，没有灾难，你为什么不去死呢？古人说死便是了，了便是好，死了便好了，死了便了了，一了百了，多么逍遥，死吧，死吧……"亢一公的思想凝聚于那个"死"字上，那死光芒四射，色彩诱人，一片辉煌如元宵晚上的焰火。

太阳冷冷地照着他，他不言不动，脸上出现奇异的安宁与祥和。这时远处响起汽车喇叭的鸣叫声，一辆绿色的带斗车开进亢一公眼瞳，他猛然张开手，跳下屋厦向那卡车冲去。司机从挡风玻璃里看到迎汽车冲来的亢一公，吓得怪叫一声，手脚并用，猛拉手闸，猛踩脚闸，猛打方向，"吱吱"几声怪叫，卡车颠簸着滑出七八米擦着亢一公耳根停在路边。

亢一公眼中一片迷茫站在汽车下，他奇怪自己为什么会没有死，没有迎着汽车头撞上去？难道他想死是假的？他的潜意识还不让他去死吗？

这只是他脑子里一刹那的活动，他没来得及再想下去，司机早开了车门跳下来，抓住亢一公胳膊，一把扯到路边，左右开弓两个耳光将亢一公打下路基：

"你妈的，你不想活，还想让老子临过年跟上你倒霉！"

司机眼中喷火，口溅唾沫，一张脸气得白中透紫，恶狠狠骂着，对亢一公吐口口水，然后跳进驾驶室里开着哗哗啷啷响的卡车风驰电掣般逃走了。

司机两个沉重的耳光打醒了亢一公，两边脸馒头似的肿了起来，火辣辣疼。他擦一擦嘴角流出的鲜血，痴痴盯着汽路上汽车轮子刹车时擦出的两道长长的印迹，身上冒出冷汗。他摸着肿胀的脸，眼睛转向越驶越远的汽车，心里油然对那司机生出感激之情，感激他没有辗死自己，感激他赏了自己两个耳光。

车站里的闲人们闻声跑了出来，屋厦下便有了五七个人向亢一公指点，议论。

望着那些张望、议论他的人，亢一公那被耳光打掉的想法重又冒了出来，他们看着他，议论他，他们知道他心中的苦处吗？他扭转身，躲避开他们的眼光，颓然坐在路基上。

闲人们感到没了戏看，又一个个转回站里去，站外太寒冷，站内有火烤，还有赌可玩，他们没必要陪一个想死的人。

一个四十左右的精瘦汉子没有走，他转动骨碌碌的小眼睛拿了半天主意，毅然向亢一公走来。

"小伙子，有什么想不开的事要寻死觅活呢？你没听说过吗？好死不如赖活着，人死如灯灭。灯一灭，黑咕隆咚，阴暗潮湿，哪里能再见这暖和的太阳，哪里能再见这花花绿绿的世界呢？年轻轻的，好日子还没过，怎么就能死呢？走，陪老哥喝两盅去，喝上二两，你就知道还是活着好了。"

汉子说着，硬拽上亢一公胳膊将他拉走，亢一公被他一说，才感到肚子空得难受，心想管他呢，大不了一死，且先吃上一顿再说，便望着那人说：

"我可是没有喝酒的钱了。"

那汉子哈哈一笑,拉着他边走边说:"我就知道你没钱了,人不到绝路谁想死。走吧,不用你出酒钱,咱们喝着慢慢唠,唠个赚钱的法子出来。"

两个在车站饭店要了一盘花生米、一盘猪耳朵,炒了个麻辣豆腐、一个过油肉,要了两壶酒对饮起来。从当匠人后,亢一公逐渐习惯了喝酒,而且酒量很大,对方的酒才饮了一半,他的壶早完了,那汉子又给他要来一壶。喝了酒,话就多起来,亢一公向汉子讲了他的遭遇,汉子默默听完后说:

"兄弟,不是我说你,你这人还嫩得很呢。什么理想,信念,为人民服务,狗屁,这全是当官的想出来骗咱老百姓的。阎锡山叫你当顺民,日本人叫你当良民,谁管过你吃不吃饱能活不能活,在这世界上有句话叫作'人不为己,天诛地灭',这话对极了。你不要管他谁当皇上,你只抱定对自己有利的事才干,没利的事不干,你说的那个祁什瑞就是吃透了这一点的,所以你不是他的对手。再比如我,我叫陈强,我这一辈子就爱个赌钱,我就不怕他谁对我说长道短,他们抓了我几次,一放出来,我还赌。这人活一辈子,有什么意思呢? 爱干什么干点什么,活一天算一天,自己活得高兴就行了,管什么世事长短。你还年轻,对这世界还没看透,我小时候也争强好胜过,可是顶事吗? 龙生龙,凤生凤,咱的命早就造好了,你要认清这一点,你就不会寻死觅活了。留得青山在,不怕没柴烧,死能解决什么问题呢? 还是活着好哇,有些事情,你挺一挺就过来了。可是兄弟,我要告诉你,人活着,就要有钱,人没钱不如鬼,凤凰落架不如鸡。你现在反正也走投无路了,你要愿意,跟上老哥哥干吧,保证你每天不愁烧酒喝。"

"赌钱吗?"

亢一公警惕地望着陈强。

"对,赌钱,人活在世上就是一场大赌,为什么不赌呢? 不过,你也不用担心,咱们俩是合伙赌,输了算我的,赢了咱们伙分,你只要看我眼色行事就行。你慢慢就会知道,这掏宝也是门学问,里边回合大着呢……"

"让我'拉黑牛'吗?"

"对,看来你还有点脑子。"

陈强吱溜喝下一盅酒,笑眯眯盯着亢一公。

亢一公想起前些天自己的被骗,身上蹿过一股寒气,继而一阵莫名的兴奋,他想报复,他第一次想到了报复,也喝下一盅酒,对陈强说:"好,我跟你,不过我没干过,干不好你莫怪我。""不怪,你只要听我的,保你有赢无输。"两人一边喝酒,陈强压低声音详细向亢一公讲了他该怎样进行配合,教给他许多赌场规矩。然后交给他一叠钱,让他做赌资,便带他到一个叫杨家洼的村子去。

此时,太阳已经落山,小西北风嗖嗖刮着,两人拣着背洼小路走,边走陈强边向亢一公介绍着杨家洼:

"杨家洼,杨家洼,男人当驴女当家,一块水田好墒土,谁想养种谁得爬;一条大炕两驾犁,一挂大车两人拉,一家人家两家姓,你的娃是我的娃。杨家洼,男人倒把女人嫁……"

原来这杨家洼太穷,每工只能开一二毛钱,辛辛苦苦一年下来,要领口粮还得欠队里领粮款,所以这村里风气一向比较乱。孩子多的人家,男人养活不了女人孩子,便往往让女人招引一个娶不起老婆的精壮后生或中年光棍来共同拉家庭这挂大车,这里的口语叫"拉边套"。丈夫是驾辕的公马,那招来的野男人便是边套上的另一匹公马。"高打土墙喂恶狗,管不住你老娘为朋友,蓝蓝的天来红红的水,想爱谁来就是谁。"女人既成了家庭这挂大车的老板,公婆和男人便无权过问女人的性行为,即使有那男人不同意女人招野男人的,但由于娶一个老婆实在不易,女人一哭二闹三离婚一威胁,男人也只好让步。百十户人家的杨家洼村竟有十几户这样的人家,至于暗中拉边套的那就更多了。村风如此,那些既穷且招不来拉边套男人的女人还要被人看不起,会造出许多谣言来。杨家洼的拉边套还有一个特点,那就是拉边套的男人可以在自家住,女人到晚上过去伺候,也可住到女家去,两个男人一个女人一条炕,女人轮流和两个男人睡觉,或一人前半夜,一人后半夜,或一个单日一个双日,这主要看女人如何安排。一般情况,按约定的程序,一个男人在那里和女人亲热,另一个安然睡觉。但有的时候,一个男人听到那边听得实在忍不住了,便会催促:"哎!伙计,快点,我这里硬得不行了。"那时,女人便得伺候完一个伺候另一个。两个男人一条炕上睡,一个锅里搅稀稠,和睦相处,一般很少争吵。有时丈夫或妻子得罪了拉边套的,拉边套的不干了,女人去请请不回来,必须由女人的丈夫说好话才能请回来。拉边套的实际上已成了女人的另一个丈夫,女人陪他睡觉,给他做饭、缝洗衣服,也为他生孩子,是谁的孩子男人分不清,女人记得清楚。生下孩子来是谁的就姓谁的姓,丈夫的孩子叫拉边套的"叔",拉边套的孩子叫母亲的本夫"大爷",兄弟姊妹则按大小排行。

这村里有个叫杨四的最是开放,他老婆年轻时长得颇有几分姿色,知道杨四爱喝酒吃肉,每逢引回男人来,便给杨四烫一壶酒,炒盘鸡蛋或炒盘肉放在锅里。那杨四一看有酒有肉,老婆跟别人在炕上干什么他充耳不闻。遇到那胆小的,见他回来不敢行事,他还劝说:"不怕,不怕,好好闹吧,老哥有酒有肉便是聋子瞎子,什么也听不见,什么也看不见。"但若没酒没肉想闹他老婆,他可不让你,马上从风匣底摸出切菜刀就要和你拼命。

亢一公听着陈强的介绍,简直如听海外奇谈,认为他是没话找话逗乐子。陈强却正色对他说:"兄弟,咱们赌钱只管赌,你可不敢跌进那窝子里去,跌进去想出来就难了。"亢一公红着脸说:"老陈,你莫开玩笑,我现在朝不保夕,连自己也顾不了,哪里会干那事去。"

亢一公做梦也不会想到,他不但跌进了那窝子,而且跌得那样深,而且就在陈强和他说了那话的第二天。

三

陈强和亢一公落脚的那家人家也姓扬,只有夫妻二人,结婚才两三年时间,丈夫叫杨尿文,一身精瘦的皮肉,紫黑面皮,长一双小眼睛,待人很热情;女人叫水仙,名副其实一个水灵女人,细皮白肉,水汪汪的一双会说话的俏眼,薄嘴唇,声音脆得像刚捞上来的鲜藕。两口子见客人到来又是端水又是递烟,拿出红枣、瓜子让客人吃,陈强显然是这家的常客,女人殷勤地和他说话,逗笑。陈强向主人夫妇介绍说亢一公叫亢二,是临河县一个包工头,人虽年轻却极能干,上赌场就从没输过,说得亢一公脸上发烧。

"哟哟哟,看得出,看得出,一看就聪明秀气,以后可要常来。一回生,两回熟,今天咱们就是熟人了,以后我们还靠你多帮衬呢。"

女人凑近亢一公给他续水,剥了一颗水果糖两只指头捏着送到亢一公脸前,仿佛要喂亢一公,亢一公脸立时通红,鼻子里吸进女人一股子雪花膏香气,慌乱地向后仰仰身子,接过糖,不敢向女人看。女人咯咯咯笑了。

亢一公不清楚,当时赌场上最为人看重的两种人,一种是煤矿工人,一种便是包工头。煤矿工人工资虽高,挣的却是有数的钱;包工头挣的是没数的钱,所以包工头又比煤矿工人高了许多。窝主家来了个包工头,主人自然看重他,要想方设法从他口袋里往外掏钱。

晚上两人在杨家又吃一顿饭,莜面窝窝羊肉汤,做得十分可口。吃过饭自然要付钱,这在路上陈强就吩咐了亢一公,亢一公随手一掏将一张十元的票子撂在炕上。杨氏夫妇见他出手大方,更相信了陈强的话,对亢一公愈益殷勤。

水仙是个二婚女人,从小没爹,出嫁后又死了母亲,和第一个男人没过一年,丈夫在水库工地上被塌方压死了,嫁给杨尿文后,不上三年公婆先后去世。杨家洼人都说水仙是个白虎星,好多男人便都说见过水仙那东西,是个没毛的光板子。白虎星必须遇青龙,方能降住,杨尿文不是青龙却不怕这说法,他说他爹娘是病死的,饿死的,不是水仙克死的。要从这点说,杨尿文够个男子汉,只是这人像陈强一样嗜赌如命,手里一有钱便去赌,一赌便不下场,不输了裤子决不罢手。水仙是个精明的女人,知道这种事硬管是管不住的,索性劝丈夫把赌场开到自己家里,一来自己可见机行事,二来若遇上阔赌客,窝主的收入也很可观。一般掏宝,换一次庄家就要付窝主一份钱,再加吃喝都要付钱,如果东家伺候周到,阔赌客赢了钱,十块二十块小费扔给东家是常有的事。这一来果然管住了杨尿文,杨尿文既可过足赌瘾在自己家炕头上赌,有老婆监视也不至于每次都输得脱裤子。至于老婆看上赌客,赌中间到另一个屋子里去行事,他向来不闻不问,只要赌场在,他根本顾不上其他。

这天吃过饭,赌徒们陆陆续续都聚了来,赌博就在杨家炕头上开始,窗户上蒙着毯子,水仙在院里放哨,院里还拴着条大黑狗,一有动静,那狗便汪汪叫,水仙便传来讯号,人们便装玩扑克牌。其实这种防备也仅为了防派出所和公社抓赌的。杨家洼的革委主任、民兵连长,就是两个惯赌分子,这一晚也在杨家炕头上。

这一夜坐庄的是陈强,他掏什么都暗示了亢一公,这是两人商量好的。如果掏一,他的手便摸鼻子;如果掏二,他便揉眼睛;掏三,挖耳朵;掏四,无动作。亢一公一上场就亮了钱,下注又下得大,开始几宝都押红心,别人见他赢钱便都跟他下注,他见别人入了套子,便专往黑处押,押到凌晨三点多,别人的钱都入了陈强口袋,他狠押几注红心,砸塌了陈强的宝,陈强只好退庄。亢一公是赢家,亢一公上了庄,此时众人口袋里的钱都很少了,没一个大注,输赢很小,押着便没了兴致。

赌场在黎明时收摊,陈强窝在炕上呼呼大睡,坐庄的亢一公照例最后走,扔给水仙三十元钱,问水仙能不能在这里住一天?杨氏夫妇巴不得留住这位阔赌客,立即答应说隔壁小屋炕已烧好,亢一公呵欠连天跟着水仙进了隔壁屋。

水仙送下亢一公刚过来,陈强醒了,揉着眼说:"散摊了?怎么不叫我一声。"下炕穿鞋就走。一只脚迈出门外,仿佛刚想起一样,回头问:"姓亢的呢?这小子真不够意思,我引他来,他走也不叫我一声。"杨尿文这一夜赢了几十元,正美滋滋坐在炕上点票子,头也不抬说:"没走,就在隔壁,要住下。""我得问他借几个钱,回家过年钱也输光了,怎么交代老婆。"说着,向隔壁小屋走去。

亢一公已将所赢的钱按三七分成点好,陈强进去,他将钱递过去,陈强看也没看装进口袋,忽然指着亢一公骂起来:"姓亢的,你也太不够意思,不是我引你到这里,你能赢这么多?我张了回口,你只借我三十,我怎么回家过年,你去访访,我陈强是借钱不还的人吗?"

杨氏夫妇闻声赶过来,慌忙两头相劝,亢一公又掏出二十元,说什么也不再借给陈强,陈强装起钱,骂骂咧咧走了。水仙夫妇劝说着将陈强送出街门。

亢一公捏着那厚厚一沓票子,感到仿佛在做梦,世上竟有这样容易挣的钱？一夜之间，几百元便到手了，这实在太不能令人相信。上中学的那几年，他因为老没钱花，曾做过许多捡钱的梦，那么多钱攥得紧紧的唯恐失去，然而梦醒后却只攥着个空拳头。那时是多么失望和悲凉，这次呢？他掏出那钱又数一遍，装进贴身的衬衣口袋，用手紧紧按着，躺上水仙给烧得热洞洞的炕头，赌了一夜，困得头疼，实在想痛痛快快睡一觉，可闭上眼睛却怎么也睡不着。刚刚有了点困意，只听院里的狗狂叫起来，就听有人走进院子，似乎并不是一个人，亢一公不知发生了什么事，推开被子，轻轻跳下炕，正要出去，却见水仙一脸张皇闪了进来，轻轻摆着手说："别出去，有情况。"说完又退了出去，咔吧一声，把屋门锁上了。

亢一公吓得魂魄都离了窍，身上冷汗直冒，直后悔不该来这地方赌钱。自己毕竟是被追捕的人，倘若他们串通了来抓自己，这次算没跑了。

心惊肉跳直等了半个多钟头，才听到院里又响起杂乱的脚步声和说话声，却听不清说什么。大约又过了十来分钟，门锁轻轻开了，水仙端着个茶盘走进来，茶盘里两碗冒着热气的山药和子饭、几碟咸菜、一小碟葱花酱。一股饭菜香气立刻飘满了屋子。

亢一公咽口唾沫，盯着茶盘里的饭菜，急急问水仙："什么事？""什么事也没了，快吃饭吧，吃了饭好好睡你的觉。"水仙放下茶盘，笑眯眯望着亢一公，亢一公被她看得浑身毛躁，问道："到底什么事？你不说清，我哪里能吃得下饭。"水仙眨眨眼说："你硬问，我就告诉你，他们怀疑你和陈强做鬼，来找你们算账，被我打发走了。"亢一公一听白了脸，站起来说："那我得走。"水仙又眨眨眼，面上浮出狡黠的笑容说："你又没做鬼，你慌什么？我已告诉他们你和陈强吵了一架便各走各的了。你现在出去，大白天的，还不是自己往他们手里送。他们不怀疑你们做鬼，你也好走不出去，你赢了那么多钱，谁不眼红，恐怕你连三里地也走不出去，就让人抢了。你还是乖乖在这里住一天，找机会再走吧！"

亢一公听她说得有理，只好坐下。水仙笑眯眯地为他递上筷子说："快吃吧，一会饭就凉了。在我这里，你放心，谁也不敢把你怎样，除非我……"话没说完，咬着嘴唇笑着，扭身走了出去。就听咔吧一声，门锁又锁上了。

事已至此,只好听天由命,亢一公反而不慌了。三口两口吃完饭,索性脱光衣服,钻进被子,舒舒服服闭上了眼睛。

四

沉沉睡梦中,忽然院中又响起脚步声,接着就有人喊:"在这屋里,在这屋里,这次看他往哪跑。"亢一公知道是来追捕自己的,慌急间光着身子爬起来寻找逃跑的地方,就听外面有人砸门,还有抖动枪栓的声音,正如掉在瓮里的老鼠一样不知所措,却见墙壁上打开一扇门,水仙在那面招手,说:"快过来,过来就没事,什么事也不会有。"亢一公光着身子便钻过那个墙洞,过了墙洞,只见又是一间屋子,却好像野狐峪自己家的样子,妹妹亢草莓睡在被子里叫他:"二哥,快钻进来,钻进来。"亢一公尴尬地蹲下身子说:"这怎么行,你是大姑娘了,咱们怎么能睡一个被子?"草莓却羞红脸笑嘻嘻地说:"二哥,你忘了,咱们已经结了婚,我是你媳妇,我原来就是你的奶媳妇,你忘了吗? 快进来呀,不然他们就把你抓走了,快,快呀。"亢一公迷迷糊糊,似乎想起他和草莓确实已经结了婚。这时外面呐喊抓他的声音更乱了,只听有人在墙洞那面说:"这被子还是热的,肯定没跑远,大家找一找吧。"亢一公不敢再犹豫,走到草莓被子边,草莓撩起被子,一把抱住了他,爬起来压在他身上就和他亲嘴。他慌忙想推开草莓,定睛一看,压在自己身上的竟是祁月珍。祁月珍光洁滑腻的身子摩擦着他,热乎乎的嘴唇和他的嘴唇黏合在一起,他身上一下子没了力气,浑身动弹不得,只是口里喃喃叫着说:"月珍,怎么是你呢? 月珍。"便感到月珍软绵绵的手摸着他的下部,那东西勃然挺了起来。他又急又羞闭着眼睛说:"月珍,不,不能,我们还不能。"月珍却嘻嘻笑着说:"到这时候都硬得扳不倒了,来,快上来吧。"祁月珍的手用力扳着他,他体内一股燥热的火在全身四处乱窜,烧得他难以控制自己。在那只手的扳动下,他就势撑了起来。那东西蠢蠢如一匹饥渴难忍的野马在寻找水泽,只觉那只绵绵的手又捉住他的那东西送到一个湿淋淋的地方,毫不费力便找到了要找的地方,一下子入了进去。他全身顷刻间如坐在秋千上悠下来一样产生一阵无比舒畅的快感。此时的亢一公仍在半昏睡状态中,闭着眼睛,脑子里出现了一个春花烂漫的世界,潺潺清澈的溪流,新鲜明亮的阳光,清幽的野草,树木的香气,浑身膨胀的青春朝气。他想喊叫想奔跑,又昏昏沉沉只想在身下那温柔绵软的肉体上酣然长睡。

岂知身下那肉体却不容他酣然,她不停扭动,两只手抚摸他的背,抚摸他的脸,每一次扭动都使他感到一阵奇妙无比的快感弥漫全身,他尝到了甜头,便喘乎乎猛烈动作起来。只觉脑间那一片春景迷乱了,一切都在旋转,在震颤,在嚣叫着奔驰。他心中充满快乐,同时对给予他这快乐的人充满感激。他想看看祁月珍那漂亮生动的面孔,祁月珍的面孔却越来越模糊。他哼唧着,不住喃喃地说:"月珍,我爱你,月珍,我爱你……"当他在那快感的刺激下逐渐清醒努力睁开酸涩的眼睛时,不由大吃一惊,哪里有什么祁月珍,只见一张因快活而扭曲了的女人面孔,眼睛微闭,嘴巴半张,一阵阵哼哼唧唧的呻吟声从那嘴里传出。当他看清下面仰着的面孔竟是昨天刚见面的水仙时,他浑身一阵战栗如山岳崩摧般将一股洪流注入身下女人的体内,女人快活地哼叫一声张开双臂紧紧抱住他,张口咬住他的嘴唇将一个滑溜的舌头送入他口中。

亢一公想挣扎,他的身子却不听他指挥,那一阵山摇地动的战栗将他的意志轰然摧垮,他如一堆烂泥般瘫着,任由那女人揉搓。心里兀自叫着:"这,这是怎么回事?怎么会这样呢?"

这时,一片灿烂的阳光射在窗户上糊着白纸和红纸剪成各种图案的窗花上,正是上午十来点光景,院中传来鸡的咯咯咕咕觅食声和麻雀叽叽喳喳的叫声。亢一公忽然想起昨天一天的经历,汽车下的寻死,小饭店的喝酒,一晚上的赌博,锁在门上锁子的咔吧声……一切都历历在目。他身上一冷,耳边响起木匠师傅冯守义的话:"出门在外,一不可赌,二不可嫖。"响起陈强告诫他千万不可掉进那窝里和自己保证的话,不由害怕起来。心想,这莫非是他们设计的圈套?可他们又为什么要设这样的圈套?他首先想到了钱,去枕头下摸,那装钱的衬衣原封不动仍在,而且那硬硬的一沓也在。这时,他眼前又出现了杨尿文那精明的小黑眼睛,蓦然一惊,慌忙去抓衣服。水仙却紧抱着他亲了他一口问道:"怎么样?受用不受用?"他被一吻，身上又有了刚才体验过的麻嗖嗖的感觉，腿间那东西也恢复了知觉，似乎又在挺起。他推开水仙慌乱地说："不行，大白天的，快穿衣服。"水仙撑起身，抱过他头来，又亲了他一口说："不用怕，家里没人，他在也不管，你可真有劲呀。"亢一公想起刚才的情景，身上一阵热燥，慌慌急急坐起穿好衣服。这时，水仙也已很麻利地穿好衣服，叠起了被子。亢一公从袋里掏出一沓钱数也没数递给水仙说："我，对不起你，嫂子。"水仙笑嘻嘻接过钱又抱住他亲了一口说："什么对不起，我找的你，又不是你找的我，我不知道你是童身。我破了你的童身，以后就是你的人了。你嫂子以后再不和别人做这种事，给你一个人留着。你什么时候来都方便。"亢一公喃喃应着说："我得去找陈强。"水仙看了他一眼说："你害怕了，我又不是老虎，吃不了你。他们正到处找你，你出去不正送到他们手里。你乖乖在这里住着，我给你出去打听一下。"说着，不容亢一公分说，她已跳下炕，走出门，咔吧一声又锁上了锁子，却在门外说："你好好睡吧，歇好精神，后晌嫂子再侍候你。"说着，咯咯咯笑着走了。

　　下午三四点钟，水仙果然又来找他。这一次却没用水仙主动，女人一进门，亢一公便迫不及待一把抱住她，将她按倒在炕……晚上离开时，他竟有点恋恋不舍，一次次问水仙，她什么时候还可以再来？水仙递给他一把钥匙，说："这个家就是你的了，你什么时候来也行。"

　　亢一公彻底堕落了，他在社会恶浊的漩涡中越陷越深。两年多时间，他一直和陈强等一批职业赌徒为伴，去陕西、下内蒙古，在黄河两岸辗转流浪。有钱的时候便去赌去嫖，没钱时候便找活做挣钱糊口。在水仙之外，他也和其他女人有过来往，但都不长久。他已主动拉起杨尿文家这挂大车的边套，将水仙的家当作了自己的家，所谓"反认他乡是故乡"。他还记着他的野狐峪，记着那深深爱他、盼他回去结婚的小草莓吗？他还记着那一直为他奔走，不惜与父亲反目的祁月珍吗？

五

　　岁月是最能消磨人的恩怨的（假如这恩怨并非刻骨），两年多的时间过去，岔口村的人们已渐渐把亢一公淡忘了。那个曾为村中许多人做过好事

160

的年轻人,那个曾以他的某些行为让村中不安而且愤怒的年轻人,那个曾以他的讲用使岔口村名声远播的年轻人,那个不久又成为批斗对象可怜兮兮的年轻人,都正在人们的口头和记忆中淡漠了。仿佛山林里飞过的一只雉鸡,仿佛山林里跑过一只老虎一样,虽曾以它的美丽或凶猛让人一惊一乍,谈论热闹过一阵儿,时间一长,那印象也就沉淀了。就连老支书狗罕和现任支书吴拉子也已在心中淡漠了对兀一公的仇恨,谈起这个人时,他们已没有当年的愤怒,甚至也要极公道地承认那年轻人本性并不坏,只是年轻不懂事,趁风吃屁。"奶毛还未褪,他知道政策是什么?他知道一亩地多少苗谷?给他个鸡巴,他连阴阳面还分不出呢⋯⋯"在这些看似对他轻视的语言后头,已有着人们的谅解和宽容。

就在这时,传来了树案已破的消息,偷树的是大堰坪几个耍钱鬼勾引外县司机干的。那几个耍钱鬼在一次作案中被当场抓获一个,这个落网者被公安干警三拳两脚便打得下了软蛋,攀扯出所有作案的人,还交代了几年来他们所干的每一件坏事,这其中就有偷砍翠峰山林场的树一事。在他讲到这件事时,审讯者曾一再问他有没有个姓兀的参与?甚至把兀一公的名字、特征以及他是哪个村的也告诉了他。孰料这落网者虽下软蛋却不妄诬,他明知审讯者是诱供,他按他们所要求的交代,会大有好处,他却不能违背自己的良心。他一口咬定这事与姓兀的毫无相干,他说兀一公他认识,在他们村斗过,他也知道他被怀疑与树案有关而逃走了:"绝对没有他,我坦白从宽,抗拒从严,我们怎么能和一个"反革命分子"一块作案呢?你们打死我,我也不会把没有的事说成有的。"其余案犯一一落网后,在照例的诱供面前,他们都没有承认偷树的有兀一公。这些人一方面继承了"盗亦有道"的古训,好汉做事好汉当,不干葬良心的事。更重要的是都知道兀一公是被批斗的"反革命分子",清楚孰轻孰重。偷盗不过就是偷盗,大不了关上几天,老子是贫下中农,你还能把老子开除到工厂去,下放到中央去?但若承认和"反革命分子"一起作案,妈妈呀,那可不得了,这斗争性质一变,沾上个反革命罪,子孙后代也跟上受不完的害。他们那精明的头脑中马上分析出:公安局之所以这样诱导他们,就是为加重他们的罪做圈套,这圈套可万万不可钻,钻进去就成了孙悟空的紧箍咒,什么时候念你,你什么时候不得安生。所以公安人员审问时越是要他们攀扯上亢一公,他们越是害怕,愈益众口一词,坚决不与亢一公沾边。既然三次四次审讯都找不到突破口,公安人员内部也并非铁板一块,对这种诱供便有了看法,背后纷纷议论,甚至已传到社会上,指示者和被指示者都感到不宜再审下去,只好作罢,了结了树案。

听到树案了结的消息,参加了在公社召开的对偷树人的公审兼批判大会后,亢一公的名字又挂上了岔口村人的嘴头,大家仿佛忘记了亢一公曾给他们带来的不安与愤怒,众口一词说自己原来就不相信亢一公会做这种事:"这全是那姓祁的冤枉好人,如今这世道,唉,简直就不是好人的世道。""亢一公,多好的一个后生呀,被赶得有家难回。"在这件事上谈论最活跃的是二队队长,他绘声绘色,唾沫横飞讲他那年怎样借钱给亢一公,怎样让他偷跑到内蒙古找他表弟冯守义,亢一公又怎样在冯守义那里学木匠。"这后生有良心,年下还给我捎回两瓶酒,要不是上面压着,我早就让他当队里的会计了。"他被压抑了两年多的话终于可以一吐为快,他比任何人都高兴。为此,在公社开罢会后,他专门绕着冯家窑,到表弟家传话,让他们告诉表弟,叫亢一公赶快回来。路上,他想起表弟说过,祁文瑞的闺女也在他们村插队,便寻找着散会后往回走的知识青年们,追上他们后,和他们搭了话,开始以他的方式淋漓尽致痛骂祁文瑞,为他们队上的小伙子亢一公鸣不平:"尿的个县革委主任,那是个狗官,在我们村讲用被我们亢一公压下去,他就怀恨在心,他闺女几次三番勾引我们亢一公,他先施美人计,后来看到王必昌倒了霉,亢一公接班人当不成了,他又阻止他们来往,想方设法迫害我们亢一公。这种人,良心早被狗吃了,那闺女也不是个好东西,狐媚子似的,不是她,亢一公也不会倒这样的大霉……"

那天,幸好祁月珍被公社书记留住谈上大学的事,没听到他的话,否则,当场不被气得晕过去算我瞎说。也幸好,几天后祁月珍就离开了冯家窑,不然的话,她以后的日子决不会像以前那样好过了。

侦破树案的消息一传到野狐峪,野狐峪上空长期以来的阴霾一下子云

162

开雾散,温暖而明亮的太阳照得山野间一片灿烂。连大恨不动都高兴得一股劲嗨嗨嗨笑着逗妹妹:"草莓,找女婿去吧,二的能回来了。"草莓黄瘦的脸上两年来第一次露出明媚的红润,中午一顿饭吃得比大恨不动还多,害得母亲刘拉弟只喝了几口汤,亢根柱也只吃了个半饱。当草莓发现自己把父母的饭都吃了时,脸立刻羞得像块红布,跳下炕咯咯咯笑着直跑到河沟里的水潭边。水潭边一只红毛狐狸正在那里喝水,抬起头看看草莓,箭一般蹿进翠峰山的林棵,草莓望着那红毛狐狸发了呆,笑容满面的脸上流下两串晶莹的泪珠,她在心里默默祷念:"奶奶,你一定也是听到二哥蒙冤的事被释清了吧?你若真是地下有灵,就赶快让二哥回来吧,你要保佑二哥,保佑他平安归来,保佑我和他……"

一吃过午饭,亢根柱就到冯家窑去找冯守义。也不知他这几天回没回来,只有他还知道些二的的行踪,这事无论如何得拜托他了。让他赶快捎话给二的,让二的赶快回来。儿子呀,你终于可以自由了,你终于可以回咱野狐峪了。只要你一回来,我马上就给你和草莓办喜事。

亢根柱赶到冯家窑时,冯守义刚刚进门不久。兴冲冲的亢根柱万万没有想到,他得到的却是晴天霹雳。就在翠峰公社召开公审偷树贼大会的前三天,他的二的已在县城被逮捕,抓进县城的看守所了。冯守义急急忙忙赶回家,也就是为了报告这消息,并设法营救亢一公的。

"这是为什么呢?为什么呢?"

亢根柱脑子里一片糨糊,两条腿仿佛灌了铅,又好像抽了筋,回野狐峪十来里的路竟在路上歇了八歇,直到太阳落山,才爬上门坡。

他将怎样向妻子报告这一消息呢?老天,我亢根柱前生到底造了什么孽?你为什么这样对我不依不饶呢?你为什么对我如此惩罚不公呢?老天,你的耳朵莫非聋了?你的眼睛莫非瞎了?我的二的有什么罪?他有什么罪呢?

六

祁月珍也是从冯师傅口中得知亢一公被捕的消息的,那时,她正打点行装准备离开她生活了将近三年的冯家窑。她已被推荐选拔到北京大学,一切该走的程序都已走完,入学通知书也拿到手了,三天后就要去学校报到。在此之前,父母几次催她回去,她坚持不回。她的理由是她上大学是冯家窑村老百姓和翠峰公社老百姓推荐的,她一定要和冯家窑和翠峰公社的人民群众劳动生活到最后一刻。其实,她自己心里也清楚,若不是有个县委书记的爸爸,若不是爸爸妈妈在背后为她撑腰奔走,她决不会这么容易就被推荐到北京大学的。理智上这样认为,感情上却不能接受。她一次次在内心否定这个事实,一次次以她的实际行动来否定这个事实。然而,事实毕竟是事实,别人否定不了,她也否定不了。为此,她内心陷入了极度的痛苦之中,几次冲动起来,她甚至准备到公社去退掉这个让她难堪且难受的推荐,每次想好,走到临头又拿不出勇气。

上大学,这是她多少年寒窗苦读梦寐以求的目标,何况又是北京大学。她已经二十三岁,她怎么能失去这个机会呢?她目睹了为这次上大学多少人费尽心机,多少人不择手段,又有多少人为没有推荐上而气沮形消。邻社一个插队女知青千方百计送礼求情终于拿到了推荐表,却挤下她一个最要好的朋友。她的行为很为大家所不齿,从她拿到推荐表后,大家像约好了似的,谁也不理她,对面碰上她也鼻子里哼她一声。在她拿到入学通知书离开那天,她再也憋不住了,趁大家在食堂里吃饭时,她痛哭失声,一边打着自己的耳光一边说:"你们恨我吧,恨我吧,我他妈不是人,我不要脸,我贱,我得罪了你们,可我惹你们了吗? 你们都说我挤了小琼,可你们知道吗,我不挤她她也走不成。她那个指标已经被一个只上过三年学的村支书用五百块钱买走了,要不是我和公社书记那牲口睡了觉,我也拿不到推荐表,我为拿推荐表让那牲口糟蹋我,我容易吗? 你们……"大家虽对她和公社书记睡觉的事有所耳闻,但这话从她嘴里说出来,大家还是大吃一惊。当她号啕着奔出知青食堂坐上村里的手扶拖拉机离去后,被震惊的呆若木鸡的知青们才醒悟过来。有人喊一声找那公社书记算账去,大家便一拥而出,呼号着向公社奔去。但走到半路他们还是返了回来,他们能奈何那公社书记点什么? 睡是她愿意的,她出卖了自己的肉体才换来那一纸入学通知书,他们忍心为了一时冲动毁了她的前程吗? 他们能那样干吗？祁月珍听到这消息后，心惊肉跳，痛苦得茶饭不思。她一方面庆幸有个当县委书记的父亲，如果不是父亲，她会怎样呢？一方面她却又为靠父亲而不是完全靠自己而羞愧。她认为自己插队以来的表现是无可挑剔的。她从来没向人说起过她是本县县委书记的女儿，她也不让知道的人说，她从来不享受能得到的特权，母亲几次在城里给她安顿了工作她都没有回，重大节假日别人都回家的回家，休息的休息，队里有事留下来的总是她。她是真心实意把自己全部投入农村的生产劳动中去，投入到关心和爱护集体中去了。她以自己的努力获得了村里老百姓的喜爱，获得了插队知青的尊重，对她的推荐大家并无异议，如果她不是县委书记的女儿，她会走得心安理得。可如果她不是县委书记的女儿，她能走得了吗？也正因为她是县委书记的女儿，尽管她本身无可挑剔，她还是被挑剔了。他们背后的议论她听到了。这些议论使她难堪且难受。从她接到入学通知书那天起，她就巴不得赶快离开这被指指点点的地方了，她硬着头皮，拗着性子留下来。她认为如果自己连这点勇力也没有，她那三年的表现就是一场骗局，就是别有用心的虚假表象。

她逼着自己坚持到了最后。昨天，她已向该告别的全告了别，她怀着难以抑制的激动心情恨不能一步跨到北京。当她刚刚收拾完正要起身离开这住了三年的屋子时，只见那长年在外当木匠的队长冯守义走了进来，进门就叫着房东的名字问："祁月珍姑娘还没有走吧？"其实，房东一家全下地去了，院里只有祁月珍一个人。

祁月珍迎着声音走出来，只见冯守义一脸张皇，见了她，咧开厚嘴唇笑笑，擦着额头上的汗说："啊呀，可还没走。月珍姑娘，亢二叫抓起来了，你快回去救他吧。"祁月珍一听这话，脑子里"嗡"的一声，一晚上、一早晨的高兴烟云一样消散了。她分明知道所说的是亢一公，还是下意识问道："亢二，哪个亢二？""还有哪个亢二？野狐峪的亢二恨不动，那个出了名的亢一公。我知道你们是同学，你对他好，也只有你还能帮他忙，你这要上大学一走，亢二他算完了，不判他十年也得判他个八年……"

冯师傅坚持要送祁月珍到公路上坐公共汽车，说他对她有话说。

祁月珍对这个知青们一致认为走资本主义道路的人没好感,怎么看他那副精明样子怎么不顺眼。大家都穷,他家里却起房盖屋,有吃有穿;大家都在为改变冯家窑的面貌艰苦奋斗,他却一个人长年在内蒙古做私活,走资本主义。为这个冯守义,他们一伙知青曾给队长贴过大字报,曾要求公社和大队把他从内蒙古揪回来。但大字报都被队长撕了,而且挑起姓冯的一帮青年要撵走知青,为了大字报的事,队长撂了挑子,小队的生产半个月没人管,支书亲自上门三请诸葛亮才把他请出来。冯守义这弟弟是个好庄稼人,他当队长以来,他们队年年打的粮最多,分红也最高,社员们都拥护他。他一撂挑子,社员们首先不让,纷纷指责知青,知青们只好认输。他们感到在农村好多理讲不通,好多革命的东西实行不下去。农民太讲究实际,太看重自己的生存,谁能让他们过好日子,他们就服谁,拥护谁。谁家的日子过得好,他们就佩服谁,羡慕谁。他们才不管你这政治那主义,用他们的话来说:能过上好日子就是好主意。冯守义弟弟有一次教训知识青年:"你们给老子贴大字报,简直有天没世界了,是你们来接受贫下中农再教育,还是你们来教育贫下中农?你们连这个理也翻不过来,还成天革命、革命,革尿的命,你们嫌老子走资本主义,让你们来当队长,恐怕连资本主义也走不到,老百姓就全饿死了……"知青们虽一致感到他这话味儿不对,若要上纲上线就是反革命言论,可他们不能不承认一个事实:他们自己内部也都羡慕分到他们那个队的知青,他们一个工分比别人多拿二三毛钱,一年就是一百多元。跟上这样的队长当然比别的队长强,队长是社会主义的队长,他为社会主义多创造了财富,你不能否认他的社会主义性质。他的哥哥就不同了。小生产是不断的,每日每时都在产生着资本主义。小生产者是资本主义的温床,而冯守义正是这种小生产者的代表。所以祁月珍等人理所当然对冯守义十分厌恶。

祁月珍拒绝了所有人为她送行,但就是拒绝不了她所反感的冯守义送她到汽路上坐公共汽车。而且因怕误车,还坐上了冯守义用"走资本主义"挣来的钱买的加重"飞鸽"车的后尾巴。路上,冯守义告诉她,亢一公曾是他的徒弟。他逃出去后在内蒙古跟着他干了半年多木工活。他说亢一公经常向他提起祁月珍,说她是个好姑娘,说她是个有情有义、重情重义的女孩子,说他后悔一再拒绝她的爱情。他虽然知道他一辈子也不可能和她结合,但他一辈子也不会忘记她。他不可能舍她而去爱别的女人,他的心里永远是把她当最亲爱的人的。他之所以一直拒绝她是因为他怕会连累她,是因为他们之间的鸿沟太深、太宽,他们永远也不会跨越的……

这些由冯守义转述的话让祁月珍大受感动。她甚至在心中已决定,如果父亲不放亢一公的话,她就不去上大学,她要守着,等亢一公一出狱就和他结婚,就和他回野狐峪。

冯师傅没有告诉她亢一公被捕的详情。他说自从亢一公离开他后,他就再没有见过他,只听说他到处流浪,他到底干了些什么,怎么被抓的,为什么抓他,他一概不知道。

七

冯守义并没完全对祁月珍讲真话。亢一公这些年到底干了些什么,在这个世界上除了亢一公外,恐怕没有第二个人比冯守义再知道清楚了,但那些事能对祁月珍讲吗?作为一个精明的走东窜西的江湖客,冯守义很清楚在什么人面前该讲什么话。他的目的是为了救亢一公,祁月珍是唯一可能的救星,他如果将亢一公这些年来的行迹完全告诉祁月珍,祁月珍还会救亢一公吗?他如果将亢一公和水仙那些暧昧关系告诉祁月珍,她还会救亢一公吗?冯守义不能不有所保留。

冯守义知道,亢一公自从和水仙有了那事后,已是欲罢不能。他在水仙那里尝到了甜头,知道了男女之间竟有如此的妙事,他就再也管不住自己。在接触水仙以前,亢一公对男女之间的事一直朦朦胧胧,那时他是清醒的,他对于女人有他挑剔的目光,他不仅看她的形貌,他还要求她的品德、她的学识,他所要的是一个完整的女人。

他在与水仙发生了那事后,他的目光已经迷乱,他的神志糊涂了。他只知道水仙能给他那种心乱神迷的快乐,他沉溺于那种快乐之中,他忘记了世界上还有草莓,还有祁月珍,他忘记了那种快乐她们也能给他。他只觉得水仙才是他最亲近的人,他再看不见水仙的粗俗,看不见水仙的势利。他明知道水仙是为了他的钱,但这已引不起他丝毫的反感,他一直牢牢保存着水仙给他的那把钥匙,一有时间便跑到水仙家去。到水仙家后,不用水仙说,他便主动把挣来的钱三十二十一百八十递给水仙。最初他还担心水仙的丈夫杨尿文发现了他们的来往会对他不利,走时偷偷摸摸,胆战心惊。后来,他发现杨尿文不但早知道他和水仙的事,对他不但不恼,还十分热情,主动回避。于是他再无所顾忌,索性便把那里当成了他的家。第二年秋天,水仙生下一个男孩,当他问起水仙为什么她和杨尿文结婚五六年才有孩子时,水仙点着他的额头说:"傻瓜,这是你的孩子呀,他是个银样镴枪头,只会耕不会种,以前我只当我的地不行,后来才知道他的种子发了霉。你说,发了霉的种子,再好的地它能生长出庄禾来吗?你看看这孩子像谁?这鼻子、这眼,这颅头不和你一样样吗?"当亢一公看清那孩子果然很像自己时,激动得热泪盈眶。一种初为人父的神圣感使他陶醉了好长一段时间。有了这孩子,他感到水仙更可爱更可亲了。难得的是那个杨尿文虽知这孩子不是自己下的种,他的激动却比亢一公有过之而无不及。爱屋及乌,对亢一公也更加亲热,只要亢一公来,他就让他和水仙到一起,自己甘愿守冷炕头。为了笼住亢一公的心,他当着水仙的面说:等她和亢一公再有了孩子时,他允许他(她)姓亢,给野狐峪的亢家续香火。水仙望着亢一公,乐得咯咯笑,亢一公却臊了个大红脸,他当时没说行,也没说不行,心里却默认了这个提议。不是水仙夸,她那地还真是块好地,第一个孩子还不到周岁,第二个孩子就出世了。第二个孩子是个女孩,亢一公坚持让她姓了杨,他似乎已拿定主意,要在这家里耕种一辈子而乐此不疲。对他这种无私奉献的精神,杨氏夫妇自然感激不尽。自从亢一公和杨尿文同耕一块田以来,水仙倒真的收敛了,不再和别的男人来往。亢一公不在时,她粗衣朴布,不再打扮得花枝招展。只有亢一公来,她才又搽油又抹粉,穿上鲜亮的衣服尽心尽意服侍亢一公,并一再向亢一公表示,她一定为亢一公也生一男一女。果然,在亢一公被捕前,她又怀上了第三个孩子,这次,杨尿文表了态,无论生男生女,生下的孩子一定要姓亢。

杨氏夫妇这样对待亢一公,亢一公自然把杨家当成了自己的家,有了钱便倾囊而出，全部交给水仙，没钱时便出去打工，做苦工、做小工挣钱，他在生产队的小煤窑挖过煤；他在包工队的工队里盖过房、垒过坝、修过路；他在黄河里当过船工，拉过纤绳；他也多次找过冯守义，多次决心跟冯守义跟到底，但他又多次从冯守义那里走了。他已不再把冯守义那里当作他唯一的去处，他认为他已不适宜一直跟着冯守义。他来找冯守义的时候，往往是他一文不名、无所着落的时候。找到冯守义那里，如果冯守义有营生做也需要帮手时，亢一公便会留下来做一段。如果冯守义闲着，营生暂无着落时，亢一公往往看一看他就走了，他再不会像以前那样和他同忧愁、共患难。他有时甚至还在躲避着冯守义，用冯守义的话来说，亢一公在他面前是人，一旦离开他以后就成为一个鬼了，一个赌鬼、浪荡鬼、讨吃鬼，一个不可救药的饿嫖鬼。冯守义在祁月珍面前隐瞒了这一切，他也在亢根柱面前隐瞒了这一切，他知道亢根柱知道了这一切，这老实巴交的纯朴庄稼人当时就会被活活气死。当然，他也清楚，即使他不讲，在日后他们也会知道，也会明白。明白且让他们慢慢明白去，话是不能从自己嘴里讲出去的，静坐常思己过，闲谈莫论人非，是他冯守义永远守着的做人准则。

冯守义最不愿讲也最不堪讲的就是亢一公和水仙的暧昧关系。一个男人，一个前途无量的年轻人竟会堕落到亢一公那种地步，这使做过他一段师傅，而且和他一直来往的冯守义简直痛心疾首。这个人完了，这个人被那女人彻底毁了。每当冯守义一见到亢一公，一想到亢一公，他心里就会发出这样沉重的叹息。

不但冯守义，就是陈强这个老赌鬼，也对亢一公这几年的所作所为大不以为然。他倒不像冯守义那样有着明确的做人准则，他也不认为自己是个正派的人。他认为亢一公太不值，为什么呢？为了一个女人，为了一个不值钱的女人值得那样全身心投入吗？那是个无底洞，永也填不满的无底洞。一个人要掉进那无底洞，他这一辈子就完了，彻底完了。

身陷其中的亢一公一直执迷不悟，他不接受陈强那一套理论，他也接受不了冯守义那样的正经规劝。在生活的漩涡中，他已不是当年初出逃时那个单纯得水晶般透明的亢一公。他再也不会幼稚地以解救天下仍处于水深火热中的受压迫人民为己任。他再也不会有以他一颗火热的红心就会改变岔口村、改变翠峰公社落后面貌的天真想法。他知道这世界很大，这世界很复杂，这世界上有许多事情是无法用他所受的教育、所读过的书中的理论来解释的。他第一次深切理解了那句著名的话论：无产阶级要想解放全人类就必须首先解放自己。不过他的理解不是站在他所敬仰的那位导师所站的高度上理解的。他在理解中偷换了概念，把无产阶级换成了自己，换成了亢一公，把解放全人类换成了要干一番事业。于是那著名的论断便成了这样一句亢一公的生活誓言：亢一公要想干一番事业，就必须首先解放自己。他这句誓言是在一个叫甘靖的同龄人启发下完成的。甘靖比他小两岁，思想却比他成熟得多。

　　他们是在筑路工地上认识的，甘靖是那工地上大大小小数十个包工队其中一个包工队的包工头。这个生得文文弱弱的年轻人似乎有一股永远用不完的精力，他每天领着工人们上工地，干起活来不要命。如果他在那里干活，你根本看不出他是个包工头，可要和施工员打起交道来，你又根本看不出他还是刚才在工地上拼命干活的一个工人。他在干活时光着膀子，挽起裤腿，脱泥下水，绝不是在工人们面前做样子；他在施工员面前文质彬彬，衣衫整洁，谈吐自如。收工后工人们都累成了一摊泥，一倒就呼呼入睡了，而他每天在他的屋里看书都要看到子夜一两点。他也和工人们谈女人，说粗话，荤故事一串一串，他也和工人们赌钱、下棋，也找相好的女人，但你就是觉得这个人和别人不一样，比别人高出许多。他从来不恶言恶语训斥工人，但他只要一说话，工人们从来不敢违抗，他身上有一股凛凛正气，有一股慑人的威力。在所有工队中，他那个工队的工人成分最复杂，他什么人都敢收留。要钱鬼、嫖客、四类分子、刚从监狱出来的各色人等都应有尽有，他对他们都同等看待，称兄道弟。亢一公跟着陈强见到他时，他正在食堂里给工人们训话：伙计们，咱们今天来谈谈工作。什么叫工作，工作就是斗争，这句话你们都知道，所以你们就和我斗，互相斗。错了，斗争并不是目的，从我们的目的来说，那就是挣钱，斗争是手段，挣钱才是目的。那么挣钱又为了什么呢？为了活着，为了活得好，所以活得好才是我们的最终目的。挣了钱你才能去赌,去嫖,去喝烧酒,去养活老婆娃娃,去做你想做的一切。要想活得好就得多挣钱,要想多挣钱靠什么呢?靠你自己,从来就没有什么救世主,也不靠神仙皇帝。所以你就得干活下力气,好好干。这里不是你赌的地方,这里也不是你骗的地方,这里是工地,在工地上你靠的是出卖苦力,凭汗水挣钱。这里也不是你搞阶级斗争的地方。你是什么,我不管,我只认你是个劳力,你谁干的活多,我就多给你钱。这里更不是你的生产队,你们不用想日哄我,你们也日哄不了我。我这里不实行评工,我这里一切都由我说了算。我看你干活多就多给你钱,我看你汗水流的多就多给你钱,我给你拿多少你就应该得多少。你不服气,可以马上开路,你要和我斗争,我也马上让你开路,我这里没有人情,我要有人情早就把我的三表六亲都叫来了,我还会要你们吗?我这里只有劳力,你们是我的劳力,也是自己的劳力,劳力就是凭出劳出力挣钱的,你们只管好好受就行了。不要吃上萝卜闲操心,管什么谁挣多谁挣少。钱,你们去向会计领,谁领多少都是我定的,有谁不服气找我好了……

原来这天开支,工人们吵着要评工,他坚决不评,给工人们训开了话,却正让亢一公他们撞上了。亢一公听了他的这番讲话,吃惊不小。想这人也真够胆大。他讲的那些话要被人反映了,不打他个反革命坐几年牢才是怪事呢,于是他和陈强商量,不如投别的工队。陈强却劝他留下来,一来工地上数这里工资高,二来甘靖给钱痛快,从不拖欠。他悄悄对亢一公说:"你还挑剔什么?像咱们这号人,也只他这工队敢要,谁家敢留你?"让亢一公奇怪的是,工人们领了工钱后,一个个都喜笑颜开,再没人说长道短,倒都来巴结恭维甘靖。也有几个赔着笑脸开玩笑说他和谁谁干得也差不多,怎么就比谁谁少开了几块钱?甘靖马上掏出一个小红本本指着说:你哪一天迟到了工地半小时,你哪天比别人少挖了几方土。那些人先是莫名其妙做回忆状,既而便红着脸认了。背后都说甘靖这人厉害,什么都知道。后来有人偷出甘靖那成天装在身上的小红本子看时,却没找到他所说的那些数字,这使他们更加不敢小看这个年轻的包工头,都说他那本子是无字天书。

甘靖是个很好相处的人，并不像人们印象的那样有心计，城府深。他待人很真诚，人家背后说他坏话，或哄了他，他知道后一笑了之，过后待人一如以前。有些人赌钱，打伙计出了事，他都一马挡在前面，说无论他的工队工人出了什么事都找他，坐牢也是他坐，不要纠缠他的工人。那些麻烦事他能化解的都化解了，实在没法化解的，他便悄悄打发当事人一走了之。为此，他也吃了不少苦头。一次，为了一个年轻人和村里人的男女纠纷，甘靖去排解，被人狠打一顿，工人几乎散了摊。

　　亢一公渐渐对甘靖佩服得五体投地，感到自己念了几年书简直白念了。甘靖读书也只读到高二，"文化大革命"中他曾当过他们县一个造反组织的总指挥，造反初期蹲过半年监牢，在监牢里他读了不少书，出来后掌了权的同派人请他参加县常委，他坚辞不就，一个人流浪了大半个中国，还曾偷越国境跑到越南，想参加越南人民军，被遣送了回来。后来，他在村里当了半年支书后便开始了包工挣钱。亢一公弄不清这人到底想干什么？以后惯熟后问他，他没有正面回答，只说他想体验生活，考察中国的社会民情，大概正是基于这一点吧，他很喜欢引导人们谈各自的生活经历，谈各地的风俗民情、奇闻逸事。他对亢一公的经历特别感兴趣，和他交谈了许多次，在亢一公讲时，他还不时插进自己一些看法。看似在引导亢一公继续讲下去，实际却对这些事作着剖析和评判。

　　他对亢一公说："你这人最大的毛病就是单纯，单纯所以轻信，轻信所以受制于人，受制于人所以不得安宁。但单纯并不是你的错，这是时代的错，是中国人观念上的错、性格上的错、传统道德上的错，我们喜欢同反对异，我们喜欢正贬抑邪，我们只要共性不要个性。我们习惯崇拜偶像，我们有脑袋不思想，我们有眼睛却只喜欢用耳朵，我们有嘴巴只会鹦鹉学舌，我们是人，我们却认为我们是物。我们从来就是一群善良的绵羊，任人驱赶，任人宰割。这是中国这古老民族的悲剧，更是我们这一代人的悲剧。你的麻烦出在你只认公众的目的而没有个人的目的。你要明确了这一点，你就不会落到今天这样的下场。人作为一个个体的人，他首先是一个个体，其次才是社会的一员，一个人要为公众服务，他首先应该明确这对自己的存在有多少好处？是利大还是害大？是有利于自己的生存发展还是相反？一个人干一件事如果连这点也不清楚，那他不遇到麻烦才是怪事。一个人连自己也难以自保，他根本就为公众办不成什么事。他如果办了些事，那也毫无意义。当农民的如果不为自己的利益去种地，那他便无异于牛马，你放弃升学回农村，你为村里人办好事，你的本来目的是要像你学习的那些人一样，走一条捷径，当劳模，上报纸，出大名，然后升官发财，到县、到省、到中央，但你从来不敢承认。你在造反中保王必昌，因为王必昌树你为接班人，他是你的靠山，他倒了你也得倒，但你也不敢承认。你和祁月珍恋爱因为你爱她的容貌、爱她的气质、爱她的社会地位，你想成为一个城里人，永远离开野狐峪，但你更不愿承认。所以你的麻烦都是你自己造成的。说到根本，你的人生目的很简单，你的最大愿望就是离开野狐峪，你从小就讨厌那个地方，这已经成为你的一种生理反应。这一点你始终不明确，你要一开始就明确这一点，你这目的早就达到了。所以你的最大错误就是念书念到初中就退了学。你奶奶是个伟大的哲学家，她看得非常清楚：念书是你的灾难，也是野狐峪的灾难。不过，你的目的暂时已达到了，那个水仙虽然诱惑了你，但她却正是你的救星……"

六一公虽然感情上接受不了甘靖这番奇谈怪论，甚至认为他纯粹就是在胡说八道，但理智上却不得不承认甘靖说得有一定道理，而且愈到后来似乎愈明确，像一条闪光的线一样，甘靖那番话把他这二十多年的经历串了起来。

然而，他听到这番话太晚了，他还没来得及认真对这番话仔细咀嚼、琢磨、品味，他就该走了。就在甘靖对他讲完上述这番话的第五天，他听到了树案终于侦破的消息，他兴奋莫名，匆匆结算了工钱，告别了甘靖的工队取道临河县城，准备回他的野狐峪去。

临行前，甘靖对他说："老六，我劝你不要到县城，避开一点，找个就近地方下车步行回去吧！"

六一公笑一笑说："我清楚，谢谢你的关照，不会有事的。"

甘靖望着他的背影摇了摇头。

八

三年多流浪生活终于要结束了,亢一公按捺不住心头的喜悦,兴冲冲踏上归途。

哎! 山畔畔太阳笑面面红

山顶上飘起五花云

五花云彩满山山转

苦辣酸甜都尝遍

哎! 斗大的西瓜碗粗的根

千家万户一条条心

一条心拧成一股股绳

一股劲建设咱新农村

治山治水栽红柳

打扮咱山区像巧媳妇头

哎! 青山绿水一盆盆花

光棍寡妇安下了家

再不用跑口外刮野鬼

好日子碗里有糖水

……

心里高兴,嗓子发痒,不唱出来心里别扭。深秋薄阴的天,太阳像个红球,他却看到"山畔畔太阳笑面面红",他唱着"再不用跑口外刮野鬼,好日子碗里有糖水",他哪里知道,前面等着他的是比跑口外刮野鬼更苦的生活。年轻人呀!生活已经给了你过多的折磨,你还对未来那样充满信心。正像那路边的沙棘,经了霜冻,那果实才愈发红得鲜艳,红得蓬勃,红得可爱。

亢一公此刻的心情,真像那十月经霜后火红的沙棘。

离开工地时,赌鬼陈强要送他上长途汽车,他坚持不用。赌鬼为失去一个好赌友十分惆怅,这两年,他已习惯了以大哥的身份照顾亢一公,对他关怀备至。亢一公感激他的友情,但并没有像陈强对他那样对陈强完全敞开胸怀。他只感到自己不能与陈强这等人为伍,甚至还隐隐对陈强的诱他下水有些怀恨。以前,当他这种情绪有所流露时,陈强并不以为然,认为在他那种处境中谁都会烦,谁都会毛躁。自己是天生好赌,亢一公是被迫去赌,而自己诱他去赌时,也并非为他着想,所以,便处处迁就亢一公。今天,亢一公高兴,陈强也为他高兴,拿出身上仅有的三十元钱来送他,他坚持不要,这也罢了,送他上汽车,他也坚持不用,陈强心中便有些不快。说:"亢二,你是不认你老哥这朋友了?"亢一公发觉陈强变了脸色,感到自己的失态,忙说:"陈大哥,我不是这意思,你在工地上误一天好几块钱,好朋友在一起总有一别,你送我上汽车还不得分别? 你的心意我领了,你对我的照料我永远记着,我回去后安顿住,马上给你写信,咱们以后见面的日子还长,不在这一朝一夕……"这才说得陈强回嗔作喜,一再吩咐亢二回去后就给他写信,并说要到野狐峪去看他。

摆脱了陈强,亢一公感到轻松,走出一截路后,回头看到陈强还在那里望他,他摆摆手,加快了脚步,像当年讲用时离开野狐峪一样,他是决心永远告别这种流浪的生活,也永远告别流浪中所认识的这些人了。

长途汽车上只有二十多个乘客,显得冷冷清清,后座上有个长条脸、长两只精亮小眼的中年人大声说着串话:"嗨! 这年头,今年不如去年,比明年强。""惹下支书村外住,惹下保管不开库,惹下队长多受苦,惹下会计十分工给你记八分五。""干部吃上六两粮,又娶媳妇又盖房;售货员吃上六两粮,抽的纸烟抿着糖;饲养员吃上六两粮,又喂猪来又养羊;社员吃上六两粮,拄上拐棍靠住墙。""……"

亢一公听着那长条脸油嘴滑舌,心想,这人可够反动,怎么敢这样肆意乱说呢? 他讨厌了长条脸的絮聒,趁一个老太太上车的机会,他把自己的座位让给那老太太,自己换了个远离长条脸的地方。这可爱的年轻人浑然忘记了自己现在的身份,比起那长条脸来,他的处境差远了,倘若人家知道了他的现状,恐怕要躲开的不是他,而是人家,可能躲得比他还更远呢。

亢一公躲开长条脸，也并非全为怕他的反动，他嫌厌他的喋喋不休，他想静下来，他需要认真思考一下自己的未来，对自己的未来给出个安全可靠的设计。对于未来，亢一公虽然迷茫，心中也有了一些打算。他是这样想的：回去后，不论别人对他怎样，他自己总要振作，什么地方跌倒，再从什么地方爬起来。野狐峪就野狐峪，岔口就岔口，亢一公还是亢一公，别人不能吃的苦我能吃，别人不愿干的活我去干，我一定要让你们认识我亢一公自始至终就是这样一个人，我热爱社会主义是发自内心地爱，我做好事是自觉自愿地做。我不谋求自己得到什么，我只求别人理解我，我只求自己回首往事的时候，不至于因为虚度年华而痛悔，也不至于因为过去的碌碌无为而羞愧……

当这段他奉为人生信条的名人名言在脑际出现时，他的心一沉，立刻便痛悔，便羞愧了，他没有虚度吗？那么他这三年多的流浪生活算什么呢？他不但碌碌无为而且还可悲地堕落了，不但可悲，简直可怕。他都干了些什么呢？他都接触了些什么人呢？冯守义、陈强、水仙……这些人在他心目中本来是不堪为伍的，然而他成了他们的徒弟、朋友、情人，他们干着他所不齿且深恶痛绝的事，他不但没能与他们划清界限，批判他们，挽救他们，他还混迹于他们之中，听他们的话，和他们干一样的事，甚至比他们还走得更远。三年来，他常常为这些感到深深的痛苦，然而痛苦归痛苦，行为却照常。不那样，他就不能生存。那时的他，昨天的他，听到树案侦破消息之前的他，是不敢想这些的，他逃避这些想法，尽量麻痹自己，麻醉自己，使自己麻木。而现在，他麻木的灵魂开始苏醒，苏醒使他害怕，使他痛悔，使他羞愧。他的头上冒出了汗珠，他的心缩成了一团，他的灵魂痛苦地在呻吟。

不要紧，那不是你的错，是祁文瑞逼你的，你只要坚决地告别昨天，坚决地斩断与他们的来往，你还可以站起来。人，不可能没有错误，除了死去的和未生的，人都要犯错误的。犯了错误改了就好，改得越彻底越好，你会彻底改掉的……

他宽慰着自己，努力不再去想那些东西。"弃我去者，昨日之日不可留；

乱我心者,今日之日多烦忧"。为摆脱那些烦扰,他将视线投向车窗外。

深秋的原野一派寂寞荒凉,天宇下横陈着一个个灰色的村庄,裸露的土地上乱飞着枯了的树叶和柴草,耕地的农民懒洋洋赶着牛驴,犁铧下翻起黑色的土浪。远远的山坡上有一群人在平田整地,整修梯田,都显得无精打采。

亢一公上车时那明朗的心境又堆上了浓郁的阴云。

年轻人的心太容易变幻了。

长途车在沙土公路上颠簸前行,发出"哗啷哗啷"的响声。亢一公从窗外收回目光,仰靠在座位上闭起眼睛。

车到三交正是正午时分,乘客在这里倒车换乘,司助在这时打尖吃饭。亢一公下车后,吃了两碗面,还不到开车时间,一个人踱出站房来。他心上的阴云又薄了,离家越来越近,离过去就越来越远了。远乡外县染在他心上的污痕逐渐淡了,他将彻底忘却它们。

他毫无目的地走下站台,走上公路,这时一辆带挂卡车轰轰隆隆响着从他身边开过,卷起的风吹了他个趔趄。他猛然一惊,两年多前那个冬日的情景像过电影一样出现在脑际。他看到自己奔下站房向一辆迎面开来的汽车撞去;他看到那愤怒的司机拉住他打了他两个耳光;他看到他和陈强在小酒馆里喝酒;他看到他跟陈强向杨家洼走去,他看到水仙家那间糊着红色剪纸窗花的屋子里,他正与水仙颠鸾倒凤……

一切都历历在目,一切都仿佛刚刚发生过。

他能将这三年一刀斩断吗?他可以斩断和冯守义的关系,他可以斩断和陈强的关系,他能斩断和水仙的关系吗?水仙是他肉体接触到的第一个女人,水仙生了他孩子,他又正在渴求异性的年龄,任他是铁石心肠,他也不能不在这上面踌躇,眼前就是去杨家洼的路,亢一公痴痴望着那条熟悉的路,陷入沉思,他已两个多月没见水仙了。

本来准备这次开了资去看水仙,由于听到树案已破的消息,他打消了这个念头。坐在汽车上,他脑间也几次闪过该不该去向水仙道别的想法,但因正筹划未来的生活,那想法一闪就过去了。杨家洼离这里十几里路,该不该去看看她呢？即使与过去彻底决裂，也总该告告别，人不能无情无义呀！亢一公脑子里打开了架，一个声音冷静地告诫他：你既已决定重新站起来，就不应该再去看她，你已经堕落过了，绝不能和她藕断丝连；另一个声音却也顽强：这是最后一次了，这两个月你不是天天想她吗？晚上，你受着孤身的熬煎，多少次，你梦到她，你再到她那里住一夜又有何妨？想到水仙，他感到头有些晕，那些淫猥的念头鬼影似的嬉皮笑脸揶揄着他，让他难受。我得去看她一次向她告别，人不能无情无义，就这一次了。

几次，他已迈开了步子，面朝着杨家洼的方向。几次，他又停了下来，犹豫着不知该如何办。

正在他艰难地做着抉择的时候，车站上的高音喇叭响了：革命的旅客同志们，到临河方向的班车马上就要开车，请同志们赶快上车。我们都是来自五湖四海，为了一个共同的革命目标走到一起来……

亢一公猛然惊觉，革命终于战胜了心中那些淫猥念头，他朝杨家洼的路上投过最后一瞥后，毫不犹豫地大步奔向车站，奔回开向临河方向的班车。

车进临河地界，车窗外扑来熟悉的家乡山野，亢一公的心激烈跳动起来，他趴在窗口贪婪地望着家乡连绵起伏的丘陵沟壑，一种游子归来的情愫弥漫了全身，车内的嘈杂都已进不了他耳朵，他只嫌车走得慢，恨不能一下飞回县城，飞回野狐峪。

汽车驰上塬顶，午后的太阳驱赶着天上的阴云，将其赶成一团一团的云朵，露出湛蓝的天宇。山野间一片明亮，亢一公遥望着远远的翠峰山，心回了野狐峪。一切都离他远去了，只剩了野狐峪的亲人。父母现在正干什么呢？草莓会想到我回来吗？想到草莓，他想起冯师傅说过家里准备让他和草莓结婚的事，并说了草莓对他的思念。说了草莓打算到内蒙古去和他结婚而终于未能去成的事。这些都使他感到亲切，感到一种亲情的温暖。他想，如果回家后，家里还这样主张，草莓真对他那样一往情深的话，他是不会拒绝草莓的。

在他这三年流浪中，他多次思考过这个问题，他认为自己是爱草莓、喜欢草莓的,他之所以拒绝草莓,因为他心中有祁月珍,因为草莓是他的奶妹妹,或者如甘靖分析的那样,他有一个时时想脱离野狐峪的心理情结。那时的他单纯得幼稚,生活的风帆向上扬着,他无论如何接受不了与草莓结合这个事实。当他沉沦到生活的最底层,有家难归时,两相比较,野狐峪就可爱得多了,他已看清楚自己在相当长的时期内不会离开野狐峪,生存的本能迫使他做出在野狐峪相当长时间待下去的计划。这计划的第一步是他得靠自己的努力重新站起来;这计划的第二步就是他必须结婚,一个人发育到结婚这个年龄时,无论伟人、圣人都必须考虑这个问题,何况亢一公既非伟人,也非圣人,他只是个进取心较强的普通人,他理所当然得考虑这个问题。他的选择范围本来就很狭窄,当"熊掌"根本不可能得到时,他唯一的选择便只剩了"鱼",如果他连这鱼也不取,他就只能忍受饥饿了。在水仙开启了他的童蒙之心后,对草莓他不像以前那样想了,草莓是个好姑娘,她对他的事业只会有帮助,不会妨碍他的。娶了草莓,对野狐峪、对他、对草莓都有好处。他和她都该结婚了,与其让草莓嫁了大哥或别人,倒不如自己娶了她。对自己冒出来的这个想法,他感到有些可笑,却又找不到可笑在什么地方。这时,他暗自庆幸自己刚才没有去水仙家,"一失足成千古恨",要断得彻底,就应该这样。我不去,她便不知我去了哪里,她是不会找到野狐峪去的。只要以后再不见面,这段孽情就斩断了。

　　亢一公从未来着想,想从自己的历史上轻易抹掉这三年的流浪生活,他犯了两个错误,一个是他没将祁文瑞考虑进去,或者说没有重视祁文瑞这一方,他单纯地以为树案一破,他就得到自由了,他就可以在临河大摇大摆地出入。这是他客观上犯的错误。第二,他漠视了别人的感情,他要逃避那些于他有恩的人,他要单方面斩断与他们的来往,以便重新做人。这是他主观上犯的错误。如果他听上甘靖的劝告,中途下车,步行回野狐峪,那么,他这两个错误或许可以避免,他可以按自己对未来的设想走下去,可他偏偏没有这样做。当时,汽车在路上抛了锚,司机修车修了二十多分钟。汽车抛锚的地方恰是他回野狐峪最近的路,等车期间,他想起甘靖的告诫,曾动过步行回去的念头,但他没有实行,仿佛有鬼似的,明明前面张着网,他就是要往网里钻。

是什么东西吸引着他呢?他潜意识里有什么东西在作怪呢?是祁月珍吗?是的,尽管他这时尽量不去想祁月珍,他故意冷漠她,但他实实在在在想第一个见到的还是她。尽管他知道祁月珍在冯家窑插队,他还是固执地认为,只有到县城,他才可以见到祁月珍。

这可怜的年轻人,他想躲的躲不开,他想弃的弃不掉,他想见的见不上。上帝为什么给他安排这样一个命运呢?

九

祁月珍到看守所探望亢一公时,碰巧遇上了也来探望的水仙和她丈夫杨尿文。水仙挺着大肚子,抱着不足一岁的女儿,杨尿文背着三岁的儿子,正在和看守说好话。他们说他们是亢一公的亲戚,来看看他,给他送点吃的,看守板着长马脸不答应。"同志,你行行好,我们只看他这一次,就这一次,你答应我们吧!""告诉你不行,不行,你麻缠什么,公审以前任何人不准探望。""同志,你行行好,我给你跪下了。"水仙眼里流着泪,说着就要下跪。"哎,你这女人,你要跪下,我马上赶你出去。"水仙"哇"的一声哭了,说:"你要是不让我见,我全家就坐在这里不走。""你不走,不走连你也关进去,你也想当反革命吗?"

祁月珍是由公安局副局长陪着来的。这时,她抬头望一眼副局长,副局长无可奈何地一笑,走过去把看守拉到一边去了。看守所所长听说副局长驾到,也忙赶了出来。所长却是认识祁月珍的,满脸赔笑迎上来说:"月珍,你来是……"副局长听到所长声音,向他摆摆手,两个人进了旁边办公室,刚进去,所长就又探出头来说:"月珍,你进来。"

祁月珍望一眼仍在那里哭泣的水仙,进了办公室。

"月珍,你想看亢一公?"所长问。

祁月珍点点头:"他是我同学。"

"你进去看,还是把他叫到探视室?"

所长讨好地搬过椅子。

祁月珍没坐,站着想了想说:"照规矩。就探视室吧。先让那几个见吧。"

"哪几个？是院里带孩子的一男一女吗？"

祁月珍点点头："人家二百里路赶了来，想见一见，就让见见吧。探视室旁边有家没有？我坐那里等着。"

说话时眼睛望着副局长，副局长对所长说：

"那就让见见。"

所长忙说："行，行，那里倒是有警卫室，就在隔壁，不过，月珍，你还是就在这里等吧。"

"不，我还是去那边吧。"

祁月珍说完就往外走，所长看一眼副局长，副局长示意他走，他忙陪祁月珍到隔壁警卫室，让那长马脸看守去通知水仙夫妇到探视室。

祁月珍做梦也没想到这三年亢一公在逃亡中会发生那么多事情。当她从冯家窑得到冯师傅通知，赶回县城质问她父亲为什么树案破了还要抓亢一公时，父亲推给她一袋案卷说："你自己看吧，我知道你会来问我的，专门让人取回卷宗，不然你会和我没完。你慢慢看吧，我还有点事，去处理一下。"祁月珍是直接到办公室找到祁文瑞的。

祁月珍看着案卷，脑袋里仿佛一群苍蝇乱撞乱冲。公安局是以流窜罪、投机倒把罪和扰乱社会治安罪逮捕亢一公的。三年多他跑了三省五县，进行大小赌博两百多次。投机倒把倒贩过小米、化肥，参加过地下黑包工队的包工……如果这些都是事实，在那个时代只要其中一件成立，要逮捕也是有充分理由的。这些罪名有些祁月珍能推翻，比如倒贩小米，这事她亲自去问过岔口村干部，那是无论如何安不到亢一公头上的。有了这一条，那么其他罪行的可信度就大打折扣了。最让她心里烦乱的却是赌和嫖。尤其是后者，据取证材料上说，亢一公乱搞男女关系，先后与三个有夫之妇发生关系。一个更是他长期的姘头，他还和那个叫水仙的女人生了孩子……

"这不是真的，这不是真的，一公他不会的，他不会的……"

她心里一次一次这样叫着，然而白纸黑字和红辣辣的手印在那里放

181

着。其中水仙那张证明上这样写着：

"……这三年来，亢一公常来我家住，我们发生过多次男女关系，这是我愿意的，我家男人也同意。我们这村穷，这样拉边套的有七八家，大家都一起生活得很好……我肚里的孩子是亢一公的，我想把孩子抚养成人……"

祁月珍久久地盯着这张证明材料，脑子里翻江倒海，胃里像吃了苍蝇一样难受。她不相信世上竟会有这样无耻的女人和男人。她还要把他的孩子抚养成人。虽然在农村的三年她对农村男女之间这些不清不白"跳墙头""打伙计"的事已不感奇怪，像这种两个男人一个女人"拉边套"的事她还是不能相信。当人们谈起时，她总认为那是人们胡编。现在这样的事竟发生在她一直爱着的亢一公身上，她一时陷入一种仿佛极不真实的荒诞梦境之中，身上忽冷忽热。她没等父亲回来便昏头昏脑离开县委大院，走在路上，望着秋日明晃晃的太阳，街上来来往往的行人，她还直以为在梦中。

现在，一切都已无须证明，那女人竟和她的丈夫来看亢一公，她只瞥了一眼那男孩，便感到那男孩极像了亢一公，而不像那做父亲的精瘦男人。她憋不住，又向那女孩看，却也看出了亢一公的影子。只这两眼她就再也不愿去看，那女人的哀求和哭泣引起她的极大反感。她一点也没了怜悯同情之心，真想揪住那女人的头发狠狠扇她两个耳光。当她强压着自己的愤怒进到那间办公室时，她的头脑冷静了下来。她感到自己已经不想再见亢一公，亢一公在她头脑中的所有美好印象在她见到那拖儿带女的夫妇时已轰然倒塌。她彻底清醒了，一个主意在顷刻之间形成，她要再证实一下，看看他们怎样会面。

祁月珍坐在警卫室的监视窗口，紧张地盯着那面的探视室，心里又乱腾开了：他怎样了呢？他们打他了吗？他能吃得消吗？毕竟三年多日思夜想，为他愁过，为他哭过，为他不平过。为见到他，打听到他的消息绞尽过不少脑汁，下过不少辛苦。

前面的门和后面的门几乎是同时打开的，就听一声尖叫："他叔！"那叫水仙的女人抱着孩子走上前去。那面也是一声惊喜的叫声："水仙，是你们。"

"他们没打你吧？你在里边吃得饱吗？"

水仙急切地问。

亢一公被剃了光头，穿着灰色的囚服，在对面坐下来。他面容憔悴，脸上棱角分明。他确实不像以前那个单纯而朝气勃勃的亢一公了。他脸上露出一种成熟男人的沉稳和饱经风霜的老练来。他的眼睛不像以前那样一潭秋水样明亮却显得深沉，一双放在桌上的手骨节粗大，是那种体力劳动者粗糙而有力的手。祁月珍望着眼前的亢一公，心中抖了一下。只见他听到水仙的问话，面上浮上一脸苦笑，摇摇头说："那么远的路，你们来干什么？"眼中充满温情、感激与慈爱："还带孩子来，一路……"他的眼里涌上泪光。祁月珍的心又是一抖，移开了目光。

"他们为什么抓你？你没干什么事吧？"

亢一公摇摇头，语气愤愤地说：

"我也不知道他们凭什么抓我，祁文瑞他陷害我。我没有犯法，他们冤枉不住我，迟早他们得放我出去。"

一阵短暂的沉默后，水仙擦着泪，抽抽咽咽低声说：

"他叔，我们也知道你是冤枉的，我们也帮不了你什么忙，你自己上诉告他们吧，共产党不会冤枉好人的。"顿了顿，用手绢擦擦泪说："你在里边一定饿，我们给你烙了些饼，炒了些炒面，你要好好保重身体。不管怎样（她抬头看看亢一公背后的看守，低下头用更低的声音说），不管怎样，这孩子生下来我一定给你抚养大，你给他（她）起个名字吧。"

尽管她声音说得低如耳语，还是一字不漏传进了祁月珍耳朵，她只觉脑子里一声嗡叫，一团东西涌上心口，堵得难受。她瞥一眼亢一公立即扭转头，她看到他脸上涌起红潮，有点不自在地低下头，但随即抬起头说："你胡说什么。"祁月珍又去看他，只见他脸上有惶恐有羞臊也有尴尬。那女人似乎还要说什么，被他用眼光制止了。他看看四周很快地说："就叫狐吧！狐狸的狐。"说完侧转脸，不再看那女人。这时一直站在后面不说话的杨尿文将篮子提起来，递上去，被后面的看守制止了。女人站起来说："还有一块棉花绒毯子,新的,几件衬衣……"

祁月珍看不下去了,站起来对所长低声说:"我们走吧!"说完匆匆走出警卫室。"你不看他了?"所长跟在后面问。"已经看过了,我明天还去北京上学。"祁月珍头也不回走进办公室,招呼了副局长就走。所长送到他们看守所大门口,正要转身回去,祁月珍喊住他,从口袋里掏出十几斤粮票,十几元钱(这是她身上所有的财产)递给所长说:"请你给他买点吃的,剩下的就全给了他,只说他的一个同学送他的,不要把我的名字告诉他。另外,那女人送的东西你们也让他都留下吧。"

第二天一早,祁月珍就让父亲的小车送她到省城,坐火车去了北京。她从到冯家窑插队时就发誓不沾父亲的光。这次,她一反常例,主动要求父亲派车送她走。她一刻也不愿在这充满龌龊的小城待下去了。从看守所回来后,她矢口没提亢一公的事,只在临行前才对父亲说:"爸爸,你是个县委书记,我这做女儿的说句不知轻重的话,做什么事也要对得起自己的良心,对得起全县老百姓,对得起党和国家啊。"祁文瑞大度地笑一笑说:"珍珍,你好好念你的大学,不要为爸爸操心,政策和策略是党的生命,爸爸会注意的,你放心吧。"

寒假中,祁月珍回到临河县时,祁文瑞已调地委农工部当了部长。这时,祁月珍才清楚了亢一公被捕的真正原因。那一年,中央的领导结构发生了变化,重新出山的一位中央领导力主起用和解放一批老干部,临河县又掀起反对祁文瑞的暗潮,许多人写信告状,许多人为被打倒的王必昌鸣不平,临河县本已风流云散的保守派组织的头头们又在悄悄碰头,暗中聚会,要组织力量和祁文瑞决一死战。祁文瑞抓不住他们的把柄,想杀一儆百,压一压当时的反对势力,正苦于抓不住一只给猴们看的鸡,亢一公在树案破后,自认为已经无事,他没有听朋友的劝告,大摇大摆进了县城。一进县城就恰巧碰上当年同一组织的骨干分子,他们告诉他王必昌即将复出,他们正在积极活动,劝他也参加进来,帮他们写告状信,当笔杆子。亢一公还没拿定主意,正犹豫之时,祁文瑞已得到消息,不禁大喜过望,立即指示公安局马上整理材料,准备逮捕。也是亢一公活该倒霉。那天,他要坐车回了野狐峪,或许就可躲过这场灾难,不料,当天中午吃饭喝酒误了下午的班车,又住了一夜。第二天早上正要到车站坐车时便被埋伏在那里的公安人员悄悄抓了起来。祁月珍在冯家窑得到消息时,兀一公已被抓起来半个月了。抓的当时,临时凑了三条罪状,一是流窜,二是赌博,三是投机倒把。投机倒把指的便是那次小队换小米的事。抓起来后,祁文瑞才赶快派人四处取证,结果又发现了不少新问题。

那里,祁文瑞已经知道自己扛不住上面政策,在活动着走了,他担心下面闹腾得厉害,王必昌、吴贺等人一出,自己走也走不了,弄个身败名裂,丢官又丢人。这才急急忙忙下了手。果然,兀一公被抓后,反对派势力的活动有所收敛,这就为祁文瑞的活动调动缓解了时间。

就在祁文瑞调令下来的前五天,兀一公被判处八年有期徒刑,送到松岩山煤矿劳改去了。

祁月珍虽然知道了这些情况,但他仍认为兀一公是有罪的。而且自从上大学后,在新的环境里,对于过去的一切她都有了一个新的认识,兀一公在她心目中已经淡漠。她知道自己既无回天之力,她也不愿意像当年那样为兀一公着急,为兀一公奔走呼号了。

过去的已经过去,历史自会做出公论的。祁月珍相信党的政策不会冤枉一个好人,只有一次,她在和父亲闲谈时,不知怎么谈到兀一公,她说:"爸爸,无论如何还是判得太重,你说句良心的话,如果没有政治因素在内,光那些事会判八年吗?"

祁文瑞深深叹了口气,大有深意地望了女儿一眼,心中说:"你大概已经忘了,除了政治因素外,还有你的因素啊!"

第五章

一

　　十年后的秋天,吴贺出任临河县县委书记,在他上任的第三个月头上,他又一次来到野狐峪。

　　二十多年的宦海浮沉在他身上没留下多少印迹,他还是那么朝气勃勃,还是那么洒脱从容。二十多年的历史变迁,临河县也没有多少明显改变,过去十年九不收的临河县,如今仍是挂了号的贫困县,水土照样流失,土地照样贫瘠。他这次回临河,雄心勃勃,一上任便提出“临河要想富,办学挖煤多栽树”的口号,一个多月来跑遍了临河的每一个乡镇,考察山水土地,了解全县状况,决心在临河推行他全县脱贫致富的整体规划,实现他全方位综合治理临河山水的“绿色革命”。为了抓好小流域治理,他得在临河找出一个典型,创造经验,以点带面,但一个多月的考察令他失望,这个县治理小流域三年多了,报上也吹得挺凶,实际上大多是在做表面文章,在考察中他的脑子里曾多次闪过野狐峪。他想起那个世世代代种树不止的亢氏家族,想起那条沟里曾有过的郁郁葱葱世外桃源般的美景,但他随即就想到了大炼钢铁那一幕,想到那条沟被破坏后的凄凉景色,听说后来这里搞学大寨挖山造田,筑坝淤沟,搞得十分红火。山民们乱砍滥伐,连翠峰山自然林区都受到了严重破坏,野狐峪还会旧貌仍存吗? 他抱着侥幸心理决定进野狐峪走一遭。

他让司机把小车停在岔口村,带着秘书和司机步行进了野狐峪。

阴历九月,正是黄叶纷飞的季节,翠峰山上霜染的林木红、黄、绿相间,秋阳下绚丽夺目,令人精神爽快,吴贺以前进野狐峪,从没领略翠峰山的美丽,这次,他是有备而来,不禁深深为这天工造物的自然之美所陶醉,三个人一步步走进林莽,看着山上各种植物有规则有次序地排列,吴贺心有所动,想起近代画家"师法自然"的说法,就想,治理小流域不也应该师法自然吗? 亿万年的生存竞争、物种演化、淘劣存优已经将一套现代化的规则摆在那里,人为什么不懂得去学习呢? 他指着山下到山顶林木的排列向司机和秘书提问:为什么灌木都在山脚? 杂树多在山腰,而常绿乔木多在山顶呢? 两个年轻人想了想争着回答,各自都讲出一些理由。吴贺听着他们的陈述心中想,不管什么道理,可能这道理多得很,但自然既如此排列,必是这种排列最佳。既然这种排列是最佳排列,治理小流域如取这种排列那一定会事半而功倍。

有了这个发现和领悟,他对进野狐峪的兴趣立时大减,野狐峪不进也罢,爬山爬得又累又渴,肚子里也在咕咕叫,不要说他这将近五十的人,那俩小伙子也在不断揉腰咧嘴,显然在强打精神,等他下令返回了。"下山吧!"他下了令。"哪里? 还到野狐峪吗?"司机苦着脸问。这个"司级干部"可受不惯这罪。"回岔口?""不到野狐峪了?"司机和秘书脸上同时露出笑容。

三个人又一步步在山林里觅路下山。走来走去却怎么也找不到来时之路。司机和秘书一路争执着。吴贺任他们争执,自己脑子里仍在继续玩味深化着刚才"师法自然"的想法。

林木终于不再遮眼,眼前却没有出现岔口村的屋宇村舍,也没闻到中午应有的饭菜柴烟味道。

"我说走反了走反了,你还死犟,你当司机认的是马路,这可是山路。"秘书因自己的取胜,面有得意之色,讥讽司机。司机挠着头说:"他娘的,怎么走得对对的就错了呢?"两个人的争执将吴贺从他的思维中拉回现实,脑间便出现了一个镜头:一个半大小子肩上扛着一只老山羊向一块山地走去,他刨开黄土,将那只山羊葬进去。

"羊坟!"吴贺情不自禁叫出声,司机和秘书都回过头怪异地望着吴贺,吴贺笑着说:"你们不用争了,已经进入野狐峪沟里了,你们知道那下面一堆一堆的黄土堆是什么吗?那是坟,埋羊的。"说完,他自己却也犯了糊涂,那是在二十多年前,那是亢根柱一家还单干时的事,怎么现在又有了新坟,现在他们还埋羊吗?两个年轻人听了他的话,更露出惊讶神色,几乎同时向吴贺发出疑问:"吴书记,你是说那是羊坟?为什么要埋羊呢?"吴贺此时自己正疑问重重,但还是解释说:"羊老了,老死后,肉就硬了,不能吃,所以便埋了。"边说边向那片羊坟走去。"羊会老死吗?那在它没老前为什么不杀了它呢?""羊多,吃不了。""那不能卖吗?"是呀,为什么不能卖呢?吴贺脑子里闪出四个字来——"商品意识"。这正是当时挂在干部们口头的一个时髦词儿。"商品意识",这就是问题的实质所在,农民缺乏商品意识。缺乏商品意识便谈不上致富,便谈不上现代化。吴贺的脑神经细胞又异常激动地活跃起来。羊坟,这是个最生动的例子,应该借羊坟做做文章,来培养农民的商品意识。最有说服力的例证是最真实可信的例证,为了证实这确实是羊坟,他让两个年轻人折了段树枝将一堆新土拨拉开,羊坟埋得不深,没一会儿工夫,那仍未完全腐烂的山羊便露了出来。吴贺看着那残乱的羊皮羊骨深深叹了口气说:"走吧,这次我带路,到亢根柱家吃饭去。"

走下那块坡地,吴贺的脚步慢了。野狐峪并没有让他失望。他看到沟里和黄土坡梁上仍有一片片人工栽的树木,那些树木都还很幼小,可以看出栽的年代并不久远,也有的地方突兀地长着那么十株八株三五十年以上的大树,想来应该是历年砍伐的幸存者。让吴贺惊讶的是这里的人工林和翠峰山那天然林的排列次序竟是一样的规则,阳坡草灌,阴坡乔木,下面草灌,中间杂树,山顶松杉针叶树,野狐峪的亢家看来早就师法自然了。他的情绪重新高昂,"踏破铁鞋无处觅,得来全不费功夫"。在这里,他终于找到理想中的典型,不管这人是亢根柱还是亢二恨不动,哪怕是傻子大恨不动,他也要让他成为典型。把这典型推出去,带动全县。

野狐峪的庄稼已收割完毕,有许多还码在地里,没有拉运回去。一捆捆谷子、莜麦在阳光下闪着耀眼的金黄与丰硕。吴贺透过那收获过的庄稼地,看到当年这里修梯田、造平原的"战乱"遗迹。据说在野狐峪那面那条大沟里,曾筑过一条动用近百万劳力、近百万资金的大坝,由于光注重工程治理,不注重生态治理,水土得不到保持,大坝修起的第三年,一场暴雨后,山洪汇聚,将全县人民投资投工、苦战两年多的战果全部冲垮了。吴贺决定,明天一定翻过山梁去看一看那条大沟。

三个人沿着沟里的小路走走停停,大约半个小时,便来到野狐峪那围着木篱笆的院子外。

旧院的树篱都是新换的,有些还长出了嫩枝,树篱上爬满掉光叶子的莲豆蔓和南瓜蔓。旧院的旁边依崖又掏出一口新窑,已用青石砌好了门脸,还没有安门窗,掏窑掏出的新土在窑前垫出一块平地,四周垛着谷草秆,阳光下一个四十岁左右的男人头上罩块三道蓝旧毛巾正吆着驴碾谷穗,吴贺不知道这碾场人是谁?不敢贸然招呼。碾场人碾得很专注,眯缝着眼手攥缰绳指挥着驴子从里圈碾到外圈,又从外圈碾到里圈,眼皮也不抬一下。就在这时,上院树篱上露出一个八九岁小姑娘的头来,穿着白色孝服,小辫上扎着白头绳,面貌酷似当年的小草莓,脸色却比小草莓红润得多也鲜活得多。只见她摆着小手向场院喊道:"二爹,吃饭了。""噢,知道了,一会就完。"碾场人向小女孩扬起头,脸上有了笑容:"等一下,碾完这一圈就上去。"一听喊二爹,再一看那扬起的脸,吴贺心中有了数,是亢二亢一公,那么小孩呢?莫非是那傻子大恨不动的闺女?想不到傻子竟有这样一个女儿。她穿着孝,那又是谁去世了呢?吴贺想着,抬腿向场院走去。

碾场人这时已叫住驴,正在卸牲口头上莜麦秸编的眼罩。

"亢一公。"

吴贺叫了一声,声音中充满久别重逢遇故人的欣喜与沧桑感。亢一公猛然抬头,嘴里短促地发出一声"在"。吴贺就看到他脸上一片惊骇的神色,满眼惶恐和敌意,他手中的牲口眼罩随着那一声掉到地上,手不自觉垂了下来,作立正状。这只是一瞬间的事,随即就见他眼中射出两道冷森森的光狠狠瞪了一眼吴贺,然后弯下腰去捡那掉在地上的眼罩以掩饰他刚才的失态。吴贺懔然一惊,想起过去看过的一篇文章里写一个右派名人因为反右以后历遭灾难,被批斗时老是被人大声喊叫名字,形成条件反射,后来只要有人连名带姓一起叫他,他就惊慌不安。他不堪其苦,发表文章诉说自己的苦衷,希望人们以后叫他时千万不要连姓带名一起叫。同时,他也想起自己当年挨批时和被关的那几个月里,每有人连名带姓叫他,他就心惊肉跳。心中不由涌起一阵愧疚,声音柔和地说:"一公,你不认识我了?"

亢一公没有回答,捡起眼罩,将驴牵在手里,又恢复了那眯着眼睛的木然样子。走到他们身边说:"走吧,既来了野狐峪,就到上面去吃点饭。"走出几步,又补充说:"我不叫亢一公,我叫亢二恨不动。"便牵驴在前面走了。补充的那话声音中仍透着不满与怒气。

"吴书记。"

秘书脸现愤色,望着吴贺,吴贺宽厚地一笑,摆摆手,做出一副轻松样子说:"走,走,吃吃野狐峪的山野风味。"跟在亢一公后面向旧院走去。

院子里一派秋日的丰盈,一垛垛金黄的玉米,一筐箩一筐箩晒着的谷子、莜麦。窑角背阴处是一大堆刚起回的山药,大约三四十只鸡被圈在一大片空地里,咕咕叫着,地上撒满谷子、玉茭,一排整齐的鸡舍里有几只鸡正在卧蛋,猪圈里有三四头大大小小的猪。

趁亢一公饮驴的工夫,吴贺对这古老的院子已一一逡巡了一番。他忽然看到猪圈旁堆着一大堆发霉的玉茭,不由走过去,抓起一把来,搓去霉锈,那玉茭表皮已发白,看来有些年头了。这时,亢一公拴好驴走了出来,面色已柔和许多,对吴贺等人说:"进屋吧!"吴贺伸出手中的玉茭说:"这玉茭?""我娘舍不得吃,全放坏了,腾仓时,我要倒,她不让,放在这里等干了磨面喂猪。"说着话一行人进了屋里。

窑洞里光线较暗,倒也收拾得清清爽爽,窑壁的灰泥显然新抹不久,还没有刷,透出淡淡的石灰味。

炕上坐着大小两个孩子,一女一男,女孩就是刚才树篱上叫亢一公二爹的那个，男孩看上去年龄较大点，两个孩子正围着一碗炒鸡蛋你一筷子我一筷子吃。地上一个满头白发的瘦小女人正在弯腰炒鸡蛋，脚底灶边扔着一堆鸡蛋皮。听到吴贺他们进屋，老人扭过头来说声"快上炕"，便又去翻动饭铲继续她的操作，嘴里说："月月说有三个人来，急促慌忙羊也不能杀，就吃些鸡蛋吧。"那鸡蛋炒了足有半瓷盆，老人将炒好的鸡蛋铲进一个尺二大兰花瓷盘，冒尖一盘还没将锅里的铲尽。炒好的鸡蛋端上炕，老人一抬头看到吴贺，揉揉眼睛说："你，不是吴工作员吧！""是吴书记，咱们县县委……"秘书赶紧报上书记名衔，被吴贺拦住了："嫂子，是我，是吴工作员，吴贺。""啊哟，你看，你一点也不老，还是那样子，'大跃进'那阵……"两人寒暄着，老人催促客人快上炕，吴贺转眼看看家里家外，问道："嫂子，老根柱呢？"老人的脸一时灰暗下来，侧过头，用袖子擦擦眼睛说："老了，二的叫抓走的第二年，急气攻心……"亢一公见母亲伤心，忙催着吴贺说："上炕，上炕。"

吴贺脱鞋上了炕，亢一公也上了炕，两个年轻人推托着不上，吴贺说："上来吧，一起吃。"司机便推着秘书脱了鞋爬上炕，他自己就在炕沿上坐了。刘拉弟从壁柜里拿出一瓶开了口的高粱白，一把壶、四个酒盅，擦抹好，放到炕上，对吴贺说："吴工作员，你可是贵宾，二十多年没来了吧！喝上几盅，要知道你来，说什么也得杀一只羊，你看这，什么也没准备。"声音愧疚而惶惑。

"这就好，这就好，一起吃，还有谁，一起吃。"

吴贺说着又打量屋里屋外，他已发现这家里这些年一定发生过大的变故，不便直言相问，亢一公斟着酒说："没人了，除了春春在沟里看羊，再没人了。喝，喝酒。"刘拉弟在地上递送着菜盘接住儿子的话说："老了，都走了，老的走了，大的也走了，草莓也走了，都走了，罪孽，报应啊！"老人说得哽咽起来，手抖抖地抹着眼泪。亢一公忙大声说："不要说了，喝酒、喝酒。老吴，吴书记，你先喝。""不要叫我吴书记，一公，还叫我老吴，来，喝。"

一切在这个时候都不宜相问，吴贺决心吃过饭和亢一公好好聊聊。

二

三年前的这个时候,亢一公熬完他的八年徒刑,离开了劳改煤矿。

劳改煤矿的最后一年,亢一公是赖在劳改医院的病床上硬挨完的。那时,他已成了个软硬不吃、死皮赖脸的刺儿头犯人。

初进监狱那几年,亢一公对一切还没完全失去信心。他不断写上诉信诉说自己的冤情,在监狱中也处处谨小慎微,循规蹈矩,别人骂他他不还口,别人打他他不还手,下坑挖煤时别人一见看守不在便磨洋工,瞅空子搞些发泄性的小破坏。他约束着自己,每天像个机器人一样,无论看守在与不在,无论让干什么都表现得十分良好。为此,看守曾多次表扬他,让别的犯人向他学习,他最初还沾沾自喜,以为这样就可获得减刑,能早日出狱。后来他慢慢地感到他这样做的结果适得其反,每次看守一表扬了他,他总有几天不得安宁,不是被人暗中拳打脚踢,就是有人向看守告密诬陷,把别人做的坏事都推到他头上。当看守追查时,众人口径一致,都说是他干的。他被别人冤枉栽赃后,仍然一如既往,他想他只要表现好,人们知道他的为人后会对他好起来的。他的努力收到了预期的效果,一些犯人对欺负一个不抵抗的人失去了兴趣,看守在上过几回当后,也认为他这人确实老实,以后对别人的栽赃诬陷便不再盲信,对他的惩罚也少了。而且留了心,要找出那背后使坏的人来,后来在对亢一公一次更加恶毒的栽赃诬陷中,他不仅没有听信他们,还重重地惩罚了那个真正的破坏者,从此以后很长一段时间,日子似乎平静了。

有一天傍晚收工时,犯人们清理一批废坑木,亢一公弯下腰搬坑木,刚将坑木抬起,就听脑后一阵风响,接着头上、背上各中了沉重的一记打击,他一个趔趄倒下去昏迷不醒。被送进医院后,医生说他腰椎受了重伤,弄不好会造成下肢瘫痪。有两三个月,他的双腿毫无知觉。在那段时间里,亢一公躺在病床上对人生进行了痛苦的思考,他看透了这个世界,将所有的光明都从心中抹去,他否定了以往所有对人生的美好看法,否定了一切能引起他感情波动的东西,他看到了这个世界的丑恶,他认清了和他共同生存在这个世界上的人类这两腿野兽的无耻。他拒绝饮食,想绝食而死。

医生给他挂了输液瓶他悄悄拔掉针头。

在劳改医院，一个人想自杀可没那么容易，亢一公竟奇迹般被治好，恢复了健康。半年多后，当他再次回到监狱时，他整个人都变了。他阴郁着脸成天不说一句话，两只眼中闪着冷森森的光芒，别的犯人对他稍有言语冲撞或行为上的冒犯，他马上便大打出手。吃着饭，他能将手中食物扔向对方；干着活，他能将手中工具砸向对方。他从不骂人，打架时只是像野兽那样龇着牙哼叫着拼命扑向对方。为此，他自己虽也没少挨打，但他那野兽一样的冷酷已慑服了所有犯人。他耐心观察打听，终于找到了那个当年暗算他的家伙。一次，当那犯人在煤矿坑道下拉屎的时候，他跟了过去，没等那人反应过来，便被亢一公一棒打倒在地，亢一公拉开裤子在他头上尿了一泡尿，用木棍挑起那人的大便踩着脖子往他嘴里塞，然后狠狠地在那人肚子上踩踩了一顿。并警告他，这只是对他的第一次惩罚，下一次比这还重，他要敢向看守说一个字，下次他也打得他下肢瘫痪。那人在受了这场凌辱后，居然忍气吞声，以后一看到亢一公的目光便发抖。亢一公更加把人，把这人世看透了。

在亢一公服刑的最后一年，他们的看守换了一个十分冷酷的青年。尽管亢一公在他面前表现得毕恭毕敬，他却总是找亢一公的碴儿，他不喜欢他的沉默寡言，他不喜欢他阴郁的目光和他目光中的那股戾气。

看守要找犯人的碴儿不是没有机会的，一次他看到亢一公在磨洋工，他便高喊一声"亢一公"，亢一公刚挂着撅煤锹站了几秒钟，由于井下声音太杂，亢一公没有听到，他以为亢一公不理他，一个箭步蹿上去，对着亢一公便是一警棍。那电警棍打人一下，人便往上跳一跳，犯人们最怕看守手中这玩意儿。看守满以为打一下，亢一公会马上跳起来，不料他却躺在地上，两腿不动，上身扭来扭去，嗷嗷大叫。看守以为他在装赖，气势汹汹过去踢了他一脚，说："装什么洋蒜，起来。"亢一公却仍在那里嗷嗷叫着扭动，两条腿僵直地拖在煤堆上，他踢了踢那两条腿，那两条腿仍毫无反应。看守看着蹊跷问其他犯人，有人告诉他，亢一公腰椎受过伤，曾瘫痪了半年多。看守这才着了急，忙让人送亢一公到医院。医生说他这是旧伤受创，医生问亢一公怎么受伤的,亢一公便说被看守电了一棍,倒在地上,腰部磕在一块硬煤上,两腿便不能动了。

亢一公说的倒是事实,不过这次的伤并没那么严重,半个月以后他已经能行动自如,但他一直说两腿毫无知觉。有了上次腿不能动的经验,骗过了医生。医生见诊治无效,摇着头说:"完了,你要一生瘫痪了,给你家写封信,设法保外就医吧,我们是无能为力了。"监狱领导听了医生汇报,也同意亢一公保外就医,亢一公却说:"我家里已没人,我这废人一个,哪里去就医?"赖着不出医院,一直赖到刑满那天。

释放那天,监狱领导对他宣读了刑满释放令,给他买了车票,派车送他到车站。他死活不走,说他愿意坐牢,他不出去。

监狱当然不会答应他这一无理要求,他被抬上汽车,送到火车站。等那开往他家乡的火车进站,送的人正准备抬他上火车,他却提起自己的东西,跳下汽车,自己走上了火车。那些送他的警察大吃一惊,正想着该如何对付,火车已经开了。

这将近一年的瘫痪给了他大量时间,他一件一件事一天一天回忆着自己活过的三十多年。反思着,鉴定着,审判着自己,终于琢磨透一个道理:这世界是个丑恶的世界,是个弱肉强食的世界,你要想不被这世界吃掉,你自己就得强。你自己若强不起来,那么最好的办法就是逃避,在逃避中积蓄力量,当别人伤害你时,你才有能力自卫。对那些曾陷害过他的人,他曾想过种种报复的方法,都被自己一一否定了。去杀掉祁文瑞,杀掉那些仇人,他没那个勇气,他还不想死;去暗算那些人,像别人暗算他一样,从背后袭击,他怕事发后再被抓起来。这八年的牢他已坐够了,他一天也不愿再失去自由;出去后,再像他在监狱里那样要赖?他感到没多大意思,而且监狱里和社会上的环境也不一样。在这里,他已豁出去了,在社会上他不能再豁出去,他的本性不是个赖皮,他也不愿做赖皮。

在这长时间的思考中,亢一公终于对他亢氏祖辈在野狐峪的生活方式有了理解,对老祖母胡银花的等等语言及行为有了理解,是的,他是太单纯,太轻信了。他既然想脱离野狐峪,他为什么不将书一直念下去呢?他既然念不下去,他又为什么做那等于己毫无利益的事呢?祁文瑞欺负他,他为什么不敢和他斗,而一直俯首帖耳呢?想起他对家族的一次次伤害,想起他干的那一件件蠢事,他一夜夜合不上眼。

在这八年牢狱之灾的痛苦反思中,他决定好了自己的生活方式:他将不涉身社会的任何一件事,他要在他的野狐峪一直生活到死,他要以加倍的孝顺来服侍好爹娘,照顾好兄妹。

三

亢一公用他在监狱里所攒的劳改工资在县城买了许多东西:父亲的衣服、母亲的衣服、哥哥妹妹的他都买了,还买了一些罐头、点心,怀着游子归家的兴奋心情回野狐峪。八年来,他每月都给家里寄一张明信片,得到的却是比明信片更简单的一封信,信上每次都是那几个字:"家里一切都好,请勿念。"最初的笔迹是妹妹的,后来就不是了。劳改的第一年,母亲和妹妹来看过他一回,以后就再没来。那次,他们说爹病了,后来的来信中说爹已经好了,精神很好,既然好了,又为什么不来看他呢?在监狱寂寞的生活中,他急切想知道家中的情况,信上让他们告诉他。得到的却顶多在那几个字中间加一句话:"家里分了地。""家里分了头驴。"关于人事,只字不提。亢一公往好处想,认为他以前伤害他们过多,他一直不把野狐峪当家,野狐峪已厌弃了他,不愿他与闻野狐峪的家事。这就更增加了他的愧悔和对家人的思念。

到家那天,母亲和妹妹正在日照岩下的地里割谷,他没有进家,直接来到地里,当他见到母亲和妹妹时,两人谁也没认出他来。他叫了声"娘",叫了声"草莓"。娘瞪着眼看他半天,终于认出他来,叫了声:"二的,你回来了。"便瘫软在地上流开了眼泪。娘的头发已经全白,酷似当年的奶奶,只是身子比奶奶更瘦小,更衰弱。他流着泪,哽咽着蹲下身去扶娘,妹妹呆着眼一直看他,见他拉住娘的胳膊,忽然尖叫一声扑上来对他又撕又打,嘴里呜噜呜噜说着什么。

"你妹妹疯了。"

刘拉弟挣扎着起身,好容易才使草莓安静下来。

望着痴痴呆呆的妹妹,亢一公心如刀绞,颓然抱头坐在谷草上,感到浑身的骨头都散了架,再也没有一点精神。

　　娘告诉他,爹在得到他被捕的消息后,急气攻心,晕倒后得了脑溢血,耽延了半年多,第二年夏天便去世了。爹去世后,娘硬说服草莓跟大恨不动结了婚,从此草莓便有点神情异样,在生下第二个孩子的第二年,大恨不动在露晓峰上给队里放羊,一只羊羔掉在半崖酸刺棵里,他下去救羊羔,蹬脱一块石头,掉下露晓峰,当时就摔死了。

　　自从和草莓结婚后,大恨不动的傻劲好了许多,在家中挑起了一个男子汉的重担,担水、劈柴、领粮,家里一应劳苦营生皆不用娘和妹妹插手,特别是每年春秋两季,他都记得清明、重阳前后野狐峪栽树的家传,每天凌晨和傍晚收工后都要去栽树,有时干到半夜才回来,第二天照常早起。说也奇怪,他栽的树竟全部能活,也不知他得了什么诀窍。慢慢地,草莓对他也习惯了。谁知就在嚷着要解散集体、包产到户、各种各地那年,他为了集体的一头羊羔竟送了自己的命。

　　草莓在见到大恨不动血肉模糊的尸体后,当时就晕厥过去,醒来后便神志不清,一会儿哭,一会儿笑,胡话连篇。从此好一时,呆一时,变得疯疯痴痴。

　　亢一公坐在割倒的谷秆上听着母亲的叙述,脑子里一片模糊,世事的变迁和家庭的变故使他的思绪陷入了纷乱。在狱中,他已从广播里、电影里和管教人员的训话中知道世事变了,但他想不到会变得如此彻底。土地、牲口、集体的财产都分下去了,各人种各人的地,各家管各家的事,野狐峪又回到以前的状况,再次成了一个独家村。野狐峪荒芜多年的土地又归亢家所有。那么,自己以前的信念显然完全错了。他想起他为动员家里入社和奶奶、父亲的一次次闹气;他想起奶奶捡了粮食,自己怎样汇报了队里,队里拉走奶奶捡的粮食,奶奶气得大病一场;他想起他逼着全家往岔口迁,全家哭哭啼啼;他想起他拉走父母开荒私藏的粮食,母亲宣布从此不认他这个儿子……他这一切都是为了什么呢?祁月珍对他的"坚定不移"推崇备至,他真有坚定不移的信念吗?他有过,但现在这一切都被轰然垮塌了,他不知他该如何应付这新的局面,今后的路该怎么走,未来于他又是一个什么样的景况呢?

社会的变迁是不以他个人的意志为转移的,那么家庭呢?他将怎样面对这因他而残损破败的家庭呢?奶奶因他而死,父亲因他而死,哥哥的死虽与他无直接关系,但若无他所引起的家庭变故,哥哥或许也不会死的。还有可怜的草莓,她一直钟情于他,他却无视她的感情,她的疯他难道不应该负责任吗?谁像她那样爱过他,爱得那么深,那么痴?他和祁月珍好,祁月珍却在到看守所后连他的面也不愿见;他和水仙姘居三年,将自己的辛苦所得全养了水仙的家,水仙能如草莓那样爱他吗?在他未入狱前的那些年,他可曾想到野狐峪这个家,想到这些一直关心他、爱他的亲人吗?

望着妹妹疯痴的样子,想着父亲、哥哥和妹妹对他的种种关心、爱护,亢一公悲从中来,热泪一串串滚出眼眶,流过脸腮,号啕大哭起来。

他的哭声似乎震动了草莓被黑暗遮蔽的灵魂。她痴痴望着这痛哭失声的男人,脑际仿佛有一道电光掀开黑暗的云层,她忽然清清晰晰叫了一声"二哥"。这一声叫使母亲和亢一公同时感到震动,亢一公住了哭,抹去眼泪,对着妹妹说:"草莓,我是二哥、二的,我是二恨不动,你认出二哥来了?"说着站起身向妹妹走过去。草莓却惊惧地往后退着说:"不,不,你不是,你死了,你从露晓峰上掉下来摔死了!摔死了!"她忽然啊的一声尖叫,趴在地上抱着一捆谷草大哭起来:"不,不,娘,我不嫁大哥,我不嫁大哥,他是个傻子。娘,你们把我许了二哥的,我要等二哥回来,我能等他八年,我不嫁。那狐狸缠了他,那不是他的孩子,狐狸不会生孩子,那不是,不是。奶奶,奶奶,你不要过来,你不要吓我,我不给你搓胳膊,不,不,莓莓不乖,不乖……"她又嘻嘻嘻笑起来,像个小姑娘。笑着笑着,张皇地回顾,站起来满脸惊惧地叫:"月月、春春,月月、春春,我的月月和春春呢?你们把他们藏到哪里去了?月月……"她叫着,向家里的方向飞跑而去。

亢一公心中又是一阵揪心的痛楚,为什么自己就那么忽视草莓的感情呢?你又不是不知道她恋着你,你知道。你既知道又为什么不规劝她,不向她说明你不能娶她的道理呢?亢一公,你的罪孽太深重了,你是害她疯狂的罪魁祸首啊,你……

　　亢一公和母亲回到家时,草莓正在院子里教月月和春春认字。月月七岁,酷似当年的草莓;春春五岁半,生得瘦瘦弱弱,倒与当年的二恨不动有几分相像。望着这一对孩子,亢一公心中油然生起一种慈爱之情,便从挎包里掏出买来的点心,叫着他们的名字向他们递过去。月月和春春看到奶奶和一个陌生男人一起走进院来,都吃惊地瞪大了眼睛,见亢一公向他们走来,更吓得紧紧依偎在草莓身上,草莓张开双臂,如一只母鸡用翅膀保护着两只小鸡一样,嘴里喃喃地说:"不怕,不怕,他不是坏人,他……"她的两眼也吃惊地瞪大盯着亢一公,似乎在努力思索着什么。

　　刘拉弟此时心情已经好转,日思夜盼的二儿子已经回到她的身边,她的悲哀被喜悦所淹没,她亲昵地叫着孩子们的名字说:"不用怕,他是你们的二爹,你们不是成天说想二爹吗? 快叫二爹。"

　　两个孩子看看奶奶,看看亢一公,又看看妈妈,草莓点点头温柔地说:"他是二爹,不要怕,是二爹,是二爹……"两个孩子的脸红了,先后怯怯地叫了声"二爹"。亢一公应着,心中一阵神圣般的愉快,他颤着嗓子应着,拉过两个孩子来,亲亲他们的脸蛋问:"几岁了? 念书了吗?"

　　"念书,念书有什么用? 念官还是念秀才? 念书,满门犯剿……"

　　忽然一个苍老的酷似老祖母胡银花的声音从草莓口中传出。亢一公身子一抖,起了一身鸡皮疙瘩,只见窑墩上一只火红的狐狸向下面探探头,扭头箭一般窜去了。

　　面对活泼可爱的侄儿侄女,亢一公想起了水仙,想起他和水仙所生的孩子,她和那几个孩子怎样了呢?

　　三天后,亢一公动身来到杨家洼。杨氏夫妇见了他先是吃惊,既而表现出大喜过望的神情,连声抱怨自己怎么连他出狱的日子也忘了,没有去监狱接他。杨氏夫妇的过分热情使亢一公感觉出他们并不欢迎他的到来,他的到来使他们难堪,他们早将他忘了。经过八年牢狱之灾后的亢一公,已不再是当年的亢一公,他已听说自从土地下放后,杨家洼已非昔日的杨家洼。这里地多人少,又离交通要道近。这几年这里人的生活都过得不错。土地有的是，只要有力气，肯下苦，粮食一年打下三年五年也吃不了。如果再肯辛苦点，把山药磨成淀粉，把黄豆、黑豆加工成豆腐到三交去摆个小吃摊，钱也是不愁的。世事变了，杨家洼也变了，杨家洼的男人再也不愁养家，杨家洼人对"拉边套"也开始忌讳。亢一公清楚了这些，对水仙夫妇的心理也便有了充分的理解。为了免除他们的戒惧，他直截了当说出自己来的目的。说他来是想领回那个叫"狐"的孩子，不知那孩子是男还是女？这八年的抚养费他完全付，请他们算一下，他该付多少？

听了他的话，杨氏夫妇好一阵沉默，最后水仙把男人叫出去商量，一会儿，两人回来了，水仙眼圈儿红红的。杨尿文斟酌字句对亢二说："亢二老弟，我们很感激你那几年对我们的帮助，人不能没有良心。孩子的抚养费我们不要，只是怕孩子不肯回。我们想了两个办法，或者我们给你三千块钱，你再娶个媳妇，或者咱们谁也不要说钱，孩子让他两头跑，等他懂点事后，由他自己决定。你说怎么样呢？"说完看水仙，水仙很为难地说："当初是说过那话，我们也不想反悔，可是，可是屎一把尿一把拉扯大他，我实在离不开他。"说着又流下眼泪，抽泣着扭转头。

亢一公低头沉思了一阵后很痛快地说："行，就让他两头跑。不过，他到底是男是女，你们总得让我见见他。"

孩子是个男孩，长得虎头虎脑，很惹人爱，难怪水仙夫妇不肯放手。亢狐已经上了二年级，当时正放秋假，他从街上回来，当听说来人是他爸爸时，怔了怔，不知是血缘还是什么原因，对亢一公倒毫不认生，听说他想引他到另一个地方住几天，而那里还有两个和他一般大的孩子时，很痛快地答应了。亢一公看出水仙夫妇面有犹豫之色，郑重地对他们说："我亢二五尺高男子，不会说话不算，开学前一天，我保证送他回来。"

当天下午，亢一公便带着他的亢狐离开杨家洼，交通比八年前不知方便了多少，天擦黑时，父子俩已回到野狐峪。从此，每逢放假，亢一公便去接儿子回来住，开学时再送儿子到杨家洼去。

自从亢一公回来后，草莓的疯病日渐好转，但身体却更加瘦弱，亢一公在接回亢狐后就坚持要给妹妹看病。娘说："二的，我明白你的心意，可治病也不在一时,现在正秋收,你带草莓一走,娘一个人又照料三个孩子,又秋收,怎么忙得过来,到嘴的粮食咱不能白扬霍了呀,秋收完再说吧。"等到收完秋,草莓神志已经很清醒,她不再像以前那样犯起病来又哭又笑,也不再毁坏东西,只是常常痴痴地坐在那里想,想着想着便流眼泪,有时候痴痴地一个人笑。这时,她便喊头痛,犯糊涂,一睡就是几天。她已能认出亢一公,而且知道他是从狱中回来了。她也能帮助母亲做些家务,犯病的间隔也长了。母亲为补她的身子,专门杀了一只羊,每天给她吃偏饭,可她却总不见胖起来。当亢一公又一次向母亲说起带草莓去看病时,娘说:"二的,不是娘不想给草莓看病,可这疯病看也是白看,老人们有句话叫心病还需心药医,草莓害的是心病,都是娘害了草莓,娘在你判刑后怕绝了亢家的香火,硬逼草莓和你大哥结了婚。娘知道草莓心里只有你,可娘也知道你心里没有草莓,娘不能让她嫁到外头去,她也不想嫁到外头去。她说她要等你,娘怕你出来后还是犟着不娶她,这一耽搁就是三个人,等你八年后出来,都是三四十岁的人了,又有谁肯嫁到野狐峪来?咱们也不是没给你哥告诉过外头的,可人家一说来咱野狐峪,就是那些呆的、傻的也财礼一要一千多,说没钱拿粮顶也行。可咱有什么呢?钱全给你爹看了病;粮,那次把咱家藏的那些粮拉走后,就再没积攒起来。形势又紧,眼看地荒了也不敢种,哪里来钱来粮?所以娘才在你爹死后逼草莓和你哥成了亲。娘委屈了草莓,可有了孙子、孙女,娘总算对得起亢家祖先,对得起你爷、你奶奶和你爹了。现在你回来了,娘倒是有个主意,不知你肯依不肯依?你要依了,你妹妹的病不用看,自然就会好的,你要不依呢,那你也不用瞎费银钱给她看病了。"

亢一公已清楚娘要说的是什么主意,但他还是说:"娘,你说吧,要真能治好草莓的病,我可以考虑。"

娘说:"你看到没有?从你回来后,草莓的疯病就好多了,可她就爱那么呆呆地想,她想什么呢?娘想你心里也应该明白,她是你妹妹,可现在做了你嫂嫂,她的心还在你身上,可她能说出口吗?她认为你们永远也结合不到一起了,她已经拿定主意不想活,你就再好的医生也治不好她的病,你就是把她入到米面瓮里她也不会胖起来了。娘的主意就是你娶了她，咱野狐峪是不能管世上的那些规矩了，小叔娶嫂嫂的事也不是没有，何况她本来就是咱家的奶媳妇。你要答应了，咱们先试试，和她说你要娶她，看看她会不会好起来。要是还好不了，你再给她看也不迟。"

亢一公明知娘就是这个主意，但他还是被娘这个主意弄得进退两难，心神不宁。他答应娘考虑一晚上。

这一晚上，亢一公一眼没合，他思前想后，考虑得失，为了救妹妹，终于痛苦地下了决心，认命吧，既是注定的，谁也逃不脱。野狐峪，就是亢氏一家永远的归宿地方。

第二天，没用母亲去说，他便叫了妹妹去日照岩下的祖坟里上坟。上过坟，他对草莓说："草莓，你记得小时候咱们在这里玩办家家的事吗？我和大哥把你架在胳膊上当轿子，你当媳妇，嘟哇嘟哇娶新娘，娶给谁呢？哥哥说娶给他，我说娶给我，我们吵起来。你说：不要吵，不要吵，我先娶给大哥，再娶给二哥……草莓，大哥已经娶过你了，现在轮到二哥娶你了，你愿意二哥娶你吗？"

草莓静静地听二哥说完，歪着脑袋想了半天，脸上一会喜一会悲，想着想着，忽然抱住头说："我头痛，我想不起来。"

亢一公眼里噙着泪水，两手在嘴上握成喇叭状，捏细喉咙唱道："嘟哇嘟哇娶新娘，新娘娶到谁家，娶到亢家，娶到亢家嫁谁呀？二的，二的……"

草莓呆呆地望着二哥，嘴唇翕动着唱出了声："嫁，嫁，一嫁嫁到亢家，嫁谁呀？嫁二的，嫁二的……"两道眼泪扑簌簌滚下脸颊，她呜咽一声掩着脸抽泣着跑走了。

草莓又在炕上昏昏沉沉睡了三天，醒来后，吃了一个鸡蛋饼，喝了一碗和子饭，脸上有了潮红。她很清楚地对娘说："娘，你叫二哥回来。"刘拉弟激动地从沟里叫回正放羊的亢一公。母子俩回到家时，只见草莓已自己梳洗好，换了一身干净衣服。亢一公和母亲喜悦地说："草莓，你好了？"草莓点点头："嗯，我好了，娘，二哥，我梦了一个好长的梦，好长，好可怕。二哥，我梦到你娶了我，我们生活得很幸福，可是来了个恶人，他硬从你手里抢走了我,二哥,我怕是不行了。娘,二哥,我不想死呀。"说着,眼泪一串串流了下来。

刘拉弟打断她的话说:"莓莓,你胡说什么,你的病已经好了,咱们马上就给你和你二哥办婚事,以后就在野狐峪安安稳稳过日子。你怎么说这些话呢。"

草莓凄然地摇摇头说:

"娘,二哥,晚了,晚了,我这病怕治不好了。"

"你已经好了,快不要胡说了……"

"不,娘。"亢一公打断娘的话,着急地向草莓:"草莓,你还有什么病?你感到身上哪里疼痛?"

草莓摇摇头说:"我也不知道我还有什么病,我只是感到我不行了,我舍不得娃娃们,我舍不得你呀……"

亢一公说服了母亲,坚持带草莓到县医院去检查,检查结果让他大吃一惊,草莓竟得了癌症,已到晚期。医生说:"看也没用了,顶多还能活半年时间,还是回家养着去吧。"

亢一公悲痛欲绝,又带草莓地区、省里跑了几家医院,结论都一样。他只好强作欢颜,告诉妹妹说检查结果没病,让回家好好补养,说你身子太亏了。草莓摇摇头,凄然笑着说:"二哥,你不用哄我,我甚也清楚。"

回家后坚持要和草莓办婚事,草莓倒也没说不办。新婚那夜,草莓说:"二哥,其实我嫁的一直是你。"

草莓愉快地活到第二年冬天才阖然离去。临死时,她对母亲和亢一公说:"娘,二哥,我这一辈子不冤了,我总算做了二哥的媳妇。我死而无憾了。只是二哥,我死后,你们要答应我一件事,亢狐,咱们管不着,月月和春春千万不要让他们到外边念书,我念了书,顶什么用呢? 二哥,你念了书又顶什么用呢? 到头来还不得守着这个野狐峪……"

亢一公点着头,看草莓安然合上眼睛,心里却有一个声音叫着说:"不,这不是念书的过,不是。"

四

草莓出殡那天下午,亢一公在日照岩下的亢氏祖坟里直守到太阳落山,母亲一次次打发两个孩子来叫他,他都说自己想一个人清静清静,将他们赶走了。

冬日的野狐峪一派萧瑟冷落,残阳的光辉射在日照岩裸露的青石上,涂出一片血色。晚风旋着地上一团团沙蓬,扬起枯黄的树叶。草莓的新坟前,烧化的纸钱若一只只灰蝴蝶翩然起舞,飞上大哥的坟头,飞上父亲的坟头,飞上奶奶的坟头……她去与他们团聚了。在那个未知的阴冷世界里,他们会有团聚的欢乐吗?

在唯物主义教育中活了三十多年的亢一公,从来没相信过鬼神,这时,他倒真希望有鬼魂的存在了。如果有鬼魂,他将不惧怕死亡,他将欣喜地迎接死亡的到来。那样,他负罪的心便不会如此沉重,他不安的灵魂便会得到解脱。那样,草莓就会向哥哥、父亲和奶奶诉说他是怎样地痛悔以往,怎样地以自己的行动赎他以前的罪愆——他相信草莓会这样做的。

然而,他知道这不可能。"天作孽,犹可违;自作孽,不可活。"他将永远背负起沉重的十字架,在人生的路上孤独地颠踬。草莓,你为什么这样早地去呢? 你就不能再伴我三年五年吗? 你就不能让我再多给你些安慰,再多给你几天幸福吗? 草莓,是我害了你,是我害苦了你,害死了你。草莓,好妹妹,我将永远不能饶恕自己。草莓,你为什么不恨我呢? 草莓……

想起微笑着、安然逝去的草莓,亢一公悲从中来,无声的泪哗哗夺眶而出。

> 杏花白来桃花红,
> 妹妹只爱哥一人。
> 我吃哥哥的海红红,
> 哥哥咬我的嘴唇唇。
> 水地的葫芦旱地葱,
> 要死要活不离分。
> ……

婚后的草莓是那样忘情,那样愉快,一个人时总是哼着民间的情歌。一天上午,她正在院子里一边缝衣服一边唱,让回家来取籽种的亢一公碰上了,羞得她满脸飞红,站起身跑进屋子,晚上睡下后,还扭捏着问亢一公听见她唱什么了没有?亢一公本没听清,为逗她开心,故意说听清了,让她重唱,她趴在亢一公耳边又唱了一次,伏在枕头上咯咯咯笑了好大一阵。

　　那段日子虽然苦涩,却是甜蜜的苦涩,亢一公伤痕累累的心在那苦涩的甜蜜中得到复苏,生活的阳光掀开沉重的雨云,常使他忘记了草莓的绝症。他是打定主意守着草莓在野狐峪过下去了。只要草莓活一天,他就一步不离开野狐峪。他忘记了过去的恩恩怨怨,他掩埋了自己曾有过的理想抱负,他将自己全部的生活目的都放在了这个家里,都放在了让草莓愉快,让草莓康复上。

　　而现在,他连这一点也没有了。随着草莓的逝去,他生活的信心和希望也全部逝去了。太阳落下,沉重的雨云又黑沉沉合拢回来,沉甸甸地压在心头。未来该是个什么样子?他还有未来吗?

　　"天黑了,回吧!"

　　不知什么时候,母亲悄悄来到他身边,拍了拍他的肩膀,拉着他的胳膊从他坐着的石头上拽他起来。

　　"娘,你先回,我再坐会儿。"

　　亢一公擦擦眼睛,擤了把鼻涕,唏嘘着对母亲说。

　　"坐什么,再坐草莓也不会活了。二的,你是男人,咱们家里的男人,你得像个男人。"

　　刘拉弟一手抿一下被晚风吹散的白发,一手硬将亢一公拽起来,不容分说,拉着他向家走。

　　"死的死了,活的还要活。死还不容易,活才难啊。"

　　刘拉弟的话硬硬铮铮,把亢一公的魂灵拉回现实中来。

　　亢一公心中油然升起对母亲的敬意。这小个子的河南女人有着怎样坚强的承受能力啊!她心中的悲苦不比他大吗?她遭受的打击不比他大吗？她身上的负担不比他重吗？为了母亲，他也必须坚强起来，他不能再犯以前的过错，他必须将母亲的负担拿过来，下地狱且让自己下，再不能让母亲受苦了。

给草莓看病、买棺材、打发草莓用尽了家中所有积蓄，让人赶走两口猪、三只羊才勉强没有欠债。亢一公有生以来又一次为钱的事发愁了。

转眼就要过年了，该置办的总得置办，孩子们的衣服，必要的年货，村里的摊派，这些都要钱，可钱从哪里来呢？

"卖树吧！"

"卖树？卖哪里的树？"

亢一公吃惊地望着母亲。

"野狐峪的树呀，树是咱们家的，咱栽的树，分给咱的树，还不由咱卖？别人大林里的树还偷砍上卖，咱就不能卖？"

母亲一说偷砍上野狐峪的树卖，亢一公身上打了个寒战，以前因树案受诬的事又一次涌上心头。他摇摇头，说：

"娘，树是国家的，不能卖。"

"你不见别人进沟来砍树卖？"

"别人是别人，咱不能犯那法。"

"不犯法，有合同的。"

母亲说着，取出一个梨木匣子，里面装着亢家一代代的文契，最上面搁着的是责任制以来的承包合同，这些合同亢一公回来后还从来没看过。他不相信承包能承包到随便砍上树卖的地步。反复仔细看了合同，合同上虽有谁治理谁受益的话，但并没有可以砍上树卖的明确条文。经了五八年大炼钢铁和后来的学大寨运动，野狐峪的树几乎被砍伐殆尽，虽然有亢家人顽强不屈，生生不息地每年栽树，但成材的树已经不多。承包时，乡里签订合同，笼统将野狐峪承包给亢家，亢家依然如故地栽树，逐年来成材杨柳也有了，但刘拉弟、亢一公都没有敢卖树，他们不认为自己栽的树就可以自己砍上卖，刘拉弟是见别人卖树卖得多了，才想到这一点，亢一公却仍扭不过弯来。这受益到底做何解释，他拿不准。他认为社会主义还是社会主义，

205

集体还是集体,承包只不过是一种形式,所有权仍属于国家,个人怎么可以砍上国家的树卖呢?

母子俩争论了一通,最终还是没敢去卖。卖了十几斤鸡蛋,卖了只羊,凑凑合合过了个春节。结果准备安门窗的新窑停了工,没有安,该买的化肥没有买,还欠了村里四五十元摊派。

生存的逼迫使亢一公再也不能不正视现实,即使在野狐峪永远与世隔绝,也不能对政策、对世事不闻不问了。每次接送亢狐,或到岔口村、镇上办事、交粮、纳税或外面的人来了,他都一改拒人于千里之外的态度,留心听和打问一些情况,有时也顺手要张报纸、买本杂志看看,渐渐对现行的政策有了了解。

这了解又给他带来新的困惑,莫非过去的一切都错了吗?照现在人们的样子,那还不是全面复辟资本主义了吗?右派平了反,阶级斗争不搞了,狗罕支书摘了帽子又当上了支书,吴拉子下台又上台还当村委主任,大队的财产全分了,大队的钢磨坊吴拉子捣鬼要承包,村里几个年轻人故意在钢磨里放铁蛋,毁了钢磨让电线短路烧了电机,拆了面粉机。派出所下来处理,村里人都保护那几个年轻人,悄悄地给派出所处理事故的人塞了票子,案子不了了之。狗罕支书承包了大队的粉坊,雇了师傅,雇了小工给他出粉、喂猪,这不又是雇工剥削吗?冯家窑的冯守义拉起包工队,明目张胆包工挣钱,自己分下的承包地花钱雇人种,后来干脆租了出去,每年秋天收租子。人们挣钱挣得红了眼,什么钱也敢挣,有的倒卖婴儿,有的贩卖妇女,有的女人干脆到大城市去卖娼,以前禁止唱的歌现在公开在大喇叭上唱。村村都在修庙,岔口村学校后面又盖起了山神庙,烧香摆供的人不断,庙前的老槐树上挂满了还愿人的红布条……

这世道到底成了个什么世道呢?

有一次,亢一公碰上了狗罕支书,问狗罕支书说:

"狗罕叔,自己栽的树是不是可以自己卖呢?"

狗罕支书很坦然地说:

"卖?可以,自己栽,自己卖,国有林,要保护,法律。房前屋后树,自己的,可以卖。所以,吓死小胆的,撑死胆大的,不但可以,而且治理小流域,还要大量植树,种草种灌,所以,成材的可以卖,谁先富起来谁光荣,要带头致富,要带头,我现在带头,政策不会变,三十年不变,三十年,我是等不上了,社会主义,中国式的,现在政策好哇……"

亢一公又问:

"野狐峪的树也能卖吗?"

狗罕支书愣了愣,眨眨眼睛说:

"野狐峪,小流域,树还小哇,你们家栽的承包给你家。按说,我问问田书记,具体的,你也可以问问田书记,原则上,还是问田书记,而且,你是读过书的,政策,问问田书记……"

说着又眨眨眼,嗨嗨嗨笑着让亢一公去他粉坊里坐坐。

亢一公推辞着没去,对狗罕支书他老有种歉意,他感到自己做过对不起狗罕支书的事,狗罕支书不但不计较他,倒好像也对他抱着歉意,见了他很不好意思,说话更加语无伦次。不但狗罕支书,岔口村其他人,包括吴拉子好像见了他也很不好意思,说话总是别别扭扭,于是他更不愿意见了。

几天后,狗罕支书的侄子来找他,说自己春天动工盖房,差几根檩材,听说他要卖树,想从野狐峪挑几棵树。

亢一公沉吟着没敢答应,狗罕支书侄子说:

"亢二哥,你不用怕,我伯伯说了,现在的事就这样,你不卖也没人说你好,你卖了也就卖了,不卖白不卖,到时候吃亏的还是你。"

他这几句话说得亢二更不敢卖了。可是狗罕支书的侄子还是来把树锯倒拉走了。事后他才知道母亲做主卖了树,一棵收了人家三十多元钱。

母亲和他说时,他没表示什么,树是父母兄妹栽的,如果说归了个人,也不应该有他的份。草莓刚去世,侄儿侄女还小,他没能负起抚养他们的责任,没能给他们更多的幸福,他已经很不安了,他还再阻止母亲拿树为他们换些钱吗?

在失去草莓后孤独寂寞的痛苦中,亢一公强作欢颜,不让母亲和两个孩子看出他内心的烦躁与难耐,一个人却常常彻夜不眠,与自己做着痛苦的斗争。有时他想，莫非我亢一公这一辈子就这样完了吗？就这样死守野狐峪，做一个山野隐者吗？我年轻时那些理想抱负，我所受的那些冤枉屈辱就这样完了吗？想到此，他气血翻涌，真想大喊大叫一番。但更多的时候，他被一种责任感、一种负罪心理所压抑，望着年幼的侄儿侄女，望着白发苍苍忍辱负重的母亲，便将那一切都放开，看得淡了。人生，由不得自己，认命吧，亢家的祖祖辈辈不是都那样过来了吗？他们能，我为什么不能呢？为排遣心中的郁闷，他只有更勤劳，更早出晚归，将自己的精力发泄在田地里，发泄在山野间，不让自己有思索的机会。

五

"太荒唐了，一公，你就真听了你妹妹的，你就真不让这两个聪明的孩子上学了？一公呀一公，你接受教训也不能光从反面接受呀，你那是什么时代，现在是什么时代？你啊你，怎么越活越糊涂了？"

吴贺激动地在地上走来走去。为动员亢一公振作起来作小流域治理的典型，他已说得口干舌燥，亢一公却总是拿过去的历史作为论据说他对世事已完全看透，他再也不会上当，再也不去干那些与人无益与己无利的事了。说不但他，野狐峪的任何一个后代都不会再干那些傻事。他不会让他们去上学，他也不会让他们离开野狐峪。好在现在政策好了，不再像以前一样身不由己，自己只是种好地，缴粮纳税，完成个人对国家的义务，安定稳稳在野狐峪一代代走下去就是他亢家最大的满足。

吴贺问他："那你为什么还埋羊呢？你喂那么多羊不能出去卖吗？"

"卖，只要有人来买我就卖，埋羊，那是以前的几只老羊，我娘她不敢卖，来了人买怕受骗，人家一只给三十，她想那最少也能卖四十，人家给下四十，她又想一定能卖五十，所以她宁愿羊老死也不卖，我不会像她那样，该卖就要卖的。"吴贺截住他说："这就对了，这还不是你念了书，见过世面的原因，现在讲劳动致富，你就不能当个致富带头人？先富起来？"亢一公冷笑一声说："先富起来干什么？让人再当地主斗吗？我不干那傻事，我就这，自己劳动自己吃，我什么时候也是贫下中农，我什么时候也不让他们再抓住把柄。"

吴贺摇摇头,知道多说也无用,只有让时代的浪潮来洗刷他了。他已决定回去让公社把广播喇叭安到他家,然后给他寄报纸、书刊,他不信他征服不了亢一公脑中的顽固和偏见。他决定过些时还要来,管他亢一公愿意不愿意,全县治理小流域的现场会一定要在这里开。他要让事实来使亢一公走出野狐峪,他要不断逼他振作,逼他成为一个新的亢一公。他不由想起那句著名的话:"严重的问题在于教育农民。"不过,不光是过去的那种宣传上的或强制性的,而是让事实,让经济大潮,让商品经济的大潮来教育农民。

吴贺回到县里后,着手处理的第一件事,竟又是有关亢一公的,他从野狐峪回到县城已是下午五点多,办公室主任过来汇报说地区公安处来了个刑侦科长,是他的熟人,那人还给他带来封信,问他见不见?吴贺接过信拆开一看却是祁文瑞的女儿祁月珍给他写的。祁月珍现在是省城一家报社的部主任。吴贺从小看她长大,在地委宣传部时也和她打过几次交道,听说她一直和祁文瑞关系不怎么融洽,但这封信却恰是为祁文瑞的事而写。

祁月珍在信上说,近二年来,她父亲不断接到诈取钱财的恐吓信,信上总是那么几句话:"祁文瑞,你作恶多端,贪污腐化,迫害好人,听说你刮了不少地皮,捞了不少油水,我现在向你讨还人民血汗钱八千元,请你按我指定的时间把钱放到我指定的地点去,如不照办,我就惩罚你的孙子,让他肢体不全,何轻何重,你自己考虑。"时间差不多一个多月到两个月一份,每次都换一个地点,但每一次都没有人去取钱。因为每一次都有公安人员在那里等着。第二封以后,恐吓信上又加了一句:"你通知了公安局,这更没你的好处,你通知一次加一千元,你的孙子的惩罚也更重些。"祁月珍在信上说:虽然我的父亲做过不少不好的事,但真正和他有深仇大恨的还不多。我数来数去只有一个亢一公被他害得最惨。这些恐吓信又恰恰是在亢一公出狱前后寄到我们家,所以我怀疑这是亢一公干的。如果我的怀疑不错,请你劝一劝他。过去的事已经过去,我父亲固然对不起他,但一个人若老记着仇恨,对自己的以后会有什么好处呢?……

吴贺看着信,眉头紧紧皱了起来,他当即给祁月珍回了一封信:

月珍同志：

大札收悉，谢谢你还记着吴叔叔。

关于信中所说怀疑亢一公写信恐吓你父亲一事，我可以给你一个明确答复，此事绝非亢一公所为，因为我刚从他那里回来还不到两个小时。按你信中所说收到第一封恐吓信的日期就可以说明这一点，那时亢一公还在监狱里，他不可能在监狱里写恐吓信，这是常识。第二，亢一公出狱后，从未离开过临河县，他不可能知道有警察跟踪取钱的人。而且，如果你知道亢一公现在是个什么样子，你就绝不会再去怀疑他了。这个人经过八年牢狱之灾后，已完全变了个人，形象点说，他像个木头人，一个已经完全对未来丧失了信心的人，一个只知守在野狐峪日出而作日入而息不问世事的木头人。他遭受的打击太大了。他父亲因他坐牢而死，他哥哥从悬崖上摔下来惨死，她妹妹先是疯痴数年，在他出狱后也已死去，他在狱中所受灾难更是一言难尽。一个人遭受了这样家破人亡的打击，他还敢自触霉头，以身试法，去和比当年权更大、更厉害的对手去较量吗？他要敢，他绝不会用这种自投罗网的小孩子手段去报复，他早带刀子去找你父亲了。

祁月珍同志，我是看着你长大的，我认为你还是个有善良心的女孩子，你也有一定的正义感，我想你不可能为了你父亲收到几封恐吓信就对一个已被弄得家破人亡的人再制造一次牢狱之灾吧。他当年为什么被逼上逃亡路，又为什么坐了八年牢，弄得家破人亡，其中因由我想你比我清楚得多。你们父女如果认为这还不够，一定要置亢一公于死地，我就无话可说了。现在是法治时代，一切均有法可依，地区公安处的人既来了，就让他们去调查去破案吧。不过在临河，我不会允许随便捕人，随便给人定罪，制造冤狱的。

至于劝说亢一公，我认为无此必要，他既没干那事，我不会再给他的伤口上撒盐，让他本来安宁的心、本已安宁的家庭重新处于不安之中，我倒是劝你好好劝劝你父亲，该对亢一公松松手了。过去已经做得够狠,莫非非要置亢一公于死地才安心吗? 陈毅元帅说过:"善有善报,恶有恶报……多从自己方面去想想吧,共产党给我们权利是为人民服务的,是要我们做公仆,而不是……"

吴贺写这封信时手抖着,心也抖着。写完从头看过,感到痛快淋漓。他长长吁出一口气,封好信,交给办公室主任说:

"你把信交给来人,先安顿住宿,晚上吃饭时,我去陪他。告诉他我刚回来,有些事亟待处理,先不能见他了。"

办公室主任刚走,分管农林水利的副书记来谈治理规划,直到吃晚饭,办公室主任来叫时,两人还未谈完。

到招待所的路上,吴贺脑子静了下来,想起那封信,忽然感到不妥,有些言辞似乎过分激烈了些。为亢一公而得罪省报部主任和祁文瑞似乎大可不必。听说祁文瑞近来已和卸职离休的前省长拉上了关系,活动当行署专员,那家伙可是什么手段也使得出来,倘若……他决定讨回那封信,重新写过。席间几次欲张口讨要,话到嘴边,感到有失身份,终于没开口。

六

祁文瑞这些天心情恶劣,食欲不振。恐吓信弄得一家人提心吊胆,不得安宁,有人又将他"文化大革命"时的事反映到中纪委,说他是三种人掌权,看来对手是非要把他搞垮不可。这些倒也罢了,为在北京养病的前省长选好的私人护理临行前也忽然变了卦,说什么也不去了,这真是要他的命。电话上将卫生局长狠狠收拾了一顿,派秘书去卫生局联系找替补护理后,他关了办公室房门,焦躁地在地上踱一会儿,又坐在皮转椅里发一会儿呆,烟灰缸里烟蒂不断增加,屋子都让烟弥漫得发了蓝,几次电话铃响他都没去接。

秋日下午的阳光斜射进二楼玻璃窗,照在当地那盆龟背竹上,给那黑绿的叶片涂上一层模糊的光泽。望着那伸开手脚侵吞空间的龟背竹,他脑中出现了隔壁那三通间的专员办公室,心里又添了一阵烦乱。老专员年底就要退休,他是分管农业的副专员,虽无明文规定,却是当然的常务副专员。那办公室不久就将属于他,可偏偏在这时候有人出来捣乱,这捣乱的人会是谁呢?他派亲信耳目侦察多时了,还没有结果。这使他不能不联系到给前省长选护理的事,莫非在这件事上他们也插了手?他脸上的肌肉抽搐着,狠狠按灭手中的烟,拿起电话:"喂,狗子吗?好,让他接电话,狗子,你再查一下,这段时间谁去一号护理那里了?有些谁,这些人有些什么背景,和谁来往多?一定查清楚……"打着电话,他脑子里便有一闪一闪的火花闪烁,将那一件件互不相关的事联系到一起来。

"笃笃笃……"有人敲门,谨慎地犹犹豫豫地敲着。祁文瑞理也没理,从敲门声他能判断出来人该不该见,这种谨慎的犹犹豫豫的敲门一般是下面人找他办事,若非他心情特别好,他一般不会见这种敲门者。敲门者在敲过一阵后,终于失望而去。他听着门外那隐隐的脚步声渐渐远去后,转过身,把手放到电话上,就在这时,电话铃又响了,他生气地拿起电话,没好气地"喂"了一声,耳机中传出秘书那恭恭敬敬的声音。他说二号护理现在找不着,他是否应该先回来?"不,你等着,不等回来,不要来见我。"放下电话,他感到异常疲乏,便在沙发上坐下来,头靠着沙发靠背,眯起双眼,脸上的肌肉不时抽搐一下。

给副省长选护理的事举足轻重,他不能掉以轻心。

祁文瑞是在住党校期间和前省长拉上关系的。地委农工部部长当了五年,形势对他越来越不利,要开始清理三种人了,祁文瑞自知不保,主动要求去住省委党校,他是抱着住学习班、接受改造的心情提出申请的。他看出了一步棋,就是今后知识分子要吃香,文凭要吃香了,当时还拿得不准,想不到还是收到了一石二鸟的效用。

党校一住两年,祁文瑞看到一个个"文革"中升上去的人被清理下来,被处分、被判刑,不由暗暗心惊,做好了回去坐冷板凳的准备。抱着这种态度,他一改过去多少年的生活习惯,想吃便吃,想喝便喝,想发发牢骚、发发议论便也不再对自己的嘴巴严加管束,假期找着机会去北京便去北京,去上海便去上海,放松身心,静观其变。第二年的暑假去北京转悠期间,他忽然想起老校长那个在部队当官的学生,那人在北京军区任职,职位不低。

祁文瑞怦然心动，在旅馆拿了一夜主意后，下定决心去拜访。第一天没见着，第二天等到晚上见到后，交谈起来，讲起临河县，讲起老校长，谈得十分投机。临走，主人告诉他，现任省长是他的老首长，也曾当过老校长一年多学生，如果有什么事需要他帮忙，他可以向省长打招呼。祁文瑞告别出来，兴奋得一夜没合眼，第二天放弃已安排好的旅游日程，买了一大包北京名特产匆匆赶回地区所在地，家里住了一夜便又去了临河县。

像在老校长学生家里一样，在老校长家里祁文瑞自始至终没提什么要求，他只说在北京见到老校长的学生，学生托他问候老校长，并托他带回一些北京名特产，希望老校长保重身体。祁文瑞也代女儿祁月珍问候老校长，说女儿希望老校长到省城时能到她家中做客。

祁文瑞走后，老校长大为激动，学生那样高的职位，仍不忘他，还给他带来那样多补品，他当即给学生写了封信，说他托祁文瑞带的礼品收到了，对他的关心表示感谢。信中顺便提到祁文瑞仕途上不太顺利，但能知天达命，不计退进，倒是难得。

老校长的本意只是对祁文瑞的达观表示欣赏，并非代他求托。学生却从那几句话里看出了老校长的良苦用心。那天，祁文瑞拜访走后，他脑子里曾闪过该给老校长带点礼物的念头，后来事儿一忙，也就忘了。想不到祁文瑞竟这样有心，使老校长在信中感激涕零，这一情节使他对祁文瑞大生好感。认为老校长既然求了他，他理当为祁文瑞的仕途顺达尽点力。于是在一次开会见到省长时，他便向老首长提到祁文瑞这个老乡，讲了他当年如何力排众议解放老校长，又如何在临河做出政绩。不管人当了多大的官，到了什么地方，桑梓之情总是难以忘怀。省长在当省长前曾回过一次故乡，对临河县的市容交通建设有好印象。经老校长的学生一介绍才知道原来是个叫祁文瑞的临河人在任时干的，便记住了这个名字。会议结束后，他正好到党校讲课，校长在汇报学校工作时谈到中央党校给了学校几个名额，让选派几个优秀学员去住中央党校。省长便问起祁文瑞这个人来。校长对此心领神会，在选送学员时第一个便选了祁文瑞。

祁文瑞得知去中央党校学习是省长点的他的名，大喜过望。那时，他正为如何通过老校长和他的学生去结识省长而绞尽脑汁。他知道这种事欲速则不达，太着急反而会坏事，得等机会。现在机会来了，岂可放过。在去中央党校前，他专门回了一趟临河县，带着临河土特产——地道三肾丸和黄河大鲤鱼去看省长。省长十分欣赏他对时局的看法和对故乡建设的一些观点，希望他在中央党校能进一步解放思想，接受新观念，提高自己的素质。

中央党校是祁文瑞仕途的一个大转折，他不仅在提倡干部知识化时有了金字招牌，而且颇结识了一批后来身居要职的同学。中央党校毕业后，回地区不到半年时间，赶上了机构调整，被安排为行署副专员。这当然得力于老校长的学生和省长。那期间，他已将两道门槛走得极熟。在省长因健康原因退居二线后，省长夫人已经和他熟悉到可以直言不讳向他提出找一个护理的要求了。

对于护理，省长夫人体察省长的意思提出三点要求：第一须是省长家乡人，因为省长到老年后非常喜欢吃家乡的酸捞饭、莜面、豆面一类食品；第二，护理须是当过三到五年护士的公职人员，有一定医学知识和护理经验；第三，人不可太老，亦不可太年轻，不可太丑，亦不可太漂亮，以三十岁左右为宜。

这条件自然有点严苛，但愈严苛祁文瑞才感到办起来愈有意义，办好了也才愈能在前省长面前显示出自己的办事能力。从北京探望前省长回来后，祁文瑞立刻和新任地区卫生局副局长的妻子到处秘密物色人选。选好候选人以后将本人资料、照片等送北京让前省长夫人过目。最后一致选定一个叫郝晓燕的。一切都已安排停当，时间也定好通知了北京，谁知就在临行前五天，郝晓燕哭哭啼啼找到祁文瑞办公室，拿出她丈夫的一封信来，说如果她一定要去，丈夫便和她离婚。祁文瑞看着那封信，当时就气了个七荤八素。那个叫甘靖的丈夫在信中说这是件"卑鄙下贱的勾当"，是"无耻之尤的行为"。并威胁郝小燕，如果她不怕他和她离婚，坚决要去，那么即使离了婚，他也要将这件"见不得人的丑闻"公之于世，让她和那些"狗官"们在社会上抬不起头来。祁文瑞对这个甘靖恨得咬牙切齿，但却毫无办法。其时甘靖正在上海复旦大学攻读研究生。

甘靖是在恢复高考后考上师大历史系的,毕业后分到地区师专,第二年考上研究生。郝晓燕爷爷在地区医院当医生多年,退休时让弟子们把孙女安排到地区医院当合同工护士。郝晓燕那时还是农户,为解决户口,变合同工为正式工,郝晓燕瞒着甘靖进入祁文瑞为前省长选护理的候选行列。当时讲定护理半年后即换人。郝晓燕在选中后写信告诉甘靖她要到北京进修学习半年,甘靖当然支持。事情本来已经水到渠成,却不知甘靖从何方打听到真实情况,搅了祁文瑞的局。

这里专员的竞争剑拔弩张,还不知鹿死谁手,那里却出了这样的岔子,你说祁文瑞能不着急?祁文瑞知道,这件事关系重大,若是办砸了,失去前省长欢心,自己显然就会处于劣势。"甘靖,甘靖……"他狠狠地默念着这个名字,脑子里忽然电光石火般划过一道亮光:那些恐吓信是不是也和这家伙有关呢?看他信中对他那仇恨的语气,他有理由这样怀疑。随即又摇摇头,自己否定了自己。甘靖虽娶了个临河老婆,本人却并非临河人,他和他无冤无仇,况且又一直上学,不会干这种事吧?那么是谁呢?恐吓信已成了祁文瑞的一块心病,从作为副专员人选那天起,便开始接到这种信,所以他怀疑是他的政敌、竞争对手指使下面人干的。因为每封信笔迹都不一样,经过公安处技术科鉴定,绝非出于一两个人之手,但在政敌里调查了许久又找不到蛛丝马迹。他也怀疑亢一公,因为亢一公就是在他接到第一封恐吓信后不久出狱的,但亢一公出狱前这第一封信却又显然不可能是亢一公所写。他在岔口村布置了监视人,地区公安处的侦察员也在野狐峪追踪了几个月,没发现亢一公在收到恐吓信的那些日子出过山,或者说根本就很少出山,信也不是从临河县发出来的,亢一公又似乎应当在排除之列。

越是扑朔迷离,越是找不到对象,那恐惧就越大,他知道这是敌人故意采取的手段,他们是要在精神上整垮他,他偏不上他们这个当。他将每一封信都仔细保管,并不时拿出来研究一番,以加厚那层"免疫"的茧皮,减轻自己的恐惧,他为自己的坚强感到骄傲。你们整不垮我,倒是我一定要找出你们,不论你隐藏得多深。

他要挖出他们来,他不信他手下拥有这么强大的政权管理机构会让一个(或几个)写恐吓信的人漏网。

他正认真梳理着思想,在诸多矛盾中找出主要矛盾,摸清这些矛盾的网,然后找出破解之策,电话铃又急促地响了起来。"丁零零,丁零零……"一直响,一直响,他生气地抓起电话想把它搁在一边,却听到电话里副专员夫人那熟悉的声音:

"老祁,赶快回来,小贝失踪了,快……"

祁文瑞感到妻子的声音像一枚枚尖锐啸叫的炮弹破空而来,在他脑子里炸出一片火光,他握着听筒怔怔地站了几秒钟,身上陡然来了精神:"好啊,终于出洞了,只要你出洞,就不愁打住你的七寸。"他心里并不着急,倒似乎感到高兴。

人们不知怎么一下子都得到了消息,路上碰到的人都问他:"祁专员,孩子找到没有?"他面不改色,微笑着回答他们他也刚得到消息,步履稳稳当当向他家走去。

门口停满了自行车和摩托,客厅里站着七八个人悄悄议论,妻子守在电话机旁,眼哭得像两只醉枣。

祁文瑞一进门,大家的目光唰一下全扫向他。妻子站起来,叫了声老祁,眼泪又流了出来。祁文瑞阴沉着脸说:"慌什么,情况还不清楚就乱成这样,他们真要绑架了小贝,不正是暴露他们的好机会吗? 也不用……"他本想说不用再这样提心吊胆过日子了,话到嘴边,感到不妥,转口对地上站着的人说:"还不快分头找去,站这里能站出来?"

等人们走后,祁文瑞拿起电话,接通了市公安局、地区公安处,一一做了安排,这才坐下来,颤抖着手指点燃一支烟。

敌人像猜透了他的心思,偏让他提心吊胆,祁文瑞一支烟没抽完,外面响起摩托声,接着四五个穿警服和不穿警服的人簇拥着他的小孙子走了进来。原来孙子在上活动课时间和三个同学从操场里翻墙出去到建筑工地去捡小瓷砖做孩子们玩的跳子。

祁文瑞一股怒火冲上来,走上去扬起手就要打孙子,孙子却从书包里

掏出一封信递给他。又是一封恐吓信,信上说:

祁文瑞:

我要绑架你的孙子易如反掌,但我不,你乖乖地把钱送到指定的
地方,咱们没事。如果不按我的指示办,你孙子的安全随时在我手里。

孙子说,信是一个驼背老头子给他的,那老头子脸上戴个孩子们玩的
猴子面具,把信给他后就不见了。

一星期后,祁文瑞住进了医院,据说是被恐吓信吓病了。

七

祁月珍是在父亲病房里接到吴贺的复信的。

下午,祁文瑞在套间里的病床上打点滴,医生和护士守着,她可以轻松
轻松了,便在外间会客室沙发上靠着沙发软软的靠背假寐。刚感到浑身肌
肉放松,有了睡意,就有人在轻轻敲门。祁月珍十分讨厌这种胆胆怯怯的
敲门声,打开门总是一张畏畏怯怯的脸低声细气地问:"祁专员好些了吗?"
说着便与他(她)手中沉甸甸的东西一起挤进门来。讨厌又不能不接待,谁
能将探望病人的人拒之门外呢。还得赔上一副笑脸。两天来为赔这种笑
脸,祁月珍面部肌肉都僵硬了。可父亲喜欢听这敲门声,喜欢听那低声细
气的问候,喜欢看那谄笑的脸和探望人手中沉甸甸的东西,那是他每日最
好的音乐和现代派图画。如果父亲在里间,听到有人进来,三分钟不通报,
他就要问一声:"珍珍,是谁啊? 让他进来吧。"声音是愉悦的。如果每隔一
半个钟头听不到敲门声,父亲的脸就阴沉沉的,便要叫医生。两天来,祁月
珍深以为苦却又无可奈何,谁让她对母亲和兄嫂说她一定要陪够三天,尽
尽孝心呢?

祁月珍陪侍的真正任务就是接待探望者,病床前昼夜都有护士,根本
用不着她,只有正打着点滴而来了重要人物与父亲交谈,护士退出后,她才
尽一会陪侍的责任。要说父亲的病,也没什么大不了,惊天动地拍电报告
诉了她,她来后父亲已经能出院了。医生不让出,父亲也不想出。医生们

是会望闻问切的，他们说不能出是因为父亲不愿出，如果父亲坚决要出，他们是不会阻拦的，移回家里，出入副专员的门庭治疗，他们有些人是巴不得的。

这次敲门的是给她带信的公安处刑侦科长，他抱着个箱子，一整箱蜂王浆，还有一支长白山老山参。进来后告诉祁月珍是临河县人送的，还有些土特产送家里了。祁月珍说："那你为什么不把这也放家里？省得再往回拿。"科长脸上微微一红说："看病人怎么能空手来呢？这是补品，用得着。再说，我是替人送，总要让祁专员知道送的人一片心意……"

科长将礼品放好，掏出吴贺的复信递到祁月珍手里说："吴书记当时就回了信。"祁月珍将手指压在唇上示意科长低声，里间的祁文瑞还是听到了，问道："是小杨吗？你等会儿，我这马上就完。"

祁月珍让杨科长坐下，拿烟倒水。科长赶紧来抢，几乎撞翻水杯。

科长问了病情，紧着嘴唇吹水喝，祁月珍打开吴贺的信看，脸色一会红，一会儿白。看完后手抓着信纸，头靠在沙发背上闭上眼睛。

一会儿，套间里起了一阵小小的骚动，接着响起沙沙的脚步声，医生护士轻轻推开门走了出去，后面走出清瘦的祁文瑞来。

科长放下茶杯，赶紧起身，祁文瑞摆摆手说："坐着，坐着，怎么样？找到线索没有？"一转脸看到祁月珍手里的信纸，又问："谁的信？吴贺？说些什么？"祁月珍一惊，慌忙抓起信纸叠好装进信封说："也没什么，我让他帮忙查一查，他说他一定全力协助。"她的慌乱逃不出祁文瑞的眼睛，祁文瑞脸上露出一丝冷笑："你给他写信了？他说全力协助？""是的，祁专员。吴书记、江县长专门叫去公安局长吩咐，让他们竭尽全力，一定帮助查到线索。""查到了吗？"祁文瑞眼盯着科长，柔和企盼中有一股冷气。科长的脸又红了："还没完全查出来，已经有点线索了。""是吗？什么线索？是谁？"眼中的冷气消失了，语气中有了兴奋。"有一帮赌鬼，为首的好像姓陈……""又是赌鬼，好像姓陈。你去过野狐峪了吗？"祁文瑞眉头皱起来，打断科长的话："那个亢一公，你调查清楚他的情况了吗？我怎么吩咐你的？"祁文瑞的手又往胸口摸，慌得祁月珍和杨科长赶忙站起来。科长脸色

218

苍白,额头沁出了汗珠,嘴里连说:"祁专员,您别生气,别生气,保重身体,保重……我,还没说完……"祁月珍边过来扶父亲边说:"爸爸,您让杨科长讲完,医生不让您生气,您激动什么。"祁文瑞挥挥手制止祁月珍过来扶他,从烟盒中取出支中华烟放在鼻子下嗅着,坐到沙发上,和颜悦色对杨科长说:"我没事,你继续说,坐下,坐下说。"杨科长拘谨地在对面沙发上坐直身子咽口唾沫:"这个赌鬼过去是亢一公一伙的,亢一公被捕前一直和他在一起,是个职业赌徒,输钱后,有过讹诈行为。不过从亢一公出狱后,还没发现他到过野狐峪,没见他们联系过。""亢一公找过他吗?""现在还不清楚,还在调查。""那野女人水仙那里你们去了吗?""去了,他们说亢一公去他们那里接送儿子,有时饭也不吃就走,很少说话。""姓陈的去他家吗?""去过。""经常去?""一年去几回吧,那家男人也爱赌。""笔迹呢,都取到了?""取到了,您看。"科长从公文包里取出一叠材料来,双手送到祁文瑞面前。祁文瑞看着,眉头忽儿皱紧,忽儿松开。看完递给祁月珍,对科长说:"好,很好! 抓住这条线索,穷追下去,不要放松。当然其他线索也不能放松,你和市公安局联系,一定要找出这些人来。"

祁月珍看着眼前的几张笔迹材料,心里的迷雾愈加浓重。恐吓信的字虽非一种笔迹,但却不像这几个赌鬼所写,那字比这要漂亮得多。亢一公的笔迹她熟悉,还是当年上学时那字体,只是远不如当年流利,好像颤抖着手写的,笔画滞涩,一笔一画都好像写得很慢,很吃力。

科长走后,祁文瑞问祁月珍:"你看是他干的吗?""不是。"祁月珍迟疑着回答。感到自己声音飘忽,又补充一句:"我认为不是,他的字我认识。""他不会让别人代笔?""杨科长不是说了吗,他从来没离开过临河县,除了,去领他的儿子。再说,不是至好关系,谁愿替他担这风险呢?""他可以用钱买。""不可能。""吴贺信上说什么了?""没什么。和杨科长说得差不多,他前些天刚去过野狐峪,见过亢一公。他说不可能是他。""唔,他去过野狐峪,他去干什么?""他没说。""他也说不是他?""嗯。"祁文瑞面上浮上嘲讽的笑:"我也说不是他。""什么?"祁月珍惊异地瞪大了眼睛,脱口问:"那你为什么还让杨科长穷追?""这是策略。不错,我曾经怀疑过他,但现在已经清楚不是他了。正因为清楚了，我才让杨科长抓住这条线索穷追，一方面造成对方的错觉，让那真凶放松警惕；一方面也敲打敲打他，让他不要有什么妄想。""那么是谁呢？爸爸，您有线索了吗？"听着父亲斩钉截铁的肯定，祁月珍变了脸色，急忙问。

祁文瑞轻松地说："也还是猜测，大致不会错。"说着，两只拳头相对，做顶撞势，然后，伸出手指指一指地委大院方向。"是大院的人？"祁文瑞点点头："小孩子玩意儿，能吓倒我？"说着，打火点着烟，喷口烟说："我就将计就计，给他个一石三鸟，看谁笑在最后。"祁月珍一阵紧张，脸色更加难看，下意识地伸手取过手提袋。祁文瑞正在得意中，没发现女儿神态变化，自顾自说："珍珍，你要忙，就回吧，报社的事不要误，注意咱们这里的报道动态，有不利的地方留心点，该卡的就一定卡住。"祁月珍抓着手提袋，努力镇定着自己说："爸爸，那你的病？"祁文瑞笑笑说："爸爸这病，没什么，说犯就犯，这几天好多了，我暂时还不准备出院，等他们表演得差不多了，再出去反击吧。医院是个好地方呀。"正说着，电话铃响起来，祁月珍接了电话，递给祁文瑞说："爸爸，我出去走走。"她慌慌乱乱抓起手提袋跑出去，却将吴贺那封信丢在了沙发上。祁文瑞瞥见那封信，一边接电话，一边展开来看。看着看着，他的脸色也像祁月珍一样越来越难看。

祁月珍匆匆跑出干部病房，脑子里如有一窝蜜蜂嗡嗡叫着。出去看看前边凉亭上没人，她一径上了凉亭。背对父亲病房的窗户，颤抖着手从手提袋里掏出一张纸，展平了，仔细看起来。那纸上写着：

> ……一万五千元刮地皮钱如数收到，看你面上，暂时饶过祁文瑞那狗官，他如再搜刮老百姓，继续作恶，仍将受到惩罚……

祁月珍怔怔盯着那封信，心里乱成一团。那天接到父亲病重住院的消息，她急急忙忙赶回来，在病床前和父亲商量说看来绑匪只是想讹钱，我们给他钱好了，给他时不要让公安人员监视，也不要让其他任何人监视，赶快结束这件事吧，老这样提心吊胆过日子，何时是了……说着流下了眼泪。

220

祁文瑞叹口气说:"怎么给? 给他一回,他下次再讹怎么办? 这种人如要讹钱,一定贪得无厌,开了口子就没法挡。如果另有目的呢? 人们会问,祁文瑞哪里来得那样多钱? 这谣言一造,珍珍,你想过后果吗?"

"可是小贝呢? 我们能一直守住他吗? 他还在那样的环境中,倘若出点事……"

"小贝不要紧,这你放心,他们的目标不在他,在我,他们不敢动小贝。一动小贝就暴露,就玩完了。所以小贝绝对安全。"祁月珍知道说服不了父亲,拿定主意由自己来了结这件事。她思之再三,认为写恐吓信的人最可怀疑的就是亢一公,所以她一方面给吴贺写信让他劝劝亢一公,一方面回省城筹钱。东挪西借,加上自己工作以来和丈夫的积蓄,凑足了那笔钱,按恐吓信所限的最后日期将钱送到指定地点。并在上面附了一封信,说明钱是她凑的,要求对方以后不要再恐吓他们家,也不要对她小侄儿采取什么行动。信写得极诚恳,语气催人泪下,并在最后留下地址,要求对方在收到钱后,能给她去封保证信。对方倒也守信,几天后,祁月珍在报社收到了这张条子。她带了条子来陪侍父亲,本想拿出来让父亲高兴一下。来了后却见父亲一直在谈公事,谈政治上的钩心斗角,对这件事了不为意。她感到奇怪,认为还是等适当时机告给他们吧,不然,他们会以为她是来讨钱的。如此犹豫着没让父亲看,也幸亏没让父亲看,如果看了,说不定父亲刚有点起色的病会犯得更严重。

祁月珍原是料定了恐吓信是亢一公所为才去凑那笔钱的,她想亢一公在收到她的钱和条子后一定会给他回信,或许他念旧情,不会收那笔钱,还会给她退回来。即使不退,她也认了,算她代父亲偿还对他的欠债吧,八年牢狱之灾岂是区区一万八千元可以还清的。她感到她并没有做错,收到那条子后,她就更认定自己的判断是正确的,如果是其他绑匪,收到钱会给她回信吗?

祁月珍双手痉挛地抓着手提袋,两眼呆滞,真不知如何办好了。吴贺误会了她的意思,在信中那样严厉地谴责她,谴责她的父亲。亢一公又遭遇到那样的家庭惨变,毁了人生,毁了家庭。这对她打击就够沉重了,父亲那一席话又使她感到自己简直天真幼稚到了极点。自认为是帮了忙,立了功,谁料想帮的是倒忙,掉进的是陷阱。这陷阱陷了自己不说,还陷了父亲。从父亲来说,给政敌提供了攻击的口实和把柄。她经常听到这样的故事:说某省长、某书记、某大员被小偷偷了多少多少金砖金条古玩玉器现款存折美金日元,破案后被偷者还竭力否认,说自己并未被盗,全没那回事,是人们诬陷。经父亲那番分析,事情已十分明了。无论对手是谁,这都是一个陷阱,人家挖好陷阱就是逼你跳,你偏偏就跳了进去。祁月珍,你怎么这样糊涂呢?

祁月珍的心碎得七零八落。在玉城,她无论如何待不下去了。有人又给父亲推荐来一个自称有特异功能的妖艳少妇"柳观音"为他治病。祁月珍一见她那身俗气的打扮就感到恶心,她有什么特异功能? 可父亲却相信那女人。

八

公安局查对笔迹人的无端造访,如夏日宁静的湖水中投下一块巨石,搅乱了亢一公死水一般的心境。一时间黑浪翻滚,多年沉淀于湖底的污泥被冲溅起来,四散迸射。散发着臭气的淤泥使那清明澄澈的湖水发酵,咕咕咕不断冒着气泡,再不能恢复往日的情状了。他心绪烦乱,整夜整夜不能成眠。来人虽然言辞闪烁,态度暧昧,说话拐弯抹角,还是在无意中说出了祁文瑞的名字。一听那名字,亢一公脊背上蹿过一股凉气,手足冰冷,双唇紧闭再没说一句话。无论两个公安人员如何说破嘴皮,他始终一声不吭。到后来,他实在忍无可忍,站起来伸出双手说:"来吧,上铐子吧。我已经被你们关了八年了,你们有权,还想关,来吧……"弄得两个穿便衣的公安人员十分难堪。吴贺不让他们穿公安服装,他们还是暴露了身份。他们想解释,亢一公却说:"对不起,我还要进山背柴去。请你们告给祁文瑞,我亢一公一没违纪,二没犯法。他要还想害人,老天也不会饶他的。"

查对笔迹的人走后第三天,亢一公出了野狐峪,到冯家窑去找木匠师傅冯守义。

此时的冯守义已不是当年那个走村窜镇的木匠师傅,他和本村的泥匠师傅合作组建了一支农建队,已经从给老百姓盖房发展到进城揽工,盖过几座大楼,做过几次很可观的工程了。如今,农建队已发展到五十多个人,十几台机器,冯守义野心很大,他要发展五百多人的建筑安装公司,要让他的公司打到地区,打到省城,打出省外。亢一公出狱后,他曾几次邀请亢一公参加他的农建队,亢一公都婉言谢绝了。他对政策还没吃透,他不敢再蹈险境,八年牢狱之灾把他的胆子坐没了。

这天,冯守义恰巧在家,见亢一公来,十分高兴,立即让家人做饭菜招待亢一公。

饭菜摆了满满一桌子,有鸡有鱼,许多是亢一公以前见也没见过的东西。冯守义特地开了一瓶茅台酒,两人边吃边谈。前几天,冯守义去过地区所在地的秀城,他在那边认了不少朋友,也有在官场上的,对祁文瑞的情况了如指掌,谈到给祁文瑞写恐吓信和祁文瑞住院的事,冯守义压低声音说:"亢二,你对师傅说句实话,那恐吓信到底是不是你写的?与你有关系没有?"亢一公摇摇头说:"我哪能想出那样好的办法,我当时只想带一把刀子去捅了那狗贼,为我爹、我哥哥、为草莓和我自己报仇。可我没那勇气,丢下三个孩子和我娘谁养活?这几天我又动这心思了,既然那狗日的不放过我,我也只有这一条路可走了。"

冯守义连连摇手说:"不行,不行,疯子才干那样的事,你比他小了十几岁,值得吗?现在总算有人给你出气了,你只管安安稳稳待着。恶有恶报,不是不报,时辰不到。他再可恶,终究也难逃一死。我倒是劝你,快快走出你那野狐峪,趁现在政策好,多赚点钱,现在不是成天说谁富谁光荣吗,既然有这机会,我们为什么不先富起来光荣光荣呢?我这里正扩建,你就回我这里,给我当个副经理,咱们好好干一番事业。"

一瓶茅台酒喝完,冯守义仍然没能说动亢一公。不过听了冯守义所讲这几年的所见所闻,他的心思活络多了。尤其是听说祁文瑞被恐吓信吓出心脏病住了医院,他心里更是感到解气。回家的路上,他几次拿主意准备自己也写封恐吓信再给祁文瑞来个雪上加霜。

又一个不眠之夜后,第二天天一亮亢一公早早就起了床,告诉母亲,他要到县城去找吴书记。

一走进县府街，亢一公的双腿沉重起来，头上晚秋的太阳白光光照着，将他脑袋里也照成白光光一片。离开这地方十五年了，十五年来再没在这街上走过一步。在这里别人记载的是荣耀，他却是灾难，十几年的灾难。而那正是人生最美好的十几年，一个人一生能有几个十几年呢？如今，他又到这里来干什么？邀请吴书记带人去参观吗？再打破野狐峪的宁静，重新给野狐峪带来灾难吗？不，他不能再让成群结队的人进野狐峪了。那么，他找吴书记去干什么呢？说他要治理野狐峪，让吴书记批准他吗？他祖祖辈辈在野狐峪栽树种灌、开荒种地，请哪一位县太爷批准过呢？冯守义让他找吴书记贷款，贷款还用书记批吗？书记批了，书记支持了，干起来又有什么劲，那人们又该说什么呢？他不是受过一个书记的培养，支持吗？结果怎样呢？不，要干，就自己干，像冯师傅一样自己干，不靠任何人帮助，不受任何人摆布，自己先干起来再说。

走到县政府大门口时，亢一公想通了，毅然扭回头，返出县府街。在商店给母亲买了身布料，给三个孩子买了些点心罐头，满满装了一挎包。亢一公满身轻松向汽车站走去。

现在的县城街上比以前繁华多了，街两旁到处都是小摊贩。卖吃的、卖用的、卖玩的……卖什么的都有，人走过去，喊着、叫着、笑着、拉着，那股热情劲，比见了他多年不见的亲老子还亲，尽管人心里清楚那热情全在你的钱口袋上，人还是见了那冷面冷语卖东西的比死了他亲妈脸还难看的国营售货员高兴得多。亢一公走走停停，感到新奇，感到兴奋，渐渐走近汽车站时，只听后面汽车喇叭嘟嘟嘟直响，他慌忙往路边闪，扭回头，只见一辆大轿车正从人群中开过来。车上大风挡玻璃后面司机座上的司机赫然正是大头李。大头李也发现了他，向他摆摆手，那轿车便在他身旁停住了。

"亢一公，是你小子。"大头李从车窗探出油晃晃的大脑袋来，高高兴兴地招呼："几时出来的？怎么也不来看看哥们。"

亢一公感到脸上热辣辣的，额头就有细汗冒出，惶惑地避开问话，对大头李说：

"老李,你开轿车了?"

"咱当个体户了,这是自个儿的车。我大头李自己买的车。哈哈哈哈哈!回野狐峪吗?我今天还跑一趟那条线,要坐车你就上。快点。"

边说边招手让亢一公赶快上车。亢一公绕过车头,车门已打开,大头李见亢一公已上了车,对司机座旁座位上的旅客说:"喂,伙计,到站了,你给这位朋友让一下座,行行方便,我们好多年不见,想唠唠。"然后扭回头喊道:"想在这里下车的就请下吧,带好自己的东西。"

车开进站后,大头李吩咐开车的儿子招揽旅客,拉着亢一公下了饭店。

"一公,君子报仇十年不晚,现在这社会是咱们的社会了,政府让挣钱咱就好好挣。发了财不愁整典狗日祁文瑞。"大头李快人快语,三杯酒下肚就粗喉咙大嗓门嚷开了:"你哥我只包了一年车,就把这轿车买下了,我又攒了三万多,明年春天准备换辆新的,比公司最好的车还要高级。这钱不难挣,老弟,人为财死,鸟为食亡,抓住时机好好挣钱吧,这世上什么都是假的,只有挣下钱才是真的。老弟呀,坐了八年牢还没把你那思想坐过来吗?人在这世上靠什么?当官的靠权,咱们草民百姓要想过得如意,就得靠钱。你要腰缠万贯,什么事办不到?他祁文瑞还不是鸟虫一只。你听老哥一句话,狠下心来赚钱,赚了钱想要祁文瑞的人头,老哥给你找人去把它砍下来……"

"老李,现在这钱真就这么好挣吗?"

"好挣,看你有胆量没有,政府不是正往出放贷款吗?帮助你致富,你要有胆子,贷它十万八万,老哥给你作保。你不是会开车吗?买几辆车跑运输,包你几年就发大财。"

亢一公心眼动了,一边喝酒一边向大头李打听近来社会状况。是该走出野狐峪了,与其在那里默默无闻老死,何不出来干一番事业呢?既然冯师傅、大头李能挣钱,他也能挣,他不信自己能力比他们差,不信比不过他们去。

两人一杯又一杯,三杯又五杯,不觉二斤高粱下了肚,走出酒店,都有些晃晃悠悠了。

"你,你还,开,开车？喝,喝这么多,能,能行吗？"

亢一公大着舌头,说话已不流利:

"不怕,还有儿子,出师了。儿子醉了,还有孙子,子子孙孙轮流开。我卖票,点钱,还能行。"

大头李酒量大,比亢一公走得稳。说着话转过身在酒店墙角拉开裤子去小便。

亢一公眼前模糊起来,只见街上的人一个个都是晃晃悠悠,心里感到可笑,这些人怎么了？扭秧歌吗？他娘的,喝多了,今天这酒喝多了。他忘了等大头李,跌跌撞撞朝前走去。正午的太阳直射,他要躲开那向他射来的阳光,转了几个圈,怎么也躲不开,眼睛一花,只见满街白晃晃的树挂。下雪了？怎么会有树挂？忽然,他看到那树挂下一个穿绿色军用女大衣、围大红毛围巾的姑娘正幽怨地望着他。月珍,祁月珍,她来这里干什么？她来送我？他娘的,祁文瑞,老子做给你看看,老子强奸她。他叫了声祁月珍,向那女子走去。

"一公,你他娘干甚去？"

一只大手从后面抓住他的肩膀。这时有辆摩托车从他面前擦肩而过。他吃了一惊,眼前的幻象消失了。他扭头看着大头李奇大无比的头,说:"老李,李哥。月珍,我见到月珍……"

"去你娘的,你还记着那妖精,你醉了。"

"我醉了？"

亢一公忽然呜呜呜哭起来:

"我醉了,我没醉！祁文瑞,我操你十八辈祖宗,祁月珍,我要……"

他一边哭一边呜噜呜噜说着胡话。

大头李连拉带拽把他弄进汽车站,推上汽车。刚把他在前座上安顿下来,他趴在窗口,哇的一声,将刚才吃喝进去的东西全吐到了车下。车身上淋淋漓漓洒满脏物。大头李给他递过一杯水去。一路上,亢一公缩在座上昏昏沉沉睡着,脑子里翻来覆去全是十五年前的旧事。

九

大头李晃着醉醺醺的大脑袋把同样醉醺醺的亢一公扶下长途汽车,一边拉开裤子撒尿,一边问也在撒尿的亢一公:"一公,不,不要,要紧吧?能,能不能,能不能走回去?""能,这点酒,还,走不回去!"亢一公梗一梗脖子,努力睁开迷离的眼睛,很坚决地说:"你,上车走,走你的,你还赶,赶时间。"

大头李上了车,从窗玻璃探出大脑袋向亢一公挥手告别,却看到亢一公又弯了腰在路畔哇哇大吐,他受了感染,胃里一阵蠕动,口里出来大量口水,硬咽了几次,终于憋不住,也哇地一口将中午吃的菜全吐出车外了。

亢一公这次吐的全是水,大头李那大茶缸中的水全被他喝了,这时又全吐出来,最后连胃酸和胆汁也吐出来了,嘴里先酸后苦,牙齿都被酸软了,第二天中午吃饭还不能好好咬东西。

大吐了一顿,野外晚秋的风一吹,肚子舒服了,酒也醒了大半,振作振作精神晃晃悠悠横穿马路朝着岔口村走去,刚到马路中间,一辆黑色伏尔加吱一声停在他面前。亢一公打个愣怔,正想绕到车后走过去,车门开了,吴贺从车里走下来。

"一公,你进城了?"

"吴书记,嗯,我,去城里走,走了一下。"

"是不是找我去了?"

"是,嗯,不,不是,我怕你忙,就,回来了。"

"你喝醉了?"

"没,没有,没醉,吴书记你走,走吧!"

亢一公努力控制自己的脑袋、身体和嘴巴,他不想让吴贺看出他醉了。

"还没醉,刚才你吐时,我就看见了。来,到马路边来,我正还找你。"

亢一公跟在吴贺身后走下马路路基,吴贺坐在一块石头上,指着对面一块石头说:

"坐下,咱们谈上十分钟。"

亢一公笑了笑,乖乖坐下了。

"一公,祁文瑞的恐吓信到底是不是你写的?你和我说实话,是,你也不用怕,我会保护你的;不是,那就更好,我告诉祁文瑞,让他不要再来骚扰你。你只说是,还是不是。"

一听吴贺又问起这话,亢一公喝了的酒全涌到头上来,他瞪着血红的眼吐了口唾沫站起来,晃了晃,站定身子一字一句说:

"吴书记,你告给他祁文瑞,他如果还嫌没害苦我,你让他再抓我去坐八年牢。他要敢再抓我,我拿刀子宰他全家,恐吓信,哼哼! 那顶屁用。"

"那么不是你了?"

"不是!"

"好,一公,咱不谈这个了,你坐下。咱们上次的谈话还没完。你说说,你今后到底打算怎么办? 就这么默默无闻在野狐峪守下去吗?"

亢一公看一眼吴贺,颓然坐下,他感到头又晕起来,胃里往上冒酸水,到口袋里掏烟,口袋里早已空空,吴贺掏出盒红塔山,递一支给他,自己点了一支。

亢一公吸口烟,舒服了一些,抬起头反问吴贺:

"吴书记,你说我该怎么办? 我也实在咽不下这口气。"

"一公,这才像你说的话,人活着,就是要争口气,跌倒了再爬起来,哪里跌倒哪里爬起来,中国人死都不怕,还怕活着吗? 活,就要活得轰轰烈烈,活得有声有色,活得让别人翘大拇指。你坐了八年牢,知道的人说你受了冤屈,不知道的呢? 还以为你就该坐牢,就是个坏人呢。一公,得振作起来,让人看看你亢一公。你想过没有,你这样颓丧下去,谁高兴? 人家不是说你是假标兵、假模范吗? 不是说你当年做好事是为个人捞取政治稻草吗? 你后来的行为不是正说明了这一点吗? 你流浪,你赌钱,你打伙计,你玩世不恭,连一直爱你的祁月珍都不再相信你,你说你自己就完全没有责任吗? 诚然,那时是祁文瑞害你,是生活逼你,你不得不那样。但我们可以作这样一个假设,如果你那时不逃走,即使祁文瑞借树案之名抓了你,树案破后,他能不放你吗? 他能判你八年吗? 我们再假设,如果你逃出去以后,能坚持不受诱惑,像我们古代那些志士仁人一样,渴死不饮盗泉这水,饿死不食嗟来之食,不赌不嫖,讨吃要饭也不干那些不道德的事,祁文瑞他能找出抓你的理由，能判你八年吗？当然，假设毕竟是假设，兔子不急不咬人，人在生存受到威胁时，什么事也可能干出来。我并不是责备你的过去，我是痛心你的现在。人得肚里长牙，自己来证明自己，得让害你的人感到你比他强，比他伟大，比他活得展豁，比他活得光明磊落，这才是真正的报复。当然，即使祁文瑞害苦了你，我也不主张你采取任何报复行动。我说的报复是另一种意义，是你的正气让害你的人感到内疚、惭愧、不安。而这谁也替你做不到，只有你自己用自己的行动来证明。一公啊！还记得老人家说过的话吗？一个人做点好事并不难，难的是一辈子做好事，不做坏事，这才是最难最难的啊！"

吴贺一口气说了一大套，说得自己也激动起来，抽完一支烟，又接上。亢一公头上冒出了汗珠，弯着的腰直起来，垂着的头也抬起来，忽然感到头脑清爽，身上充满精力。话是开心的钥匙，这十几年来，从来没有人这样说过他，他在自己受冤的情结里越缠越紧，根本没从自身去想一想，吴贺的话像一把利剪，把他那情结剪断了。他开始能穿过这个情节去想更多的东西，更广阔更深远的东西了，他感激地望着吴贺说：

"吴书记，你说得对，我是得站起来，为自己争口气，为野狐峪争口气，为你争口气。"

吴贺笑着摇摇手说：

"为我倒不必，咱们也不说为党为人民这些话，你要真能振作起来，我一定支持你，有什么困难需要帮助，你找我，我为你创造条件。"

亢一公想起吴贺想在野狐峪开现场会的提议，心中踌躇一阵，问道：

"吴书记，那，是不是还准备开现场会呢？"

吴贺站起身，拍了拍衣服上的土说：

"现场会我已选定了别的地方。庙子沟的谷满子不知你听说过没有，大队搞承包时，他包了一条沟，搞户包治理，个人投资六七万，已经治理得初具规模。我把野狐峪的草灌乔三层楼自然生态结构介绍给他，他很受启发，过几天开现场会，你抽空也可以去看看，那才叫实干家，一家人为治理那条沟，搬进去住了两年了。一公，咱们县、咱们黄土高原就需要这样的实干家,需要千千万万个谷满子。说到这里,我倒想起来了,野狐峪那里的大东沟,沟太大,翠峰乡找不出个承包人来,你们家有代代相传的治理经验,你是不是可以牵头承包呢? 如果愿意,你和我打个招呼,我和你们乡长说,让他们支持你。"

望着吴贺的汽车疾驰而去,亢一公怔怔地站了半晌,才一步步向野狐峪走去。过去,他怕进岔口村,宁愿翻梁走小路,万不得已走村里,也躲着人,低着头,匆匆而过。今天或许是喝了酒壮了胆,他挺胸抬头在街上走得很从容,见了人总笑着点点头,打声招呼,人便都惊异地看他,他倒好像毫无觉察一样。

走出岔口村,正是太阳落山的时刻,天有些薄阴,此时刮起了小风,西天上的云彩刮开了缝,忽然露出鲜亮的太阳来,野狐峪的山沟里顿时一片光明,路旁一丛丛沙棘上稠密的浆果在阳光下簇簇橙红,仿佛一团团热烈燃烧的野火。靠溪水岸边有一大丛沙棘不知被什么人遗下的火种烧黑了枝干,有的根部被烧了,却仍然顽强地活着,顶上的果实反更红艳。亢一公呕吐时吐了胃液,口干舌燥,折了几枝沙棘吮吸那酸甜的浆果,口内立即生津,将血液中最后一点酒精也融化升腾了。他在夹路的沙棘丛中走,身上染上了沙棘那顽强生命的橙红光芒。

儿子身上所发生的变化,最敏感的莫过于母亲,刘拉弟闻到亢一公身上浓烈的酒味,同时也感到儿子这一次进城回来,仿佛换了个人似的,脸上的笑不再是为安慰自己硬装出来的那种笑,话也多了,回来后洗了洗手脸,马上去挑水,挑回水来又劈柴,又整理院子,和月月、春春不断说笑。刘拉弟的心也舒展开了,晚上特地擀了儿子爱吃的豆面细面条,熬了羊肉卤,炒了盘鸡蛋。

吃饭中间,亢一公将他见到大头李和吴贺的事简略对母亲讲了讲,然后和娘商量说:

"娘,我想了再三,还是让春春和月月上学吧。吴书记说得对,接受教训不能从反面接受,咱们不能耽搁娃们的前程,他们要能考上,我非供他们上出大学不可。娘,你说呢?"

刘拉弟慈祥地笑笑,摸摸春春的头说:

"二的,你说怎么成就怎么办吧,娘没说的,娘明天到莓莓坟前烧张纸,和她说一声,二哥决定了的事,她没不同意的。"

刘拉弟说到草莓,眼圈红了,揪起袖头擦了擦眼角对儿子说:

"二的,娘看到你这样子,娘高兴。往后,农闲了还是多到外面走走好,人得和人来往,不和人来往,聪明人也会变傻。农业社那阵,穷是穷,人可不像这阵谁也不管谁。"

"娘,我正想和你商量,你卖树的钱还有多少,你尽数给我拿上,我在县城街上看到一张广告,说有一种煤油灯孵小鸡的技术,一次能孵好多只,不管什么季节都行,现下,粮也基本打完了,我想到秀城去学几天这种技术,咱野狐峪有的是养鸡条件,咱养不了卖小鸡,一只小鸡八毛钱,十只八块,一百只八十块,一千只……听说好多人靠这技术发了财,我想攒点钱买汽车跑运输,咱有开车技术,现在跑运输最挣钱,冯师傅和大头李倒都说愿借给我钱,我不想问人借,要借也是少数,咱还能借上人家的钱自己去买车发财?"

刘拉弟点点头,对儿子的想法十分赞赏,说:"对的,咱亢家从没问人借过钱,要做事,还得靠自己,借人钱赚了好说,要赔了,咱拿什么还人家。"当即将自己的全部积蓄一百五十多元钱交给儿子。

亢一公安顿两个孩子到岔口学校上了学,打点好行装准备走时,母亲忽然说:

"二的,去你还是去吧,咱野狐峪狐狸多,养鸡怕是不成。"

亢一公笑了,说:

"娘,咱不每年都养着吗?狐狸能吃了多少?"

娘的话竟不幸而言中了。

亢一公学养鸡技术颇费了些周折,找到那家培训中心,人家收学费二百四十元,他只带了一百二十元。他说:你们广告上不是打的一百二十元吗?人家回答他,那是一月以前的价,现在学的人太多,涨了。亢一公说:那我交一半学费学一半时间行吗?人家说不行。亢一公好说歹说,磨缠了半天，主家婆出来，说："没钱，你就不要来学，现在想学的人多的是，人已够了，你回吧，凑足钱再来。"

在玉城城里，亢一公踯躅街头，想不起个借钱处，只好坐车回临河。上了车，和邻座谈起来，邻座的人说："你何必花那份钱，地区科委就卖煤油灯孵小鸡的书，五块钱两本，你买上自己回去看，看了就能孵。"亢一公听了，喜出望外，喊住司机停了车，马上返回地区科委，果然五块钱买到两本书。回到家里后，依法施行，糟蹋了娘攒下的十几斤鸡蛋，一只小鸡也没孵出来。他没有气馁，装作买小鸡，一家一家有技术的人家去看，终于发现了诀窍，原来灯口上需抹点泥，才能达到需要的效果。回来一试，果然成功了。

第一次孵了二十斤鸡蛋，一百八十多只鸡，一只只毛茸茸的鸡雏出窝了，全家都很高兴，泡了小米精心饲养。小鸡长势很好，岔口村已有人来买小鸡，卖出去几十只。也是乐极生悲，正在亢一公买回第二批鸡蛋夜以继日孵小鸡时，一天晚上，不小心没关好门，把剩下的小鸡让狐狸叼走好多。

亢一公气极了，做了十几个兽夹打狐狸，兽夹上放了羊肉，放了小鸡，放了一切狐狸爱吃的东西，狐狸就是不上钩，小鸡却十几只十几只被叼走。亢一公到日照岩上的狐狸洞剿了回老巢，一只狐狸也没捉到。白天打狐狸，晚上孵小鸡，亢一公壮硕的身体日渐消瘦。刘拉弟望着憔悴不堪的儿子，心中滴血，偷偷到婆婆坟上烧了几回纸，让婆婆保佑大家，保佑二的。

也是祸不单行，春节后，月月被传染上肝炎，脸黄黄的不想吃东西。亢一公着了急，小鸡也不孵了。带着月月隔几天跑一趟乡医院。给月月看病，把家里能卖的东西都卖了，小鸡是再也不能孵了。这时已是春耕春播时间，月月病已好，上了学，亢一公忙于耕种，没心思再往外跑。

小鸡既已不孵，母亲劝亢一公把兽夹子起回来，亢家在野狐峪与野物共处，不能无故杀生害命。亢一公起夹子时，有一只夹子忘了在何处，当时也没在意，心想，上面的诱饵已风干，一般野物也不会去上夹子，以后慢慢找吧。

一天早晨，亢一公吃过饭，赶着驴去耕地，走到日照岩下时，忽然看到一只狐狸在那里，亢一公一惊，想起那最后一只兽夹就是埋在那里一块石头下,紧走几步,过去一看,果然是那兽夹夹了一只红毛狐狸。狐狸吃了他十多元钱的小鸡,亢一公对狐狸已经恨极,取下那狐狸,又支起了夹子。

第二天早上,亢一公耕地时,特意又走日照岩下,远远就看到那里一团红色皮毛,他的心猛地一跳,慌失失走过去,只见那夹子又夹了一只狐狸,狐狸已经僵硬,显然已死多时。

以后接连两天,不上食饵的兽夹子每天都夹一条红毛狐狸。

连打住四条狐狸后,亢一公战栗了,这是怎么回事?十几个兽夹子每日换香喷喷的食饵,一个多月时间一只狐狸也夹不住。现在不上食饵的空夹子每天打一只狐狸,这现象实在匪夷所思。亢一公不敢再支夹子,望一望早霞映红的日照岩,望一望那黑黝黝的狐狸洞,脊梁上穿过一股冷气,浑身汗毛倒竖,他那不信鬼神的坚定信念动摇了,就在日照岩下挖了个坑,把四只狐狸一起葬进去(他本来想剥了皮卖的),垂着头默默祷告:狐狸啊,狐狸,你若真正有灵,就该保佑你的后代,我以后绝不会伤害你们,我发誓一定把野狐峪建成一片绿色天地,再造你们的修炼之所。

回家后,他把那十几只兽夹子拆卸开,扔进放柴草的窑洞,用谷草埋住,再也没看过一眼。以后,凡是山林中的活物,他从不去伤害,也戒月月、春春和亢狐绝不可伤害山林中的小动物:生命对人只有一次,对动物也一样,在这个世界上,生命都是一样可贵。它如果不伤害你,你就不应该伤害它。你们想想,如果我们野狐峪没了这些飞鸟走兽,我们的生活该多寂寞……三个孩子都瞪着天真的眼睛,不住点头,他们倒不是听懂了亢一公的话,他们涉入人世还太浅,自然的纯真还有很多保留在他们身上,他们太爱那些活物了。

第六章

一

四月的早晨,春雨淅沥,寒气逼人。吴贺端着一杯热茶站在窗前,皱着眉头一口口啜呷着,仿佛在喝难以下咽的苦药。窗外,阴霾的天地被白蒙蒙的雨雾连一片,沉睡的县城努力睁开慵懒的眼睛,灰黑色模模糊糊的高房低屋,显得迷离而凄冷。

这种阴雨天给人心头压上湿漉漉的沉重,最能坏人情绪。晚上与地区师专来采风的甘靖侃到两点多,一股劲抽烟,起床时头昏脑涨,浑身疲软,口内苦涩干燥,洗脸漱口后,清爽了一些,脑袋里却依然混混沌沌,两鬓扑扑乱跳。多年刻板的机关生活养成的习惯难以改变,早晨起来总要将一天的工作细细斟酌一番,可这淋淋漓漓的雨却使人无法集中思绪。

尽管阴雨,曙光总要来临,外面天光一点点亮起来,透过玻璃外檐头垂下的混浊雨帘,院内的一切逐渐清晰可辨:下方一座小小四合院,灰白色的雨箭不断击打着地面,在积水上激起一支支带泡的水柱。一株碗口粗孤零零的杏树,开着零零落落半树残花,蕊寒香冷,在风中颤颤抖抖,洁白的花瓣不时被雨箭击落,飘进地面污水中,立刻溅满泥沙,随混浊的水流旋转着。吴贺眼光凝在那些花瓣上,心头的阴霾随着曙光的越来越亮逐渐淡去了。

"质本洁来还洁去,莫使污淖陷渠沟……"

莫名其妙冒上两句词来,吴贺心中一动,他想起二十多年前那场动乱中,当他被戴上纸糊头游街时,心中正是默念着这两句词。他至今仍奇怪,在那样的年代,心中不是默念着语录,而是念着这句词呢?除了这两句,还有两句:"零落成泥碾作尘,只有香如故。"那时他是随时准备被碾作尘的,这四句词在他心中伴了好多年,想起来回味无穷,现在他为什么又想起这几句词来呢?现在的他不应该有这种悲观的想法了。他嘴角出现了一丝不易察觉的嘲讽的笑意。

在那四合小院里,他待了四年时间,那时他任团县委书记,那株杏树还是他当年手植的,现在竟长那样大了。后来,亢一公住进了那所小院,是他把他安顿到团县委的,他在那里头待了一年多时间,便被赶了出去。不久,他便陷入了渠沟中的污淖中,一直好多年。不公平的命运把一个单纯如水晶般的青年捉弄得变了形,现在他终于又站起来了,这使吴贺很高兴。想到自己在亢一公身上的辛苦没有白下,吴贺的心境开朗多了,他的眼光从那些随波逐流而去的落花上离开,投向春雨洗刷下朦胧而静谧的县城。

吴贺的办公室兼卧室是一幢二层楼房的顶楼。底层七孔石旋窑洞,八字脊屋顶铺着红色机制通瓦。这种中西合璧、土洋并举的楼房只有在这偏僻小县的县城才可见到。楼房其貌不扬,建筑却相当坚固,应对七八级地震绰绰有余。

这座二层楼是整个县直大院的制高点,县直大院背靠黄河,建在一面山坡上。说是大院,其实由许多互通的小院组成,从坡底到坡顶,依山构建,随高就低,一层一层,院连院,院套院,颇有宫殿群落风味,由于书记、县长居于整个群落的制高点,站在这楼上便可将各院情形一目了然。若是晴天丽日,甚至整个县城的房屋、院落都可数得一清二楚。吴贺每站在窗前便常对这大院当年的设计者生一种感慨,不断发现些这设计的妙处。有时,他留心细看,每个院里的活动都一清二楚。哪个院里进来谁,出去谁,谁谁到了谁的办公室,谁和谁在哪个院里交谈都能了然于胸。那时,他就产生了一种奇怪的想法,感到自己有点像古代城堡里的封建独裁者。于是赶快离开窗前,想将看到的东西从记忆屏幕上抹去。尽管如此,他还是克服不掉外面世界的诱惑,不知不觉就又站到窗前。

有时,吴贺站在窗前,便会油然想起王必昌,想起祁文瑞。

这整个建筑群落都是在王必昌手上完成的,当副县长时,他建了靠马路的那三套院子和斜对面的招待所,那时县委、政府机关只有三四十个人,三套院子完全按中式四合院结构建成,檐下有回廊、大门、二门、月洞门,院院相通。他当县长时,县委、政府机关已上到一百大几十号人,三套院放不下了,便开始向上发展,盖窑洞加平房的中西合璧二层楼,断断续续盖起四五幢。吴贺所在的这座楼就是那时盖起的。盖起后分给了没办公室的部委局室。后来,祁文瑞掌了权,发现了这楼的妙处,才将这顶楼改成书记、县长的办公楼。祁文瑞搬上这楼的理由很堂皇。"文革"中给王必昌贴的大字报上就有这一条罪状:说他是地主阶级的孝子贤孙,留恋地主生活,所以那三套院才盖成地主庄院的样式。这指责是否触及了王必昌的灵魂,吴贺不得而知。对祁文瑞搬上这座书记、县长办公楼的做法,吴贺却是赞赏的。这座七间窑洞做底的二层楼分成三大间,一边是县长办公室,一边是书记办公室,中间一间最大,是小会议室兼书记、县长会客室。三间屋子内部都有门相通,书记、县长有事相商,十分方便。

祁文瑞当革委主任时,大权在握,虽不把武装部政委兼任的核心小组组长放在眼里,但毕竟是党的领导,他这样安排表示和核心小组组长的亲密无间。然而,当他临走前一年当了县委书记后,立即钉死了革委主任那面的门,将小会议挪到县委书记办公室,中间一大间屋子则做了县委书记办公室。革委主任(后来是县长)要找县委书记便必须下楼后绕过窑洞从这面的楼梯再上来,穿过小会议室才能进入县委书记办公室。祁文瑞走后,那钉死的门在后任手里又曾一度开过,但祁文瑞的格局再没有变过。吴贺的前任和县长不和,门是钉死的。吴贺上任后,有人劝过他打开那个门,说那样有利于工作,有利于团结。吴贺也曾动过打开的念头,但最终没有那样做,他有自己的想法,团结不团结并不在这道门。县委、县政府本就是两套机构,大多数县(市)都是分开两院办公的,那隔阂岂不是更深?况且,县长、书记各有自己的工作,也各有自己的私事与个人秘密,隔开倒比不隔开好。会客室设在中间,开会时让人从办公室兼卧室穿堂过屋心理上也不舒服。所以他认为祁文瑞这种做法是明智之举,更何况他现在面临的就是这样一个矛盾。

春节前,和他同手共事了两年多的江林被祁文瑞调回地区去了,说是提拔重用,至今还闲搁着。继任的代理县长是从行署出来的,一直在祁文瑞手下工作。

这样的调整分明是冲着吴贺来的,江林是从基层起来的农业干部,后来又到农大进修过,对临河的水土保持、植树造林做出过不少贡献,在小流域治理上摸索出一套行之有效的经验,是个实干型的县长。两年多来和吴贺配合得很好,两个人都对治理临河山水、从根本上解决临河水土流失抱着很大热情,他们走遍了临河所有村庄,勘察了临河的每一条沟壑,制订出临河生态农业和绿色革命的长、中、近期治理规划,出台了保证小流域治理的各项政策,使临河的小流域治理在全县范围内有计划有规模地开展起来,已经初见成效。就在这时,祁文瑞却临阵换将,弄来个对农业一窍不通,只会斗嘴巴、斗心眼的代理县长参加换届选举的竞选。这代理县长一上任就四处活动,拉帮结派,惑乱军心,公然和吴贺的既定方针唱反调,说临河是个穷县,目前的首要问题是应该大抓乡镇企业的发展,有了钱再搞治理方是正确决策,所以投资重点应放到发展乡镇企业上,而不是山河治理上。他来了三四个月了,下乡到乡镇政府为止,下去就喝酒胡吹,不干一件实事,在有吴贺参加的会上或吴贺在场的场面,他处处顺着吴贺,表示他十分尊重吴贺,唯吴书记之命是从。一到背后就自行其是,全不把县委政府的总体规划当回事,又一直在地区工作,对临河县县情知之甚少,知之甚少却又很少去调查研究。在临河,祁文瑞的影响和势力不可低估,是服从上级安排、帮助这代理县长顺利当选?还是听之任之,凭民意抉择?抑或使些手段,让他落选?这三种选择一直困扰着吴贺。

从组织原则上说,吴贺应取第一种态度,上级既然委派代理县长来,作为书记,应积极支持,不这样做,得罪的不光是个祁文瑞。但从内心来说,他绝不愿这样做。听之任之,倒不失为一种好办法,但这样做的结果很可能和第一种一样,而且可能搞乱选举,使该选的也选不上,一直进取心很强的吴贺不会那样干,那是失职。剩下第三种,却又不光明磊落,吴贺一向不愿那样干,他宁肯那人选上,也不愿在干部中损坏自己的形象。

这问题使吴贺十发苦恼,他又不善掩饰内心的焦躁,常常不自觉流露,有时听着别人汇报和议论会忽然冲动起来,打断别人的话或突兀地提出一些问题,弄得对方张口结舌,这或许受了阴寒多雨天气的影响,吴贺说不清。

昨晚在和甘靖的闲谈中,不觉就谈到了这个话题,甘靖很激烈地说:"各级政府的领导成员根本就不应该由上级委派,而应由人民直接选举产生,村主任由村民选出候选人,再从候选人中产生。乡长、县长、省长也应如此,你把人委派下去,那选举还不形同虚设?而且即使选不上,官也丢不了,政府里不行,调到党委系统,这个地方选不上,换个地方再选,官越来越多,只能上不能下,所以当官的永远不怕老百姓,只怕上级,所以中国才有这么严重的官僚主义,才有杜绝不尽的贪污腐败……"

这本是朋友间一种随便探讨,吴贺也不无同感,可他忽然激动起来,不客气地打断甘靖的话说:照你这样说,还要党的领导干什么?还要民主集中制干什么?是党领导人民,还是人民领导党?……于是两人争论起来,毫不相让,情绪激动,吴贺甚至指责甘靖有资产阶级自由化倾向。然而,当他们转移话题,甘靖谈到中国封建意识浓厚,人民不懂尊重自己的民主权利,只知逆来顺受,寄希望于清官时,他却又反驳说:难道是人民的错吗?你不教育人民、引导人民去按民主程序选举自己认为合适的人当官,人民无能为力,不寄希望于清官又能怎样呢?……

他发现他们都在转着辩证法的怪圈,理论上都能说出去再说回来,而且自己用后面的反对自己前面的,在驳斥对方时实际在为对方辩解,都是有看法没办法。甘靖不在其位,不谋其政,有看法没办法还说得过去;他吴贺可是在其位,谋其政的,莫非他也要在理论上绕那个怪圈,而不去将认准的正确东西拿来实行吗?

窗外起了风,雨线被吹得乱摇乱晃,风将雨送上歇檐很浅的窗玻璃,清晰的玻璃上立刻弥满混浊的雨水,窗外的景色更加模糊。吴贺转过身,放下茶杯,点燃一支烟,坐在桌前看昨晚被甘靖干扰没看完的一堆文件和简报。看着文件和简报吴贺的眉头皱了起来,里面倒有一半以上是乡镇申请贷款建企业的,又是轧钢厂,又是铝合金厂,又是电石厂,又是罐头厂……乡镇企业不是不可以发展,但总得因地制宜,分清轻重缓急,一下子上马这么多企业,款从何来? 考察得又怎样? 可行不可行? 这些都得慎重考虑。吴贺靠在椅背上沉思一会儿,豁然站起,他得行动了,绝不能让别人任意行为,干扰临河的大政方针。

代理县长落选了,据说吴贺只使了一点小小的手段。选举时,他陪着代理县长到各乡镇去做工作,走到哪里竭力宣传代理县长,对他的能力,对他的人品等都做了肯定的介绍,当场要求大家表态,保证选举成功。结果凡积极表态支持代理县长的,大多数被排除在选举代表之外。

代理县长落选后,回到地区向祁文瑞汇报时,还一再向祁文瑞表示,吴书记始终支持他,为他做了不少工作,他认为吴贺这个人还是不错的,既有能力、威望,又是个实干家。

祁文瑞冷笑一声说:"你被人家耍了猴子还为人家歌功颂德,真是个窝囊废,早知这样,还不如让别人下去呢?"

代理县长被祁文瑞骂得摸不着头脑,向祁文瑞请教。祁文瑞接连提出五六个名字,说选举代表中有没有这些人? 代理县长一回忆,这才恍然大悟。

祁文瑞冷冷一笑,心中说:

"好你个吴贺,你和我要这把戏,咱们走着瞧,要不是你抓小流域治理抓到火候上,现在还需要你为地区做样板、出成绩,我马上就让你和江林一样,把你高吊起来……"

二

　　就在吴贺和祁文瑞斗法的那些日子里，亢一公在他的人生道路上开始了新的冲刺，他自己走出野狐峪狭窄的空间，也便把外界的新鲜不断带进野狐峪。这天上午，刘拉弟正在窑洞前簸谷，惊慌失措的春春上气不接下气推开柴门跑进院子，嚷道：

　　"奶奶，你看那是什么？快看，怪怪的，好怕，来咱这了。"

　　说着，拉起奶奶，让她看外面坡路上一个庞大的怪物。刘拉弟站起来手搭凉篷仔细看了一会儿，也颇感困惑，听声音像汽车（汽车她见过），看样子像拖拉机（拖拉机她也见过），可拖拉机是后面带犁，这东西却是前面顶着一个巨大的闪闪发光的犁铧。这是什么呢？这东西怎么进野狐峪来了？莫不是野狐峪又要遭什么劫难吧？二的就是不听话，说让他在野狐峪安安生生过日子，野狐峪还是关不住他。从那查笔迹的人走后，他就坐不住了，要出去挣钱，半年多了，买卖也做过，运输也跑过，也没挣多少钱。在野狐峪生活，粮够吃，觉够睡，挣多少钱是个够。一辈辈人破补烂纳也过来了，现在都穿戴得整整齐齐，补丁衣裳也很少穿，还想怎样？说你紧要事情是给自己娶个媳妇，告诉了几个连面也不去见，野狐峪娶媳妇难，人家肯答应见面就好，咱还挑拣什么。眼见我也老了，家里没个女人怎么行？唉！气数，你说，这又是什么东西来了？二的他奶奶呀，你可千万保佑，莫让野狐峪再出什么岔子吧。

　　"奶奶，是什么东西？"

　　春春催着奶奶回答，在屋里做作业的月月也跑了出来，这俩孩子在去年秋假开学后都上了学。今天星期天都在家，春春贪玩，出去逮松鼠，不想就碰上了那怪物。

　　"是拖拉机吧。"

　　刘拉弟含糊应答着，仍在手搭凉篷望着，那东西越来越近了，一边走一边推着路上的土，刘拉弟就有些心惊胆战，一手护了一个孙子。

　　"拖拉机是什么呢？"

　　两个孩子还没见过拖拉机，仰起头问。

"耕地的东西。"

"是牛吗?"

"也叫铁牛。"

刘拉弟很为当年集体化时所学到的东西骄傲。

"那它吃什么?"

"吃油,一天喝一大桶呢。"

轰隆轰隆声越来越大,地皮微微颤动。祖孙仁终于看到上面探出头来的人。

"是二爹。"

春春首先叫出来,不再害怕,挣脱奶奶的怀抱喊着二爹,张开手臂飞了出去。月月也跟在后面向二爹跑去。刘拉弟放宽了心,仍有点忐忑地也向院门外走。

"是推土机。"

亢一公将推土机停在坡下,大声回答着孩子们的问话,跳下车来,拉了两个孩子的手向母亲走来。"我包了乡里的推土机了。吴书记让治理大东沟,乡里把大东沟也包给咱了。推土机一年只出一千块折旧费,找些营生不愁挣不回来。"

亢一公兴致勃勃,他听说邮电局要在大东沟埋电缆,二十几万的投资,正用得着推土机,不愁没活干。埋电缆兼治理,一举两得,正好圆他那发财梦。也亏了吴贺支持,乡里优先将推土机包给了他。

"娘,有了推土机,我想把咱这些小块地推平连起来,以后也好耕种。"

刘拉弟是无可无不可的,只要儿子愿意她都支持。她也知道拦不住他,从小就拦不住。从牢里出来后,听了两年话,就又自己拿主意干了。"唉!只要不出事就好。"心里这样想,却笑着对儿子说;

"行,娘懂什么,你看着办吧,不要误了耕种就行。"

说完拿起笤帚给儿子打扫着身上的尘土,吩咐儿子把簸好的谷种装进口袋,自己就去做饭。

亢一公装好谷种,见两个孩子对拖拉机感兴趣,切切嘈嘈问个不休,心下黯然,后悔让孩子们上学太迟,也没带他们到外面见识见识,以致耽搁了孩子们。他拉着两个孩子的手带他们上了推土机,突突突向野狐峪沟深处开去。两个孩子最初些害怕,战战兢兢不敢动,很快就习惯了,摸这摸那,问东问西,欢呼雀跃。亢一公给孩子们讲着汽车、飞机、火车、轮船、拖拉机的常识,心中那埋藏已久的离开野狐峪的想法又如春天的谷种一样,顶开厚厚的土层,钻出了嫩绿的叶芽。他恍然醒悟,对自己的生活有了明确目的:要挣钱,要好好挣钱,多多挣钱,挣了钱供孩子们上学,上中学,上大学;挣了钱到县城买一处房子,全家搬到城里去住。野狐峪太闭塞、太逼狭了。这里应该是植物的世界,动物的世界,狐狸的世界。这里不应该是孤家独户的人的世界。他开始对吴贺动员他治理小流域有了理解。如果将野狐峪全部种上树,与翠峰山连为一体,再将大东沟、南桥沟一起种上树,让这里变成一整片绿色的世界,那该是一幅多么壮丽的景观呀。

他选中露晓峰下一片低洼的河槽,用了三四天时间推出一个三四亩大的鱼塘来,放进溪水,准备买些鱼苗放进去。那是他突发奇想干的一件事。他原想放进水带孩子们来游泳、洗澡。后来想到外面有挖鱼塘养鱼的事,便把那池塘扩大了,想,何不也养些鱼呢。后来吴贺进山来看到他这个鱼塘大加赞赏,竭力怂恿他买鱼苗放进去,并让人给他送来几本鱼塘养鱼的书。那段时间,他夜以继日在大东沟埋电缆,一直没能出去买鱼苗,让那池塘空搁了一年多。他没干成的事被吴贺竭力宣传后却让别人干成了。那段时间吴贺已从户包治理小流域的做法上又进了一步,在临河搞联产承包,联片承包,大规模地动作起来。亢一公那带头人被别人"抢"了去。吴贺让他去看过几个治理典型,使他深感在这件事上落了人后,辜负了吴贺对他的期望。在感到愧对吴贺的同时,却也有深可自慰的成功,那一年,他在经济上彻底翻了身,埋电缆的工程使他一下子挣了四万多,这是他想也没敢想的收入。当他将那四万多元钱装进他那破旧的军用挎包时,他感到是在做梦,飘飘忽忽晕晕乎乎开着推土机回到野狐峪仍然没有完全清醒过来。他听从了大头李和师傅冯守义的劝告,用那四万多从一个朋友手里买回一辆新卡车,又跑了五六个月运输。那几年钱确实好挣,只要有车有辛苦有的是营生,到第二年夏天时,他在银行的存款已超过了十万之数。

　　这天他结算了一笔三万多元的运煤款从煤销公司出来,一出大门,碰上了多年不见的陈强。陈强这赌鬼在他刚出狱那年来找过他几次,又勾引他去赌钱,被刘拉弟骂了出来,以后就再没照过面。最后见面那次,陈强输得精光,他将自己在牢中积攒的钱给陈强带了一百三,陈强感激涕零,表示只要有用他之处,只要告诉水仙夫妇一声,他马上就来,赴汤蹈火在所不惜,并说我非想办法惩治祁文瑞那小子不行。在出现了恐吓信,查对笔迹的人来过之后,亢一公马上想到恐吓信可能是陈强干的。今天见了面,一公便想问个究竟,他将陈强带到一个僻静的地方再三追问,陈强矢口否认,说他没干过那事:"这有什么,为你出气还不敢承认,实在不是我干的。可能是哪路英雄好汉路见不平干的吧。"陈强的神色虽值得怀疑,他的话却说得在理。亢一公本想,如果是陈强为他出了这口恶气,便分给陈强一万元报答他,他既不认也就罢了。问他缺不缺钱花,陈强说他刚赢了几千元,想还他那一百三,亢一公笑笑说:"罢了,我也不给你,你也不用还我,赌输了来找我就行。""赌?"陈强笑着摇摇头:"说出来不怕你笑话,你老哥我从今天开始戒赌了,不戒不行了,闺女找了个老公家(公安人员)人,说我再要赌就和我绝交,从此不认我这老丈人。我已经好几年不大赌了,这倒也不全是怕他,是咱自己也感到赌得没多大意思了。你知道咱一辈子也就喜欢个这,赌是为了赢,赢倒也没少赢过,可这半辈子赌下个甚呢?老婆孩子跟上担惊受怕没过几天好日子不说,眼看人家起房盖屋,娶儿娉妇,咱总也赶不上人家,想了想还是戒了吧。这次要不是白眉神给我托了个梦说我稳赢,我是不会出来的。不赌了,再也不赌了。"亢一公笑着听完陈强的表白说:"好,不赌最好,为老兄你的戒赌我今天得好好请你一顿。"

　　两人到临河有名的醉仙楼要了个雅座,亢一公心里高兴,特为陈强要了瓶茅台,两人边吃边谈。亢一公说起自己这一年多的挣钱经历,听得陈强直喷嘴。他忽然想起一件事,对亢一公说:

　　"亢二,你小子现在是发了,你还想再发不想?要想发,老哥我倒有盘好买卖。圪劳乡有两座煤窑是大队的,村里没办法经营了,要往出承包,其中一座一年交三万元承包费，一座交两万，包一座也行，包两座也行，你有没有这个心思？你要有，老哥给你照料，我年轻时给大队干过几年，干这个咱不隔行。再说，你发财也不能单打独干，光顾自己，你也得拉把拉把弟兄们。"

　　亢一公这半年多销煤，知道煤窑的赚头不小，圪劳这两座煤窑他也听说过，一来因不是本乡人，怕地头蛇欺负；二来因不懂技术，没个得用人，不敢贸然承包。如今听陈强这样一说，大为动心，心想陈强既然表示戒赌，有个挣钱的买卖让他干，或许他真能戒了。自己如今发了财，当年那些帮过自己的穷朋友确实也该照顾照顾。于是当时便答应下来，说好下午就和陈强去圪劳乡。

　　吃完饭两人走出来，却碰到吴贺也从另一个雅座走出来，他在和一个港商谈引进资金问题。见到亢一公，吴贺和他打了声招呼便下楼去了。

　　亢一公结算了饭钱下楼后，却见吴贺送完客人还在小车旁站着。吴贺是专为等他的，见他出来，招呼他过去说：

　　"一公，你听说祁月珍的事了没有？"

　　听吴贺提到祁月珍，他的心有些发紧，脸上变了颜色。

　　"她离婚了，为那恐吓信的事。她瞒着祁文瑞给那些人送了一万八。这一万八全是她个人筹集的，她一直没告诉祁文瑞也没告诉她丈夫。后来讨债的人上了门，她丈夫发现全部存款都不在了。夫妻俩为此发生口角，矛盾越积越深，终于破裂，前一个月办了离婚。她离婚后，来过一次临河，我们谈起你，她对你还很关心，我以前错怪了这女子，她是个心地善良的人，不像她那个父亲……"

　　告诉完这消息，吴贺深深叹惋着走了。亢一公站在那里待了半天，醒过神来，却不见了陈强。

　　一会儿陈强过来了，脸色很不好看，讪讪地说："今天喝多了，二百多块一瓶的茅台几乎吐了，我得忍耐着消化了它。这样好的酒，吐了岂不可惜。"看着陈强仍难受，亢一公笑笑说："陈大哥，你也喝多了，圪劳就不用去了，我给你找家旅馆你歇着，我还有些事，咱们今天晚上好好合计合计，明天再去吧。"

旅馆安顿好陈强,亢一公烦乱地走出来信步到了黄河滩上。夏季干旱时的黄河只剩了窄窄一条,空出两面宽阔的河床。过午的太阳悬在头顶,无论浑浊的河水还是干了的河床上的沙土,都白花花刺眼。亢一公顶着毒热的阳光,无目的地在河岸上漫步。他的思绪回到中学时那无忧无虑的年代。那年暑假前,黄河暴涨,同学们出来看黄河翻河底。河底沙土被狂怒的河水翻起来,立起一堵堵土墙,倏忽之间又倒下去,变成泥汤。那真是少有的壮观。当时,两岸都站满了人,人们欢呼着、叫着,比赶庙会的场面还热闹。祁月珍那天紧紧跟在他后面,两个人到浅岸草滩上去看人们捞鲤鱼。黄河翻河底,黄河鲤鱼大量被呛死,有的随波而下,有的随上涨的河水漂到浅岸上来,会水的青年们有了一展身手的机会,穿着三角裤扑进浑浊的河水中,将一条条鱼用柳条穿起来。亢一公和祁月珍贪看捞鱼,忘了暴涨的河水,被漫上来的河水截断了他们的归路,水还在继续上涨,祁月珍吓得大叫,他当时想也没想,下了水弯腰抱起祁月珍赶紧就往岸上走。祁月珍软软地躺在他的臂弯里,双手紧紧搂着他的脖子。快上岸时,他感到祁月珍的嘴触到他下巴底赤裸的胸脯吻了一下。那一吻使他浑身血脉偾张,昏头昏脑一个趔趄,两个人几乎掉进水中变成落汤鸡……

这些年来,他已将祁月珍淡忘了,对祁文瑞的恨使他连祁月珍也恨起来。出狱后的这几年,他甚至连恨也没有了,祁月珍已成为一个与他完全不相干的人。此时,吴贺告给他的消息猛然似黄河翻河底一样,汹涌激荡,将他如黄河鲤鱼一样,呛得昏头昏脑了。"她为恐吓信的事离了婚,她瞒着祁文瑞给了那些人一万八,她还在关心我……"

想起祁月珍对他一如既往大胆的爱,想起祁月珍对他的种种关怀,亢一公心中涌动着从来未有的愧疚,回首往事,他感到祁月珍处处对得起自己,自己却从来没有全心全意爱过祁月珍,他对名声、对事业的追求超过了对祁月珍的爱。不但祁月珍他没有真正爱过,他从来就没有真正爱过,他爱过谁呢?他爱过草莓吗?他爱过水仙吗?他刻骨铭心爱过哪一个女人呢?快四十岁的人了,从此不会再有真爱,他才感到失去的是多么珍贵。

245

当吴贺告诉他那消息时,他就隐隐约约觉得祁月珍之所以凑钱给那写恐吓的人不纯粹为了祁文瑞,此时他越来越清晰地看到了祁月珍的心思:她是为我,她认为那信恐怕是我写的,她怕告诉了祁文瑞再加害于我,所以她宁肯离婚也不让祁文瑞怀疑到我头上。亢一公被自己的推测深深感动,两串热泪无声地流上脸颊。他决然擦去眼泪,大步返回城里,向邮电局走去。他将那三万元汇了一万八给祁月珍,附言栏中也没写地址,只在汇款人一栏中写了"亢一公"三个字。

回到旅馆后,他感到腰椎那受伤的地方又隐隐疼了起来。承包推土机这一年多,连明带夜干,太耗费体力,那本来伤残的腰疼便常常发作,最初还能扛过去,后来疼起来吃止疼片也止不住,他便听人的话买了安那卡卷在烟里吸。

陈强的酒劲已经过去,小便了回来看到他疼得龇牙咧嘴的样子问他怎么了?他一边吸着卷有安那卡的烟卷,一边向陈强讲了牢中那段经历。陈强说:"安那卡这种东西可不能长吃,长吃下去会上瘾的。你何不找咱们县的朱神仙看看呢?那家伙可是神得很。我看过他给人治病,手艺就是高。"亢一公摇摇头说:"我找他看过,吃了几服药,不顶事。""你让他给你动手术。"陈强见他仍摇头,沉默半响,忽然说:"亢二,你听说没有,人家说祁文瑞勾搭了个年轻漂亮的女人,也是个神仙,叫柳观音,两个人热火得很。祁文瑞这家伙可真不是个玩意儿,什么事也干得出来。""迟早会有报应的。"亢一公狠狠地说。

三

第二天一早,亢一公开着他新换不久的东风140卡车和陈强来到圪劳村。

圪劳村离县城三十多公里,是临河最边远的山村之一。只有一条通县城的沙土公路,交通很不方便。进村时是上午八点多钟。昨晚,两人计划了半夜,说好到村里后先去见村支书。村支书是陈强一个赌友,由陈强介绍亢一公和他谈承包煤窑的事。车到村边时,亢一公变了卦,说他还是先不出面好,谈判的事由陈强去办:"你放心去谈,谈成,你就是矿长,这一摊全交给你负责。"陈强摸不透亢一公的心事，踌躇着为难地说："这要谈钱的事，这么大的钱头，还是你出面好，我给你敲边鼓，两个人在一起也好看眼色行事。"亢一公固执地说："钱的事你不用考虑，我既托付给你，你就完全代表我，谈成多少是多少，谈不成我也不会怪你。你就听我的放心去谈好了。"看到陈强还在犹豫，亢一公又说："去吧，我出面不如你出面，我一开始就出面，谈得僵住，就连个回转的余地也没有了。咱们相处这么多年，我还靠不住你？你还不敢替我做主？况且这事要谈成了就不是我一个人的事，是咱们两个共同的事。你就放心去谈好了。"说着，取出两盒长剑、两盒云烟装到陈强口袋里，又拿出一沓票子来，数也没数递到陈强手里说："气魄大点，不要让人家看低咱们。我先到煤窑上去装煤，你谈好后到村东头学校去找我，有我个同学在那里教书，你去了问洪老师就行。"陈强不能再说其他，装起票子跳下车就走。

陈强走出一段后，亢一公又把他喊了回来，陈强问他有什么吩咐，亢一公踌躇半晌说：

"老陈，你还记得咱们在甘靖包工队做工时听到的甘靖那些故事吧？"

陈强点点头，困惑地望着亢一公，不知他怎么忽然想起了甘靖，又忽然提起这个话头。

"那是个人才，是个人精，只不知那个人现在在哪里？干了什么？"亢一公目光亮亮地盯着陈强："老陈，凡事灵活点，把赌场上那把子聪明拿出来。"

耍钱鬼陈强心有灵犀，一点就透，马上领悟了亢一公所说的意思，他想起当年听到的甘靖贿赂施工员的故事来。甘靖初包工时，想和施工员拉关系，叫施工员吃饭，施工员说自己吃素，不去。给施工员送钱，让施工员顶了回来。后来他便或自己或让人盯着施工员，只要施工员一到镇上逛商店，便将施工员看过的商品、问过的商品记下来。施工员问过一回缝纫机机价格，甘靖便买了一台"蜜蜂牌"缝纫机送到施工员家里，对施工员妻子说是施工员让买下送回来的；看到施工员儿子骑一辆旧自行车，便又买了一辆"凤凰牌"自行车送到施工员家里。送了也没留姓名，只说施工员一时顾不上回来,要几件换洗衣服。施工员妻子深信不疑,包了几件换洗衣服让他捎给施工员。他却将施工员看过的、当时正时兴的腈纶绒衣裤买了一身,夹在换洗衣服里送给施工员。说是他妻子托人捎来的,施工员认得自己衣服,自然也不怀疑,又看到那身腈纶绒衣裤,还以为是自己舍不得买,妻子为自己买的,心里就更加高兴,当时就换着穿上了。直到二十多天后,施工员回家时才弄清了真相。然而,木既成舟为时已晚。妻子多少年想买台缝纫机总也攒不够钱,儿子早想骑辆新车子,父亲总不答应。甘靖这一撮合,全家人皆大欢喜。缝纫机用了,自行车骑了,衣服也穿了,一向清廉自居的施工员硬是被甘靖拉下了水。

清楚了亢一公所指,深知亢一公为人的陈强明白了他为什么不亲自出马的原因了,不由微微一笑,对亢一公说:"好,好,你等着好消息吧,煤窑一定包成。"

亢一公见陈强已猜透自己心思,有点窘迫,脸上一红,说声:"那你就快去吧。"脚踩油门,手拧方向盘开车上了窑场。

亢一公对这地方并不陌生,以前他常到这里拉煤,后来别处开了窑,因这里绕路太多,便不大来了。今天是有事而来,他将车在窑场停好,在等装煤的时间里在窑上转了一圈,想想这煤窑不久就将属于自己,抑制不住一股兴奋心情,开车走时,将一盒良友烟撕开散发给装卸工,心想,你们不久就给我干了,我不会亏待你们的。

将车开到学校门外停住,他犹豫了,去不去见那个中学时的同学呢?从他被祁文瑞驱逐回野狐峪后,他就断绝了和同学们的来往。坐牢回来后,他更是随处躲着他的同学和熟人,如果是女同学,即使对面碰上,只要对方没有认出他来,他绝不主动和对方打招呼,能低头避开就避开。他打听到这姓洪的女同学回村后一直当民办教师,如今兼着学校的副校长。以前几次来,唯恐碰上她。碰上说什么呢?接受她的同情和怜悯吗?或许人家连这些也没有呢。冷眼相对,这是亢一公最受不了的。他尤其怕同学们提到祁月珍,问起他和祁月珍的关系,他所以吩咐陈强到学校去找他,他感到这次不见这同学不行了。昨天陈强说了包圪劳村这两座煤窑后,他半夜没睡好,下决心包成这两座煤窑,狠狠赚一笔大钱,过去的恩恩怨怨已淡漠,想起来就揪心。他要重新站起来,让临河人重新认识他亢一公,他要让那些迫害过他的人感到他的存在。随着这几年钱挣得越来越多和对社会逐渐深入的接触,他年轻时那被扼死的雄心壮志又在心中复苏、抬头了。他不愿再做缩头乌龟,他在舒拳张脚,准备出击了。有了这样的心思,他便想在同学熟人中印证一下人们对自己的看法。

亢一公是个十分自尊的人,但野狐峪的环境和他后来的遭遇又使他十分自卑。自卑心理使他将自己严密封闭起来,自尊心又猛烈冲撞着要他张扬自己,他躲避熟人和同学,但又极想让他们主动和他打招呼。在这痛苦的熬煎中他渴望得到人们的理解和支持。吴贺支持他理解他,他对吴贺充满感激之情,愿意为吴贺肝脑涂地;大头李支持他理解他,他一见大头李便醉得一塌糊涂;陈强理解他支持他,他马上便对陈强委以重任,不让他离开自己。但这些人都是和他有着特殊关系的人,他更愿意得到一般人的理解和支持,他更愿意在一般人的眼中看到自己的地位与价值,特别是在相熟的异性眼中。亢一公在此以前,接触过的异性中只有有限的几个,他又一直没结婚。他渴望与异性接触,更怕遭她们的冷眼。他选中圪劳村这个姓洪的女同学作为他走向社会投进人群的第一站试探,因为这女同学性格温和,在学校时对他颇有好感,又当着教师,想来见面不会给他太大的难堪。同时他既已决心包成这村的煤窑,以后免不了在这村常来常往,免不了和这村里的人打交道,若让同学知道他来了这里而不去看她,以后见面会很尴尬。此时的他在这村中又没有其他的熟人,他还必须向这位同学打听一下这村的情况,好做到心中有数。

亢一公这个同学在我们这部小说中并不重要,我们之所以费这么多笔墨来铺垫这次见面,因为亢一公又一次处于人生的十字路口,这个并不重要的人物和这次并不重要的会面在他往后的人生道路上起了举足轻重的作用。当亢一公终于走出他的踌躇,与他这位姓洪的女同学见面后,女同学先是吃惊,既而表现得举止失措。她流着泪,说她以为她这辈子不会再见到她这个在人生大舞台上大起大落的同学了。她说她对他后来的一切遭遇都听说了,她为他后来的重新振作而且发了财感到由衷的高兴:"……同学们见了面经常谈起你,大家都同情你,为你的遭遇感到气愤和惋惜,都希望你能为咱们班争口气,出人头地……"谈到往事时,她红着脸,目光闪烁地说:"你那时是咱们班女同学心中的白马王子,我们常常悄悄议论你,很多人希望得到你的青睐(她的口气和她的表情说明她就是其中的一个,而且她说这一番话正是为了说明这一点,不敏感如亢一公也感觉到了,脸上不由发热)。可你那时,根本不注意这些。女同学们便说你太骄傲……"

女同学像一只早晨的鸟儿一样叽叽喳喳管自唱着她的心曲,亢一公很少能插进话去,所谓此时无言胜有言。在女同学情绪感染下,亢一公微笑着,头抬了起来,腰挺了起来,精神饱满,眼放光彩,心里从未有过的畅快,多少年来对人生的悲观,对社会的恐惧一扫而空。他感到他又回到春光明媚的中学时代,朝气勃发,无忧无虑,对自己充满了信心。

女同学畅叙着追忆着他们的过去,不时插进某一同学的近况,同学们有的当了官,有的评了职称,有的后来考了大学在外地工作……每讲到一个"混得"不错的同学的时候,亢一公的心就紧缩一下,这紧缩或许包含着嫉妒,但更多的是激励,他要赶上他们,他要超过他们,他要让他们知道他,让他们在谈到他时,对他羡慕为他骄傲。

女同学谈得忘情,下课铃打了,她没听到,上课铃又打了,她仍没有反应,这节有她的课,她忘了。学生们久等老师不来,便让班干部来催,从玻璃外窥到老师正与人谈话,便在玻璃窗外探脑。老师猛一抬头看到了,啊呀"一声说:"我还有课,怎么就忘了。"慌慌地一看表,时间已过去一半多,索性走出去吩咐学生们上自学。

返回来坐定,两人相对沉默了几分钟,这才想起亢一公此行是来村里承包煤窑,想向她打听村中煤窑情况,便尽自己所知,详细地对村中煤窑情况作了介绍。劝他要包煤窑先修路,并给他指出一条通山外的近便运煤路,说他要是能把那条路修成能走汽车的公路,他将不但自己发大财,而且对这附近三乡十八村都是无上功德。

"一公,咱们同学里干什么的都有,还就是没一个发大财搞经济的,你是个干大事业的人。你已经有经济基础,我相信你一定会成功,一定会令人瞩目的,那时你可不能忘记我们这些穷同学呀。"说最后一句话时,女同学脸微微一红,她大概又想起少女时对亢一公曾经有过的情意。

那天,女同学执意要让他去看一看她那穷家,并留他吃午饭。在她家里,她又谈起中学时女同学们对亢一公的暗暗喜欢与单相思,说得亢一公怦然心动,若不是时已近午,陈强赶来说承包的事已谈妥,村支书安排了饭,要见他当面谈一谈的话,恐怕两个老同学就会发生一些另外的节目了。亢一公看到这同学日子过得十分清苦,便安排她丈夫当窑上站场的,这是个油水很大的差事,亢一公也常到她家中去吃饭,于是村中便传出亢一公和他这女同学怎么怎么的话来,这是后话。

陈强将亢一公从他女同学家里叫出来是让他拍板定案。陈强说主要村干部他都找过了。村主任倒很痛快,他说五万就五万,他为这两座煤窑伤透脑筋了,乡干部来拉煤,县干部也来拉煤,村里还得派车送到家门上,煤白拉还得贴运费,不给拉或少给拉还得罪人,这是何苦。卖下的煤钱要不回来,资金周转不开,连工人工资也发不了。村里干部又都想到煤窑上捞油水,你家的本家、他家的亲戚都找他,想到煤窑上挣钱,一个个不受苦干拿钱,互相之间还闹意见。本地人都不愿意下煤窑,工人还得到外地雇,尽是麻烦,这又是何苦。他自己开着煤窑养着车,根本顾及不过来,所以大队的窑坚决往出包,包出去每年还能收入些承包费,不包出去倒贴钱。村支书则态度暧昧,一会儿说不包出去不能干,一会儿又说在他手上开了这两座煤窑,实在不忍心将集体财产落入他人之手。

"我知道他的心事,答应给他……""好,好,村里这些情况我知道,你只说他们一共要多少承包费吧?"亢一公打断陈强的话。陈强说:"你听我说完,支书答应了,但必须给他拉股子,我答应……""你不用说这些,我既托你办,就相信你,你只说一共多少钱,我看承受了承受不了。"陈强眨着小黑眼睛,一定要讲具体细节,固执地说:"不,我陈强为朋友,什么是什么,我得让你清楚……""我清楚,我清楚才让你去,那些情况你以后再说,你先给我说个大数,我看能不能凑起来。""二十万。""怎么是二十万?不是说五万吗？二十万我可拿不出来。""不是让你一次往出拿。我用不用说得具体点？"陈强眨着小黑眼睛狡黠地问亢一公。"好吧，你说怎样拿？""村里有十四万贷款每年利息大约一万七八，也算在承包里。煤窑的储藏量按目前开采速度大约还可开五年，今年已过去半年，五年按四年算每年承包费五万是二十万，你要承担了贷款，每年再交村里两万。这两万，一万交大队，一万是支书的股子。情况就是这样，你拿主意吧。"

亢一公皱着眉头沉吟半晌说："那么承担了贷款以后，每年交村里的一万就是给支书了？""是，是给支书。""好，按承担贷款办，我给你六万，你再和他商量去，这六万你拿出五万一起给他，和他一次了账，我每年再给村里一万，如果他不答应就算了。""为什么？"陈强惊异地望着亢一公："这不是一样吗？""不，不一样，我不愿每年给他一万元，给村里两万也行，这五万一次给他，他要干就包，他要不干就拉倒，"亢一公态度很坚决。"饭，我不去吃了，你向人家好说，我还得赶时间把这车煤送到地头，你今天要是没顺车赶不回去就住在这里，我明天还上来，到时再说。"

晚上陈强兴冲冲赶回旅馆，只见亢一公手捶着腰，一手将两片白色药片掰开往烟卷里卷，头上冒汗，十分痛苦的样子，知道他的腰又在疼。便说："一公，你这是何苦，我说你今天不要拉这车煤，你看你。"亢一公摇摇头苦笑着说："不行，一天一百多元呢。"说着话，手扶着腰躺到床上："老陈，你坐着看电视，我躺躺，承包的事你和那支书谈得怎样了？"陈强赶过去，说："你趴下，我给你按摩按摩，捶打捶打舒服点。""不用，我躺躺就好。"亢一公不惯人侍候，忙阻止陈强。陈强对他说："一切都谈妥了，就照你说的办。村支书很高兴，连说这样最好，一年给队里一万，也省得人们说长道短。大队也有个应急的钱。村干部下午已开会研究过，明天就可以签订合同。"所以他连夜步行赶了回来。

亢一公听了十分高兴，腰疼也似乎好了点，靠着被垛半躺起来。和陈强商量订合同的细节。这时，有人敲门，来的是大头李，提着酒瓶，拿着包花生米和猪头肉，一进门就嚷："一公，你小子包了旅馆房间也不打声招呼，咱弟兄好久没一块喝酒了，今天就在这里喝点。"亢一公见大头李进来，慌忙下地,往起站时站急了点,腰疼得他嘴一咧,几乎倒下。陈强忙将他扶住,大头李问怎么了,陈强说了亢一公腰疼的事。大头李忙说:"那你快躺着,躺着,躺着喝。"转头又问陈强说:"你是谁?怎么也到这里来了?"陈强说他叫陈强。亢一公补充说:"就是我流浪时救过我命的陈强陈大哥。""你就是陈强?"大头李瞪着眼,晃着大脑袋对陈强说:"你可是个大好人呀!拉着一公又是嫖,又是赌,硬把个好后生让你勾引坏了,你来干什么?是输了钱来借钱,还是又拉一公去嫖去赌钱?"大头李咄咄逼人夹枪带棒一席话,将陈强说得张口结舌,脸红成了关公。亢一公忙说:"大头李你胡说什么,这可是冤枉陈强大哥了,要不是他,我那次连命也没有了。老陈是个讲义气的人,够朋友。"转而又对陈强说:"陈大哥,你别计较,老李就这脾气。"大头李鼻子里哼了一声说:"够朋友,够朋友就和我喝酒,不喝酒一边去。"

三五杯下肚,大头李和陈强就称兄道弟起来。电视里正演香港片子《八月桂花香》,同治皇帝逛妓院染了杨梅疮,医生当天花治。大头李对陈强说:"你看,这就是你们这帮小人干的好事,你勾引亢二上嫖,得了杨梅疮,你小子不是要害人一辈子吗。"陈强忙分辩说,他从来没勾引亢二上嫖,他还劝过他多次。大头李问亢二:劝过没有?亢一公红着脸点头,装腰疼得厉害,不愿和他们说话,这话题让他难堪。陈强见状忙向大头李使眼色,大头李知趣,不再问亢一公,却忽然说:"陈强你小子要有本事,找一个得杨梅疮的漂亮女人,送给祁文瑞,让那狗官烂心烂肺,那才叫解气呢。"陈强说杨梅疮不算厉害,现在外国人有一种病叫"爱死病",那才厉害,杨梅疮有德国六○六治,能治好,"爱死病"一爱就病,一病就死,横竖没治。要能找个得"爱死病"的女人,那才叫好。大头李说:什么'爱死病',是艾滋病,中国已经有了,在中国这种女人也能找到。陈强坚持说是'爱死病',外国男人睡女人叫装爱,本来不爱装着爱,一爱就病,一病就死,所以才叫'爱死病'……

两人说着浑话下酒,只图嘴上痛快。亢一公却听得出了神,想:这倒也不失为一个报仇的主意。

当煤窑包成,一切安排就绪后,亢一公将煤窑生产交给陈强负责,卡车雇了司机运煤。他自己买了辆北京212吉普，一边在晋、陕、蒙三省和临河邻近的地方跑销煤、跑铁路计划，结算煤款；一边跑乡里、县里有关部门联系开通圪垯通往外界的那条近便运煤路。这期间，他去了几次地区所在地的玉城看他的腰疼，却总不见好，有人劝他到北京看。第二年春天，他去了趟北京，从北京又去了广州。从广州回来后的亢一公精神面貌大变，仿佛换了一个人似的。

四

甘靖第一次见到祁文瑞，是在祁文瑞升任地委书记的第二年。

那天，他被宣传部长召去，为部长主编的《奇人异事录》领受撰稿任务。他分到的是当地两个奇人，一个是临河的朱神仙，一个是城里的柳观音。这两个人据说都有特异功能，为人治病去疾颇灵验，在当地传得沸沸扬扬。部长对甘靖说："这两个就分给你了，非你莫属。我看过有你撰稿的《中国十大道士》。你不用想推托，学了知识，就得为地方上做些贡献……"甘靖不能再说什么。部长在他的分房和他妻子郝晓燕的转户问题上是帮了忙的，而且部长拿出学了知识理应为乡里效力的不可辩驳的理由，他就更无话可说，心中却总不免悻悻然。这两个奇人他没见过，塞耳的传闻倒听了不少。

柳观音盖了座诊所叫"紫竹林"。盖紫竹林时，柳观音找专员批木材。她先打电话，让专员批三十方木材，专员让她找计委，说自己只是宏观控制，并不亲自批条子。她在电话上纠缠一顿，见专员不答应，便找上门去。进门后，站在门口看了一会儿，对专员说："你的气色不错，恐怕要调动，官比现在还大，在西北方向。"那时正盛传专员要调走。专员听了她的话说："是不是给你批了木材，我就可以不调动呢？我可是不愿意离开咱们这地方。"柳观音红了脸，赧颜笑着说："那倒不是，不过活动活动还是可以不走。"她歪缠了专员半天，专员始终不答应亲自写条子，她恼了，一撩裙子站起来说："专员，我是尊重你，才让你批，你以为你不批，我就弄不到木材了吗？咱们走着瞧。"半年后，专员果然调走了，而柳观音也果然没用他批就弄到了木材。

神仙们如此神异,自不能不引起官员们的重视,尤其那个柳观音,与地委书记祁文瑞关系更是非同寻常,不但地委书记本人把她当作救苦救难的观世音菩萨,常将她请到家里为自己看病,而且把她介绍给高层领导,让她手中的杨柳枝为公仆们普洒圣水。这本是寻常之事,不料却引起下层官员和百姓们的种种猜测和议论。在此情况下,由官员出面编这本书显然有内幕和背景。甘靖想推托,推托不掉,写却也不准备写。他拿好主意,决定拖。他正联系往省里的杂志社调,等调令一下,对不起,他们另找别人去吧。

　　抱着这样的心思领受了任务,走出地委大楼时,恰巧就遇上了祁文瑞。甘靖出门,祁文瑞下车。祁文瑞钻出车门,站直身子,与甘靖打了个照面。他高高瘦瘦的个子,一副康生式的面孔,戴副水晶石墨镜。虽未见过,甘靖一看架势,心想一定是祁文瑞。这种人,标志就在脸上刻着。甘靖嘲讽地盯着祁文瑞的墨镜,不由得想起阻止妻子为前省长当护理那件事来,心中荡过一阵快意。心说,你小子作恶多端,我得多和你开几次玩笑。他更坚定了拖的策略,要拖到别人都交了稿,来不及写的时候再说。

　　走出地委大院,他去书店逛了一圈,买了本冯梦龙编的《古今笑》,骑车到紫竹林前时,忽然动了进去瞧一瞧柳观音的念头。

　　四月的阳光照着这座中西合璧的豪华小楼,照着一楼门楣上"紫竹林诊所"几个鎏金大字牌匾,使人想到主人的财大气粗。

　　甘靖在马路旁下了自行车,只见路边停着一辆北京吉普车,车旁站着两个人,一个人戴副黑乎乎的墨镜,一个人西装革履,一副花花公子派头。两个人在那里指指点点。甘靖最初没大注意,后来忽然发现那戴墨镜的无论脸型、体型都有一种似曾相识的感觉,却想不起在那里见过,正在调动记忆思索时,那两人已上了吉普一溜烟走了。

　　柳观音本人却不粗也不大,苗苗条条的身材,高高挑挑的个头,若不是鼻子略显小,鼻头有点秃,嘴又略显大些的话,倒不枉了"观音"这个雅号。为了弥补这些缺陷,脸上化了妆,而妆却画得不大高明,眉浓了点,眼影浓了点,嘴唇红了点,粉白了点。大玛瑙耳坠,闪闪发光的金项链(项链粗了点）、金手链,小小巧巧一块金表。她留给甘靖的第一个印象就是俗气,"活脱脱一个富神婆"。甘靖很为自己给她这个评价得意。

"您来了,"正在饭店为一脱光上身坐在椅子上的壮汉按摩的柳观音,一见甘靖掀帘走进来便如一个老熟人一样对他打招呼,"快坐,坐。"接着吩咐柜台上一个中年男人:"给领导开筒饮料。"(一口浓重的本地口音)

听着"嘭"的易拉罐打开声,甘靖才反应过来,忙说:"别,别打,我不喝。"

"喝吧,您喝,不收钱。"

甘靖大大地感到困惑,莫非这女人真有点特异功能? 莫非她认识我? 知道我要采访她? 他不去接那递过来的饮料,端详着柳观音问:

"客人来了都这样?"

"不,您和别人不一样。"

"为什么?"

"您是贵人。"

任是甘靖,也被这一句贵人捧得飘飘然。他接过饮料,一边啜着,一边看柳观音按摩,问道:"病人多不多? 饭店生意怎样?"

"病人倒不少,饭店生意一般,不过他们会来的,我这里有卡拉OK,唱歌伴酒,城里还是第一家。"

问答了些闲话,甘靖起了试一试她手段的想法,说:"有空没有,我总头痛。你能不能给看一下是什么毛病?"

"行,当然行,你坐着稍等会。"

甘靖便坐在一旁凳子上随手翻开《古今笑》看,不料就看到了这样两段:

夏山为巫,自谓灵异。范汉舆戏曰:"明日吾握糖饵,令汝商之,言而中,人益信汝。"巫唯唯。及明神降,观者如堵。范握狗屎问之,巫曰:"此糖饵耳。"范便拜曰:"真神明也!"即令食之,巫恐事泄,忍秽食之。

京师闾阎多信女巫。有武人陈五者，厌其家崇信之笃，莫能治。一日，含青李于腮，绐家人肿痛甚，不食而卧者竟日。其妻忧甚，召女巫治之。巫降，谓五所患，是名疔疮，以其素不信神，神不与救。家人罗拜恳祈，然后许之。五作呻吟甚急，语家人云："必得神师入救我方可也。"巫入按视，五乃从容吐青李视之。唪巫批其颊，而叱之门外。自此，家人无信崇者。

……

　　大约一刻钟，那被按摩的壮汉站起来穿衣服，柳观音问："怎么样？好点吗？"壮汉系好衣服衣扣，挥挥胳膊，弯弯腰说："好多了，我这胳膊、我这腰都不疼了。真是神仙，手到病除……"

　　甘靖从手中的《古今笑》上抬起头，心说，你这样壮，胳膊腰疼什么？分明是个拉黑牛的"念秧"。耳边便响起冯梦龙写在那则故事后的古老评判："以舍利取人，即有以舍利以取之者。以幻术遇人，即有托幻术以愚之者。以神道困人，即有诡神道以困之者。'无奸不破，无伪不穷。'信哉！"心中拿着主意，该怎样试出她的真伪？是如范舆汝一样喂她一嘴狗屎呢？还是如陈五一样抓住她打她两个耳光呢？

　　正这样想时，柳观音笑吟吟招呼站起来。对他说："我可只能看出你有什么病，要治，还得到医院去，看得也不一定准。"

　　柳观音让甘靖在五步外站定，凝神对他看了一会儿说："你的腰在一年前受过伤，伤在第四第五腰椎间，还未完全恢复过来，以致压迫神经，引起头疼。是不是给你按摩一下？"甘靖微微一笑说："能找到病因就好，我到医院看吧，请你再看看我的内脏有什么问题没有？"柳观音走前半步，一会儿眯缝双眼看看，一会儿侧转头瞅瞅，看准确后说："你的心脏很正常，只是肺部发黑，你的烟瘾一定很大。肝脏略大，胃上有点毛病，你消化不太好吧？……"甘靖故意说："我不吸烟，不是肺上出了问题吧？消化倒是很好，一顿饭五六个包子一大碗菜吃下去也没事。你再给仔细看看。"他看到柳观音脸上一红，有点尴尬，但转瞬便恢复正常。装模作样又看了一会儿，忽

257

然脸上变色说:"啊呀,不好,你食道上有明显肿块,我可看不出良性还是恶性,你最好到地区医院做做CT,及时治疗为好。"甘靖心说,来了,这家伙反应够快的,你不附和她,她马上说你有癌症。遂隐去脸上笑容装作害怕说:"这次对了,我老感吞咽时难受,你能不能给用气功治疗一下。顺便看看我前程如何。"柳观音笑了,说:"气功治疗,那是当然的。你大学毕业,有两个文凭,现在还受点委屈,将来是不错的,至少也可上到地师级。"甘靖心想,前半句差不多,后半句可就无从查考了。甘靖要交诊费和饮料费,柳观音最初不收,甘靖硬放下十元钱,心中暗笑着离开了紫竹林。

一星期后,宣传部长派人来陪他去采访柳观音。到紫竹林时,只见前次地委楼前所见祁文瑞的那辆皇冠汽车正从大门驶出去,却没看清祁文瑞在不在车上。

甘靖心想,柳观音见了他一定会不好意思,不料柳观音竟仿佛没见过他一样,陪甘靖来的小青年介绍完后,柳观音伸出手和甘靖拉了拉客气地说:"欢迎欢迎,感谢大教授光临。"也不提那天之事。甘靖和她握手时,看到她手指骨节粗大,全非观音应有的纤纤素手,想这女子必是农家出身,从小做体力劳动惯了的,便将那份想调侃她的心思放过了,也就不提那天来拜访过她的事。

甘靖采访得很细致,对她年龄、出身、家庭以及她是如何发现自己有特异功能,为哪些人看过病,效验如何等都进行了细致的询问。尤其讲到领导人时,他问得更细。他仍不准备写,如果不是有人来催,他是不会来采访的。

从那天贸然闯进紫竹林试探过柳观音后,他已清楚了她是哪一流货色,但这次采访却又勾起了他的兴趣,一边采访,一边就思考,为什么稍稍试探就知道她并不是真有特异功能,找她看病的人还那样多? 那些领导人是真看不出她来,还是找她消遣? 他们到底对她什么地方感兴趣? 是她的人? 是她的貌? 还是她的骗术? 她人倒是老实,问她学过医没有? 她说没有。问她练过气功没有? 她也说没有。至于她的自我吹嘘,更是一戳就穿,她说她最多一天看过三四百人,一天二十四小时,每小时平均十五六个人，就是说不吃不睡，如果按八小时工作制，每小时就四十到五十个人，这叫什么看病！明明是谎言，为什么他们都相信她呢？甘靖感到这是个很值得研究的心理问题。这和那气功热、《易经》热、神秘现象热、求神拜佛热、修庙热一样，都是有着深刻的社会原因的。当人们什么也不相信的时候，人就会什么也相信的。他于是更看轻了一些爬上高位的领导人，让这些人当政，政治岂能不腐败！

采访完后，柳观音坚持留他吃饭，说她已安排了饭菜，自己的饭店，方便得很。甘靖推说家中有客，柳观音让他把客人一齐叫来，甘靖还是没答应。走出门来，正骑车要走，陪他来的小伙子拿着两条烟追了出来，说是他问柳观音要的："拿着吧，如今这社会，不吃白不吃，吃了也白吃，况且你这是为她服务，又不是白吃她的。"小伙子很老练地教导甘靖。甘靖笑了，心说，你当我是假撇清吗？我正是因为不想为她服务才不吃她的饭，既然吃了也白吃，那我就白吃了。接过烟说声：谢谢关照。将烟夹在车尾巴上握一握小伙子的手抬腿上自行车。想起柳观音因未能留下他吃饭那满脸真诚的遗憾，不由叹了口气，想，她也不容易。人都要生活，在特定环境特定背景下，她找到自己的一种谋生手段。从个体生存竞争的角度来说，她并没有错；对社会来说，她也并未形成什么大的危害。骗子固然可恨，被骗的也是咎由自取。真正可恨者，还是那些推波助澜者。比起当今那些这个大师、那个大师来，柳观音不过是大巫之群中一个小巫而已。

不久，甘靖调省杂志社的调令下来，在他整装备行的那天晚上，妻子郝晓燕戏谑地告诫他要他"路边的野花不要采"："你要采，小心着，现在性病流行得很厉害，连你采访过的那个柳观音也染上性病了，前几天才到我们医院看过。""什么？柳观音染上性病了，什么性病？"甘靖吃惊地问道。"不知道是淋病还是其他。哟，她染上性病你大惊小怪什么？莫不是你和她……""胡说什么，我是说另一个，是不是他有性病，传染给她？""哪一个？""祁书记。""这倒也没听说。他有，也不到我们医院去看，谁能知道……"

甘靖到杂志社后，主编找他谈话，除正常编辑业务外，让他每年完成两万元创收。说财政紧张，杂志销路不畅，要弥补经费不足，只有搞点广告、拉点报告文学赞助。编辑部每个人都有创收任务,让他自找门路,完不成任务要扣工资和奖金。甘靖想起曾采访过柳观音,那文章还一直没写,她既能几十万盖一座楼,三五千赞助应该能拿得出来,而且部长那里一直催他交稿子,索性写起也好,她要是出血,岂不是一举两得。便写了一封信给郝晓燕,让她去和柳观音交涉一下,说只要她肯出三到五千元赞助,给她在全省最有影响的杂志上登一篇报告文学。几天后,郝晓燕回信了,劝他不要写柳观音,有人写告状信,内容都涉及柳观音,传得沸沸扬扬。而且她打听过,宣传部长即将调离,那本书也不搞了。

甘靖只好另打主意,无意间却在自然来稿中发现了一封写临河县委书记吴贺的报告文学,文笔一般,事迹却很感人。对吴贺,甘靖是熟悉的,便尽自己所知,对那篇报告文学从内容到文字都加工润色了一番,复印出来,寄了一份给吴贺。希望他能给一万或八千赞助。吴贺回信说,报告文学事实倒没多大出入,他也同意发表,只是赞助的事有点为难,他不愿担花钱买名的名。如果甘靖能发这篇报告文学,以后他可以想其他办法补偿,比如编辑部在临河开一次笔会或编辑部人员下去采风,他可以出招待费。甘靖去找主编商量,主编说采风出招待费可以算他的创收,但最好还能拉回些票子来。并建议他给作者去信联系,说作者或许会有办法。甘靖听主编说得有道理,心想倒不妨试它一试。

作者很快便回了信,说赞助的事没问题,这篇报告文学是一个农民企业家让写的,那农民企业家说过,如果要钱,向他要,只要能发表出来就行。并说,他正给这个农民企业家写一篇报告文学,事迹更感人,希望也能在甘老师帮助下发表。没几天,那笔赞助就汇到了。

在吴贺的那篇报告文学发表不久,作者寄来了他的第二篇报告文学《梅寒苦香》,这篇报告文学叙述一个叫亢一公的农民企业家顽强不屈的个人奋斗史。写他青少年时如何学雷锋做好事,写他后来又如何屡遭苦难,被一个身居要职的人不断迫害,当他出狱后又逢家庭的惨变,这时,一个从小就扶持他的领导干部到临河县当县委书记,这个人就是吴贺。吴贺的到来改变了他的悲惨遭遇,使他在人生道路上重新扬起了奋进的风帆。作者热情洋溢写了吴贺一次次给主人公的启发、诱导与鼓励,写了吴贺在主人公事业上所给予的种种支持,说他为了支持亢一公,甚至不惜冒得罪顶头上司的风险……在吴贺的亲切关怀和热情支持下,主人公亢一公终于又重新站了起来。他通过艰苦卓绝的努力致了富。致富后,他帮贫扶穷,使两座濒于倒闭的煤窑起死回生,安排了许多没有富起来的农民到煤窑上挣大钱,使他们脱离了贫穷。同时他又开始了为社会做好事。他拿出大笔资金捐赠学校,资助乡镇企业,治理小流域,养恤孤寡残弱……作品最后一部分提到他正在修一条公路,这条公路修成通车,将对临河县的经济发展,起到不可估量的促进作用。

甘靖审着这篇稿子,发现作者叙述的许多情节似乎在哪里听到过或在哪本书中看到过。这引起他思索,在他的意识流动中,他忽然想起他第一次去紫竹林饭店时曾看到过一个熟悉的似曾相识的身形,由这身形他想起一个叫亢二的人来。亢二这名字在他脑中一出现,他的思路一下子通了。是的,他认为熟悉的那些情节是属于那个亢二的。亢二虽在他的工队中干了不到两个月时间,他的经历在他记忆中还是留下了深刻的印象,时隔十大几年时间,想起来仍很清晰。莫非这个亢一公就是那个亢二? 他认识他时他正在流浪中,或许亢二只是他的化名。

这个想法激起甘靖对那篇报告文学的浓厚兴趣,他反复读了几次后,更加肯定了自己的猜想。作者的报告文学是和赞助款同时收到的,他当即便填写了发稿签。

当这篇报告文学在刊物发表后,甘靖忽然有一种隐隐的不安,由亢二想到吴贺,想到祁文瑞,这两个人作品中都提到了,虽然祁文瑞的名字在文章中未出现,作者在写到他和主人公关系时也用了曲笔,但若被祁文瑞看到,一定会对号入座。祁文瑞这个人甘靖是了解的,倘若他对号入座起来,不会给亢二和吴贺带来副效应吧? 特别是吴贺,祁文瑞可一直是拿他做对头的。

五

有一段时间,亢一公一直以为自己生活在梦中。那段时间,他的事业太顺利了,顺利得有种不真实感。圪劳村的煤窑包成后,正赶上煤价上涨,煤炭市场火爆之时,全国各地乡镇企业纷纷上马,煤炭供不应求,地方铁路也在这时修成通车了,这条铁路使临河煤运的汽车里程大大缩短,运费降低了几倍。陈强在管理煤窑上又很在行,他从他们那里带来一批技术人员,将煤窑管理得井井有条。亢一公又买进几辆卡车,产运销一条龙,现金交易,每天票子大把大把进门。亢一公无论走到哪里,人都对他笑脸相迎:亢经理,你好?亢经理,您的气色不错呀,腰疼好些了吧?亢经理,可得保重身体呀,您只要拿出几个钱,还愁没人为您跑断腿,您自己何必那样辛苦。亢经理,二十年前就听说您的大名了,能人什么时候也是能人,人和人没法比呀。亢经理,我有个弟弟,您看能不能在您那里给安排个工作?干什么也行,我这弟弟不成器,我就希望他能在您身边,在您那里我放心……

认识不认识的人都和他套近乎,嘴上抹了蜜一样。以前对他退避三舍,望而却步的人,现在主动找上门来:亢经理,单位实在穷得没办法,您赞助几个吧。亢经理,我们想办个实体,没您的支持可不行。亢经理,我们那车您见过,简直成拖拉机了,想买辆新的,差个三五万,先从您这里借上,保证还……有人送烟,有人送酒,有人送补品……亢一公有生以来何曾这样被人抬举过。他受宠若惊,不知该如何应付。钱来得太容易,人的脸面变得太快,使人不敢相信它的真实性。在去银行和信用社送钱的路上,他常常几次伸手到他装钱的黄挎包里,摸一摸钱是否还在。白昼的阳光下,他看着他的煤窑,看着他的卡车,甚至开着吉普在路上走着或与人交谈时,都会有一种恍恍惚惚在梦中的感觉。

钱既来得容易,花着便不觉心疼。有人来求时,常常三千五千、一万两万就出去了。赶到自己急用时才感到放出去的太轻率了,但到下次有人求来时,却又依然如故。为此,陈强和他面红耳赤吵了几次,陈强负责矿上生产,生产上的一切费用都得他向亢一公要。可往往他急着用钱,亢一公却把钱让别人拿去了。他生气地对亢一公说:"你怎么能这样干,你得先保证生产,先顾自己呀。你这样不把钱当钱,这煤窑迟早得塌。你就不想想后事,这两座煤窑采完,你到哪里挣钱去?"陈强劝过他几次,让他把紧点钱,攒得差不多时,再投资开座新窑。他却老攒不起钱来。在陈强一再催促下,又承包了一座旧窑。

这一切都是从他广州回来后给母校临河中学捐款开始的。

那天,亢一公从外地结算一批煤款回来,开着车路过县中学门外时,只见母校大门上披红挂彩,一幅横标写着"临河中学校庆"几个大字,高高悬在校门顶上,心中便有点不自在。校庆的事他前些时就听圪劳村姓洪的女同学讲过。她说:母校搞校庆是建校以来的第一次,听说要搞得十分隆重。学校当局几个月前就开始筹备了,要邀请散居在全国各地的历届毕业生中的佼佼者回来聚会。她说自己毕业后一直当孩儿王,碌碌无为,肯定不在被邀之列,掐指算来,他们那个班最有可能受到邀请的大概就是祁月珍和亢一公了。"咱们班总算出了你们两个人物,不会给母校丢脸了。我是不管他邀请不邀请都要去的,不为别的,就为和同学们聚一聚。一公,那时,你好好代表咱们班同学发发言,我们也好跟上你风光风光……"对着姓洪的女同学,亢一公谦虚了几句,内心却也觉得自己是应该在被邀之列的。于是便留心着校庆的事,一般便不出远门,煤窑上有事没事,事紧事松每天都要回县城。

眼看校庆的日子一天天近了,却总不见有人来送请柬或打声招呼。以前,他总躲着同学和熟人,这些时来,他见了同学老师便主动寒暄,希望人家会注意他,会和他说起校庆的事。然而,从来没有过,将近二十年时间,物是人非,好多他和人家打招呼的同学老师竟连他是谁都没认出来。人家不问,他也不好自我介绍,有能叫来他名字或问过他名字的,也只泛泛地应酬,并不愿与他深谈。显然,他在人们心目中还只是野狐峪的二根不动亢一公,而不是事业正兴旺发达的圪劳煤窑窑主、企业家亢一公。听说有那当官的、有权的、发了财有钱的大腕大款校友为学校捐了款,亢一公便和银行提前打了招呼,说他近期可能要用一大笔款,让他们准备好现金,单等学校一邀请,他就准备给学校送去。眼看明天就是校庆,可亢一公至今仍未收到邀请。学校也未免太不把他亢一公放在眼里了。

回到旅馆后,只见人来人往,大非往日冷清气象。进了自己包房,问进来送水的服务员小姐可有人来找过他？服务员小姐说没有。他又问旅馆都住了些什么人？(其实,不用问,他心中也能猜想出是些什么人了)服务员小姐回答说,都是临河中学毕业出去的学生,来参加校庆的。回答完,忽然问道:"亢经理,你不也是临河中学毕业的吗？他们没邀请你？"亢一公立时红了脸,讪讪地不知该如何回答。机灵的服务员立刻改口说:"亢经理,一定有你的,你这样有钱的大名人,他们怎么会忘了,可能是他们不知道你住在这里,把请帖送你家里或煤窑上去了。"亢一公想想服务员说得有理,便有些坐不住,匆匆洗了把脸,便开车回了野狐峪。

正是五月端阳前后,野狐峪一派迷人风光,一丛丛粉红的野蔷薇在碧绿的灌木林中、在清如明镜般的溪水旁、在山洼里、在沟崖下开得蓬蓬勃勃,娇艳如十七八岁的新嫁娘。蜜蜂嘤嘤嗡嗡在花丛上飞起飞落,就是撒向新嫁娘头上的喜碎彩纸。近七八年来风调雨顺,吴贺的严厉政策保护了翠峰山的自然生态,小流域治理的深入,使深山中的野狐峪又恢复了"大跃进"前的旧貌,整个峪中一片绿荫。

亢一公是在峪中鱼塘边找到母亲的。从一出城他就知道学校不会把请柬送到野狐峪,但他还是回来了。一来存在着或许,二来他也很长时间没回来了。明年,春春和月月就要上初中,两个孩子一走,娘就更加孤凄寂寞。想起这些,即使不为别的,他也必须回来走一遭了。娘正在鱼塘边放羊,五十多只羊在鱼塘周围的草地上静静吃草,第三代花狗豹子在娘身边窜来窜去。这几年日子过得舒心,刘拉弟明显发福了,面色红润,身体健朗。看到儿子回来,十分高兴,马上便和儿子回家。

从回到野狐峪看到母亲的那一刻,亢一公忽然感到自己为了校庆的事如此忧心,实在毫无意义,那争强好胜的心一下淡薄了,便准备第二日回圪劳煤窑,不再与闻校庆的事。晚上回到旅馆后,心情却又变了。看着那些意气风发的校友们,谈笑风生从母校大门里鱼贯而进,鱼贯而出,一种人生的失落感深深刺激着他。便想自己这样苦苦挣钱为了什么？自己的人生价值体现在什么地方呢？莫非就当一个野狐峪的土老财终老此身吗？受了那么多年苦难，什么时候才是自己的出头之日呢？那一晚他辗转反侧，彻夜未眠。第二天一早，他头脑昏昏，举棋未定，正拿着主意，亢狐开着大车来找他。亢狐初中毕业后没考上高中，补了一年学后说什么也不上了，跟他学会了开车。他让儿子给他开吉普，儿子却瞅上了新买回的卡车。亢一公拗不过儿子，只好让他开了卡车。亢狐是来问他要钱的，说学校校庆，同学们都给母校捐款，他也想捐点。亢一公问他捐多少？他支吾半天说：同学们最少十元，也有三十五十的，他想捐一百。在与儿子的问答中，亢一公拿定了主意。他对儿子说："一百太少了。"儿子以为他嫌他捐一百多，故意说反话，红着脸说："那您说捐多少呢？"亢一公说："十万。"儿子没反应过来，还以为爸爸在说反话，脸色变白，生气地说："不让捐就算了，我……"说时，眼里涌上了泪花。亢一公见儿子误会了自己的意思，拉起儿子的胳膊一边往外走一边说："谁说不让捐了？爸爸也是临河中学毕业的学生，爸爸也要捐，咱们父子俩一起捐十万，你现在就跟爸爸到银行提款去。"

父子俩提出款来，亢一公写了封贺信，开车来到开校庆典礼的县红旗礼堂外，亢一公让亢狐带着贺信和款送到礼堂里主席台上去，他自己坐在吉普车里等着。亢一公在贺信上说：他只是临河中学普通的一个毕业生，他的儿子亢狐也毕业于这所学校，学校培养了他们父子两代人，使他们走出了野狐峪那个狭窄闭塞的天地。看到学校毕业的校友们英才济济，他深感惭愧。为聊表他们父子两代对学校的培育之恩，他愿拿这十万元钱为学校盖一座教学大楼，并负担学校常年的煤炭烧用……

这一举动震惊了校庆会，震惊了临河县。人们从尘封的记忆中搜寻出这个销声匿迹了将近二十年的人来，谈论他的过去，猜测打听他的现在。一向隐匿于野狐峪和圪劳深山中鲜与世人来往的亢一公一下子又出了名，关于他的传说便纷纷扬扬不胫而走。人们最关心的是他怎么会有那样多钱？于是有人传说，亢家祖先逃到野狐峪时带来大量金条元宝，埋在地下，所以追捕的官兵才放火烧山，搜寻财宝；有的说亢一公的财产全是他老祖母胡银花遗下的，他上中学时，他爹亢根柱就曾带了许多银圆和旧钞到信用社为他兑钱；也有的说亢一公流浪时偷过银行，他被判了刑，偷到的钱却始终没交出来……更多的人倾向于这样一种说法：野狐峪亢家都是狐狸的后代，他祖母叫胡银花，他儿子叫亢狐，这就是明证。既是狐狸精的后代，狐狸精们在他家危难的时候就会出来帮他们。狐仙们前知五百年，后知一千年，还不知干什么能赚钱，干什么能发财吗？而且，但凡狐仙们都有搬运术，能点石成金，所以亢一公的钱是取之不尽，用之不竭的。亢一公这一出名，说不定会顶替王丙乾去当财政部长呢，那时中国的财政赤字就可消灭了……

真正知道亢一公这些年奋斗史的人并不多，这些人也没兴趣参加进这议论的行列。所以真实反而被淹没，有人甚至传出亢一公有三妻四妾，光临河城里就有他十几处藏娇的金屋，临河城里的漂亮女子差不多全被他收纳了。传到后来，竟连吴贺都相信了这些话，正色劝过亢一公在生活上一定要检点，千万不可自坏名声。

既有了这样的传说，亢一公便像一口养得使人流涎的肥猪一样被贪馋的人们盯上了。一旦被这些人盯上，你就藏进九曲黄河也要被他们钓上来的。

亢一公要引起人注意的目的达到了，而他不得安宁的日子也从此开始了。回到临河，临河有人找；到了圪劳，圪劳有人等着；躲回野狐峪，有人不嫌路途遥远，追踪到野狐峪……

此前，亢一公默默无闻地开他的汽车，包他的煤窑，除不得已办事，从不与人接触。他又生活节俭，衣服穿得普普通通，走到哪里都粗茶淡饭，很少光顾酒楼饭店，根本不像个发了财的样子。人们都不把他放在心上，一些常打交道认识他的人，知道他受过冤枉坐过牢，对他抱有同情心，不认识他不知道他历史的年轻人看他就是个土老帽。他既一切规规矩矩，照章办事，人家便也对他规规矩矩，照章办事，当他是一个土老帽。开车时，他将挣的钱大部分藏在野狐峪的隐秘处，有些连母亲刘拉弟也不知道。存到银行信用社的，也存了七八处，用了七八个名字。办煤窑后，虽然开了银行账户，又因多是现金买卖，他大部分仍照过去的办法处理，账上进出款项也不大。圪劳村僻居深山，陈强是个外地人，会计出纳都是亢一公自己，所以谁也不知道他究竟挣没挣钱，挣了多少。如今他一笔款就捐出十万，人们就推测他一定有一百万、二百万或更多。于是工商、税务部门来查他的账，说他账务不健全，欠费漏税。乡镇、煤管、煤销、公路、公安……凡能和他的公司扯上关系的部门都来了，要赞助、打秋风、收费用、套近乎、拉交情……乡政府找上门来让他扶贫，给他讲道理，给他介绍贫困户，介绍扶贫项目，让他安排劳力……哪个也惹不起，哪个也得应付。

其他和他的公司扯不上业务关系的部门也来了，你既然能给中学捐十万，给我们捐一万、五千、三千、两千、一千、八百总有吧？我们既已来了，你总不好意思让我们空手离开吧？

这时他已开始修姓洪的女同学建议他修的那条运煤近便路。如果说他给学校捐款，是由于自尊心受挫而决定的一种张扬自己的突发性举动，修这条路则是他蓄谋已久，要在社会上重现自己存在价值的重大构想。亢一公从小所受的教育和他个性上那种不甘寂寞、总想出人头地的情结，始终纠缠着他，后来的受挫压抑了这个情节，反使那情结结得更紧。对于修这条路，陈强给他提过建议，让他找县里、乡里协商，最好直接去找吴贺，争取政府的投资和支持。因为县里、乡里多年前就有打通这条路的计划。特别是近年来，随着改革开放后经济的发展，各级领导都在强调修路的重要性，如果他拿出一部分资金给他们，一定会促成他们修路的决心。那么，他自己就可以集中精力抓他的煤窑建设和运输发展。然而，亢一公却执意要完全凭自己的力量设计施工修通这条路。

最初，乡政府和交通局对他修这条路是积极支持的，当他去找他们批办各种手续时，他们不知他的底细，都顺利地给他办了。他们问他有多少资金？他说他用他煤窑挣的钱，一段一段逐年修，他们对他这种精神表示赞赏。乡政府还提出可由乡里出面，社会广泛集资，给他以帮助；交通局还给他争取到一部分贷款，派人帮助他测量、绘图。当他一下拿出十万元捐给学校后，他们忽然有种上当的感觉，认为被他蒙骗了。乡政府不满他不和政府联合修，说他财大气粗，根本不把书记、乡长放在眼里，不把政府放在眼里，从此对修路中出现的土地纠纷、村民勒索，袖手不管，还不时来找他的麻烦;交通局恼火他不用他们的工程队施工,修路中对交通局不瞅不睬,取消了准备给他的贷款,担保的修路投资也只到位了一半,便再不理睬。

乡政府和交通局一撒手,修公路的麻烦事便一件接着一件来了。村民们的征地费本已协商好,这时又加出钱来,没有协商好的更是漫天要价,种上的地要赔偿青苗钱,栽上的小树要大树钱,修路的民工也要增加工钱。这些事最初找到乡政府,干部们下来一哄一压就解决了,现在都得自己来处理。推土机的柴油,以前交通局给照顾平价油,现在高价油也买不出来;技术上的问题以前一找交通局便派人来,现在拿上烟酒、请上饭也三番五次请不来。资金也越来越成了问题,交通局的投资没有了,贷款到位了一半,眼看也没了指望,预算外的钱又增加出不少,亢一公自己的钱则这里修桥捐一万,那里盖学校赞助五千,流水样花出去,连自己也不知花到哪里了。

这时候其他方面的矛盾接踵而来,岔子越出越多。村里人看亢一公挣钱挣得红了眼,逼村干部收回煤窑,村干部了不知从哪里打听到支书吃了黑钱,都来勒索,要求增加承包费,不然就告亢一公行贿。村中一些泼皮无赖成天到矿上讹赖、搞破坏,骚扰得矿上不能正常生产。陈强顶不住这股势力,又因亢一公不听劝告,不断往矿上塞人,急需的资金拿不到手,坚决提出辞职。亢一公只好用了两个本村人当矿长,让陈强当总矿长,维持了一段时间后,那两个人联合起来排挤陈强,亢一公便派陈强到省城办事处经管销煤,专和铁路部门打交道去了。

陈强对亢一公是忠心耿耿的。这个赌鬼赌了半辈子钱,头脑精明、办事干练,为人也很讲义气。他当矿长以来,连明带夜在矿上干,一心帮亢一公把事业办得越来越大,越来越兴旺。为了亢一公,他把他酷爱的赌博也戒了。除他的工资和亢一公额外多给他的钱外,他没想过多占一点便宜。最初亢一公对他言听计从,矿上的事完全交由他负责,从不干涉。自从亢一公从广州回来后,他感到亢一公对他不那么放手了。首先在人事问题上,他常常和陈强招呼也不打就往里安插人,安插进去的大多是非生产人员。这些人有的陈强还能接受,比如岔口村原二队队长的儿子、狗罕支书的女婿、煤管局长的弟弟等,这些人或对亢一公有恩,或亢一公欠人家情,或亢一公有求于人家。有些陈强就实在不愿接收,有个叫弓兰韦的,是个游手好闲的二流子,凭一张油嘴哄住了亢一公,亢一公把他安插来当保管,还出钱为他修房娶妻。还有个季米换,家穷得连老婆孩子都养活不了,自己的责任田荒了不种,缠住乡政府要救济,乡政府把他推给亢一公,亢一公也把他扶贫扶到煤窑上。这两个人成天围着亢一公搬弄是非,亢一公竟也听他们的,这使陈强感到痛心。从亢一公给学校捐款后,一下子名声大振,围着他的人越来越多,他就更听不进陈强的忠告了。陈强感到他变了,感到他在疏远自己,他甚至连他不懂的生产也过问起来。当陈强问他要生产急需的资金的时候,他还问过他几次开支情况,陈强感到自己既无回天之力,便只有急流勇退了。

陈强的离开,是亢一公的一大损失,这一点他马上就感觉到了,首先是他带来的那批技术员纷纷离开,煤窑上的事故增多了。接着煤窑上的器材不断丢失。过去一千元能办了的事,现在三千五千也办不了。亢一公当时忙于公路施工中不断出现的争端,无暇顾及煤窑,煤窑上的问题越来越大,直接影响到修路。这时亢一公才后悔当初不该不听陈强的忠告。

就在亢一公四面楚歌的情况下,吴贺离开了临河,说是要提拔,免了职回地区去了。

亢一公修路的事吴贺是知道的,他担心亢一公资金经验不足,曾问过他有什么困难?希望他提出来帮助他解决。亢一公不愿给他添麻烦,从没去求他。一段时间,亢一公甚至怕见吴贺,他怕吴贺问起他大东沟的治理情况,修公路时他将那台推土机也调到工地上来了。吴贺拨给他治理大东沟的专款他也因修路紧急用钱,挪用到公路上了。吴贺在临河大搞小流域治理,他不去帮他反这样做,他感到愧对吴贺。

吴贺走后,新班子重新组阁,下面单位纷纷易旗换将,调整了干部,祁文瑞的手直接插进了临河。这一下亢一公惨了,以前那些支持他的有关部门换了领导,有的不清楚情况,有的则故意使绊子刁难,一件大有利于桑梓的事却弄得四处碰壁。眼看公路通车在即,亢一公的资金却越来越紧张,他不愿半途而废,咬着牙自己到处筹钱,甚至不惜借高利贷。公路修通后,亢一公也垮了。

六

火车开动后,车厢里渐渐静了下来,祁月珍扒在车窗口看着一幢幢楼房逐渐退后,一块块田地扑面而来,感到心情也从楼群的逼狭中慢慢变得开阔。秋天的艳阳高照,将田野和群山辉映得明丽而清晰。五彩缤纷的秋日原野不像春天的原野那样纤嫩得让人伤怀,不像夏日的原野那样茂密得让人窒闷,也不像冬日的原野那样空阔得让人瑟缩。秋日的原野是成熟的原野,"晴空一鹤排云上,便引诗情到碧霄"。它给人清爽明快的感觉,它使人生一种淡淡的哀愁,使人回想往事,而那往事又总是轻烟般美丽,淡漪般缥缈。

祁月珍伏在窗口有点陶醉了。秋日原野那清新微甜的空气将她的心胸洗涤得一片空明。她尽情饱览着,享受着,沉浸在自己的思绪中。

她这次乘车出行的目的地是临河,可以说是专为亢一公而去的。从收到亢一公汇来的那一万八千元后,时间已过了二年多,这二年多时间她一直没回过临河。一个月前,报社收到玉城地委通讯组和临河县委通讯组联合发出的一条消息,说亢一公近年承包煤窑发了财,由于煤窑运煤上公路干线需绕一个弓背,亢一公便个人出资修了一条公路,打通了圪劳乡与外界的直接通道,使里程缩短五十多公里。报社主编对这条报道很感兴趣,因她是临河人,便派她回去实地考察一番,写条专访。

祁月珍受命后既高兴又觉得有点突然,十五六年没见亢一公了,不知他变成了什么样子?她高兴他终于又振作起来干出番事业,可又对见他毫无思想准备。他们之间的恩恩怨怨,纠葛太多了,见了面该怎么说呢?她为见面的场面感到头痛。虽说当记者什么人也接触过,什么场面也应付过,可和亢一公见面,她却感到有点发慌,有点手足无措。前几年回过几次临河,她都躲避着有关亢一公的话题,她采访过吴贺,采访过冯守义,在他们面前从不主动提到亢一公,提起他让她心里难受。但她又对有关亢一公的话题十分感兴趣,如果别人主动谈起,她又极愿听,听后不免伤感,却也有一种满足感。

上车时,她满腹忧思,行动迟迟疑疑,坐在窗口被那秋日原野景色一番洗涤,她的心境渐渐开朗,索性不再想它,车到山前必有路,任何尴尬局面都会过去的。这时她听到后排座上两个玉城口音的人在谈论什么,几次提到她父亲的名字。起先没大注意,后来听两人口气颇为愤激,便竖起耳朵仔细听他们说什么?

"……一是扶起一个柳观音;二是认识了两个个体户;三是撵走三个专员;四是……"

"你说的那些已经落后了,现在已总结到二十了。"

是一个重浊的声音,听声音年龄大约在四十岁左右。

"你说说看,内容差不多吧?"

是一个尖细的女人一样的口音,听声音是个机关里衣着整洁三十左右的白面书生。

"一是养活了一个柳观音。这'养活'就比那扶起要好,准确。这养活按土话是说他养着,拿公家钱喂养那个柳观音;也可以理解为养得活了,没有祁文瑞,柳观音会有今天这样活泛吗?这是一。二是套住了两个个体户。你看这'套'字用得多好,套就是用手段笼络住了,套耗子还得根油捻子,那两个个体户怎么发得财?还不是靠国家贷款扶起来的?所以说是套,套住后就是一个窝里的狐狸了,比那'认识'好吧?这第三和你说的一样,撵走三个专员……十二是全区十二个县发不了工资。"

接着,他们又谈到玉城出现了攻击祁文瑞的传单和小字报,并有人写信告状告到了中纪委。

祁月珍越听越心惊,心想父亲不至于这样吧?怎么玉城地区的人会这样评价他?这未免有点言过其实,欲加之罪吧?心里这样辩解着,却感到自己辩得少气无力。作为一个新闻工作者,还有什么比政治问题更敏感呢?几年来从玉城地区的来稿情况上就可以看得清清楚楚。别的地区经济和财政收入都在上,玉城地区却发展缓慢,一年年被挤了下来,这是无可辩驳的事实。光这一点,父亲就无颜面对玉城地区父老乡亲。

祁月珍刚才那空明的心境被破坏了,她原本不准备在玉城下车。车到玉城时,她决定先去看看父母再说。到家才知道母亲出差了。

祁文瑞阴冷着脸听祁月珍讲完火车上听来的话,冷笑着问女儿:

"珍珍,你相信他们说的这些?"

祁月珍不假思索地说:

"好像讲的是事实。"

"事实? 狗屁。这都是有人在造谣,这是诽谤。柳观音给我看过病,得病乱求医,别人推荐来,我感到她看得还见效,让她多看了几次,我怎么扶(祁月珍没敢用养活)她? 盖楼是她挣了钱盖的,也扯到我头上。珍珍,爸爸五十多岁的人了,我是干那种事的人吗? 说我认识两个个体户,我认识得多了,岂止两个。政策让扶持个体经济,我认识个体户怎么了? 撵走三个专员,我有那么大能力吗? 专员调动是省委决定,怎么能说是我撵他们走呢? ……"

祁文瑞黑煞着脸,眼中两道冷光蛇信似的闪动,冷森森瘆人。连祁月珍看着都有些害怕,她感到父亲这几年变得太厉害,自从得病后好像心理变态了。脸上笑容很少,总是阴沉着,动不动就发脾气,肝火旺得怕人。有一次孙子贝贝不知说了句什么话,被他一巴掌打得趴在地下,半天起不来。祁月珍就想:女人在更年期性格暴躁,喜怒无常,父亲是不是也处于男人的一种更年期呢? 那时她刚看完一本叫《病夫治国》的书,她感到父亲有点像书中那些病夫政治家们的症状。

她不敢再如年轻时那样和父亲讨论政治问题,给父亲规劝。默默听父亲发完脾气,淡淡地说了几句但愿不如所传、让父亲保养身体的话,便推说采访任务很紧,吃过饭她就要上路,留下父亲在客厅里,自己下厨帮小保姆做饭去了。

祁文瑞独自坐在客厅里,独自气恨不已,如果刚才说话的不是他的女儿,他真想跳起去打她两个耳光。他抖索着手点了一支烟,猛抬头,看到对面墙上本地书法家送的字轴:

海纳百川　有容乃大

壁立千仞　无欲则刚

　　忽然感到那两条字很不顺眼,充满了讽刺意味。眼前就出现了那个戴着眼镜、很儒雅的书法家。这条幅是在他当副专员时,有一次开会(开什么会,记不清了),酒席宴上,端着酒杯沿桌敬酒时,有人介绍那书法家,他向那书法家求的,当时也只说了句:"久闻大名,见过你的字,写得很好,有空,给我也写张,行吗?"书法家很痛快地答应了,十多天后,就送来了裱好的这幅字。当时,乃至以后,直到今天以前,一直认为这两句话是对自己的恭维,说自己肚量大,能容人,无私欲,有决断,自己也颇以此自矜。怎么今天忽然有这种感觉呢?莫非那文绉绉的家伙送这幅字就是讽刺我吗?说我肚量狭窄,不能容人,说我私欲多,整人多,搞阴谋诡计?……这念头一出现,怎么想怎么像,那书法家除送这幅字后再也没登过他的门,这就是最明显的证据,他为什么再不上门呢?别的人无缝还下蛆,想方设法上我的门,他为什么再不登我的门呢?嘿嘿,原来他一直在讽刺我,我以前怎么就没发现呢?再看那字,仿佛一个个都透着讽刺,充满讽刺。祁文瑞肝火上升,心跳加速,猛地站起来,几步走过去,抓住那幅字就要往下扯。这时,小保姆无声地进来,在茶几上放了盘洗好的葡萄,吃惊地看了眼盛怒的祁文瑞,低头退了出去。祁文瑞醒悟到自己的失态,抬头看看那幅字,踱回茶几边,抓起一串葡萄,上二楼卧室去了。

　　卧室里有一套单人沙发,祁文瑞吃着葡萄,心境慢慢平和下来,他忽然感到孤独,心里空落落的,有种凄凉味儿。是因为女儿一回来就即将离去吗?是因为女儿说的那些事吗?是因为女儿表现出的克制和他隐约感到与女儿的隔膜吗?都是,又都不是。祁文瑞也说不上是什么原因使得自己近来情绪波动异常,动不动无端发火,疑神疑鬼,老感到身后有人冷森森仇视自己,老觉得别人的语言、目光、笑容充满了讽刺。他怀疑自己有病,让地区中医院赵大夫给也诊断,赵大夫看过后说:无妨,操心太多,工作烦劳所致,给他开了些酸枣仁、甘草、知母、白茯苓、川芎之类的草药,让他生血、散郁、壮水,并给他讲了顿五行相生相克,心疾需心医的话,劝他最好能出去旅游度假,走上段时间。这时,恰巧经委系统联系好到美国考察,让他也去。吃了赵大夫的药,又有了去美国的机会,他那些毛病有一段时间没出现。要不是传单和小字报……

女儿有半年多时间没回来了,上次回来也只住了一晚上。祁文瑞这次真希望女儿能住一两天,每逢有重大事情,他都想听听女儿的意见。祁月珍善良正直,不像儿子那样不动脑子,只要不利于父母的事,他不问情由就会蛮干起来,常常为他惹是生非。他又崇拜父亲,父亲说他什么他就听什么,祁月珍不一样,她也维护父亲,但父亲要做得不对,她绝不苟同,总是直言相劝,有时难免让父亲生气,但事后一想,就感到女儿正大光明,说的都是真话。祁文瑞耳朵里已经很少能听到真话了,左右的人谁也是看他眼色行事,顺着他的思路奉承,不利于他的话、不利于他的事都瞒着他。他明明判断错了,做错了,别人也不来提醒他,一味阿谀逢迎。祁文瑞对这些人常常不给好脸子看,这就使那些人更不敢对他讲真话。就比如女儿今天从火车上听到那些民谣,就没人向他说过,要不是女儿向他说,他还不知道人们这样糟蹋他呢。他听到能不生气吗?能不动肝火吗?要是别人对他讲这些话,一定在他生气前就先批驳开、骂开了,可女儿却敢说讲的好像都是事实。他当时气坏了,对着女儿大发雷霆,过后马上就意识到女儿是为他好,他不该对女儿生气,他应该向女儿心平气和谈一谈他目前的处境,和她探讨一下下一步该怎么办。可女儿却坚持要走,这使祁文瑞不快且伤心,想说的话没来得及说出,憋在心里,却从女儿的言谈神情上又发现了新情况。

女儿说她要到黄河边的几个县去采访,而且是采访个体户。虽然女儿不说哪个县,不说采访哪个个体户,祁文瑞却立即联想到临河,联想到亢一公。他想起省报和地区报上那些有关亢一公修路的报道,又将黄河边那几个县有点名气的个体户过滤了一遍,更加证实了自己的猜想。是的,她一定是去采访亢一公的,要不,她为什么不说去哪里,去采访谁呢?如果是别人,她一定要说的,她起码也要问一问我这当地委书记的爸爸呀!这只会对她有好处,她为什么吞吞吐吐,连去哪个县也不说呢?

祁文瑞心里雪亮了,但愿她见不到他。

祁文瑞真不敢想象这对旧情人见了面会发生什么情况,珍珍可是什么事也能干出来。亢一公就不会报复她吗?脑子里一出现亢一公的讯号,祁文瑞马上联想到几年前出现的那桩恐吓疑案,这案一天不破,就一天是祁文瑞一块心病。正是这件案子断送了女儿的家庭幸福,使她至今仍一个人孤零零生活。

祁月珍离婚的真实原因祁文瑞一年后才从别人口中得知。这情况使他十震怒,将地区公安处长和市公安局长叫到办公室狠狠训斥了一顿,令他们限期破案,不抓到写恐吓信的人誓不罢休。这时,祁月珍已经收到亢一公汇给她的钱。一次回家,听父亲说起又在抓紧侦破恐吓信之案,为她报仇的情况后,祁月珍玉容失色,慌忙对父亲说,人家已经把钱退还她,让他不要再追查这件事。她向祁文瑞详细讲了事情经过,说离婚与此事无关,他们夫妻不和已久,一直瞒着父母,怕父母伤心。离婚只不过是平时矛盾的总暴发,没这次事他们迟早也得离,哀恳父亲千万不要再大动干戈追查这件事。为了说服父亲,她专门回省城取来她还债后剩余下钱的存款折。存款折上的日期与祁月珍所说退款时间相符,而且钱数不少。祁文瑞分析了女儿的经济状况,相信退款是真,可这一情况马上又在他那阶级斗争的脑袋里引出了新的疑问。

祁文瑞一段时期曾认为恐吓信是他政治上的反对派所为,排除了对亢一公的怀疑,这才放松了追查。当得知女儿被骗了一万八,弄得夫离子散后,他一怒之下才又不顾一切重新追查起来。现在诈骗者居然将诈骗去的钱退了回来,这简直令人匪夷所思。他在周密的分析后得出结论:这只有一种可能,作案者是个单个的人,而非一个集团。如果是一个集团,诈骗到手分到每个人手中的钱绝不会在一年后还能收拢回来退给本人,如果是他政治上的对手,就更不会干这种蠢事。那么这个人是谁呢?很自然地,祁文瑞想到了亢一公。他试探着问女儿,他已经从女儿神情上发现了不少蛛丝马迹,他知道如果他猜得不错,女儿是掩饰不住的。果然,祁月珍一听就火了，生气地说："爸爸，你还问这些干什么？我怎么知道是谁把钱退给我的呢？你想人家会那样傻，把名字告诉我，让你抓吗？爸爸，事情已经过过去好几年，恐吓信早不写了，现在钱也退了，你还不罢手吗？我弄到这样惨，为了什么？你要真疼你女儿，关心你女儿，我请你以后再不要想这件事了。行吗？"祁月珍说着涕泗横流，呜咽不止。祁文瑞被女儿的哭弄得手足无措，想到女儿一个人的孤独凄凉，他的鼻子也发了酸，亢一公也够惨了，他已经家破人亡，至今孤身一人，在社会上抬不起头来，他还能有什么作为？如果这件事真是他干的，那也情有所原，自己整得他也够了。他既已将钱退还，不来骚扰他，那就罢了。他答应女儿以后再不提这件事。

一段时期，祁文瑞确实丢开了这件事。

然而，不久他就听说亢一公已经再度出山，发了横财，又养汽车，又开煤窑，又修公路，给县中学一笔款就捐了十万，开着辆吉普车到处招摇。报纸上有他的报道，电视上也出现了他的镜头，省里一家杂志上还登了他个人奋斗的中篇报告文学。这小子老毛病又犯了，他是不跳进黄河心不死。看完别人给他送来的那篇写亢一公的《梅寒苦香》，祁文瑞不断冷笑，心想：哼！刚放你一马，你就又不知天高地厚了，居然太岁头上动起土，影射诅咒起老子来！孙猴子想跳出如来佛的掌心，我看你还能扑腾几下。这样想时，一些事情便跳跃着串成一条线：恐吓信——小字报——传单——匿名告状信——《梅寒苦香》——亢一公。

祁文瑞立即派人去调查：这小子是怎么发财的？一个监狱里出来的囚犯，一个野狐峪的穷山民，他从哪里来的本钱？没有本钱怎么能发财？他又干了些什么违法乱纪的事？和些什么人常有来往？有没有犯罪行为？调查的结果却让他丧气，抓不住任何把柄，找不出丝毫破绽。不可能没有破绽，都是吴贺在作梗，他不是在报告文学中说吴贺是他的恩人，让他获得了新生吗？他不是说吴贺处处关心他、培养他吗？他不是肉麻地吹捧吴贺，处处听吴贺的话吗？吴贺让他包小流域，他便包小流域；让他修公路，他便修公路；又是捐助学校，又是修桥扶贫。吴贺是他的保护伞，有吴贺在当然不好调查。

政策正在扶持个体户，找不到亢一公一点违法违纪之事，形势又不是往日的形势，祁文瑞奈何不了亢一公，决定先从吴贺下手，先拿掉他的保护伞，亢一公就好对付了。这时，省里因吴贺在临河小流域治理中做出成绩，临河各项工作又都走在前面，下来考察吴贺，准备提拔重用。祁文瑞借这股东风，考察组一走，他便让人从临河换回吴贺，先免了他，让他等待提拔。在临河那面则大面积易旗换将，安插亲信。过了段时间，他借整顿小煤窑之机，指示地、县两级煤管局将亢一公的小煤窑作为重点整顿对象，有一项不达国家要求，立即封窑停产。

不久就有好戏看了，祁文瑞已听说了亢一公修路陷入窘境，弄得进退维谷、四面楚歌的情况。女儿这次如果是要采访他，会发生什么情况呢？祁文瑞思索着他应该给女儿点忠告和暗示。

女儿匆匆吃了点饭就要走，说怕误了一点五十的班车。祁文瑞说："误了班车有小车，省报记者哪个来了不是地委派车送，能显出你特殊？"祁月珍笑着说："爸爸，不是这个意思，当记者的坐公共汽车能顺便采访到不少真实情况……"猛然想起饭前和父亲的谈话，发觉走了嘴，歉意地笑笑。祁文瑞鼻子里哼了一声，以尽量随便的口吻说："是啊！骂你爸爸的话不少呢，你好好采访……"看到女儿红了脸，想分辩，忙摆摆手："珍珍，爸爸和你开玩笑，我知道你是为爸爸好，既不让送你到地头，就让司机送你到车站吧！"说着便去打电话。祁月珍慌忙阻止，看到父亲不悦的脸色，忙微笑着解释："爸爸，司机很辛苦，大热天，吃过饭也得休息休息，就不用叫了，又不远，几步路就到，我还想看看街景呢。刚吃过饭，散散步也好。"祁文瑞知道女儿的脾气，没再勉强，心里那股不快又升了上来。吃饭时，他试探着问女儿是不是专门到临河？女儿立即把他挡了回来，说她没有专门目标。问她知道不知道亢一公的情况？一听"亢一公"三个字，女儿脸上立该变色，放下筷子，饭也不吃了，托故到卫生间哗哗哗洗了顿手脸，出来便问起她妈妈的情况来。祁文瑞想好的话始终没来得及说出口。

女儿走后，祁文瑞心绪烦乱，几次想打电话让司机把女儿追回来，手放到电话机上，沉吟半晌，还是没有打。就感到中午吃的饭全堵在胸口，又扎又酸憋得难受。小保姆过来倒下杯热茶,他滚烫滚烫喝了几口,才略感舒服了些。

祁文瑞仰靠沙发靠背闭目养神,屋子里静得只听到落地钟喳喳喳的秒针走声,心中猛然掠过一个念头,女儿莫不是和亢一公旧情未了,藕断丝连吧?要不,为什么她对提到临河、提到亢一公那样讳莫如深呢?如果真是那样,他俩人碰到一起,孤男寡女,事情可就复杂化了。他立即拿起电话,拨通临河,听着听着,他的脸上现出笑容。

七

祁月珍与亢一公失之交臂,就在她伏在火车窗口欣赏着秋日原野壮阔景色心里涌动着诗情画意的那时,亢一公也正乘着长途汽车向玉城进发。展现在祁月珍面前的是盆地平川上的秋日景色,亢一公所看到的却是高高低低的山头和沟壑,高原山区的秋野自有它粗犷雄健之美,亢一公胸中却无论如何感受不到一点诗情画意。他根本就无心去欣赏那景色。破产欠债的事弄得他焦头烂额,心力交瘁。在嘈杂的长途汽车上,他背靠座椅,鸭舌帽拉下来遮到眉毛部分,戴着一副墨镜,闭起双眼,昏昏欲睡。身上的衣服肮脏不堪,活像电影里被追捕的逃犯。

他已经东跑西颠流浪半月有余了。这半月多时间他跑了三省十余县,凡有点关系的地方都跑到了,向朋友借钱,找联营伙伴,催讨欠账,笑脸赔了多少,好话说了千万,欠账没讨到多少,联营伙伴一个也没找到,朋友们一听他欠了十几万的债,见面时的笑脸一下子变得很难看,有的本准备借给他一千两千,到头来却不是跑出个老婆来阻拦,就是本人坐了蜡。杯水车薪解决不了根本问题,亢一公索性装一副大度样子,连人家拿出的几百元也谢绝了。三千两千的钱他身上还有,几年间过手了几百万元,手头还能没点救急钱。如今的亢一公已非昔日"吴下阿蒙",他见过了"大",也要过了"大"。第一次流浪时,十几元钱就可救他的命,现在他一欠就是十几万,别人欠他的也有五六万。还那十几万固然重要,固然着急,但他此次出来的目标绝不是十几万,他要的是几十万、几百万,他要的是重新恢复他的煤窑生产,只要煤窑一出煤,区区十几万算什么。

亢一公总结自己的失败教训,他感到自己所以翻船翻在他对钱的使用上,他太不把钱当钱,有钱不会用在刀刃上。这一点是他这半月多流浪的最大收获。

陕西有一家煤炭用户欠了他两万多块钱煤款,他去要了几次,每次那单位的猴脸局长都热情接待他,好酒好肉招待,和他朋友相称,可一说到要钱,猴脸局长都说这次实在对不起,钱不凑手,下次来保证给。这次出来,他第一个又找到他,猴脸局长依然是暂时没钱,过些天保证给。亢一公发了火,酒席上很寒碜了那猴脸局长一顿,愤然离去。到内蒙古后,他和一个企业家朋友说起这件事来,那朋友对他说:"这事不能光怪人家,得怪你自己,这种钱说好要也好要,说不好要也不好要。他要给你,哪一次也能给了你;他要不给你,你再去十次也不给你。"亢一公说:"莫非他欠了我钱,我还得向他行贿?"朋友笑着说:"不是行贿,是回扣。你搞了这么多年企业怎么连这个理还翻不过来,和公家单位的人打交道,没有这个你寸步难行,有了这个一路顺风。他买你的煤你不要怕明码上的价高,关键是暗地里的钱要使够,他买你的煤,花的是公家钱,他自己又损失不了什么,你价高,他会向人说,一文价钱一文货,人家煤质高,价钱就高。你回扣是给了他个人,他装了自己腰包,你给他一千是一千,给他一万是一万,你给的他多了,他也得考虑照顾你。你不给人家回扣,人家就不买你的货,向有回扣的去买,那些当官的吃香喝辣,起房盖屋,钱从哪里来?光他那几个可怜的工资够吗?所以为什么当官的要扶持个体户,都愿意和个体户打交道、交朋友?就拿你说的这个局长来说,为什么每次你去要钱他都好酒好肉招待你,和你称兄道弟?为什么每次他都说下次来了保证给,而下次去了又不给你呢?他在等,在等你醒悟,等你给他好处。我敢说,如果你不给他好处,你这钱永远也要不出来,过几年他一离开这个单位,再换个头,你向谁要去?那时你就得花更多的好处,如果不信,你可以试试。你这次回去,不要到他单位去找他,直接到他家里去找,告他说,你破了产,实在没办法,如果他能把这两万多给你,你给他百分之二十回扣。如果他怕你钱到手不给他,我借给你四千,你先把四千给了他,看他给不给你……"

这个理,亢一公是没翻过来,他听人们这样说过,但他总不信当官的个个都这样,敢要那样多的钱。以前,他求人办事,大多是事后感谢人家,送几瓶酒、几条烟或一些土特产。如果人家提出来要钱,他也给(至今还没人公开面对面向他提出过要钱、要回扣),但数量都不大,而且都讲得要还。现在自己到了这种地步,他决心去试一试,虽然他对企业家朋友的话将信将疑。

他从那企业家朋友手里拿了四千元钱。朋友交他钱时一再向他说,这是公款,让他要出钱来就还,不然,自己可担着挪用公款的责任。亢一公点头答应,说不管要出来要不出来,这四千元十天之内保证还他。

返回陕西后,他买了点烟酒打听到猴脸局长的家,趁傍晚下班后的时间去私下拜访。局长热情将他迎进家去,忙吩咐妻子烫酒炒菜,说:今天不出去就在家里吃。眼睛不住向他那沉甸甸的黄挎包瞅。亢一公打好主意等他开口,猴脸局长却不着急,问他去了些什么地方,要钱的事办得怎样?找到联营伙伴没有,然后就介绍自己的家里人,说家里人口多,工资有限,穷家难养哪!亢一公心想,果然来了,便借着酒劲说,他交了他这个朋友很高兴,自己虽然破了产,但仍愿意帮助他,说他这次去内蒙古要回几千块钱,如果他有用钱处,先给他留点,反正这几千块钱也解决不了他的问题。说着便掏出两千来放到茶几上(他想先给他两千试试),说如果他这里的钱能给了,他再给他一千。猴脸局长装着喝多了酒,说死说活不要他的钱,拿起来往他包里塞。恰在这时,门铃响了,猴脸局长立时变了脸色,慌忙吩咐他老婆,快把钱放起,老亢走时再给老亢。老婆抓起钱从容不迫放进衣柜,然后去开门,猴脸局长红着脸,大声劝亢一公喝酒,喝酒。

局长送出亢一公来,对他说:你今晚住下,我明天上班后就是借也让财务给你把钱借回来,太不像话了,这么长时间了,老让你跑。

第二天上班后,猴脸局长说:老亢,你先等等,我让他们给你找钱去了,大概你上午走不成了,这样吧,中午你请顿客,买两条烟,我给你把财务科科长、副科长、会计、出纳都叫上,喝酒中间我给他们说说还你煤款的事。

中午,亢一公请了顿客,局长叫来管财务的副局长以及财务科一干人。酒席间向大家介绍了亢一公破产还债,和他修路的事迹,说:这钱不能再拖了,上次老亢来时答应过这次一定还,说了话得算话。副局长、财务科长、会计等又都诉了顿苦,说没钱,不过既然局长已答应,那就只好挪兑一下,先还亢经理了。饭后,亢一公将一条红塔山、两条万宝路交给财务科长,让他给大家分发,财务科长将红塔山给了局长,说你不抽硬烟,吸这吧。然后拆开了万宝路,平均分配,每人装了四盒。

下午上班后,亢一公便拿到三千元现金和两万元自带信汇汇票。算账后,亢一公去向猴脸局长告别,乘办公室没人,将一千元装在信封中从办公桌对面推过去,局长拉开抽屉将那信封放进去,上了锁,对亢一公说:

"亢经理,咱老朋友了,祝愿你的煤窑早日恢复生产,今年冬天的锅炉用煤咱说定了,还是你送,已经有好几家来找过我,我都顶住了,有什么需要帮助的,你尽管开口。"

亢一公站起来正要走,想起那企业家朋友说的煤价问题,顺口问了一句:

"煤价多少呢?你现在先给我个数,我看能不能送。"

"好说,好说,这个再商量,不会让你吃了亏的,你放心吧!"

虽没得到确信,但亢一公从局长神色上可以看出,煤价是没问题会加的。

经了这次事,亢一公才算把这个世界真正看透了。他想不到人竟会这样,为了几个钱什么事也能干,什么事也能干出来。他既惊且惧,又对那猴脸局长充满了厌恶,匆匆离开陕西,连头也不敢回。那天晚上,他做了场噩梦,梦到自己又一次被逮捕,猴脸局长指控他对自己行贿,腐蚀干部,拉干部下水。当明晃晃的铐子又一次铐上手腕时,亢一公惊醒了,身上一片冷汗。醒后,他再也不能入睡,奇怪的是,这一次他非但没有反省自己的行为,倒考虑起如何拿这两万多元去做诱饵,去进行他下一步的活动,好挽救自己走出困境。

悄悄潜回临河,他先到自己煤窑开户银行的行长家里,照例带了烟酒,向行长提出贷款要求,直截了当说:"你只要能给我贷出二十万来,钱一到位,我马上给你两万。"行长惊疑地看着他,仿佛看一个天外来客,半晌才严肃地说:"老亢,你怎么也学会了这一套? 你不怕咱们俩一起坐牢吗?"亢一公嬉笑着说:"没那么严重吧? 天知地知你知我知,我亢一公坐过八年牢的人,出卖朋友的事从没做过,你放心好了。我这不是学来的,我是被逼出来的,我水深火热,不还了债,在临河就不能安生。三座煤窑放在那里不能改造,光这半月多损失多少钱,还在乎给你这一万两万。"行长摇摇头说:"我倒不怕钱扎手,我也想贷给你,可你还得从规矩上来:第一,找担保,没担保,不能贷给你;第二,五万以上必须主管副县长批。你这两个条件都具备了,我不要你的钱我也贷给你。我银行做的就是这业务,贷给谁也一样,况且你的情况我也了解,你是为修路负了债,做好事负了债,我要是前几年,没这些规矩,我一百万也敢贷给你。"亢一公临走,拿出两千元钱来给行长,行长变了脸,硬把钱塞给他,说:"你不要这样,你现在正处于困难时期,我不缺你这些钱,等你以后顺利了,我没钱时再向你借。"

晚上,亢一公在朋友家碰上从省城回来找他的陈强,光剩他俩人时,亢一公说起这两件事,陈强说:

"怎么样,你现在明白了吧,我和你说过多少次,说你不花小钱挣不上大钱,不安顿住四邻你寸步难行。你不听我的话,你以为人都像你那样守规矩,都像你那样不把钱当钱,今天这里捐赠一万,明天那里资助十万,你要早把这些钱花到正经处,会走到今天这地步吗? 你看你做的些什么事,给学校盖楼一捐就是十万,还包人家全年烧炭,这倒也罢了。做好事留名扬后世,不为利还为个名。你听上吴书记,治理大东沟,又抛进去了十几万,你治了那沟,你能得上益? 政策一变,你儿子、孙子也得不上益。那沟治理好了,树成材了,保护森林资源,你敢砍上卖树吗? 你放的煤窑不改造,不达标,又去义务修路,县政府、乡政府还不敢干的事,你倒干起来了,好吧,你日能,你干吧。乡政府书记、乡长们个人要点钱,你不给,连顿饭也不请,就想让人家给你解决问题,谁给你解决。闹起事来,都站在旁边看热闹,煤管局检查煤窑,我说你给检查的一人塞上一千块钱,你不给。人家封了你的窑,你死水一潭了,这下好了,躲的连家也不敢回,连县里也不敢

282

在。不是我说你，你这人就是太死心眼，坐了八年牢还不接受教训，你说你干了些什么事……"

"你说够了没有？"亢一公被陈强戳到了伤疤处，生气地打断陈强的话，满脸胀紫："我愿意干那些事，怎么了？我的钱还不由我花，我挣钱为甚？我要那样多钱干甚？我就是为了让人们知道我亢一公是个什么人，我就是为了给家乡办些好事，我就是抱着'有毒的不吃，犯法的不做'这个主意，你说我哪点做错了？"

"好好好，你没错，你完全正确，你是个活佛爷、大菩萨，就看人们买不买你的账吧。"

陈强气呼呼地不说了。

两人沉默一阵后，亢一公感到自己有点过火，叹口气，和缓地说：

"咱们不争这些，咱们先说眼前的，我在行长那里碰了钉子，咱是不是再找其他银行去试试？"

"碰钉子？"陈强鼻子里哼了一声："你根本就没有碰钉子，人家不是明明白白告诉你，五万以下他可以做主吗？你就先贷五万，把那些最难缠的主儿打发了再说。他不是不要你的钱，是你给钱的方法不对，这种事得因人而异，他一个银行行长，成天和票子打交道，你给他钱，他当然忌讳，你得想其他办法，投其所好，这事你交给我吧，我给你打听。"

接下来，两人又商量了些具体事儿，认为首要的有两点，一是得赶快找资金进行煤窑改造，这大约得投资二十多万，先改造一个也得六七万。如果有了六七万，先改造一个，只要煤窑一出煤，要债的就不会撵得这样紧。第二，得跑跑地区公路局，找找记者。找公路局取得公路局支持，看能不能由他们出面担保贷些款；找记者向社会呼吁一下，促一促县里的头头们。

两人商量好后，便开始分头行动，由陈强去银行取那笔两万多元的款，取出后还债，顺便打听如何向行长行贿贷款，亢一公则一早就乘长途车到玉城。

晚上，亢一公又做被逮捕坐牢的噩梦，从牢中逃出来，跑到一条河边，后边追赶的人追了上来，他却一脚陷进河边的淤泥，使劲挣扎，越挣扎陷得越深,淤泥漫上胸脯,漫上脖子,憋得他喘不上气来,猛然间醒了过来,又是一身冷汗。

"这种事做不得,别人可以这样做,我不能这样做。"坐在汽车上,他的脑袋里一直在打架,一个声音说"做不得",另一个声音马上反驳:"怎么做不得? 你和别人有什么不同? 现在淤泥已经上了你胸脯了,你这是为了救自己。你不这样做,你马上就没救了,你的老母亲怎么办? 你的侄儿侄女儿子怎么办? 做吧,没事,他们得了你的钱,只要你不说,谁能知道?""会暴露的,世上没有不透风的墙。人不知,天也会知道的,你空夹子打死四只狐狸,那就是天在警告你,亢一公啊亢一公,一个人做点好事并不难,难的是一辈子做好事,不做坏事。不做坏事,这才是最难最难的啊!""不做坏事,不做坏事,你马上就完蛋,况且这又不是你要做,是他们逼你做,你能拯救了整个社会吗? 你不做别人就不做了吗? 生存就是一种竞争,弱肉强食,你是弱者,你就要被吃掉,做吧。祁文瑞做了那样多坏事,官倒越做越大。吴贺做好事,老百姓都拥护,可他被免了职,还有人告他呢。你说这世上的理在哪里?""理,还是有的,世上还是好人多,不管别人怎样,你亢一公做人就要做得堂堂正正,对得起自己的良心,你要也那样做,你不就和祁文瑞一样了吗?""哼! 祁文瑞,祁文瑞靠害人活,他一肚子坏水,你这又不是有意害人。他愿意要,你愿意给,周瑜打黄盖,打的愿打,挨的愿挨,这怎么能和祁文瑞比呢?"……

想着祁文瑞,忽然就听到一个女子的说话声音,像极了祁月珍。亢一公猛然睁开眼,坐直身子,找那声音,只见车门口站着两个青年姑娘,说话的是个高挑个子,侧对着亢一公,扎一条马尾辫,穿一件绿上衣,乍看倒真有些像祁月珍。亢一公不由盯了她看,那姑娘似乎发现了墨镜后的目光,扭回头狠狠盯了他一眼。亢一公脸上一热,心中随即一动:莫非我还想着她? 爱着她? 倒真想见她一面,不知她离婚后是怎么生活的?

亢一公哪里想到,祁月珍此刻正坐在火车上,准备到临河去采访他,也正在那里想着他。

亢一公所乘的下行车下午两点到玉城,祁月珍所乘到临河的上行车一点五十从秀城出发,两车在秀城城边相错而过,那时亢一公如果扒在窗玻璃上一定会看到祁月珍,因为祁月珍看到对面这辆临河车时,正扒在窗玻璃上朝这面看。

亢一公乘着第二天一点五十分那趟长途车赶回临河。晚上,他请公路局有关人员吃饭,一顿饭花了八百多,吃过饭,给每个人拿了一条红塔山,又花去了六百多。第二天到公路局,他们让他先回去,说要派人去考察,答应考察后帮助他解决部分资金问题。

魔鬼胜利了,如果不是两天后祁月珍在临河想方设法找到他,亢一公今后的历史恐怕就会是另一种样子。

天使也还存在着。

八

从进入宾馆大门的那一刻起,亢一公就有种奇怪的感觉,今天将有什么异乎寻常的事要发生?他疑虑重重,脚步放得很慢,直到他就要踏上宾馆台阶时,他还在犹豫着该不该去赴这个约会?

在他就要踏上宾馆大楼的台阶时,他耳边清清楚楚响起一声沉重的叹息。他心中一惊,回首四顾,宾馆的玻璃自动门紧紧闭着,面前的门庭与身后的院里空空落落不见一个人影。

"罪孽呀,报应。"

这一声分明来自上面。猛抬头,只见宾馆大楼那仿古建筑屋檐头上,一只白毛老狐正瞪着绿莹莹的眼珠定定地看着他。

夕阳衔山,橙红的阳光将琉璃瓦照得一片辉煌,这辉煌拥着那白毛老狐雪白的皮毛,便有一圈圈光环现在白毛老狐身上。

他眨眨眼睛,白毛老狐忽然消失了踪影,衔山的太阳打个滚也钻进黄河彼岸那黑苍苍的群山后面去了。

他仰望屋檐,心中发出一声同样沉重的叹息:

"奶奶,你莫怪我,事已至些,我没了办法。只有死马当活马医了,或许她真会让我绝处逢生呢。"

晚上便发生了那件事。

这倒不能怪他,她约他来是让他谈修路负债的事的。他还没将他要谈的话说完,她倒急急忙忙叙起旧来。

她说:"感谢你那一万八千元救了我的命,不是你及时汇给我那一万八千元,我真不知该怎么活,真不知道会落到什么地步呢。你为何至今不结婚?你就成不起个家吗?你该成家了,你已快四十了,是快四十了吧?三十八,三十八也就四十了。人活着真难,我是尝够这滋味了。我们这一代人活得太辛苦,太累。"大跃进""文化大革命"、改革开放、拜金主义经济浪潮全让我们赶上了。看现在的年轻人多会生活,活得多潇洒,他们没有我们这一代人身上那些传统的重负,他们想吃就吃,想喝就喝,想玩就玩,想爱就爱,想离婚就离婚,根本不把男女之间的事当回事儿,玩过了就拜拜,我们不行。我们就是再解放也赶不上他们,我有时倒也真想解放解放,潇洒潇洒,可是……"

她说她一个人晚上睡不着的时候常常想起过去,想起那无忧无虑的中学生活。

"一公,我是常常想起你,不知道你想没想过我?不管我们之间有什么恩恩怨怨,我们毕竟是有过那么一段。那时我可是真心真意爱你,全心全意爱你。为了你,我和我父亲多少次翻脸,多少次争吵。一公,我们都是半辈子的人了,说什么也无所谓了,你那时实在太君子气,你若不是那样瞻前顾后,畏首畏尾,我们的历史怕就会得重写……

"一公,我今天可是没遮没拦,信口开河,好在我们都是过来人,你也不会说我什么,那时我对你那种态度可是又气又恨。"说到这里,她脸上涌起红潮,眼光灼灼,含着幽怨,叹了口气:"多少年来,我一直在寻找机会,我要向你倾吐,我要你知道我的心,可你就从来没有主动过……

"我知道,我现在,我,那时……"

亢一公吭吭哧哧,语不成声,他感到局促烦闷,身上发冷发热。

亢一公走进祁月珍房间时,祁月珍刚刚洗浴罢。湿漉漉的头发乌油油披在肩上,穿一件露出一大片胸脯的白色内衣,面孔红润光洁。热水泡胀了她的面皮,使她年轻了许多。刚出浴女子最容易惹男人想入非非,亢一公的眼光一直避开她,不敢落到她身上,心却一直也不曾老实过。当祁月珍讲着后面那些话时,他的眼光像被瓷铁吸着的铁屑,蛇芯一样在她身上一伸一缩,他忽然想起一个听来的笑话,他真想把那笑话讲给她听。

笑话说:一个当公公的,一心想扒儿媳妇的灰。一天,当家中只剩儿媳妇时,公公从街上回到家里,顺手关上街门。随后咳嗽一声走进儿媳妇的家,对儿媳妇说:"你说气人不气人,街上那些乱嚼舌头的人,一见我就说我和你怎么怎么了。要是我和你真的怎么怎么了,那也罢了。可是我和你怎么也没怎么,他们就造谣说咱们怎么怎么了。哎,真是气死我了。"儿媳妇见公公气急败坏的样子便安慰公公说:"不用怕他们乱说,咱们身正不怕影子斜,咱怎么也没怎么,他们还能说得咱怎么了?"公公就说:"话是这么个理儿,可谁相信呢?反正咱们不怎么怎么,他们也要说咱们怎么怎么。咱们怎么怎么了,他们大不了还说咱们怎么怎么。我看咱们就怎么怎么,话可不能让他们白说了,咱们空担这个名……"

想着这个笑话,亢一公的心咚咚跳着,被一个念头苦苦缠绕着,她嫌我不主动,她让我主动,我要主动,不能让他们白说了,空担个名。我要主动我应该主动……就觉喉咙里干涩难受,浑身火烧火燎,坐不安稳。为了镇定自己,压下心中这些胡乱念头,他颤抖着手弯腰去提茶几下的暖水瓶,想倒杯水润润喉咙。

这时祁月珍剥了一个橘子送过来,衣裙闪动,将一股成熟女人刚刚浴罢的那股体香送进他的鼻腔。他脑袋发涨,乱了方寸,心中一股劲说:该主动,不能再君子。要主动……接橘子时,便一把抓住那只送过来的纤纤玉手,冲动地说:

"月珍,你知道我为什么不结婚吗?我为你,我等着你,为了你,我不能结婚。我知道我们永远不可能结合,但我爱你,我爱你,我就不能和别的女人结婚。因为你是我唯一的爱……"

祁月珍显然没料到他会这样,神情有些慌乱,但或许是她自己那番话,或许是亢一公这番话让她动了情,她没有闪避,任他拉着自己的手说着那些情话,心里很舒服,很满足。亢一公见她并不抗拒,得寸进尺,俯下头将那手贴在唇上,长久地吻着。祁月珍慢慢感到不对劲,要抽回自己的手时,他却就势站了起来,猛然一把将祁月珍抱在怀里,不容分说便去吻她的唇。她这时大约着了慌,头扭动着,手撑拒着,想推开他。亢一公和他的嘴却更加固执,她终于让他捕捉到了她的唇,他紧紧吻着她的嘴唇,仍在得寸进尺,当她感到他那坚决顽强的舌头顶开她的牙齿进入她口腔时,她全身一阵震颤,舌头不由也动起来。他感到她身子柔如面团时,他弯下腰将她抱起放到了床上。她失去了反抗能力,也不想再反抗下去,口里兀自喃喃道:"一公,不,不,一公,不要这样。""我们也解放解放,潇洒潇洒,二十年了,月珍,二十年……"他喘吁吁地说。于是她的衣服敞开了。后来他一直没弄清那衣服是他解开的还是她自己解开的。最初,当他进入她身体时,她微微皱了皱眉头,身子一动不动,眼睛亮亮地看着他,他被她看得不安、羞愧,心里便有了一种罪恶感。他不敢直视她的眼睛。

那罪恶感忽然使他愤怒,使他冲动,他感到他在强奸她,一股对祁文瑞报复的快意鼓励了他的伟岸,他野兽一样,猛烈抽动起来。

祁月珍是个生活严谨的女人,和丈夫的性生活一直都是在和风细雨中度过,哪曾遭受过如此猛烈的冲击。在亢一公越来越强的攻势下,她感到自己多年来筑起的那道女人羞耻感的堤防全线崩溃,一股强烈的快感,电流一样使她全身酥软,精神亢奋。她不由自主闭上眼睛,头扭动着,脸抽搐着,口里快活得哼哼唧唧。她呢喃地说:"一公,我爱你,一公,我是多么爱你……"

当那一阵山呼海啸般的浪潮过去后,亢一公想离开,她却紧紧抱住了他,嘴里说:"一公,二十年了,我们这还是第一次。"在她温柔的怀抱里,亢一公好一阵脑际一片空白。而后,那股罪恶感又重新回到身上,这一次,他没有了愤怒,没有了冲动,他感到羞愧,他深深地憎恶自己,他感到自己是个伪君子。他亵渎了祁月珍对他的爱,他对不起她。

过去的恩恩怨怨在这片刻销魂中化作了云烟,亢一公感到自己不再仇恨祁文瑞。在祁月珍的莺莺爱语缠绵中,他忽然有个强烈的愿望,他说:"月珍,我对不起你,我一定要查清是谁在写恐吓信,我不能让他们再这样干。"

祁月珍猛然推开他,坐起来,吃惊地瞪着眼说:"你说什么?恐吓信与你无关?"亢一公点点头慌乱地穿起衣服说:"我什么时候说过与我有关了?那时,我在野狐峪门也不出,哪里知道什么恐吓信。""那你为什么要给我那一万八呢?""因为我那时正好有钱,一万八闹得离婚,闹得夫离子散,我听说后心里难受得要死,怎么能无动于衷呢?我知道你是因为怀疑恐吓信是我写的,才去筹那笔钱的,你怕你父亲知道是我以后会对我不利,所以才给我钱要我罢手。你这样为我着想,在你遇难时,我怎能袖手不管呢?吴书记和我谈你的情况时,我刚收到三万票子,我就寄了一万八给你,我想,你要怀疑就怀疑我吧,我要想到这办法,我也会用的。那人替我办了这事,为我报了仇,出了气,我就当这一万八感谢了那写恐吓信的人了。"

祁月珍沮丧地垂下了头,她心里打翻了五味瓶,一时惶惶然理不出头绪。垂下头时,她看到自己赤裸的下身,慌忙揪过毛巾被将自己裹了起来。

当她在绝望中收到那张署名亢一公的汇票时,她曾是怎样得兴奋呀。亢一公既然汇钱给她,那么恐吓信必是亢一公所写,只要是他所写,有她插手,他以后就不会再干,小侄儿的安全也就有了保障。她付出了代价,总算达到了预期的目的。恐吓信既是亢一公所写,父亲的政敌那方面就不必担心了,她也就不必因为父亲感到内疚。从亢一公方面来说,他既然将钱汇给她,说明他对一切了如指掌,他报复得也可以了。她对亢一公也就再不必内疚,大家半斤八两扯个平,都可以安安生生过日子了。以后,她父亲果然再没有收到恐吓信,这使她更加确信恐吓信是亢一公所写,她没有对任何人讲这件事。她将这秘密深藏心底,她感到她对得起亢一公。有了这种心情,她愉愉快快生活到今天;有了这种心情,她坦坦荡荡接待亢一公。她写那封短简邀亢一公来,一方面出于过去的同学之情和初恋之情,更多的方面却是出于一个记者的职业责任感。即使一个素不相识的人,像亢一公这样个人出资三十多万修公路,为修公路而负债破产,她也会这样做的。当然,她决心帮助他,也有着替父亲赎衍的因素。有了这样的心情,她才在同等的地位上向亢一公叙旧情,倾吐二十年来没有来得及倾吐的情愫,她才在亢一公的猝然进攻下半推半就丢失了阵地。她自尊心极强又自视甚高,她没有断然拒绝,更多的倒是出于对亢一公的怜悯,出于初恋时他没有占有她的一种补偿。此时,事情性质忽然发生了变化,她父亲的债既未清偿,她又欠了他一万八千元的债。他是她的债主,而他强暴了她。此时,她认为她受到了强暴,而她不但不抗拒他,还在他强暴她时露出那样的丑态。想至此,她羞愤交集,浑身的火奔腾冲突,既不能化作轻烟飘散,又不能觅条地缝钻下,而亢一公还傻乎乎地站在地下发愣(眼光贪婪地不离她的身体),不给她独自藏躲自己的空间。

那火终于爆发了,她霍地掀开毛巾被,拉下裙子,站到亢一公面前,咬牙切齿说:"亢一公,我欠你一万八千元,你今天是来讨债来了,你这流氓。"扬起手啪啪两个耳光,忽然泪流满面冲进了浴室。

浴室的水和那哗哗哗的泪流终于将她那腾飞的烈焰浇灭了。等她头脑冷静下来,感到后悔,而呼叫亢一公时,屋内毫无声息。她急促地擦干身子,整理好头发走出浴室时,亢一公已然走了多时。茶几上一张白纸上几个手指写的血字:

我对不起你,但我不是流氓。

面对那张血淋淋的纸,祁月珍怔了片刻,猛然拉开门追了出去。

夜阑已深,街灯昏暗,小风飒飒吹着,哪里还有亢一公的影子。

离开祁月珍房间后,亢一公没有回大头李那里,他昏头昏脑盲目地沿着黄河岸上的公路一直走。他感到胸内燃烧着一团熊熊的烈火,那烈火将他的脑子里烧成一片空白。耳听着黄河翻滚的涛声,他几次想涌身跳将进去。他已不知自己走出多少路程,也不知自己要走到什么地方去,他就那样耳听着黄河的涛声一直盲目地走着。

深夜的公路上车辆很少,亢一公便随意在公路中间走,他心中不时闪过这样的念头,倘若来了车,不知不觉间索性被压死也就算了,那样也就不会有这无尽的烦恼了。这样想着时,他已转过十里铺的山嘴了,忽然迎面射来两束强烈的灯光,他没有迎上去找死,却本能地躲向路边。正眯着眼放慢脚步等那车过去,那车却在他身边停下了。这是一辆伏尔加出租车,车门开处,有人叫着他的名字钻出车来。

下来的是冯守义的弟弟冯守礼,他站在亢一公对面惊异地问道:"亢二,你这是到哪里去? 怎么半夜三更在这里瞎逛?"亢一公不知该怎样回答,反问道:"你怎么这个时候还在公路上跑?"冯守礼叹了口气说:"咱弟兄在省城遇上麻烦了,我这是回来搬兵的。""什么麻烦?""一言难尽,你到什么地方去? 要有急事,我送你一下,要没急事,和我打道回城,我这事还得仰仗你助一臂之力。"说着,打开车门让亢一公进。亢一公此时头脑清醒了许多,坐进了伏尔加。

冯守义弟兄的建筑安装公司这几年闯开了牌子,打进了省城建筑市场,已经在那里盖了几幢楼房。最近,他们又揽下一处大工程,在投标竞争中挫败了七八家对手,合同也签订了,正调动机械人马准备开工时出了岔子。这单位的书记、厂长有矛盾,投标期间,厂长在国外考察,书记主持日常工作,投标选择工程队的工作由基建副厂长负责。冯家弟兄的建安队以造价低、工期短中了标。他们有他们的优势,比较国营的、集体的工程公司,他们没有离退休职工这一负担,没有计划检查等等条条框框,没有国营单位互相之间的摩擦和内耗。更主要的,他们的资金是自己的,背地里花钱没有任何痕迹,所以,好多单位愿意和农建队打交道。这次投标前,他们背地里走的是书记的门路(厂长不在,只好找书记,当然,基建副厂长拿的是大头)。冯守义头脑精明,这种事干得多了,知道没有厂长的份不行,便将孝敬厂长的一份也给了基建副厂长,让他在厂长回来后转交。原来说厂长半月以后才回来,有这段时间,整个工程的基础就可完工,那么这个工程就做稳了。

冯守义安顿好工地,将工程上的一摊交给弟弟负责,自己和基建副厂长到东北去买钢材。钢材是基建副厂长联系的,东北某轧钢厂的销售处长是他的同学,答应给他一部分平价钢材,他让冯守义带款去和他提货。讲好,钢材回来后,冯守义按当地市场价付款,平价与市场价之间的差价十二万元,冯守义给他。这事只基建副厂长和冯家弟兄知道。问题并没有出在这上面,合同上讲的是冯空弟兄包工包料,副厂长赚这钱赚的是他同学给他的人情钱,于冯家弟兄无损,于厂里也无直接利害关系。冯守义带的又是现款,买卖之间了无痕迹。问题出在冯守义和基建副厂长刚走没几天,厂长提前回来了。厂长回来了,基建副厂长不在,那份该给厂长的孝敬便没能及时送上去。在冯家弟兄的建安公司,一切外交活动都是冯守义出面,冯守礼只管指挥生产。冯守义一不在,有些事冯守礼便不知该如何处理。厂长回来的第二天,便派人叫冯守礼到他办公室去,让他去时带上他公司的全部证件。厂长在审查了他的证件后,对他说他的工程公司只能承揽一般土建工程,要建他们厂这楼房,他们的工程公司规格不够,让他立即停止施工。冯守礼分辩说已经签订了合同,厂长指着合同上面工程队要求一栏说:“你可以看,这上面的要求你符合吗?”冯守礼说:“既然不符合,那你们为什么要和我们签约?”厂长说:“有错必纠,我是厂长,我有权审查副厂长们错了的地方,也有权制止他们的错误行为。”冯守礼还要争辩,厂长说:“你不要说了,你如不停工撤出,我马上给市建设局打电话,那时,就不是做不做这个工程的问题了,恐怕你们马上就得离开省城。冯守礼知道再争辩绝无好处,只好停了工,一方面给哥哥发电报,一方面筹借了五千元现款晚上送到厂长家里去。谁知行贿不成,反被厂长骂了一顿,赶出门外。第二天下午收到冯守义电报,让他回县找省杂志社在临河下乡扶贫的甘靖,说这事只有他能帮助解决,于是连夜雇出租车赶了回来。

“甘靖?”

亢一公一听甘靖这名字,心里一动,脑际立刻出现了一个人的形象,这甘靖是不是那个甘靖呢?

“是的,是甘靖,我哥电报上说你认识这个人,让我回来最好能找上你,说如果能找上你,这事八九就办成了。你看这可不是缘分,我这事八九是能办成了。你先和我去找甘靖,我这事要能成,你那公路欠款,我给你担一份。我哥对你有意见,说你为乡里办好事,一个人悄悄干,你有力量倒也罢了，欠了债也不来找我们，这明摆着是不把咱弟兄当自己人了。"

"二叔，不是这样，我已借了你们三万，你们不问我要，这就是天大的面子，我怎么还能再连累你们？"

"连累？你这是什么话，咱们谁和谁，你当初不听咱弟兄劝告，硬要个人开这条路，这人各有志，我们也是怕你个人的力量承受不了。可你是为乡里办好事，咱们也得尽点力，那三万，我们原来就没准备问你要，算我们赞助，这事我做主了。"

亢一公心中淌过一股暖流，所谓困难见真情，在他这种状况下听到这样的话，怎能不感动。他想起当初为修路的事和冯师傅急赤白脸争吵的情景来。冯师傅那时候坚决反对他个人修路，要他一定取得政府支持，他认为冯师傅怕他问他借钱，很说了些过头话。他那时十分自信，自以为他个人完全能负担了那条路。后来，资金实在没办法了，他一时筹不到款，只好去找冯师傅，冯师傅借给他三万，又教训了他一顿。他心里很不好受，曾暗下决心，一有钱先还冯师傅，他一直以为冯师傅是越有钱越舍不得，所以还债时根本没想到去找冯师傅，也不好意思再去找。现在才知道误会了冯师傅，心下暗暗惭愧，他下决心一定说服甘靖帮冯师傅这个忙，然后见机行事，再请冯师傅借给点钱，帮他渡过难关。怀着这样的心思，因和祁月珍见面引起的烦恼渐渐卸去了原有的沉重。

他们连夜找到甘靖下乡的村子，甘靖不在，房东说他回省城很有一段时间了，他们问清了甘靖在省城的住址，只好又往省城返。

甘靖报名下乡的目的是有充足的时间写他的著作，所以并不常去县里。冯守义是怎么打听到甘靖的情况的，冯守礼和亢一公都不清楚，甘靖本人就更不知道了。

第二天上午，冯守礼买了一大堆礼品，和亢一公到甘靖家里去找他办事。找到甘靖门上时，甘靖对他们十分冷淡，挡在门口不让他们进。亢一公说："甘靖，你不认识我了？我是亢二，亢一公。"甘靖眼睛眨了眨，打量着亢一公摇摇头说："面熟，想不起来了，你们找我到底什么事？我很忙，请你们就在这里说清楚，我看看能不能帮你们。"看一眼冯守礼手中的礼物，一脸的不屑与鄙夷。亢一公脸上发烧，他看到冯守礼十分尴尬，直向他使眼色，只好硬着头皮说："老甘，你记不记得十七年前在三线公路上，那个、那个野狐峪，野狐峪那个亢二、亢二恨不动？""后来坐了牢？""是的，从你那走后，坐了八年。""你又叫亢一公？""是的，我又叫亢一公。""啊，果然是你。快请进，快请进，你该早说你是亢二。"甘靖脸上立时换了颜色，兴奋之情溢于言表，帮他们将东西提进屋，又是倒茶，又是拿烟，十分热情。

冯守礼和亢一公急于想说求他办的事，他却打断他们的话，一股劲问亢一公这十七年的遭遇经历，并不时插进话说："这个祁文瑞，非好好收拾他一下不可，你们等着瞧，我不会让他一直这么横行霸道。"当亢一公讲到他因修路欠债的事时，甘靖立即表态："这事好说，我可以帮忙，咱们先把你的煤窑开了。"亢一公想不到甘靖会帮他这个忙，一时高兴得忘乎所以，连连对甘靖表示感谢，却忘了此行的真正目的，急得冯守礼直拽他的袖子。他这才醒悟过来，红着脸说了冯氏弟兄所遇到的麻烦，请甘靖务必帮忙。甘靖皱着眉头说："你们是怎么打听到我和厂长的关系的？"两人茫然地摇摇头。冯守礼说起他哥哥电报上让找他的话并提到基建副厂长的名字，甘靖眯着眼想了半天，说："好吧，我可以试试，厂长是我大学时的同学，同系不同班，倒也惯熟，他给不给这个面子，我可没把握。"

说完正事，甘靖这才对亢一公说，两年前他编杂志时曾编过一篇写他的报告文学，那时就想亢一公一定是他，但他的面貌变得太厉害，见了面一时不敢认他。说到这里忽然问道："有一次我在玉城柳观音的紫竹林看到一个戴墨镜的人身材很像你，你去过那里没有？"亢一公红着脸说他也记不清了。甘靖便再没深问。

冯家弟兄那件事，厂长还是给了甘靖面子。甘靖找过他后，他答应暂不解除合同，至于怎样承包的事，等基建副厂长回来研究了再说。

甘靖向冯守礼交代完谈判结果，对着冯守礼做了个点票子的动作说："我的人情是到了，你的这个还得配合上，你要配合不上，这事还不能说就成。"冯守礼误会了甘靖的意思，拿出准备好的五千元又另加一千说："这五千麻烦你送厂长，这一千算你的辛苦劳务费。"甘靖推过钱说："我不给你送钱,我也不要你这劳务费,我的忙就帮到就里,后面的戏你们自己去唱,不要再找我。"说完,正言厉色下了逐客令。

冯家弟兄的事只办成一半,厂长坚持自己的意见,主体工程让省城一家建筑单位干,他们只揽到其余的附带设施。冯守义直抱怨弟弟出手太小气,如果给甘靖的不是一千元而是三千或五千元,那么这工程就没跑了。工程定了后,他带了五千元去酬谢甘靖,甘靖只收了他一千。但从那以后,甘靖和冯守义的关系建了起来,以后很帮了冯守义几次忙。

甘靖帮亢一公可是全力以赴的,他带亢一公找到省煤管局副局长,动员煤管局服务公司和亢一公联营煤矿,直到两家签订了联营协议才罢手。

甘靖之所以能帮亢一公这个忙,因为这煤管局副局长爱舞文弄墨,是甘靖杂志的一个勤勉投稿者。在甘靖帮助下,他发表了不少作品。副局长心里明白,如果没有甘靖为他的文章加工润色,反复修改,他的文章是上不了档次的。他虽比甘靖大五岁,却一直叫甘靖"老师"。在两人交往中,甘靖得知他负责下面的服务公司,服务公司一方面发煤,一方面也和一些地方煤矿搞联营。甘靖掌握了这些,才向他开口,要求他帮一帮亢一公,他向副局长介绍了亢一公过去的遭遇和他现在所遇到的困难,副局长很受感动,派人去考察了亢一公的煤矿后,愿意投资二十万帮亢一公健全煤窑的建设,并决定带亢一公参加在镇江召开的全国煤炭订货会。

十余天后,《公路交通报》以整版篇幅登出一篇题为《路魂》,署名珍尔的报告文学。报告文学详细报道了亢一公修路和因修路而负债的前前后后,并简单追述了他的个人经历,写了他家乡那羊肠路,写了他在岔口村做好事修路,写了他的被迫走沉沦之路,更多的篇幅则介绍了他出山后带头致富的新生之路。

文中这样评价亢一公所修的这条公路:

在层层山峦包围着的临河县圪劳乡,把一条直通山外公路干线的简易公路修起来后,不仅沟通了附近四乡十八村同外界的联系,更重要的是它使当地农民外运煤炭的路程缩短了五十多公里……有或没有这条路,情况可大不一样。对这一带广大农民来说,它是条有显著社会效益的经济路,是摆脱贫困的致富路,又是把全国改革坚实的脚步声及时传向大小山村的信息路……

报告文学在高度赞扬了亢一公这种向亘古的封闭宣战的精神后,笔锋一转以大量篇幅介绍了他修路的艰难以及因修路负债后的窘况:

修这条路按预算需四十五万元,当时亢一公个人只有二十万,农行答应贷款十五万,亢一公又向亲友借到十万,然而等到修起来,实际支出大大超过了预算……修路本是件大好事,沿途农民本应全力支持,可是小农经济的短浅目光和狭隘的利己主义却使他们不但不予支持还处处设置障碍。修路要雇工,农闲时一窝蜂涌了来,每工三元磨洋工,农忙时五元也雇不到。农家院子外几平方米一块地,索价三千五百元;三五株拇指粗的树苗索价两千元;两孔古人所开根本无主的破土窑也有了主,要价两千元……钱给得迟了不行,你不给他钱他就不让你的路通过。有人趁机讹诈,有人设置障碍,有的人躺到推土机下一躺就是三四天,更有的人在路修通后因索价未能如愿,便挖断道路……仅此一项,亢一公就比设计多付三四万元……
……

正当公路施工紧张进行之际,县农行贷款六万元后拒绝继续贷款,九万元资金落空,十八部推土机油料告急。他八方求援却四面碰壁。从此,打发盈门的债主就成了亢一公生活的主要内容。为了十多万元资金,他向亲友借,托亲友为他借,不惜借高利贷三百五百地凑。为了十多吨柴油,他奔波七十天,行程六百余公里,足迹遍及邻近几县。
……

路通了,沿路居民们结束了人背驴驮的历史,第一次用上了牛车、马车,拖拉机也进了村。运煤车、运物资车穿梭不息,日流量达一百三十辆车次。按道理受益于这条路者，应当担起协助偿还投资的义务，应当按规定交养路费，但当时亢一公还没有想到这样做，因为他还有煤窑，可以通过卖煤收益补上修路欠下的巨额债务。谁知，天有不测风云，就在公路通车三个月后，国家有关部门要求整顿小煤窑，亢一公的三座煤窑全部停产待建。因修路，亢一公投入了所有财力，哪有能力改建煤窑，可煤窑不达标，就不能挖煤外运卖钱还债，亢一公陷入了空前的困境，汽车没有周转资金营运，已低价租给他人经营。野狐峪历年所积粮食全部拿出抵债。逼债的人找上门来，从早上七点多到晚上十二点一直不断，送走一批又来一批。他的老母亲在家招待讨债的人，有一天竟做了七顿饭。

……

文章最后呼吁人们向为民修路的亢一公伸出友谊之手，帮助他脱出困境，并吁请有关部门就此问题给以支持。

这篇报告文学发表后，引起人们的普遍关注，报纸专门就亢一公修路该不该收费展开了为期一个月的讨论。有关方面也开始关注这个问题，终于使亢一公走出了困境。这是后话。这些问题在我们的小说中并不占重要位置，我们所关心的也不是这些问题。我们所以摘引这篇报告文学的一些文字，因为写这篇文章的是我们作品的主人公之一的祁月珍。

所谓"珍尔"是"珍儿"。祁月珍所以用这笔名，一是自勉，她为自己一时气愤打了亢一公两个耳光痛悔不已，提醒自己要珍惜和亢一公共同度过的那些过去的时光（尔时）；一是以此向亢一公发出讯号，表明心迹：我是珍重你的，珍重我们的友谊的；一是怕亢一公会因此而自暴自弃，要他珍重自己（你要珍重你自己）。

祁月珍的痛悔之情从这笔名的良苦用心上当可略窥一斑。在她打了亢一公又看到亢一公那一纸血书后，她痛苦得一夜不曾合眼，为了补偿自己的过失，她在情绪略为平静后，立即开始写这篇报告文学。晚上没合一下眼皮，白天又整整写了一天。文章写好后，她没有休息，让县里派车连夜将她送上火车站,她带上稿子便上了北京。在火车上她睡着了,到站仍没醒来,直到列车进行清洗时,乘务员才发现了她,将她叫醒。下车后,她赶到公路交通报社,亲自将稿子交给值班总编,看着他审了稿子,签发后才又返回省城为省报赶写了通讯稿。

祁月珍是带着感情写那篇报告文学的,在报告文学中,她曾写了这样一段话:"就在亢一公为还债到处筹款,为筹款东躲西藏之时,他见到多年不见的一个女友,那女友欠着他太多债,以为他是来讨债,为了自己一点可怜可悲的虚荣心竟当面侮辱了他……他走后,那女友明白自己错怪了他,痛悔莫及,追到街头,整整踯躅了半夜。心里一遍遍呼唤:亢一公,你在哪儿? 你到哪里去了?"值班总编看了这段文字,感到莫名其妙,斟酌再三,最后还是删掉了。报纸出来后,祁月珍见删掉了这段文字,气得掉了半天眼泪,直骂那值班总编不通情理。她本想通过这公开的方式向亢一公表示忏悔,求得他的谅解,却未能如愿。她知道如果没有一个适当的机会向亢一公讲出自己的心里话,她将永远失去亢一公的原谅,那么她就要永远埋下难以忍受的痛苦。她在心里一遍遍呼唤:"亢一公,你在哪里? 你到什么地方去了呢?"

很长一段时间,祁月珍形容消瘦,神思恍惚,提不起一点精神。祁月珍没有想到,她这篇报告文学在关键时刻帮了亢一公的大忙。

亢一公是在镇江煤炭订货会召开的第二天看到这篇报告文学的。带他去参会的省煤管局副局长看到这篇报告文学非常高兴,立即复印了几十份散发给参会的用户,得到用户的同情,争取到四十多万预付款,使亢一公一下子从低谷走了出来。

在祁月珍一声声呼唤着亢一公的时候,亢一公其实就在省城,报社离煤管局并不远,只不过两个人未能谋面而已。亢一公挨了祁月珍那两个耳光后,曾发誓一辈子再不见祁月珍的面。在见到甘靖,认识煤管局副局长后,由于处境发生了变化,心情好转,他已不再计较那两个耳光,想起来反而感到一种特殊的甜蜜。只不知自己以后见了祁月珍该怎样面对她? 她将怎样对待自己? 看到那篇报告文学后,他受到深深的震动,被祁月珍的爱心感动得泪水长流。从镇江回到省城后,他在报社门外徘徊了两个黄昏。他像一个盯梢的暗探一样,将帽檐压低,一会儿在马路边的树丛后,一会儿在房屋的阴影里,一会儿在小摊贩的阳伞下,心情紧张而恍惚,目光焦躁而犹疑,只要一个身材像祁月珍的女人出门或进门,他就变得呼吸急促,脸色发白。第一个黄昏他没有见到祁月珍,直到夜色浓重他才怅怅离开。那天,他下决心第二天见到祁月珍时一定拦住她,向她道歉,向她表示感谢,希望能在交谈中消除两个人之间的隔阂。第二个黄昏,他刚去那里不大一会儿,祁月珍就推着自行车出来了,他刚鼓足勇气走上去,祁月珍却一蹬腿骑上了自行车。如果他呼唤一声,她一定会跳下车的,但他却没有喊出那一声,眼睁睁看着她骑车拥进了街上的人流,失魂落魄地在原地站了许久。

他怕什么呢? 他自己也说不清。

九

祁月珍一声声呼唤着亢一公,刘拉弟也在一声声呼唤着她的"二的"。祁月珍呼唤亢一公,希望得到他的消息,希望他能早日重返临河,再雄姿勃勃地干起他的事业;刘拉弟呼唤着儿子,却希望他躲得越远越好,躲得越隐秘越好。"二的,你最近可千万不要回来,你在外面能多躲几天就多躲几天,等他们这股劲过去,等他们讨债讨得没了意思的时候你再回来,你不要担心娘,娘什么阵仗没见过,娘能给你对付过来的。"这坚强的河南小个子女人那瘦弱的身体内似有一股神奇的生命力量,从不怨天,也从不尤人。总是那么从容,那么不动神色。自从儿子的煤窑停产,讨债人纷纷拥上门来之后,她便为儿子担起了应付讨债的职责。不管来人吵也好,闹也好,哭也好,骂也好,她都是那么一副样子——不愠不火,不急不怒。既进了野狐峪就是野狐峪的客人,如果来人吃饭,到吃饭时间她总要安排吃饭,有好的绝不吃赖的,不能乱了野狐峪待客的礼数。如果来人住下不走,她便安顿住宿。想住几天,一日三餐照样招待,等客人吵过了,闹过了,哭过了,骂过了,她便问:二的是怎么欠你钱的? 欠了多少? 你的钱是不是等着急用? 对那些亢一公挪借的,数目小的,给你赶几只羊或拿粮食顶行不行?(她那一群羊便这样一只只被赶走,她攒了七八年的粮食就这样一斗斗被装走)对那些放高利贷的,她有多大能力还本就还多大能力的本(这些年,亢一公断断续续给过她不少钱,她积攒着准备为孙子们娶媳妇)。至于利息,她好言好语说:"利,我们一定要还,要的人多,总不能顾了你不顾别人,你的利等我们缓过来一定给你送上门去。"对那些沿路居民或被占了地的,或被砍了树的,她问:"占了你多少地,二的说下给你多少? 毁了你几苗树? 多粗的树? 你一株树要多少钱? 你十苗小树给你一株大树行不行?"对于砍树,亢一公坚决不同意。刘拉弟在亢一公走后,还是做主间伐了百十株成材的树。对于那些路上做工,欠了工钱的,她拿不出钱就拿家里的东西顶,你瞅上什么拿什么。还了钱的,有人要给她打收条,她说算了,打什么条,打了我也不识,我们凭良心就行。她相信人们不会骗她,她虽不认识那些人,但她相信他们说的,只要他们说出是怎么欠的钱,她认为该付的便尽量付,对那些实在付不起的大宗款项,她只有好言应付,劝他们忍耐一段,说:野狐峪的人绝不会欠人钱不还。一拨拨的讨债者来了,一拨拨的讨债者又被她打发走了。当亢一公带了煤炭预付款回来时,那些零星债务已被母亲还得差不多了。往后,当人们谈论起野狐峪这位河南信阳刘家汇逃荒来的女人时,无不露出钦佩的神情,说这女人了不得。若不是流落在野狐峪这样一个荒僻孤寂的地方,还真是个人物呢。

晚秋的野狐峪一派荒凉,翠峰山山腰的橡树、桦树树叶黄了,红了,一片片在秋风中飘落,山脚的榛子树那饱满的果实也被松鼠、飞鸟一颗颗啄落、啄空,只有路畔,崖旁一丛丛沙棘顶起珍珠似的浆果,红艳艳喜人,却也无人问津,一派美人落寞的凄艳。一阵阵秋风旋着落叶、沙蓬、庄稼叶子扑向野狐峪亢家的树篱,拥集在篱下,飞挂于篱上。窑院里静悄悄,二三十只鸡全招待了客人,只剩了四五只当年的雏鸡在窑洞门前刨土觅食。五六十只羊也只剩下四五只,两头驴刘拉弟硬拦着,没让债主牵走。刘拉弟把羊赶在日照岩下亢家祖坟前,让它们自由吃草,一只黑白相间的牧羊犬看着它们。老人顶着满头白发赶着驴往回驮未及运回的莜麦。今年的秋收由于逼债人的干扰耽搁了,好在大部分庄稼在亢一公离开前已经收割倒。虽然鸟食、鼠盗、狐兔糟蹋,损失了不少,绝大部分还是得到了保留。也亏了逼债人的干扰,使这些庄稼没来得及收打,如果收打了,便连这些也得还了债。

每天清晨天不亮,刘拉弟便起了床,匆匆吃过饭,就赶着驴到沟里那一块块碎小的地里去驮庄稼。先远后近,这几天已收捡得差不多了。白天驮粮,晚上掐穗子,有月亮的夜晚,她便赶着毛驴碾莜麦,碾谷子、黍子。面吃完了,还得转着磨道磨面。好在讨债的基本都已打发完,上门的越来越少,她一个人也吃不了多少。但若逢星期六,那就够她受了。春春和月月每星期都要回来看她,这两个孩子上中学后,学习成绩都很好,亢一公在时不让他们每星期跑,怕耽误学习。二爹离开后,他们惦着奶奶,星期六早早就回家,帮奶奶往回驮粮,打粮。那时,野狐峪就充满了欢乐。只是苦了刘拉弟,她必须蒸几锅干粮让他们走时带。刘拉弟把他们的上学伙食费也大部分还了债,便只好让他们带干粮。这俩孩子从上学后就没缺过钱花,亢一公开煤窑后更是要一百给带二百,这一来自然吃苦不少,春春几次闹着退学,都让刘拉弟给骂回去了。亢狐高中毕业后,连续两年没考上,跟亢一公学了开车,后来又到省城办事处搞煤炭销售,很少回来。这孩子毕竟不是野狐峪土生土长,对野狐峪缺乏感情,从亢一公离开后,他只来过一封信,说爹去了镇江参加全国煤炭订货会,估计散会后即可回来。

这是自从亢一公出狱以来野狐峪最为荒凉的一个秋季。粮食空了,羊群没有了,间伐的大树露出空旷的隙地,看着让人心酸。

阴历十月一是传统的鬼节,要为死去的亲人送寒衣。刘拉弟用仅存的白面蒸了几个白馍,带着香烛五色纸来到日照岩下亢家祖坟。只见几只红毛狐狸正在坟里蹿跳着追逐田鼠。她跪在坟前烧纸上供,它们看着她并不逃走。刘拉弟掐下几块馍扔给它们,心中默默祷念:娘,你若天上有灵,地下有知,你就该保佑二的脱出这场灾难,保佑野狐峪重新旺盛起来。您莫抱怨我砍树,砍树实在是出于无奈,今后砍的明春我一定全补栽上,今年秋天,家里就我一个人,我让春春和月月一人栽了五十株,孩子们上学耽误不得,求你老人家原谅。就听几只红毛狐狸吱吱吱叫了几声,蹿出坟围跑走了。忽然一个苍老的声音从日照岩那狐狸洞中传出："上学,上学,唉!……"刘拉弟慌忙对着那黑黝黝的洞口跪下磕头,口里说："娘,娃们上学是我的主意。现在这时候不上学不行呀。我得对得起娃们,念成念不成全看他们了,要怪罪就怪罪我,可千万帮二的脱出这场灾难呀。"这个坚强的女人说着,泪流满腮,哽咽不能成声。泪眼模糊中她仿佛看到丈夫、大儿子、草莓一一从各自的坟墓中走出,飘飘然飞向日照岩那石洞,那洞口坐着一位白发苍苍的老人,可不正是老祖母胡银花。她微微笑着向她点一点头,倏然消失在洞内。

刘拉弟挽着柳条篮子走回自家窑院外时,却见一个浑身缟素四十左右妇人和一个大个子后生、一个十八九岁姑娘正在门坡上向她张望。两个年轻人也都穿着孝。刘拉弟心头一紧,不知又有什么祸事临头,腿脚软得一下子连步也迈不开了。

那妇人见刘拉弟望着他们发愣,低头对两个年轻人说了句什么,很快抢下门坡来,笑吟吟对刘拉弟说："你是亢二的娘吧?"说着便挽住刘拉弟的胳膊,一边招呼两个年轻人赶快过来。刘拉弟满眼困惑地看看她,又看看两个年轻人,点点头问:"你,你们,是谁?"

"娘,可找到你了,这是亢二的两个孩子,快,快叫奶奶。"

妇人吐出一口长气,且不回答刘拉弟的问话,只管催两个年轻人叫奶奶。两个年轻人有点迟疑,羞红着脸轻轻叫了声"奶奶"。

刘拉弟被这一声"娘",两声"奶奶"叫得有点不知所措,但这老人反应极快,两声奶奶话音刚落,她便甩开了妇人挽她的手,后退一步说:

"这,到底怎么回事? 你,究竟是谁?"

妇人被她眼中两道凛然的目光盯得凝住身子,面现尴尬,微垂了头说:

"我是水仙,亢狐的亲娘。"这一说,刘拉弟脸上神色变了几变。心想:莫非她也来讨债? 她的目光从水仙身上移到两个孩子脸上,身子不易察觉地抖了一抖,问道:"这俩孩子,给谁戴孝?"

"他爹,他们杨家洼的爹死了。他们都是亢二的亲生孩子,和亢狐嫡亲的弟妹,我们来认他亲爹。"

"二的亲生孩子？认他们的亲爹？"

"是的,娘,他们杨家洼的爹活着时,他们是杨家的孩子,当初和他们亲爹讲好的,他们给杨家顶门。现在,他们杨家洼的爹死了,我们母子没法活下去,来找他们亲爹认祖归宗。"

"认祖归宗？这,二的他没说过,他只说你和他生了亢狐。"

"他没说过？他现在人在哪里？见了他一问,你就清楚了。娘,我们已把杨家洼的房产也处理了。我们来找他们亲爹。娘,我慢慢和你说,你就清楚了。"

对于这俩孩子的事,亢一公从未对刘拉弟讲过。她做母亲的只知道一个亢狐是亢一公那几年荒唐行径的结果。而今这叫水仙的女人忽然又带来两个孩子,也说是亢一公的亲生孩子,这就不能不让刘拉弟感到迷惘了。看那男孩子倒生得确实像亢一公,女孩子的眉眼上也有亢一公的特征,但究竟是不是可就没法考证了。听水仙说得倒也头头是道,她和杨尿文结婚三年没生过孩子,亢一公到她家十个月头上生了这个男孩,后来又生了女孩,怀了亢狐。做母亲的对这事最清楚,是谁的孩子只有她知道。

刘拉弟心地善良,她想水仙既这样说,那就不会有什么问题,况且他们母子正在落难之中,水仙又是亢狐的生母,他们要留下来就没理由不让他们留下来。当两个孩子喊她奶奶时,她倒没什么为难,但水仙究竟该算什么,她就不敢做主了。从她内心来说她对水仙没什么反感,接受这样一个儿媳,她也愿意,但这毕竟是儿子的事,必须儿子答应了才能算数。

刘拉弟当即做出决定,对水仙说:"你们既来了,就住下,二的他也快回来了,等他回来再做决定,你说好不好?"水仙流着泪坚决地说:"娘,他早回来也好,晚回来也好,我既来了,就不准备走了,我给他生了三个孩子,既做了他孩子的娘,就是他的媳妇。他承认也罢,不承认也罢,他心里清楚,我心里也清楚。他就是不和我结婚,另娶了别的女人,我也是野狐峪的人了。"这显然有点强横味道,刘拉弟也不便说什么。心想,你要真能住下来,吃得下野狐峪这份苦,我就认你个闺女也行。至于二的怎么处理这件事,还娶不娶别的女人,那我就做不了主了。当天便打扫开二恨不动住的那孔窑,取出为孩子们准备的娶亲被褥,安顿他们母子三人住了下来。

水仙是个苦命的女人。和杨尿文结婚二十多年,没过几天好日子,近年来生活刚刚过得好了点,杨尿文却忽然得了咽食病,看着好吃好喝就是吃喝不进去。所谓咽食病,这是乡下人的说法,其实就是食道癌。在种种癌症中,大概这食道癌最是要命。尽管水仙拿出多年积蓄为丈夫看病,还是没保住杨尿文。

就在亢一公被公路欠债弄得焦头烂额之时,水仙也正处于水深火热之中。为给杨尿文看病,家里的钱已花得罄尽。眼看丈夫的病一日日沉重,水仙便张罗着借钱要送杨尿文到北京去做手术。杨尿文病虽沉重心里却清楚,当人们抬来担架要送他到三岔坐汽车转车去北京时,他挣扎着死活不上担架。他把水仙叫到面前,让她拿来纸笔(那时,他已不能说话),抖索着手写道:"大限已尽,看也白看,不要瞎花钱。"

写完,望着站在炕前的一对儿女,眼中流出一串串泪水,他擦去泪水,呜咽着又歪歪扭扭写下一句话:"杨家香火不能断。"写罢,眼盯着水仙,直到水仙泪流满面,点头答应他后,他才又写下几个字:"留走由你。"

水仙明白丈夫的意思,杨尿文知道自己死后,水仙守不住,一定会改嫁。他最担心的是水仙改嫁后让两个孩子去找亢一公认祖归宗,姓亢不姓杨,断了杨家烟火。因为两个孩子早就对弟弟亢狐羡慕不已,在贫穷熬煎下,为了孩子们的前途,作为母亲的水仙是不难做出这种选择的。杨尿文的意思,不管水仙改嫁不改嫁,不管你嫁谁,只要孩子还姓杨,那么你的去留由你。人之将死,其言也善,二十多年夫妻,丈夫的临死嘱托,水仙是不会不答应的。

杨尿文去世后,水仙尽可能隆重地为丈夫举行了丧仪。

打发杨尿文入土为安后,家中钱尽粮尽,还欠了几千元外债,所幸新粮不久也就接了起来,一家人总算没有挨饿。然而,意想不到的艰难却又降临到水仙的头上,终于使水仙不能不做出违背自己诺言的抉择。

杨尿文嗜赌成癖,三日不赌就手痒,自然影响种地,杨家年年粮食除一家吃用外,所余有限,全凭水仙维持着一帮相好,关键时刻帮衬帮衬,平时日子倒也不比别人家差多少。自从传出杨尿文得的是绝症后，水仙那白虎星的名头又被人抬了出来，那些老相好们都害了怕，暗暗传说，水仙那白虎星谁挨谁倒霉。村中男女人见了她都躲着走，水仙的门庭一下子冷落起来。杨尿文入土后，水仙家更是断了人迹。这使水仙既悲伤又害怕。

面对现实，水仙有过几种打算：她最初的打算是要为杨尿文守节，维持住一帮老相好，靠他们打了欠债再积蓄些钱，把女儿嫁出去，给儿子娶了媳妇，她也就可以安度晚年了。这是她为自己计划的上策。她的中策可以说还是为死去的丈夫打算的。她在自己那些老相好中挑来选去，准备在上策有问题时便挑一个年龄相仿的未成家的招赘，实在不行需要改嫁，那也是儿婚女嫁以后的事。杨尿文死后，老相好们忽然不上门了，这使她感到奇怪。为了生活她主动去找过几个老相好，不料人家见了她就如见了勾魂鬼一样，唯恐避之不及；她也找过几个惯会拉纤做媒的，向人家透露出她想招赘个男人的想法，那些人口头应承，转过脸根本没人去为她说合。

断了男人接济的水仙，生活一天比一天艰难，儿子小根学了父亲，从小不爱读书，赌钱的门道却无一不精，成天不着家在外面鬼混。杨尿文生前宠得儿子根本不听大人的话，水仙一时又怎能管教过来。女儿小凤聪明漂亮，杨尿文生前就有人给说媒了，这时却被人说成是小白虎星，要找个好人家也成了问题。这些话传入水仙耳朵中时，水仙才知道自己把前途看得太乐观了。她在丈夫坟前哭了几场，终于拿定了主意：人言可畏，不为自己着想，也得为孩子们着想，眼看一双儿女已到了男婚女嫁的年龄，倘若因为自己的名声影响了孩子们的婚嫁，那就不但杨家烟火要断，自己也要一辈子被孩子们诅咒了。

于万般无奈的绝望之中，水仙一次次想到亢一公。想到亢一公，她的心头就升起希望的曙光。亢一公出狱后，他们虽然再没有过以前那样的关系，但有亢狐的维系，她对他的一切都是了如指掌的。杨尿文病重期间，正是亢一公被外债逼得焦头烂额之时，亢狐给过家中几次接济也是杯水车薪，水仙为此很伤心。杨尿文去世后，亢狐也没能回来打发，这就更使她对亢一公绝望，她不知道亢一公那时已又一次开始流浪。有了这些因素，才使她久久拿不定主意。

当她从亢狐的来信中得知亢一公最近的遭遇后,她才知道她错怪了他们父子,曙光变成明朗的早晨。经过若干个晚上彻夜不眠的痛苦思考之后,她做出了去投奔亢一公的决定。做出这一决定后,她到丈夫坟前最后一次痛快淋漓地大哭了一场。然后在那个繁星满天,村里弥漫着一股烧黄蒿的浓郁烟味的夜晚,她向一子一女揭示了他们身世的隐秘。她毫不掩饰地告给已通人事的一子一女他们的真正的生父是亢一公,因为他们的父亲杨尿文没有生育能力:"让我找他是你爹的主意,他想要孩子,医院检查过,说我能生,他不能生,他就让我去借种。他说为了杨家烟火的接续这不是丢人事,那时咱们家生活难过,我们以为他真是个大包工头,想让他帮咱们家,有了你们兄妹后,为了报恩,娘又给他生了亢狐……这些事娘本来准备瞒你们一辈子,可是你们也看到了,咱们在这村里是再不能待下去了,娘倒不要紧,你两个是不能耽搁的,我让你们认了你们的亲爹,你们就和亢狐一样有了依靠,你们认了他,还姓杨,你爹亲了你们一辈子,要对得起你爹。杨家的香火不能断……"

水仙本以为这番话会给两个孩子很大的震动,自己得好好费一番唇舌,不料两个孩子听了后却很平静。小根说娘说的这话他早就知道了。娘问小凤,小凤也说她早听人们和她说过。他们都同意娘的决定,愿意跟娘到野狐峪去。在这村里,他们承受的压力并不比母亲小,早就厌倦了这里的生活。

母子们取得一致意见后,水仙迅速做好了离开杨家洼的准备,阴历十月一这天一早,水仙带着小根和小凤去祭奠杨氏祖坟,向杨尿文辞行。水仙心中就犯了疑,不知道这一去是吉是凶?不知野狐峪肯不肯收留他们?本想打退堂鼓,倒是两个孩子催促着她上了路。

在水仙母子们向野狐峪的进发途中,亢一公刚和省煤管局副局长登上去镇江的列车。十多天后他从省城凯旋,坐着红色桑塔纳,带着四十万煤炭预付款。回到临河后,他却一直没回野狐峪,直到水仙母子们离开。

第七章

一

甘靖出了汽车站，看看日已近午，心想，到村里怕是赶不上饭了，在街上小摊上先吃点，下午再搭车到村里吧。

甘靖信步在街上走着，瞅着小摊上的吃食，想着该吃些什么。临河小吃十分丰富，荞面、豆面、莜面做出数十种不同的面食，猪肉、羊肉、西红柿、粉条、豆腐打出不同的卤，吃着十分可口。甘靖爱吃面食，到临河后吃对了口味，一到村里住下便不想回，一到县城就总想在小摊上吃点什么。边走边捉摸着，忽听有人提到亢一公的名字，心中一喜，想怎么就把这个人给忘了？便驻足听他们说些什么。说话的几个人正坐在板凳上吃碗托。临河的荞面碗托以其白、嫩、爽口而著名，甘靖想听听人们怎样议论亢一公，便要了两个碗托，在那几个人对面坐下来，就听其中一个说："……发得也快，塌得也快，你们听着，用不了多久，他就又要倒霉了，十三座煤窑，就他那两下，他能经营过来？看他用的那些人，没一个正气东西，一个个打着算盘算计他，哄得卖了他，他还以为给他便宜呢。闹得好，他靠他那统配煤指标拉个平；闹不好，像他修路一样，他又得塌进去。""你说得倒也有道理，不过这次可不是他一个人的摊子，有省煤管局的人……""省煤管局？省煤管局还不是全靠他,时间长了上来看一看,分点利,人家是拿统配煤指标挣钱,他发了塌了,人家的钱他都得给,你看那个林经理,手上那么大一个金戒指,他一个挣工资的,哪里来那样多钱?""人各有所好,亢一公那人,对钱倒看得不重,那人就好个虚名。所以他的钱好骗。""好骗是好骗,不过也不光好个名,年轻时就风流出了名,到现在不结婚,伙计多得很呢,他想娶人家地委书记家姑娘,他那老伙计最近死了男人,找他到野狐峪去了,吓得他多长时间了一直躲着不敢回……"几个人吃完碗托会过账,谈论着走了。

甘靖吃完碗托,默默坐了一阵,决定去看一看亢一公。他这几年做着自己的学问,老感时间不够用,不大爱管闲事。亢一公从镇江回来后,去看过他一次,恰巧他不在家,放下一大堆礼物,留下他办事处的地址,说想请他指教指教今后该怎么办。甘靖没顾上去看他。后来在电话上听煤管局副局长说亢一公回去后干得不错,也就再没去想亢一公的事。这次扶贫办和工作队一再催促他下来,他一路想着自己的事,到县城后也没想起这里还有个亢一公。现在听了别人议论亢一公的那番话,拿了番主意,感到还是去看一看他好,或者能给他些忠告,根据他对亢一公的了解,他倒很同意刚才那人的议论,自己介绍他和煤管局联营,似乎便有了种责任,希望他能干得好一些。

亢一公的办公地点在县城偏东的大街上,租着物资公司整整一层楼。楼门上挂着"利源煤炭联营公司"和"临河县利源煤矿办事处"两块大牌子。办公室里一张新买的推光漆办公桌,山东省优产品转角沙发。门前停着一辆北京212吉普、一辆刚上牌子的桑塔纳小车。亢一公本人也是西装领带,意大利牛皮老板鞋,一副旧貌换新颜的样子。办公室里进进出出人来人往,甘靖进去时,他正和一个南方客人谈生意,面色红润,神采飞扬,一副春风得意的样子。甘靖正欲和他打招呼,沙发上一个瘦长脸红腮突嘴的人站起来挡在他面前说:"总经理正在谈生意,有什么事下午再来吧。"甘靖一看这人相貌,心里就很不舒服,瞪他一眼,正欲推开他,亢一公看到了甘靖,叫一声"老甘",急忙起身迎了上来,拉着甘靖的手使劲握着,眼里转动着泪花。甘靖见他动了感情,微微一笑说:"你要忙,我就先等一会儿。"亢一公脸红了,对刚才拦甘靖的那人说:"兰韦,你先招呼着客人,我和老甘有要紧事谈。"转身对那南方客人拱拱手,说:"稍等会,等会一块吃饭。"说着,拉了甘靖就走。

亢一公的卧室在三楼,一张双人床,一大两小一套沙发,一张推光漆茶几,布置得十分雅洁。他让甘靖坐在沙发上,先在脸盆里倒了水让甘靖洗脸,自己又忙着沏茶取烟。"这里安静,一般情况我不让人上来。老甘,你可得多住几天,帮我出点主意,料理料理这摊子,我是越来越感到力不从心,手下没几个得用的人,实在难办呀。"

甘靖抽着烟喝着茶听他讲这一段时间所发生和处理的事。

这次回乡是亢一公亢二恨不动最辉煌的一次回乡,六十万资金和省煤管局做他的后盾,还有什么比这更惹眼的招牌呢? 一回到临河,他就被上上下下、左左右右认识和不认识的人包围了。来向他道贺的、来向他道歉的、来求他帮忙的、来请他赞助的、来给他出主意当参谋的、来找他收留愿为他效力的……人人都很关心他,人人都真诚地恨不能把一颗心血淋淋捧出来让他检验。那些日子,亢一公办些事真顺利,他说想在城里找个更大更宽敞些的办公地方,马上便有人来跑腿,给他谈好房租,给他带来房东,领他去看地方;他说他想在城里批块地基,盖所院子,准备将全家接到城里来住,也马上有人为他找村委、镇委、土地局、城建局接洽,给他联系好地基;他说想买辆像样些的小车,给他提供小车信息的一个个便找了来……往日变眉瞪眼向他逼债的人,当他到了门上去还债时,对方却推来让去,怎么也不收他的钱,愿意继续借给他,希望他以后什么时候缺钱就什么时候来借。商店打听到他需要什么货物,随即送货上门,饭店老板争着请他吃饭……

最初一段时间,亢一公还保持着清醒的头脑,对那些伤害过他又找上门来的人不瞅不睬,冷言相对;对那些受过他恩惠,背叛了他并对他落井下石又来求他原谅的人给以严厉斥责,表示从此与他们刀割水清,永不来往。对自己手中的资金也把得很紧,除煤矿生产和日常必要开支外,一般不往出放钱。渐渐地,在人们一片声的吹捧包围下,他又有点把握不住自

309

己了。他煤矿的保管员弓兰韦,当年找到他求他给碗饭吃时,光棍一条,家贫如洗,住一孔破窑洞,家里最完整的东西就是一口水瓮。亢一公到他家里看过后,对他十分同情,让他当了煤矿上的保管,帮他盖了房,娶了妻,对他可说是恩重如山。就是这个弓兰韦,在他公路欠债、煤窑停产、到处躲债的那段日子里,趁煤窑管理混乱,倒卖器材、倒卖煤窑设备物资,并将亢一公包给他的汽车也卖了出去。亢一公从镇江回来后,他厚着脸皮找上门来,痛哭流涕,自打嘴巴,请他原谅。他骂走他,他又回来,在他面前跑前跑后,给他找房子,给他联系批地基,对他阿谀逢迎。他又心软了,如果不是甘靖这时来看他,力戒他不可胡乱用人的话,他又要将钥匙交弓兰韦保管了。

甘靖问他是不是真有十三座煤窑?他说:是的,那十座都是联营,人家管生产他管销售。甘靖问他利源煤矿包括不包括那十座煤窑,他说包括。甘靖摇摇头说:"你又给自己闹下麻烦了。"亢一公问为什么?甘靖说:"我对这些东西也不十分懂,我只是感到你这另外十座煤窑有些不明不白,如果你光管销,你为什么还和他们联营呢?你买上他们的煤卖不是更好吗?现在是联营,你是总矿长,法人代表就是你,煤窑上出了事你就得负责。但你又不管生产,这里面的关系不顺。我劝你还是把关系理顺,摊子收得小点好。"亢一公说:可是如果产量不够,煤管局就不给那样多统配煤指标。甘靖问:那么是你找他们联营的?亢一公说:最初几座是我找他们,大部分是他们找我的。甘靖问那些煤窑是有证生产还是私开乱挖?亢一公说他也闹不清,写联营合同时好像都有证件。"省煤管局知道不知道这些煤窑的具体情况?"亢一公支吾着说他们也没具体问,他也没向他们具体讲。他和省煤管局的关系也是他管生产他们负责销售。甘靖沉默半晌,正想说些什么,那个弓兰韦敲开门进来说酒席已安顿好了,问总经理和老甘是不是先去吃饭,吃完饭回来再谈?甘靖说他已吃了些碗托,不想去了。亢一公说,这哪里行,他如果不愿意和别人在一起,就让弓兰韦招待那些人,他们两个单独开一桌。甘靖本意也就是不愿意和那些人在一起,让亢一公这样一说,他倒有些不好意思再说不去吃的话。

酒席间倒也不无收获，一方面甘靖对亢一公周围的人以及他所处的环境有了进一步了解；另一方面他在席间见到临河的另外两个大款，引起他一些思考。那另外两个大款一个叫王留，一个外号叫二蛤蟆，两个都占了一间雅座请客，在他们隔壁吆五喝六，高谈阔论。弓兰韦坐在他旁边喋喋不休低声向他介绍那两个人的情况。

　　二蛤蟆本是城关镇一个灰皮，因吃喝嫖赌、打架斗殴曾多次被关起来，后来国家为刺激农民经商办企业，大量发放贷款，二蛤蟆一次贷了二十万，说是建砖窑，结果砖窑没建起，他拿贷款去吃喝嫖赌，几年间花个精光。这期间又因打斗和赌博几次被抓，都被信用社保了出去。信用社的理由是：你们把他判了刑，他那二十万怎么还？前二年，听说他结交了个大领导的公子，又弄得贷出一百万来，在玉城、省城和河对岸陕西哪座县城都开着饭店、商店，从省城回来坐的出租车，从临河到省城也是打电话叫省城的出租车。如今是临河首富。王留本是红石乡信用社的职工，为了让儿子顶替，提前退了休，国家发放贷款那年，他一笔款贷了三十万，将钱藏在家里，经常拿出一万八千，装在一个黄挎包里，找记者给他写自传，写报告文学，写通讯报道，只要给他写点东西他就付钱；又最爱结交名人，装阔佬，经常请人吃饭，钱流水样往出花，听说现在连本带利已累到五十多万了。信用社每年催他还贷款，要不下，去年通过法院，要没收他的房产，他和来清产的人拼命，毁坏家中器物，跳了一回崖摔断腿，还非要信用社给他出医药费。

　　"……像王留、二蛤蟆这样的人多的是，现在那些私人发了财的，哪一个不是靠贷款养着。像我们亢总经理这样全靠自己干起来，挣了钱又大做好事，扶贫帮穷的人可实在少得很……"

　　不管甘靖怎样讨厌弓兰韦，他感到他说的这些话还是有些道理的。这些年，杂志发有偿报告文学，为完成创收任务，他采访过不少农民企业家，也听作者们讲过不少农民企业家的故事，他对这批人有他的估价和认识，他们借改革的东风，沾政策的光，碰上机遇，一些人先富起来，一些人成了农民企业家。在他们中间不乏精明强干者，这些人靠他们的头脑和手腕，在商品经济的大潮中经过摸爬历练，出现了一批相当能干的管理人才，成了中国新的一代工厂主、企业家。但他们中间大多数人的崛起不是靠个人的才能，不是靠自己的力量，是政策、是机遇、是官员的腐败，是国营和集体企业缺乏应变能力、包袱沉重，让他们钻了空子。他们中间相当一部分是贷款喂起来，且一直靠贷款维持生存的。有些人挣了钱盖房子盖楼，几处几处起宅院。买汽车、买电器、养女人、娶小老婆、吃喝玩乐，有的为了逃避还贷款，和老婆假离婚，将财产全判到妻子儿女名下；有些人则像王留、二蛤蟆那样要赖皮。这些人一旦贷了款，就成了国家身上一个沉重的赘疣，割又割不掉，挤又不好挤，还得向他们输送营养。甘靖在调查了许多这一类人后有一个总结，他认为中国第一批先富起来的农民大部分是地痞流氓、灰皮无赖；第二批富起来的大部分是村镇干部；第三批、第四批甚至更后者才会是真正农民中的精华。

亢一公可以说是第一批先富起来的农民之一，他有他特定的心理情结，但他不具有一个企业家应有的才能和心理素质。他要克服不了他那些致命的弱点，他还会摔更大的跟头。

甘靖本准备吃过饭就走，亢一公一再挽留他，他也确实想帮一帮亢一公，便在他那里盘桓了三天，看了他的公路和煤窑，看了他那些管理人员，听他讲了他的经营状况和他的打算。甘靖这才弄清楚他那些煤窑的性质。煤管局和他联营时，说能给他六十万吨煤的统配煤指标，他那三座窑一年只能产十几万吨。那时，小煤窑已经开得到处都是，煤炭市场由几年前的卖方市场变为买方市场，找用户十分困难，省煤管局服务公司具体和他搞联营的几个人都劝他抓住这六十万吨指标，让他回去后不论采取什么形式，联营也好，借也好，买也好，一定弄够六十万吨的产量，不然这些指标可能就被别的地方抢走。亢一公搞了几年煤炭，也清楚这里边的利害关系，从镇江回来后马上开始做这个工作，他手里有六十万资金，有恃无恐，出手大方，只要把开采证交到他手里的就三万五万给对方预付款，然后将这些证件交给省煤管局服务公司那些人，说自己生产能力已经达到，让他们交涉统配煤指标。至于煤窑状况如何，手续是否齐全，他并不全清楚，所以他说是联营。

甘靖看过他几份联营合同，上面措辞含糊，漏洞百出。甘靖看煤窑时，见到几个矿长都向亢一公要钱，说要添设备，说要付工人工资，说矿上出了点小事故，要医疗费。甘靖问他既不管生产，这是怎么回事？亢一公说，这也没什么，他买他们的煤，这些预付的钱将来都从卖煤款中扣。甘靖当时就大摇其头，说怕你将来扣不下来。在看公路时，亢一公讲到一件事，他说有个叫齐喜喜的人，在他修公路时因为一块不到半分大的地边讹了他两万，躺在推土机下就是不让施工，一直磨了四五天。这次亢一公回来，他几次找上门来，说他那座煤窑也想和他联营。他可把他寒碜了一顿。甘靖听了，皱了皱眉头，没说什么，心里却隐隐为亢一公担忧。

亢一公的路虽然通车了，但并未彻底完工，好几处桥涵还没有做，好几处护坡也需要赶快动工。甘靖问他大约还需多少投资，亢一公说要达到三级路标准还得二十多万。对修公路甘靖不外行，他算了一下，如果加上意外因素，亢一公至少还得在这条路上投入三十万。"你非叫这条路把你拖垮不行。"他对亢一公说。

在这短短三天里，甘靖看到有十几个人向亢一公要赞助，有修学校的、有修桥的、有出了意外事故的、有子女上学没钱的……都来向他诉说。钱不多的，亢一公当时就拿出来给了，有些亢一公答应以后解决。亢一公还引他看了他帮助盖的学校，他出钱修的桥，在他帮助下脱了贫的农民家里吃饭，对自己做的这些好事，听着人们对他的感恩的话，得意之色溢于言表。

甘靖感到对亢一公的一些行动简直有些难以理解，他甚至这样想，是自己变得自私、冷漠了呢？还是亢一公心理变态，神经有点不正常呢？

临走时，甘靖和亢一公进行了一次长谈，他劝他，第一赶快整顿煤窑，从省煤管局拿回那些煤窑的证件来，重新签订合同，理顺关系，该转的转，该退的退，缩小摊子。接受以前的教训，一定使自己的煤窑符合国家标准，做到安全生产无懈可击；第二，裁汰整顿人员，把像弓兰韦那样的人坚决赶出去，寻找起用人才；第三，把住资金，绝不把钱花在没用的地方，绝不能谁要就给谁。甘靖说："……你首先应该清楚一点，你是在办企业，不是在办慈善机构。你要想为社会办好事，必须首先使自己强大起来。你如果不首先巩固你的企业，发展你的企业，使自己在一定程度上立于不败之地，你所做的一切便只能加速你的毁灭和造成你人生的更大悲剧。这绝不是危言耸听，你已经有过沉痛教训了。你是在拿你生产上的血本做好事，这钱可是有多少也不够的，你的钱可是有限的。还有你那条路，为今之计，最好的方案就是和有关部门交涉，将它交给国家，由他们来管护，不然的话，你还会栽在那条路上……"

甘靖说时，亢一公默默听着，不住点头，承认甘靖说的都是肺腑之言，是说准了他的要害，他一定照甘靖说的一步步去实行。甘靖发表完自己的看法后，亢一公吭哧了一会儿，说："老甘，我这人自知能力有限，需要高人指教，可在临河这地方，哪里去找像你这样的人呢？要不，你干脆当我的总经理，我给你当副手，咱们有福同享……"见甘靖不答应，他又请甘靖当他的顾问，说："你一年来上几个月就行，我给你挣工资，一月给你三千……"甘靖笑着连连摇手说："你给我三万我也不会干你这事，我有我的事业，我一天也不愿耽搁我的事业，我给你出出主意，进进朋友的忠告可以，别的，我什么也不能答应。其实，我也是旁观者清，真正让我干，我也未必能干好。"

亢一公态度是真诚的，但甘靖心里清楚，他并不一定能完全接受自己的忠告，接受了也未必能按自己所说的去做，各人有各人的心理定式，各人有各人的处世原则，各人又有各人的办事方法，谁也改变不了谁。如果他听了自己的话能预先有些警觉，办事时能想起来，谨慎点，那就不枉自己白费这一番唇舌了。

在甘靖提出想去野狐峪看一看时，亢一公支支吾吾说那里路不好走，他这段时间也紧，还一直没回野狐峪。过段时间他有所准备后一定接他去。甘靖想起听人说的他的老伙计回了野狐峪，他吓得不敢回去那些话，证实了那些人所说非虚，亢一公实有隐情，便笑一笑没再坚持。

亢一公亲自开车将甘靖送到他扶贫下乡的村子，答应给这缺煤烧的地方每年每户送一千斤煤，算甘靖扶贫的成绩，话是对着正在那里的省扶贫工作队负责人说的,负责人大表欢迎,着实夸赞了亢一公一顿。甘靖不好阻止,一笑置之。

二

送下甘靖,亢一公开车走出好几里地又返了回来,把甘靖叫出门说:"老甘,你能不能和我到村外走走,我有件难办的事想请你给我出出主意。"甘靖说:"能,我这人没其他本事,给人出出主意是我很乐意干的事,在这方面我很自信,就怕主意虽好,你不听我的,那我的主意可就白出了。"亢一公知道他还在告诫自己煤窑方面的那些事要切实进行。点点头说:"没问题,我相信你的话,十五年前我就有过教训,那时要是听了你的话,我可能就会躲过那场牢狱之灾。煤窑方面的事我一定听你的,回去就整顿。现在这件事与煤窑无关,这事很麻烦,我实在不知该如何处理。"

两人说着话来到村外。

这是个四五十户人家的小山村,高高低低零散建着些房屋、窑洞,走几步路就出了村。两人在一个向阳的地坎上坐了下来,亢一公接着讲起他和水仙的故事来。十七年前,在他第一次见到甘靖和甘靖交谈时,他隐瞒了和水仙的来往。这一次,他本来更不准备和他谈,他总认为那不是件光彩的事,而且那件事也已成为历史,已经结束了。所以甘靖提出去野狐峪,他找借口不让他去。谁知这本来结束的事却又出了新的麻烦。

从镇江回来后,他在办事处见到亢狐,亢狐告诉他的第一句话就是:杨家洼我爹死了,我娘和我哥哥我姐姐到咱野狐峪了。他满腔的高兴,一路的轻松马上被这几句话赶得烟消云散,不用细问,他马上就明白了水仙到野狐峪的意图。二十年前种下的苦果到了让他品尝的时候了,这事来得太突然,太出人意料。对着儿子,他呆怔着半天说不出话。怎么办呢?这可太让人犯愁了。本来,他准备回临河后,安顿好煤窑上的事,问一处房子,将母亲接到城里来住,有了这一意外,这打算又没法实现了。当亢狐催问他什么时候回野狐峪时,他忽然有了主意。他推说自己要在省城和省煤管局谈联营的事,一下不能回去,打发亢狐开着吉普带着他为家里买的东西先回野狐峪去。他自己第二天坐着省煤管局的桑塔纳直接回了临河。回到临河后,借口公司事忙,一直拖着不回去。

"老甘,你说我该怎么办,一直这样拖着,总不算回事,我该怎么处理这件麻烦事呢?"

"你自己是什么主意,你是倾向于让她在呢? 还是倾向于让她走?"

"我就是拿不定这个主意,让她在,我就必须和她结婚。让她走,又让她到哪里去? 我总不能留下孩子让她走吧。就是我赶她走,亢狐也不会让,那两个更不会让。我要留下她又不和她结婚,这又算什么事,名声上……"亢一公讲出他的为难,恳切地望着甘靖:"老甘,你给我出个主意吧,我听你的,你说我该怎么办我就怎么办。"

甘靖皱着眉沉思半晌说:

"你要真听我的,那你现在马上就回去,认了你的两个孩子。留下他们母子。面对现实,快刀斩乱麻,赶快处理了这件事。至于结婚不结婚,主动权在你手里,你不结她也不会逼住你结。对于这件事,我倒有个简单处理办法,你不是想接你母亲到城里住吗? 这事你不妨分两步走,你先把他们母子接到城里,给他们找个地方安顿下来。如果孩子需要上学,你就负担他们上学;如果不需要,就安顿他们在你的公司工作。你不是正需要人手吗? 你现在有了三个孩子,好好培养,过几年都是你的好帮手。等过上一段时间后,你再另找个地方将你母亲接来住,那时,你如果想通了,愿意和她结婚,就两家合一家,如果不想结或你另找了别人,水仙和孩子们也不会有什么说的。"

亢一公听了连连点头,脸上的愁云登时阴转晴了。

和甘靖告别后,亢一公当天便赶回野狐峪,一个愁肠了多少天的问题,被甘靖三言两语便解决了,他心里十分高兴。

对这件意外的事,亢一公着实愁肠过。杨尿文去世了,两个孩子来认他,他也极想认那两个孩子,也极想那两个孩子留在身边。但是留孩子就必须留母亲,这就让他委决不下了,要他和水仙结婚,他实在于心不甘。这几年接触的女人,哪个不比水仙年轻漂亮,况且还有祁月珍。和祁月珍那次邂逅后,他一直对祁月珍有所期待,他虽知道自己和祁月珍结合的可能性微乎其微,但他宁愿不结婚也要期待下去。"曾经沧海难为水,除却巫山不是云。"他感到他不会再像爱祁月珍那样去爱别的女人。和水仙结婚他也不是没考虑过。为孩子们、为母亲、为家庭,和水仙结婚是最好的选择。直到甘靖给他出了这个他认为是他当前所能采取的最可行的办法后,他也没有完全放弃这个选择。他认为甘靖这个办法之所以好,其中一点就是没有堵死他在这个选择上的后路。正像甘靖所说,他什么时候都是主动的。

一路上,他已想好了见面后如何应对。他将对杨尿文的去世表示他衷心的哀悼,然后对水仙和孩子们的到来表示欢迎,再就是告诉他们城里已给他们找好房子,过几天就来接他们到县城去住。只要安顿住他们,免除了眼前的尴尬,其他问题以后慢慢会有个解决办法的。

冬天的野狐峪一副苍凉面孔。裸露的黄土地上堆着一堆堆谷物的秸秆,沟渠里聚积着发黑的树叶和豆叶,冻结的溪水涌着一圈圈冰凌,间伐过的树木枝柯横陈,路上寂寞如无人之境。亢一公的心紧缩起来,他已两个多月没回来了,野狐峪不会又发生什么意外的事情吧?为了减轻心中的疑虑,他一路走一路按着喇叭,想唤出一个人或一声犬吠驴鸣来。

终于又看到自家的窑院了,只见篱笆墙依然,窑洞院依然,都在冬日阳光下懒散而寂寞地穆立着。柴门虚掩,却不见有狗跑出,也不闻驴鸣鸡啼。亢一公慌急地停了吉普,三步两步奔上门坡,大声叫着:"娘,娘……"
没人应声。

走进院子,只见窑门都上着锁,驴圈空空,院里静得让人发慌。"人呢?"亢一公又匆匆奔出院子,发动吉普,沿着凸凹的满是石头的小路向野狐峪更深处开去。

刘拉弟独自一人赶着她的两头驴、五只羊在日照岩下亢家祖坟旁的空地上放牧。花狗追逐着一只野兔,追进灌木丛中去了。冬日本非放牧季节,她闷得慌,在家里待不住。既然活人都不在她面前,她就只好找死人来做伴了。守着那些坟草掩蔽的亲人墓堆,望着日照岩下的狐狸洞,她的心灵在和那些死去的亲人对话,于无奈的寂寞中这是一种很充实的安慰。

当亢一公走下汽车,看到坟旁石墩上坐着的母亲,看到她那白发苍苍的瘦小背影时,忽然感到鼻子发酸,感到一股从未有过的、不可抑止的愧疚与不安,他颤抖着声音叫了声"娘",两行热泪滚出眼眶。

刘拉弟听到叫声,扭回头来,当她看清儿子的面孔时,叫了声"二的",站起身便向儿子快步走来:"你可回来了,我刚才和你奶奶说了会儿话,她说你今天会回来的。我还不信……"

"娘",亢一公头皮一乍,不由抬头去看日照岩上那黑黝黝的狐狸洞。阳光照出洞旁一株酸枣树上几颗红珊瑚般的酸枣。"娘,你闷得糊涂了,怎么会和奶奶聊起来了?"

"娘是喜欢糊涂了。"刘拉弟笑着,眼睛狡黠地眨着。"你怎么今天才回来,那边的事料理妥了?"

"基本安顿住了,娘,怎么你一个人? 他们呢?"

"谁?"

"水仙,水仙他们母子不是在咱家吗?"

"你知道他们来过咱家?"

"知道,亢狐告诉我的。"

"你是因为他们在,才这么长时间不回来的?"

亢一公点点头。

"那你今天为什么回来了? 你是听说他们走了才回来的?"

亢一公摇摇头说:

"我不知道他们已经走了,我是回来解决这件事的。"

"你准备怎么解决?"

"我还没完全拿定主意,这得和娘商量。"

"那两个孩子真都是你的?"

亢一公又点点头。

"你以前从来没说过呀?"

"那有甚说的,当时说好是杨家的,说也没用。"

"现在他们来认祖归宗,你要还是不要他们?"

"要不要我听娘的,娘说要我就要。"

"要听娘的,你就一起要,孩子和娘都要,你也快四十岁的人了,也该成家了。不过,你回来得迟了,你现在想要也怕你要不上了。你已经伤透了他们的心,他们等你等了一个月,你躲着不回来,大前天,她那男人过百日忌,他们回去了。这件事你也不用为难了,她说她已经把脸都丢在了野狐峪了。她这一去,恐怕是不会再回来了。"刘拉弟看儿子一眼,深深叹口气,脸上布满忧郁:"回吧。二的,以后这野狐峪就娘孤魂野鬼似的守着了,他们娘儿们在这一个月,娘还真是活得有点滋味呢。"

亢一公想不到事情竟会是这样一个结果,一路盘算好的策略现在都失去了效用,他心里空得难受。于是那失望与惆怅的迷雾便乘虚而入,装满了心头。

"走吧。回吧!"刘拉弟看着儿子丧魂失魄的样子,忽然感到很轻松很愉快。她催促着儿子说:"有什么心事也得吃饭,吃饱了饭什么也好说。"

母子俩赶着驴羊回家,刘拉弟一路讲着水仙和那俩孩子,讲他们如何和她收打粮食,俩孩子如何聪明伶俐;讲亢狐回到家母子姐弟相聚如何高兴;讲水仙如何勤勉、刚强,对她如何关心;讲那一个月野狐峪怎样充满生气,充满欢笑。

"星期六,星期天,比你奶奶活着时还红火热闹呢!"

做着饭,讲到要债的如何来逼债,刘拉弟又扯到水仙身上:"好多天没人来了,他们母子来了的第十天头上吧,来了个刘苗子,愣说你修路砍过他一百苗树,非要进沟砍十棵大树。娘说砍就砍吧,谁让你欠下人家呢?水仙不让,要那姓刘的拿出证据来,没证据让他等你回来。说你来了信,三天后准回来。那姓刘的想要赖,水仙吩咐那俩孩子拿笤帚往出打,打得那姓刘的抱着头跑出去,水仙又唆着狗直把他追下门坡。他后来再没来。你真砍过刘苗子的树吗?"亢一公说砍过十几苗小树,当时就给了钱,那刘苗子是个无赖。刘拉弟叹着气说:"多亏了水仙。让他白砍十株树事小。那时娘可就顶挡不住了,野狐峪还不定被糟蹋成什么样呢?"

亢一公慢慢体察出母亲的用心来了,她是在用这些话劝他接纳水仙,看来水仙这一个月功夫没白下,母亲是喜欢上她了。

吃过饭,母亲让他躺一躺,休息休息。他躺在炕上心思烦乱,怎么也睡不着,折腾了半个多小时,他实在烦乱得不行,对母亲说:"娘,我到杨家洼去一下,她走了,我也得解决这件事,这件事必须得有个了断。"母亲说:"好吧,你应该去,咱总不能让人说成是无情无义的。无论处理下什么结果,你一定回来告诉娘一声。"

　　那些天水仙一闭上眼睛就看见杨尿文泪流满面站在她面前:"水仙,你不该这样做,你不能这样做。我们二十多年的夫妻,你得为我杨家保住香火⋯⋯"杨尿文像个孩子样哭着,嘴唇翕动,发不出声音。但水仙能看出他讲的这些话,甚至每一个字。水仙说:"可我得活,杨家洼不让我活。我一个女人,寡妇孤儿,欠了人家那样多钱,我不想办法,我就活不下去。我又没让孩子姓了他的姓,我这样做也是为了保住杨家香火。你的儿子跟上你不学好,就他那样子连个媳妇也娶不上,没媳妇怎么会有孙子,没孙子还不断了你杨家香火?你连这个理也翻不过来,你天天来缠我有什么用?你能给我钱,你能替我还了那些债?你能给儿子娶上媳妇吗?"水仙这样说时,杨尿文便掩面悔恨而退。可下一次,水仙闭上眼睛时,他又来了。最初是夜间,后来,水仙在白天独处时,也常见杨尿文站在面前。水仙不胜其烦,答应杨尿文,好好给他过百天。

　　野狐峪是不能待了,那男孩子杨小根比杨尿文闹得还厉害。当初来时,他最积极,亢狐能穿好衣服,口袋里老有他爸爸给的钱,小小年纪就学会开车,走南闯北,吃香喝辣。杨小根心里就想:为什么亢叔叔不认自己做儿子,而认了弟弟呢?关于他不是杨尿文亲生的话,他多听村里人说过,和孩子们吵架,人家攻击他最厉害的武器,便是说他是野种、是杂种。眼看得亢叔叔一天比一天钱多,一天比一天名大,母亲曾多次和父亲商量要送他去亢叔叔那里去找份工作,他一心企盼父亲会答应,无奈父亲一听这话就发火。他不知道父亲为什么表面上对亢叔叔毕恭毕敬,亲亲热热,背后却那样恨亢叔叔?有一次娘和爹为这事吵起架来,爹竟抱着头呜呜咽咽哭得像个老娘们,直骂自己没本事,骂自己无用。直到爹死后,娘在那个夜晚泄露了他们兄妹的身世秘密后,他马上意识到爹骂自己无用、没本事,原来还有另外一层意思。他庆幸自己不是爹的亲生，倘若那样，自己将来娶了媳妇，不是也不会生儿子，也得借种吗？那时，他是那样兴奋，恨不能马上见到亢叔叔他的亲爹，像弟弟那样，亲亲热热叫他一声"爸爸"。

杨小根从人们口中知道亢叔叔当年就是了不起的人，现在更是了不起的人。他一个人修了一条公路就花了三四十万，而他小根是这个人的亲生儿子，他要认了爸爸，还用愁没钱花吗？母亲常骂他不长进，跟着那样的爹，让他怎么长进去？他要早像亢狐那样认了爸爸，他现在岂不也像弟弟一样走南闯北，吃香喝辣吗？他肯定会比弟弟干得还好。弟弟会开车，因为他有车开，有人教。他小根要是也有车也有人教，他开车肯定不比弟弟差。在去野狐峪的路上，他构想着自己美好的未来，心中喜滋滋、乐呵呵。他杨小根终于有了出头之日，他不会像杨家洼那些年轻人一样，注定了一辈子面向黄土背朝天地生活了。

到野狐峪最初的那些日子，他的兴奋丝毫没有减退。这里有山有水有树，有许多新鲜东西。虽说亢叔叔爸爸负了债躲出去了，没有能一到就认，但并不着急。他相信亢叔叔爸爸会弄到钱的。他还有三座煤窑，他还有野狐峪这一沟树，总比杨家洼那个穷摊子强。后来，亢叔叔爸爸终于有了消息，而且消息是那样振奋人心。亢狐告诉他们爸爸带回六十万来，煤窑也由三座加到十三座，赁了办事处，成立了公司，摊子越闹越大了。他就想爸爸很快就要来认他了，他盼望着那激动人心的一刻的到来。这时，他变得焦躁不安，一心想进城去，对野狐峪的一切失去了兴趣。在那些光剩奶奶和他们母子的日子，他寂寞得要死，烦闷得要死。慢慢地，他看到母亲的面色变了，成天唉声叹气，整日整夜翻来覆去睡不着。有时便对他说："看来你爸爸是躲着咱们，不来认咱们了。"母亲这种情绪感染了他，他就更加焦躁不安，更加感到野狐峪索然无味，住在这里简直如坐牢。被遗弃的委屈，被故意冷落的羞辱大大刺伤了他的自尊心。他阴沉着脸催母亲离开这里："人家不认咱们，咱们待在这里干什么？有什么了不起，没有他，咱们就不活了？"这时爹对他的种种好处、种种溺爱一幕幕涌上心头。他感到自己在背叛爹，他感到自己是在向人乞怜，他对自己的出身怀疑起来,他对母亲的话怀疑起来。他一次次问母亲,怎么就知道他不是爹的亲生?怎么就知道他一定是亢一公的儿子?他开始恨这个亢一公,这个既给了他生命又对他不闻不问的亢一公。他有什么资格当他的爸爸,他又为什么一定要认他?他对自己的爹越发怀念,他虽然本事不大,但他疼他们,爱他们,他宁愿自己不吃不喝也要让他们吃好喝好。他宁愿自己受苦受累,也不愿他们有点小小的委屈。小时候,有一次他看到别的孩子玩一种塑料手枪,逼着父亲买,父亲连夜到城里给他买了手枪。十几岁时,有一次,他想骑自行车,家里没钱,爹偷偷到城里卖了一回血,给他买回一辆飞鸽车。亢一公对他怎么样呢?同是儿子,他对亢狐无所不依,对他们却不理不睬。他又不是不清楚他们是他的孩子,他为什么躲着不回来呢?这个狠心的人,他有什么了不起。我杨小根虽穷,也不会到你下巴底下求涎水。你且等着吧!

到父亲的百天忌日近了时,他一天也忍不住了,他连那对他们十分慈爱的奶奶也讨厌起来,再不叫她奶奶。他逼着母亲赶快离开野狐峪,他甚至怕见到亢一公回来,怕见那种尴尬的场面了。

水仙没有儿子那样多的浪漫想法,她也并不想沾亢一公有钱的光。她不怕他钱多,她也不怕他钱少。她只要一个男人,一个可以依靠的男人,这男人能和她过日子,能给她的儿女完成婚嫁就行了。她给杨尿文当妻子,她便一心一意给他当妻子,杨尿文死了,她如果能独立撑起门户,她也不会再找别的男人,她要能找到别的男人,她也不一定非找亢一公不可。她找亢一公,她认为比较起来,亢一公最为合适,因为他的三个孩子都是和她生的,首先孩子不会遭后父,也无别的纠纷;其次,她们毕竟有过三年那样的生活,她想他不会嫌弃她。这样,她既躲避了杨家洼那人言可畏的地方,又使自己和孩子们有了合适的归依。她一厢情愿地认为亢一公亢二一定会接纳她,至少应该接受他的孩子。当她到野狐峪后得知亢一公为欠债而躲出家门流浪时,她按捺不住自己的欣喜。十五年前在他流浪中,她接纳了他;十五年后的今天,他又处于倒霉之中,他接纳她们母子的可能性就大了几分。只要他回来,她能见他的面,她相信他会留下她们母子。她那面的

要想干事业就必须有个安定的后方,有个与自己同甘苦共命运的女人。当你疲倦时,你有个安静的港湾可以休息;当你烦恼时,你有个倾诉的对象可以给你安慰。自己寻觅半生,有谁,有哪个女人给过自己这些呢?又有谁能给自己这些呢?草莓能给他,他却辜负了草莓;祁月珍爱过他,他却躲避了她的爱;他爱水仙吗?他不爱她却和她生了三个孩子。那么他爱过谁呢?他有过自己的爱情吗?他感受过那种刻骨铭心的爱吗?

吉普车在黄土路上颠簸,他有时将车开得很快,有时又将车开得很慢。他对自己此行的目的一直很迷惘,他不知道他此行有什么意义?水仙母子到了野狐峪,他躲着不敢回去;他们离开了,他却又去追他们。他是该去接水仙母子回来呢?还是该去告给水仙他不能接受他们?

亢一公发现他这半生一直活得很盲目,坐牢前那些年他似乎活得还有目标,但那不是他自己的目标,有一股外在的大力推着他,他身不由己跟着那股大力跑,他把那目标认为是自己的目标。坐牢出来后,他在反思中失去了目标,他仅仅为活着而活着,为生存而生存。他为自己感到悲哀,他将自己和熟悉的人比较,他更加感到悲哀,他们都有自己的目标,而他没有。王必昌有他的理想,他为他的理想而奋斗;吴贺有他的政治,他在他的政治生涯中自得其乐;祁文瑞有他自己的个人目的,他在他那个人目的中活得有滋有味。甘靖有他的事业,冯师傅为了发财,奶奶和父母为了野狐峪、为了子孙后代。他们的目标都很明确。他的目标在哪里呢?他赚钱是为了什么呢?他修路又是为了什么呢?他这一生是为别人活着吗?他在讲用时这样说过,记者们在文章中这样写过,他也一直认为自己是为别人活着,是为大多数人活着。可他为什么又对具体的人那样冷漠呢?他对爱他的人从来没有像他们爱他那样爱过他们。对奶奶、对父母、对兄妹、对儿女,他从来没有像对别人那样爱过。他为什么就没有那份感情呢?不爱具体的人却说自己是为别人活着,这中间总有点不对劲的地方。他不知道该怎样总结自己的行为,他对此始终理不出个头绪来。

亢一公到杨家洼时已是晚上九点多。冬日天短,好多人家已黑了灯火睡觉了。水仙家的院子里也是黑灯瞎火,门上挂着把大铁锁。他敲开邻家一户亮着灯火的人家的门,那家人告诉他水仙母子们一早就走了,可能是去了她娘家。

亢一公似乎感到轻松,心里却更加空虚。他在车前整整徘徊了一个多小时才开车离开杨家洼。

三

亢一公的好日子没过多长时间。一进腊月,麻烦事便一件接一件找上门来。首先是有两座煤窑出了工伤,一个工人被打断了腿,一个工人被打伤了腰。第一次事故发生时他不在临河,窑主不把受伤工人送医院却到处找他,若不是矿上的矿长听到消息怕出人命,自己做主赶去将那工人送进医院的话,那工人的腿恐怕就难保了。亢一公回来后非常生气,问那窑主为什么出了事不及时处理?窑主支吾着说窑已承包给亢一公,他做不了主。亢一公拿出合同说,这上面清清楚楚写着我只承包销售,生产上的事还是你管,你怎么就做不了主?窑主说,写虽那样写着,可这窑是利源的分矿这是事实,分矿出了事,总矿长不知道怎么行呢?绕了半天弯子,亢一公才弄清那窑主是让他支付工人的医药费和工伤后的其他费用。因为窑主自己内心并不承认窑是亢一公的,既不承认窑是亢一公的,又要亢一公承担窑上的生产费用以及其他费用,措词当然难了。亢一公想起甘靖劝诚他的话,凛然心惊,想幸好只是工伤,如果死了人呢?如果死的不是一个人呢?他不动神色地对那窑主说:"那好吧,这工人的医疗费和其他费用我都出了,咱们把合同也重写一下,以后这窑就由我正式承包了。"窑主脸色变了几变,眼睛眨了几眨说:"你想重写就重写吧,其实写不写也一样,这窑本来就承包给你了。"出了这次事后,亢一公才真正认真考虑起甘靖告诫他的话来。一家家看了承包合同,一个个找了窑主,与他们一一澄清相互关系,一方面给办事处陈强打电话,让他催煤管局服务公司把各窑的开采证赶快追回来。

亢一公以为窑主们大部分不会承认将窑承包给了他,不料十座窑的窑主都是那个口气。亢一公才知道自己这件事办得太糊涂了,他在收这些窑的开采证时,讲明自己光管销售,所以,各窑上还是原班人马,一个人也没有安插,窑主们叫成了矿长,实际还是窑主。在和窑主们的谈判中,他逐渐明白了窑主们要将窑包给他的目的。他解除了他们在销售上的麻烦,他又对各窑的具体情况并不了解,他们的收入既没有少,更可开出各种名目向亢一公要钱。当时已是腊月,收费的收税的都找上门来,工人工资要结算,其他欠款也要还,窑主们现在只是个分矿长,一切都找总矿长去吧。

整个腊月,便在这种莫名其妙的忙忙碌碌中过去了。亢一公忙得竟连过年都几乎忘了。

冷冷清清过了个春节,没过初五,亢一公就又回临河了。他拿定主意要整顿煤窑,直等到正月尽了才从省煤管局取回开采证。这时各窑在春节放假后都已先后恢复生产,亢一公准备第一步先在各窑安插人,了解窑上情况,重新签订承包合同,重新建账。可一时间哪能找到那样多合适人选。

这天,亢一公从外地要账回来,已是晚上十一点多,想起煤窑的整顿,想起那条未完工的公路,心情抑郁。这一想,他对煤窑的整顿已基本形成了自己的思路,既然找人不好找,索性就听甘靖的建议,或退包或转包,先裁汰一半,缩小摊子,自己就好控制了;公路是必须赶在雨季以前将未完的桥涵工程做完,不然,雨季一来,道路一断,运煤就要大受影响。这两件事都是亟待要做的,可是谁能帮自己,为自己分忧解愁呢?亢狐不成器,侄儿侄女还小。得把亢狐抽回来放在身边,让他学点真本事,学会管理。想着亢狐,忽然又想起水仙和那另外两个孩子,他们要都在身边,不是更好吗?自己是该成家了,一个人的生活可真难熬,也不知祁月珍现在在干什么?她还想着自己吗?水仙母子也真可怜,不知他们现在怎样生活?抽个时间还是把他们接回来吧。

回到公司,已是晚上十二点多,一楼办公室里亮着灯,他将车锁好,走进楼道,楼道内静悄悄的,走到办公室门口,见门没有上锁,门缝里透出灯光,一推门,只见一个人仰面躺在沙发上,呼呼呼睡得正熟,屋子里一股熏天酒气,甘靖进去一看,是弓兰韦,摇了摇头,没理他,径直走到办公桌旁去灭台灯,却见桌子上压着一张条子:

亢经理：

　　来找你谈煤炭发运事，你不在，只好改日再会。

王明远

11月8日

　　王明远是地方铁路局副局长，专管煤炭发运，亢一公前些时去找他谈煤炭发运的事，未见上面，今天人家找上门来，他却又不在。现在煤窑上的煤堆积成山，亢一公想赶快把煤处理掉，好进行甘靖劝他的内部整顿。煤积压越多，就越难着手进行整顿，资金周转不开，马上就又是困境。真是越忙越乱，越忙事越多。王局长为什么昨天不来，明天不来，偏偏今天来呢？亢一公在办公桌前怔怔站了半晌。

　　"林经理，老亢不、不在。我，我就是经、经理……"

　　弓兰韦呢呢喃喃说着醉梦话，这几句却喊清楚了。亢一公听了一惊，什么？林经理也来了？林经理是省煤管局劳动服务公司副经理，利源煤炭联营公司副总经理，亢一公的合作伙伴，专管利源的煤炭发运，亢一公最近给他打过电话，让他来临河商量发运的事，今天他也来了？这可得去见一见。亢一公走到沙发边，推醒弓兰韦：

　　"兰韦，林经理来了？住在什么地方？"

　　"林、林经理，我，我不怕，怕你，来，再来一……一杯，再……"

　　弓兰韦醉眼蒙眬，坐在沙发上，一边说一边软软地又要倒下。亢一公提着他的衣服，在他肩膀上使劲打了一下，高声说：

　　"兰韦，老弓，你醒醒。"

　　弓兰韦着了疼，睁开眼睛，摇摇头，看清是亢一公，说：

　　"亢、亢总经理，你、回来了？"

　　脸上堆满笑，摇摇晃晃就往起站。亢一公推他坐下，问道：

　　"今天来了些谁？你们怎么招呼的？"

　　一边说一边给弓兰韦倒了杯水，弓兰韦喝了口水，清醒了，说：

　　"上午你走后一个多小时，地方铁路局王明远来找你，小武说你去了省

327

城，人家问他什么时候回来，他说不知道，人家留了张条子就走。我正回来，楼门口碰上人家上小车，我一看就是个当头的，进来问小武，他让我看条子，我一看王明远，这不是地方铁路局王副局长吗？赶紧出去追，已经追不上了。小武屌也不懂，我回来训了他一顿，说你不问问人家什么事？他说问了，人家要和总经理谈。我说你就不能留人家吃饭？不能留住给找下住处，让人家等总经理回来？误了军机大事，看你怎么办？我说得他上了脸，还和我吵，说人家又没说是副局长，我一个坐办公室的，知道该什么规格招待？我说，你敢不会问？就你这屌势还坐办公室，他说……"

"好了，不要说这些，还有谁来了？"

亢一公打断弓兰韦，问：

"其他人不知道，我和小武正争论，林经理来了，我看小武屌事不懂，就引林经理他们到海鲜楼吃了一顿，安排他们住了宾馆，那些人不认我，说我签字不算，我借了六百元，扔给他们，这、这是发票。"弓兰韦一边掏发票一边兀自说："亢总经理，不是我说你，现在摊子大了，得有个专门招待客人的人，你要有个不在公司，我们替你代劳，你定些规矩，什么客人什么规格，我们看人头下菜碟，今天要不是我在，得罪了林经理……"

"林经理住在宾馆几楼几号？"

亢一公又一次打断弓兰韦的话，弓兰韦毫不在意亢一公的不快，站起来说：

"总经理，你先坐下，喝水，一会儿我引你去。"

说着，就去倒水。

"不用，你告诉我几楼几号，你看现在都什么时候了，能去？我给他打电话吧。"

"三楼四号，高级套间家，没问题。"

弓兰韦还要表功，亢一公摇摇手制止了他说：

"以后你也不用瞎掺和，林经理是利源副总经理，来这里吃住，他签了字都算数，海鲜楼老板又不是不认识他，这里几家大饭店我都打过招呼了，凡林副经理请客都记公司的账。谁用你去借钱交现款。"

亢一公本想寒碜他几句，说你一顿饭怎么能吃了六百？你肯定又开大头票或拿了条烟吧？想了想，没说，拿出六百元递给弓兰韦说：

"你回去睡觉吧，今天辛苦你了，以后办公室的事小武管，你干你的分内事，不要乱插手。走吧，我也要上去睡了。"

弓兰韦赔着笑脸，说："好，好，总经理你累了一天，早点休息吧，我走了。"一边揪沙发上的棉大衣，他还有点醉态未尽，脚步不稳，揪大衣时，用力猛了点，大衣口袋里一条"红塔山"掉了出来。他的脸立时赭红，头上冒出汗珠，慌慌忙忙弯腰捡起烟来，转瞬间脸上早没有了羞态，双手捧着烟送到亢一公面前说：

"总经理，这是我给林经理买的烟，明天你给他吧。"

"他让你买的？"

"不，是我给他买的。"

"那你亲自送他吧，时间不早了，你快回去睡吧！"

"我，我，你，还是……"

弓兰韦的脸又红了，吞吞吐吐说着，看看亢一公脸色不好，将烟哆哆嗦嗦装进大衣口袋，又谄笑着说："总经理，你也累了，早早歇着吧！"这才摇摇摆摆走了出去。

亢一公关了灯，将门锁好，一边往楼上走，一边想：看来还是甘靖说得对，必须对煤窑整顿了，像弓兰韦这样的人，给他个打杂捞毛的营生就行，再不能让他经手钱财，也不可让他负责，绝不能心慈手软了。可是坐摊子让谁来坐呢？水仙行吗？不管怎么样吧，等安顿好吴书记的事，一定得去找水仙，把他们母子接回来，得让他们享几天福，得负起责任来，给他们提供生活保障。等城里房子竣工后，干脆把娘也接来一起住，野狐峪该放弃了。

上楼后，一开门，一张纸片飞了起来，拉着电灯，只见地上有张字纸，捡起来一看，不禁大惊失色，只见上面写道：

老亢：

    见条后赶快离开临河，你省城办事处的人出了事，此事牵连到你，姓林的带了两个便衣警察来抓你,已和公安局取得联系,事情还没弄清,你先躲出去避避风头,派人打听一下省城办事处到底出了什么事?严重不严重?然后定夺,千万不要见姓林的。

切切!

严

8日

"严,严是谁呢?省城办事处会出什么事?"亢一公愣愣站着,脑子里嗡嗡响。"林为什么带人来抓我?不会吧?老林这人够义气,要抓我,他应该先通知我呀!"

亢一公是被打惊了的兔子,看了那条子,来不及多想,慌忙关了灯,将保险柜里的钱全数带上,将财务章、支票也一起带上,又带了几件衣服,锁好门,慌慌张张跑下楼,又到办公室开锁取出公司公章、支票。又给小武留了张条子,说他去省城办事,大概得半个月时间,在他走期间,只守住门户就行,一切事他自会在电话上安排。然后穿好大衣,打开车库,将刚放进去不久的吉普车加满油,带了一桶油,悄悄开出来。关车库门时,忽然想起,他一回来去找公安局刑侦科燕科长,燕科长不在,没见上。心里顿时豁然,条子显然是燕科长写的,那么这消息是百分之百确实了。他慌了神,开车时,一踩油门,车一支箭射出去,几乎撞在对面墙上,好容易才定下心神,把稳方向盘,打亮车灯,冲进黑沉沉的夜幕中去了。

四

在亢一公第三次离开临河、被迫流浪的途中,他又一次见到了水仙。

那天晚上,他黄夜离开县城后,毫无目的地沿黄河岸上的公路驶行,脑子里只有一个念头,快快离开这是非之地,找一个地方住下后再作打算。沿路一个个想着熟识的人和可去的地方,车到三交镇,还是没有确定该到哪里去避过这个风头。

当车到三交汽车站时,他忽然心中一动,想起二十多年前自己在这里走投无路,准备撞车自杀时遇上陈强的事来。想到陈强,他心中又是一动,办事处是陈强在那里负责,莫非陈强又赌钱坏了事?转念一想,不可能吧,陈强赌钱,怎么会牵连到自己呢?即使输了钱,也是他自己的事,我又没指使他去赌,要抓也只能抓他,况且赌钱也不是什么大不了的事。他想不出陈强会有什么违法乱纪的事,能牵涉到自己。是行贿被攀扯出来了吗?这倒可能,可他并没有指使过陈强去行贿,一般这种事,陈强都得请示他,他还没听到陈强的请示,也没什么地方需要行贿的。而且,那面的事都是林副经理在调度,出事也应该出在他身上,他带人来抓自己,这显然与他无关。他为什么要带人来抓自己,而事前又毫无消息通来呢?这简直匪夷所思。

心中想着陈强,车便无意识地沿着陈强当年带他第一次到杨家洼的那条路上去。他耳边又响起陈强关于杨家洼的那首民谣来:"杨家洼,杨家洼,男人当驴女当家,一块水田好塥土,谁想养种谁得爬,一条大炕两架犁,一挂大车两人拉,一家人家两家姓,你的娃是我的娃。杨家洼,男人倒把女人嫁……"

吉普在路上猛然刹住,亢一公扒在方向盘上好大一阵没动,他想起水仙来了。车停在高崖上,透过夜色,下面依稀可见杨家洼黑乎乎一团的村庄,几盏暗红的灯,星星一样眨着眼。亢一公奇怪自己怎么会向杨家洼方向开车。此时,他才想到,水仙已不在这个村子,杨尿文也死了。想到死去的杨尿文,他头皮一乍,身上起了一身鸡皮疙瘩。杨尿文死了,水仙离开丈夫的坟墓去找亢一公,要让亢一公的姓杨的儿女认祖归宗。杨尿文若地下有知,会饶恕水仙?会饶恕他亢一公吗?那么自己应不应该去找水仙,应不应该把她们母子们接到临河呢?亢一公思维集中到这一点上,翻来覆去想了好久,心中暗暗祷念:"杨大哥,你放心,水仙和孩子我要养起来,但他们仍姓杨,还是你的孩子,我不让他们姓亢。"想到这里,毅然掉转车头,向水仙娘家的方向开去,这次他目标明确了,去找水仙,他相信水仙会给他带来福气,让他逢凶化吉——像第一次遇到水仙时那样。

开了一天车,亢一公已是疲惫不堪。从临河出来,情急之下,神经处于紧张之中还没感到什么,现在目标既定,心思放下一半,疲累便袭了上来,只觉得头昏脑涨,手脚不灵,好在去水仙娘家村是轻车熟路,当年和水仙多去过,便强自挣扎着,让车慢慢在路上走,脑中便一幕幕出现了当年陪着水仙回娘家时的情景。

水仙娘家只有哥哥嫂嫂和一个不很精明的弟弟,那时哥嫂已分家另过,水仙每次回去都是看那傻弟弟。弟弟五大三粗很有力气,只是心眼实,一脸憨相,始终娶不上媳妇,缝衣补鞋,全凭姐姐照料。水仙看弟弟时,除带杨尿文的一些旧衣外,还带一篮子窝头之类的熟食,弟弟食量很大,光棍一人,带了熟食好料理吃饭。

亢一公和水仙好的那几年,常骑了自行车,带着水仙去看她弟弟。三十多里远的山路上,上坡、下坡、登塬、钻沟,有时骑得飞快,有时坡太大,爬不上去只好推着自行车走,山野间的景色诱着人,水仙便常边走边唱山曲给亢一公听:

　　　　山桃桃开花三月天红,
　　　　年轻人心红不由个人。

　　　　山桃树开花红满坡,
　　　　这世上为朋友的不光我,

　　　　黄河畔上喜鹊鹊飞,
　　　　不为朋友怎配对对?

　　　　为人不把个朋友交,
　　　　枉到世上走一遭。

　　　　为人不把朋友为,
　　　　少亲无友不如鬼。

大河畔上种红豆，
思思谋谋想为个连心肉。

歌词卑俗，水仙嗓子极好，唱出来分外柔媚动听，兀一公年轻的魂儿一大半为这山曲拴着：

穿上红鞋房上站，
瞭不见哥哥见山畔。

三九天黄风四九天雪，
因为瞭哥哥冻了脚。

十冬腊月数九天，
因为瞭哥哥冻了妹妹脸。

大红果子墙上吊，
房檐上瞭哥好心焦。

烧上柴火添上锅，
假装倒水瞭哥哥。

炉炉头没火掖上一把柴，
不知道哥哥甚会来。

两人走累了，坐在路上休息，水仙又唱：

咱二人相好一搭坐，
觉不着天长觉不着饿。

野雀雀落在麻塴畔，
依心心小话话说不完。

不娶老婆你不用怕，
我生的孩子是你的娃。

二套牛车拉沙蒿，
和你一辈子铁心了。

咱相跟上走了相跟上来，
咱相跟上登到望乡台。
……

这山曲唱得亢一公感动，唱得亢一公心痒难耐，拉着水仙便要干那事，水仙红着脸，半推半就和他钻进莜麦地。

那是段困苦的日子，那也是段销魂的日子，甘靖说得对，水仙给过他别人没给过的温情与照顾。在他被抓进牢里那样惨的时候，水仙和杨尿文二百多里路赶来看他，这不是一般女人能做到的；水仙给他抚养大亢狐，他领走亢狐，水仙夫妇毫无怨言，这也是一般女人难以做到的。亢一公，你又给过水仙些什么呢？她在丈夫去世、无依无靠的艰难困苦时刻来找你，你竟躲着不见她。亢一公，你太无情无义了，所以你才屡遭苦难……

亢一公叫着自己的名字，忏悔着以往，车子不知不觉开快了。

到水仙娘家村时，已是黎明时分。亢一公将车开到水仙弟弟家门口，犹豫再三，没有敲门，心想还是天明后等他们起来再说吧，自己实在疲困得不行，歪在车座上一会儿便呼呼呼睡了过去。

水仙到弟弟家已住了七八天，弟弟对姐姐和两个外甥的到来倒也欢迎，可这憨人竟也在前几年有了相好的，打了粮、挣了钱全给了那女人。那女人听说水仙母子们要回娘家村来落户,自己的利害受到威胁,便竭力撺掇水仙弟弟不要让他姐姐落户。同时在村中放出风去,说水仙这白虎星克死男人,又回来克她的哥哥、弟弟了。水仙弟弟被那女人捏弄得说圆就圆,说扁就扁,回到家就问姐姐什么时候走?还住几天?水仙的哥嫂也出了面,哥哥劝妹妹不要在娘家村落户,嫂嫂则指桑骂槐,打鸡骂狗,故意对着水仙叫骂。水仙在这两面夹击中度日如年。

晚上,那女人又来找她弟弟,故意发情,大声呻吟哼哼,弄得声音很响,水仙住在隔壁屋里,两个孩子都已成年,水仙唯恐他们听到,羞急得无处容身。孩子们睡着后,她气得流了半夜泪。心想,这地方是无论如何待不下去了。然而,去哪里呢?杨家洼的房产已做了处理,而且村里人又是那样恶语中伤,自己既走了出来,又怎么有颜面回去呢?可恨亢二亢一公竟是如此绝情,居然多少天躲着不和她见面。这今后的日子怎么过呢?想到伤心处,她真想一死了之,便想着自杀的办法。上吊、触电、喝毒药、跳崖都想了,感到死在弟弟门上不合适,忽然想起跳黄河,反正自己丑名在外,跳到黄河里也洗不清了,不清就索性不清吧!和那混浊的河水一样,生前混浊死后也混浊,就这样混浊到底吧!主意拿定后,便悄悄穿衣下炕,刚穿好衣服,女儿醒了,问妈妈:"娘,半夜三更,你干什么去?"水仙语塞,支吾着说有点肚疼,想上茅房。女儿翻了个身又睡着了,水仙却再没了跳黄河的勇气。儿女到了成年的年龄,儿未娶女未嫁,怎么能丢下他们不管呢?想到这里泪又流了下来,怕孩子们听到,又不敢哭出声,哽哽咽咽哭了一顿,和衣躺下来,怎么也不能入睡,黎明时,哭累了,竟蒙蒙眬眬睡着了。

睡着不大一会儿,听到街上有汽车声,就听儿子叫道:"娘,快醒醒,俺爹来接咱们了。"睡意中,水仙忘记杨尿文已经死去,睁开眼说:"汽车?你爹哪来的汽车?他人在哪里?"一边问,一边慌忙下炕,由儿子拉着向门外走去。只见门口果然停着辆汽车,杨尿文站在车前说:"水仙,我来接你们,快回咱杨家洼吧,你来这里干什么?人家又不欢迎你,嫁出去的闺女泼出去的水,哪能在娘家一直住呢。"水仙糊里糊涂跟杨尿文上了汽车,一进车门,只见开车的是亢二亢一公,水仙就有些恼恨,对杨尿文说:"谁用你叫这人来开车,我不坐他的车,这没良心的东西,还想让我侍候他,没门。"说着,拉开车门就要下,却被亢一公一把拉住了,说:"水仙,杨尿文已经死了,是我来接你们的,咱们回野狐峪吧,我娘已经把结婚的东西都准备好了,一回去咱们就结婚。"亢一公说时,果然就不见了杨尿文,水仙恍惚间也记起杨尿文死了,迟疑着想到底该不该跟亢一公去。亢一公催促说:"快走吧,客人也都叫齐了,我今天就是娶你来了。"说着,对自己嘻嘻笑。水仙这才发现自己穿着新娘子的衣裳,心里就有些对自己着恼:"你怎么这么贱,人家说娶你你就巴巴地换了新衣,他待你那么薄情,你也该拿捏拿捏,该数落他几句,怎么能随随便便就跟他走?"想到这里,冷下脸来说:"你不用做你那春秋大梦,我想嫁你时你不回来,我为你受了那样多的苦,你倒想趁机来占我的便宜,我的男人是杨尿文,我要为他守一辈子寡,我不嫁你,你也趁早死了这条心,你要有良心,把你两个孩子接了去,抚养他们成人,给他们成家立业,我就感激你不尽了。今天你来了,也好,你带着他们回去吧,我早拿定主意了,把他们交给你,我死也安心了。我要跳黄河,找我男人杨尿文去了。"说完,嘱咐了两个孩子几句,推开车门就往黄河边跑,两个孩子哭着在后面追,亢一公也在后边呐喊,她横了心,不管不顾一直向黄河边跑去,就听亢一公喊着她的名字呼哧呼哧追了上来:"水仙,你听我说,水仙,你不能死,你等等我,为了咱们的孩子,你不能死呀!"她已站在黄河岸上的山崖边,下边就是滚滚的黄河水。亢一公追上来,拉住了她的后襟,她使劲一挣,只听衣服一声撕裂,她一头向黄河栽了下去……

一声惊叫,随着身子一激灵,水仙醒了过来,看看窗纸已经发白,远远近近传来一阵阵雄鸡叫声。水仙才清楚,刚才是做了一场梦。仔细回想梦中的细节,水仙忽然有了主意:亢二他灰小子躲着不见我,我找他去,你不回野狐峪,我就不会到临河去找你?我把两个孩子托付了你,怕你不养活,我只要交代了这两个孩子,不能活我还不能去死?

这样想着,再也睡不着了,轻轻起来,叠好被子,到院里去抱柴做饭,准备一吃过饭,就带孩子们去临河。

黄河边人家,石头垒的院墙都不高,一般刚及胸脯,站在院里,可以看到街上。水仙一出屋门，看到院墙外停着辆汽车，想起刚才的梦境，不由在晨风中打了个寒噤，定了定神揉眼再看，没错，是辆吉普车。心中直嘀咕，心想莫非那梦还没做醒？用手掐了掐大腿，生疼，便大着胆子向街门走去。

开门声惊醒了亢一公，睁眼看时，见水仙正犹犹豫豫向吉普车走来，慌忙拉开车门跳下来，叫了声"水仙"。

水仙吃了一惊，看清真是亢一公时，冷冷地问道：

"你来做什么？"

感到自己声音直颤抖。

"水仙，我来接你和孩子们到临河。"

水仙鼻子里"哼"了一声，想说几名刻薄话，却没说出口，哆嗦着嘴唇，鼻腔发酸，眼泪止不住滚了出来，扭转头跑了回去。

亢一公跟进院门，赶到屋里，两个年轻人正穿衣起床，水仙坐在炕沿上抽抽咽咽哭。

亢一公不能不扯谎，说他那些天处理公司的事，早想到野狐峪去看他们，一直没有时间，回到野狐峪，他们已走了。他赶到杨家洼，才知道他们到了这里，想来这里接他们，因为公司事缠住走不开没来成，直到今天才来。他说他公司的事太忙，不能没有帮手，想接他们到临河公司里帮他办事，摊子大了，外人靠不住，还得靠自己家里人。

这几句话说得水仙母子回嗔转喜。多少天积聚起来对亢一公的不满一扫而空，姑娘嘴甜，"叔叔""叔叔"一个劲儿叫，问长问短，水仙纠正她说："叫'爸爸'，我不是告你们了，死去的是你们的爹，他才是你们的亲爸爸。"姑娘红着脸叫了声："爸爸！"叫得亢一公眼圈里泪珠直滚。小根话不多，只问去了给他安排什么工作？他想学开车，亢一公说："正好，我这车还正缺个司机，以后教会你，你就给我开车吧，我老了，胆子不行，一个人出门也缺帮手。"小根高兴了，也羞羞怯怯改口叫了声"爸爸"。

临走，亢一公拿出一千元钱让水仙给她弟弟，水仙接过钱说："给他多少，他还不是贴那女人。我给他三百，剩下的我替他保管吧！"

水仙嫂嫂和弟弟那相好，见水仙一下阔了起来，便撺掇哥哥、弟弟过来讨好,要留他们吃了午饭再走,好像以前什么也没发生过一般。水仙也没事人一般,嘱托了哥哥、弟弟几句,便催着亢一公上路了。

路上,亢一公才告诉水仙办事处出了事,他已不能回临河,他担心是亢狐出了事,那孩子在省城什么也干不了,只是成天下饭馆、逛舞厅,结交了一帮子坏小子,听说还吸料面,他想和小根去省城,看一看到底发生了什么事。所以他们母女得先回野狐峪,等他和小根从省城回来再接她们回临河。水仙一听可能是亢狐出了事,吓得变了脸色,也要跟着亢一公去省城,亢一公再三解释,说:"现在还仅仅是猜想,如果真是亢狐出了事,我首先得进去,我要一进去,家里老的、小的还全凭你照顾,你怎么可以跟我去呢?你现在的任务首先是回去安顿,我要一旦出了事,家里公司都还得你照料,你给咱守住后方阵地,我也就放心了。"

水仙听亢一公的意思,已经处处把她当妻子看待,这才不再勉强。车到岔口村外时,和女儿下了车,回野狐峪去了。亢一公吩咐,千万不可和我娘说出事的话,只说我和小根去了省城。

到底怎样安置水仙,结婚还是不结婚,拿她当不当妻子,亢一公还没有拿定主意。最后他索性自投案进了监狱——当然不仅仅为了逃避感情方面的纠葛,但这种纠葛也不能不说是他自投案的一个重要因素。

五

吴贺每次回到地区所在地的玉城就闻到一股臭味,这臭味时浓时淡,若有若无,似尸臭、似屎臭,又似烂蔬菜树叶的臭味、烂鱼烂虾烂脏烂腑的臭味。初回那几天特别浓烈,住得时间长了也就淡了。在临河时,他回到玉城闻到这股臭味不以为意,黄河边的临河空气毕竟新鲜得多,可到省城后,他回到玉城还是闻到这股臭味。他就想:是不是玉城太古老了?几千年人类居住,粪便渗透,腐尸腐叶堆积,逐渐积聚到一定时候就出现这种臭味呢?就像所有的古城一样,浅层水都被污染又苦又涩,不能饮用,必须打深层水才能打出可饮用的甜水。一次,他和一位地质学家谈起这事来,地质学家大摇其头。说这是不可能的,气味这东西是不会经久不散的,可能是玉城的下水系统有问题,在某处积聚了发臭物质走不了。又一次偶然的机会,他遇到城建局长,想起这事,便问他下水道是否有不畅通之处?城建局长对他的话很重视,因为他自己从外地回到玉城也常闻到这股臭味。况且吴贺是省里的副厅长,他的话当然应当分外重视。于是组织人马,专门进行了一次清浚,可是清浚之后,吴贺依然闻到这股臭味。他便让妻子买了些香水,在屋子里、院子里到处喷洒。这本是很正常的事,可有个多事之徒把这事汇报了祁文瑞,说吴贺这是攻击以祁文瑞为首的地委领导腐败发臭。祁文瑞不以为然地说:你也太神经过敏了,人家喷洒香水你这样说,人家担粪浇菜,你又该说人家是想弄臭地委领导了。那进言者便说,你忘了曹锟贿选时,章太炎大白天打灯笼在街上走的事了?祁文瑞是听过这故事的,当下没表示什么,对吴贺的猜忌却又深了一层。

　　吴贺一向看不起祁文瑞,这一点祁文瑞是知道的,祁文瑞一向忌惮吴贺,吴贺也是知道的。在官场上两人心照不宣,虚与委蛇,只要能过得去也不轻易招惹对方。祁文瑞精通升官秘诀,官升得快,吴贺总想在地方上做出点政绩,又不善逢迎拍马,对看不惯的事还爱发点议论,所以往往被上级猜忌。前任地委书记很赏识他的才能,本想重用他进地委班子,一次地委开全区县委书记会议,好多县委书记提出想看一看黄色录像,那时吴贺是宣传部副部长,主管音像、报社等文艺文化部门,地委书记便把找录相带的任务交给他,当时黄色录像刚刚传进玉城,吴贺查禁很严,刚下令下属部门没收回一部分来。按说地委书记下令,你给拿上几盘,让县委书记们过过瘾,见识见识,岂不皆大欢喜,不料吴贺硬是不给,还为这事和地委书记在电话上吵了起来,让地委书记窝了一肚子气。结果吴贺却没进成地委班子,还被调到最边远的临河县去当县委书记。这也全凭沾了提拔有文凭的四化干部当主要领导的光。那时就有一个朋友对吴贺说:你要想得到领导的信任就必须和领导共同干一两件坏事。你把一个大好的机会失去了。吴贺承认这朋友的话大有道理,但他就是做不出来。他在事后还对人说:"地委书记非跟上这事倒霉不可。"这话倒被他不幸而言中了。后来祁文瑞在下面秘密鼓动人告原地委书记,其中有一条罪状就是地委书记组织县委书记看黄色录像。后来地委书记受处分调水利厅当第十二副厅长时,省报登出的主要处分内容也就是这一条。地委书记在受处分后才意识到吴贺当时不给他录像带完全是为了他好。以后他在水利厅管全省小流域治理,吴贺在临河搞小流域治理,他在支持和宣传临河的小流域治理上没少帮吴贺的忙。在他临退休前他又竭力向省领导及水利厅领导推荐吴贺,吴贺才回到省水利厅当了副厅长。

祁文瑞在接任地委书记后,所干的第一件大事就是撤换前地委书记所安排的县处级主要领导。前地委书记是个很有魄力的开拓型干部,他当政的那几年正是改革开放初中期一段时间,整个形势都是蓬勃向上的,正是英雄用武的好时机。机构改革政策明朗,必须选用年轻有为的四化干部,他要在玉城地区干一番事业,在选用人才上,尤其县委书记的选用上,敢于大胆提拔,使一批多年受压的年轻优秀人才走上了领导岗位,几年间使一直在全省居于末流的玉城地区财政收入一下跃升至全省前列。在重点企业的扩大、改造、兴建,在乡镇企业的建设上,在农村的改革和农业的建设以及城镇发展上,那几年是玉城地区搞得最为出色的。祁文瑞要撤换那些为玉城地区经济建设立下汗马功劳的县、局主要领导,不问你政绩如何,只是说换届,一年之间玉城地区十一县、地委行署三十三局一把手换了十县、三十二局。换回来的人大部分在地委行署一些部门当副职,有一个部门安排了七个县委书记,被称为县委书记档案库。一朝天子一朝臣,换一任领导总要换一班人,这是正常的,问题是祁文瑞换得过分露骨,过分急了点,他完全从个人恩怨和个人目的甚至地域关系出发,凡前地委书记任上用的人他都要换,有的甚至抓住群众信访一两件事借故给予处分。这一来自然结了怨,那些年轻县委书记正在春风得意之时,无缘无故被摘了乌纱帽,断送了前程,回来后左右没事,便找地委行署头头们的毛病,写信告状,并在报纸、电视上曝光,将一个正在发展中的玉城地区弄得新闻迭出。

如果新一届地委行署领导以及下面的各级班子比上一届还强,还有能力,还有魄力,干出了政绩,这也罢了,那么告状也好,曝光也好,都将在事实面前自生自灭。偏偏这祁文瑞是搞政治斗争、搞阶级斗争的行家里手,对搞经济工作却一筹莫展。从他当政以来,玉城地区财政收入和经济状况一年不如一年，一年一年往下跌，终于跌到了全省最后一名。这就不但使那批被撤换的干部要告，一般老百姓和所有正直干部都对地委行署领导不满了。地委大院几次出现了小字报、传单，矛头直指祁文瑞。

吴贺口没遮拦，自认为官清正、为人清白、磊落坦荡，不怕被人抓住小辫，所以有机会总想一吐为快。在每次地区和省里召开的县委书记会议上，芝麻官同仁们相聚时，他便总会讲出许多令人发噱的故事来，幽默诙谐，妙语连珠，令人捧腹。会议休息时，人便都爱找吴贺聊天。他在玉城地区是祁文瑞大换班后硕果仅存的县委书记，和祁文瑞共事多年，又一起经历了"轰轰烈烈"，祁文瑞的一些逸事当然逃不过他这张嘴。他也不点祁文瑞的名，只以官场现形记口吻，开场话说某道台，讲的全是有关祁文瑞的传闻，绘声绘色，逗得人们喷饭。说到痛快处也不管何人在场，自顾自乐。有时甚至对着祁文瑞，也开几句让祁文瑞恼不得怒不得的玩笑。祁文瑞恨得牙痒痒，只是没个下口处。

如果不是那些小字报和传单，如果不是那些告状信，吴贺这些玩笑便只是些玩笑，祁文瑞虽恨他那张嘴，也不准备对他怎样。他到省里后祁文瑞耳根清净了许多，对他的嫉恨也淡漠了。可是就出现了小字报、出现了传单、出现了告状信，而且像当年的恐吓信一样，每年差不多都要出现一次。这一年的出现恰好是在吴贺到省里上任的那一天，祁文瑞就是再生着宰相肚，也撑不开这艘船了。此时，他对亢一公的秘密专案已经取证齐全，许多迹象表明，小字报、传单、告状信都可能是出自亢一公之手，或是他花钱让人干的。这条线索是从柳观音得性病那件事上发现的。柳观音说她的性病是一个南方人传染给她的。那南方人生得一表人才，出手大方，找他看病时勾引了她，当她发现自己已经得了性病时，那南方人便不见了。有人证明那南方人是亢一公从广州带回来的。他曾在柳观音紫竹林诊所外和那南方人停留过。祁文瑞已经派人到广州去找那南方人，只要那南方人找到，一做了证（他给去的人带了重金，亢一公既可以收买他，祁文瑞也可收买他），祁文瑞就准备对亢一公下手了。先判他个故意伤害罪，然后逼供，不怕他不吐出小字报、传单、告状信的口供来，不怕他不招出幕后策划者来。还有恐吓信,祁文瑞相信恐吓信也一定是亢一公所为。这些案子一落实,亢一公,这一次不是八年,而是十八年,数罪并发,你就等着把牢底坐穿吧!

在对亢一公的秘密专案中,祁文瑞意外地得到了另外的收获,这收获使他大喜过望。哼!吴贺,你也跑不了,我不整你个人仰马翻,我就不是祁文瑞。他抓到吴贺的罪状有三条:一,他给亢一公投资八万元治理大东沟,亢一公挪用了这笔专款,那时,他吴贺还在临河,明知不问,可办他个支持挪用,违反财经纪律罪;二,他在临河非法转城市户口,收受贿赂;三,和亢一公经济上不清白。有这三条,你这个副厅长怕是当不舒服了。不给你个免职,也得给你个党内处分。多年宿怨仇恨终于可报了,临河有的是他的亲信,不愁取不到证据。

听到这些消息的当天,吴贺刚从外地检查工作回来,一边洗脚,一边收看电视新闻。电视上正播放有关苏联解体的消息,满头茂密白发的叶利钦和头上有两块紫色印记的戈尔巴乔夫在做着最后拼搏。妻子送过热好的饭,将饭放到茶几上说:今天玉城地委有人来说祁文瑞搞了亢一公一批秘密材料,准备好对他下手了,其中还牵涉到你……吴贺身子不易察觉地一抖,脚盆里的水泼出去一片。他从电视上移开目光,感到眼镜片上水雾模糊,妻子的目光变得迷迷离离。就在这当口,窗台上那盆仙客来忽然滴溜溜转动着掉到了地上。夫妻俩同时吃了一惊,妻子慌忙转身去看那花盆,一边说:"怎么了?地震?"吴贺掏出眼镜布擦拭着镜片,心头掠过一道阴影,轻轻叹了口气说:"只怕亢一公这回又要遭罪了。"

几天后,到玉城附近县里检查小流域治理情况,检查完那天,吃过晚饭,吴贺吩咐司机晚上住玉城,他忽然心血来潮,想顺便去会一会祁文瑞,和他开诚布公谈一谈,让他不要再纠缠亢一公,不要再利用手中的权力害人了。

车灯划开夜幕,小车在公路上急速前行,车窗外闪过北方十一月黑沉沉的暗夜和黑沉沉的原野。吴贺鼻子里又闻到那股时浓时淡、若有若无的臭味,像尸臭、像屎臭、像狐臭、像烂鱼烂虾烂脏烂腑发散出来的那种气味。

吴贺问司机闻到了没有？司机正集中精力开车，听到问话正欲回答，对面忽然打来两股强烈的车灯光，不远处是个急转弯，司机忙将方向盘往右打，车速快，力大了点，小车砰然撞在一个黑乎乎的物件上，吴贺只觉眼前一片金光，登时失去了知觉。

　　多年以前，当吴贺还是个高小生的时候，有一年暑假，他在山里放驴，赶上瓢泼大雨，他和他的驴都到山洞里去避雨。走进山洞，却见山顶玉皇庙里的老道长长清已在里面了。这长清年轻时当过土匪，晚年却出了家，而且道行很深。为人卜卦算命一算一个准，村里人对他又敬又畏，自从他驻跸玉皇庙后，地方上清静了许多。那些小偷小摸的毛贼们偷了东西劫了钱财往往被他算准。有人见过他在月光下练武，一把镔铁戒刀舞得一团白光，泼水不进。一些村里后生也如泼皮式大相国寺里的鲁智深一样试验过他。他倒没有一脚一个把他们踢下茅厕，因为他脚前并没有一个茅厕可供他送他们进去。他只就势身子往下蹲了蹲，两个抱着他腿的后生便杀猪般叫了起来。两人四条胳膊直有半月之余拿不得锹，握不得锄。他从来不收徒弟，也不向任何人传授武艺。当时吴贺见道长已在里边避雨，有些害怕，便要将驴赶出那狭小的石洞。长清道长拦住了他，很和气地招呼他到身边，问起他是谁家孩子，是否在上学？学校学些什么功课，老师是哪一个？吴贺在回答中慢慢忘了畏怯，感到这老道长并不像人们所说那样可怕，倒是个很可亲近的人，便要求他给他算上一卦，算算他将来前程如何？老道长手捋雪白的长髯，眯着两只长着长长寿眉的老眼，看了他一会儿说："好好念书吧，是福不是祸，是祸躲不过，谨防六九，位高思回头。你这娃娃是村里出息最大的，对天地多做好事自有善报。"吴贺还要问，雨停了，老人笑笑，从两头驴中间飘然走出洞去。吴贺那时正受着破除迷信的唯物主义教育，并没将老道长的话放在心上。在临河任县委书记的最后一年，省杂志社的甘靖来找他联系开笔会。晚上闲聊，讲起中国的神秘主义来，吴贺忽然想起玉皇庙里那个长清道长来，向甘靖说了上面那段故事。甘靖听得神采飞扬，两眼炯炯。对吴贺说，那长清道长原是他的曾祖。老人活了一百〇三岁，去世前一年离开玉皇庙回了老家。他还依稀记得曾祖相貌。他后来醉心于研究中国的佛道和中国历史,似乎与他的曾祖有着密不可分的联系:"那是种冥冥中的影响,我在研究历史时,总想到我的曾祖,他那长髯飘动的形象总在我眼前。"甘靖兴奋地说。

车祸后,甘靖听到消息特地赶来看他,一见甘靖的面,他忽然想起长清道长对他说的那句谶语来——"谨防六九,位高思回头"。六九五十四,他今年虚岁可不正好五十四? 那么说车祸还只是薄惩,自己该急流勇退,考虑回头了。想起祁文瑞给他整理的那些材料来,心里就有点七上八下。这家伙可是整人有术,惯会信口雌黄,颠倒黑白,又心狠手辣,莫非今年要栽在他手里?

他将自己这想法和甘靖说时,甘靖微微一笑说:想不到你这唯物论者也相信起这套来了。这种谶语,你信它它就有,你不信它它就没有。就比如这句话,你可以理解为五十四,你也可以理解为六十九,你还可以理解为六加九,还可以理解为逢到六和九。我不敢妄议我曾祖,但这种东西你还是不必把它放在心上。该干什么还干什么,该怎么干还怎么干。既然命运注定你有一劫,想防你就能防住吗? 你说呢?

吴贺笑着点点头,却又指着受伤的嘴唇说:"我也不能全唯物,你看我,平时嘴上不饶人,尖酸刻薄,这次车祸就偏偏让我嘴受伤,这不是对我的惩罚吗?"

说罢,两人哈哈大笑。

"惩罚得好!"

就听门口传来一声阴恻恻的声音。

两人同时吃了一惊,都往门口望时,只见祁文瑞正推门进来。祁文瑞一身黑西装,黑皮鞋,戴副墨镜,形销骨立,一副憔悴不堪的病态,阴凄凄像个幽灵。

吴、甘二人一时语塞,不知该怎样招呼这位不速之客。

"听说你出了车祸,特来看看你,怎么样? 伤得不重吧? 我也在这里住院。"

祁文瑞说着坐了下来。

"谢谢",吴贺冷冷地说:"阎王爷还只下了张请帖,怕我这张利嘴,没过奈何桥就又把我放回来了。你呢?不是马克思看你太忙,给你点病,强迫你休息吧?"

祁文瑞叹了口气,站起身说:

"不要紧就好,好好养伤,有什么不方便的,让医院给你解决。你们谈着我过去了。"

走到门口回过头来说:

"你的嘴还应该伤得重点。"

吴、甘二人对望一眼,都从对方眼中看出对祁文瑞这忽来忽去的探望的疑问。

"可能是路过门口,听到说话,随便进来的。"甘靖说。

"不像假惺惺,似乎有话要说。"吴贺沉思着。他想说什么呢? 心里想。

"怎么瘦成这样?"甘靖探询地望着吴贺:"得了什么病?"

吴贺摇头:"我就是来找他的,因为找他才出了车祸,刚给亢一公和我整了材料,怎么在医院里呢"。

吴贺讲了听到祁文瑞秘密专案给亢一公和他自己所整那些材料的内容。对甘靖说:"亢一公大概还蒙在鼓里呢,你要有时间去向他透个风,让他思想上有个准备。我抽时间得和祁文瑞好好谈谈,看祁文瑞能买我多少账。总之,不能让他再把亢一公抓起来了。"

"恐怕难找到他了,我刚从临河回来已经有人抓他,他又开始流浪,躲起来了。"

"有这事?"吴贺吃惊地瞪大眼,从病床上坐起来。伤疼得他"哎哟"一声:"祁文瑞已经下手了,我说他为什么来看我。"

"倒也不完全是。"甘靖阻止吴贺坐起来,扶他靠在枕上说:"听说是他的省城办事处出了事,到临河抓他的是省城来的警察。我正想看过你后回省城去他办事处打听一下到底出了什么事?"

甘靖走后,吴贺的眉头越皱越紧。事情复杂化了,复杂化了呀。他有些躺不住了。十一月的阳光被干部病房明亮的玻璃窗滤得暖洋洋的。白的器具,白的床单,白的墙壁,这白色的屋子将阳光反射得满室亮堂,明晃晃透着来苏儿味的屋子里静得能听出吴贺心跳的声音。

车祸使他胆怯了,几乎忘了此行的真正目的。祁文瑞又是那样一副阴阳怪气的样子,仿佛一切成算在胸,仿佛已将他吴贺捏在掌心。他感到很难开口,亢一公的事牵涉到他,祁文瑞认为他是亢一公的后台、幕后策划者。他去找祁文瑞,如果说得轻了,祁文瑞会以为他是来求情;说得重了,又会和祁文瑞争吵起来。不但问题得不到解决,还可能加深矛盾,使问题向不利于亢一公的方面发展。而且,在未见到亢一公前,他也摸不清亢一公的底,他到底干了些什么? 他所干的一些事是否触犯了法律? 省城的警察又为什么去抓他呢?

种种疑虑积于心中,吴贺深悔自己这次的莽撞行动。如今自己受了伤,行动不便,该如何是好呢?

这已是他车祸的第五天,他的伤倒不怎么严重,嘴上的伤已消肿,胸口还有点疼,也不要紧了。只是腿上打了石膏,一时不能走动。几天来陪侍的家人和来探视他的朋友也讲了一些情况,但这些情况还是不能使他在和祁文瑞谈话时完全掌握主动。

吴贺踌躇了。

晚上换药后,他打发妻子到亲戚家去等甘靖的电话,他自己和陪侍的儿子说着闲话。这时传来敲门声,进来的是祁月珍。

祁月珍的到来使吴贺喜出望外,他让儿子到外面客室中去,说他和祁月珍有话要谈。

祁月珍告诉吴贺,祁文瑞得了一种怪病,对多种食物过敏,吃了过敏食物后,浑身痛痒,呕吐不止。吃饭时弄得心惊胆战,不知道饭中哪种东西又会引起过敏反应,所以没多长时间便搞得骨瘦如柴。已经住过几回医院了,总算弄清了病情,也分析出哪些食物过敏,哪些不过敏,过几天就可出院了。

"我爸爸这病是麻烦病,现在排除在过敏反应外的食物,说不定哪天又会过敏起来。已经反复过几回,反复一回便增加几种不能吃的东西。这

346

样,他可吃的食物范围就越来越小。现在只有大米和杂粮还没发现过敏,白面做的面食有几种已经不能吃。长久下去,可怎么是好?"

祁月珍忧心忡忡地说。

祁文瑞的食物过敏最初是从吃西瓜发现的,在宾馆接待客人,陪客人吃了几块精挑出来的好西瓜,回到家后便难受起来。以为是西瓜的问题,食物中毒,叫派出所来人先把瓜贩子抓了起来。后来经过化验,西瓜没问题。那些吃了同一个西瓜的客人毫无反应。直到又一次陪客吃饭时,吃了些西红柿又引起过敏反应,医生会诊,得出结论后才把瓜贩子放了。以后引起反应的食物越来越多,吓得祁文瑞一到吃饭时就发愁。

两人闲谈一阵后,吴贺说起祁文瑞又在整理亢一公的材料,准备向他下手的事来,让祁月珍劝一劝祁文瑞:"亢一公已经经不住折腾了。再有一次,他就彻底完了。"同时请祁月珍或写信或亲自见一下亢一公,落实落实小字报等是否是他写的?如果是,劝他以后不要再写这类东西:"告状可以,举报可以,光明正大,直来直往。不要这样搞,这样对谁都不好。"

听着吴贺的话,祁月珍情绪激动,她已经知道亢一公又在躲藏被抓,又在四处逃窜。同时打听到亢一公办事处出事的原因是因为陈强私刻铁路发运计划公章,倒卖假计划,"陈强已被抓了起来,亢一公是法人,公安局怀疑他参与了这一犯罪活动,要抓他去对质,如果他没指使或参与,对质完就没事了。他也已经知道这些情况,可他还是躲着。吴叔叔,亢一公变得越来越让人难以捉摸了。他有时还像当年那样单纯善良,有时却又让人感到他复杂得令人吃惊。特别是那两只眼睛,让人看不透底儿。"祁月珍深深叹着气,透出她内心的忧伤。

吴贺也叹口气说:"人都是要变的,特别是在这大变革的时代,变的又岂止亢一公。生活对他太残酷了,这时候你还得帮他一把。在有过那样的遭遇和人生经历后,他太需要友谊,太需要人们至诚的帮助了。"

"这您不用担心,吴叔叔。您让我办的,我一定尽力而为。亢一公我也想见见他,至于我爸爸,我怕很难说服他。他这里(祁月珍指指自己的脑袋)有毛病。"

第二天一早,祁月珍来向吴贺告别,说她要去临河,她爸爸今天下午也要出院了。昨天晚上,她和她父亲谈了很久,她父亲矢口否认有过秘密专案和整理材料的事,说现在是法治时代,一切有法律。全区经济衰退,他大事还抓不过来呢,哪有工夫去过问一个农民的事。他说他对小字报、传单、告状信根本不屑一顾,而且上面也对这些东西做过调查处理,都已做了结论,他不会劳神费心去追查这些事。

　　"我看出他有隐情,说的不可能没有保留。作为女儿,我只能做到这一步,我不可能改变他的意志,多少年了,从来如此……"

　　祁月珍走后,吴贺正躺着看书,祁文瑞像个幽灵般走了进来。他一来,医生护士和陪侍人便都悄悄退了出去。两个人客套过后,相对无言坐了好一会儿。吴贺先打破了沉默:

　　"月珍刚才来告别,我想你一定猜到昨晚她对你说的那些话是我让她说的了。"

　　吴贺目光炯炯盯着祁文瑞,祁文瑞也盯着他:

　　"我也猜到你一定知道我不会向珍珍完全讲真话。我得保持住我在他心目中的形象。我不希望有人在我女儿面前诋毁我,离间我们父女的感情。"

　　"这不需要别人来诋毁,你的所作所为你女儿不可能不知道,要是行得正,做得正,别人就是想离间也离间不了的。"

　　"你认为我哪些地方不正了?"

　　"就是你怕你女儿知道的那些地方。一个人连自己的女儿也不敢说真话,还敢说自己没有不正的地方吗?"

　　"吴贺,你。"祁文瑞面色一变,随即嘿嘿一笑说:"吴贺,你好一张利嘴,还嫌车祸惩罚得不够吗?"

　　吴贺也是一笑说:"嘴受伤不要紧,只要心摆得正,一辈子的习惯了,惩罚又有何用。"说着大摇其头。

　　祁文瑞脸色变了几变,叹口气说:"吴贺,我本想和你开诚布公谈一谈,看来我们对话的时候还没到。那就走着瞧吧。"祁文瑞站起来向吴贺伸出手:"好好养伤吧,祝你早日康复。"

"老祁。"吴贺握着祁文瑞伸过来的手真诚地说:"我也祝你善自珍重,多为咱们地区的经济发展想些良策,多抓些大事,少计较些个人恩怨得失。我也希望我们有机会能开诚布公好好谈一谈。"

祁文瑞阴阴地一笑,转身走了出去。吴贺望着他支离的瘦躯,真担心他出门后一股大风会把他吹走。

吴贺伤好出院后,纪检委找他谈话,鉴于大东沟治理小流域投资被挪用和怀疑他与亢一公经济上不清白,给予他党内警告处分。吴贺在做了辩白后,决定到临河去找亢一公,顺便看一看大东沟的治理情况,到临河后却听说亢一公已投案自首,进了监狱。

六

亢一公是在彻底整顿完煤窑,安排好后事,感到可以放心离开后才去投案的。

省城一行,他弄清案子的原委后,放了心,打电话安顿省城办事处人员,交清罚款后赶快办公,继续跑车发运;然后让小根接出亢狐来,晚上悄悄见了副局长,将他整顿煤窑的计划做了汇报,说他回临河后立即着手整顿,整顿完毕后立即去投案自首,了结这个案子。请他出面和公安局私下交涉,暂缓对他的追捕。副局长很赞赏他的整顿计划,答应为他缓时间。

回到临河后,他派亢狐和小根到各个窑上去了解情况,自己到了圪劳村他那三座旧窑上,分别约见了那里的负责人,讲了自己无事的情况,让他们安顿人心,照常生产。并且分别给了他们好处,一个个私下授意,安排他们互相监督。对他们说他虽暂时不能公开露面,但他不离开临河,就在附近,如果发现有偷盗倒卖器材或破坏生产的行为,他立即解雇他们。那些怀着二心的人,听到办事处出事,亢一公被追捕的消息后,已经又在拿着坏主意,见他公然出现,而且发运正常,又得到了他另加的好处,那份刚冒出来的坏心思也便暂时没有了。

安顿好这里后,他一边调来账目查账,一边做着后来合并的那些煤窑公司的转包、退包和人事上调整的准备。请神容易送神难,亢一公预料不到这次整顿会是一个什么后果,他做好了赔钱的准备,即使赔上十万二十万也得整顿。从查账中亢一公发现了大量问题,他暗自心惊,幸亏听了甘靖的话及时整顿,否则用不了半年时间,他就会陷入永远拔不出的泥淖之中。他又一一检视后来所包的那十座煤窑的证件手续,仔细一研究一斟酌,不由出了几身冷汗。当时接收时稀里糊涂,只求扩大经营规模,手续办得十分草率,大多数文件连名也没换过来,承包合同上更是漏洞百出。要打起官司来,他非败诉不可。

小根和亢狐回来后告诉他,那十座煤窑除一两座还在生产外,都已发生了不同程度的混乱。有一座已被村里接管,还有一座村里也在闹着接管,理由是怕亢一公坐牢后,他派出的那些人破坏煤窑设备,倒卖器材。

"你怎么对他们说?"他问小根,接管煤窑的那个村是小根去的。"我说,案子是陈强犯的,与总经理无关,总经理现在已经回到临河,过几天就要来处理这儿的事。你们不问青红皂白接管煤窑是违法的。这期间造成的一切损失都由你们负责……""说得很好。"亢一公赞许地点点头,又问亢狐:"他们问起我来,你怎么说?""我",亢狐红了脸,看看小根:"我对矿上人说的跟我哥差不多,我说你们捣乱吧,谁捣乱开除谁。村干部和窑主问我你的情况,我说:案子还没有了结,我爸爸怕要吃官司,你们要不放心你们的煤窑,我可以告给我爸爸退给你们。"听了亢狐的回答,亢一公皱着眉头半天没吭声。亢狐急了说:"爸爸,我,我说错了?""没,没错。你们去吧,让我想想。"亢一公听了两个孩子的话,脑子里忽然亮了几亮,他想到一个退包的办法。

亢一公从有的村接管煤窑的行动上受到启示,他感到他这次被追捕,对他的整顿计划实施可能是一个极为有利的条件。首先他有了转包退包的口实,师出有名;其次,别人怕受他连累,危及煤窑,他不提出退包,他们也在打着逼他退包的主意了。那些本来就不是诚心与他合作的人,原来的目的不过是靠他这棵大树逃避检查、找到销路,趁机捞点油水。现在,见他这棵大树要倒,自然寻找退路。他何不利用他们这个心理,来促使他们主动找他退包呢?

第二天,他又派亢狐和小根分别去各窑去活动,吩咐他们先安顿住窑上负责人和工人,然后一家家找窑主。具体安顿到哪座窑该怎么说,对有的人说亢一公这次事态十分严重,他迟早得吃这场官司,如果被抓,至少也得判两到三年徒刑。告诉他们,他的统配煤计划已被取消,他已欠了好几十万元的外债。对有的则说,亢一公这次没多大事,躲过风头就可以自由。不过这次事件影响太大,凡他的煤窑都要接受检查,有一点不合格的就要封窑罚款,他现在手上还有点钱,如愿退包,可将当年未付清的承包费付清;如不愿退包,亢一公愿意承担责任,只是怕他一旦被抓坐牢,弄出其他问题来,那时就是想承担也承担不了了。对有的人又说亢一公到内蒙古躲避风险去了,公安局不解除警报他不会回来。而对另外一些人则说亢一公现在根本没事,人还在本县,如果想和他当面谈,可以约个地方。

　　这些话互相一传,村干部和窑主们慌了神,谁也弄不清真实情况,雇用的人闻讯后破坏矿井、偷盗器材,影响他们今后的生财之路。不等见到亢一公,便纷纷主动接管了矿井。有些窑上,亢一公安排的负责人强硬不接受接管的,他们便先派了自己人日夜在矿井上轮班监视,然后四处寻找亢狐、杨小根,要求联系亢一公,当面协商。

　　亢一公等到火候已足,这才让亢狐用车把主事人接到他躲藏的地方,与他们谈判。那些主动接管了煤窑的自己理亏,煤窑证件都在亢一公手里,唯求亢一公将证件还给他们,算账时明知自己吃亏也不深究了。那些被亢一公顶住,接管不了的,早急得如热锅上的蚂蚁,见到亢一公已经喜出望外,只求亢一公赶快还证放手,亢一公欠他们的承包费,只要兑现,给多少算多少,一次结清。

　　亢一公办事从来没有这样得心应手,从来没有这样占足过主动。他欣喜异常,用心更加缜密,谈判时高深莫测,本来举手之间就可解决的事,他也故意绕着圈子困惑对方,戏弄对方。一会儿愁眉苦脸说自己处境危险,说不定下一个小时就会被抓,手头现款已经不多,你一定要退,也只能按七折八折给你。对另一个又说,钱他不愁,打个电话十万二十万,马上就有人送来,只是他实在舍不得放手,如果硬要退,那就只有手头这些现钱……浑忘了自己是被追捕的人,反感到这样生活起来其乐无穷,直后悔以前自己算是白活了。

十座后包的煤窑原准备转包、退包六座,如今,他尝到了甜头,感到了乐趣,索性全部退包。在退包中,亢一公不但没遭受损失,反而占了十多万元的便宜。他一方面感到亏心,一方面却又为发现了自己的智力和手腕而得意。

难办的是人事问题。亢一公发愁过如何打发这些请来的或找上门来的各色人等,所以直拖到办完退包手续后才着手处理。有了退包的经验,亢一公对这件发愁的事也开始感兴趣了。

着手退包过程中,他怕旧窑上的人听到消息后再发生上次一样的哄抢与倒卖事件,便带着两个儿子和一个雇来的保镖又上了一回圪劳村。先分别拜访村干部,给他们每个人都塞了红包,让他们协助他保护煤窑,答应在他以后的承包期间少不了他们的好处。然后再次约见了他准备留用的人员,提前给他们发了工资奖金。又从工人中挑出二十多个可靠的精壮后生,让他们负责维护煤窑生产,说只要能保证这段时间不出事,月底另给他们加发一份工资。而在他退包的工作全部完成后,他忽然封了窑,宣布停产。发足工人工资后,解雇了窑上窑下所有人员,只留了运输队,日夜送煤。由于减轻了负担,没过几天,便将窑场上的存煤拉得罄尽。

亢一公行动诡秘,不时换着与窑主们约会的地方。对那些难缠的,或凭惹不起的关系进来的人,亢一公根本不见,有的甚至连他们该拿的钱都不给他们拿,故意耗他们。煤窑上重金买了打手护窑,公司财产已处理干净,汽车都是可靠的司机开着,也是重酬。那些人想占便宜连个下口处也没有。当耗到他们没有了希望的时候,亢一公才派亢狐和小根分别找他们去协商。欠他们的工资和其他款项,按五折、六折、七折、八折不等付给他们,写了永不反悔的契据,有的甚至还进行了公证。

在彻底清查账目的过程中,亢一公发现,他用的那些人利用各自的方便条件或胡支乱花,或侵吞款项、挪用借用现金,已塌下几十万的亏空。光他们手中需要批报的条子就有十二三万,这十二三万亢一公左挑右剔,只给他们报出去七万多。

在和这些人的谈判中,亢一公让两个儿子告诉他们,他就要投案自首坐牢去了,他们要想处理他们手上的事就按他的条件办,一次性解决,不按他的条件则只有等他出狱后再说了。处理人事所得到的快感比退包中所得到的快感还让亢一公兴奋,他终于磨炼出自己驾驭人的本领,发现了自己在这方面原来也大有潜能。

这种快感刺激着他,他在处理完所有人事,无人可处理时,他意犹未尽地开始用他那种办法来处理他的两个儿子了。他对亢狐说:"亢狐,爸爸的事已处理完,就要坐牢去了,你陈强伯伯犯的案爸爸是主谋,我要一投案,可能会坐三五年牢,你以后准备怎么办? 说给爸爸听听。"亢狐诧异地说:"陈强伯伯不是已经承认私刻铁路章倒卖发运计划是他背着您干的吗? 您怎么……"亢一公说:"这你不懂,你也不知内情,你陈强伯伯揽到他自己头上,是他的义气,他为了保住爸爸,才甘愿替爸爸坐牢的。他讲义气,咱也不能不讲,所以我准备替出他来。你说吧,你准备怎么干? 那几座窑虽然封了,还是咱们的,你有没有把那几座窑接过来的信心呢? 你要有,我下一步就把所有证件都换上你的名字,由你来当总经理、总矿长;你要没有,我就卖了它,或全部转包出去,给你留点生活费,你想吸料面也行,你想逛窑子、下舞场、下饭馆也行,反正每月就那五百元。你还得照料月月、春春和你奶奶。就这两条路,你选择吧。""还有我哥哥、我姐姐和我娘。""他们不用你管,我对他们另有安排。""爸爸,五百块哪里够? 我们四个人……"

听了亢狐的话,亢一公气得几乎背过气去,半天才呻吟着说:"我亢一公怎么生了你这么个不成器的儿子。罢了,谁也不用你照料了,五百元生活费我已安排好,你每个月月初到屹劳信用社找你春叔叔取。你去吧。"说完,眼泪抑制不住地流了下来,哽咽不能成声,将多少天的兴奋与喜悦冲洗得一干二净。亢狐着了急,扑通一声跪在亢一公面前说:"爸爸,我说错了,你要让我当总矿长我就当,我是怕我干不了,不是我不敢干。"亢一公任他跪着,半天才说:"吸料面是件好事,你就好好吸吧。你要有点志气、有点人气,你就不要向你娘和你奶奶伸手。他们要敢给你,我连他们的生活费也扣,他们给你多少,我扣他们多少。我宁可把钱全捐献给国家,我也不再给你增加一分钱。"说罢,站起来就走。亢狐抱着他的腿,哭得伤心欲绝,他硬着心肠没说一句软话。

他本已准备好一番话要对小根说,这时心灰意冷,打消了主意。找到水仙,对水仙说:"我又要坐牢去了,这一去可能比上次更长。我对不起你们母子,我给你存了些钱,你到我指定的信用社取上利息花,就足够你们的生活费了。我再给小根留部卡车,他这些时开车技术也行了,以后考个驾照,自己挣钱也能养活你们母子。另外,城里我已给你们找好了房子,房钱也交了,你们就在那里住吧。"

水仙泪流满面地对他说:"亢二,你走吧,你就是走十年二十年,我也等着你。孩子们和娘你就放心,我会照料他们的。"

水仙已俨然以亢家的媳妇自居,并没听出亢一公话中的弦外之音。亢一公被她哭得鼻子发酸,赶紧说自己还有事要安顿,叮嘱了几句后,告别出来。

离开水仙住的地方(他从省城回来后,即让亢狐和小根把他们母女接到城郊一个村子里,算他狡兔三窟中的一窟),亢一公忽然又有些迷惘,他感到自己正在变得卑鄙起来。他自己问自己,他这样对待亢狐和水仙是做对了呢?还是做错了?

这时,他城里的房子已修好,雇人草草收拾一番后,从野狐峪接母亲来住。母亲一听他在城里修了房,自己住在那里可以日日与家里人相聚,十分高兴。临行,到野狐峪亢家祖坟里烧纸摆供,向公婆、丈夫、大儿、养女以及亢家列祖列宗告别,说二的终于成了事,亢家后人从此要离开野狐峪,请他们保佑亢家后人繁荣昌盛。祷祝一番后,收拾家中细软,来到城里的新居。新居一溜十间水泥钢筋结构现浇房(做的是两层楼基础,因事情变化只做了一层),釉砖贴面,家具都是现成的(公司的家具全搬了回来),彩电、冰箱、洗衣机、组合柜、全新被褥、全新炊具……一个家庭需要的,按当时水平应有尽有。刘拉弟看后十分高兴。当天夜里,春春、月月都回来陪奶奶住,刘拉弟更乐得忘了野狐峪。第二天上午,当春春、月月上学走后,她一个人守着这所孤零零的新宅院,忽然感到不对劲。亢狐哪里去了？水仙母子们哪里去了？这么多房子,他们怎么不来住呢？傍晚,当亢一公偷偷来看她时,她向他提出了自己的疑问,亢一公不好隐瞒,便将亢狐不成器、水仙母子已另安顿住处的话向母亲解释。

刘拉弟怫然不悦,对亢一公说:"二的,娘是个穷命,享受不了你这些东西,你还是送娘回野狐峪去吧。娘也活不了几年了,我感到守着你奶奶、你爹、大的和草莓心里踏实得多。"

亢一公立即体察到娘话中的机锋,他半晌不语,考虑怎样回答母亲。刘拉弟见他为难,长叹一声说:

"二的,娘知道你的心事,你总拿不定主意让水仙做你的媳妇,娘回野狐峪就为你解了这难题了。你想想,你在城里安了两处家,让水仙怎么想？让小根、亢狐他们三兄妹怎么想？娘要一回去,这问题不就不存在了吗？你想让他们住这里也好,不想让他们住这里也好,他们就都不会起别的疑心了。等你什么时候想出处理你们关系的办法来,你再接娘来。娘反正一个人也惯了,那里和大东沟还有你雇的那些栽树、治沟的人,娘在那里也好为你照料,省得他们经常到城里来找你,你说呢？"

娘的话提醒了亢一公,他这才想起自己还有大东沟和野狐峪那面的未了之事。娘为他想得这样周到,他心里酸酸的。几次想把他又犯了事,准备去投案自首的打算告诉娘,看着娘的满头银发和她那衰老干枯的身子,怕她听了对她打击太大,徒然惹她伤心,话到嘴边又硬生生咽了下去。心想反正也没什么大不了的事,估计一两个月就可回来,还是瞒着她吧。这样想时,就感到娘回野狐峪也好。回去就不会知道这事,只要让亢狐他们兄妹几个嘴牢点,莫让老人知道就行了。

将娘送回野狐峪,安顿了那里治理小流域的事后,他赶回临河,先开了封闭的煤窑,安排几个精心挑选出来的可靠人手改造煤窑,搞煤窑的达标。然后将亢狐、小根叫到面前对他们说:"我要去投案了,我走后,你俩轮流到煤窑上来照料。那辆卡车你俩也轮流开,煤窑迟早要交给你们,你们弟兄俩要慢慢学会管理,不要让我担心。"接着脸色一变,严厉地对兄弟俩说:"小根你给我监督着亢狐,他要再干坏事或吸毒,我连你也不让。亢狐你也快二十岁的人了,家里发生了这样大的事,你当真让我走也走得不放心吗?"说着,眼里滚上泪花。

亢一公是在临河投的案,省里两个警察一直守株待兔,等着抓他。他想,人家苦苦等了我一个月时间,我就把这功劳送给他们吧。

亢一公这点善心又使坏了。两个省城警察刚和县公安局联系好囚车,带着亢一公上车,公安局长接到电话,赶出来把他们拦住了,说上级让把亢一公暂押临河,他在当地犯有案子,先解决了当地案子后再解决省城案子。省城警察和公安局长争得面红耳赤,终因强龙压不倒地头蛇,留下亢一公,怏怏地回省城复命去了。

七

晚上,亢一公被单独关在一间囚室内。他苦苦思索着为什么正要上车走又被拦了回来的原因?二十年前,他被关在这里,整整羁押了三年才判了刑。现在又不明不白被关了进来,他真担心二十年前的悲剧再次重演,忧心忡忡一夜不能成眠。好在如今的他已是临河赫赫有名的大款,一向又以做好事为人称道,看守所的人大都知道他,也没人来和他为难。

第二天一早,水仙和亢狐来看他,说公安局有人悄悄通了消息,告知他们他被关在这里,给他带来吃食,问他有什么吩咐?亢一公想起二十年前水仙怀着亢狐来看他的情景,百感交集,对水仙辞色温存了许多。他吩咐亢狐出去取一万元钱给水仙,吩咐她拿一部分打点看守所的人,一部分交燕股长让他打探消息,另一部分留下以备急用。对水仙说:"案子怕是有些变动,遇事灵活点,该花钱的地方就花,让小根和亢狐一个人留在临河,一个人到玉城、省城找人打探消息,找关系,托人情,一定要弄清留下来的原因。"亢狐抢着说:"让哥哥留在这里,我到外面跑,我人熟,另外这里还有娘和姐姐。"亢一公看一眼亢狐说:"也好,狐儿,你可知道这是什么时候?你要连你爸爸的命也不顾,你就继续干你那些坏事吧。"亢狐红了脸要辩白,亢一公摆一摆手说:"罢了,你记住我的话就行了。"

第一天安然过去了,没听到任何消息,也没人来提他审他。

第三天燕股长托人传来消息,说将他暂押临河的指示是地委下的,可能和地委的小字报和传单有关;另外,据说还有在临河的一些经济问题,具体细节还没弄清。接着在玉城打探消息的亢狐赶回来证实了燕股长的消息。亢一公心沉了下去,深悔那天在这里投案。祁文瑞,你老小子也太狠毒了,你这次要再敢冤判老子,老子让你全家不得安生。亢一公并没有感到有多少惧怕,他只剩下恨,对祁文瑞恨入了骨髓,脑子里翻来覆去都是报复祁文瑞的计划。

这天晚上,亢一公又是彻夜未眠。

翌日上午,临河县公安局长祁狗子和地区公安处刑侦科科长来提审亢一公。

"亢一公,根据我们掌握的情况和所取到的证据,你犯有敲诈勒索罪、诽谤诬陷罪、故意伤害罪和行贿及挪用专款罪,数罪并发,你要老老实实交代。交代得好,从宽处理,否则,你是坐过牢的,你知道这几条罪够判你多少年……"

祁狗子讲完,刑侦科长一一讲了他这些罪状的具体内容,让他老实交代。

亢一公冷冷看着他们。等他们说完,他冷笑一声说:"你们不是有确凿证据吗?请拿出来证明一下。人证、物证,只要能证住我,我都承认;你们只要能拉出一个指控我杀了人的人证来,只要能证住我,我也承认。"

祁狗子一拍桌子呵斥道:

"亢一公,你别耍花腔,你的证据我们都已取齐,就看你老实不老实。你交代了,宽大你;你不交代,你以为就不能判你的罪吗?"

亢一公脊背上蹿过一股凉气,脑子里嗡嗡响,他愤激地说:"能。这一点我绝对相信,祁文瑞他已经这样判我坐过八年冤枉牢,他还不放过我,我知道他权大得很,让他判吧……"

"住口。"祁狗子一拍桌子:"不许你继续诬蔑祁书记,我们是代表法律,这与祁书记无关。"

"那就法律吧。既然我不交代也能判我的罪,我还交代什么?祁文瑞他有权,我等着他判我的罪。"

祁狗子还要说,刑侦科长不满地看一眼祁狗子,抢过话头,开始一条一条审问:

"……亢一公,恐吓信是你写的吧? 这你该不能否认吧?"眼睛嘲弄地望着亢一公。

"不是,我没写过。"

"那你为什么要退钱呢?"

"我没有退,我只是听到祁月珍离了婚,我可怜她。这事你可以问祁月珍,只要她证明我给她的钱是我敲诈来的,就是冤枉了我,我也承认。"

"这就奇怪了,既然你口口声声说祁文瑞冤枉你,是你的仇人,你为什么还会同情他的女儿,她离了婚,你可怜她什么? 而且那样一大笔钱。"

"这不奇怪,因为我们是同学,我们是什么关系你可以去问祁文瑞,去向祁月珍取证,只要她说我给她的钱是我敲诈来的,你们判我几年我也没说的。"

"好,我们会让祁月珍来证明的。那么,雇人给柳观音传染性病呢?"

"哈哈哈哈……"亢一公大笑起来,笑得流出了眼泪,说:"真是千古奇谈,我连柳观音的面也没见过,与她无冤无仇,我为什么雇人给她传染性病呢? 况且,传染性病是男女在一起睡觉才能传染上的,她冰清玉洁,一尘不染,又不是妓女,怎么可以让别人雇来的人给她传染上性病呢? 你们这不清清楚楚是对我欲加之罪吗?"

"你不用狡辩,有人证明你和一个南方人一起从广州回来,又一起到过柳观音诊所门外,你让那人进去,你走了。这里有证据,你想否认也否认不了。"

刑侦科长拍一拍桌子,拿起几张纸。

"这就能证明我雇他给柳观音传染性病吗? 我从广州回来时是和一个南方人一起下得车,他听说了柳观音的赫赫大名,说要找柳观音看病。因为不认识柳观音的诊所,我帮他打听到,他又坐我的吉普到柳观音诊所门口,送下他我就回临河了。这是事实,你们就是买通那南方人证明说我雇他,我也不会服。性病是隐秘之事,你有性病,你会到处宣扬吗?那南方人有性病会告诉我吗?我一个北方人,离广州十万八千里,怎么会知道广州谁有性病呢?另外,我为什么要无冤无仇去害柳观音呢?"

"你和祁书记有仇……"

祁狗子话音刚落,亢一公马上问:

"我和祁文瑞有仇,怎么能扯上柳观音呢?她又不是他老婆,不是她女儿,不是他亲戚,给柳观音传染上性病与祁文瑞又有什么关系?这倒要请你们解释一下。"

这次是亢一公嘲弄地望着审问者了。

刑侦科长正色看着亢一公说:

"这也不难解释,因为你听人造谣说祁书记和柳观音有某种关系,所以你想先给柳观音弄上性病,再让柳观音传染给祁书记。"

"简直荒唐可笑,我今天才从你们嘴里听说祁文瑞和柳观音还有某种传染性病的关系。祁文瑞要害我,竟然不知羞耻地将这一条也搬出来了。可笑呀,可笑!"

"这有什么可笑的,你严肃点。"

祁狗子厉声呵斥。

……

整一个上午一个下午就在这种审问中过去了。亢一公什么也没承认,一口一个"不知道""拿证据来"。只有问到挪用大东沟治理专款时,他认了。他说他挪用过,不过,挪用也是挪用到修公路上了,那也是小流域治理的一部分,他认为他没有错,而且不久他就还了,现在在大东沟已投入三倍于那笔投资的钱,他们可以去看一看大东沟的治理状况。他说要算他挪用的账也可以。他还要和县政府算修路投进去的钱和治理投进去的钱,他给国家治理垫了钱,国家应该还他。

晚上,刑侦科长接到电话,连夜赶回秀城汇报去了。

亢一公吃过水仙送来的饭,嘱咐了一番当前该办的事,水仙就走了。水仙走后不久,看守所所长进来对亢一公说:"老亢,你不能再单独住这里了，上面已发现，只好让你进大监房了。"亢一公一听让他进大监房，头皮一乍，身上不由一阵颤动，他是坐过牢的人，知道换大监房意味着什么，想和所长说几句，所长却匆匆带上牢门出去了。亢一公看所长神色，知道一顿皮肉之苦是难逃了，心里不由又咒骂起祁文瑞来。

一会儿，一个凶巴巴的年轻看守开了牢门，呵斥着将他押进大监房。

一进那监房，亢一公便感觉到一种逼人的"冷气"，这冷气使他浑身肌肉紧缩。当他的视线接触到犯人们虎视眈眈瞪着他的兽性目光时，他无奈地闭上了眼睛。耳中就听身后的铁门咣唧一声，咔嚓上了锁。他感觉到犯人们纷纷从囚床上跳下，向他围拢过来。他闭紧眼睛，站着一动不动，等着拳脚向身上袭来。听着咻咻的喘气声和那渐渐逼近的人体威胁，肌肉绷得更紧，两条手臂一条护头，一条护腰，本能地做好挨打准备。这时忽听一声暴喝："站住！"他身子微一颤抖，睁开眼只见身边已围了五六个握拳欲扑的囚犯，一个个眼睛血红，闪着噬血的凶光，那些人身后两三步外立着一个满脸横肉的恶汉，却有些面熟，慌急恐惧间哪能想起是谁。他望着那凶汉，那凶汉也瞪眼审视着他，忽然问："你是不是亢二、亢一公？"亢一公茫然地点点头。就见一个家伙劈面一拳打来，口中骂道："管求他亢二亢三，打。"

亢一公见那拳头打来，本能地一闪，另一边早又有一只拳头举起。"住手！"又见那凶汉猛喝一声："都给老子退回去，谁要再敢动手，老子废了谁。"他恶狠狠一声，那围着亢一公的一伙面面相觑，都惊疑地望着他。"听见没有？都给老子滚开。"等众人各自归位后，他环视着他们说："听着，这人是我的恩人，你们以后谁敢不尊敬他，就是给老子难堪。老亢，那边是你的铺位，你歇着吧。"

望着眼前这恶汉的面貌，亢一公猛然想起，在他买了卡车跑运输的那年冬末，一天傍晚他送煤回来，在后沟乡附近遇到一个被车撞伤的农民，那农民赶着一辆平车在公路上走，被一辆会车的卡车将平车挂翻，平车将人碰倒在地，人的腿上受了重伤，正躺在那里恶骂着逃走的肇事车。亢一公当即将他送进县医院，给他找了大夫付了押金，安排好治疗后自己便走了。那人伤好后，找过他几次要感谢他，都没找着。每年秋天，都给野狐峪家中送几篓苹果,那人留下名字叫弓三。莫非这人就是他?他犯了什么事呢?

正想向弓三打声招呼,身后的铁门咣啷一声又开了,看守手提电警棍气凶凶走进来,对着亢一公吼道:"亢一公,你一来就想干什么?"亢一公刚说一句:"我什么也没干。"那看守便逼上一步:"你什么也没干?这是干什么?"一警棍便向亢一公腰间戳来,亢一公猝不及防,只觉一阵剧痛,身子被弹起来足有三尺高,又重重地摔下,正摔在弓三脚下。"踢过来。"耳中听得这一声,却没听到回答,便感到一只手将他扶起。抬头看时,只见弓三眼中喷火瞪着看守。"弓三,你敢不听老子的话?"弓三鼻子里"哼"了一声,扶亢一公向铺位走去。亢一公"哎哟"一声,感到那伤残过的腰钻心般疼痛。

"弓三,你小子等着,有你好果子吃。"

看守骂骂咧咧扭身走了。铁门咣啷一声关上,声音嗡嗡嗡响了好久。

亢一公那残腰又一次受伤,疼得他一夜没有合眼,两腿又渐有麻木之感。弓三一夜为他捶腰揉腿,不断咒骂着看守。第二天一早,弓三叫着看守的名字说他伤了人,要告他。看守气凶凶进来,看到亢一公真是受了伤,也慌了,故作镇静威胁了亢一公和弓三几句,匆匆走了。

早饭送来时,弓三下令任何人不准吃。

两个小时后,所长来了。弓三向所长申诉说看守虐待犯人,打伤了犯人,要求所长:第一,拿纸笔来,全体犯人要写告状信告看守;第二,赶快请医生来给亢一公看病,要是伤势重,必须保外就医。如不惩罚看守,不答应上述条件,全体绝食到底。所长看过亢一公的伤后,也着了慌,先安抚大家吃饭,送来纸笔,让犯人们写了诉状,按了手印。接着医生也来了,看过伤后,问了亢一公的病史,说保外就医吧,迟了,会残废的。

所长慌慌急急去请示祁狗子,祁狗子带着几个副手走来看过亢一公,交换了一下意见,感到事态严重,不敢怠慢,一方面到地区去请示,一方面将亢一公送进了县医院。

那打伤亢一公的看守,在弓三鼓动犯人们不断闹狱绝食告状下,被拘留。

后来,亢一公终于了解到弓三坐牢的原因。

农业学大寨时,弓三他们村栽了一片果园,由于气候属高寒山区,从来没栽过果树,不会修剪,树倒是栽活一百多株,可从没挂过果子。土地下放时,谁家也不愿要这片果园,认为地力已被吸尽,刨树又费工夫,包了得不偿失。弓三走南闯北,见过世面,对修剪果树也略懂些门道,心想别处的果树能挂果,这里的果树也应该能挂果,如果作务好了,那可比种地上算得多,于是他便承包了那片果园。

弓三承包果园后,从外地请来一个修剪果树的师傅,按那师傅指导作务果园,经过一年多细心培育,果园的果树都挂了果。第三年,弓三光卖苹果钱就收入了几千元。

这一来,村里人红了眼,吵吵嚷嚷要大队重分果树,说树是全村人栽的,全村人都应该得益,不能把好处都让他弓三一个人得了。

村民们要求分果树闹得最凶的时候正是收苹果的季节,弓三的果园产的苹果在本地畅销得很,眼看又是一大笔收入,弓三岂能答应。官司打到乡里,乡党委书记田月吉下来处理这事,私下对弓三说:乡里不能不考虑村民意见,但只要弓三每年给乡政府交两千斤苹果,他就可以说果园是弓三和乡政府共同经营,让村民和村干部不要继续闹事,保证他长久包下去。弓三答应了书记的条件,田月吉给村里做了工作,村民们果然再没闹。弓三以为没事了,谁知在给乡政府开车送苹果那天,趁他离村不在,村民们还是聚集起来哄抢了果园。弓三回到村里时,果园已被抢了个七零八落。一年辛辛苦苦的收入毁于一旦,弓三气坏了,回到村里提了把铡刀沿村找带头哄抢者拼命,找了半天找不着,便又返回乡政府找田月吉。田月吉敷衍了事下来走了一遭,追回些被毁损的苹果,村民们仍然逼着他分果树。在村民们和弓三两头夹击下,田月吉躲回家里连乡政府也不去了。弓三到县里告状,几番求告无门,有人劝他去找吴贺,他找了两次没找着,向秘书谈了这件事,秘书向吴贺汇报后,吴贺勃然大怒,那时,他正积极推行他治理小流域的绿色革命,想找一个栽果树的试验点,当时立即让公安局长、法院院长去了后沟乡。在弓三那个村庄住了三天,抓了带头闹事者,撤了田月吉的职,让乡里照市价赔付了弓三款。同时让村民们分别赔了弓三损失,并让村里和弓三重新签订了承包合同。这是吴贺到临河后第二年秋末冬初发生的事。吴贺在时,弓三的果园有政策保护,一直经营得很好。吴贺走后,村里人又在蠢动着要重分果园,今年秋天,村里一些人又闹了起来,哄抢苹果,弓三伤了四五个抢苹果的人,被抓了起来。田月吉正当法院院长,判了弓三两年徒刑。

弓三出狱后,亢一公和弓三成了要好的朋友,两人在一起很干了一番事业。这是后话。

亢一公住进县医院的半月头上,祁文瑞的孙子被摩托撞断了腿。摩托车司机肇事后没了影子,祁文瑞四下搜捕,毫无结果。

亢一公住进县医院的一个月头上,祁月珍又一次来到临河,这时亢一公伤好后,已被重新关回牢房。

八

亢一公在牢里又享受了单独囚禁的待遇,祁狗子在收了亢狐送去的一万元票子后,不指名地大骂祁文瑞:"他妈的,什么些鸟事,咬住人不放,老子们又不是你的一条狗,你冤人家让老子们也跟上冤,老子们还怕葬良心下地狱呢。"从此吩咐看守所长照护亢一公,只要地区不来人,他从不提审亢一公。祁文瑞电话上问他时,他说:"审过了,审过了,前天、昨天、今天,天天审,这小子一个字也不吐,是不是有点……"对方在电话中训斥起来,他不住地说"是是是",脸上却现满了鄙夷。

祁月珍到看守所探望亢一公时,又碰上了水仙。水仙给亢一公送来早饭,侍候亢一公吃过后,正一边收拾碗盏,一边和亢一公说闲话。两个人说说笑笑,浑然夫妻的样子。祁月珍见了,心中便有种酸溜溜的感觉。二十年前那一幕不由又出现在眼前。看水仙时已是皱纹满面,眉梢眼角虽仍留着当年风流少妇时的几分俏丽,却也人老珠黄,没有多少吸引人的地方了。相比之下,祁月珍比她足足小了十五岁。祁月珍是那种仿佛永远不会老的女人,一个时期有一个时期的风韵,这一点是农村女人永远无法和城市里的知识女性相比的。对两个女人容貌上的敏感莫过于亢一公本人。

祁月珍一踏进牢门，亢一公脸上和眼中立时大放光彩。这一点和她面对面站着的水仙马上就感觉到了，她惊异地看一眼亢一公，慌忙扭身，正好与祁月珍打了个照面。两个女人目光相对时，水仙眼中只看到一个个头略比自己高些的城里女人。出于习惯，她脸上浮上笑意，张口欲打招呼。祁月珍却在一瞥之后，移开目光，便再不去看她，嘴里叫着"一公"，从她身边擦过，向亢一公走去。水仙站着没动，身后传来亢一公惊喜的叫声："月珍，你怎么来了？"声音发颤，有一种发自内心深处的喜悦与亲昵。水仙扭头看时，只见亢一公已跳下囚床向祁月珍走来，两个人同时伸出手紧紧握着，好像他们旁边的水仙不存在一样。水仙忽然感到喉咙里什么东西硌得难受，她低下头匆匆收拾好东西，说声："我走了。"没听到回应，看一眼正忘情相对的两个人，垂首向牢门走去。牢门在她身后铿然碰上后，她又扭头向后看了一眼，脚下的步子忽然加快，逃跑似的穿过院子，匆促而仓皇。

亢一公是在牢门碰上的那一声后，才惊觉到水仙已走的。眼望牢门，眼中飘过一丝歉然。

两人相对坐下后，祁月珍说："两个月前，我来找过你，几个你住的地方我都去了，都扑了个空。后来报社打来电话催我回去，我只好放弃找你。"

"两个月前？那时你根本找不到我，除了我的两个孩子谁也找不到我。我知道你来过，你在临河待了四天，我是你来后的第三天知道的，那天，我正办件很棘手的事，听到你找我，我心慌意乱，事情几乎办砸。后来，心情慢慢平静下来，我想还是不见吧。'小不忍则乱大谋'，反正过不多久，我就会去找你的。"

"你那次要找了我，你有可能就躲过这场牢狱之灾了。"祁月珍心里说，她本想将上一次来找他的目的告诉他，转念一想，事情已经发生了，还告他干甚，徒然加深他对父亲的仇恨。笑一笑，转了话题："一公，你瘦多了。"

"可能吧，我刚从医院被送回来，几乎下肢瘫痪。我的钱救了我，我硬挺过来了。"

那次电警棍击伤后，亢一公吓坏了，钱泼水似的往出花，从省城请来专家，从北京请来大夫，自己又拼命锻炼，才使那残腰获得了恢复。他说得不错,若不是他的钱,就临河县医院那医疗条件,他那次半身不遂是落定了。

"现在怎么样? 还疼吗? 腿怎么样? 不麻了吧?"祁月珍关切地问,伸出手摸着亢一公的腿。她来看亢一公之前,对亢一公的一切都已详细打听过。

隔着裤子,亢一公仍感到祁月珍手摸着的地方立刻有一股奇异的舒服感传导开来,他身子微微颤动着,感觉着一种难以忍受的冲动,抓起祁月珍的手送上嘴唇。

祁月珍慌忙抽回手,惊慌地回头看一眼,低声说:"一公,这是什么地方!"看到亢一公尴尬难受的样子,祁月珍抓起亢一公的手握一握说:"一公,咱们平平静静谈会儿,好吗?"身子往后移开一点,忽然问:"你和她结婚了?"

"谁?"亢一公吃惊过后,马上明白了祁月珍所指,面现难堪之色,目光游移躲开祁月珍直视着他疑问深深的眼睛说:"你是说水仙? 没,没有。我们不会结婚的,我们也不会再同居。她丈夫死了,很可怜,我收养了她和孩子们。她是亢狐的亲娘,为了孩子们,我给她在城里租了几间房。我这次坐牢,住医院,全凭了她照料。我们这关系,很怪,是吧?"

祁月珍听着他语无伦次的解释,大度地微微一笑说:"倒是个有情有义的女人。"突见亢一公变了脸色,忙解释说:"我没有讽刺的意思,你不要误会。"

亢一公摇摇头,轻轻吐出一口气,嘴唇动了动没说什么,眼皮微微垂下,望着自己的手。两人默默相对几秒钟后,祁月珍突然问:

"一公,你说实话,你到底做过亏心事没有?"

亢一公一凛,警惕地抬起眼皮,直视着祁月珍,异常平静地说:

"没有。"

声音冷漠而淡然。

"真的没有?"疑问深深。

"没有。"

四目相对,祁月珍的心一紧,她看到亢一公眼光中闪烁的仇恨,眉毛稍稍一耸说:

"但愿没有吧。一公，我没有其他意思。"

"月珍，你不相信我？"亢一公口气也缓和了。

"不是我不相信，许多事让我不能相信。一公，你变得城府很深，有时我都感到你陌生了，感到你很冷，很让人害怕。"

亢一公垂下眼皮，心里很乱，感到祁月珍的话很遥远，很让他不安，他想拒绝，又无论如何拒绝不了。

"一公，半月前，我小侄儿被摩托撞了，断了一条腿。我去看他，他哭着问我：姑姑，我会不会残废？会不会变成拐腿？我听了他的话，眼泪就止不住往外流。一公，你说我那时想到了什么？我忽然就想到了你。"

亢一公身子明显地一颤，脸色苍白，迎着祁月珍的目光说：

"想到我什么呢？是想到我也可能变残废，还是想到可能是我把你侄儿撞伤了？"

语言干涩而愤怒，停了停才缓缓地说："我想不会是后者吧？半月前，我正以一个保外就医犯人的身份在县医院病床上和半身不遂的病魔抗争，它要让我残废，我说：不，我绝不能残废，我一定要站起来，健康起来，当我痛苦到极点时，我倒是有过这样的念头。如果我残废了，我一定不会放过你爸爸。我就是爬也要爬到祁文瑞家里，或者用刀子捅了他全家，或者用炸药和他一家子同归于尽。我有过这样的念头，如果我残废了，我会这样做的，一定会这样做的。"亢一公面孔扭曲着，目光灼灼瞪视着祁月珍，仿佛她就是祁文瑞，仿佛她就是他不共戴天的仇人，祁月珍被他看得心里发冷，躲开他的目光。"可是，你竟在这时认为我用摩托撞断了你小侄儿的腿。"亢一公紧握双拳，激动地站起来(祁月珍本能地做站立躲避的准备)，忽然又"嗨"的一声颓然坐了下来，祁月珍看到泪水在他眼眶里滚动。

"不，一公，你误会我的意思了，我绝不是怀疑你，我是说我有那么一种感觉，感觉到一种潜在的仇恨，我也不知道我为什么会想到你。"

"你想到我，原来是想到了仇恨？"

"我绝无怀疑你的意思，因为我知道你住在医院里，那时我正想来看你，谁知到玉城后碰上我小侄儿出事。"

"所以你拖延到现在才来看我。你一直怀疑我,凡与你家有关的事你都怀疑我?"

"一公,你不要把我对你说的话都联系到一起。我的心很乱,想到什么就说什么,我在你面前不隐瞒什么,我也没必要隐瞒。"

"你是说我隐瞒,我城府深,我……"

"一公,你的事,我劝过我爸爸,我和他吵了几次,我知道他对你成见很深,他不该这样对你,起码在没有确凿的证据以前,不能借机会将你扣在这里,这是违法的,他要承担责任的。"

"哼!他会承担责任?他什么时候承担过责任?"

"所以,我才决定来看你,和你谈谈,问你在他给你罗织的那些罪名里,你到底干过些什么,没干过些什么,我就放心了,我就更有勇气、更有信心和他争,让他放过你。我就更有理由到有关部门反映,让他们阻止他,让他们劝说他,让他们干涉他。一公,我这样做不对吗?一公,你对我说,你对我说你都干过些什么,没干过些什么?你会对我说的,一公,我相信,我相信你会对我说的。一公,你说呀,你对我说呀!一公,你怎么了?"

祁月珍话既说开,只想一吐为快,说至此,才寻找听话者的反应。突然发现亢一公如老僧入定一样,垂首坐着,凝然不动,仿佛一尊木雕泥塑。唯腮上如蜗牛雨后爬墙般留下的两串泪痕可以证明他是个活物。祁月珍大吃一惊,想到自己激动起来,自顾自说,是不是哪句话不留神刺伤了亢一公,竟使他背过气去了,不由又叫了一声:"一公,你,你到底怎么了?"身子站起来,随时准备过去掐他的人中,摇晃他。

亢一公的灵魂仿佛经了遥远的跋涉,无限疲累地被唤回。他茫然抬头望着祁月珍:"怎么了?"此时,眼珠才转了一转:"我很累,我是不是很累的样子?"祁月珍点点头问:"你听到我说什么了吗?"亢一公又垂下眼皮:"你说你会和他去争,你会去反映,让有关部门去阻止他、干涉他,你会吗?他是你父亲,月珍,没用的,我很累。"

他已第二次说他很累,祁月珍关切地说:"那你躺下吧,你躺下我和你谈,我好不容易来,我想多陪陪你,你不要赶我走。"说着,欲扶亢一公躺下,亢一公伸手阻止了她：

"我不是身体累，我是这里（用手指指脑袋）累，我忽然感到我们的谈话毫无意义。你想诱导我讲出你所需要的东西，我拼命抵抗你，你的攻势又那样凌厉，不攻下我这土围子誓不罢休的样子。我知道我抵抗不住你，我渴望和你谈另外的一些东西，你也抵抗我，我忽然感到我们中间隔着一层厚厚的障壁，我忽然就心灰意冷。人理解人是多么难呀！"

"那么，所有那些都与你无关了？你什么也没干过，是他陷害你，对吗？"

祁月珍欣然色喜，仍循着自己的思路，眼睛诚挚地望着亢一公。

"不，不是他在陷害我，是我在陷害他，是我写恐吓信让他一家子不得安宁，是我让柳观音给他传染艾滋病；是我写小字扔报、传单、告状信，败坏他的清誉；是我用摩托把他孙子的腿撞断，让他孙子成为残废。这一切都是我干的，都是我干的。这一下，你放心了吧?"

亢一公烦躁地挥着手，脸涨得通红，眼光咄咄逼人。

"不，一公，你不要这样。我，我怎样才能让你看清我的心呀。"祁月珍痛苦地蹙紧双眉，那细长的弯眉跳动着，两串清泪忽然夺眶而出："是呀，人理解人是多么难呀。"

祁月珍这最后一句话猛烈撞击着亢一公的灵魂，他如风中树叶一样抖动着，烦躁之火被祁月珍真诚的伤心泪浇熄了。他痛苦地望着祁月珍，口张了几次，想说什么，犹疑着没说出。祁月珍掏出手绢，慢慢擦着泪水。两人沉默数分钟后，祁月珍站起来淡然说：

"一公，你确实累了，我也该走了。"

"月珍，我，我太对不起你，我不该……"

"不用说这些了，是我不该逼你。"祁月珍凄然笑着说："一公，我只求你理解，我真诚地希望那一切都与你无关，毫无其他意思。不管怎样，我回去后还是会向有关部门反映，让他们干预这件事，早日恢复你的自由，我相信你不久就会出狱的，因为，因为……"祁月珍眼中又涌上了泪水，她一仰头，抑住悲伤，平静而决然地说："因为我爸爸他已经得了绝症，最多有半年的时间了。"

说完,扭转身,匆匆向牢门外走去,泪水终于夺眶而出,迷蒙了她的眼睛。

亢一公脑中轰然一声,出现一片空白,他怔怔地站着,直到牢门咔嗒一声响落上锁后,他才清醒过来,几步赶到门前,抓着铁栏叫道:

"月珍,月珍,你回来,我还有话对你说,我还⋯⋯"

九

祁月珍离开临河监狱,脚步匆匆,目不旁视。她在自己如麻纷乱的思绪中艰难跋涉,无暇他顾。凭她的直觉,她感到亢一公没有完全对自己说真话。他在躲闪,他在逃避。他用愤怒和偏执铸就的铁甲包起自己,不将真心坦露于她。这使她失望而且害怕。她抱了热切的愿望来探望他,她想只要一见到他,她就会从他的眼睛中得出结论:他是与那些缠绕了她许久、令她不安的事情无关的。他是无辜的,他是清白的,他还是过去那个他。那么,她就可以和他无拘无束地畅叙过去与未来,谈她积郁了许久、想对他谈的另外一些话,她就可以将她和她一颗真诚的爱心完全交付于他,努力帮他脱出灾厄,帮他成就他的事业。她相信,如果亢一公真与那些她怀疑是他干的事情毫无干系或干系甚浅,她是有能力做到这一点的。不要说他的对头是她的亲生父亲,就是旁的人,她也会不顾一切,做到这一点的。然而,她失望了,失望而且害怕。如果那些事都与亢一公有关,如果那些事都是亢一公所为,她将如何自处呢?

满怀希望而来,毫无所获而归,希望澄清,疑虑却更浓了。烦愁、郁闷如阴云般萦绕在祁月珍心头。

这情绪直到第二天清晨才略有好转。祁月珍此次临河之行,是专为探望亢一公而来,没有和任何人打过招呼。可她到来的消息不知怎么竟传了出去,当她神色凄然回到宾馆,准备悄悄离开时,还没走出房门就被闻讯赶来的临河县委书记和县长拦住了。他们向她打问她父亲的病情,向她谈县里的改革成果,给她安排了饭菜,再三挽留她吃过饭再走。当时已是上午十一点多,县委书记和县长都是她父亲安顿的人,和她很熟,她硬是拒绝这顿饭，就有点不近人情了，只好耐着心留下来吃饭。她本不胜酒力，由于心情不好，主人又殷勤相劝，多喝了几杯。结果酒过了量，耳热心跳浑身乏力，昏昏然回到房中只想睡觉，一觉竟睡到晚饭时分。晚饭时，县委书记、县长、副书记、副县长、宣传部长、办公室主任又来陪吃，吃完饭又陪她说话，直闹到晚上十点以后才清静下来，说好第二天一早派小车送她回玉城。

当记者过惯了这种生活，祁月珍又不是那种冷颜冷面的女人，虽不胜其烦，还得周旋应对。众人走后，早疲惫不堪，关了房门，洗浴一番便睡了。睡下后，却无论如何睡不着。往事反反复复涌上心头，她对自己白天的判断怀疑了。这怀疑燃起她新的希望。她认为亢一公本不是那样的人，她希望亢一公会如她希望的那样。当希望占了上风时，她的直觉便变了，变得朦胧、变得暧昧乃至不可捉摸。于是亢一公的偏执便不再是包裹他真心的铁甲，不再是遮饰他坦诚的盾牌。冷清孤寂的长夜中，她想起在这旅馆中亢一公给过她生平唯一一次的销魂快感，想起她给他的那一记错误的耳光和他的血书。她更睡不着了，烦躁和后悔使她出了一身热汗，黏腻难受，她按亮床头灯，披衣坐起，心中一片茫然。

第二天早晨，曙色一露，她便穿衣起床。洗漱完毕后，结算清房钱，饭也没吃便悄悄离开了宾馆。她不愿再见县里的领导，也不坐他们派给她的车，径直向汽车站走去。

三月的早晨，黄河蒸腾起的水汽给这岸边的山城罩了一层薄雾。街上行人尚稀，淡雾中杨柳依依，清凉潮湿的空气使人精神爽快。祁月珍忽然在街上看到了童年、少年时的自己，那梳着两只羊角小辫蹦蹦跳跳去上学的小姑娘；那拖着两条乌黑油亮的长辫无忧无虑走在街头的中学生；那剪着短发、穿着仿军装、戴着红袖章飒爽英姿的女红卫兵；那围着大红毛围巾在三月的浓雾中来给亢一公送别的女高中生。她站在当年亢一公和她默默相对的地方，痴痴站了很久，回味着当初那令她心醉的一幕。在这里，亢一公第一次吻了她。如今想起来，那一吻是那样甜蜜，那样让她心醉神迷。二十年过去，弹指一挥间，那个水晶般透明的亢一公，还是那样水晶般透明吗？她不愿去想，也不敢去想，一想脑子里便是一团乱麻。

开往玉城的班车七点整出发，当她坐在车上凭窗遥望街对面时，看到县中学那高耸的四层教学楼顶上三个风雨剥蚀了的红字："一公楼"（那是母校为慨然捐款修建这座楼的亢一公留的纪念）。望着那三个字，祁月珍心中更加茫然。"不，不会的，他与那些事无关。他不是那样的人，他不会干那样的事的……"她在心中反复对自己这样说。

回到玉城，才知道父亲到北京看病去了，母亲自然也陪了去，留下话来，让她安心回省城去上班，说一有结果，就会给她打电话。

祁文瑞病体支离，一直坚持上班，一听有人说他的病就发怒，后来甚至连医生都不见。祁月珍想父亲一定猜到自己得了绝症，他不想放弃手中的权力，他是要站完最后一班岗的。

到临河看亢一公前，祁月珍和父亲谈起亢一公拖而不决的案子，祁文瑞不置可否，坚持说一切都由法律来决定，不久自会水落石出。她抱着探本溯源、澄清事实的希望去看亢一公，准备回来后痛陈厉害，劝父亲放手，而父亲竟在她离开期间去了北京，这是不是父亲躲开她纠缠的一种策略呢？祁月珍感到一种从所未有的孤独，人心真是太难测了。

半年后，祁文瑞病逝于地委书记任上，行年五十有八，秀城地区召开了很隆重的追悼会，官员们及其亲友沉痛悼念这位以身殉职的人民公仆。

追悼会后没几天，柳观音以一百三十万的高价将她的紫竹林诊所卖给农民企业家冯守义，冯守义摘下诊所的牌匾，将紫竹林里外装修一新，在楼顶悬起"冯氏建安集团股份有限公司"十二个霓虹灯巨字。在原来挂牌匾的地方挂起七八块各级政府机构奖励的牌子。挂牌那天，在楼下响了半工具车烟花爆竹。

烟花爆竹声中，柳观音携款登上南下的列车，悄悄离开了玉城。在软卧车厢内，柳观音凭窗望着身后渐渐远去的小城，面露怅惘之情。这时却看到与铁路并行的公路上一辆囚车啸叫着向前疾驰而去。秀城留在了后面，警车冲向了前方，柳观音叹口气，皱皱眉，靠在座位上很久没有改变姿势。

囚车上押着亢一公。

玉城的案子因祁文瑞的病和死,不了了之,省城要结倒卖车皮计划私刻铁路发运章的案子,多次交涉下,提走了亢一公。

祁月珍办完父亲的丧事陪母亲住了一段时间后,想起亢一公的案子,向有关人士打听后,才知道亢一公已押解往省城。回到省城后,却听说亢一公的案子已了结,陈强被判了三年徒刑,亢一公无罪释放。

一个月后,祁月珍收到一封寄信人地址写着"内详"的挂号信,一看字体,她便清楚是亢一公寄来的。半年时间往返省城与北京,又要上班,又要照看病中的父亲,忙忙碌碌,竟将亢一公的事丢在了脑后,有时偶然想起,也被那深深的疑虑纠结,不愿想下去,不敢想下去。此时,见到亢一公的信,她的心情激动,猜想亢一公一定会在信中告诉她一些她想知道的东西。拆信时,她的手颤抖着,那信的内容便也颤抖着跳入眼中:

　　月珍:
　　你为什么匆匆而去,你为什么不听我把话对你说完呢? 难道你真认为你所怀疑的那些事是我干的? 难道你真认为我是撞断你小侄儿腿的凶手吗,你既然那样急于知道那些事与我的关系,想知道我干过什么,没干过什么? 现在,我可以坦率地告诉你,那些事都与我有关,我也清楚地知道那些事是谁干的,但我不能告诉你。我赞成他们干,我也支持他们干,我打听清楚是谁干的那些事时,我都以他们能够接受的方式奖励了他们。我无职无权,不能用手中权力去害人,但我有钱,谁替天行道,干了我感到为我解恨出气的事,我都给他们报酬,包括撞你侄儿的那人(他是无意的)我也给了他三万,让他远走高飞了。我自己本也可以远走高飞,躲脱灾难,但为了保护那些人,我选择了自首坐牢。你父亲他不是怀疑我吗? 你也不是怀疑我吗? 那就让你们怀疑吧。法制在逐步健全,没有充分的证据,即使你父亲对我恨入骨髓,他也定不了我的罪。你父亲借手中的权力将我留在临河,但他连破案的蛛丝马迹都找不到。他害人害得太多了,谁为他真心出力呢? 实话对你说吧,为他破案的人也被我买通好几个。我已拿定了和他耗下去的决心，你不是说他已得了绝症，再有半年就要呜呼哀哉吗？我还等不行这半年吗？等他死了，我看还有谁继续为他效力，再来害我！

月珍，你问我干没干过违背良心的事，你为什么不去问一问你那违背良心害了一辈子人的父亲呢？我可以无愧地告诉你，我干的事没有一件是违背良心的。你可以怀疑，你可以认为那些事都是我干的，但我的良心是无愧的。总有一天我会将事实真相告诉你，但现在不能。

干那些事的人的名字我都知道，从这个意义上说，祁文瑞将我扣在临河，对我逼供，算没有找错人。但他奈何不了我，我不说，他就永远找不到破案的线索。我把线索都掐断了。

在祁文瑞的人又一次打伤我的腰后，我本来已和一些挣黑钱的人接上头，要制造一起车祸，撞他个半死不活，我知道他得了绝症，我才打消了主意。不然的话，他可能死得更快些。

这些都是我的真心话，信不信由你，在你面前，我不愿说假话。那天你如果不是用那种方式和我说话，我本来可以告诉得你更详尽些。但你怀疑我，认为那些事都是我干的，我在腰伤刚好的气头上，便故意和你抬杠。另外我也有我的苦衷，我不愿说出那些事，是怕别人受连累。我把那些事都告诉了你，你知道了，又有什么用呢？你能凭我的口供说服你父亲放我出去吗？

我相信你是为我好，但你帮不了我的忙，过去帮不了，现在帮不了，以后也帮不了，因为我的对头是祁文瑞。他是你父亲，你应该比我更了解他，只要是我和他的事，你最好别插手，你若插手，事情只能会更糟。

亢一公

3月18日

月珍：

上面这封信是你那天走后，我在临河牢中写的。那时，我心情十分不好，认为你不理解我，便带气写下这封信。写好后托了个可靠的人捎给你。信没封口，他看了信，认为还是不给你好，将信扣下了。直到我出狱，才又交给我。我感谢他的良苦用心，但我还是将这信一并交给你了。

现在，你父亲已经去世，我的案子也了结了，很多事情还等着我去做，我不想再谈那些往事，我不想为自己辩解，我也用不着为自己去辩解。

有一件事，我可以告诉你，因为我答应过你，要为你查清。恐吓信是陈强和他的几个赌友干的。那年，他们赌输了钱，穷极无聊，在一起闲谈中谈到了我的被冤（那时，我还在牢中），谈到了祁文瑞的作恶多端，认为他一定刮了不少地皮，钱多得很，便想诈唬他一下，讹不到钱也要让他不得安生。他们便想出了那办法，说好隔一个多月写一封恐吓信，几个人轮流写，什么时候拿到钱什么时候停止，玉城的两个赌鬼负责监视取钱。他们收到你的钱和条子后，感到于心不安，便分了钱停止了行动。后来，吴书记对我讲你离婚的事时，恰巧陈强也在场，那天，他本来没有醉，听吴书记讲完你的事却忽然醉了，我从他形容举止上看出他可能与这件事有关，我才寄钱给你，让你认为这件事是我干的。一方面我确实同情你的遭遇，另一方面我怕祁文瑞再追查这件事，追到陈强身上。因为我了解你，你若收到钱，知道了是我寄给你的，你便不会再张扬这件事。后来，我一再追问陈强，他对我说了实话。

我自首坐牢也是因为这件事，陈强在我修路破产后，很为我着急，他那时在我的省城办事处当主任，手头正有一万多发煤款，便拿这钱去赌，想赢个十万八万，帮我渡过难关，结果不但没赢，还把那一万多老本也贴进去了，就在他输了钱的第二天，我给他去了封电报要那一万多发煤款。他凑不起钱，害了怕，急得想卧轨自杀，这时候来了几个南方买煤的，打听到我们煤窑停了产，没煤发，便提出买我们的铁路发运计划，他便擅自做主将铁路计划卖给南方人，补上了他赌输的窟窑。这是我到镇江开会前的事,我从镇江回来后,煤窑重新开张,发运量大了,每月批计划很紧张,陈强才知道上了南方人的当,计划卖得太便宜了,便想宰那南方人一次。也是活该出事,过了一个月,那南方人又来了,问他能不能再给批个计划?他们愿付上次双倍的钱,陈强答应说可以。他照我们批好的计划上的铁路章各刻了一枚,填好计划单,将假计划卖给了南方人。计划单上去审批时,露了马脚,一路追查下来便将陈强抓了起来,我是公司经理、法人代表,人家当然要追究我的责任。这件事陈强已一力承担起来,我只要到省城去对质一下就没事了,但我当时正整顿煤窑走不开,想等整顿完后再去。省城的警察抓了我几次找不着,索性在临河住了下来。后来,我听说你来找过我,我忽然想起恐吓信的事来,我怕陈强被关在牢里结不了案,人家追究起他的前科来,暴露了恐吓信的案子,这才决定了投案自首,谁知这一投案正好撞在人家为我撒下的网里。不过这样也好,当他们将目标完全集中到我身上时,便放松了其他方面的线索,我所以不上诉,不辩解,一直与他们似是而非地周旋,就是为了保住这些人。佛说,我不入地狱,谁入地狱。他们做了我想做而不敢做的事,他们为我出了气,解了恨,我为他们坐几天牢又有什么?

祁文瑞去世了,我们之间的一切恩怨都已了结,追思以往,我并不是没有错,吴书记一再告诫我,一个人做点好事并不难,难的是一辈子做好事不做坏事,这才是最难最难的啊。过去的已经过去了,我做过好事也做过坏事,我努力要求自己只做好事少做不做坏事,但许多时候我也是身不由己,如果我今后的生活中再出现一个祁文瑞,我就真不知道自己会变成一个什么人了。好在这样的人现在还没有出现,我可以放开手干我的事业,完成我未完成的使命,因为我挪用大东沟的治理款修公路,吴书记受了处分,我得赎回我这份罪愆。大东沟已治理得颇具规模。我劝冯守义师傅买下了柳观音的紫竹林,我和大头李都投资入了股,我的煤窑生产和煤炭发运都经营得很好,我正在努力发展自己,壮大自己。吴书记说得好,一个人只要实实在在办事就行,只要自己认为对的就干,就把它干好,干一件算一件,干一天算一天,只要无愧于自己,无愧于做一个人就行了。

　　顺颂
　　秋祺

亢一公

9月5日

　　这封信是在野狐峪写的,写起后过了二十多天我才有空去县城,到县城后我遇上了公安局的燕股长,他告诉我,我的两个儿子都在吸毒。亢狐还是个头头,公安局正准备抓他。我到煤窑上一查账,才知道他们弟兄俩已塌下三十多万元的亏空。我忽然感到心灰意冷,我在那里辛辛苦苦干,却养着这样两个儿子,我挣得再多,经得起他们这样折腾吗?"养不教,父之过",我刚出狱,儿子又要进去了,我造了什么孽呢?

　　我将小根带回了野狐峪,把他捆在树上帮他戒毒,我娘不忍看他痛苦的样子,将他放走了,水仙带他回了他舅舅家。他们都说如果不是我坐牢,孩子们也不会吸上毒的。这又是我的错了。出了这样的事,我忽然感到写给你的信很无聊,本不想寄了。听燕股长说,小小临河县竟有一千五百多个记录在案的吸毒青年,你们当记者的或许能关注一下这种事,让社会引起重视,这才决定了给你寄。在野狐峪,每天晚上都梦到我奶奶,我简直有点怕了,我得离开这地方,这地方太狭隘、太闭塞,我得到外面的世界去闯荡闯荡,见识见识,我奶奶说我的一切灾难都是我上学读书的过,我倒认为恰恰相反。小根和亢狐出事后,我又给中学捐了三十万,给他们做奖励基金,今年考上大学的,我都给他们捐了钱。挣了钱,与其让不成器的子女糟蹋,还不如给了社会上成器的人。

　　这里的事一了结,我就准备走了。

一公又及

9月28日

祁月珍一口气看完这封长信的三部分内容,手里拿着一叠信纸半天没有放下。秋日灿烂的阳光从楼窗里射进来,将她映成了一幅画。

尾　声

五年后的春天,省水利厅厅长吴贺陪同国际泥沙研究培训中心秘书长等一行四人到临河县考察。

第一站他们就到了野狐峪。正是桃芬李芳的季节,岔口村的杏花一树树开得正盛,整个村庄被那雪白的杏花装点得粉雕玉琢一般。翠峰山上的松柏一片翠绿,山脚的灌木丛中一树树山桃粉红,一树树山杏雪白,一树树榛子也开着繁密的白花。无花的树木刚刚吐出豆粒大的芽苞,紫条嫩叶,拥一层淡淡的绿雾,使那些花树更显娇艳。通向野狐峪那条山路,两旁荆棘杂树丛生,拥拥塞塞的枝条挤满了路面,小车已开不进去(当年亢一公用推土机推路后,给这些荆棘杂树创造了生长环境,这些荆棘杂树便蓬蓬勃勃生长起来),一行人只好下车步行。吴贺一路已向同行人讲了亢家数代人栽树不止的故事,也讲了他几进野狐峪的经历以及和亢一公的交往。他本来想带他们进野狐峪吃午饭,看看这家人的生活方式和待客热情。这时一看这条路,心中不由大起疑惑,莫非亢一公一家已搬出野狐峪?莫非这里已无人居住了?他和亢一公断了联系好几年了。亢一公出狱那年,到省城看过他几次,说他已全力投入大东沟的治理。第二年春天,他又去过一次,说大东沟和野狐峪的治理已基本完成,只剩了些后期工程,请他在抽得出时间的时候去那里看看,指导指导。他在水利厅公务繁忙,几次想到临河看看都没有成行,后来似乎就再没见过亢一公的面,也没听到他什么消息。他现在干了什么呢?煤窑还开着吗?他那条路怎么样了呢?

越往野狐峪深处走,树木越多,大的、小的树木已覆盖了整个山谷。亢氏家族终于完成了他们世世代代的愿望,将野狐峪的树木栽够了十万之数,恢复了当初旧貌。

他们就这样在一路桃红杏白和一路长着嫩叶的树枝柔条拂动下,向野狐峪走去。渐近亢家的院子时,他们听到一派隐隐的笙簧歌舞之声。乐音细细,香风淡淡,几个人都感到奇怪,在这深山野沟中哪里来的这派音乐?都站下来,互相看着竖起耳朵听。

"大概是放录音机,那么说,这里尚有人住?"

吴贺疑疑惑惑提出了自己的看法,脸上有了兴奋之情。这么说很快就可见到亢一公或听到他的消息了。

"走进去看看。"

他一挥手,带头向前走去。路上的树太稠密,遮挡着视线,使他们不能一眼看到亢家那围着树篱的小院,那音乐却愈益清晰可闻。

转过一个长满灌木的小丘,亢家窑院赫然出现在眼前,几个人在小丘下泥塑木雕般呆住了。

只见那院中荫盖大半个院子的一树繁密杏树下,一群穿着七色彩衣的妙龄女郎正在翩翩起舞,一片片雪白的杏花随着她们的舞姿缓缓飘落,将她们罩在一片粉雾之中,那笙簧歌乐之声伴随着她们飞舞的长裙和长长的飘带,显得十分协调,那些女郎的美貌更是人间所罕见。

仅仅在一眨眼的时间,幻象便消失了,只剩下那一树繁密的白花,隐隐可闻蜜蜂的嘤嘤之声。四个人面面相觑,再看那院子却是一派破败之象。

"你们看见了什么?"

一个穿一身黑西装、白衬衫、系一条红色领带的年轻人满脸讶异看着其余人。

"你看见了吗?"满头银丝的秘书长问吴贺。

吴贺点点头,一脸肃然。

"莫非……"

他想说这地方莫非真有些古怪? 真有狐狸精? 他迟疑着还没有说完,就听一阵竦竦声,从窑洞外树篱上一溜窜出七八只火红皮毛的狐狸,穿过树篱,倏忽间消失了踪影。

望着那狐狸消失在树丛中,几个人身上都有点冷飕飕的感觉,互相看了一眼,谁也没有说话。吴贺带头迈动脚步踏上门坡。

柴门半开，已腐朽不堪，上面长起了木耳，一片片黑色小耳朵似的贴在发黑的木头上。

院子里黄蒿遍地，灰绿色的嫩蒿已遮满地面。猪圈里也透进一柱柱阳光。窑洞上玻璃窗依然，房门都闭着，却没有上锁。显然，这里已很久没有人居住了。

吴贺推开正中间窑洞的房门，只见地上瓦盆陶瓮还在，堂屋墙上亢家祖宗的牌位还在，甚至牌位上方那张领袖像也依然挂在那里。里屋锅台上锅灶仍在，落满尘土。地面上一堆堆老鼠倒出的黄土。

"这家人搬走了。"

吴贺叹息着，走在前面出了窑洞，出了院子，走下门坡。

他全没了来时的兴致，一路闷闷不乐，好像自己对这几位撒了个谎似的，便一直驱车回县城了。

在宾馆下榻后，吴贺向人们打听亢二亢一公亢二根不动的消息，人们都语焉不详。说好几年没见这个人了，也没听到他的消息。吴贺感到奇怪，吃过午饭后，趁客人们休息，他独自一人走出宾馆步入街头。

这些年来，临河比他在时繁华热闹多了。宾馆是他在时建的，还是那个样子，但街上个体旅店多了起来，有几家还建得很像样。当街那条沟也是他在时花了一年多时间用水泥板盖的。那时他将街两面道路拓宽，铺了沥青，号召国营、集体单位和居民拆了平房在街两面盖楼，中间的水泥盖板上盖凉亭，搭塑料棚，做商店与摆摊。他离开时，楼房还不多，现在街两旁鳞次栉比全是装饰华丽的二层三层四层楼房，盖板桥上的小商店、小摊贩一个接一个从街这头一直摆到黄河边上。街上有认识他的人和他打招呼，仍叫他吴书记。他向这些人打听亢一公，那些人也摇头，说对他的行踪不太清楚。后来终于碰到一个在亢一公公司干过事的年轻女子，那女子说：亢一公从省城回来后，便将公司财产交给一个四十多岁叫水仙的女人拍卖处理。他拿出一部分钱把那条公路未完成的桥梁、堤坝等雇人修好后，就再没听到他的消息。好多人都说他回野狐峪栽树隐居去了，听说他把整个大东沟都栽满了树，有成片成片的杏树，成片成片的核桃树，成片成片的油松……吴贺听了，想起当初他将那条沟让亢一公承包，他却去搞了煤窑，使那里的工程在全县治理中落了套，后来又把拨给他的专款修了路，让自己还跟上挨了处分。他几次让自己来看看大东沟的治理，他却一直没有来，他后悔从野狐峪出来时没顺路去看看，如果这次还有时间，大东沟是一定要去的。

下午和县里有关人士座谈时，吴贺又向他们打听亢一公的下落，他们的说法也很不一致，有的说他带着拍卖煤窑的一百多万元去了海南，有的说他花了大笔钱供五个子女（包括侄儿侄女）都上了自费大学，他自己带着老母亲回河南认亲，一走就再没回来。还有的说他和祁月珍结了婚，双双到了北京，祁月珍在一家新闻单位供职，亢一公则开了一家临河风味的饭店，当起了大老板，有人还在北京见过他，说他已经发福，西装革履，一副大腹便便的样子……

吴贺给报社打电话询问祁月珍是否还在？报社知道祁月珍的人，果然说几年前她已调到北京去了。

有一次吴贺在宴会上遇见了甘靖，问起亢一公来，甘靖说自从亢一公的案子结束后就再没见过他。

问到后来，吴贺也懒得问了。再后来，他自己甚至也怀疑起来：这世界上是否有过一个野狐峪，是否有过一个亢二亢一公亢二恨不动呢？

1992年3月—1994年3月第一稿
1994年11月—1995年3月第二稿
1995年3月—1995年7月第三稿

"三晋百部长篇小说文库"书目

经典作品：

· 李家庄的变迁·三里湾　　　　　　　　　　　　　　　赵树理
· 太行风云　　　　　　　　　　　　　　　　　　　　刘　江
· 汾水长流　　　　　　　　　　　　　　　　　　　　胡　正
· 草岚风雨　　　　　　　　　　　　　　　　　　　　冈　夫
· 新星　　　　　　　　　　　　　　　　　　　　　　柯云路
· 游戏　　　　　　　　　　　　　　　　　　　　　　成　一
· 黑雪　　　　　　　　　　　　　　　　　　　　　　哲　夫
· 世界正年轻　　　　　　　　　　　　　　　　　　　高　岸
· 玉龙村记事　　　　　　　　　　　　　　　　　　　马　烽
· 草青　　　　　　　　　　　　　　　　　　　　　　吕　新

· 吕梁英雄传　　　　　　　　　　　　　　　马　烽　西　戎
· 跋涉者　　　　　　　　　　　　　　　　　　　　　焦祖尧
· 神主牌楼　　　　　　　　　　　　　　　　　　　　张石山
· 咸阳宫（上、下卷）　　　　　　　　　　　　　　　林　鹏
· 生死门　　　　　　　　　　　　　　　　　　　　　晋原平
· 送葬　　　　　　　　　　　　　　　　　　　　　　王西兰
· 白银谷（上、中、下卷）　　　　　　　　　　　　　成　一
· 北腔　　　　　　　　　　　　　　　　　　　　　　毛守仁
· 巅峰对决　　　　　　　　　　　　　　　　钟道新　钟小骏
· 母系氏家　　　　　　　　　　　　　　　　　　　　李骏虎

原创作品：